KB119267

감정교육

나남
nanam

한국연구재단 학술명저번역총서
서양편 319

감정교육

2011년 8월 10일 발행
2011년 8월 10일 1쇄

지은이_ 귀스타브 플로베르
옮긴이_ 진인혜
발행자_ 趙相浩
발행처_ (주) 나남
주소_ 413-756 경기도 파주시 교하읍
출판도시 518-4
전화_ (031) 955-4600 (代)
FAX_ (031) 955-4555
등록_ 제 1-71호(1979.5.12)
홈페이지_ http://www.nanam.net
전자우편_ post@nanam.net
인쇄인_ 유성근 (삼화인쇄주식회사)

ISBN 978-89-300-8539-7
ISBN 978-89-300-8215-0 (세트)
책값은 뒤표지에 있습니다.

'한국연구재단 학술명저번역총서'는 우리 시대 기초학문의 부흥을 위해
한국연구재단과 (주) 나남이 공동으로 펼치는 서양명저 번역간행사업입니다.

세기의 베스트셀러 《마담 보바리》를 뛰어넘는
플로베르의 걸작 리얼리즘 소설!

감정교육

귀스타브 플로베르 지음 | 진인혜 옮김

나남
nanam

L'éducation sentimentale

by

GUSTAVE FLAUBERT

옮긴이 머리말

프랑스의 19세기 소설가 플로베르는 흔히 사실주의의 대표적인 작가로 알려져 있지만, 사실 그의 작품세계는 간단히 하나의 계열로 분류하기에는 매우 어려울 만큼 다양하고 풍부한 성격을 보여준다. 수많은 초기 소품들을 제외하더라도, 예술가적인 신화의 성격을 드러내는 《성 앙투안의 유혹》과 《살람보》, 인물의 감정이나 사고가 형성되어 나가는 과정을 그린 《감정교육》과 《마담 보바리》, 50년간의 창작활동의 최후를 장식하는 우화적인 성격의 《부바르와 페퀴셰》와 《통상 관념 사전》 등 다양한 갈래를 선보이며 소재나 표현양식에 있어서 매번 새롭고 독창적인 시도를 위해 끊임없이 노력한 작가이기 때문이다. 더구나 플로베르는 자신이 사실주의 작가로 분류되는 것에 대해 거부감을 표시하며 오히려 당시 사실주의를 표방하는 자들의 생경한 문체를 줄곧 비난하였다.

그런데 왜 우리에게는 플로베르가 사실주의를 대표하는 작가로 알려져 있는 것일까? 그것은 가장 아름다운 사실주의 작품으로 일컬어지는 《마담 보바리》 때문이다. 물론 《마담 보바리》는 무명의 플로베르를 일약 베스트셀러 작가로 만들어준 출세작이며, 당시의 소송사건으로 인해 더욱 유명세를 타게 된 작품이다. 그러나 20세기 이후에는 오히려 《감정교육》을 더 중요시하는 비평가들이 많아졌으며, 후대의 소설가들에게 끼친 영향에서도 더 큰 몫을 차지한다. 프루스트나 카프카와 같은 작가들이 《감정교육》에 매료되어 그 문장을 줄줄 외고 있었다는 일화도 있지만, 《감정교육》 이후로 자서전적인 소설이나 한 시대를 묘사한 소설이 많이 나온 것이 바로 《감정교육》의 영향 때문이라고 비평가 티보데(Thibaudet)는 지적하고 있다.

《감정교육》은 격변의 세월이었던 프랑스 19세기 사회를 세밀하고 정확하게 들여다볼 수 있는 거울인 동시에, 형식과 내용이 조화를 이루고 사상과 문체가 일치를 이루는 사실주의의 진수를 보여주는 작품이다. 그런 까닭에 이 작품은 사회비평이나 심리비평, 또는 정치기호학을 비롯한 여러 분야에서 현재까지도 끊임없이 재분석이 시도되고 있다. 따라서 이 작품은 문학도뿐만 아니라 역사학도에게도 귀중한 자료가 되며, 프랑스 19세기 사회와 문학에 관심을 갖는 일반인들에게 훌륭한 길잡이가 된다. 19세기의 프랑스 사회를 제대로 이해하려면, 그리고 프랑스 사실주의 문학을 제대로 감상하려면 무엇보다 《감정교육》의 독서가 필요한 것이다. 이와 같이 19세기 프랑스 사회와 역사 및 문학을 이해하는 데 꼭 필요한 고전이라는 문학사적 의의 이외에도, 더 나아가 시대를 초월하여 인간과 인간사회의 여러 군상을 되새기게 해주는 작품이므로 현대를 살아가는 독자들에게 많은 시사점을 안겨줄 수 있을 것이다.

하지만 우리나라에서는 2000년대에 이르기까지 여러 종의 번역본이 소개되고 있는 《마담 보바리》와 달리, 《감정교육》의 번역본은 30~40년 전에 송면 선생님과 민희식 선생님이 번역한 두 종류의 번역본이 있을 뿐이며 대부분 절판된 상태여서 일반 독자가 구입하기가 쉽지 않다. 또한 너무 오래전에 번역된 것이라서, 한자어를 비롯한 옛 표현이나 현 시대에 맞지 않는 어휘 또는 일본식 표현들이 많으므로 현대 독자들이 쉽게 다가가기에 다소 어려운 점이 있었다. 본 번역자는 플로베르를 전공한 사람으로서 이러한 상황에 안타까움을 느끼고 현대 독자의 언어 감각에 맞춘 새로운 번역이 이루어져야 할 필요성을 절감하고 있던 터에, 한국연구재단의 지원으로 번역작업을 수행하게 되어 큰 기쁨과 보람을 느낀다.

플로베르의 작품이 대부분 그러하듯 《감정교육》에는 예술가나 사상가, 정치가 등을 비롯한 수많은 고유명사는 물론이요, 당시의 시대적인 사건이나 상황을 가리키는 서술이 많이 나타난다. 이에 대한 배경지식이 없으면 작품의 의미와 상징성을 간과하기 쉬우므로 독자의 이해를 위해 비교적 많은 역주를 달게 되었다. 많은 역주가 혹여 독서를 방해하는 요인으로 작용하지 않게 되기를 바란다. 그리고 대체로 원문의 표현을 충실하게 옮기고자 했으나, 작품에 등장하는 수많은 인물들 사이의 대화문의 경우에는 독자들에게 자연스럽게 읽힐 수 있도록 우리말 표현에서 더 적절한 종결어미로 처리했다. 예를 들어 원문에서는 중등학교 시절부터 친구인 프레데릭과 델로리에, 아르누 부부 또는 아르누와 그의 정부인 로자네트 등의 관계를 제외한 대부분의 인간관계에서 존대어를 사용하고 있지만, 인간관계의 성격, 나이, 계층 또는 대화를 나누는 상황 등에 따라 비 존대어나 그에 어울리는 종결어미를 사용하였다. 이를 통해 다양한 인물들이 생생하게 살아 숨 쉬는 모습으로 독자들의 머릿속에 각인될 수 있기를 바라며, 부족한 번역문을 통해서나마 플로베르 작품의 위상과 미적 가치가 전해질 수 있기를 소망한다.

2011년 7월

진 인 혜

제1부

I

1840년 9월 15일 아침 6시경, 막 출항하려는 〈빌드몽트로〉 호는 생베르나르 강가에서 연기를 잔뜩 내뿜고 있었다.

사람들이 숨을 헐떡이며 도착했는데, 큰 통, 밧줄, 빨래 바구니 때문에 왕래가 불편했다. 선원들은 어느 누구에게도 대꾸를 하지 않았다. 사람들은 서로 부딪쳤고, 배의 양 측판 사이에는 짐 꾸러미가 쌓여갔다. 철판으로부터 새어나와 희끄무레한 김으로 모든 것을 뒤덮는 증기 소리에 이런 소음이 흡수되는 동안, 뱃머리에서는 종소리가 끊임없이 울려 퍼지고 있었다.

드디어 배가 출발했다. 상점, 작업장, 공장으로 가득 찬 양쪽의 제방이 널따란 리본 두 개를 풀어놓듯이 길게 이어졌다.

머리를 길게 기른 열여덟 살의 한 젊은이가 팔 밑에 화첩을 낀 채 키 옆에서 꼼짝도 하지 않고 있었다. 그는 이름도 모르는 건물과 종각을 안개 너머로 바라보고 있었다. 생루이 섬과 시테 섬과 노트르담이 마지막으로 시야에 들어왔다. 곧 파리가 사라져버리자, 그는 깊은 한숨을 내쉬었다.

최근에 대학입학자격시험에 합격한 프레데릭 모로는 노장쉬르센[1]으로 돌아가는 길이었다. **법학을 공부하러**[2] 갈 때까지 그는 두 달 동

1) Nogent-sur-Seine. 파리에서 남동쪽으로 약 90킬로미터쯤 떨어져 있는 센 강 좌안의 소도시.

2) 플로베르의 작품에는 글자체가 이탤릭체로 표시된 곳이 종종 있다. 이것은 작가가 직접 강조해 놓은 부분으로 그 문체상의 효과에 대한 연구도 이루어지고 있다. 따라서 본 번역본에서는 이 부분을 다른 글자체의 굵은 글씨로 표기하여 원작이 지닌 문체상의 효과를 전달하고자 한다. 원작에서는 서명,

안 거기서 따분하게 보내야 했다. 그의 어머니는 겨우 여비만 마련해 주고 큰아버지를 만나러 가라고 그를 르 아브르로 보냈었다. 자기 아들이 큰아버지로부터 유산을 상속받기를 기대했던 것이다. 그는 바로 전날 밤 르 아브르에서 돌아왔고, 수도에서 머물지 못하는 것을 보상받는 심정으로 가장 먼 길을 택해 고향으로 돌아가는 길이었다.

소란이 멎고, 모두들 자리를 잡았다. 몇몇 사람들은 기관 주위에 서서 몸을 녹이고 있었다. 굴뚝은 규칙적이고 느리게 거친 소리를 내면서 뭉게뭉게 피어나는 검은 연기를 내뿜고 있었고, 이슬 같은 물방울이 철판 위로 흐르고 있었다. 내부의 가벼운 진동에 따라 갑판이 흔들렸고, 두 개의 바퀴가 빠르게 돌면서 물을 휘저었다.

강가에는 모래사장이 펼쳐져 있었다. 물결의 소용돌이에 따라 흔들리기 시작하는 뗏목들이 보였고, 돛이 없는 배에서는 한 남자가 앉아서 낚시질을 하고 있었다. 이윽고 떠돌던 안개가 걷히며 태양이 나타나고, 센 강의 흐름을 따라 오른 쪽으로 이어지던 언덕이 차츰차츰 낮아졌다. 그리고 반대편 기슭에 다른 언덕이 더 가까이 솟아올랐다.

언덕 위로 솟아 있는 무성한 나무들 사이로, 이탈리아식 지붕으로 덮인 낮은 집들이 보였다. 집집마다 새로운 벽으로 칸막이를 한 경사진 정원, 철책, 잔디밭, 온실이 있고, 팔꿈치를 기댈 수 있는 테라스 위에는 일정한 간격으로 제라늄 화분이 놓여 있었다. 그토록 조용하고 아담한 주택을 보고 있노라면 누구나 그 집의 주인이 되어 좋은 당구대, 대형 보트, 여자 혹은 다른 어떤 꿈을 지닌 채 죽을 때까지 거기서 살고 싶은 마음이 들 것이다. 가벼운 선상(船上) 여행이 가져다주는 신선한 즐거움 덕분에 사람들은 쉽게 마음을 열었다. 익살꾼들은 벌써 농담을 시작했고, 노래를 부르는 사람도 많았다. 모두들

노래나 그림 등의 작품명, 특별한 장소 등도 이탤릭체로 표시되었는데, 이 경우는 우리글에서 일반적으로 사용되는 부호(《 》, 〈 〉등)를 사용하는 것으로 대신한다.

유쾌해하며 작은 잔에 술을 따라 나누곤 했다.

프레데릭은 파리에서 거주하게 될 방이라든가, 희곡의 계획, 그림의 주제, 미래의 열정 같은 것들을 생각하고 있었다. 그는 자기처럼 뛰어난 정신의 소유자가 당연히 누려야 할 행복이 너무 지연되고 있다고 생각했다. 그는 우수에 젖은 시구를 읊조리며, 빠른 걸음으로 갑판 위를 걸어서 종 있는 곳을 향해 끝까지 나아갔다. 그런데 모여 있는 승객과 선원들 사이에서, 어느 시골 여인의 가슴에 달린 금 십자가를 만지작거리며 농담을 건네고 있는 한 신사가 보였다. 곱슬머리인 40대의 쾌활한 남자였다. 체격이 건장하여 검은 벨벳 재킷이 꽉 조였고, 두 개의 에메랄드가 흰 삼베 셔츠에서 반짝이고 있었다. 그리고 폭 넓은 흰 바지는 푸른 무늬로 장식된 러시아 가죽의 기이한 빨간 구두 위로 내려뜨려져 있었다.

프레데릭이 옆에 있어도 그는 아랑곳하지 않았다. 그는 프레데릭 쪽을 몇 번 돌아보고 눈을 깜빡이며 눈짓을 한 다음, 주위에 있는 모든 사람들에게 궐련을 나누어 주었다. 그러나 그렇게 사람들과 어울리는 데 싫증이 났는지, 그는 좀 멀리 떨어진 곳으로 갔다. 프레데릭은 그를 따라갔다.

처음에는 여러 종류의 담배에 대한 대화를 나누다가 아주 자연스럽게 여자에 대한 대화로 이어졌다. 빨간 구두의 신사는 젊은이에게 충고를 했다. 그는 이론을 늘어놓고, 일화를 이야기하고, 자신의 경험을 예로 들면서 기분 좋은 타락 행위에 대한 모든 것을 아버지 같은 어조로 솔직하게 말했다.

그는 공화주의자였다. 그는 여행을 많이 했고, 신문과 식당이나 극장의 내막을 훤히 알고 있었으며, 유명한 예술가들도 모두 알고 있어서 친근하게 그들의 이름을 불렀다. 프레데릭이 곧 자신의 계획을 털어놓자, 그는 그 계획을 격려해 주었다.

그러다가 그는 말을 멈추고 굴뚝의 관을 쳐다보더니, '1분에 저렇게 많이 움직이니까 피스톤이 한 번 움직일 때마다…"라는 따위를 알기 위해 빠르게 중얼거리며 오래도록 계산을 했다. 그리고 그 수를 알아내자, 이번에는 경치에 아주 감탄했다. 그는 일에서 해방된 것을 기쁘게 생각하고 있었다.

프레데릭은 그에게 어떤 존경심을 느꼈고, 그의 이름을 알고 싶은 욕구를 억누를 수 없었다. 그 미지의 사람은 단숨에 대답했다.

"자크 아르누, 몽마르트르 거리의 '공예사' 사장이오."

금줄 달린 모자를 쓴 한 하인이 와서 그에게 말했다.

"좀 내려오시겠습니까? 따님이 울고 있습니다."

그는 가버렸다.

'공예사'는 회화 잡지의 발행과 화상(畵商)을 겸하는 상점이었다. 프레데릭은 고향 서점의 진열대에서, 자크 아르누라는 이름이 화려하게 박혀 있는 커다란 팸플릿을 통해 몇 번인가 그 이름을 보았었다.

수직으로 내리꽂히는 태양 빛에, 돛대 주위의 철 밍루와 뱃전의 동판과 수면이 반짝였다. 강물은 뱃머리에서 두 줄기로 갈라져, 그 물결이 강변의 풀밭 가장자리까지 퍼져 나갔다. 구부러진 강 모퉁이마다 연한 포플러나무 장막이 똑같이 보였다. 들판은 텅 비어 있었다. 하늘에는 하얀 조각구름이 꼼짝도 하지 않고 머물러 있었고, 막연하게 퍼져있는 권태가 배의 운행을 무기력하게 만들고 승객들의 얼굴도 더 무표정하게 만드는 것 같았다.

몇 사람의 부르주아를 제외하면, 1등 선실의 승객은 아내와 아이들을 대동한 상인과 노동자들이었다. 당시는 더러운 옷차림으로 여행하는 것이 관습이었기 때문에, 거의 모든 사람들이 그리스풍의 낡은 모자나 색이 바랜 모자를 쓰고, 책상에 닳아서 해진 볼품없는 검은 옷이나 상점에서 너무 많이 입은 탓에 단추덮개가 벌어진 프록코트를 입고 있었다. 숄 달린 조끼 사이로 커피로 얼룩진 옥양목 셔츠가 드러나 보이는 사람들이 여기저기 눈에 띄었다. 남루한 넥타이에 합금

핀을 꽂고 있는 사람들, 꿰맨 끈으로 헝겊 신발을 돌려 맨 사람들도 있었다. 두세 명의 불량배들이 가죽 끈 달린 대나무 단장을 들고 곁눈질하고 있었고, 가족을 거느린 아버지들은 눈을 크게 뜬 채 뭔가 질문을 하고 있었다. 그들은 서거나 짐 위에 쭈그리고 앉아 이야기하고 있었다. 구석에서 잠을 자는 사람들과 음식을 먹는 사람들도 몇 있었다. 갑판은 호두 껍데기, 담배꽁초, 배 껍질, 그리고 종이에 싸 가지고 온 돼지고기 부스러기로 지저분했다. 작업복 차림의 고급가구 세공인 세 사람은 매점 앞에 서 있었고, 누더기를 걸친 하프 연주자는 악기에 팔꿈치를 기댄 채 쉬고 있었다. 기관실의 석탄소리, 고함소리, 웃음소리가 이따금씩 들려왔다. 그리고 선교(船橋) 위의 선장은 한 쪽 측면에서 다른 쪽 측면으로 끊임없이 왔다 갔다 하고 있었다. 프레데릭이 자기 자리로 돌아가려고 1등 선실의 철책을 밀자, 두 사냥꾼과 개들이 비켜섰다.

그 순간, 마치 환영과도 같은 모습이 나타났다.

그녀는 벤치 한가운데에 혼자 앉아 있었다. 아니, 그녀의 눈에서 나오는 눈부신 광채 때문에 프레데릭에게는 아무도 보이지 않았다. 그가 지나가는 순간 그녀가 머리를 들자, 그는 자기도 모르게 어깨를 구부렸다. 그리고 같은 방향으로 조금 멀리 떨어진 곳에 자리를 잡고, 그녀를 바라보았다.

그녀는 널따란 밀짚모자를 쓰고 있었는데, 그녀 뒤로 모자의 장밋빛 리본이 바람에 나부끼고 있었다. 앞가르마를 탄 검은머리가 커다란 두 눈썹 끝을 스치며 밑으로 내려와서, 달걀 모양의 얼굴을 사랑스럽게 누르고 있는 것 같았다. 작은 완두콩 모양의 무늬가 있는 연한 모슬린 옷에는 수많은 주름이 퍼져 있었다. 그녀는 뭔가 수를 놓고 있었는데, 오뚝한 코와 턱과 전신이 푸른 대기를 배경으로 두드러져 보였다.

그녀가 계속 똑같은 자세로 있었기 때문에, 프레데릭은 자기 속셈을 감추기 위해 몇 번이고 좌우로 왔다 갔다 했다. 그리고 벤치에 기대어 놓은 그녀의 양산 바로 곁에 우뚝 서서, 강 위의 보트를 바라보는 체했다.

그는 그토록 찬란한 갈색 피부와 매력적인 몸매를 본 적이 없었고, 햇빛에 투명하게 보이는 그처럼 가느다란 손가락도 본 적이 없었다. 그는 그녀의 바느질 바구니를 무슨 진기한 물건이라도 되는 양 경탄의 눈으로 바라보았다. 그녀의 이름은, 그녀의 집은, 그녀의 생활은, 그녀의 과거는 어떤 것일까? 그는 그녀 방의 가구와 그녀가 입었던 모든 옷과 그녀가 자주 만나는 사람들을 알고 싶었다. 그리고 육체를 소유하고 싶은 욕망마저 보다 깊은 갈망과 한없이 고통스러운 호기심 속에서 사라져 버렸다.

머리에 머플러를 두른 한 흑인 여자가 제법 자란 어린 소녀의 손을 잡고 나타났다. 막 잠에서 깬 아이는 눈에 눈물을 그렁그렁 달고 있었다. 그녀는 아이를 무릎에 앉혔다. "이제 곧 일곱 살이 될 아가씨가 착하지가 않구나. 엄마는 이제 사랑해주지 않을 테다. 투정을 너무 많이 받아줬어." 프레데릭은 마치 뭔가를 발견하고 손에 넣은 듯, 그런 말을 들으며 즐거워했다.

그는 그녀가 안달루시아 태생이거나 어쩌면 식민지 태생의 백인일지도 모른다고 생각했다. 흑인 여자도 섬에서 데려온 것이리라.

보라색 끈이 달린 기다란 숄이 그녀의 등 뒤, 배의 동판 위에 놓여 있었다. 바다 한가운데에서 습기 찬 밤이면 그녀는 수없이 그 숄로 몸을 두르고 발을 덮으며 그 속에 감싸여 잠을 잤겠지! 그런데 숄이 가장자리 술 장식의 무게에 끌려 점점 미끄러지더니, 물속으로 떨어지려고 했다. 프레데릭은 펄쩍 뛰어 숄을 붙잡았다. 그녀가 말했다.

"고맙습니다."

그들의 눈이 서로 마주쳤다.

"여보, 준비됐소?" 아르누 씨가 계단 승강구에 나타나서 소리쳤다.

어린 마르트는 그에게 달려가 목에 매달리며 수염을 잡아당겼다. 하프 소리가 울려 퍼지자, 아이는 그 연주를 보고 싶어 했다. 곧이어 흑인 여자의 안내를 받아 악사가 1등 선실로 들어왔다. 아르누가 악사가 전직 모델임을 알아보고 말을 놓자, 주위 사람들이 깜짝 놀랐다. 드디어 하프 연주자는 긴 머리를 어깨 뒤로 젖히고, 팔을 벌리며 연주를 시작했다.

그것은 단검과 꽃과 별을 주제로 한 동양적인 연가였다. 남루한 차림의 남자는 날카로운 목소리로 노래했는데, 배 기관의 소음 때문에 멜로디가 박자에 맞지 않게 중단되었다. 그는 더 세게 하프를 뜯었다. 현이 울렸다. 그 금속음은 흐느낌을 터뜨리는 것 같기도 하고, 이루지 못한 고고한 사랑을 탄식하는 것 같기도 했다. 강 양쪽 기슭에는 숲이 물가까지 우거져 있었고, 시원한 바람이 한 줄기 지나갔다. 아르누 부인은 물끄러미 먼 곳을 바라보고 있었다. 음악이 끝나자, 그녀는 마치 꿈에서 깨어난 것처럼 몇 번 눈을 깜박거렸다.

하프 연주자가 겸손하게 그들에게 다가왔다. 아르누가 잔돈을 찾고 있는 동안, 프레데릭은 꽉 쥔 손을 모자 쪽으로 내밀고 수줍어하며 손을 벌려 1루이의 금화를 떨어뜨렸다. 그녀 앞에서 그런 적선을 한 것은 허영심에서가 아니라, 그녀와 연결되는 축복을 바라는 생각, 거의 종교적인 마음의 움직임에서였다.

아르누가 그에게 통로를 가리키면서, 같이 내려가자고 친절하게 권했다. 프레데릭은 방금 점심을 먹었노라고 말했다. 하지만 사실 그는 배가 고파 죽을 지경이었고, 지갑에는 더 이상 한 푼도 남아있지 않았다.

마침내 그는 자기에게도 다른 사람과 마찬가지로 선실로 들어갈 권리가 있다는 생각이 들었다.

둥그런 테이블 주변에서 부르주아들이 식사를 하고 있었고, 웨이터가 돌아다니고 있었다. 아르누 부부는 안쪽 오른쪽에 있었다. 그는 긴 벨벳 의자에 앉아, 거기 있는 신문을 집어 들었다.

아르누 부부는 몽트로에서 샬롱으로 가는 합승마차를 탈 예정이었다. 그들의 스위스 여행은 한 달 동안 계속될 거라고 했다. 아르누 부인은 어린애를 너무 귀여워한다고 남편을 나무랐다. 그녀가 웃는 것을 보니, 아르누가 그녀의 귀에 대고 뭔가 다정한 이야기를 속삭인 것 같았다. 그리고 아르누는 자리에서 일어나 등 뒤의 커튼을 닫았다.

온통 하얗고 낮은 천장이 직사광을 내리비추고 있었다. 맞은편에 앉은 프레데릭은 그녀의 속눈썹의 그림자까지도 구별할 수 있었다. 그녀는 컵에 입술을 적시고 손가락으로 빵 껍질을 쪼개고 있었는데, 가느다란 금사슬로 손목에 매달아놓은 청금석 메달이 이따금 접시에 부딪치는 소리가 났다. 그렇지만 거기 있는 사람들은 그녀를 눈여겨보는 것 같지 않았다.

승객들이 내리고 탈 수 있도록 기선에 바싹 닿아있는 작은 배의 측면이 미끄러지는 것이 이따금씩 현창으로 보였다. 식탁에 앉은 사람들은 창으로 몸을 내밀고 강가의 지명을 말하고 있었다.

아르누는 음식이 맛없다고 불평하고, 계산서에 대해 상당한 항의를 하며 값을 깎았다. 그리고는 프레데릭을 뱃머리로 데리고 가서 그로그[3]를 마셨다. 그러나 프레데릭은 곧 천막 밑으로 되돌아갔고, 거기에는 아르누 부인도 돌아와 있었다. 그녀는 회색 표지의 얇은 책을 읽고 있었다. 양쪽 입술 끝이 이따금씩 위로 올라가고, 기쁨의 광채로 이마가 빛났다. 그는 그녀를 몰두하게 만드는 듯한 작품을 쓴 사람에게 질투를 느꼈다. 그녀를 바라보면 볼수록, 그녀와 자기 사이에 심연이 깊이 파이는 것을 느꼈다. 그는 그녀에게서 말 한마디도 듣지 못하고, 추억 하나조차 남기지 못한 채 어쩔 수 없이 곧 헤어질 수밖에 없으리라고 생각했다!

오른쪽으로는 평원이 펼쳐져 있었다. 왼쪽으로는 풀밭이 완만한 경

---

3) 럼 술 또는 브랜디에 설탕, 레몬, 더운 물을 섞어 마시는 음료.

사를 이루며 언덕과 맞닿아 있었고, 언덕에는 포도밭과 호두나무와 초목으로 둘러싸인 풍차가 보였다. 그리고 그 너머로 하늘과 맞닿아 있는 하얀 바위 위에 구불구불한 작은 길도 보였다. 그녀의 옷자락이 노란 낙엽에 스치는 동안, 빛나는 그녀의 눈 밑에서 그녀의 목소리를 들으며 그녀의 허리에 팔을 두르고 나란히 저 길을 올라간다면 얼마나 행복할까! 배는 멈출 수 있었고, 그들은 내리기만 하면 되는 일이었다. 그렇지만 그렇게 간단한 일이 태양을 움직이는 것만큼이나 어려웠다!

얼마 후, 네모난 작은 탑과 함께 지붕이 뾰족한 성이 한 채 보였다. 정면으로는 화단이 펼쳐져 있고, 키 큰 보리수 밑으로 가로수길이 컴컴한 둥근 천장처럼 깊숙이 이어져 있었다. 그는 소사나무 길가를 거니는 그녀의 모습을 상상해 보았다. 바로 그 순간, 젊은 남녀가 오렌지나무 화분 사이의 층계 위에 나타났다가 곧 사라졌다.

어린 소녀는 그의 곁에서 놀고 있었다. 프레데릭은 아이에게 키스를 해주고 싶었다. 아이가 하녀 뒤로 숨자, 아이의 엄마는 숄을 건져준 아저씨에게 상냥하게 굴지 않는다고 아이를 나무랐다. 이것은 간접적으로 말을 건넨 것이 아닌가?

'드디어 그녀가 내게 말을 하려는 것인가?' 하고 그는 생각했다.

시간이 없었다. 어떻게 하면 아르누 집에 초대받을 수 있을까? 그는 가을 경치를 환기시키는 것밖에는 더 좋은 생각이 떠오르지 않아 이렇게 말했다.

"이제 곧 겨울이군요. 무도회와 만찬의 계절 말입니다!"

그러나 아르누는 짐을 꾸리느라 몹시 바빴다. 쉬르빌 언덕이 나타나고, 두 다리가 가까워졌다. 배는 밧줄 제조소를 지나, 일렬로 늘어선 낮은 집들을 따라 나아갔다. 밑에는 타르 칠을 한 냄비와 나무토막이 있었고, 사내아이들이 공중제비를 돌면서 모래 위를 뛰어다니고 있었다. 프레데릭은 소매 달린 조끼를 입은 한 남자를 알아보고 소리쳤다.

"빨리 와."

배가 도착했다. 그는 승객들 속에서 간신히 아르누를 찾아냈다. 아르누가 그의 손을 잡으며 대답했다.

"잘 가시오."

강가에 내린 프레데릭은 뒤를 돌아보았다. 그녀가 키 옆에 서 있었다. 그는 마음을 송두리째 담은 시선을 그녀에게 보냈지만, 그녀는 마치 아무 일도 없었던 것처럼 꼼짝도 하지 않았다. 그는 하인의 인사에는 대꾸도 않고 말했다.

"왜 마차를 여기까지 가져오지 않았어?"

사내가 변명을 했다.

"어리석기는! 돈이나 줘!"

그리고 그는 여인숙으로 가서 식사를 했다.

15분 후, 그는 우연인 척하고 합승마차 정류장으로 들어가 보고 싶었다. 어쩌면 그녀를 다시 볼 수 있지 않을까?

'그래봤자 무슨 소용이람?' 하고 그는 생각했다.

사륜마차가 그를 태우고 달렸다. 말 두 마리가 다 그의 어머니 것은 아니었다. 프레데릭의 어머니는 수납인 샹브리옹 씨의 말을 빌려 자기 말과 함께 마차를 끌게 했다. 이지도르는 그 전날 출발해서 저녁때까지 브레이에서 쉬고 몽트로에서도 숙박했기 때문에, 말들은 원기를 되찾아 재빠르게 달렸다.

수확이 끝난 밭들이 한없이 이어졌다. 길가에는 가로수가 두 줄로 늘어서 있었고, 자갈더미가 잇달아 나타났다. 빌뇌브생고르주, 아블롱, 샤티용, 코르베유를 비롯한 여러 고장들, 여행 중의 모든 일들이 차츰차츰 그의 기억에 선명하게 되살아나 이제야 비로소 세세한 사실과 보다 내면적인 특성을 알아볼 수 있었다. 옷 밑자락 아래로, 그녀는 밤색의 얇은 명주 신발을 신고 있었다. 즈크[4] 천막은 그녀의 머리 위에서 넓은 닫집을 이루었고, 가장자리의 붉고 작은 술 장식들이 미풍에 끊임없이 흔들리고 있었다.

그녀는 낭만적인 책 속의 여인들 같았다. 그녀의 됨됨이에서 아무것도 덜어내거나 덧붙일 필요가 없었다. 우주가 갑자기 넓어졌다. 그녀는 모든 사물이 집중되는 빛나는 점이었다. 그는 마차의 움직임에 몸을 맡긴 채, 눈을 반쯤 감고 멍한 시선으로 한없는 꿈같은 기쁨에 빠져들었다.

브레이에서, 프레데릭은 말에게 귀리를 주는 시간을 기다리지 않고 혼자서 먼저 길을 나섰다. 아르누는 그녀를 "마리!"라고 불렀었다. 그는 아주 크게 "마리!"라고 소리쳐보았다. 그의 목소리가 허공 속에 사라져버렸다.

서쪽 하늘이 진홍색으로 넓게 물들어 있었다. 수확이 끝난 밭 한복판에 우뚝 솟아있는 큰 밀짚더미가 커다란 그림자를 드리우고 있었다. 저 멀리, 농장에서 개 한 마리가 짖기 시작했다. 그는 까닭 모를 불안에 사로잡혀 몸을 떨었다.

이지도르가 뒤따라왔을 때, 프레데릭은 말을 몰기 위해 마부석에 앉았다. 멍한 상태는 이제 지나갔다. 그는 어떻게 해서든지 아르누 집에 들어가 그들과 관계를 맺기로 결심했다. 그들의 가정은 분명 즐거운 곳일 테고, 게다가 아르누도 마음에 들었다. 그리고 또 누가 알겠는가? 그러자 얼굴로 피가 솟구쳐 올라오고, 관자놀이가 윙윙거렸다. 프레데릭이 채찍으로 철썩 때리고 말고삐를 흔들면서 맹렬한 속도로 말을 몰자, 늙은 마부가 연거푸 말했다.

"천천히, 천천히요! 말이 숨 막히겠어요."

프레데릭은 조금씩 진정이 되자, 하인의 말소리가 귀에 들렸다.

모두들 도련님을 초조하게 기다리고 있고, 루이즈 양은 마차를 타

4) 삼베나 모시 따위의 섬유로 두껍게 짠 피륙.

고 같이 가겠다고 울었다는 것이다.

"루이즈 양이 누구지?"

"로크 씨의 따님 말입니다, 아시죠?"

"아! 난 잊고 있었어!" 프레데릭은 대수롭지 않게 대답했다.

말 두 마리가 더 이상 견디지 못하고 다리를 절었다. 프레데릭이 아름 광장의 어머니 집 앞에 도착했을 때, 생로랑 성당의 종은 9시를 치고 있었다. 들판을 향해 정원이 있고 널찍한 그 집은 그 지방에서 가장 존경받는 인물인 모로 부인에 대한 공경심을 한층 더해주었다.

모로 부인은 지금은 혈통이 끊어진 오랜 귀족 가문 출신이었다. 부모님이 결혼시켜준 남편은 평민이었는데, 그녀가 임신 중에 기울어 가는 재산을 남긴 채 검에 찔려 죽었다. 그녀는 1주일에 세 번 손님을 맞았고, 이따금 호화로운 만찬도 베풀곤 했다. 그러나 양초의 수를 미리 계산해야 했고, 소작료를 초조하게 기다려야 했다. 그녀는 그러한 옹색함을 마치 나쁜 일이라도 되는 것처럼 숨기고 있었지만, 그 덕분에 더 근엄해졌다. 그러나 선행을 할 때는 조금도 근엄한 체하거나 까다롭게 굴지 않았다. 그녀의 아주 작은 자비심도 큰 적선처럼 보였다. 사람들은 하인을 고르는 일이나 딸들의 교육 문제, 또는 잼 만드는 방법에 대해 그녀에게 문의했다. 그리고 대주교는 교구를 순시할 때면 그녀의 집에서 묵곤 했다.

모로 부인은 아들에 대해 큰 야망을 품고 있었다. 그녀는 정부를 비난하는 말을 듣고 싶어 하지 않았는데, 그건 장래를 미리 염려하는 신중함 때문이었다. 아들에게는 우선 보호가 필요할 테니까. 그 다음에는 자기 능력에 따라 상원의원도, 대사도, 장관도 될 수 있을 것이다. 상스 중등학교에서의 아들의 우수한 성적은 그런 자만심을 정당화시켜 주었다. 아들이 우등상을 받았던 것이다.

프레데릭이 거실로 들어가자, 모두들 요란스레 소리를 내며 일어나서 그를 껴안았다. 그리고 안락의자와 걸상으로 벽난로 주위에 넓은 반원을 만들었다. 강블랭 씨는 즉시 라파르주 부인[5]에 대한 프레데릭의 견해를 물었다. 당시 격분을 자아냈던 그 소송 사건은 격렬한 논쟁을 불러일으키지 않을 수 없었다. 모로 부인이 논쟁을 중단시키자, 강블랭 씨는 유감스러워했다. 그는 미래의 법률가가 될 자질이 있는 젊은이에게 그런 토론은 유익하다고 생각했고, 결국 화가 나서 거실에서 나가버렸다.

하지만 로크 영감의 한 친구에 대해서는 그다지 신경 쓸 필요가 없다고 했다! 로크 영감 이야기가 나오자, 최근에 라 포르텔 토지를 손에 넣은 당브뢰즈 씨가 화제에 올랐다. 그러나 세금 징수관은 프레데릭을 한옆으로 끌고 가서, 기조 씨[6]의 최근의 일에 대해 어떻게 생각하는지 알고 싶어 했다. 모두들 자기에게 관계된 일을 알고 싶어 했다. 브누아 부인은 교묘하게 말을 꺼내 자기 아저씨 소식을 물었다. 그 친척 아저씨는 어떻게 지내고 있는지? 더 이상 소식이 없는데, 미국에 촌수가 먼 친척이 살고 있다는 게 정말인지?

하녀가 와서 도련님의 식사가 준비되었다고 알렸다. 모두들 조심스럽게 사양하고 물러갔다. 방에 모자만 남게 되자, 어머니가 작은 소리로 말했다.

---

5) Mme Lafarge, 1816~1852. 사랑하지 않는 남편과 함께 시골에서 고독한 생활을 하다가 결국 남편을 독살한 혐의로 고소되어 1840년 종신형을 선고받았다. 이 소송 사건은 당시 유럽 전역을 떠들썩하게 했다.

6) Guizot, 1787~1874. 프랑스의 정치가이며 역사가. 7월왕정(1830~1848) 때 보수주의자들의 지도자로서, 경쟁자인 자유주의자 아돌프 티에르와 함께 프랑스 정치를 좌우했다. 1832~1837년에 교육부 장관을 지냈고, 1840년 잠시 영국주재 대사로 근무한 뒤 티에르를 대신하여 외무부 장관이 되었다. 비록 1847년에 이르러서야 총리에 임명되긴 하지만, 이때부터 그는 정부의 실질적인 지도자 역할을 했다. 소설 1장의 배경이 1840년인 점을 감안하면, 여기서 말하는 최근의 일이란 기조가 정부의 실질적인 주도권을 장악한 사건을 말하는 것으로 추측할 수 있다. 기조 내각은 1848년 2월혁명이 발발하여 막을 내리게 된다.

"어떻게 됐느냐?"

노인은 프레데릭을 아주 친절히 맞아 주었지만, 자기 심중은 말해 주지 않았었다.

모로 부인은 한숨을 쉬었다.

'그녀는 지금쯤 어디 있을까?'라고 프레데릭은 생각했다.

합승마차는 달리고, 아마도 그녀는 숄로 몸을 감싼 채 사륜마차의 시트에 아름다운 얼굴을 기대고 잠들어 있겠지.

그들이 침실로 올라갈 때, '시뉴 드 라 크루아'의 급사가 쪽지를 가지고 왔다.

"뭐냐?"

"델로리에가 만나자고 합니다." 그가 말했다.

"아! 네 친구! 정말이지, 시간도 잘 택했군!" 모로 부인은 경멸적인 냉소를 띠며 말했다.

프레데릭은 망설였다. 그러나 우정이 더 강했나. 그는 모자를 집었다.

"어쨌든 너무 오래 있지는 마라!" 어머니가 그에게 말했다.

II

샤를 델로리에의 아버지는 1818년에 퇴역한 육군대위로, 노장으로 돌아와 결혼했고, 그 지참금으로 집행관 자리를 샀는데 겨우 먹고살 만한 정도였다. 오랜 역경으로 성격이 까다로워졌고 옛날에 입은 상처로 고통을 받으면서도 여전히 황제를 그리워하는 그는 주위 사람들에게 참을 수 없는 울분을 퍼부었다. 그의 아들만큼 매를 많이 맞은 아이도 없었다. 그런데 아들은 매를 맞아도 굴복하지 않았다. 어머니는 말리려고 하다가 아들과 똑같은 학대를 받곤 했다. 마침내 육군대위는 아들을 자기 사무실에 앉혀놓고 하루 종일 책상에 구부리고 앉아 문서를 베껴 쓰게 했다. 그 때문에 델로리에의 오른쪽 어깨는 왼쪽 어깨보다 눈에 띄게 강해졌다.

1833년, 재판장의 권유에 따라 대위는 사무실을 팔았다. 그의 부인은 암으로 죽었다. 그는 디종으로 가서 살다가, 그 후 트루아에서 병역 주선업을 시작했다. 그리고 샤를에게 반액 장학금을 얻어주어 상스 중등학교에 입학시켰고, 거기에서 프레데릭은 그를 알게 되었다. 그러나 한 사람은 열두 살이었고, 다른 한 사람은 열다섯 살이었다. 게다가 성격과 출신에서 비롯되는 수많은 차이점이 그들 사이를 갈라놓고 있었다.

이를테면 프레데릭은 서랍장에 온갖 종류의 물품과 멋진 물건, 화장품 상자 같은 것을 가지고 있었다. 그는 아침에 늦잠을 자고, 제비를 바라보고, 희곡을 읽는 것을 좋아했다. 그리고 편안한 집을 그리워하며 학교생활을 힘들게 생각했다.

집행관의 아들에게는 학교생활이 즐거운 것 같았다. 그는 아주 열심히 공부해서 2년 후에는 3학년으로 진급했다. 그러나 가난 때문인지, 아니면 싸움을 좋아하는 성격 때문인지 암암리에 적의가 그의 주변을 감쌌다. 한번은 교정 한가운데서 한 하인이 그를 거지의 자식이라고 부르자, 그가 하인의 목을 향해 달려들었다. 세 명의 자습교사가 말리지 않았다면, 그는 하인을 죽였을 것이다. 프레데릭은 아주 감탄하여 그를 두 팔로 껴안았다. 그날부터, 그들 사이에는 완전한 친밀감이 형성되었다. 아마도 상급생의 애정은 하급생의 허영심을 채워주었고, 상급생은 자발적인 헌신을 기쁘게 받아들였던 것 같다.

델로리에의 아버지는 방학 동안에도 아들을 학교에 있게 했다. 델로리에는 우연히 펼쳐본 플라톤의 번역판에 열중하게 되었다. 그래서 형이상학 공부에 몰두했고, 빠른 진보를 보였다. 젊은 혈기와 자랑할 만한 뛰어난 지성으로 공부했기 때문이었다. 주프루아,[7] 쿠쟁,[8] 라로미기에르,[9] 말브랑슈,[10] 스코틀랜드 학파 등 도서관에 있는 모든 것을 섭렵했다. 그는 책을 얻기 위해 도서실 열쇠를 훔쳐낼 정도였다.

프레데릭의 취미는 그렇게 진지하지 않았다. 그는 트루아루아 거리에서 기둥에 조각된 그리스도의 혈통이나 성당의 정면 현관을 모사했다. 중세 극을 읽은 후에는 프루아사르,[11] 코민,[12] 피에르 드 레스투알,[13] 브랑톰[14] 등의 회상록을 탐독했다.

그런 독서를 통해 머릿속에 남은 영상이 집요하게 마음을 사로잡아서, 그는 그런 것을 재현해보고 싶은 욕구를 느꼈다. 그는 언젠가는 프랑스의 월터 스콧[15]이 되기를 갈망했다. 델로리에는 가장 폭넓게

---

7) Jouffroy, 1796~1842. 프랑스의 철학자. 스코틀랜드 철학을 소개하고, 스스로도 그 입장에 서서 유심론적 심리학을 전개하였다.

8) Cousin, 1792~1867. 프랑스의 철학자. 그의 철학은 여러 학설을 상호 모순 없이 종합 통일하는 것을 지향하는 절충주의이다.

9) Laromiguière, 1756~1837. 프랑스의 철학자. 《지성의 규칙에 대한 혹은 우리 관념의 원인과 기원에 대한 철학 강의》라는 저서가 있다.

10) Malebranche, 1638~1715. 프랑스의 철학자이며 수도사. 데카르트의 철학에 심취하여 독자적인 형이상학을 확립했는데, 신앙의 진리와 이성적 진리를 조화시키는 것이 그의 주요 관심사였다.

11) Froissart, 1337~1400?. 프랑스의 시인이며 연대기 작가. 특히 봉건시대 기사들의 무훈담을 모아 동 시대 역사의 충실한 기록자가 되었다. 대표작은 《연대기》로 백년전쟁 당시의 유럽 시대사를 기록하여 14세기 최대의 문학 작품으로 꼽힌다.

12) Comines, 1447~1511. 프랑스의 연대기 작가. 루이 9세, 샤를 8세의 중신으로 활약한 경험을 바탕으로 방대한 《회상록》을 썼는데, 이것은 1464~1495년의 30년에 걸친 정계의 사건과 실정을 알기 위한 귀중한 자료가 됐다.

13) Pierre de l'Estoile, 1545~1611. 프랑스의 연대기 작가. 앙리 3세와 4세 시대를 주로 다루었다.

14) Brantôme, 1540?~1614. 프랑스의 회상록 작가. 그의 집안이 궁정과 관계가 있었기 때문에 유년시절을 궁정에서 보냈고, 이것을 바탕으로 일화풍의 《회상록》을 썼는데 여기에는 16세기 후반의 궁정생활에 등장하는 남녀의 스캔들이 생생하게 묘사되어 있다.

적용될 수 있는 방대한 철학 체계를 계획하고 있었다.

쉬는 시간이면, 그들은 운동장에서 큰 시계 밑에 새겨진 도덕적인 내용의 게시문을 마주 보며 그 모든 것을 이야기했다. 예배당에서는 성 루이의 면전에서 그런 얘기를 속삭였다. 묘지가 내려다보이는 공동침실에서도 그런 공상의 나래를 폈다. 산책을 하는 날이면, 그들은 다른 사람들 뒤에 처져서 끝없이 이야기를 나누었다.

그들은 나중에 학교를 졸업하고 할 일에 대해서도 이야기했다. 우선 프레데릭이 성년이 될 때 받을 유산에서 미리 떼어낸 돈으로 대여행을 하기로 했다. 그 다음 파리로 돌아가서 함께 공부하고 서로 헤어지지 않기로 했다. 그리고 공부에 지치면, 기분전환으로 부드러운 천을 친 규방에서 공작부인과 사랑을 하거나 유명한 고급 창녀들과 으리으리한 향연을 가질 것이다. 그런 희망에 찬 흥분 뒤에는 회의가 이어졌다. 그래서 즐거운 수다의 절정이 지나고 나면, 그들은 깊은 침묵에 빠지곤 했다.

여름날 저녁에는 포도밭 가장자리의 자갈길이나 들판 한가운데의 대로에서 오랫동안 산책을 하다가, 밀 이삭이 햇볕에 물결치고 안젤리카 향기가 바람에 스칠 때면 숨이 막힐 듯 기분이 멍해지고 도취되어 그대로 드러눕곤 했다. 다른 학생들은 웃옷을 벗고 사람잡기 놀이를 하거나 연을 날리고 있었다. 자습감독이 학생들을 불렀다. 그들은 작은 시냇물이 흐르는 정원을 따라, 낡은 성벽 때문에 그늘이 진 큰길을 걸어 돌아갔다. 인적 없는 거리에 그들의 발자국 소리가 울렸다. 철책 문이 열리고 계단을 올라가면, 그들은 아주 방탕한 짓을 하고 난 후처럼 우울해지곤 했다.

---

15) Walter Scott, 1771~1832. 영국의 소설가, 시인, 역사가. 시로부터 소설로 전향한 그의 역사소설은 1814년 익명으로 출판된 《웨이벌리》로 시작된다. 이것이 크게 호평을 얻어, 장편 걸작을 연달아 발표하여 유럽 전역에서 애독되었다.

교감 선생님은 그들이 서로를 흥분시키는 짓을 한다고 주장했다. 그렇지만 프레데릭이 상급반에서 공부를 한 것은 친구의 격려 덕분이었다. 1837년 방학에, 그는 친구를 어머니의 집에 데려갔다.

델로리에는 모로 부인의 마음에 들지 않았다. 그는 대단한 대식가에다가 일요일에는 미사 참여를 거부했고, 공화주의적인 이야기를 하곤 했다. 결국 그녀는 델로리에가 자기 아들을 좋지 못한 장소로 데려갔다고 생각하게 되었다. 사람들은 그들의 관계를 감시했다. 그러나 그들은 그 때문에 더욱더 서로를 좋아하게 될 뿐이었다. 그래서 다음 해에 델로리에가 중등학교를 졸업하고 법학을 공부하러 파리로 떠날 때, 그들의 이별은 아주 고통스러웠다.

프레데릭은 파리에서 그를 다시 만날 생각이었지만, 지난 2년 동안에는 서로 만나지 못했다. 그들은 포옹을 나눈 다음, 더 편하게 얘기하러 다리 위로 갔다.

육군대위는 지금은 빌녹스에서 당구장을 경영하고 있는데, 아들이 성년이 될 때까지 맡아서 관리하던 유산을 청구하자 불같이 화를 내고 생활비마저 딱 끊어버렸다. 델로리에는 나중에 교수직을 희망하고 있었지만 돈이 없어서, 트루아에서 어떤 소송 대리인의 주임서기로 취직하고 있었다. 그는 절약을 하여 4천 프랑을 저축할 생각이었다. 그러면 만약 어머니의 유산에 손대지 못하게 되더라도, 어떤 지위를 기다리며 3년 동안 자유로이 공부할 밑천을 갖게 될 거라고 했다. 따라서 적어도 현재로서는 수도에서 같이 살기로 한 그들의 예전 계획은 포기할 수밖에 없다는 것이었다.

프레데릭은 고개를 숙였다. 그의 첫 번째 꿈이 무너진 것이다.

"기운 내. 인생은 길고 우린 젊어. 난 너와 합류할 거야! 더 이상 그 생각은 하지 마!" 육군대위의 아들이 말했다.

그는 프레데릭의 손을 잡아 흔들면서, 기분을 전환시키려고 여행에 대해 물었다.

프레데릭은 얘기할 만한 대단한 일도 없었다. 그러나 아르누 부인이 생각나자, 그의 슬픔은 사라져 버렸다. 그는 부끄러움 때문에 그녀에 대한 이야기는 하지 않았다. 대신 아르누에 대해서는, 그의 대화나 태도나 친교 등을 장황하게 늘어놓았다. 델로리에는 아르누와 친분을 쌓으라고 프레데릭에게 적극 권했다.

프레데릭은 최근에는 아무것도 쓰지 않고 있었고, 문학관도 바뀌어서 무엇보다도 정열을 소중하게 생각하고 있었다. 베르테르,[16] 르네,[17] 프랑크,[18] 라라,[19] 렐리아,[20] 그리고 그보다 보잘것없는 여러 인물들이 거의 똑같이 그를 열광시켰다. 때때로 그는 오직 음악만이 내면의 괴로움을 표현할 수 있는 것처럼 생각되어 교향악을 동경했다. 혹은 사물의 외관에 사로잡혀 그림을 그리고 싶어 하기도 했다. 그래도 예전에 써두었던 시는 있었다. 델로리에는 그 시들이 아주 아름답다고 했지만, 다른 시를 보여 달라고 하지는 않았다.

델로리에는 더 이상 형이상학에 빠져있지 않았다. 그는 사회경제와 프랑스 대혁명에 몰두해 있었다. 그는 이제 야위고 입이 크며 확고한 태도를 지닌 스물두 살의 키 큰 사나이가 되어 있었다. 그날 저녁, 그는 남루한 라스팅 외투를 입고 있었는데 구두는 먼지로 하얗게 덮여 있었다. 프레데릭을 만나려고 빌녹스에서부터 걸어온 까닭이었다.

이지도르가 다가왔다. 부인께서 도련님이 돌아오기를 바라시면서 감기에 걸릴까 봐 외투를 보냈다는 것이다.

"그냥 있어!" 델로리에가 말했다.

그들은 운하와 강으로 이루어진 좁은 섬에 걸쳐진 두 다리의 한 쪽

---

16) 독일 작가 괴테의 《젊은 베르테르의 슬픔》의 주인공.
17) 프랑스 낭만파의 선구자 샤토브리앙(Chateaubriand)의 소설 《르네》의 주인공.
18) 프랑스 낭만파 시인 뮈세(Musset)의 극시 〈잔과 입술〉에 나오는 인물.
19) 영국 낭만파 시인 바이런(Byron)의 시에 나오는 인물.
20) 프랑스의 여류 소설가 조르주 상드(George Sand)의 소설 《렐리아》의 주인공.

끝에서 다른 쪽 끝까지 계속 산책했다.

노장 쪽을 향해 갈 때는 맞은편에 약간 경사진 일군의 집들이 보였고, 오른쪽에는 수문이 닫힌 목조 물레방아 너머로 성당이 나타났다. 그리고 왼쪽에는 강가를 따라 소관목 울타리가 정원의 경계를 이루고 있었는데, 정원은 거의 보이지 않았다. 그러나 파리 쪽을 향해 갈 때는 일직선으로 뻗어 내린 대로와 밤안개 속에 멀리 사라진 초원이 보였다. 밤은 고요했고, 훤하게 밝았다. 축축한 나뭇잎 냄새가 올라왔다. 멀리 백 보쯤 떨어진 곳에서는 둑에서 떨어지는 물소리가 어둠 속에 들리는 부드러운 물결 소리와 함께 졸졸 소리를 내고 있었다.

델로리에가 걸음을 멈추고 말했다.

"사람들이 이렇게 조용히 잠들어 있다니, 우스운 일이야! 조금만 기다려! 새로운 89년이 준비되고 있거든! 헌법, 헌장, 교활함, 거짓, 그런 것에도 이젠 신물이 나! 아! 내가 신문이나 연단을 갖게 된다면, 그 모든 것을 없애버릴 텐데! 하지만 뭘 하든지 돈이 필요하단 말이야! 술집 아들로 태어나 밥벌이를 하느라고 청춘을 허비하다니, 이 얼마나 저주할 일인지!"

그는 머리를 숙이며 입술을 깨물었고, 얇은 옷을 입은 탓에 몸을 떨고 있었다.

프레데릭은 자기 외투의 반을 그의 어깨에 걸쳐주었다. 그들은 함께 외투로 몸을 감싼 채, 허리를 껴안고 나란히 걸었다. 프레데릭이 말했다.

"너도 없이 파리에서 어떻게 살라는 거야? (친구의 슬픔에 그는 다시 우울해졌다) 나를 사랑하는 여자가 있다면 어떻게 해 보겠지만… 왜 웃어? 사랑은 마음의 양식이고, 천재의 분위기와 같은 거야. 특별한 감정이 고상한 작품을 만들어내는 법이지. 하지만 내게 필요한 여자를 찾는 일에 대해서는, 난 포기하고 있어! 게다가 내가 언젠가 그런 여자를 찾게 된다 해도, 여자 쪽에서 나를 거부할 거야. 난 박복한 인간이거든. 그래서 가짜 보석이 되었든, 진짜 다이아몬드가 되었든 어쨌든 보석을 가지고도 난 그냥 죽어갈지도 몰라."

누군가의 그림자가 포석 위에 길게 비치는 순간, 목소리가 들렸다.

"접니다, 도련님들!"

헐렁한 갈색 프록코트를 입은 키가 작은 남자였다. 그는 챙 달린 모자를 쓰고 있었는데, 챙 밑으로 뾰족한 코가 드러나 보였다.

"로크 씨?" 프레데릭이 말했다.

"그렇습니다!" 상대방이 대답했다.

이 노장 사람은 강가에 있는 자기 정원의 늑대잡이 덫을 살펴보고 돌아오는 중이라며 자기가 나타난 이유를 해명했다.

"고향으로 돌아오셨다지요? 잘됐어요! 딸아이한테 얘기 들었어요. 여전히 건강하지요? 아직 떠나지는 않으시겠죠?"

그는 프레데릭이 대하는 태도가 불쾌했는지 그만 가버렸다.

사실 모로 부인도 그를 가까이하지 않고 있었다. 로크 영감은 하녀를 첩으로 데리고 살고 있었다. 선거관리인이며 당브뢰즈 씨의 관리인이기도 했지만, 사람들에게 거의 존경받지 못하고 있었다.

"앙주 거리에 살고 있는 은행가 말이야? 이봐, 네가 할 일이 뭔지 알아?" 델로리에가 물었다.

이지도르가 또다시 그들을 방해했다. 그는 프레데릭을 반드시 데려오라는 명령을 받고 왔다. 부인은 아들이 집에 없는 것을 걱정하고 있다는 것이었다.

"좋아, 좋아! 지금 간다구. 외박은 하지 않을 거야." 델로리에가 말했다.

그리고 하인이 돌아가자, 다시 말했다.

"넌 당브뢰즈 댁에 소개해 달라고 저 영감에게 부탁해야 해. 부잣집에 자주 드나드는 것처럼 유익한 일은 없거든! 네겐 검은 예복과 흰 장갑이 있으니, 그걸 이용하란 말야! 넌 꼭 그 세계에 발을 들여

놓아야 해! 나중에 나도 데려가고. 백만장자라니, 생각해 봐! 당브뢰즈 씨의 마음에 들도록 처신해, 그리고 그의 부인에게도. 부인의 애인이 되어보지 그래!"

프레데릭은 반대했다.

"하지만 내가 하는 말은 세상 사람이 다 인정하는 사실이야, 안 그래? 《인간희극》[21]의 주인공 라스티냐크를 생각해 봐! 넌 틀림없이 성공할 거야!"

프레데릭은 델로리에를 매우 신용하고 있었기 때문에 마음이 흔들리는 것을 느꼈다. 아르누 부인을 잊고, 아니 다른 여자에 대한 친구의 예언에 그녀를 포함시켜 생각하며 그는 미소 짓지 않을 수 없었다.

델로리에가 덧붙였다.

"마지막 충고인데, 시험은 합격해 두도록 해! 자격이란 항상 유익한 것이거든! 그리고 가톨릭파든 악마파든, 철학적으로 12세기와 하등 다를 바 없는 네 시인들에 대해서는 내게 솔직하게 다 털어버려. 네 설망은 어리석은 거야. 미라보[22]를 비롯해서 매우 위대한 사람들은 남들보다 더 어려운 출발을 했어. 게다가 우리의 이별도 그리 길지 않을 거야. 난 우리 사기꾼 아버지에게 돈을 토해내게 할 테니까. 이제 돌아가야 할 시간이군, 그럼 안녕! 참, 저녁 값을 내야 하는데

---

21) 프랑스의 19세기 작가 발자크(Balzac)가 자기의 소설 전체에 붙인 제목. 총 90여 편으로 이루어져 있는데, 라스티냐크는 그 중 여러 편의 소설에 등장하는 인물로서 《고리오 영감》에서 그 성격이 가장 잘 드러나 있다. 용기 있고 이상주의자이지만 명예와 권력을 갈망하는 인물로, 처음에는 파리 사교계의 파렴치함에 반항하지만, 점점 세속적인 성공에 대한 유혹을 알게 되어 작품의 말미에 이르러서는 파리에 도전장을 내민다.

22) Mirabeau, 1749~1791. 프랑스 혁명 때의 정치가. 18세에 군에 입대했으나, 방탕과 낭비벽이 심하여 뱅센 감옥에 수감되기도 했다. 1789년 5월 삼부회에 제3신분의 대표로 출마하고, 그 후 라파예트와 함께 혁명 초기의 거물이 되어 파리 시민의 인기를 한몸에 받았다.

100수(sou) 있어?"

프레데릭은 아침에 이지도르에게서 받은 돈의 나머지 10프랑을 그에게 주었다.

다리에서 약 40미터쯤 떨어진 왼쪽 강변의 낮은 집 천창에서 빛이 반짝이고 있었다.

델로리에는 그것을 보자, 모자를 벗으며 과장해서 말했다.

"비너스, 하늘의 여왕이시여, 인사드립니다! 하지만 가난이란 지혜의 어머니랍니다. 우리는 그 때문에 이미 충분히 욕을 당했나이다, 맙소사!"

그들이 함께 겪은 어떤 사건[23]을 암시하는 이 말에 그들은 아주 즐거워졌다. 그들은 길거리에서 큰 소리로 웃었다.

그리고 여인숙에 값을 치른 다음, 델로리에는 프레데릭을 시립병원 네거리까지 바래다주었다. 오랜 포옹을 나눈 후, 두 친구는 헤어졌다.

III

두 달 후 어느 날 아침, 코크에롱 거리에 내린 프레데릭은 곧바로 중대한 방문을 하려고 생각했다.

우연이 그를 도왔다. 로크 영감이 그에게 서류 뭉치를 가지고 와서 당브뢰즈 씨에게 직접 전해달라고 부탁하며, 거기에다가 같은 고향의 젊은이를 소개하는 개봉된 편지도 첨부한 것이다.

모로 부인은 그런 부탁에 대해 놀란 것 같았다. 프레데릭은 부탁받은 기쁨을 드러내지 않고 감추었다.

---

23) 프레데릭과 델로리에가 창녀촌을 찾아갔던 실패담을 말한다. 소설의 말미에 이 일화가 다시 이야기된다.

당브뢰즈 씨의 본명은 드 앙브뢰즈 백작인데, 1825년 이후로 서서히 귀족의 신분과 당파를 버리고 사업으로 전향했다. 그는 모든 일에 귀를 기울이고 온갖 사업에 손을 대면서 좋은 기회를 놓치지 않았을 뿐만 아니라, 그리스 사람처럼 치밀하고 오베르뉴 사람처럼 열심히 일하여 상당한 재산을 모았다. 게다가 그는 레지옹도뇌르 훈장의 수훈자요, 오브[24]의 도의원이자 국회의원으로, 언젠가 한번은 상원의원이 될 사람이었다. 그는 다른 사람들에게는 관대했지만, 보조금이나 십자훈장 또는 담배사업에 대해 끊임없는 요구를 하여 장관을 괴롭히고 있었다. 그리고 권력에 대한 불만 때문에 중도좌파로 기울어지고 있었다. 그의 아내 당브뢰즈 부인은 패션 잡지에 나올 정도로 미인이었고, 자선단체를 주관하고 있었다. 그녀는 공작부인들의 비위를 맞추어 귀족사회의 반감을 가라앉히고, 당브뢰즈 씨도 뉘우치고 앞으로 귀족을 위해 애쓰게 될 거라고 믿게 했다.

프레데릭은 당브뢰즈 집으로 가면서 마음이 불안했다.

'예복을 입고 오는 게 좋았을 걸. 다음 주의 무도회에 초대받을지도 모르는 일인데. 그들이 무슨 말을 할까?'

그래봤자 당브뢰즈 씨도 부르주아의 한 사람에 지나지 않는다는 생각을 하자, 그는 마음의 안정을 되찾고 이륜마차에서 앙주 거리의 보도로 경쾌하게 뛰어내렸다.

그는 대문 하나를 밀고 마당을 가로질러 층계를 올라가서, 유색의 대리석으로 포장된 현관으로 들어갔다.

구리 막대로 장식된 붉은 양탄자가 깔린 곧은 이중 계단이 번쩍이는 벽토의 높은 벽에 걸쳐져 있었다. 계단 밑에는 난간의 벨벳 위로 넓은 잎사귀를 늘어뜨린 바나나 나무가 있었다. 나뭇가지 모양의 커다란 청동 촛대 두 개에는 가는 사슬에 매달린 자기 덮개가 덮여 있었

24) 파리의 동쪽에 있는 행정구역.

고, 입을 크게 벌린 난방장치의 환기창에서 무더운 공기가 뿜어져 나오고 있었다. 그리고 귀에 들리는 소리라고는 현관 반대쪽 구석의 무기 장식 아래 세워져 있는 커다란 벽시계가 째깍거리는 소리뿐이었다.

초인종이 울리자, 한 하인이 나타나 프레데릭을 작은 방으로 안내했다. 거기에서는 금고 두 개와 서류함이 가득한 칸막이 선반들이 눈에 띄었다. 당브뢰즈 씨가 방 한가운데 개폐식 뚜껑이 달린 사무용 책상에서 글을 쓰고 있었다.

그는 로크 영감의 편지를 훑어보더니, 서류를 봉한 헝겊을 나이프로 열고 서류를 검토했다.

당브뢰즈 씨는 멀리서 보면 몸이 호리호리해서 아직 젊어 보였다. 그러나 듬성듬성한 흰머리, 허약한 사지, 특히 놀랍도록 창백한 안색이 쇠약해진 체력을 말해주고 있었다. 유리 눈보다 더 차가워 보이는 그의 청록색 눈에는 냉혹한 힘이 머물고 있었다. 광대뼈는 불쑥 튀어나왔고, 양손의 관절은 뼈마디가 굵었다.

마침내 자리에서 일어난 그는 서로 알고 있는 사람들과 노장과 프레데릭의 학업에 대해 몇 가지 질문을 한 다음, 머리를 숙이며 작별인사를 했다. 프레데릭은 다른 복도로 나와서 마당 아래쪽의 창고 옆으로 갔다.

검은 말이 이끄는 푸른색 사륜마차 한 대가 현관 층계 앞에 서 있었다. 마차 문이 열리고 한 부인이 올라타자, 마차는 둔탁한 소리를 내며 모래 위를 굴러가기 시작했다.

반대편에서 온 프레데릭은 마차와 동시에 대문 밑에 도착했다. 공간이 그리 넓지 않아서 그는 마차가 지나가는 것을 기다려야 했다. 여닫이 창 밖으로 몸을 기울인 젊은 여자가 문지기에게 나지막한 소리로 말을 하고 있었다. 프레데릭에게는 보라색 망토를 입은 여자의 등밖에 보이지 않았다. 그러나 그는 장식 끈과 명주 술 장식이 달린 푸른 천으로 덮인 마차의 내부를 들여다볼 수 있었다. 여자의 옷이

마차 안을 가득 채우고 있었고, 쿠션을 댄 작은 마차에서는 붓꽃 냄새가 났다. 그것은 마치 우아한 여인의 아련한 향기와도 같았다. 마부가 고삐를 늦추자, 말이 갑자기 대문 옆의 말뚝을 스치더니 사라져 버렸다.

프레데릭은 대로를 따라 걸어서 돌아왔다.

그는 당브뢰즈 부인을 제대로 보지 못한 것이 못내 아쉬웠다.

몽마르트르 거리를 조금 올라간 곳에서 붐비는 마차 때문에 길이 막히자, 그는 주위를 돌아보았다. 반대쪽 맞은편의 대리석 판 위에 다음과 같은 글씨가 보였다.

"자크 아르누"

왜 좀더 빨리 그녀 생각을 하지 못했을까? 그건 델로리에 때문이었다. 그는 상점 쪽으로 갔지만, 들어가지는 않고 그녀가 나타나기를 기다렸다.

위쪽의 투명한 유리창 너머로 작은 동상, 데생, 판화, 카탈로그, 〈공예〉 잡지들이 솜씨 좋게 진열된 것이 보였다. 발행자 이름의 머리글자로 가운데가 장식된 문 위에는 구독료의 가격표가 여러 장 붙어 있었다. 벽에는 니스가 번쩍이는 커다란 그림들이 걸려있었고, 안쪽에는 도자기, 청동, 사람의 흥미를 끄는 진귀한 물건들이 가득 들어있는 장식장 두 개가 있었다. 두 장식장 사이에는 작은 계단이 있었는데, 꼭대기에 융단 휘장이 내려져 있었다. 낡은 작센 자기로 된 샹들리에, 바닥에 깔린 초록색 양탄자, 상감세공의 테이블 같은 것들 때문에 내부가 상점이라기보다는 거실처럼 보였다.

프레데릭은 데생을 살펴보는 체했다. 한참을 망설이다가 그는 안으로 들어갔다.

한 점원이 휘장을 들어 올리더니, 주인은 5시 전에는 '상점'에 나오지 않는다고 대답했다. 하지만 용건은 전해줄 수 있다고 했다.

"아닙니다, 다시 오지요." 프레데릭은 조용히 대답했다.

그 뒤 며칠은 거주할 곳을 찾는 데 보냈다. 그는 생티아생트 거리에 있는 하숙용의 저렴한 호텔 3층 방으로 정했다.

그는 새 노트를 팔 밑에 끼고 첫 강의에 갔다. 모자를 벗은 3백 명의 젊은이들로 가득 찬 계단강의실에서 붉은 옷을 입은 노 교수가 단조로운 목소리로 강의를 했다. 펜이 종이 위에서 사각거리는 소리가 들렸다. 그는 그 강의실에서 중등학교 교실의 먼지 냄새, 비슷한 모양의 교단, 똑같은 권태를 다시 느꼈다! 보름 동안 그는 강의실에 계속 갔다. 그러나 민법은 아직 3항도 채 안 배웠는데 중단했고, 유스티니아누스의 법률 요강은 '인격을 구분하는 총체'라는 부분에서 포기해 버렸다.

그가 기대했던 즐거움은 찾아오지 않았다. 그는 도서실 책을 모조리 읽고, 루브르 박물관의 수집품을 모두 훑어보고, 계속해서 여러 번 공연을 보러 가다가 결국은 끝없는 무위도식에 빠지고 말았다.

가뜩이나 우울한데다가 수많은 새로운 일들이 생겼다. 세탁물의 수를 세어야 했고, 남자 간호사 같은 촌스런 몰골로 술 냄새를 풍기고 투덜거리면서 아침에 침대를 정돈하러 오는 문지기에 대해서도 참아야 했다. 흰 석고의 추시계로 장식된 방도 마음에 들지 않았다. 칸막이가 얇아서, 학생들이 술을 마시며 웃고 노래하는 소리도 들렸다.

이런 고독한 생활에 지쳐서, 그는 바티스트 마르티농이라는 옛 친구 한 사람을 찾아보기로 했다. 그는 생자크 거리의 개인 하숙집에서 석탄 불 앞에 앉아 소송법 공부에 여념이 없는 친구를 발견했다.

친구의 맞은편에는 인도 사라사 옷을 입은 한 여자가 양말을 꿰매고 있었다.

마르티농은 대단한 미남이라고 할 만했다. 키가 크고, 뺨은 통통하며, 균형 잡힌 용모에 파란 눈은 머리와 수평을 이루고 있었다. 부농인 그의 아버지는 아들을 사법관으로 만들 작정이었다. 그래서 그는 미리부터 위엄 있게 보이려고 목걸이 모양으로 다듬은 수염을 기르고 있었다.

프레데릭의 권태에는 이렇다 할 이유가 있는 것도 아니고 딱히 내세울 수 있는 불행도 없었기 때문에, 마르티농은 생활에 대한 친구의 한탄을 전혀 이해하지 못했다. 마르티농은 매일 아침 학교에 갔다가 뤽상부르 공원을 산책하고 저녁에는 카페에서 커피를 마셨으며, 연 천오백 프랑의 돈과 여직공의 사랑으로 아주 행복해하고 있었다.

'정말 행복하겠군!' 프레데릭은 마음속으로 외쳤다. 그는 학교에서 또 다른 사람을 알게 되었다. 명문가 자제로 아가씨처럼 얌전한 태도를 지닌 드 시지였다.

시지는 그림에 열중했고, 고딕 양식을 좋아했다. 그들은 여러 번 함께 생트샤펠과 노트르담을 감상하러 갔다. 그러나 이 젊은 귀족의 품위 뒤에는 가장 빈약한 지성이 숨겨져 있었다. 그는 모든 것에 놀라워했고 하찮은 농담에도 크게 웃었으며 지나치게 단순했기 때문에, 프레데릭은 처음에는 그를 어릿광대로 여기다가 나중에는 멍청이로 생각하게 되었다.

그리하여 프레데릭은 누구와도 마음을 털어놓을 수가 없었고, 여전히 당브뢰즈 집의 초대를 기다리고 있었다.

정초에 그는 그들에게 명함을 보냈으나, 아무런 회답도 받지 못했다.

그는 '공예사'에 다시 가 보았다.

세 번째로 갔을 때 드디어 아르누를 보았다. 아르누가 대여섯 명의 사람들에게 둘러싸여 싸우느라고 프레데릭의 인사에는 거의 대꾸도 하지 않자, 프레데릭은 기분이 상했다. 하지만 그래도 여전히 어떻게 하면 그녀를 만날 수 있을까 하는 궁리를 했다.

처음에는 그림을 흥정하는 체하며 자주 드나들 생각을 해 보았다. 그 다음에는 '아주 훌륭한' 기사를 써서 신문함에 집어넣을 생각을 했다. 그러면 교제의 계기가 될 것이다. 어쩌면 직접 부딪쳐 사랑을 고백하는 것이 낫지 않을까? 그래서 그는 서정적인 감정과 돈호법이 가득한 열두 장의 편지를 썼지만, 그 편지를 찢어버리고 아무것도, 아무 시도도 하지 않았다. 실패가 두려워 행동을 할 수 없었던 것이다.

아르누 상점 2층의 창문 세 개에는 저녁마다 불이 켜졌다. 창문 뒤로 몇 개의 그림자가 움직이고 있었는데, 특히 그 중 하나는 바로 그녀의 그림자일 터였다. 그는 그 창문을 바라보고 그녀의 그림자를 보기 위해 아주 멀리서부터 걸어오곤 했다.

하루는 튈르리 정원에서 어린 소녀의 손을 잡은 한 흑인 여자와 마주쳤다. 흑인 여자를 보자, 프레데릭은 아르누 부인의 흑인 하녀가 생각났다. 그녀도 틀림없이 다른 여자들처럼 튈르리 정원에 올 거라는 생각이 들어서, 튈르리 정원을 지날 때마다 그녀를 만날지도 모른다는 희망에 가슴이 두근거렸다. 날씨가 좋은 날이면, 그는 샹젤리제 거리 끝까지 산책을 계속했다.

사륜마차에 무기력하게 앉아 베일을 바람에 펄럭이는 여자들이 열 지어 프레데릭의 곁을 지나갔다. 말들의 씩씩한 발걸음에 미미하게 흔들리는 마차의 동요에 따라 니스 칠한 가죽 끈이 삐걱거리는 소리를 냈다. 마차의 수가 점점 더 많아졌고, 롱푸앙에서부터는 속도가 느려져 거리가 온통 마차로 가득 찼다. 갈기와 갈기가 서로 닿을 듯했고, 초롱과 초롱이 서로 부딪칠 것 같았다. 강철 등자, 은 재갈 사슬, 구리 코뚜레들이 짧은 바지와 하얀 장갑과 차창의 문장(紋章) 위로 늘어진 모피 사이로 여기저기에서 빛을 발하고 있었다. 그는 머나먼 나라에서 길을 잃은 느낌이 들었다. 그의 눈은 여자들의 얼굴 위에서 떠돌았고, 그러다가 어딘가 닮은 얼굴을 보면 아르누 부인이 생각났다. 그는 다른 여자들 속에서 당브뢰즈 부인의 마차와 비슷한 모양의 마차에 타고 있는 그녀의 모습을 그려보았다. 그러는 사이, 해가 저물고 찬바람이 먼지의 소용돌이를 일으켰다. 마부들은 넥타이 속에 턱을 파묻었다. 마차바퀴가 더 빨리 돌기 시작하자 매카담식 포장도로[25]가 덜거덕거리는 소리를 냈다. 마차 일행은 서로 스치거나 멀어지기도 하고 서로 추월도 하면서 긴 대로를 전속력으로 내려가더니, 콩코르드 광장에서 뿔뿔이 흩어졌다. 튈르리 정원 뒤의 하늘은 청회색 빛을 띠고 있었다. 정원의 나무들은 꼭대기가 보랏빛으로 물든 커다란 두 개의 덩어리를 이루고 있었다. 가스등의 불이 켜지고, 수면 전체가 녹색을 띤 센 강은 다리 기둥에 부딪쳐 은빛 물결로 갈라졌다.

그는 43수짜리 식권으로 라 아르프 거리의 한 식당으로 저녁을 먹으러 갔다.

낡은 마호가니 계산대, 얼룩진 냅킨, 때가 낀 은그릇과 벽에 걸린 모자들을 그는 경멸적인 시선으로 바라보았다. 주위에 있는 사람들은 그와 똑같은 학생들이었다. 그들은 교수와 애인들에 대해 얘기하고 있었다. 프레데릭은 교수에게 신경을 썼던가! 애인은 가졌던가! 그는 그들의 즐거운 모습을 피하기 위해 최대한 늦게 식당에 갔다. 그랬더니 모든 식탁이 음식물 찌꺼기로 덮여 있었다. 구석에서는 종업원 두 명이 지쳐서 자고 있었고, 음식 냄새, 등잔 냄새, 담배 냄새가 텅 빈 식당을 가득 채우고 있었다.

그는 천천히 거리를 다시 올라갔다. 가로등이 흔들리자, 진창에 비친 노르스름한 긴 그림자가 떨렸다. 우산을 쓴 사람들의 그림자가 인도 가장자리를 미끄러져 지나갔다. 포장도로는 지저분했고, 엷은 안개가 내려앉아 습기 찬 어둠이 그를 둘러싸며 끝없이 그의 마음속으로 스며드는 것 같았다.

---

25) 영국의 T. 텔퍼드와 J.L. 매카담은 각각 1805년, 1815년경에 뛰어난 쇄석도를 만들었는데, 특히 매카담공법은 비용이 싸고 당시의 마차교통에도 견뎌내는 뛰어난 것이었다. 여기서 말하는 매카담식 포장도로는 바로 이것을 말한다.

그는 양심의 가책을 느꼈다. 그래서 다시 강의를 들으러 갔다. 그러나 이미 배운 내용을 하나도 몰랐기 때문에, 아주 간단한 문제에도 당황했다.

그는《어부의 아들, 실비오》라는 제목의 소설을 쓰기 시작했다. 베네치아를 무대로 한 것이었다. 남자 주인공은 그 자신이고, 여자 주인공은 아르누 부인이었다. 여주인공의 이름은 안토니아였는데, 그녀를 얻기 위해 남자 주인공이 여러 명의 귀족을 살해하고, 도시의 일부를 불태우고, 몽마르트르 거리에서 본 붉은 원단의 커튼이 미풍에 펄럭이는 그녀의 발코니 아래에서 노래를 부른다는 내용이었다. 막연한 추억을 너무 많이 늘어놓았음을 깨닫자, 그는 용기가 꺾여 더 이상 쓸 수가 없었다. 그리고 무위도식하는 생활이 되풀이되었다.

그래서 그는 델로리에에게 파리로 와서 자기 방에서 함께 생활하자고 간청했다. 두 사람의 생활은 그의 하숙비 2천 프랑으로 꾸려나갈 수 있을 테니, 이런 참을 수 없는 생활보다는 훨씬 나을 터였다. 그러나 델로리에는 아직 트루아를 떠날 수 없었다. 그는 프레데릭에게 기분전환을 하고 세네칼과 교제해 보라고 권했다.

세네칼은 수학 가정교사이고 머리가 아주 좋은 사람으로 공화주의적 신념을 지닌 미래의 생쥐스트[26]라고 했다. 프레데릭은 6층에 있는 세네칼의 방을 세 번이나 찾아갔으나, 세네칼은 한 번도 찾아오지 않았다. 그래서 그는 더 이상 가지 않았다.

그는 즐기고 싶은 마음에, 오페라 극장의 무도회에도 가 보았다. 문을 열자마자, 쾌활하게 떠드는 소란스런 소리에 마음이 식어버렸다. 게다가 가장무도복이 제공되는 저녁식사는 상당한 비용이 들 것이고 엄청난 모험일 거라는 생각이 들자, 돈 때문에 모욕을 당할지도 모른다는 두려움이 그를 가로막았다.

---

26) Saint-Just, 1767~1794. 프랑스 혁명 말기에 활약한 로베스피에르파의 정치가.

그렇지만 그는 누군가에게 틀림없이 사랑받게 될 것만 같았다. 때때로 그는 희망에 찬 마음으로 잠이 깨어, 마치 애인을 만나러 가는 것처럼 정성스럽게 옷을 입고 파리 시내를 끝없이 돌아다녔다. 앞에서 걸어가거나 반대편에서 마주 걸어오는 여자들을 볼 때마다 '바로 저 여자다!' 하고 생각하곤 했다. 그리고는 매번 새로운 실망을 느꼈다. 아르누 부인에 대한 생각이 이러한 갈망을 더욱 부채질했다. 어쩌면 길을 가다가 그녀를 만나게 될지도 몰랐다. 그래서 그는 그녀에게 접근할 수 있는 여러 가지 뜻하지 않은 사건이라든가 심상치 않은 위협으로부터 자기가 그녀를 구해주는 상황을 상상해보곤 했다.

똑같은 권태와 몸에 밴 습관이 되풀이되는 가운데 그렇게 시간이 흘러갔다. 그는 오데옹 극장의 아케이드 밑에서 팸플릿을 훑어보기도 하고, 카페에 가서 〈라 르뷔 데 되 몽드〉라는 잡지를 읽기도 하고, 콜레주 드 프랑스[27]의 강의실에 들어가 중국어나 정치경제 수업을 한 시간 동안 듣기도 했다. 그는 매주 델로리에에게 긴 편지를 썼고, 이따금 마르티농과 저녁을 먹거나 간간이 드 시지를 만났다.

그는 피아노를 한 대 빌려 독일 왈츠를 작곡하기도 했다.

어느 날 저녁, 그는 팔레루아얄 극장의 칸막이 좌석에서 아르누가 어떤 여자와 나란히 앉아 있는 것을 보았다. 그녀일까? 좌석 가장자리에 쳐놓은 녹색 호박단 가리개 때문에 여자의 얼굴이 보이지 않았다. 마침내 막이 오르자, 가리개가 치워졌다. 서른 살가량의 키가 크고 마른 여자였는데, 웃을 때 두꺼운 입술 사이로 눈부신 이가 드러나 보였다. 여자는 아르누와 다정하게 이야기를 나누면서 부채로 그의 손가락을 두드리고 있었다. 이어서 방금 울고 난 사람처럼 눈꺼풀이 약간 빨간 금발의 아가씨가 그들 사이에 앉았다. 그때부터 아르누는 그 아가씨의 어깨 위로 몸을 반쯤 기울인 채 이야기를 계속했고,

---

27) 프랑수아 1세가 창립한 파리 소재 교육기관으로 공개강좌제이다.

아가씨는 대답 없이 듣고만 있었다. 프레데릭은 평평하게 접힌 깃이 달린 어두운 빛깔의 옷을 정숙하게 차려입은 그 여자들의 신분을 알아내려고 머리를 쥐어짰다.

공연이 끝나자 그는 급히 복도로 나갔다. 사람들이 복도를 가득 메우고 있었다. 그의 앞쪽에서 아르누가 두 여자에게 팔을 맡긴 채 한 층 한 층 계단을 내려가고 있었다.

갑자기 가스등이 아르누를 비추었다. 그의 모자에 상장(喪章)이 달려 있었다. 혹시 그녀가 죽은 것일까? 그런 생각을 하자 그는 마음이 몹시 불안해서 다음 날 '공예사'로 뛰어갔다. 그는 진열장 앞에 늘어놓은 판화 한 장을 사고 재빨리 돈을 치르면서, 아르누 씨가 어떻게 지내느냐고 점원에게 물었다.

점원이 대답했다.

"아주 잘 지내시죠!"

프레데릭은 얼굴이 창백해져서 덧붙였다.

"그럼 부인께선?"

"부인께서도 잘 지내시는데요!"

프레데릭은 산 판화를 가져오는 것도 잊어버렸다.

겨울이 지나갔다. 봄이 되자, 그는 우울한 기분이 조금 나아져 시험 준비를 시작했다. 그럭저럭 시험을 치른 후에는 노장으로 떠났다.

그는 어머니의 잔소리를 듣지 않으려고 친구를 만나러 트루아에도 가지 않았다. 그리고 개학을 하자, 거처를 옮겨 나폴레옹 강가에 방 두 개를 얻어 가구를 마련했다. 그는 당브뢰즈 집에 초대받으리라는 희망을 버렸고, 아르누 부인에 대한 격렬한 열정도 식어가기 시작했다.

IV

12월의 어느 날 아침, 프레데릭이 소송법 강의를 들으러 가는데 생자크 거리가 평소보다 더 활기차게 보였다. 학생들이 카페에서 다급히 나오고, 열린 창문을 통해 이 집에서 저 집으로 서로를 부르고 있었다. 가게 주인들은 인도 한가운데에서 불안한 태도로 바라보고 있었고, 집집마다 겉창이 닫혀 있었다. 그가 수플로 거리에 도착하자, 팡테옹 사원 주위에 많은 사람들이 모여 있는 것이 보였다.

다섯 명에서 열두 명에 이르기까지 제각각 무리를 이룬 젊은이들이 서로 팔을 끼고 걸어가서, 여기저기에 멈추어 있는 더 많은 군중에게 다가갔다. 광장 안쪽에서는 철책에 등을 돌린 작업복 차림의 남자들이 장광설을 늘어놓고 있었다. 삼각모를 쓰고 뒷짐을 진 순경들은 튼튼한 장화로 포석을 울리면서 벽을 따라 왔다 갔다 했다. 모두들 놀라고 어리둥절해하는 태도였다. 사람들은 분명히 무언가를 기다리고 있었지만, 각자 입 밖으로 나오려는 질문을 참고 있었다.

프레데릭 옆에는 루이 13세 시대의 멋쟁이처럼 콧수염과 턱수염을 기른, 붙임성 있는 얼굴의 금발의 젊은이가 있었다. 프레데릭은 그에게 이 소란의 원인을 물어보았다.

"전혀 모르겠는데요. 저 사람들도 모를 거예요! 이게 요즘 유행이거든요! 웬 익살맞은 연극인지!"라고 상대방이 대답했다.

그리고 그는 웃음을 터뜨렸다.

국민군 내부에서 서명하게 하고 있던 선거법 개정의 청원[28]에다가

---

28) 대혁명 이후 당시에는 일정 금액 이상의 세금을 내는 납세자에게만 투표권이 주어지는 제한선거가 실시되고 있었는데, 이러한 선거법을 개정할 것을 청원한 운동을 말한다. 1841년 이후 선거법 개정운동이 자주 일어났고, 그를 위한 강연회가 각지에서 열렸다. 시민들에게 요구하는 납세금액을 100프랑으로 낮추고 능력 있는 사람들(대학입학 자격자, 국민군 장교 등)에게 투

위만[29]의 조사 사건과 또 다른 사건들도 결부되어, 6개월 전부터 파리에서는 설명할 수 없는 소동이 야기되고 있었다. 그리고 이런 소동들은 신문에서도 더 이상 거론하지 않을 정도로 빈번히 되풀이되었다.

"저건 윤곽도 색깔도 없는 겁니다. 우린 타락했어요! 루이 11세 시대, 게다가 또 뱅자맹 콩스탕[30]의 시대에는 학생들에게 더 많은 반항정신이 있었지요. 내가 보기에, 저들은 양같이 순하고 오이처럼 어리석으며 양념장수처럼 무지몽매합니다! 저게 소위 학생동맹[31]이란 거예요!" 프레데릭의 옆에 있는 젊은이가 계속 말했다.

그는 〈로베르 마케르〉에 나오는 프레데리크 르메트르[32]처럼 두 팔을 크게 벌렸다.

"학생동맹이여, 축복하도다!"

그리고 술집 표지판에 기대 굴 껍질을 뒤적거리고 있는 넝마주이에게 불쑥 쏘아붙였다.

"당신도 학생동맹 일원이오?"

표권을 정당하게 부여할 것을 요구하는 내용이었다. 프랑스에서 보통선거(여자는 제외)는 1848년 2월혁명 이후에야 실시된다.

29) Humann, 1780~1842. 7월왕정 때 기조 내각의 재무장관으로 세금을 올리기 위한 조사를 명령했는데, 그 방법이 횡포했기 때문에 파리를 비롯한 지방의 대도시에서 많은 반대와 소동을 야기했다.

30) Benjamin Constant, 1767~1830. 프랑스의 정치가, 소설가. 한때 나폴레옹에게 협력하여 호민관에 임명되기도 했으나, 나폴레옹이 자유사상을 탄압하자 독일로 망명했다. 1814년 파리로 돌아와 자유주의적인 입헌왕정주의자로서 정치적 생명을 지켜나갔다. 《아돌프》, 《세실》 등의 뛰어난 심리소설을 남겼다.

31) 프랑스의 학생 결사대. 왕정복고 시대에 정치적으로 활약했다.

32) Frédérick Lemaître, 1800~1876. 프랑스의 배우. 데뷔 때부터 마지막까지 〈아드레의 여인숙〉이라는 멜로드라마에서 로베르 마케르라는 인물의 역할을 맡았다. 로베르 마케르는 〈아드레의 여인숙〉과 이 작품을 각색한 〈로베르 마케르〉에 나오는 인물로서, 은행가와 신문기자의 탈을 쓰고 살아가는 악당의 전형이다.

그 노인이 보기 흉한 얼굴을 들자, 잿빛 수염 속에 빨간 코와 술에 절어 흐리멍덩한 두 눈이 보였다.

"아니네! 당신은 오히려 교수대에 오를 만한 악당 같은 얼굴이군. 갖가지 모임에서 양손으로 황금을 잔뜩 뿌리고 다니는 사람들 말이오… 아! 뿌리세요, 영감님, 뿌리세요! 알비옹[33]의 보물로 나를 타락시켜 봐요! 아 유 잉글리쉬? 나는 아르다시르[34]의 선물을 마다하지는 않겠소! 관세동맹[35]에 대해 얘기 좀 합시다."

프레데릭은 누군가가 어깨에 손을 대는 것을 느끼고 뒤를 돌아보았다. 몹시 창백한 얼굴의 마르티농이었다.

"이런! 또 소동이군!" 마르티농이 깊은 한숨을 쉬면서 말했다.

그는 소동에 연루되는 것을 두려워하며 한탄하고 있었다. 특히 작업복 차림의 남자들 때문에 불안해했다. 비밀결사단[36]에 속한 사람들 같다는 것이었다.

"비밀결사단이라는 게 있어요? 그건 부르주아들을 겁주기 위한 정부의 상투적인 기만입니다!" 콧수염을 기른 젊은이가 말했다.

마르티농은 경찰이 들을까 봐 겁이 나서 좀 작은 소리로 말하라고 했다.

"아니, 당신은 아직도 경찰을 신용하고 있어요? 그런데 내가 경찰 끄나풀인지 아닌지는 어떻게 압니까?"

그리고 그가 마르티농을 짐짓 쏘아보자, 몹시 불안해진 마르티농

---

33) 영국의 옛이름.

34) Ardashir. 3세기 중엽에 활동한 고대 페르시아 사산제국의 창시자(224~241 재위). 무자비하고 위대한 군인이었으며 유능한 왕이었는데, 한편으로는 자비로운 선물을 하기도 했다고 한다.

35) 영국이 프랑스에 대해 희망해 온, 자유무역을 기조로 한 관세동맹. 당시 프랑스에는 자유무역론자와 보호무역론자가 대립했다.

36) 루이필립 시대에는 수많은 비밀결사단이 활동하고 있었는데, 그 중의 하나가 1848년 혁명을 조성하는 역할을 했다.

은 처음에는 농담이라는 것을 알아차리지 못했다. 군중에게 떠밀린 그들 세 사람은 복도를 통해 새로운 계단강의실로 이르는 작은 계단 위로 옮겨 서야 했다.

곧 군중이 저절로 흩어져 길이 열리고, 모자를 벗는 사람들도 있었다. 유명한 사뮈엘 롱들로 교수에게 인사하기 위해서였다. 커다란 프록코트를 입은 교수는 은테 안경을 허공에 들어 올린 채, 천식으로 숨을 헐떡이면서 강의를 하기 위해 조용한 걸음으로 걸어오고 있었다. 그는 19세기 법학계의 명사 중의 한 사람으로, 자카리에와 뤼도르프 같은 사람들의 논적(論敵)이었다. 프랑스 상원의원이라는 최근의 영예에도 그의 태도에는 아무것도 변한 것이 없었다. 사람들은 그가 청빈한 것을 알고 있었고, 그에게 대단한 존경심을 갖고 있었다.

그런데 광장 안쪽에서 몇몇 사람들이 소리쳤다.

"기조 타도!"

"프리처드[37] 타도!"

"매국노 타도!"

"루이필립[38] 타도!"

동요한 군중이 닫혀있는 마당 문 쪽으로 밀려들며 교수가 더 나아가지 못하게 막아버렸다. 교수는 계단 앞에 멈춰 섰다. 곧이어 3단짜리 계단의 마지막 단 위에 그의 모습이 보였다. 그가 뭔가 말을 했지

---

37) Pritchard, 1796~1883. 영국대사로 프랑스 보호령 타히티 섬의 여왕에게 권유하여 프랑스에 반기를 들도록 한 사건 때문에 프랑스 국민을 자극했다. 그가 체포되자 영국이 이에 대한 배상을 요구했고, 이에 응한 기조 내각은 비난과 공격을 받았다.

38) Louis-Philippe. 프랑스의 왕(1830~1848년 재위). 7월혁명과 더불어 왕위에 올라 1848년 2월혁명 때까지 군림했다. 그가 통치한 18년간은 프랑스 시민사회의 융성기에 해당하지만, 잇따른 경제불황의 여파로 노동자계급의 운동이 치열해지자, 정부는 이를 탄압하면서 더욱 국민들의 반감을 사고 결국 2월혁명으로 이어지게 된다.

만, 그의 목소리는 웅성거리는 소리에 묻혀버렸다. 사람들은 조금 전까지는 그를 존경했지만, 이제는 그를 증오하고 있었다. 그가 권력을 대표하는 인물이기 때문이었다. 교수가 이야기하려고 할 때마다 고함소리가 다시 시작되곤 했다. 그는 학생들에게 자기를 따라오라고 크게 몸짓을 했다. 그러자 모두들 울부짖는 야유로 대꾸했다. 그는 경멸하듯 어깨를 으쓱하고는 복도 안으로 들어가 버렸다. 마침 사라지기 좋은 장소에 있던 마르티농도 그와 동시에 사라졌다.

"비겁한 놈!" 프레데릭이 말했다.

"신중한 사람이군!" 같이 있던 젊은이가 말했다.

군중은 박수갈채를 터뜨렸다. 교수의 퇴장은 군중에게는 하나의 승리였던 것이다. 창문마다 구경꾼들이 내다보고 있었다. 〈라 마르세예즈〉[39]를 부르는 사람들이 있는가 하면, 베랑제[40]의 집으로 가자고 제안하는 사람들도 있었다.

"라피트[41]의 집으로!"

"샤토브리앙[42]의 집으로!"

"볼테르[43]의 집으로!" 금발의 콧수염을 기른 젊은이가 외쳤다.

순경들은 교통정리를 하려고 애쓰며 최대한 부드럽게 말했다.

---

39) 프랑스의 국가(國歌).

40) Béranger, 1780~1857. 프랑스의 시인이며 샹송 작가. 유쾌한 인생의 기쁨과 함께 정치를 격렬히 비판하는 노래와 시를 써서 9개월간 투옥되기도 했으나, 파리 문단뿐 아니라 평범한 시골 사람에게도 널리 알려져 프랑스 민중의 인기를 얻었다.

41) Laffitte, 1767~1844. 프랑스의 재정가이며 정치가로서, 정치적으로는 자유주의적 입장에 서서 왕정복고의 보수정치에 반대했다.

42) Chateaubriand, 1768~1848. 프랑스 낭만파 문학의 선구자. 《혁명론》(1797)을 써서 18세기 사상을 간명하게 요약하였고, 《아탈라》와 《르네》 등의 작품으로 낭만주의 문학의 방향을 결정지었다.

43) Voltaire, 1694~1778. 프랑스의 작가이며 대표적인 계몽사상가.

"해산하세요, 여러분, 해산하세요, 돌아가십시오!"

누군가가 소리쳤다.

"살인자를 타도하라!"

이것은 9월의 소요 이후 늘 사용되는 욕설이었다. 모두들 그 소리를 따라했다. 사람들이 공공질서의 수호자들을 야유하고 휘파람을 불며 조롱하자, 순경들은 안색이 창백해지기 시작했다. 그 중 한 사람이 더 참지 못하고, 바싹 다가와 맞대놓고 비웃는 한 소년을 난폭하게 떠미는 바람에 소년이 술집 앞에서 등을 뒤로 하고 다섯 발짝이나 나가 떨어졌다. 모두들 비켜섰다. 그러나 거의 동시에 그 순경도 방수포로 만든 모자 밑으로 삼 다발 같은 머리카락이 삐져나온 헤라클레스 같은 사람에 의해 내던져져 바닥에 굴렀다.

몇 분 전부터 생자크 거리 모퉁이에 서 있던 이 사나이는 들고 있던 커다란 마분지 상자를 재빨리 내던지고 순경에게 달려든 것이다. 그는 넘어뜨린 순경을 깔고 앉아 주먹으로 얼굴을 마구 때렸다. 다른 순경들이 달려왔다. 이 무시무시한 사나이는 어찌나 힘이 센지 그를 제지하는 데 적어도 순경 네 명이 필요했다. 순경 두 사람은 그의 멱살을 잡아 흔들고, 다른 두 사람은 그의 팔을 잡아당겼다. 그리고 다섯 번째 순경은 무릎으로 그의 허리를 가격했다. 순경들은 모두 그에게 강도, 살인자, 폭도라고 욕을 퍼부었다. 옷이 찢어져 가슴팍의 맨살이 드러난 사나이는 자기에게는 죄가 없다고 항의했다. 소년이 얻어맞는 것을 냉정하게 보고만 있을 수는 없었다는 것이다.

"나는 뒤사르디에라는 사람이요! 클레리 거리의 레이스와 유행품을 파는 발랭사르 형제 상점에서 일하고 있소. 내 마분지 상자는 어디 있지? 마분지 상자를 주시오!" 그가 되풀이했다. "뒤사르디에! … 클레리 거리. 내 마분지 상자!"

그러나 그는 흥분이 가라앉자, 의연하게 데카르트 거리의 파출소로 끌려갔다. 군중의 물결이 그 뒤를 따랐다. 프레데릭과 콧수염의 젊은이는 점원에 대한 한없는 감탄과 권력의 폭력에 대한 반감을 느끼며 바로 그 뒤를 따라 걸어갔다.

앞으로 나아감에 따라 군중의 수는 점점 줄어들었다.

순경들은 이따금 험악한 태도로 뒤를 돌아보곤 했다. 떠들어대던 사람들도 더 이상 할 일이 없고 구경꾼들도 볼 것이 없자, 한 사람 두 사람 모두 가버렸다. 마주치는 행인들은 뒤사르디에를 쳐다보고 큰 소리로 모욕적인 비난을 해댔다. 심지어 문턱에 있던 어떤 할머니는 빵 도둑이라고 소리를 질렀다. 이런 부당함에 두 친구는 더욱 화가 났다. 드디어 파출소 앞에 도착했다. 남아있는 사람들은 고작 20여 명 정도였는데, 그들마저 군인들을 보자마자 해산해 버렸다.

프레데릭과 그의 동료는 대담하게도 방금 유치장에 들어간 사람의 석방을 요구했다. 계속 고집을 부리면 그들도 유치장에 처넣겠다고 보초가 위협했다. 그들은 파출소장의 면회를 요청하고, 이름과 법과대 학생이라는 신분을 밝히면서 유치장에 갇힌 사람도 동급생이라고 단언했다.

그들은 연기에 그을린 석고 벽에 기다랗게 기대놓은 걸상 네 개 이외에는 아무것도 없는 살풍경한 방으로 안내되었다. 안쪽에서 쪽문이 열렸다. 그러자 뒤사르디에의 건장한 얼굴이 나타났다. 헝클어진 머리카락에 순진한 작은 눈과 코끝이 각진 그의 얼굴은 어딘가 모르게 착한 개의 모습을 연상시켰다.

"너 우리 모르겠어?" 위소네가 말했다.

그것이 콧수염을 기른 젊은이의 이름이었다.

"글쎄 …" 뒤사르디에가 더듬더듬 말했다.

"이제 어리석은 짓은 그만해. 너도 우리와 마찬가지로 법대 학생이라는 걸 다 알고 있단 말이야." 다른 사람이 말했다.

그들이 눈을 깜박이는데도 뒤사르디에는 전혀 알아채지 못했다. 그는 뭔가 생각에 잠기는 듯하더니, 갑자기 말했다.

"내 마분지 상자 찾았어요?"

프레데릭은 낙심하여 눈을 들었다. 위소네가 대꾸했다.

"아, 마분지 상자, 네 강의 노트를 넣어두는 거 말이지? 그래, 찾았어! 안심해!"

그들은 무언극을 되풀이했다. 드디어 뒤사르디에는 그들이 자기를 도와주러 왔다는 것을 알아차리고, 두 사람에게 해를 끼치게 될까 봐 입을 다물어버렸다. 게다가 자기가 학생의 신분으로 높여지고 이렇게 하얀 손을 가진 젊은이들과 같은 부류의 사람이 된 것을 보면서 웬일인지 수치심을 느꼈다.

"누군가에게 전하고 싶은 말은 없어?" 프레데릭이 물었다.

"없어요, 아무한테도! 고마워요."

"하지만 가족은?"

그는 대답 없이 머리를 숙였다. 이 가엾은 청년은 사생아였던 것이다. 두 친구는 그의 침묵에 놀라 가만히 있었다.

"담배는 가지고 있나?" 프레데릭이 말했다.

뒤사르디에는 자기 몸을 만져보다가 주머니 속에서 깨진 파이프를 꺼냈다. 검은 나무 축에 은 뚜껑과 호박 꼭지가 달린 좋은 해포석 파이프였다.

3년 전부터, 그는 이것을 대단한 물건으로 삼아 애지중지해왔다. 파이프 꼭지는 늘 양가죽 커버로 꽉 조여 놓고, 최대한 천천히 피웠으며, 대리석 제품 위에는 절대 올려놓지 않고, 매일 저녁 침대 머리맡에 걸어두는 등의 주의를 기울였었다. 이제 그는 손톱에서 피가 나는 손 안에 그 파편을 놓고 흔들고 있었다. 그는 가슴에 턱을 파묻고 눈동자를 고정시킨 채, 입을 벌리고 자기 즐거움의 잔해를 이루 말할 수 없는 슬픈 시선으로 바라보았다.

"궐련을 주는 게 어떨까요?" 위소네가 궐련을 꺼내는 동작을 하며 아주 나지막한 소리로 말했다.

프레데릭은 이미 가득 찬 궐련 케이스를 쪽문 가장자리에 올려놓았다.

"어서 넣어둬! 안녕, 용기 내고!"

뒤사르디에는 앞으로 내민 두 손에 뛰어들었다. 그는 두 손을 미친 듯이 움켜쥐고 흐느낌으로 끊어지는 목소리로 말했다.

"어째서?… 저에게!… 저에게!…"

두 친구는 그의 감사 인사를 피해 밖으로 나와서, 뤽상부르 공원 앞에 있는 타부레 카페로 함께 점심을 먹으러 갔다.

위소네는 비프스테이크를 썰면서, 자기는 패션 잡지사에서 일하고 있고 '공예사'의 광고도 제작하고 있다고 알려줬다.

"자크 아르누 상점 말이지요." 프레데릭이 말했다.

"그 사람을 알아요?"

"네! 아니! … 그러니까 본 적이 있어요. 만난 일이 있지요."

그는 아르누 부인도 가끔 만나는지 위소네에게 슬쩍 물어보았다.

"이따금." 방랑 작가가 대답했다.

프레데릭은 감히 질문을 계속하지 못했다. 이 남자가 갑자기 그의 삶에서 엄청난 위치를 차지하게 되었다. 프레데릭이 점심 값을 냈는데, 상대방 쪽에서도 아무 이의를 달지 않았다.

그들은 서로 호감을 느껴 주소를 교환했다. 위소네는 친절하게도 플뢰뤼 거리까지 같이 가자고 청했다.

공원 한가운데 이르자, 위소네는 숨을 죽이고 고약하게 얼굴을 찌푸리며 수탉 우는 소리를 내기 시작했다. 그러자 근처에 있는 모든 수탉들이 길게 꼬끼오 하면서 화답했다.

"이게 신호지요." 위소네가 말했다.

그들은 보비노 극장 근처, 작은 길을 통해 들어가게 되어 있는 어떤 집 앞에서 멈춰 섰다. 한련꽃과 스위트피[44] 사이의 지붕 밑 방 천

---

44) 쌍떡잎식물 장미목 콩과의 1~2년생 덩굴식물.

창에, 모자도 쓰지 않은 코르셋 차림의 젊은 여자가 빗물받이 홈통의 가장자리를 양팔로 짚으며 나타났다.

"안녕, 나의 천사, 안녕, 귀여운 사람." 위소네가 그녀에게 키스를 보내며 말했다.

그는 발길질로 울타리 문을 열고 사라졌다.

프레데릭은 일주일 내내 그를 기다렸다. 점심의 답례를 받으려고 재촉하는 것 같아 그의 집을 찾아가지는 않았지만, 라탱 구를 두루 살피며 위소네를 찾아보았다. 어느 날 저녁, 위소네를 만난 프레데릭은 나폴레옹 강가의 자기 방으로 데리고 갔다.

그들은 긴 이야기를 나누며 서로 흉금을 털어놓았다. 위소네는 연극으로 영예를 얻고 돈을 벌려는 야망을 품고 있었다. 그는 받아들여지지는 않았으나 여러 편의 보드빌을 써서 기고했고, 수많은 작품 구상을 가지고 있었으며, 연극 대사를 쓰고 있었다. 그는 그 중 몇 개를 읊어주기도 했다. 그리고 책꽂이에서 위고[45]와 라마르틴[46]의 책을 보더니 낭만파에 대한 비난을 늘어놓았다. 낭만파 시인들은 양식도 정확성도 없으며, 무엇보다 프랑스 사람이 아니라는 것이었다! 자기는 언어를 잘 안다고 자부하면서, 까다롭고 엄격한 태도로 가장 아름다운 문장에서 허점을 찾아냈다. 그것은 장난기 있는 사람들이 진지한 예술을 접할 때 흔히 드러내는 현학적인 기호였다.

프레데릭은 그의 편협한 기호에 기분이 상해 그와 절교하고 싶은 생각이 들었다. 그런데 왜 용기를 내어 자신의 행복이 달려있는 말을

---

45) Hugo, 1802~1885. 프랑스의 낭만파 시인, 소설가, 극작가. 불후의 명작으로 꼽히는 《노트르담 드 파리》, 《레미제라블》 등의 수많은 작품을 남겼다.

46) Lamartine, 1790~1869. 프랑스의 낭만파 시인이며 정치가. 대표작으로 《명상시집》이 있으며, 7월혁명 이후 정치에 관심을 가지고 2월혁명 때는 임시정부의 외무장관에 취임했으나, 대통령 선거전에서 패하고 1851년 정계에서 은퇴했다.

곧바로 해보지 않는 건가? 그는 문학청년에게 아르누 집에 자기를 소개해 줄 수 있는지 물어보았다.

그건 간단한 일이라고 하면서, 다음 날로 약속을 정했다.

위소네는 약속을 지키지 않았다. 그 후에도 세 번이나 약속을 어겼다. 어느 토요일 4시경, 그가 나타났다. 그러나 마차를 타고 가는 기회를 이용해서, 그는 우선 테아트르 프랑세에 마차를 세워 입장권을 산 후 양복점과 부인복점에도 들르고 문지기들에게 쪽지를 써두기도 했다. 그런 후에야 드디어 그들은 몽마르트르 거리에 도착했다. 프레데릭은 상점을 가로질러 계단을 올라갔다. 책상 앞에 놓여있는 거울을 통해 프레데릭을 알아본 아르누는 계속 글을 쓰면서 어깨 너머로 프레데릭에게 손을 내밀었다.

마당으로 난 하나밖에 없는 창문으로 빛이 들어오는 좁은 방 안은 대여섯 명의 서 있는 사람들로 꽉 차 있었다. 알코브[47] 안쪽에는 무늬를 짜 넣은 갈색 모직의 긴 소파가 놓여 있고, 양쪽으로 비슷한 천의 칸막이 커튼이 있었다. 서류 뭉치로 덮여있는 벽난로 위에는 청동 비너스 상과 그 양옆으로 장미색 초가 꽂힌 큰 촛대 두 개가 놓여 있었다. 오른쪽으로는 서류함 옆에서 한 남자가 모자를 쓴 채 안락의자에 앉아 신문을 읽고 있었다. 벽이 보이지 않을 정도로 판화와 그림들로 뒤덮여 있었는데, 그것은 당대 대가들의 소묘나 귀중한 판화로서 자크 아르누에 대한 진실한 애정을 나타내는 헌사로 장식되어 있었다.

"잘 지내시오?" 아르누는 프레데릭을 향해 몸을 돌리며 말했다.

그리고 대답도 기다리지 않고 위소네에게 나직이 물었다.

"자네 친구는 이름이 뭔가?"

그러더니 큰 소리로 말했다.

---

47) 벽면을 움푹하게 만들어서 침대를 들여놓는 공간.

"서류함 위의 상자에 궐련이 있으니 한 대 피우시오."

파리의 중심지에 위치한 '공예사'는 편리한 회합의 장소였고, 대립하는 사람들이 친밀하게 서로 접촉할 수 있는 중립 지대였다. 그날도 '공예사'에서는 왕의 초상화가인 앙테노르 브레브, 그림을 통해 알제리 전쟁을 널리 알리기 시작한 쥘 뷔리외, 풍자화가 송바, 조각가 부르다, 그리고 그 밖의 사람들을 볼 수 있었는데, 어느 누구도 프레데릭의 예측에 부합하지 않았다. 그들의 태도는 꾸밈이 없었고, 이야기는 자유분방했다. 신비주의자 로바리아는 외설스런 이야기를 늘어놓았다. 동양적인 풍경의 창시자로 유명한 디트메르는 조끼 속에 뜨개질하여 만든 여성용 캐미솔을 입고 있었는데, 집으로 돌아갈 때는 합승마차를 탔다.

우선 전직 모델인 아폴로니라는 여자가 화제에 올랐다. 뷔리외는 대로에서 4두마차를 타고 있는 그녀를 보았다고 말했다. 위소네는 그녀와 관계를 유지하는 사람들의 이름을 줄줄이 늘어놓으며 그녀의 변신을 설명했다.

"이 친구는 파리의 여자들을 어찌 이리 잘 알고 있지!" 아르누가 말했다.

"각하께서 먼저 드시지요, 남는 것이 있으면 제게 주십시오." 방랑작가는 나폴레옹에게 자기 수통을 건네주는 경기병을 흉내 내어 군대식 경례를 하면서 대꾸했다.

이어서 아폴로니의 얼굴을 그린 몇 폭의 그림이 논의되었다. 그 자리에 없는 동료들도 비판의 대상이 되었다. 사람들은 그들의 작품 가격에 놀라면서, 모두들 자기들의 벌이는 충분하지 못하다고 불평을 늘어놓았다. 그때, 단추 하나로 상의를 여민 보통 키의 한 남자가 날카로운 눈초리에 다소 흥분한 태도로 들어왔다. 그가 말했다.

"부르주아들이 참 많이도 모여 있군! 그게 어떻다는 거요, 원 참! 옛 사람들은 걸작을 만들고도 돈에는 신경도 안 썼어요. 코레조[48]도 그렇고, 무리요[49]도 그렇고…"

"펠르랭[50]도 그렇지요." 송바가 말했다.

그러나 그 야유에는 대꾸도 하지 않은 채 그가 계속 열띤 태도로 장광설을 늘어놓자, 아르누는 두 번이나 되풀이하여 말하지 않을 수 없었다.

"집사람은 목요일에 당신을 만나겠다고 했소. 잊지 마시오!"

이 말에 프레데릭은 아르누 부인이 다시 생각났다. 그녀의 집은 아마도 긴 의자 옆의 작은 방을 통해 드나들게 되어 있는 것 같았다. 아르누가 손수건을 가지러 방금 전에 그 문을 열었을 때, 프레데릭은 안쪽에 세면대가 있는 것을 보았다. 그런데 투덜거리는 듯한 소리가 벽난로 구석에서 들려왔다. 안락의자에서 신문을 읽고 있던 사람의 소리였다. 약 175센티미터의 키에 눈꺼풀이 약간 처지고 회색 머리카락에 당당한 태도를 지닌 르쟁바르라는 사람이었다.

"왜 그러시오?" 아르누가 말했다.

"또 정부의 추태로군요!"

어느 학교선생이 파면된 사건에 관한 이야기였다. 펠르랭은 미켈란젤로와 셰익스피어의 비교론을 다시 거론했다. 디트메르가 돌아가려 하자, 아르누는 그를 붙잡고 그의 손에 두 장의 지폐를 쥐어주었다. 그러자 위소네는 절호의 기회라고 생각하고 말했다.

"사장님, 선불을 해주실 수 없는지요?…"

그러나 아르누는 다시 자리에 앉더니, 푸른 안경을 쓴 더러운 몰골

---

48) Correggio, 1489?~1534. 이탈리아 화가. 〈성 프란체스코의 성모〉, 〈영광의 그리스도〉, 〈성 히에로니무스의 성모〉 등의 작품을 남겼으며, 17~18세기 이탈리아 회화에 큰 영향을 끼쳤다.

49) Murillo, 1617~1682. 스페인 화가. 성모화를 즐겨 그려 "스페인의 라파엘로"라고 불렸다.

50) 작중인물로서, 통속적인 화가이다. 나중에 주인공인 프레데릭을 스캔들에 휘말리게 하는 초상화를 그린다.

의 한 노인을 꾸짖었다.

"아! 한심한 사람이군, 이사크 영감! 평판이 떨어지고 신용을 잃은 그림이 세 점이란 말이요! 세상 사람들이 나를 무시하게 되었소! 이제 저 그림들을 다들 알고 있어요! 나보고 어쩌란 말이요? 저 그림들은 캘리포니아에나 보내야 할 거요! … 꺼지시오! 입 다물고!"

이 노인의 특기는 자기 그림 밑에 옛 대가들의 서명을 집어넣는 것이었다. 아르누는 돈을 지불하기를 거절하고, 거칠게 그를 내쫓았다. 그리고는 태도를 바꾸어, 흰 넥타이에 구레나룻을 기르고 훈장을 단 채 점잔을 빼고 있는 한 신사에게 인사했다.

아르누는 팔꿈치를 창문 장식에 기댄 채 다정한 태도로 오랫동안 그 신사에게 이야기했다. 그러더니 마침내 폭발하고 말았다.

"이보세요! 저한테는 중개인들이 얼마든지 있습니다, 백작님!"

신사가 양보하여 아르누는 그에게 25루이를 지불했다. 그리고 신사가 밖으로 나가자마자 말했다.

"저런 귀족들은 골치 아프단 말이야!"

"모두들 치사스럽군!" 르쟁바르가 중얼거렸다.

시간이 지남에 따라 아르누가 처리해야 할 일들이 점점 많아졌다. 그는 기사를 분류하고, 편지들을 뜯어보고, 회계를 정리하고, 상점에서 망치 소리가 들리면 포장하는 것을 살펴보러 나갔다가 돌아와서 다시 하던 일을 하곤 했다. 그리고 종이 위에서 부지런히 펜촉을 놀리면서도 농담에 맞장구를 치기도 했다. 그는 그날 밤 변호사의 집에서 저녁을 먹어야 하고, 다음 날은 벨기에로 떠나야 했다.

다른 사람들은 케루비니[51]의 초상화, 보자르의 계단강당,[52] 다음

---

51) Cherubini, 1760~1842. 피렌체 출생의 이탈리아의 작곡가. 26세 때 파리로 가서 파리를 중심으로 작곡활동을 했으며, 당시의 프랑스 음악계에서 지도적 역할을 하였다.

52) 에콜데보자르는 프랑스의 국립미술학교인데, 보자르의 건축설계는 특히 많

에 열릴 전람회 등 당시의 관심사에 대해 이야기했다. 펠르랭은 프랑스 학사원을 비방했다. 험담과 토론이 교차되었다. 천장이 낮은 방안은 움직일 수도 없을 만큼 가득 차 있었고, 장미색 초의 불빛이 마치 태양빛이 안개 속을 꿰뚫고 지나가듯 궐련 연기 속을 꿰뚫고 지나가고 있었다.

긴 의자 옆의 문이 열리고, 키 크고 마른 여자가 들어왔다. 그 동작이 너무 거칠어, 그녀의 시계에 매달린 모든 패물들이 검은 호박단 옷 위에서 소리를 냈다.

지난여름 팔레루아얄 극장에서 얼핏 본 여자였다. 몇몇 사람들이 그녀의 이름을 부르며 악수를 나누었다. 위소네는 드디어 50여 프랑을 손에 넣었다. 추시계가 7시를 치자, 모두들 돌아갔다.

아르누는 펠르랭에게 남아 있으라고 말하고, 바트나 양을 작은 방으로 데리고 갔다.

그들이 속삭이는 소리로 말했기 때문에 프레데릭에게는 그들의 말소리가 들리지 않았다. 그런데 여자의 목소리가 커졌다.

"그 일이 있은 후, 6개월이나 줄곧 기다려 왔다구요!"

오랜 침묵이 이어졌다. 바트나 양이 다시 나타났다. 아르누가 그녀에게 뭔가 또 약속을 한 모양이었다.

"자! 자! 나중에 보자구!"

"안녕, 행복한 사람!" 그녀가 나가면서 말했다.

아르누는 재빨리 작은 방으로 다시 들어가서 화장용품으로 콧수염

은 영향을 미쳤다. 여기서 말하는 계단강당은 반원형으로 되어있는 건물로서, 특히 폴 들라로슈(Paul Delaroche, 1797~1856)라는 화가가 이 건물에 대 벽화를 그림으로써 더욱 유명해졌다. 이 벽화에는 유명한 화가, 조각가, 건축가 등을 비롯하여 총 74명의 인물이 그려져 있는데 1841년에 완성되었다. 따라서 소설의 시대적 배경과 일치하는 점을 감안해 볼 때, 보자르의 계단강당이 당시 사람들의 관심사가 되었음은 당연한 일이다.

을 눌러주고, 멜빵을 치켜 올려 발밑 끈을 팽팽하게 했다. 그리고 손을 씻으면서 말했다.

"문 위 장식이 두 장 필요한데, 부셰[53] 스타일로 한 장에 250프랑으로 되겠소?"

"그러지요." 예술가는 얼굴을 붉히며 말했다.

"좋아요! 그리고 집사람 일을 잊지 마시오!"

프레데릭은 푸아소니에르 교외의 높은 지대까지 펠르랭과 동행하면서, 가끔 만나러 가도 되겠느냐고 묻고는 호의적이고 친절한 동의를 얻어냈다.

펠르랭은 미의 참된 이론을 알게 되면 걸작을 만들 수 있다고 확신하고, 그런 이론을 발견하기 위해 미학에 관한 모든 저서를 읽고 있었다. 그는 데생, 석고상, 모형, 판화 등 상상할 수 있는 모든 보조물에 둘러싸여 모색하면서 고심하고 있었다. 그는 날씨와 자기의 체력 및 작업실을 비난했고, 영감을 얻기 위해 거리로 나갔으며, 영감에 사로잡혀 전율하다가도 곧 작품을 포기하고 더 아름답게 여겨지는 다른 작품을 꿈꾸곤 했다. 그리하여 영예에 대한 갈망으로 괴로워하고 토론으로 나날을 허비하면서, 학설, 비평, 예술의 소재에 대한 개선이나 규칙의 중요성 따위의 수많은 하찮은 일을 신봉하며 50세라는 나이에 이르기까지 조잡한 작품밖에 그리지 못하고 있었다. 굳건한 자존심 때문에 조금도 낙담하지는 않았지만, 그는 언제나 신경질이나 있었고 희극배우에게서 흔히 볼 수 있는 어색하면서도 동시에 자연스러운 흥분상태에 빠져 있었다.

그의 집에 들어가면 커다란 그림 두 개가 눈에 띄었는데, 여기저기 칠해져 있는 기본 색조가 하얀 화폭 위에 갈색과 붉은색과 푸른색의 반점을 이루고 있었다. 그 위에는 마치 스무 번이나 수선한 그물코처

---

53) Boucher, 1703~1770. 프랑스의 화가로 프랑스 로코코 미술의 대표자이며 왕조 취미의 감미롭고 화려한 벽면장식을 잘했다.

럼 가로세로 선이 분필로 복잡하게 그려져 있어서, 무엇을 그린 것인지조차 도무지 이해할 수 없었다. 펠르랭은 비어있는 부분들을 손가락으로 가리키면서, 두 작품의 주제를 설명했다. 하나는 〈네부카드네자르[54] 의 광란〉이고, 다른 하나는 〈네로가 저지른 로마의 화재〉였다. 프레데릭은 감탄했다.

프레데릭은 머리카락이 헝클어진 여자들의 나체화 습작, 폭풍우로 뒤틀린 나뭇가지가 무성한 풍경화, 특히 칼로[55] 나 렘브란트[56] 나 고야[57] 의 그림을 모방하여 펜으로 즉흥적으로 그린 그림들에 대해, 그 모델이 된 그림들을 모르면서도 감탄했다. 펠르랭은 젊은 시절의 그림들을 더 이상 좋아하지 않았고, 이제는 웅대한 화풍을 지향하고 있어서 페이디아스[58] 와 빙켈만[59] 에 대한 독단적인 의견을 유창하게

---

54) Nebuchadnezzar. 바빌로니아 왕국의 왕으로 네부카드네자르 1세(BC 1124~BC 1103 재위)와 2세(BC 605~BC 562 재위)가 있다. 두 왕의 행적을 감안할 때 여기서 말하는 왕은 네부카드네자르 2세로 추측할 수 있다. 그는 팔레스타인에 침입하여 예루살렘을 완전히 파괴하고 시민을 바빌로니아로 잡아갔으며 이집트도 점령하였다. 전설상으로 유명한 바벨탑도 이때 세워졌다고 한다.

55) Callot, 1592?~1635. 프랑스 동판화가. 판화 작품이 모두 1,400점이나 된다고 하지만 완전한 컬렉션은 남아있지 않다.

56) Rembrandt, 1606~1669. 네덜란드의 화가. 17세기 유럽 회화사상 최대의 화가로 꼽힌다.

57) Goya, 1746~1828. 스페인의 화가. 유화, 벽화, 판화, 데생 등 다채로운 기법을 구사하여 초상화, 풍속화, 종교화, 우의화, 환상화 등 광범위한 장르를 통해 18~19세기 스페인을 묘사했다.

58) Pheidias, BC 490~BC 430. 고대 그리스 조각가. 파르테논 신전을 건축할 때 총감독이 되어, 〈아테나 파르테노스상〉을 만들었고 신전 장식 조각에도 관여했다. 대리석, 상아, 금, 청동 등 모든 분야에 걸친 최대의 조각가였다.

59) Winckelmann, 1717~1768. 독일의 미학자, 미술사가. 고대 그리스 문화를 연구했고, 《회화 및 조각에 있어서의 그리스 미술품의 모방에 관한 고찰》(1755)을 출판하여 고전주의 사상의 선구자로 인정받게 되었다.

늘어놓았다. 주변에 있는 물건들이 그의 말에 한층 더 힘을 실어주었다. 기도대 위에는 해골이 보였고, 회교도의 장검과 수도승의 긴 옷도 있었다. 프레데릭은 그 옷을 입어보았다.

프레데릭이 이른 시간에 찾아가면, 펠르랭은 X형 틀에 가죽 띠를 걸어서 융단 조각을 덮어 만든 남루한 침대에서 자고 있었다. 열심히 극장을 드나드느라고 늦게 잠을 자기 때문이었다. 펠르랭은 누더기를 입은 노파의 시중을 받고, 싸구려 식당에서 저녁을 먹으며 애인도 없이 생활하고 있었다. 여기저기에서 뒤죽박죽 긁어모은 지식 때문에, 그의 역설은 재미있게 들렸다. 서민층과 부르주아에 대한 그의 증오에는 화려한 서정성이 담긴 조소가 흘러넘쳤고, 대가들에 대한 종교적인 숭배는 그를 거의 대가들의 위치로까지 끌어올렸다.

그런데 어째서 그는 아르누 부인에 대해 전혀 이야기를 하지 않는 것일까? 아르누에 대해서는, 어떤 때는 호남아라고 부르기도 하고 또 어떤 때는 사기꾼이라고 하기도 했다. 프레데릭은 그의 속내 이야기를 기다리고 있었다.

어느 날, 프레데릭은 펠르랭의 화첩을 뒤적이다가 한 집시 여인의 초상화에서 어딘가 바트나 양과 닮은 모습을 발견했다. 그는 그 여자에게 흥미를 느끼고 있었기 때문에, 그녀의 신분을 알고 싶었다.

펠르랭이 알고 있는 바에 의하면, 그녀는 처음에는 지방에서 교사로 지내다가 지금은 아이들을 가르치면서 자그마한 신문에 글을 쓰려고 애쓰고 있다고 했다.

프레데릭은 아르누에 대한 그녀의 태도로 보아 그의 정부로 생각된다고 했다.

"에이! 말도 안 되지! 그 사람은 다른 정부가 여러 명 있는데요!"

그러자 젊은이는 자기의 비열한 생각이 수치스러워 붉어지는 얼굴을 돌리면서, 대담한 태도로 덧붙였다.

"아마 부인도 남편에게 똑같이 갚아주고 있겠지요?"

"천만에! 부인은 정숙한 여자요!"

프레데릭은 양심의 가책을 느꼈고, 잡지사에 더 열심히 모습을 나타냈다.

상점 꼭대기의 대리석 판에 새겨진 아르누라는 큰 글자가 그에게는 마치 신성한 문자처럼 아주 특별하고 깊은 의미를 지닌 것으로 보였다. 넓은 보도는 내리막길이어서 그의 발걸음을 수월하게 했고, 문은 거의 저절로 열렸으며, 감촉이 매끄러운 손잡이는 마치 사람의 손을 잡는 것처럼 부드러웠다. 어느 사이에 그는 르쟁바르처럼 어김없이 나타나는 사람이 되어 있었다.

르쟁바르는 날마다 벽난로 구석의 안락의자에 앉아, 〈나시오날〉지를 독차지하고 한시도 손에서 내려놓지 않았다. 그리고 감탄이나 또는 간단히 어깨를 으쓱하는 것으로 자기 생각을 표현하곤 했다. 때때로 그는 초록색 프록코트의 가슴팍 위, 두 단추 사이에 순대처럼 둥글게 말아 끼워둔 손수건으로 이마를 닦았다. 그는 주름바지에 반장화를 신고 긴 넥타이를 매고 있었다. 테두리가 위로 젖혀진 모자 덕분에 군중 속에 있는 그를 멀리서도 알아볼 수 있었다.

매일 아침 8시에, 그는 몽마르트르 언덕을 내려가 노트르담데빅투아르 거리에서 백포도주를 마셨다. 점심은 당구 몇 게임이 뒤를 잇기 때문에 3시까지 계속 이어졌다. 그리고 압생트를 마시러 파노라마 거리로 향했고, 아르누 상점에 얼굴을 내민 후에는 보르들레 주점에 들어가서 베르무트[60]를 마셨다. 그 다음에는 아내에게 돌아가는 대신 종종 가이용 광장의 작은 카페에서 혼자 저녁 먹는 것을 더 좋아했다. 거기서 그는 '가정요리, 꾸미지 않은 자연스러운 것'을 주문했다! 마지막으로 또 다른 당구장으로 옮겨가서, 자정까지, 새벽 1시까지,

60) 원료인 포도주에 브랜디나 당분을 섞고, 향쑥, 키니네, 창포뿌리 등의 향료나 약초를 넣어 향미를 낸 주류. 옛날에는 이탈리아와 프랑스에서만 만들었으나, 현재는 세계 각처에서 만들고 있다.

가스등이 꺼지고 겉창이 닫히며 기진맥진한 가게 주인이 나가달라고 부탁할 때까지 거기에 머물러 있었다.

시민 르쟁바르가 그러한 장소에 끌리는 것은 술을 좋아해서가 아니라 거기서 정치 이야기를 하는 오랜 습관 때문이었는데, 나이가 많아짐에 따라 열기가 없어져 이제는 침울하게 침묵을 지킬 뿐이었다. 그의 진지한 표정을 보면, 마치 머릿속으로 온 세상을 움직이고 있는 것 같았다. 하지만 그의 머리에서는 아무것도 나오지 않았다. 그는 어떤 사업에 전력을 기울이고 있다고 하지만, 심지어 친구들조차 어느 누구도 그의 직업에 대해 아는 사람이 없었다.

아르누는 그를 대단히 높이 평가하고 있는 것 같았다. 어느 날 아르누가 프레데릭에게 말했다.

"저 사람은 아는 게 많아요, 정말! 뛰어난 사람이지!"

한번은 르쟁바르가 브르타뉴 지방의 고령토 광산과 관련된 서류를 책상 위에 펼쳐놓자, 아르누는 그의 경험을 신용했다.

프레데릭은 르쟁바르에게 더 예의 바르게 대했고, 이따금 압생트 술을 대접하기까지 했다. 그리고 그를 어리석다고 생각하면서도 단지 그가 자크 아르누의 친구라는 이유만으로 종종 한 시간이나 그를 상대해주곤 했다.

화상(畵商) 아르누는 진보적인 사람으로서, 동 시대 대가들의 데뷔를 적극 밀어준 후에는 예술적인 태도를 계속 유지하면서도 금전적인 이익을 넓히고자 애쓰고 있었다. 그는 예술의 해방, 즉 저렴한 가격의 숭고한 작품을 노리고 있었다. 파리의 모든 사치 산업은 그의 영향을 받았는데, 그 영향은 작은 일에는 좋은 것이었지만 크게 보면 해로운 것이었다. 그는 대중의 의견에 지나치게 영합한 나머지, 재능 있는 예술가들을 탈선시키고 힘 있는 예술가들을 타락시키거나 약한 예술가들을 지치게 만들면서 보잘것없는 자들의 이름만 높여주었다. 그리고 자신과의 친분이나 자신의 잡지를 이용하여, 그들을 자기 마음대로 다루었다. 서투른 화가들은 그의 진열대에 자기 작품이 전시되기를 갈망했고, 실내장식업자들은 가구의 모델을 그의 상점에서 얻어갔다. 프레데릭은 그를 백만장자이고 예술애호가이며 동시에 수완가로 여겼다. 그렇지만 아르누는 장사에 있어서는 간교했기 때문에 많은 점들이 프레데릭을 놀라게 했다.

아르누는 파리에서 천오백 프랑에 산 그림을 독일이나 이탈리아의 벽지에서 사천 프랑에 가져왔다는 영수증을 내보이면서 호의를 베푼다며 삼천오백 프랑에 되팔았다. 화가들에 대한 그의 상투적인 술책 중의 하나는 판화를 발표해준다는 구실로 그림의 축소화를 사례금처럼 요구하는 것이었다. 하지만 언제나 그는 그 축소화를 팔아버리고 판화는 결코 발표되지 않았다. 이용당했다고 불평하는 사람들에게는 배를 한 대 툭 치는 것으로 대꾸하곤 했다. 그러나 다른 한편으로 보면 그는 사람이 좋아 궐련을 아낌없이 나누어주고, 초면인 사람들에게도 허물없이 말을 걸었다. 그리고 한 작품이나 한 사람에 대해 열중하기도 했는데, 그런 경우에는 끝끝내 고집을 부리며 아무것도 상관하지 않은 채 수없이 뛰어다니고 편지를 쓰고 광고를 내곤 하였다. 그는 자기 자신을 매우 솔직한 사람이라고 생각하고, 감정을 토로하고 싶을 때는 자기가 저지른 무례한 행위도 천진난만하게 이야기했다.

한번은 회화 잡지를 창간하여 축연을 베풀려는 동업자를 괴롭히기 위해, 약속시간 직전에 손님 초대를 취소하는 편지를 자기가 보는 앞에서 써 달라고 프레데릭에게 부탁한 적이 있었다.

"이건 명예를 손상시키는 건 아니지, 안 그런가?"

젊은이는 그 부탁을 감히 거절할 수 없었다.

다음 날, 프레데릭은 위소네와 함께 아르누의 사무실로 들어가면서 문(계단 위로 열려 있는 문) 너머로 여자의 옷자락이 사라지는 것을 보았다.

"실례했습니다. 여자 분들이 계신 줄 알았다면 …" 위소네가 말했다.

"아! 집사람일세. 지나는 길에 잠깐 나를 보려고 올라왔었지." 아르누가 대답했다.

"뭐라구요?" 프레데릭이 말했다.

"그래! 집사람은 집으로 돌아가는 거라네."

주위에 있는 것들의 매력이 갑자기 사라져버렸다. 여기에 막연히 퍼져있다고 느끼던 것이 없어진 것이다. 아니, 그런 것은 아예 처음부터 없었다. 프레데릭은 한없는 놀라움과 배반당한 고통 같은 것을 느꼈다.

아르누는 서랍 속을 뒤지며 미소 짓고 있었다. 프레데릭을 비웃는 것일까? 점원이 아직 마르지 않은 종이 뭉치를 테이블 위에 올려놓았다.

"아! 광고지로군! 오늘 저녁에는 저녁도 못 먹겠는걸!" 아르누가 외쳤다.

르쟁바르는 모자를 집어 들었다.

"아니, 가시려구요?"

"7시인걸요!" 르쟁바르가 말했다.

프레데릭은 그를 뒤따라갔다.

몽마르트르 거리 모퉁이에서, 프레데릭은 뒤를 돌아서서 2층 창문을 바라보았다. 얼마나 애정 어린 눈으로 저 창문을 수없이 쳐다보았던가 하는 생각을 하자, 자기 자신이 가여워져 속으로 웃었다. 도대체 그녀는 어디 살고 있는 것일까? 이제 어떻게 그녀를 만날 것인가? 그 어느 때보다도 더 큰 욕망의 주위로 고독이 다시 펼쳐졌다!

"그거 하러 가겠소?" 르쟁바르가 말했다.

"뭘 말입니까?"

"압생트!"

그의 귀찮은 권유에 못 이겨, 프레데릭은 보르들레 주점으로 끌려갔다. 상대방이 팔꿈치를 짚고 물병을 바라보고 있는 동안, 그는 좌우를 둘러보았다. 보도에서 펠르랭의 옆모습이 보이자, 그는 창유리를 힘껏 두드렸다. 화가가 채 자리에 앉기도 전에, 르쟁바르는 요즘은 왜 '공예사'에서 통 볼 수가 없냐고 물었다.

"죽어도 거긴 다시 안 가요! 그자는 사람도 아니에요, 속물, 파렴치한, 건달이라구요!"

그런 욕설이 프레데릭의 분노를 가라앉혀 주었다. 그렇지만 그 욕설이 아르누 부인에게도 다소나마 타격을 주는 것 같아, 프레데릭은 마음이 상했다.

"아르누가 당신한테 어떻게 했는데요?" 르쟁바르가 말했다.

펠르랭은 발로 땅바닥을 두드리며, 대답 대신 깊은 한숨을 내쉬었다.

그는 그림에 별로 조예가 깊지 못한 아마추어들을 위한 2색 초상화라든가 거장들의 모방화와 같은, 불법적인 작업에 전념하고 있었다. 그런 일은 창피스러운 것이었기 때문에, 그는 대체로 입을 다물고 싶어 했었다. 그런데 '아르누의 비열한 짓'에 극도로 분개하여 전부 털어놓았다.

프레데릭도 목격한 적이 있는 어떤 주문에 따라, 그는 아르누에게 그림 두 장을 갖다 주었다. 그러자 화상은 서슴지 않고 비판을 했다! 구도와 색채와 데생, 특히 데생을 비난했다. 간단히 말하자면, 어떤 가격으로도 그림을 받아주려 하지 않았다. 어음의 지불기일 때문에 펠르랭은 할 수 없이 유대인 이사크에게 그림들을 양도했는데, 보름 후 아르누 자신이 한 스페인 사람에게 그 그림들을 2천 프랑에 팔았다는 것이다.

"에누리 없는 2천에! 얼마나 파렴치한 짓인가 말이오! 그리고 그자는 그런 파렴치한 짓을 또 하고 있어요, 그렇구말구요! 조만간 중죄재판소에서 그자를 보게 될 거요."

"좀 지나치시네요!" 프레데릭이 조심스러운 목소리로 말했다.

"아니! 아, 그래! 내가 지나치다구." 예술가는 주먹으로 테이블을 세게 치면서 소리쳤다.

그런 난폭한 행동에 프레데릭은 아주 대담해졌다. 물론 좀더 친절하게 행동할 수는 있었겠지만, 아르누가 보기에 그 두 장의 그림이…

"나쁘다는 거요! 말해 봐요! 당신이 그 그림을 알아? 당신이 전문가요? 난 아마추어들은 인정하지 않아요!"

"뭐, 그건 제가 관여할 일은 아니지요!" 프레데릭이 말했다.

"그럼 무슨 이해관계로 그자를 편드는 거요?" 펠르랭이 쌀쌀하게 다시 말했다.

젊은이는 중얼거렸다.

"그야… 친구니까요."

"그럼 내 대신 그자를 포옹이나 해 주시오! 잘 있으시오!"

화가는 화가 나서, 물론 자기가 마신 술값에 대해서는 아무 말도 없이 나가버렸다.

프레데릭은 아르누를 변호하면서 스스로 확신을 갖게 되었다. 열띤 이야기를 하다 보니, 그는 똑똑하고 선량한 그 사람, 친구들로부터 비난받고 지금은 버림받은 채 혼자서 일하고 있을 그 사람에 대해 애정을 느꼈다. 그는 당장 아르누를 다시 만나고 싶은 기이한 욕구를 억누를 수 없었다. 10분 후, 그는 상점의 문을 밀고 있었다.

아르누는 점원과 함께 한 그림 전람회를 위한 기괴한 포스터를 만들고 있었다.

"저런! 누구 때문에 다시 왔나?"

아주 단순한 이 질문에 프레데릭은 당황했다. 그는 어찌 대답해야 할지 몰라, 혹시 자기 수첩을, 푸른색 가죽으로 된 작은 수첩을 못 보았느냐고 물었다.

"여자들의 편지를 넣어두는 수첩인가?" 아르누가 말했다.

프레데릭은 아가씨처럼 얼굴을 붉히며 그런 추측을 부정했다.

"그럼 시가 들어있나?" 화상이 대꾸했다.

그는 펼쳐놓은 포스터의 견본을 만지면서, 수첩의 형태, 색깔, 가장자리 장식 등을 물었다. 프레데릭은 깊이 생각하는 듯한 그의 태도, 특히 포스터 위에서 움직이고 있는 손톱이 평평하고 약간 부드러우며 두꺼운 손 때문에 점점 더 신경이 날카로워지는 것을 느꼈다. 마침내 아르누가 일어나서, "다 끝났다!"라고 말하며 스스럼없이 프레데릭의 턱 밑에 손을 갖다 댔다. 이 스스럼없는 행동에 프레데릭은 불쾌해져 뒤로 물러났다. 그리고 이것이 마지막이라고 생각하며 사무실의 문턱을 넘었다. 아르누 부인조차 남편의 저속함으로 인해 품위가 떨어진 것처럼 생각되었다.

같은 주일에, 그는 델로리에가 다음 목요일에 파리에 도착할 거라는 내용의 편지를 받았다. 그러자 그는 더 견고하고 고귀한 그 우정에 강렬하게 다시 매달렸다. 그런 남자라면 모든 여자들을 합해 놓은 것에 견줄 만한 가치가 있었다. 프레데릭에게는 이제 더 이상 르잿바르도, 펠르랭도, 위소네도, 그 어느 누구도 필요하지 않으리라! 친구가 더 편하게 묵을 수 있도록, 그는 철제 간이침대와 안락의자를 하나 더 사고 침구를 둘로 나누었다. 그리고 목요일 아침, 델로리에를 마중가려고 옷을 입는데 초인종이 울렸다. 아르누가 들어왔다.

"한마디만 하겠네! 어제 제네바에서 좋은 송어 한 마리를 보내왔는데, 꼭 와주면 좋겠네, 오후 7시 정각에 … 슈아죌 거리 24번지 2호. 잊지 말게!"

프레데릭은 주저앉지 않을 수 없었다. 무릎이 흔들거렸다. 그는 "드디어! 드디어!" 하고 되풀이했다. 그리고 양복점과 모자점과 양화점에 편지를 써서, 각각 세 명의 심부름꾼에게 따로따로 쪽지를 전달시켰다. 자물쇠에서 열쇠가 돌아가더니, 문지기가 어깨에 여행 가방을 메고 나타났다.

프레데릭은 델로리에를 보자, 간통 현장을 남편에게 들킨 아내처럼 떨기 시작했다.

"도대체 어떻게 된 거야? 내 편지를 틀림없이 받았겠지?" 델로리에가 말했다.

프레데릭은 거짓말을 할 용기가 없었다.

그는 두 팔을 벌리고 친구의 가슴으로 뛰어들었다.

서기는 그간 지내온 이야기를 했다. 그의 아버지는 후견인으로 맡아둔 유산이 10년이면 시효가 소멸된다고 생각하여 돌려주려 하지 않았다고 했다. 그러나 소송절차에 능한 델로리에는 마침내 어머니의 모든 유산, 에누리 없는 7천 프랑을 빼앗아 낡은 지갑 속에 가지고 있다는 것이었다.

"이건 불행한 사태를 위한 예비금이야. 난 이 돈을 저금하고 내일 아침부터 일자리를 알아봐야겠어. 오늘은 완전히 휴일로 하고, 모든 시간을 내 오랜 친구하고 보내야지!"

"아! 신경 쓰지 않아도 돼! 오늘 저녁에 무슨 중요한 일이라도 있으면…" 프레데릭이 말했다.

"설마! 그렇다면 난 지독히 치사한 놈이지…"

아무렇게나 내뱉은 이 말이 마치 모욕적인 암시처럼 프레데릭의 가슴 한복판에 꽂혔다.

문지기가 난로 옆 테이블 위에 커틀렛, 갈랑틴,[61] 바다가재, 디저트, 보르도 포도주 두 병을 올려놓았다. 이토록 훌륭한 환대에 델로리에는 감동했다.

"나를 왕처럼 대접하는군, 정말!"

그들은 자기들의 과거와 미래에 대한 이야기를 하며, 때때로 감동어린 눈으로 잠시 서로를 바라보면서 테이블 너머로 악수를 하곤 했다. 그런데 한 심부름꾼이 새 모자를 가지고 왔다. 델로리에는 모자의 안이 아주 훌륭하다고 큰 소리로 말했다.

이어서 재단사가 방금 다림질한 양복을 직접 건네주러 왔다.

61) 양념을 넣어서 삶은 고기를 굳힌 것.

"결혼하려는 사람 같군." 델로리에가 말했다.

한 시간 후에는 세 번째 사람이 나타나, 커다란 검은 가방에서 윤이 나는 호화로운 장화 한 켤레를 꺼냈다. 프레데릭이 장화를 신어보는 동안, 구두 장수는 시골뜨기의 신발을 빈정거리며 바라보았다.

"신사 분은 필요한 게 없으십니까?"

"됐어요"라고 서기는 대답하고, 자기의 끈 달린 낡은 구두를 의자 밑으로 감추었다.

이러한 모욕 때문에 프레데릭은 마음이 불편했다. 그는 고백하기가 망설여졌다. 마침내 그는 갑자기 생각난 듯 소리쳤다.

"아! 이런, 잊고 있었네!"

"뭘?"

"오늘 저녁에 시내에서 식사해야 하거든!"

"당브뢰즈 댁에서? 왜 편지에서는 전혀 그런 얘기를 하지 않았어?"

당브뢰즈 댁이 아니라 아르누 집이라고 했다.

"나한테 미리 알려줬어야지! 그럼 내가 하루 늦게 왔을 텐데." 델로리에가 말했다.

"그럴 수가 없었어! 오늘 아침에서야 초대를 받았거든, 방금 전에." 프레데릭이 황급히 대답했다.

그리고 자기 잘못을 속죄하고 친구의 기분을 전환시켜 주기 위해, 여행 가방의 엉클어진 끈을 풀고 서랍장 안에 모든 소지품을 정리했다. 또 침대를 친구에게 내어주고, 자신은 장작 넣어두는 방에서 자기로 했다. 그리고는 4시부터 몸치장을 하기 시작했다.

"아직 시간 있어!" 친구가 말했다.

드디어 프레데릭은 옷을 입고 나갔다.

'부자들이란 이런 거군!' 하고 델로리에는 생각했다.

그는 전부터 알고 있던 생자크 거리의 한 작은 식당으로 저녁을 먹으러 갔다.

심장이 몹시 뛰는 탓에 프레데릭은 계단에서 몇 번이나 멈춰야 했다. 장갑 한 짝이 너무 꼭 껴서 찢어져버렸다. 그가 찢어진 부분을 셔츠 소매 밑으로 밀어 넣고 있는데, 뒤에서 올라오던 아르누가 그의 팔을 붙잡고 안으로 안내했다.

중국식으로 꾸며진 응접실에는 천장에 색 초롱이 달려있었고, 네 구석에 대나무가 있었다. 프레데릭은 거실을 가로질러 가다가 호랑이 가죽에 걸려 비틀거렸다. 촛대에는 불이 켜져 있지 않았지만, 안쪽에 있는 안방에서 두 개의 램프가 불빛을 밝히고 있었다.

마르트 양이 와서, 엄마는 옷을 입고 있다고 말했다. 아르누는 아이를 번쩍 안아 올려 입을 맞춘 후, 직접 포도주를 고르러 지하실에 가느라고 프레데릭을 아이와 함께 남겨두었다.

마르트는 몽트로 여행 때보다 훨씬 크게 자라 있었다. 갈색 머리카락이 길게 곱슬곱슬한 원을 이루며 맨살을 드러낸 팔까지 내려와 있었다. 무희의 치마보다 더 볼록하게 부푼 원피스 아래로 장밋빛 장딴지가 드러나 보이고, 귀여운 몸 전체에서 꽃다발 같은 신선한 냄새가 풍겼다. 아이는 예쁘장한 태도로 젊은 손님의 찬사를 받으며 깊은 시선으로 그를 응시하다가, 가구 사이로 슬그머니 들어가더니 고양이처럼 사라졌다.

프레데릭은 더 이상 아무 동요도 느끼지 않았다. 종이 레이스로 덮인 램프의 둥근 갓에서 젖빛 광선이 퍼져 나와, 옅은 보라색의 새틴 천을 발라놓은 벽의 색깔을 부드럽게 만들었다. 커다란 부채 모양의 난로 철망 너머로 벽난로 안의 석탄이 들여다보였다. 추시계 바로 곁에는 은 고리쇠가 달린 작은 상자가 있었고, 여기저기에 자질구레한 것들이 흩어져 있었다. 2인용 소파 한가운데에는 인형이, 의자 등받이에는 세모꼴 숄이, 재봉대 위에는 뜨개질 털실이 있었다. 털실에 있는 두 개의 상아 바늘은 끝을 아래로 하여 바깥쪽으로 늘어뜨려져 있었다. 평화로움과 정숙함과 친밀함이 모두 함께 어우러진 장소였다.

아르누가 돌아왔고, 다른 문을 통해 아르누 부인이 나타났다. 그녀가 그늘진 곳에 있었기 때문에, 프레데릭은 처음에는 그녀의 머리밖에 볼 수 없었다. 검은 벨벳 옷을 입은 그녀는 머리에 붉은 명주실로 짠 알제리식 그물망을 쓰고 있었는데, 그물이 빗을 칭칭 감싸며 왼쪽 어깨 위로 내려와 있었다.

아르누가 프레데릭을 소개했다.

"아! 전 이분을 기억하고 있어요." 그녀가 대답했다.

이어서 손님들이 모두 거의 동시에 도착했다. 디트메르, 로바리아, 뷔리외, 작곡가 로장발드, 시인 테오필 로리, 위소네의 동료인 두 사람의 미술 비평가, 제지업자, 그리고 정통 회화 최후의 대표자인 유명한 피에르 폴 맹시외가 들어왔다. 그는 명성과 함께 80세라는 노령과 뚱뚱한 배를 당당하게 지니고 있었다.

식당으로 이동할 때, 아르누 부인은 그 노인의 팔을 잡았다. 자리 하나가 펠르랭을 위해 비워져 있었다. 아르누는 그를 이용하면서도 동시에 사랑하고 있었다. 게다가 그의 독설을 무서워하고 있었다. 그래서 그를 감동시키려고 〈공예〉지에 과장된 찬사를 곁들여 그의 초상화를 실어 주었고, 돈보다 명성에 더 민감한 펠르랭은 8시경에 숨을 헐떡거리며 나타났다. 프레데릭은 그들이 이미 오래전에 화해했다고 생각했다.

모인 손님들도, 요리도, 모든 것이 그의 마음에 들었다. 중세의 응접실 같은 식당에는 부드러운 가죽이 깔려있었고, 네덜란드식 찬장이 긴 담뱃대 걸이 앞에 세워져 있었다. 그리고 식탁 주위에는 다양한 색깔의 보헤미아제 유리컵들이 있었는데, 꽃과 과일들 사이에서 마치 정원의 장식등처럼 보였다.

그는 열 종류나 되는 겨자 중에서 기호에 맞는 것을 골라야 했다. 가스파초,[62] 카레, 생강, 코르시카 섬의 티티새 요리, 로마식 파이를 먹고, 리프프라올리와 토카이[63] 같은 진귀한 포도주를 마셨다.

사실 아르누는 손님 접대를 잘 한다고 자부하고 있었다. 그는 음식물을 손에 넣기 위해 우편마차 마부의 비위도 맞추었고, 유명 식당의 요리사들과도 친교를 맺고 있어서 소스의 비법을 전해받기도 했다.

그러나 프레데릭을 즐겁게 한 것은 무엇보다도 이야기였다. 디트메르의 동방 이야기는 여행에 대한 그의 취미를 자극했고, 오페라 극장에 관한 로장발드의 이야기는 극장의 내막에 대한 호기심을 충족시켜 주었다. 그리고 어떻게 겨울 내내 네덜란드 치즈만 먹으면서 지냈는지를 생생하게 이야기한 위소네의 쾌활한 태도를 통해, 집시의 혹독한 생활이 그에게는 신기한 것으로 생각되었다. 또한 피렌체파[64]에 대한 로바리아와 뷔리외의 논쟁은 그에게 여러 걸작을 알게 해 주었고, 시야를 넓혀 주었다. 그래서 그가 마음속의 흥분을 억제하지 못하고 있을 때, 펠르랭이 소리쳤다.

"당신들의 꼴사나운 현실이란 것으로 날 괴롭히지 마시오! 대체 그 현실이란 것이 뭐요? 어떤 사람들은 비관적으로 보고 또 어떤 사람들은 청사진을 품고 있으며, 많은 사람들이 어리석은 것으로 보고 있잖아요. 미켈란젤로만큼 부자연스러운 것도 없지만, 그보다 더 뛰어난 작품도 없어요! 외면적인 진리에 신경 쓴다는 것은 현재의 비천함을 드러내는 것이지요. 이대로 가다가는, 예술이란 것은 시적인 미로 따지자면 종교보다 못하고 재미로 따지면 정치보다 못한 정체불명의 양념덩어리가 되어버릴 것이오. 하찮은 작품으로는 제아무리 제작상의 술책을 부려도, 우리에게 보편적인 감흥을 야기하는 예술의 목적에

---

62) 스페인의 대표적인 음식으로, 아삭거리는 오이와 잘 익은 토마토, 신선한 피망, 소량의 마늘을 넣어 익히지 않고 차갑게 먹는 수프.

63) 헝가리의 유명한 포도주.

64) 이탈리아의 피렌체를 중심으로 14~16세기에 르네상스 미술활동의 주도적 지위에 있던 유파. 이 유파는 무엇보다도 조형적인 형태주의와 합리주의를 특징으로 하였다.

도달하지 못할 것이오. 그래요, 예술의 목적 말이오! 예를 들면 바솔리에의 그림 말이오. 그건 예쁘고, 멋지고, 깨끗하고, 경쾌하지요! 주머니에 집어넣고 여행이라도 갈 수 있을 것이오! 공증인들은 그 그림을 2만 프랑에 사지만, 거기에 들어있는 사상은 서 푼어치밖에 안 돼요. 사상이 없는 곳에 위대함은 없고, 위대함이 없는 곳에 미는 없소! 올림포스는 하나의 산이오! 가장 훌륭한 기념물은 앞으로도 언제나 피라미드일 것이구요! 기호보다는 풍성함이, 보도보다는 사막이, 이발사보다는 야만인이 더 가치 있단 말이오!"

프레데릭은 그런 이야기를 들으며 아르누 부인을 바라보고 있었다. 펠르랭의 이야기는 타오르는 용광로 속에 떨어지는 금속처럼 그의 마음속에 파고들어 정열과 용해되면서 사랑의 불꽃을 일으켰다.

그는 그녀와 같은 쪽, 아래로 세 자리 떨어진 곳에 앉아 있었다. 그녀는 이따금 몸을 약간 구부리고 고개를 돌리면서 어린 딸에게 뭔가 이야기를 했다. 그녀가 미소를 지을 때면 볼에 보조개가 생겼는데, 그것은 그녀의 얼굴에 더 섬세하고 선량한 분위기를 만들어 주었다.

술이 나오자, 그녀는 모습을 감추었다. 화제는 매우 자유분방해졌고, 그 중에서도 아르누 씨가 단연 두드러졌다. 프레데릭은 사람들의 추잡함에 놀랐다. 그러나 여자에 대한 관심은 그들이나 자기나 다 마찬가지이므로, 그들과의 사이가 평등해진 것처럼 느껴져서 자존심은 세울 수 있었다.

거실로 돌아온 그는 마음을 진정시키려고 탁자 위에 흩어져 있는 앨범 하나를 집어 들었다. 거기에는 당대의 대 예술가들이 삽화를 그려 넣고 산문이나 시, 또는 단순한 서명을 곁들여 놓았다. 유명한 이름들 가운데 알지 못하는 이름들도 많았는데, 하찮은 말들이 범람하는 글 속에 오히려 기발한 생각이 드러나 있었다. 어느 글에나 많든 적든 아르누 부인에 대한 직접적인 찬사가 담겨 있었다. 프레데릭은 그 옆에 한 줄 쓰고 싶어도 그러기가 두려웠을 것이다.

아르누 부인이 은 고리쇠가 달린 작은 상자를 찾으러 안방으로 갔다. 프레데릭이 벽난로 위에서 보았던 상자였다. 그것은 르네상스 시대의 작품으로 남편으로부터 받은 선물이었다. 아르누의 친구들은 아르누를 칭찬했고, 그의 아내는 감사를 표했다. 그러자 아르누는 감동하여 사람들 앞에서 아내에게 키스했다.

이어서 모두들 여기저기에 삼삼오오 모여서 이야기를 나누었다. 맹시외 노인은 난로 옆의 안락의자에서 아르누 부인과 함께 있었다. 그녀가 그의 귀를 향해 몸을 구부리자 그들의 머리가 서로 맞닿았다. 프레데릭은 명성과 백발을 가질 수 있다면, 그래서 저렇게 친밀하게 만들어 줄 수 있는 뭔가를 얻을 수만 있다면 귀머거리가 되어도, 불구자가 되어도, 추남이 되어도 좋을 것 같았다. 그는 마음이 아팠고, 자신의 젊음에 대해 화가 났다.

그런데 그녀가 프레데릭이 서 있는 거실 구석으로 다가오더니, 손님들 중에 아는 사람이 있는지, 그림을 좋아하는지, 언제부터 파리에서 공부하고 있는지 물어보았다. 그녀의 입에서 나오는 한마디 한마디가 프레데릭에게는 어떤 새로운 것, 오직 그녀에게만 속하는 것처럼 생각되었다. 그는 그녀의 드러낸 어깨 위를 스치는 머리쓰개의 술 장식을 뚫어져라 바라보았다. 그는 거기에서 눈을 떼지 못한 채, 그 흰 여체 속에 자신의 영혼을 쏟아 붓고 있었다. 그러나 감히 눈을 더 높이 들어 그녀를 마주 쳐다보지는 못했다.

로장발드가 그들의 이야기를 가로막으며 아르누 부인에게 노래를 불러달라고 부탁했다. 그가 전주곡을 연주하는 동안 그녀는 기다렸다. 이윽고 그녀의 입술이 열리더니, 맑고도 긴 소리가 공기 중에 울려 퍼졌다.

프레데릭은 이탈리아어의 가사를 전혀 이해하지 못했다.

노래는 찬송가처럼 장중한 리듬으로 시작되어, 점점 세게 활기를 띠고 우렁찬 소리를 거듭하다가 갑자기 조용해지더니, 폭넓고 느린 파동으로 애정이 넘치는 멜로디가 다시 계속되었다.

그녀는 팔을 내려뜨리고 아득한 시선으로 건반 옆에 서 있었다. 이따금 악보를 읽기 위해, 잠시 이마를 앞으로 내밀면서 눈을 깜박거리곤 했다. 그녀의 콘트랄토[65] 목소리는 저음에서는 마음을 서늘하게 하는 슬픈 음조를 띠었다. 그럴 때는 눈썹이 커다란 아름다운 얼굴이 어깨 위로 기울어졌다. 가슴은 부풀어 오르고 두 팔이 벌어지며, 구슬이 굴러 떨어지는 듯한 목소리가 새어 나오는 목은 하늘의 키스를 받으려는 것처럼 부드럽게 젖혀졌다. 그녀는 세 번 높은 음을 노래하고 다시 낮은 음으로 내려온 후, 또 한 번 더 높은 음을 내더니 잠시 멈추었다가 길게 음을 늘이면서 노래를 끝냈다.

로장발드는 피아노를 멈추지 않았다. 그는 제 흥에 겨워 연주를 계속했다. 손님들이 차츰차츰 한 사람씩 가기 시작했다. 11시에 마지막 손님들이 돌아갈 때, 아르누는 펠르랭을 바래다준다는 핑계로 그와 함께 밖으로 나갔다. 그는 저녁 식사 후에 한 바퀴 돌지 않으면 병이 난다고 말하는 부류에 속하는 사람이었다.

아르누 부인이 응접실로 나왔다. 디트메르와 위소네가 인사하자, 그녀는 그들에게 손을 내밀었다. 그녀는 프레데릭에게도 똑같이 손을 내밀었다. 그러자 프레데릭은 피부의 모든 세포 속으로 무엇인가가 스며드는 것만 같았다.

그는 친구들과 헤어졌다. 혼자 있고 싶어서였다. 가슴이 벅차올랐다. 왜 손을 내밀었을까? 무의식적인 행동이었을까, 아니면 용기를 북돋아주기 위해서였을까? "이런! 내가 미쳤지!" 하기야 그런 건 아무래도 좋았다. 이제 마음대로 그녀를 찾아가고 그녀의 분위기 속에서 살 수 있으니까.

거리는 텅 비어 있었다. 때때로 무거운 짐수레가 포석을 뒤흔들며

---

65) 최저 여성음.

지나갔다. 창문이 닫힌 회색 외관의 집들이 이어졌다. 그는 거드름을 피우면서 그 벽 너머에서 잠자고 있는 모든 인간들을 생각했다. 그녀를 만나지 못한 채 살아가고, 저들 중 단 한 사람도 그녀가 이 세상에 살고 있다는 것조차 모르고 있다니! 그는 주위에 무엇이 있는지, 어디를 걷고 있는지, 아무것도 의식하지 못하고 있었다. 발뒤꿈치로 땅바닥을 차고 단장으로 상점의 겉창을 두드리면서, 그저 무턱대고, 정신없이, 무언가에 이끌리듯 계속 앞으로 걸어갈 뿐이었다. 습기 찬 대기가 그를 감싸자, 그는 강가에 와 있다는 것을 알아차렸다.

끝없이 두 줄로 곧게 늘어선 가로등이 반짝였고, 길고 붉은 불꽃이 깊은 물속에서 흔들렸다. 물은 청회색이었고, 하늘은 그보다 더 밝은 빛이었다. 마치 강 양쪽에 우뚝 솟아있는 커다란 그림자 덩어리가 하늘을 떠받치고 있는 것 같았다. 눈에 보이지 않는 건물들 때문에 어둠이 더 짙었다. 빛을 머금은 밤안개가 저 멀리 지붕 위에서 떠돌았고, 모든 소리가 윙윙거리는 단 하나의 소리에 흡수되었다. 가벼운 바람이 불고 있었다.

그는 퐁뇌프 다리 한가운데에서 걸음을 멈춘 후, 모자를 벗고 가슴을 펼치며 공기를 들이마셨다. 무언가 무궁무진한 것이, 그를 안절부절못하게 만드는 애정의 세찬 흐름이 눈 아래에서 출렁이는 물결처럼 내부 깊숙한 곳에서 올라오는 것이 느껴졌다. 성당의 시계가 천천히 1시를 쳤다. 마치 그를 부르는 목소리 같았다.

그 순간, 그는 보다 높은 세계로 옮겨지는 듯한 영혼의 전율에 사로잡혔다. 야릇한 능력이 솟구쳤지만, 어떤 능력인지는 알 수 없었다. 그는 위대한 화가가 될까 아니면 위대한 시인이 될까 하고 진지하게 생각해 보았다. 그리고 화가가 되기로 결심했다. 화가라는 직업의 필요상 아르누 부인과 가까워질 수 있을 것이기 때문이었다. 그러니까 그는 천직을 발견한 것이다! 이제 삶의 목적이 명확해졌고, 미래가 확실해졌다.

문을 닫았을 때, 침실 옆의 어두컴컴한 작은 방에서 누군가 코 고는 소리가 들렸다. 타인이었다. 그는 이미 더 이상 델로리에를 생각하고 있지 않았다.

거울에 그의 얼굴이 비쳤다. 그는 자기 얼굴이 아름답다고 생각되어 거울을 바라보며 잠시 그대로 있었다.

V

다음 날 오전, 그는 물감상자 하나와 붓 몇 자루와 이젤을 샀다. 펠르랭이 지도해 주기로 했다. 프레데릭은 그림 도구 중에 부족한 것은 없는지 봐달라고 그를 집으로 데리고 갔다.

델로리에가 돌아와 있었고, 한 젊은이가 다른 안락의자에 앉아 있었다. 서기가 그를 가리키며 말했다.

"그 친구야! 세네칼!"

프레데릭은 세네칼이 마음에 들지 않았다. 그의 이마는 짧게 깎은 머리 때문에 유난히 넓어 보였다. 회색 눈에서는 뭔가 단호하고 냉혹한 기운이 번득였고, 기다란 검은 프록코트를 입고 있는 옷차림에서는 교육자와 성직자의 냄새가 풍겼다.

처음에는 시사문제, 특히 로시니[66]의 〈스타바트마테르〉가 화제에 올랐다. 질문을 받은 세네칼은 극장에 가본 적이 없다고 말했다. 펠르랭이 물감상자를 열었다.

"이거 전부 네 거야?" 서기가 말했다.

---

66) Rossini, 1792~1868. 이탈리아 오페라 작곡가. 〈스타바트마테르〉는 '슬픔에 찬 성모'라는 뜻의 라틴어로, 예수가 십자가에 못 박혔을 때의 성모의 슬픔을 노래한 곡이다. 12년의 침묵을 깨고 로시니는 1841년에 이 작품을 파리에서 발표했는데, 전 프랑스에서 대단한 성공을 거두었다.

"물론이지!"

"저런! 대체 무슨 생각을 하고 있는 거야!"

그리고 그는 수학 가정교사가 루이 블랑[67]의 책을 뒤적이고 있는 탁자 위로 몸을 굽혔다. 그건 가정교사가 가지고 온 책이었다. 그가 낮은 목소리로 그 책의 몇 대목을 읽고 있는 동안, 펠르랭과 프레데릭은 팔레트, 나이프, 물감튜브들을 살폈다. 그러다가 드디어 아르누 집에서의 만찬에 대한 이야기가 나왔다.

"화상 말인가요?" 세네칼이 물었다. "그 사람 정말 한심한 양반이에요!"

"왜요?" 펠르랭이 말했다.

세네칼이 대답했다.

"정치적으로 파렴치한 짓을 해서 돈을 버는 사람이거든요!"

세네칼은 왕의 전 가족이 모범적인 일에 열중하는 모습을 그린 유명한 석판화에 대해 얘기하기 시작했다. 루이필립은 법전을, 왕비는 기도서를 들고 있고, 공주들은 수를 놓고 있으며, 느무르 공작[68]은 검을 차고 있고, 주앵빌 씨[69]는 동생들에게 지도를 보여주고 있는 그림인데, 배경에는 두 칸으로 나뉜 침대가 하나 있었다. 〈선량한 가족〉이라는 제목이 붙은 그 그림은 부르주아들에게는 더할 나위 없는 기쁨을 주었지만, 애국자들에게는 고통을 주는 것이었다. 펠르랭은 마치 자기가 그 그림을 그린 화가라도 되는 양 화난 음성으로 모든 의견에는 우열이 없는 거라고 대답했다. 세네칼이 항의했다. 예술이란 오로지 대중의 교화를 목적으로 해야 한다! 예술은 도덕적 행위로 이끄는 주제만을 나타내야 하고, 그 이외의 것은 유해하다는 것이었다.

---

67) Louis Blanc, 1811~1882. 프랑스의 역사가이자 사상가로 보통선거제를 주장하고, 노동조합을 결성해 노동자의 빈곤을 없애야한다고 역설했다.

68) Nemours, 1814~1896. 루이필립의 둘째 아들.

69) Joinville, 1818~1900. 루이필립의 셋째 아들.

"하지만 그건 제작방법에 따라 달라지는 겁니다! 나도 걸작을 만들 수 있어요!" 펠르랭이 소리쳤다.

"그렇담 딱한 일이군요! 그럴 권리가 없는데…"

"뭐라구요?"

"그럼요! 나 자신이 비난하는 일에 흥미를 갖게 만들 권리가 당신에겐 없습니다. 아무 이득도 끌어낼 수 없는 것들, 예를 들면 비너스라든가 당신의 풍경화라든가, 힘만 들고 하찮은 그런 것들이 우리에게 무슨 필요가 있단 말입니까? 거기에는 대중을 위한 교훈이 보이지 않아요! 차라리 우리에게 대중의 비참함을 보여 주세요! 대중의 희생을 그려 우리를 감동시키세요! 뭐, 주제는 얼마든지 있습니다. 농장, 작업장…"

펠르랭은 분개하여 말을 더듬다가, 반박의 논거를 찾았다고 확신하며 말했다.

"몰리에르, 당신은 그를 인정하오?"

"그럼요! 프랑스 대혁명의 선구자로 존경하고 있습니다." 세네칼이 말했다.

"아! 대혁명! 대단한 예술이로군! 지금까지 그보다 더 불행한 시대는 없었소!"

"그보다 더 위대한 시대는 없었지요!"

펠르랭은 팔짱을 끼고 세네칼을 마주 쳐다보며 말했다.

"당신은 골수 국민군처럼 보이는군!"

논쟁에 익숙한 상대자가 대꾸했다.

"저는 국민군이 아닙니다! 저도 당신만큼 그런 거 싫어합니다. 그런데 그와 비슷한 방법으로 군중을 타락시키고 있어요! 게다가 그것은 바로 정부가 바라는 것이지요! 아르누와 같은 사기꾼 무리와 손을 잡지 않고서는 정부가 그렇게 강경할 수 없을 겁니다."

세네칼의 의견에 화가 난 까닭에 화가는 화상을 옹호했다. 그는 심지어 자크 아르누가 친구들에게 헌신하고 아내를 사랑하는, 그야말로 선량한 마음의 소유자라고 주장했다.

"아! 아! 상당한 액수의 돈을 주기만 하면, 그는 마누라를 모델로 삼는 것도 거절하지 않을 거예요."

프레데릭은 파랗게 질렸다.

"도대체 그 사람이 당신에게 무슨 잘못을 그리 많이 저지른 겁니까?"

"나한테요? 아니요! 난 카페에서 친구와 함께 있는 그 사람을 한 번 봤을 뿐입니다."

세네칼의 말은 사실이었다. 그러나 그는 〈공예〉지의 광고 때문에 날마다 화를 내고 있었다. 그에게 있어서, 아르누는 민주주의에 해가 된다고 생각되는 대표적인 인물이었다. 엄격한 공화주의자인 세네칼은 모든 우아함을 타락의 요인으로 위험시했고, 그런 것을 필요로 하지도 않았을 뿐만 아니라 청렴강직한 사람이었다.

대화가 쉽게 다시 이어지지 않았다. 화가는 곧 약속이 있는 것을 떠올렸고, 가정교사는 학생들이 생각났다. 그들이 돌아가자, 오랜 침묵 끝에 델로리에가 아르누에 대해 여러 가지 질문을 했다.

"나중에 나도 소개해주겠지, 친구?"

"물론이지." 프레데릭이 말했다.

그들은 생활의 계획을 세웠다. 델로리에는 이미 한 소송대리인 사무소의 이급 서기 자리를 쉽게 얻어냈고, 법과대학 수속을 마친 후 필요한 책도 구입했다. 그리하여 그들이 그토록 꿈꾸던 생활이 시작되었다.

아름다운 청춘인 까닭에, 그들의 생활은 즐거웠다. 델로리에가 금전적인 면에 대해 일체 의논하지 않았기 때문에, 프레데릭은 그에 대해 말하지 않았다. 그는 모든 생활비를 지불하고, 옷장을 정리하고, 집안일을 도맡았다. 하지만 수위에게 잔소리를 해야 할 때면, 서기가 그 일을 맡았다. 그는 중등학교 때처럼 여전히 보호자와 연장자의 역할을 계속했다.

그들은 하루 종일 떨어져 지내다가 저녁에 다시 만났다. 각자 난로 옆에 자리를 잡고 공부를 시작했지만, 곧 중단하고 끝없이 수다를 떨거나 까닭 없이 즐거워했다. 때로는 램프의 그을음이나 없어진 책 때문에 말다툼을 하기도 했지만, 잠시 화를 내다가는 금방 누그러뜨리고 웃어버렸다.

그들은 장작 넣어두는 방의 문을 열어놓고 각자의 침대에 따로 누운 채로 수다를 떨었다.

아침에는 속옷 바람으로 테라스를 돌아다녔다. 해가 뜨면서 엷은 안개가 강 위를 지나가고, 가까운 꽃 시장에서 개 짖는 소리가 들려왔다. 그리고 아직 부어있는 그들의 눈을 시원하게 해주는 맑은 공기 속에, 그들이 피우는 파이프 연기가 맴돌았다. 그들은 그 맑은 공기를 들이마시며 광대한 희망이 펼쳐지는 것을 느꼈다.

비가 내리지 않는 일요일에는, 함께 밖으로 나가 서로 팔을 끼고 거리를 돌아다녔다. 그들은 거의 언제나 동시에 똑같은 생각을 했고, 주위에는 시선도 던지지 않은 채 이야기에 열중하곤 했다. 델로리에는 사람들을 지배하는 권력의 수단으로서 부(富)를 갈망했다. 그는 많은 사람을 움직이고, 명성을 떨치고, 세 명의 비서를 부리고, 1주일에 한 번씩 정치적인 대 연회를 베풀며 살고 싶었다. 프레데릭은 무어양식으로 저택을 꾸미고, 기다란 캐시미어 의자에 누워 분수 소리를 들으면서 흑인 몸종의 시중을 받으며 살고 싶었다. 그렇게 꿈꾸다보면 나중에는 너무 선명한 모습을 띠게 되는 까닭에, 마치 그런 것들을 잃어버리기라도 한 듯 비탄에 잠기곤 했다.

"이런 얘기가 다 무슨 소용이 있어? 결코 이루어질 수 없는 일인데!" 프레데릭이 말했다.

"누가 알아?" 델로리에가 대꾸했다.

그는 민주주의적인 사상을 가지고 있으면서도, 프레데릭에게 당브뢰즈 집에 드나들라고 권유했다. 프레데릭은 그런 시도를 했다가 실패한 일을 이야기하며 반대했다.

"까짓것! 또 가 봐! 이번에는 초대받게 될 거야!"

3월 중순경, 그들은 상당한 액수의 고지서들을 받았다. 그 중에는 그들에게 저녁을 가져다주는 음식점의 고지서도 있었다. 프레데릭은 돈이 모자라서 델로리에에게 백 에퀴를 빌렸다. 보름 후 똑같은 부탁을 되풀이하자, 서기는 아르누 상점에서 돈을 낭비하고 있다고 프레데릭을 꾸짖었다.

사실 프레데릭은 그 점에 관해 절제라는 것을 몰랐다. 베네치아의 풍경화, 나폴리의 풍경화, 콘스탄티노플의 풍경화가 벽 세 개의 한복판을 차지하고 있었고, 여기저기에 알프레드 드 드뢰의 기마 그림들이, 벽난로 위에는 프라디에[70]의 군상이, 피아노 위에는 몇 권의 〈공예〉지가, 구석의 바닥에는 마분지 제본의 책들이 놓여 있었다. 그런 것들이 방 안을 가득 채우고 있어서 책 한 권을 펼치고 팔꿈치를 움직이기도 어려울 정도였다. 프레데릭은 그 모든 것들이 그림 공부에 필요하다고 주장했다.

그는 펠르랭의 집에서 그림을 공부하고 있었다. 그러나 펠르랭은 신문에 나올 만한 장례식이나 사건에 모두 참석하는 습관이 있어서 자주 외출했다. 그래서 프레데릭은 작업실에서 혼자 몇 시간씩 보내는 일이 많았다. 천장에서 빛이 내리비치고 쥐들이 뛰어다니는 소리밖에 들리지 않는 커다란 방의 정적 속에서 윙윙거리는 난로 소리를 듣고 있노라면, 처음에는 일종의 지적 행복감에 빠져들었다. 그의 시선은 그리고 있던 작품을 떠나 비늘처럼 벗겨진 벽 위로, 선반 위의

70) Pradier, 1792~1852. 프랑스의 재능 있는 조각가로, 그의 살롱은 많은 예술가들의 만남의 장소가 되었다. 플로베르가 오랜 세월 연인 사이로 지내게 되는 루이즈 콜레를 만난 것도 바로 프라디에의 살롱에서였다.

골동품 사이로, 벨벳 조각처럼 먼지가 쌓인 흉상들을 따라 옮겨갔다. 그리고 숲 속에서 길을 잃은 여행자가 어느 길을 가도 결국은 똑같은 장소로 되돌아오게 되는 것처럼, 그는 무슨 생각을 하더라도 마지막에는 아르누 부인의 추억으로 되돌아오곤 했다.

그는 아르누 부인을 찾아가는 날을 정해놓고 있었다. 그런데 3층에 이르러 문 앞에 서면 초인종을 누르기가 망설여졌다. 발소리가 가까워지고 문이 열리며 "부인은 외출하셨습니다"라는 말을 들으면, 해방감을 느끼고 마음속의 짐이 가벼워지는 것 같았다.

그러나 아르누 부인을 만나는 날도 있었다. 처음에는 세 명의 부인들이 그녀와 함께 있었고, 또 어떤 날 오후에는 마르트 양의 습자 선생이 갑자기 나타나기도 했다. 게다가 아르누 부인이 맞이하는 남자들도 그녀를 만나러 오는 것은 아니었다. 조심스러운 마음에, 그는 다시 찾아가지 않았다.

그러나 목요일 저녁 식사에 초대받기 위해 수요일마다 꼬박꼬박 '공예사'에 얼굴을 내밀었다. 그리고 판화를 보거나 신문을 훑어보는 체하며 제일 늦게까지, 르쟁바르보다 더 오래 거기 머물러 있었다. 그러면 드디어 아르누가 "내일 저녁에 시간 있나?"라고 말했다. 프레데릭은 그 말이 채 끝나기도 전에 초대에 응했다. 아르누는 그를 좋아하는 것 같았다. 프레데릭에게 포도주를 식별하는 방법, 펀치를 태우는 법, 구운 멧도요 스튜 만드는 법을 가르쳐주었다. 프레데릭은 온순하게 그의 충고에 따랐다. 아르누 부인에게 속한 것이라면, 가구든 하인이든 집이든 거리든 무엇이나 다 좋아하는 까닭이었다.

그는 식사하는 동안, 아무 말 없이 그녀를 바라보았다. 그녀의 오른쪽 관자놀이에는 조그만 검은 점이 있었다. 앞가르마를 탄 머리 부분은 다른 머리카락보다 더 검고, 가장자리가 언제나 약간 축축해 보였다. 그녀는 이따금 두 손가락으로 그 머리를 어루만졌다. 그는 그녀의 손톱 하나하나의 모양까지 알고 있었고, 그녀가 문 옆을 지나갈 때 명주옷이 스치는 소리를 들으며 즐거워했다. 그리고 남몰래 그녀의 손수건 냄새를 들이마셨다. 그녀의 빗, 장갑, 반지가 그에게는 예술품과 같이 귀중하고 특별한 물건이었고, 거의 사람처럼 생명체로 느껴졌다. 그 모든 것들이 그의 마음을 사로잡고 그의 열정을 배가시켰다.

그는 그 열정을 델로리에에게 숨길 수가 없었다. 아르누 부인 집에서 돌아오면, 그는 그녀에 대한 얘기를 하고 싶어서 실수로 깨우는 척하며 델로리에를 깨웠다.

장작 넣어두는 방의 세면대 옆에서 자고 있던 델로리에는 길게 하품을 했다. 프레데릭은 그의 침대 발치에 앉았다. 우선 저녁 식사에 대해 얘기한 후, 경멸의 표시나 애정의 표시를 보았던 갖가지 하찮은 것들에 대해 자세히 이야기했다. 예를 들면, 한번은 그녀가 그의 팔을 거절하고 디트메르의 팔을 잡았다고 하면서 비탄에 잠겼다.

"아! 참 어리석기는!"

또 한번은 그녀가 그를 "친구"라고 불렀다고 했다.

"그럼 과감하게 해 봐!"

"하지만 난 그럴 용기가 없어." 프레데릭이 말했다.

"그럼, 더 이상 그 생각은 하지 마! 잘 자."

델로리에는 벽 쪽으로 돌아누워 잠들어버렸다. 그는 그 사랑에 대해 아무것도 이해하지 못했고, 그저 청춘기의 마지막 감상쯤으로 여겼다. 그리고 자기의 우정으로는 부족한 모양이라고 생각하여, 1주일에 한 번씩 둘이 같이 알고 있는 친구들을 불러 모으기로 했다.

친구들은 토요일 9시경에 왔다. 갖가지 색깔의 줄무늬 커튼 세 개가 단정하게 닫혀 있었다. 램프와 네 자루의 초가 불타고 있었고, 탁자 가운데에는 맥주병들, 찻주전자, 럼주 병, 과자들 사이에 파이프가 가득 들어있는 담배 단지가 놓여 있었다. 그들은 영혼의 불멸성에 대해 토론하고, 교수들을 비교하며 평을 했다.

어느 날 저녁, 위소네가 소맷부리가 짧은 프록코트를 입고 거북해하는 태도를 보이는 키 큰 젊은이를 한 사람 데려왔다. 작년에 그들이 파출소에서 석방을 요구했던 바로 그 청년이었다.

싸움판에서 잃어버린 레이스 상자를 주인에게 돌려주지 못했기 때문에, 주인은 재판에 회부하겠다고 위협하며 그를 절도범으로 고소했다고 했다. 그는 지금은 한 운송점에서 점원으로 일하고 있었다. 그날 아침, 위소네는 어느 길모퉁이에서 그를 만났다. 그리고 뒤사르디에가 감사의 뜻으로 '또 다른 사람'도 만나고 싶다고 하여 데려온 것이다.

뒤사르디에는 아직도 궐련이 가득 들어있는 케이스를 프레데릭에게 내밀었다. 언젠가는 돌려주리라는 생각으로 그것을 소중히 간직하고 있었던 것이다. 젊은이들이 그에게 다시 오라고 청했고, 그는 그렇게 했다.

그들은 모두 뜻이 맞았다. 우선 정부에 대한 반감이 이론의 여지가 없는 정설로 되었다. 바르티농만이 애써 루이필립을 변호했다. 그들이 파리의 감옥화,71) 9월 법령,72) 프리처드와 기조 경73) 등과 같이 신문에 잘 나오는 상투적인 이야기로 공격하자, 마르티농은 누군가의 기분을 상하게 할까 두려워 입을 다물었다. 그는 중등학교 7년 동안 벌을 받아본 적이 없었고, 법과대학에서는 교수들의 비위를 잘 맞췄다. 그는 보통 담황색의 두꺼운 프록코트를 입고 고무 덧신을 신는데, 어느 날 저녁 솔 달린 벨벳 조끼, 흰 넥타이, 금줄 등 새 신랑

---

71) 루이필립 시대에 파리 주위에 성벽을 만든 것에 대한 풍자. 그 성벽은 파리 시민을 가두기 위한 바스티유 감옥이 될 거라는 비난을 받았다.

72) 1835년, 루이필립에 대한 테러 사건 직후 중죄재판소의 증설, 배심원의 숫자 축소, 언론에 대한 검열 강화 등을 골자로 하여 정부의 권력을 강화하는 법령을 채택했다.

73) 프리처드에 대해서는 주 37번, 기조에 대해서는 주 6번 참조. 기조 내각이 영국에게 너무 비굴하게 군다고 하여 영국의 내각이라고 비난을 받았고, 기조에게 영국식으로 경(lord)이라는 호칭을 붙였다.

같은 옷차림으로 나타났다.

그가 당브뢰즈 집에서 오는 길이라는 것을 알고 모두들 또다시 놀랐다. 실은 은행가 당브뢰즈가 최근에 마르티농의 아버지한테서 광대한 임야를 샀는데, 마르티농의 아버지가 아들을 소개하자 당브뢰즈는 그들 부자를 저녁 식사에 초대했던 것이다.

"송로 요리가 많이 나왔나? 자리를 옮길 때 예의범절에 따라 부인의 허리를 잡아주었어?" 델로리에가 물었다.

그리하여 여자에 대한 이야기로 화제가 이어졌다. 펠르랭은 미인이란 없다고 단언했다(그는 차라리 호랑이가 더 좋다고 했다). 게다가 인간의 암컷은 미학적인 등급에 있어서 열등한 동물이라는 것이었다.

"자네들을 유혹하는 것은 특히 관념적인 측면에서 여자의 품위를 떨어뜨리는 것이거든. 이를테면 젖가슴이라든가 머리카락이라든가 …"

"그렇지만 길고 검은 머리에 크고 검은 눈동자는 …" 프레데릭이 반박했다.

"아! 뻔한 얘기!" 위소네가 소리쳤다. "잔디밭 위에 누운 안달루시아 여인은 이제 지긋지긋해! 고대적인 것들 말이지? 사양하겠어! 왜냐하면 말이야, 농담이 아니라 밀로의 비너스보다 매춘부가 더 재미있거든! 젠장, 우린 골족[74]이잖아! 될 수만 있다면 섭정 전하[75]가 되자구!

흘러라, 좋은 술아, 여자들이여, 미소를 지어 주오!

---

74) 골(Gaule)은 지금의 프랑스와 벨기에, 서부 독일, 북부 이탈리아 일부에 해당되는 곳으로, BC 6세기부터 골족이 부족을 이루고 살았다. 고대 로마인은 이들을 갈리아인(人)이라고 불렀다.

75) Philippe d'Orléans, 1674~1723. 루이 15세 시대의 섭정(1715~1723)으로, 왕궁에서 방탕한 생활을 한 것으로 유명하다.

갈색머리에서 금발로 옮겨가야 해! 뒤사르디에, 자넨 그렇게 생각하지 않나?"

뒤사르디에는 대답하지 않았다. 모두들 그의 취향을 알고 싶어 그를 재촉했다.

"글쎄요, 나는 늘 한 여자만 사랑하고 싶어요!" 그가 얼굴을 붉히며 말했다.

그의 어투가 너무 진지해서 한동안 모두들 아무 말도 하지 못했다. 어떤 사람들은 그 순진함에 놀라고, 또 어떤 사람들은 아마도 거기서 자기 영혼의 남모르는 갈망을 보았을지도 모른다.

세네칼은 창문 틀 위에 맥주 컵을 올려놓고, 매춘은 포악하고 결혼은 비도덕적이니 참는 게 더 좋다고 독단적인 어조로 말했다. 델로리에는 여자를 기분전환거리에 지나지 않는 것으로 여겼고, 시지는 여자에 대해 온통 두려움을 느끼고 있었다.

신앙심이 깊은 조모 슬하에서 자란 시지에게는 이 젊은이들의 모임이 방탕한 장소처럼 매력적이고 소르본처럼 교훈적인 것으로 느껴졌다. 모두가 그의 교육에 발 벗고 나섰다. 그는 대단한 열의를 보이며, 매번 흉통으로 괴로워하면서도 담배까지 피우려고 했다. 프레데릭도 그를 여러 가지로 돌봐주었다. 그의 넥타이 빛깔, 외투의 모피, 특히 장갑처럼 얇으며 대단히 단정하고 우아해 보이는 장화를 칭찬했다. 길 아래쪽에서는 그의 마차가 기다리고 있었다.

눈 내리던 어느 날 저녁, 그가 돌아가자 세네칼이 그의 마부를 동정하는 말을 하기 시작했다. 그리고 노란 장갑과 조케 클럽[76]을 비난했다. 그는 그런 신사들보다는 일개 노동자를 더 존중한다고 했다.

"난 적어도 일을 하고 있어! 난 가난하거든!"

"알고 있어." 마침내 프레데릭이 참지 못하고 말했다.

---

76) 1833년에 파리에 창설된 경마클럽으로, 창립위원 14명 모두가 귀족으로 특권계급의 클럽이었다.

이 말에 세네칼은 프레데릭에게 앙심을 품게 되었다.

그런데 르쟁바르가 세네칼을 좀 알고 있다고 말하자, 프레데릭은 이 아르누의 친구에게 예의를 차리고 싶어서 토요일 모임에 와 달라고 부탁했다. 그 만남은 두 애국자를 기쁘게 했다.

그러나 그들은 서로 달랐다.

날카로운 머리를 지닌 세네칼은 이론 체계만 중시했다. 반대로 르쟁바르는 사실만을 보았다. 그가 주로 걱정하는 것은 라인 강의 경계선이었다. 그는 포병술에 정통하다고 자처했고, 이공과대학의 양복점에서 옷을 맞춰 입었다.

르쟁바르가 처음 온 날, 과자를 내놓자 그는 경멸하듯 어깨를 으쓱하며 그런 건 여자들에게나 어울리는 거라고 말했다. 그 후로도 그는 상냥한 모습을 결코 보이지 않았다. 사람들이 고상한 생각을 이야기할 때면, 그는 "아! 유토피아는 없어, 꿈은 없어!"라고 중얼거렸다. 여러 작업실을 드나들며 환심을 사려고 때로는 거기서 검술을 가르치기도 했지만, 예술에 대한 그의 의견은 신통한 것이 못 되었다. 그는 마라스트[77]의 문체를 볼테르의 문체와 비교했고, 폴란드에 대해 '진심이 담긴' 서정 단시를 하나 썼다는 이유로 바트나 양을 스탈 부인[78]에 비교했다. 결국 르쟁바르는 모든 사람에게 미움을 받게 되었다. 특히 델로리에는 그가 아르누와 가까운 까닭에 더 미워했다. 하지만 서기는 이용 가치가 있는 사람들을 사귀고 싶어서 그 집에 드나들고 싶어 했다. 그는 "대체 언제 나를 데려가 줄 거야?"라고 말하곤 했다. 그러면 아르누가 일이 많아 바쁘다거나 여행 중이라는 대답이 돌아왔다. 그리고 저녁 모임이 곧 중지될 것이므로 그럴 필요가 없다고 했다.

---

77) Marrast, 1801~1852. 신문기자이며 공화주의적인 정치가.

78) Mme Staël, 1766~1817. 프랑스의 여류 평론가, 소설가로서 프랑스 낭만주의 이론의 선구자로 불린다.

프레데릭은 친구를 위해 목숨을 걸어야 한다면 기꺼이 그렇게 했을 것이다. 그러나 최대한 잘 보이고 싶어서 언행과 복장에 주의하며 '공예사' 사무실에 갈 때조차 늘 빈틈없이 장갑을 끼고 가는 터라, 델로리에의 낡고 검은 옷과 소송대리인 같은 모습이나 불손한 언동이 아르누 부인의 마음에 들지 않을까 봐 두려웠다. 그러면 결국 자신에게도 해를 미치고 자신에 대한 부인의 평가가 깎이게 될 수도 있기 때문이었다. 다른 것은 다 받아들여도, 그것만큼은 정말 난처했다. 서기는 프레데릭에게 약속을 지킬 마음이 없다는 것을 눈치채고, 그의 침묵을 더 심한 모욕으로 생각했다.

그는 프레데릭을 기어이 지도하여, 그들이 어렸을 때 꿈꾸던 이상에 따라 성장해가는 모습을 보고 싶었다. 그런데 프레데릭의 게으름이 반항과 배반 못지않게 그를 격분시켰다. 게다가 아르누 부인에 대한 생각으로 머릿속이 꽉 차 있는 프레데릭은 그녀의 남편에 대한 얘기를 자주 했다. 그래서 델로리에는 진절머리 나게 하는 귀찮은 장난을 시작했다. 바보의 버릇처럼 말끝마다 하루에 백 번씩 아르누의 이름을 되풀이하는 것이었다. 누가 문을 두드리면, 그는 "들어오세요, 아르누!"라고 대답했다. 식당에서는 브리 치즈를 주문하면서 "아르누처럼"이라고 말했다. 밤에는 악몽을 꾸는 체하며 "아르누! 아르누!"라고 소리쳐서 친구의 잠을 깨웠다. 드디어 어느 날, 프레데릭은 더 참을 수 없어 애처로운 목소리로 말했다.

"이제 아르누란 소리 좀 그만해!"

"안 되지!" 서기가 대답했다.

> 언제나 그 사람! 어디에나 그 사람!
> 불타거나 얼거나 아르누의 모습…

"그만해!" 프레데릭이 주먹을 휘두르며 소리쳤다.

그리고 조용히 다시 말했다.

"잘 알겠지만, 그건 나를 괴롭히는 일이야."

"아! 미안해. 이제부터는 아가씨의 예민한 신경을 존중하기로 하지요! 다시 한 번 사과하지! 정말 미안해!" 델로리에가 허리를 푹 숙이며 대답했다.

그리하여 그 장난은 끝이 났다.

그런데 3주 후 어느 날 저녁, 델로리에가 말했다.

"아까 그 여자를 봤어, 아르누 부인 말이야!"

"어디서?"

"재판소에서. 소송대리인 발랑다르와 함께 있더군. 보통 키의 갈색 머리 여자지?"

프레데릭은 동의를 표했다. 그는 델로리에의 말을 기다렸다. 하찮은 찬사만 하더라도, 그는 자기 마음을 전부 토로하고 델로리에를 사랑스럽게 껴안을 만반의 준비를 하고 있었다. 그런데 상대방은 아무 말이 없었다. 마침내 프레데릭은 더 참지 못하고, 무심한 듯한 태도로 그녀에 대해 어떻게 생각하느냐고 물었다.

델로리에는 "나쁘진 않지만 특별할 건 없는" 여자라고 생각했다.

"아! 그렇게 생각하는군." 프레데릭이 말했다.

그가 두 번째 시험을 치러야 할 8월이 되었다. 일반적인 의견에 따르면, 시험 준비는 보름이면 족하다고 했다. 자기의 지능을 믿고 있는 프레데릭은 소송법의 처음 네 권, 형법의 처음 세 권, 형사소송법의 몇 장과 민법의 일부를 퐁슬레 씨의 주석과 함께 단번에 읽어치웠다. 전날 밤에 델로리에가 해주기 시작한 요약 설명이 아침까지 이어졌다. 최후의 15분을 이용하기 위해, 델로리에는 길을 걸어가면서 계속 프레데릭에게 질문했다.

몇 가지 시험이 동시에 실시되는 까닭에, 교정에는 많은 사람들이 있었다. 그 중에는 위소네와 시지도 있었다. 친구들이 시험을 치를 때는 사람들이 반드시 시험장에 왔다. 프레데릭은 전통적인 검은 가운을 입고 있었다. 그는 다른 세 학생과 함께 큰 방으로 들어갔다. 많은 청중이 뒤를 따라왔다. 커튼 없는 창으로 빛이 들어오는 방에 벽을 따라 긴 의자들이 놓여 있고, 가운데에는 초록색 테이블보가 덮인 테이블 주위로 가죽 의자들이 놓여 있었다. 그 테이블이 수험생들과 붉은 법복을 입은 시험관들을 갈라놓고 있었다. 시험관들은 모두 대학교수가 착용하는 흰 담비 모피 견장을 어깨에 달고, 금줄 달린 챙 없는 모자를 쓰고 있었다.

프레데릭은 그 줄의 끝에서 두 번째로, 좋지 않은 자리였다. 협정과 계약의 차이에 대한 첫 질문에, 그는 서로 바꾸어서 정의를 내렸다. 친절한 교수가 "당황하지 말고 마음을 진정하시오!"라고 말했다. 그리고 쉬운 질문을 두 가지 했는데 모호한 답변을 하자, 교수는 네 번째 질문으로 넘어갔다. 프레데릭은 시작부터 틀리는 바람에 사기를 잃고 말았다. 청중 속에 있는 맞은편의 델로리에가 아직 모든 걸 잃지는 않았다는 신호를 보냈다. 형법에 관한 두 번째 질문에는 무난하게 대답했다. 그러나 비밀증서로 된 유서에 관한 세 번째 질문부터는 시험관이 시종일관 냉정한 태도를 보이자, 프레데릭은 더욱 불안해졌다. 위소네는 손뼉을 칠 듯 두 손을 마주 대고 있었고, 델로리에는 자꾸 어깨를 으쓱했다. 마지막으로 소송절차에 대해 대답해야 하는 순간이 되었다. 제삼자의 이의신립에 관한 것이었다. 자기 이론과 반대되는 이론을 듣고 화가 난 교수가 거친 어조로 물었다.

"자네, 그거 자네 의견인가? 민법 1351조의 원칙과 그 이례적인 논박 수단을 어떻게 조화시키겠는가?"

프레데릭은 밤을 새운 탓에 심한 두통을 느끼고 있었다. 덧문 틈으로 들어오는 햇빛이 그의 얼굴에 강하게 비쳤다. 그는 의자 뒤에 서서 몸을 좌우로 흔들며 콧수염을 잡아당겼다.

"난 자네 대답을 기다리고 있네!" 금줄 달린 모자를 쓴 교수가 다시 말했다.

그리고 프레데릭의 행동에 짜증이 났는지, 또 말했다.

"자네 수염에서는 대답을 찾을 수 없네!"

이 야유에 청중이 웃음을 터뜨리자, 우쭐해진 교수는 기분이 좋아졌다. 그는 다시 소환과 약식 소송에 관한 질문을 두 개 더 하고, 됐다는 표시로 머리를 숙였다. 공개 구두시험이 끝난 것이다. 프레데릭은 입구로 나왔다.

집행관이 그의 가운을 벗겨 곧바로 다른 사람에게 넘겨주는 동안, 친구들이 그를 에워싸고 시험 결과에 대해 갑론을박을 하는 바람에 그는 얼이 빠져버렸다. 곧이어 방 입구에서 낭랑한 목소리가 시험 결과를 공표했다.

"3번 … 낙제!"

"끝났군! 가자!" 위소네가 말했다.

수위실 앞에서 그들은 마르티농을 만났다. 흥분하여 얼굴이 빨갛게 상기된 그는 눈에 미소를 머금고 이마에는 승리의 후광이 빛나고 있었다. 최종 시험을 무사히 치른 것이다. 이제 논문만 남아 있었다. 그는 보름 안으로 학사가 될 터였다. 그의 집안은 어느 장관과 친분이 있었고, 그의 앞에는 '전도양양한 장래'가 열려 있었다.

"어쨌든 저 친구가 널 이긴 거야." 델로리에가 말했다.

자기가 실패한 일에서 바보들이 성공하는 것을 보는 것만큼 모욕적인 것은 없다. 프레데릭은 화가 나서 그런 것에 아랑곳하지 않는다고 대답했다. 자신의 야망은 더 높은 곳에 있다고 했다. 그때 위소네가 어디론가 가버릴 듯이 보이자, 프레데릭은 그를 한옆으로 데리고 가서 말했다.

"그 사람들한테는 오늘 일에 대해 얘기하지 말아 주게, 알겠지!"

아르누가 다음 날 독일로 여행을 떠나기 때문에 비밀을 지키는 것은 쉬운 일이라고 했다.

저녁에 집으로 돌아온 서기는 친구가 이상하리만치 변해있는 것을 보았다. 프레데릭은 빙빙 돌면서 휘파람을 불고 있었다. 델로리에가 그러한 기분에 놀라자, 프레데릭은 어머니 집에 가지 않고 방학 동안 공부를 해야겠다고 말했다.

아르누가 여행을 떠난다는 소식을 듣고, 프레데릭은 뛸 듯이 기뻤다. 방문 중에 방해받을 염려도 없이 마음대로 아르누 부인을 찾아갈 수 있었다. 절대적으로 안전하다고 확신하면, 용기가 생길 것이다. 드디어 그녀에게서 멀리 있거나 헤어져 있지 않아도 되리라! 쇠사슬보다 더 강한 무언가가 그를 파리에 묶어 놓았고, 마음속의 목소리가 그에게 남아 있으라고 소리치고 있었다.

거기에는 몇 가지 장애가 있었다. 그는 그것을 해결하기 위해 어머니에게 편지를 썼다. 우선 자신의 실패를 고백했다. 그것은 시험과목이 변경되는 바람에 생긴 우연한 일로 공정하지 못한 일이긴 하지만, 위대한 변호사들도(그는 그들의 이름도 열거했다) 시험에 떨어진 적이 있다고 했다. 하지만 11월에 다시 시험을 치를 생각이므로, 시간을 허비하지 않기 위해 올해는 집에 가지 않을 거라고 했다. 그리고 3개월의 생활비 이외에, 법률 공부를 위한 가정교사가 꼭 필요하니 그 비용으로 250프랑을 보내 달라고 했다. 이 모든 것은 후회, 비탄, 아첨, 그리고 자식으로서의 사랑을 맹세하는 말로 장식되었다.

다음 날 아들을 기다리고 있던 모로 부인은 이중으로 슬펐다. 그녀는 아들의 실패를 숨기고, "어쨌든 돌아오라"고 아들에게 답장을 보냈다. 프레데릭은 듣지 않았다. 그 결과 불화가 생겼다. 그러나 주말에 그는 3개월의 생활비와 함께 가정교사 비용의 돈을 받았다. 그는 그 돈으로 진주색 바지, 하얀 펠트모자, 금 손잡이가 달린 단장을 샀다.

모든 것이 다 갖추어졌을 때, 그는 생각했다.

'혹시 이거 이발사 같은 취향은 아닌가?'

그래서 그는 무척 망설였다.

그는 아르누 부인 집에 가야 할지 가지 말아야 할지 알아보기 위해, 동전을 공중으로 세 번 던졌다. 매번 행운의 점괘가 나왔다. 그러니까 그것은 운명이 시키는 일이었다. 그는 슈아죌 거리로 마차를 몰게 했다.

그는 계단을 급히 올라가 초인종의 줄을 잡아당겼다. 초인종이 울리지 않았다. 그는 정신이 아득해지는 것을 느꼈다.

그는 붉은 명주로 된 묵직한 술 장식을 힘껏 흔들었다. 종소리가 울리다가 점차 가라앉더니, 더 이상 아무 소리도 들리지 않았다. 프레데릭은 겁이 났다!

그는 문에 귀를 대 보았다. 숨소리 하나 들리지 않았다! 자물쇠 구멍으로 들여다보았지만, 응접실에 보이는 것이라고는 벽지의 꽃무늬 사이에 있는 갈대 꼭지 두 개뿐이었다. 마침내 발길을 돌리다가 그는 마음을 다시 고쳐먹었다. 이번에는 가볍게 두드려 보았다. 문이 열리고, 헝클어진 머리카락에 안색이 붉은 아르누가 무뚝뚝한 태도로 문지방에 나타났다.

"이런! 무슨 일인가? 들어오게!"

그는 프레데릭을 부인 방도 자기 방도 아닌 식당으로 안내했다. 식탁 위에 샴페인 병 하나와 잔 두 개가 보였다. 그가 거친 어투로 물었다.

"나한테 뭐 할 말이라도 있나?"

"아닙니다! 아무것도 없어요! 아무것도!" 젊은이는 방문한 핑계를 찾으며 우물우물 말했다.

드디어 그는 위소네의 말에 의하면 독일에 계시는 중이라고 하기에 그 소식을 들으러 왔다고 말했다.

"천만에! 그 사람은 왜 그리 경솔할까, 무슨 일이든 잘못 들으니!" 아르누가 대답했다.

프레데릭은 마음의 동요를 감추기 위해, 식당 안을 좌우로 왔다 갔다 했다. 그러다가 의자 발에 부딪치는 바람에 의자 위에 놓여있던 양산을 떨어뜨렸다. 양산의 상아 손잡이가 부서졌다.

"맙소사! 아르누 부인의 양산을 망가뜨려서 너무 죄송하군요!" 그가 소리쳤다.

이 말에 화상은 머리를 들고 야릇한 미소를 지었다. 그녀에 대해 얘기할 기회를 얻자, 프레데릭은 머뭇거리며 덧붙였다.

"부인을 뵐 수 없는지요?"

그녀는 고향에, 병중에 계신 어머니 곁에 가 있었다.

프레데릭은 부인이 언제 돌아오는지에 대해서는 감히 물어보지 못했다. 단지 아르누 부인의 고향이 어디인지만 물어보았다.

"샤르트르! 놀라운가?"

"제가요? 아뇨! 왜요? 그럴 리가요!"

그들은 더 이상 서로 할 말이 전혀 없었다. 아르누는 담배를 입에 물고 연기를 내뿜으며 식탁 주위를 빙빙 돌았다. 프레데릭은 난로 곁에 서서 벽과 선반과 마루를 바라보고 있었다. 그의 기억 속에서, 아니 그의 눈앞에서 매혹적인 영상이 스치고 지나갔다. 드디어 그는 돌아가기로 했다.

동그랗게 말린 신문지가 응접실 바닥에 떨어져 있었다. 아르누는 그것을 주워서, 발끝을 치켜 올리며 초인종에 끼워 넣었다. 자다가 깬 낮잠을 계속 자기 위해서라고 했다. 그리고 프레데릭과 악수하며 말했다.

"문지기에게 내가 집에 없다고 말해 주게."

그는 등 뒤로 문을 난폭하게 닫았다.

프레데릭은 계단을 한 층 한 층 내려갔다. 최초의 시도가 실패로 돌아가자, 그는 앞으로의 운수에 대해서도 자신이 없어졌다. 그리하여 지루한 3개월이 시작되었다. 할 일이 없었기 때문에, 무료한 생활이 그의 슬픔을 더 짙게 만들었다.

그는 발코니 꼭대기에서 잿빛 강둑 사이로 흐르는 강물을 바라보며 시간을 보냈다. 강둑은 하수의 얼룩 때문에 군데군데가 검었다. 둑 가장자리에는 빨래하는 여자들의 배가 묶여 있었고, 이따금 사내아이들이 진흙 속에서 복슬개를 헤엄치게 하며 놀고 있었다. 그의 시선은 왼쪽의 노트르담의 돌다리와 세 개의 흔들다리를 버리고 언제나 오름 강가[79]로, 몽트로 항구의 보리수와 흡사한 고목이 우거진 곳으로 향했다. 생자크 탑, 시청, 생제르베, 생루이, 생폴 같은 성당이 맞은편의 즐비한 지붕들 사이로 솟아 있었다. 그리고 동쪽에는 7월혁명 기념탑 꼭대기의 자유의 요정이 커다란 금성처럼 빛났고, 반대쪽에는 튈르리 궁전의 둥근 지붕이 그 푸르고 육중한 덩어리를 하늘 위에 둥글게 펼쳐놓고 있었다. 아르누 부인의 집은 그쪽 너머에 있을 터였다.

방으로 돌아온 그는 긴 의자에 누워 걷잡을 수 없는 명상에 잠겼다. 작품 구상, 행동에 대한 계획, 미래를 향한 비약 등에 대해서. 마침내 그는 자기 자신을 잊기 위해 밖으로 나갔다.

그는 정처 없이 라탱 구로 올라갔다. 평소에는 소란스러운 거리지만, 학생들이 집으로 떠난 시기여서 한적했다. 그 정적으로 인해 길게 늘어난 듯한 학교의 커다란 담벼락이 한층 더 음산해 보였다. 새장에서 날개가 부딪치는 소리, 녹로[80] 돌아가는 소리, 구두 수선공의 망치 소리 등 온갖 평화로운 소리가 들려왔다. 길 한가운데에서 옷장수가 창문마다 쳐다보며 눈으로 물었지만, 옷을 사는 사람은 아무도 없었다. 한산한 카페 안에서는 계산대의 여자가 가득 찬 물병들 사이에서 하품을 하고 있었다. 독서실 테이블 위에는 신문이 가지런히 정돈되어 있었고, 다림질하는 여자들의 일터에서는 빨래가 훈훈한 바람에 나부껴 흔들리고 있었다. 그는 이따금 고서 장수의 진열대 앞

79) 파리 시청을 따라 자리 잡은 센 강변을 가리키는 것으로, 지금은 시청의 이름을 따서 오텔드빌(Hôtel de ville) 강가로 불리지만, 당시에는 오름(Ormes) 강가로 지칭되었다.

80) 나무나 쇠붙이 따위를 둥글게 깎는 데 쓰이는 도구.

에서 발을 멈추기도 했다. 인도를 스치고 내려가는 합승마차 때문에 그는 몸을 돌렸다. 그리고 뤽상부르 공원 앞에 이르러서는 더 멀리 가지 않았다.

때로는 재미있는 일이 있을지도 모른다는 희망에 이끌려 번화가로 가보았다. 습기 찬 냉기를 발산하는 어두운 골목길들을 지나 불빛이 눈부신 인적 없는 광장으로 나오자, 기념 건물들이 포장도로 가장자리에 톱니 모양의 검은 그림자를 드리우고 있었다. 그러나 수레의 행렬과 상점들이 다시 이어지는 곳에 이르면, 사람이 많아서 얼이 빠지곤 했다. 특히 일요일에는 바스티유 광장에서 마들렌 광장에 이르는 아스팔트 위에 먼지와 계속되는 소음 속에서 거대한 인파가 물결쳤다. 그는 사람들의 저속한 얼굴, 멍청한 이야기, 땀이 나는 이마에서 번들거리는 어리석은 만족감에 구역질이 날 것 같았다! 그러나 자신은 그런 사람들보다 더 가치 있는 존재라는 생각을 하며, 그들을 바라보는 피로를 덜 수 있었다.

그는 날마다 '공예사'에 갔다. 그리고 아르누 부인이 언제 돌아오는지 알기 위해, 그녀의 어머니에 대해 아주 자세하게 묻곤 했다. 아르누의 대답은 늘 같았다. "계속 좋아지고 있으니까" 아내가 딸을 데리고 다음 주에는 돌아오리라는 것이었다. 그녀의 귀가가 늦어질수록 프레데릭이 점점 더 걱정하는 태도를 보이자, 그런 애정에 감동한 아르누는 그를 대여섯 번이나 식당으로 데리고 가서 저녁을 샀다.

식당에서 오랫동안 마주앉아 이야기를 나누다 보니, 프레데릭은 화상이 그리 재치 있는 사람이 아니라는 것을 알게 되었다. 그런 실망을 아르누가 눈치챘을 수도 있고 하여, 이 기회에 그에게 받은 대접에 대한 답례를 하기로 했다.

그는 성대한 대접을 하고 싶어서 새 양복을 전부 80프랑에 고물장수에게 팔아버리고, 수중에 남아있던 100프랑을 보태 아르누에게 저녁을 사려고 그의 상점으로 갔다. 르쟁바르가 거기에 와 있었다. 그들은 트루아프레르프로방소로 갔다.

르쟁바르는 우선 프록코트를 벗고, 두 사람은 으레 사양할 거라고 생각하여 자기가 주문서를 썼다. 하지만 부엌으로 가서 직접 주방장에게 말하고, 구석구석 잘 알고 있는 지하 술 창고에 내려가고, 주인을 불러 '호되게 꾸짖고' 해도 소용이 없었다. 그는 요리에도, 포도주에도, 서비스에도 만족하지 못했다! 새로운 요리가 나올 때마다, 술병을 새로 딸 때마다, 그는 한 술 뜨거나 한 모금 마시자마자 포크를 내려놓거나 술잔을 멀리 밀어버렸다. 그리고는 식탁보 위에 길게 팔꿈치를 기대며 이제는 파리에서 식사를 할 수가 없다고 소리쳤다! 입맛에 맞는 것을 생각해낼 수가 없자, 르쟁바르는 마지막으로 '아주 단순하게' 기름에 볶은 강낭콩을 주문했다. 그것도 아주 흡족하지는 않았지만, 다소 그의 마음을 가라앉혀 주었다. 그는 식당 종업원을 붙들고 프로방소에서 일하던 옛 종업원에 대한 이야기를 늘어놓았다. "앙투안은 어떻게 되었지? 외젠이라는 사람은? 그리고 늘 아래층에서 시중들던 테오도르라는 소년은? 그때는 정말 뛰어나게 맛있는 요리도 있었고 최고급 부르고뉴 포도주도 있었는데, 이젠 더 이상 그런 걸 볼 수 없을 거야!"

이어서 교외의 토지 값이 화제에 올랐다. 그건 아르누의 확실한 투기사업이었다. 그동안 그는 손해를 보고 있었다. 그가 어떤 가격으로도 팔려고 하지 않자, 르쟁바르는 적당한 사람을 찾아봐 주겠다고 했다. 두 사람은 후식을 다 먹을 때까지 연필로 계산을 했다.

그들은 소몽 가의 중이층에 있는 작은 카페로 커피를 마시러 갔다. 프레데릭은 두 사람이 수많은 맥주 컵을 들이켜며 끝없이 당구를 치는 것을 선 채로 지켜보았다. 그는 자기의 사랑에 유리한 어떤 사건이라도 일어나지 않을까 하는 막연한 기대 속에서, 비겁하고 어리석게도 이렇다 할 이유도 없이 자정까지 거기 남아 있었다.

도대체 언제 그녀를 다시 보게 될까? 프레데릭은 절망하고 있었다.

그런데 11월 말의 어느 날 저녁, 아르누가 그에게 말했다.

"집사람이 어제 돌아왔네!"

다음 날 5시에 그는 그녀의 집으로 갔다.

그는 우선 병이 위중했던 어머니의 회복을 축하하는 말로 이야기를 시작했다.

"아니에요! 누가 그런 말을 하던가요?"

"아르누 씨가요!"

그녀는 가볍게 "아" 하더니, 처음에는 걱정을 많이 했지만 이제는 괜찮다고 덧붙였다.

그녀는 난로 옆의 융단 안락의자에 앉아 있었고, 그는 무릎 사이에 모자를 낀 채 긴 의자에 앉아 있었다. 대화가 순조롭게 이루어지지 않았다. 그녀는 자주 자리를 비웠고, 그는 자기감정을 표현할 방법을 찾아내지 못하고 있었다. 그런데 그가 법률 따위를 공부하는 것을 한탄하자, 그녀가 "네 … 이해해요 … 소송이라는 게 … !"라고 말하며 얼굴을 숙이고 갑자기 깊은 사색에 빠졌다.

그는 그녀가 무슨 사색에 빠져있는 것인지 몹시 알고 싶었고, 심지어 다른 것은 생각조차 하지 않았다. 황혼이 그들 주위로 어둠을 쌓아가고 있었다.

그녀는 볼일이 있다고 일어서더니, 회색 다람쥐 모피가 가장자리에 달린 검은 외투에 벨벳 모자를 쓰고 다시 나타났다. 그는 용기를 내어 따라 나섰다.

날이 어두워져 있었다. 날씨는 차고, 집 정면을 희미하게 감싸고 있는 짙은 안개가 공기 중에 냄새를 풍기고 있었다. 프레데릭은 황홀한 마음으로 그 공기를 들이마셨다. 옷 솜을 통하여 그녀의 팔 모양이 느껴지고, 단추 두 개가 달린 황갈색 장갑을 낀 그녀의 손이 그의 소매에 걸쳐져 있기 때문이었다. 그는 그 귀여운 손에 키스를 퍼붓고 싶었다. 포장도로가 미끄러워 그들은 약간 몸을 흔들며 걸어갔다. 프레데릭은 둘이서 바람에 흔들리며 구름 속을 가고 있는 것처럼 느껴졌다.

대로의 강렬한 불빛에, 그는 현실로 돌아왔다. 좋은 기회였고, 시간이 절박했다. 그는 리슐리외 거리까지 가는 동안 사랑을 고백하리라 다짐했다. 그런데 바로 그 순간, 그녀가 한 도자기 상점 앞에서 우뚝 멈추더니 그에게 말했다.

“다 왔어요, 감사합니다! 그럼 평소처럼 목요일에 뵙겠어요!”

저녁 모임이 다시 시작되었다. 아르누 부인을 자주 만나면 만날수록 그의 괴로움은 깊어만 갔다.

그 여자를 바라보는 일은 강한 향수를 뿌린 것처럼 그의 신경을 자극했다. 그것은 그의 체질 깊숙한 곳에 스며들어, 거의 일반적인 감각이 되어버렸고 새로운 생활 방식이 되었다.

가스등 아래서 만나는 매춘부들, 굴러가는 듯한 장식음을 소리 내는 여가수들, 달리는 말 위의 여자 곡마사들, 걸어가는 평범한 주부들, 창가에 기댄 여직공들, 그 모든 여자들이 닮은 모습에 의해서든 또는 정반대되는 모습에 의해서든 그녀를 연상시켰다. 상점을 따라 걸어가며 캐시미어 숄이나 레이스나 보석 귀걸이를 볼 때도, 그것들이 그녀의 허리를 감싸고 있거나 블라우스에 수놓여있거나 검은 머리카락 속에서 빛을 발하는 모습을 상상하곤 했다. 상인들의 광주리에 있는 꽃은 그녀가 지나가면서 골라가라고 피어 있는 것이고, 백조 무늬로 장식된 작은 새틴 슬리퍼는 구두장수의 진열장에서 그녀의 발을 기다리고 있는 것만 같았다. 모든 거리가 그녀의 집으로 향하고, 광장 위의 마차들은 오로지 그녀의 집에 더 빨리 가기 위해 서 있는 것일 뿐이었다. 파리가 온통 그녀와 관계가 있었고, 대도시는 마치 거대한 오케스트라처럼 그녀 주변에서 온갖 소리로 울려 퍼지고 있었다.

식물원에 가서 종려나무를 보면, 그는 머나먼 나라로 실려 갔다. 그러면 낙타 등에서, 코끼리 등에 쳐놓은 차양 아래에서, 푸른 섬들 사이의 요트 선실에서, 또는 부서진 원주에 부딪쳐 풀밭에서 비틀거리며 방울 소리를 내는 두 마리 노새에 나란히 앉아서 그녀와 함께 여행을 했다. 이따금 그는 루브르 박물관의 옛 그림들 앞에서 발걸음을 멈췄다. 그러면 그의 사랑은 여러 세기 전으로까지 거슬러 올라가 그림 속의 인물들을 그녀로 대체시키곤 했다. 중세의 원뿔꼴 모자를 쓴 그녀가 납빛 유리창 뒤에서 무릎 꿇고 기도하고 있었다. 카스티야 지방이나 플랑드르 지방의 영주 부인이 된 그녀는 빳빳하게 풀 먹인 주름 잡힌 깃에 고래 뼈로 부풀린 치마를 입고 앉아 있었다. 그리고 수단 옷을 입은 그녀가 타조 깃털 닫집 아래에서 상원의원들에게 둘러싸여 커다란 반암 계단을 내려가고 있었다. 또 어떤 때는 노란 명주 바지를 입고 규방의 방석 위에 있는 그녀를 그려보기도 했다. 반짝이는 별, 음악의 어떤 곡조, 생명감 있는 문장, 하나의 윤곽 등 아름다운 것은 모두가 돌연 무의식중에 그녀를 생각나게 했다.

그녀를 애인으로 삼으려는 노력에 대해서는, 그는 모든 시도가 다 헛일이라고 확신하고 있었다.

어느 날 저녁, 디트메르가 들어와서 그녀의 이마에 입을 맞추었다. 로바리아도 똑같이 입을 맞추며 말했다.

"친구의 특권으로 용서해 주시겠지요?"

프레데릭이 더듬거리며 말했다.

"저는 우리 모두가 친구라고 생각하는데요?"

"모두가 오래된 친구는 아니지요!" 그녀가 대답했다.

이것은 미리 간접적으로 그를 밀어내는 것이었다.

하기야 어떻게 한단 말인가? 사랑한다고 말할 것인가? 아마도 그녀는 그를 거절할 것이다. 아니면 화를 내고 집에서 내쫓을지도 모른다! 그녀를 다시 보지 못할 수도 있는 끔찍한 요행수를 바라느니 차라리 모든 고통을 견디는 것이 더 나았다.

그는 피아니스트의 재능과 병사들의 흉터를 부러워했다. 그녀의 관심을 끌 수만 있다면, 위험한 병에 걸려도 좋았다.

한 가지 놀라운 사실은 그가 아르누에게 질투를 느끼지 않는다는 것이었다. 그리고 그는 옷을 벗은 그녀의 모습을 상상할 수 없었다. 그만큼 그녀의 정숙함은 자연스러운 것이었고, 그의 성욕은 신비로운 그늘 속으로 물러나 있었다.

그렇긴 해도 그는 그녀와 함께 살며 그녀에게 친밀한 어투로 말을 하고, 앞가르마를 탄 그녀의 머리에 오랫동안 손을 올려놓거나 바닥에 무릎을 꿇은 채 두 팔로 그녀의 허리를 껴안고 영혼을 빨아들일 듯 그녀의 눈을 들여다보는 행복을 꿈꾸었다! 그러기 위해서는 운명을 바꾸어야 하리라. 하지만 행동으로 옮길 수도 없는 그는 신을 저주하고 자신의 비겁함을 책망하며, 감옥에 갇힌 죄수처럼 자신의 욕망 속에서 맴돌고 있었다. 끝없는 괴로움에 숨이 막혔다. 그는 여러 시간을 꼼짝도 하지 않고 있거나 울음을 터뜨리는 때도 있었다. 그가 자제력을 잃고 있던 어느 날, 델로리에가 말했다.

"도대체 무슨 일이야?"

프레데릭은 신경쇠약이라고 했다. 델로리에는 그 말을 전혀 믿지 않았다. 그렇게 고통스러워하는 모습을 보자, 그는 우정이 다시 솟아나는 것을 느끼며 프레데릭을 위로해주었다. 프레데릭과 같은 남자가 좌절하고 있다니, 얼마나 어리석은 짓인가! 젊었을 때는 그래도 괜찮지만, 이후 계속 그러는 것은 시간 낭비일 뿐이라는 것이었다.

"보고 있을 수가 없군, 프레데릭! 옛날 모습으로 돌아가 줘. 예전의 그 청년으로 말야! 그 모습이 좋았어! 자, 담배나 한 대 피워, 이 친구야! 기운 좀 내, 나를 실망시키지 말고!"

"정말이야, 난 미쳤어!" 프레데릭이 말했다.

서기가 다시 말했다.

"아! 늙은 음유시인, 네가 무엇 때문에 괴로워하는지 잘 알지! 사랑? 고백해버려! 까짓것! 여자 하나를 잃으면 넷을 얻게 되는 법이야! 정숙한 여자 대신 다른 여자들로 마음을 달래는 거야. 내가 여자들을 소개해줄까? 알랑브라(이것은 얼마 전에 샹젤리제 위쪽에 문을 연 댄스홀인데, 그런 유의 시설로는 시기상조라 할 만큼 호화판이어서 두 번째 시즌에 들어가자마자 망해버렸다)에 가기만 하면 돼. 아마 즐거울 거야. 같이 가보자! 원한다면 친구들도 데리고 가도록 해. 르쟁바르를 데려간대도 눈감아줄게!"

프레데릭은 르쟁바르를 부르지 않았다. 델로리에도 세네칼을 제외시켰다. 그들은 위소네와 시지와 뒤사르디에만 데리고 갔다. 다섯 사람은 모두 같은 마차를 타고 가서, 알랑브라 문 앞에서 내렸다.

두 개의 무어식 회랑이 좌우로 나란히 뻗어 있었다. 맞은편 안쪽에는 어떤 집의 벽이 보이고, 네 번째 측면(식당의 측면)은 색유리가 있는 고딕식 수도원 같은 모양이었다. 악사들의 연주대는 중국식 지붕으로 덮여 있었고, 주위의 바닥에는 아스팔트가 깔려 있었다. 기둥에 걸려 있는 베네치아 등 때문에 멀리서 카드릴 춤을 추는 사람들 머리 위에 오색의 불빛 왕관이 그려졌다. 군데군데 돌 대야가 받침 위에 놓여있었고, 거기서 가느다란 물줄기가 솟아나왔다. 유화 물감으로 온통 끈적거리는 헤바[81]나 에로스 같은 석고상들이 나뭇잎들 사이로 보였다. 정원에는 노란 모래를 정성스레 깔아놓은 작은 길들이 수없이 많아 실제보다 훨씬 더 넓어 보였다.

학생들은 애인을 데리고 산책을 하고, 유행복을 차려 입은 사무원들은 단장을 손가락 사이에 끼고 으스대며 걸어 다녔다. 중등학교 학생들은 엽궐련을 피우고 있었고, 늙은 독신자들은 물들인 수염을 빗으로 쓰다듬고 있었다. 영국인, 러시아인, 남아메리카인, 그리고 터키모자를 쓴 동방인들도 세 명 있었다. 창녀와 젊은 여직공과 처녀들이 보호자나 애인이나 금화를 얻으려고, 혹은 단순히 춤을 즐기려고

81) 제우스와 헤라 사이에서 태어난 딸로서, 그리스 신화에 나오는 청춘의 여신.

거기에 와 있었다. 그녀들의 초록색, 푸른색, 버찌색, 보라색의 긴 옷들이 흑단나무와 라일락 사이로 흔들거리며 지나갔다. 남자들은 대부분 바둑판무늬의 옷을 입고 있었고, 어떤 남자들은 저녁이라 선선한데도 흰 바지를 입고 있었다. 가스등에 불이 켜졌다.

위소네는 패션잡지와 소규모 극장에 관계하고 있어서 아는 여자들이 많았다. 그는 여자들에게 손가락 끝으로 키스를 보내기도 하고, 이따금 친구들을 버려두고 그녀들과 이야기하러 가곤 했다.

델로리에는 그런 태도를 시기했다. 그는 담황색의 난징 무명옷을 입은 키 큰 금발 여인에게 뻔뻔스럽게 다가갔다. 그녀는 그를 무뚝뚝하게 바라보다가 "싫어요! 믿을 수 없는 사람 같아요!"라고 말하고는 돌아서버렸다.

그는 갈색 머리의 뚱뚱한 여자 곁으로 다시 다가갔다. 그녀는 아마도 지나치게 흥분을 잘 하는 여자였는지, 그가 말을 꺼내자마자 계속하면 경찰을 부르겠다고 위협하며 펄펄 뛰었다. 델로리에는 애써 미소를 지어 보였다. 그리고 반사경 밑에 따로 떨어져 앉아 있는 자그마한 여자를 발견하고는 그녀에게 카드릴 춤을 추자고 청했다.

원숭이 같은 자세로 연주대에 앉아 있는 악사들은 서투른 솜씨로 격렬하게 연주했다. 서 있는 지휘자는 자동기계처럼 박자를 맞추고 있었다. 빽빽이 들어선 사람들이 흥겨워했다. 여자들의 모자 끈이 풀어져 남자들의 넥타이에 스치고, 남자들의 장화가 여자들의 치마 밑으로 들어가곤 했다. 그 모든 것이 박자에 맞춰 진행되었다. 델로리에는 자그마한 여자를 자기 쪽으로 바싹 끌어당기고, 캉캉 춤의 흥분에 취해 카드릴 춤을 추는 사람들 사이를 커다란 꼭두각시처럼 휘젓고 다녔다. 시지와 뒤사르디에는 계속 이리저리 걸어 다녔다. 젊은 귀족은 여자들을 곁눈질했다. 뒤사르디에가 권유했지만, 그는 여자들에게 감히 말도 붙이지 못했다. 그 여자들의 집에는 언제나 '권총을 들고 옷장 안에 숨어 있다가 갑자기 튀어나와 어음에 서명하게 하는 남자'가 있다고 상상하는 까닭이었다.

그들은 프레데릭 곁으로 돌아갔다. 델로리에도 더 이상 춤을 추지 않고 있었다. 모두들 그날 밤을 어떻게 보낼지 의논하고 있는데, 위소네가 소리쳤다.

"아니! 아마에기 후작 부인[82] 이잖아!"

안색이 창백하고 코가 위로 들린 여자였다. 그녀는 팔꿈치까지 오는 장갑을 끼고 있었고, 구불구불한 검은 머리카락이 두 뺨을 따라 커다랗게 늘어져 있어 마치 개의 귀 같았다. 위소네가 그녀에게 말했다.

"우리는 당신 집에서 작은 파티를 하려고 하는데, 동양적인 연회 말이오. 이 프랑스 기사들을 위해 당신 친구 몇 명을 데려오도록 해요! 뭐, 거북한 일이라도 있나? 귀족 나리를 기다려야 하는 거요?"

안달루시아 여인은 머리를 숙였다. 위소네의 호사스럽지 못한 습성을 잘 알고 있는 그녀는 연회비용을 책임지게 될까 봐 두려웠던 것이다. 마침내 그녀가 돈 얘기를 꺼내자, 시지가 지갑을 전부 털어 나폴레옹 금화 다섯 개를 내놓았다. 일은 결정되었다. 그런데 프레데릭이 보이지 않았다.

아르누의 목소리가 들린 것 같더니 여자 모자가 보여서, 프레데릭은 재빨리 옆에 있는 작은 숲 속으로 들어가 보았다.

바트나 양이 아르누와 단둘이 있었다.

"실례했습니다! 제가 방해했군요."

"천만에." 화상이 대답했다.

그들이 나누는 대화의 마지막 말에서, 프레데릭은 아르누가 급한 일로 바트나 양과 얘기하려고 알랑브라로 달려왔다는 사실을 알게 되었다. 아르누는 완전히 마음이 놓이지 않는지, 불안한 어조로 말했다.

"정말 확실하오?"

---

82) 여기서 '후작 부인'은 여자 귀족을 말하는 것이 아니라, 유곽을 경영하는 여자를 부르는 은어이다.

"확실하구말구요! 당신은 사랑받고 있어요! 아! 대단한 분이셔!"

그녀는 너무 빨개서 피 흘리는 듯한 두툼한 입술을 내밀며 입을 비죽거렸다. 그러나 눈동자에서 금빛이 반짝이는, 엷은 황갈색의 두 눈은 재치와 사랑과 육감이 넘쳐흘러 아주 아름다웠다. 그 눈은 야윈 얼굴의 노르스름한 안색을 마치 램프처럼 환하게 밝혀주었다. 아르누는 그녀의 화난 모습을 즐기고 있는 것 같았다. 그는 그녀에게 몸을 기울이며 말했다.

"당신은 친절한 사람이야, 키스해줘요!"

그녀는 그의 두 귀를 잡고 이마에 키스를 했다.

그때 춤이 멎고, 지휘자가 있던 자리에 뚱뚱하고 양초처럼 새하얀 피부의 미남자가 나타났다. 그는 검은 머리를 예수처럼 길게 늘어뜨리고, 금색의 커다란 종려나무 잎이 수놓인 남색 벨벳 조끼를 입고 있었다. 공작처럼 거만하고 칠면조처럼 어리석은 태도였다. 그는 청중에게 인사한 후, 노래를 부르기 시작했다. 한 시골뜨기의 파리 여행을 이야기하는 노래였다. 가수는 노르망디 지방의 사투리를 써서 술 취한 사람의 흉내를 냈다.

아! 난 널 보고 웃었네, 웃었어,
이 거지 같은 파리에서!

이 후렴에 모두들 열광적으로 발을 굴렀다. '표현력이 풍부한 가수' 델마는 그 열광을 식지 않게 하는 기교를 지니고 있었다. 그는 기타를 재빨리 건네받아, 〈알바니아 여인의 오빠〉라는 연가를 구슬프게 불렀다.

가사를 듣자, 프레데릭은 배의 실린더 사이에서 남루한 옷차림의 남자가 부르던 가사가 생각났다. 그의 눈은 자기도 모르게 눈앞에 보이는 여자 옷의 밑자락에 붙박였다. 한 절이 끝날 때마다 한참씩 쉬곤 했는데, 그럴 때면 나무를 스치는 바람 소리가 파도소리처럼 들려왔다.

바트나 양은 무대가 안 보이게 시야를 가리고 있는 쥐똥나무 가지를 한 손으로 헤치며, 콧구멍을 벌리고 눈썹을 모은 채 가수를 뚫어져라 바라보았다. 진정한 기쁨에 빠져 있는 것 같았다.

"잘 하는군! 당신이 오늘밤 알랑브라에 온 이유를 알겠어! 당신, 델마를 좋아하고 있군그래." 아르누가 말했다.

그녀는 아무 말도 하려고 하지 않았다.

"아! 뭘 그렇게 수줍어하실까!"

그리고 프레데릭을 가리키며 다시 말했다.

"이 사람 때문인가? 그렇다면 잘못 생각하고 있는 거요. 이 사람처럼 입이 무거운 젊은이는 없거든!"

프레데릭을 찾고 있던 친구들이 수목으로 꾸며진 방으로 들어왔다. 위소네가 친구들을 소개했다. 아르누는 그들에게 궐련을 나누어 주고 아이스크림을 대접했다.

바트나 양은 뒤사르디에를 보더니 얼굴을 붉혔다.

그녀는 곧 일어서서 그에게 손을 내밀었다.

"저를 기억하시죠, 오귀스트 씨?"

"어떻게 이 여자 분을 알고 있나?" 프레데릭이 물었다.

"같은 집에 살았어요!" 그가 대답했다.

시지가 뒤사르디에의 소매를 잡아당겨 둘은 밖으로 나갔다. 그들이 사라지자마자 바트나 양은 뒤사르디에의 성격을 칭찬하기 시작했다. 심지어 참다운 마음씨를 지녔다고 덧붙였다.

이어서 델마가 화제에 올랐다. 그는 극장에서도 무언극 배우로 성공할 수 있을 거라고 했다. 그리고 셰익스피어, 검열 문제, 문체론, 대중론, 포르트생마르탱 극장의 수입, 알렉상드르 뒤마, 빅토르 위고, 뒤메르상[83]에 대한 토론이 이어졌다. 아르누가 유명한 여배우들을 몇 명 알고 있다고 하자, 젊은이들은 그의 이야기를 들으려고 귀를 기울였다. 그러나 그의 말소리는 소란스런 음악에 묻혀 버렸다. 카드릴 춤이나 폴카가 끝나자마자 모두들 테이블로 달려들어 종업원을 부르고 웃어댔다. 맥주와 청량음료의 병마개를 따는 소리가 나뭇잎 사이에서 들려오고, 여자들은 암탉처럼 소리를 질러댔다. 이따금 두 신사가 싸움을 하려 하기도 했고, 도둑이 한 명 붙잡혔다.

빠른 템포로 춤을 추는 사람들이 작은 길로 몰려나갔다. 그들은 숨을 헐떡이고 상기된 얼굴로 미소 지으며 열 지어 나아갔다. 어지럽게 돌아가는 소용돌이 속에 남자의 연미복 꼬리와 함께 여자의 옷이 들어 올려졌다. 트롬본이 한층 더 세게 울리고, 리듬이 빨라졌다. 중세 수도원식 회랑 뒤에서 따닥따닥 하는 소리가 들리더니 폭죽이 터졌다. 차륜 꽃불이 돌기 시작했다. 에메랄드빛 섬광 불꽃이 한순간 온 정원을 환히 비추었다. 마지막 불꽃이 터지자, 군중은 크게 탄식을 내뱉었다.

군중이 서서히 흩어졌다. 화약 연기가 공기 중에 떠 있었다. 프레데릭과 델로리에는 군중 속에서 한 걸음 한 걸음 걸어가다가 어떤 광경을 보고 발을 멈췄다. 마르티농이 우산 보관소에서 거스름돈을 받고 있었다. 그는 못생기고 화려하게 옷을 입은 50대 여자와 같이 있었다. 신분이 수상쩍은 여자 같았다.

"저 친구는 생각보다 순진하지 않군. 그런데 시지는 도대체 어디 있는 거야?" 델로리에가 말했다.

뒤사르디에가 그들에게 작은 카페를 가리켰다. 거기에 중세 기사의 후손이 펀치 잔을 앞에 놓고 장밋빛 모자를 쓴 여자와 같이 있었다.

바로 그때, 5분 전부터 보이지 않던 위소네가 다시 나타났다.

한 젊은 여자가 그의 팔에 기대어 큰 소리로 그를 "나의 귀염둥이"라고 부르고 있었다.

"안 돼! 사람들 앞에서 그렇게 부르지 마! 차라리 자작이라고 부르

---

83) Dumersan, 1780~1849. 당시의 유명한 보드빌(가벼운 희극) 작가.

란 말야! 그러면 루이 13세 시대의 부드러운 장화를 신은 기사처럼 멋있을 거야, 난 그런 게 좋거든! 어이, 친구들, 이 여잔 오랜 친구야! 귀엽지?" 그가 그녀의 턱을 잡으며 말했다. "이분들에게 인사해! 모두 프랑스 상원의원의 아들들이야! 난 대사를 시켜 주십사 하고 교제하고 있지!"

"당신 미쳤군요!" 바트나 양이 한숨을 쉬었다.

그녀는 뒤사르디에에게 문까지 바래다달라고 부탁했다.

아르누는 둘이 나가는 것을 보고 프레데릭에게 몸을 돌렸다.

"바트나 양이 마음에 드나? 그런데 자네는 그 문제에 대해 솔직하지 않거든! 내가 보기엔 누군가를 남모르게 사랑하고 있는 것 같은데?"

프레데릭은 안색이 창백해져 아무것도 숨기는 게 없다고 단언했다.

"자네 애인에 대해 아는 사람이 아무도 없어서 하는 말일세." 아르누가 대꾸했다.

프레데릭은 아무렇게나 여자 이름을 말하고 싶었다. 그러나 그런 이야기가 그녀에게 전해질 수도 있었다. 그는 정말로 애인이 없다고 대답했다.

화상은 그러면 안 된다고 나무랐다.

"오늘 밤이 좋은 기회였는데! 왜 다른 사람들처럼 하지 않았나? 모두들 여자를 데리고 가던데."

"그럼 당신은요?" 그 집요함에 참을 수가 없자, 프레데릭이 말했다.

"아! 나 말인가! 그건 다르지! 나는 아내 곁으로 돌아가는 거니까!"

그는 이륜마차를 불러 타고 가버렸다.

두 친구는 걸어서 돌아갔다. 동풍이 불고 있었다. 두 사람은 아무 말도 하지 않았다. 델로리에는 잡지사 사장 앞에서 두드러지게 보이지 못한 것을 애석해하고 있었고, 프레데릭은 자신의 슬픔 속에 빠져있었다. 드디어 그는 댄스홀이 전혀 재미없었다고 말했다.

“누구 때문인데? 네가 우리를 버려두고 아르누한테 갔으니까 그렇지!”

“쳇! 내가 무슨 짓을 했더라도 전혀 소용이 없었을걸!”

그러나 서기는 이론을 가지고 있었다. 뭔가를 얻기 위해서는 그것을 강렬하게 바라는 것으로 충분하다는 것이었다.

“하지만 너도 아까…”

“그건 장난이었어! 내가 여자 때문에 애먹을 것 같아!” 델로리에는 프레데릭의 암시를 단호히 자르며 말했다.

그리고 그는 여자들의 아양과 어리석음을 맹렬히 비난했다. 간단히 말해, 여자들이 마음에 안 든다는 것이었다.

“잘난 체하지 마!” 프레데릭이 말했다.

델로리에는 입을 다물었다. 그러더니 갑자기 말했다.

“내가 지나가는 첫 번째 여자를 내 것으로 만드는 것에 백 프랑 걸고 내기 할래?”

“좋아! 하자!”

첫 번째 지나간 여자는 못생긴 거지여서, 그들은 운도 없다고 낙담했다. 그때 리볼리 거리 한가운데에 조그만 마분지 상자를 들고 있는 키 큰 여자가 보였다.

델로리에는 아케이드 밑으로 여자에게 다가갔다. 여자는 갑자기 튈르리 공원 쪽으로 꺾어지더니 곧 카루젤 광장으로 향했다. 그리고 좌우를 살피다가 마차 뒤를 따라 달렸다. 델로리에는 여자를 다시 쫓아갔다. 그는 여자와 나란히 걸으며 표정이 풍부한 제스처를 곁들여 이야기했다. 마침내 여자가 그의 팔을 잡았다. 그들은 강가를 따라 계속 걸었다. 그리고 샤틀레에 이르러, 적어도 20분 동안 순찰하는 두 해병처럼 보도 위를 산책했다. 그러더니 갑자기 샹주 다리를 건너고 꽃시장을 가로질러 나폴레옹 강가로 갔다. 프레데릭은 그들의 뒤를 따라 집으로 들어갔다. 델로리에는 그가 있으면 방해가 된다고 하면서 자기가 한 것처럼 하기만 하면 된다고 했다.

"돈 얼마나 가지고 있어?"

"100수짜리 두 장!"

"그거면 충분해! 잘 가!"

프레데릭은 익살맞은 연극 한 편이 성공하는 것을 보는 듯한 놀라움에 사로잡혔다. '나를 무시하고 있군. 다시 올라갈까?'라고 그는 생각했다. 그러면 델로리에가 자기 사랑을 시샘한다고 생각하지 않을까? '마치 내가 한 번도 사랑을 해 본 적이 없다는 듯 말이야. 백 배는 더 귀하고 고상하고 열렬한 사랑을 하고 있는데!' 일종의 분노 같은 것이 그를 부추겼다. 그는 아르누 부인의 집 문 앞에 이르렀다.

바깥 창은 어떤 것도 그녀의 거처와 관계가 없었다. 하지만 그는 정면에 시선을 못 박고 있었다. 마치 그렇게 쳐다보고 있으면 벽을 허물어버릴 수 있다고 믿는 것처럼. 지금쯤 그녀는 아름다운 검은 머리를 베개의 레이스에 파묻고, 입술을 살짝 벌린 채 한쪽 팔에 머리를 얹어놓고, 잠든 한 송이 꽃처럼 조용히 쉬고 있겠지.

아르누의 얼굴이 생각났다. 그는 그 환영을 떨쳐버리기 위해 그곳에서 벗어났다.

델로리에의 충고가 떠올랐다. 하지만 그건 소름끼치는 일이었다. 그래서 그는 정처 없이 거리를 돌아다녔다.

길을 걷는 사람이 다가오면, 그는 행인의 얼굴을 알아보려고 애를 썼다. 이따금 한 줄기 불빛이 그의 다리 사이를 지나가며 포장도로 위에 커다란 부채꼴을 그렸다. 광주리를 등에 지고 초롱을 든 한 남자가 어둠 속에서 나타났다. 어떤 곳에서는 난로의 철판 굴뚝이 바람에 흔들리고 있었다. 멀리서 올라오는 소리가 그의 머릿속에서 윙윙거리는 소리와 뒤섞이고, 카드릴의 막연한 선율이 공기 중에서 들리는 것 같았다. 그런 도취상태에서 계속 걷다보니, 어느새 그는 콩코르드 다리 위에 와 있었다.

그러자 작년 겨울의 그날 밤이 다시 생각났다. 그날, 그는 처음으로 그녀의 집에 갔다 오면서 희망으로 부풀어 오른 가슴이 너무 빨리 뛰는 탓에 발을 멈춰야 했었다. 그런데 이제는 모든 희망이 사라져 버렸다!

검은 구름이 달 표면을 흘러가고 있었다. 그는 달을 바라보며 우주 공간의 광대함, 인생의 비참함, 모든 것의 공허함을 생각했다. 날이 밝고 있었다. 추워서 이가 딱딱 부딪쳤다. 그는 반수면 상태에서, 안개에 젖은 채 눈물을 마구 흘리며 왜 끝내버리지 못하는가 하고 생각했다. 단 한 번 몸을 움직이면 될 일이었다! 그러면 이마의 무게가 그를 끌고 갈 터였다. 물 위에 떠 있는 자신의 시체가 보였다. 프레데릭은 몸을 기울였다. 난간이 좀 넓었다. 그는 피로에 지친 까닭에 굳이 난간을 넘어가려고 애쓰지 않았다.

공포가 엄습했다. 그는 대로로 돌아와 벤치에 주저앉았다. '방탕에 빠진' 남자라고 생각한 순경들이 그를 깨웠다.

그는 다시 걷기 시작했다. 배가 몹시 고팠지만 식당 문이 모두 닫혀 있어서 중앙시장의 음식점으로 식사를 하러 갔다. 그런 후 아직 너무 이른 시간인 것 같아서, 8시 15분까지 시청 근처를 배회했다.

델로리에는 이미 오래전에 여자를 돌려보내고, 방 한가운데 탁자 위에서 글을 쓰고 있었다. 4시경에 시지가 들어왔다.

전날 밤, 그는 뒤사르디에 덕분에 어떤 부인과 만났다. 심지어 그녀의 남편과 함께 마차로 집 문턱까지 바래다주고, 그녀와 만날 약속도 했다. 그리고 돌아왔는데, 그녀의 이름도 모른다고 했다!

"그래서 나보고 어쩌라는 거야?" 프레데릭이 말했다.

그러자 젊은 귀족은 횡설수설 헛소리를 늘어놓았다. 그는 바트나양, 안달루시아 여인 등 온갖 여자들에 대한 이야기를 했다. 마침내 그는 아주 완곡하게 자기가 찾아온 목적을 밝혔다. 프레데릭이 입이 무겁다고 믿고 있는 그는 어떤 행동을 할 수 있게 도와달라고 하기 위해 온 것이었다. 그는 그 행동을 한 후에야 비로소 자기가 남자임을 자처할 수 있다고 했다. 프레데릭은 거절하지 않았다. 그는 자신의 개인적인 진상은 밝히지 않고, 시지의 이야기를 델로리에에게 해 주었다.

서기는 '그의 상태가 아주 좋아졌다'고 생각했다. 자신의 충고를 소중히 받아들인 것으로 알고, 그는 기분이 더욱 좋아졌다.

클레망스 다비우 양을 처음 만난 날부터 유혹한 것도 바로 그런 우쭐한 기분에서였다. 그녀는 군복에 금줄을 넣는 자수공인데, 아주 온순한 성격으로 갈대같이 날씬한 몸매에 언제나 깜짝 놀라는 크고 푸른 눈을 지니고 있었다. 서기는 그녀의 순진함을 악용하여, 자기가 훈장을 받은 사람이라고까지 믿게 했다. 그리고 그녀와 단둘이 있을 때면 프록코트에 붉은 리본을 달았다. 하지만 사람들 앞에서는 주인에 대한 배려 때문이라고 하면서 리본을 떼어버렸다. 뿐만 아니라 그는 그녀에게 거리를 두어 파샤[84]처럼 시중들게 했고, 장난삼아 그녀를 "서민의 딸"이라고 불렀다. 그녀는 만나러 올 때마다 오랑캐꽃 다발을 갖다 주곤 했다. 프레데릭은 그런 사랑이라면 하고 싶지 않았다.

그러나 그들이 팽송 식당이나 바리요 식당 별실에 가려고 팔짱을 끼고 나갈 때, 프레데릭은 야릇한 슬픔을 느꼈다. 그는 지난 1년 동안 목요일마다 슈아죌 거리로 저녁을 먹으러 가려고 손톱을 다듬을 때 자기가 얼마나 델로리에를 괴롭혔는지 모르고 있었다.

어느 날 저녁, 그들이 나가는 것을 발코니에서 바라보고 있는데 멀리 아르콜 다리 위에 위소네의 모습이 보였다. 방랑 작가는 손짓으로 그를 부르기 시작했다. 그래서 프레데릭은 6층에서 내려갔다.

"다름이 아니라, 다음 토요일 24일이 아르누 부인의 축일이라는군."

---

84) 오스만 제국과 북아프리카에서 신분이 높은 사람이나 고위직에 있는 사람을 가리키는 칭호.

"부인의 이름은 마리인데, 어떻게 다음 토요일이 축일인가?"

"앙젤이기도 해, 그거야 아무러면 어떤가! 생클루 별장에서 축연을 베풀 모양이야. 자네에게도 알려주라고 했거든. 3시에 잡지사에서 차가 출발할 거야! 알았지! 내려오게 해서 미안하네. 여기저기 볼일이 많아서 말이야!"

프레데릭이 채 발길을 돌리기도 전에, 문지기가 편지 한 장을 내밀었다.

〈당브뢰즈 부부는 프레데릭 모로 씨를 이달 24일 토요일 저녁 식사에 초대하고자 합니다. 회답을 바랍니다.〉

'너무 늦었어'라고 그는 생각했다.

어쨌든 그는 그 편지를 델로리에에게 보여주었다. 델로리에가 소리쳤다.

"아! 드디어! 그런데 별로 기뻐하는 것 같지 않군. 왜 그래?"

프레데릭은 잠시 망설이다가 같은 날 다른 초대를 받았다고 말했다.

"제발 슈아죌 거리는 차버려. 어리석은 짓 하지 말고! 곤란하다면 내가 대신 답장을 써 주지."

그리고 서기는 3인칭으로 응낙의 답장을 썼다.

출세욕을 통해서만 세상을 바라보는 그는 세상을 수학적인 법칙에 따라 움직이는 인위적인 창조물로 생각하고 있었다. 도시의 만찬, 요직에 있는 사람과의 만남, 미인의 미소, 그런 것들이 일련의 행동으로 이어지며 굉장한 결과를 낳을 수 있다는 것이다. 파리의 몇몇 살롱들은 가공하지 않은 재료를 가지고 백 배나 더 가치 있는 것을 만들어내는 기계와 같았다. 외교관에게 조언해주는 고급 창녀들, 술책으로 성취한 부유한 결혼, 죄수들의 천재적 재능, 운명을 마음대로 주무르는 강자들의 힘을 그는 믿고 있었다. 결국 그가 당브뢰즈 집과의 교제가 매우 유익하다는 생각을 훌륭한 언변으로 말하자, 프레데릭은 어느 쪽으로 가야 할지 결심할 수가 없었다.

어쨌거나 아르누 부인의 축일이므로 선물은 하지 않을 수 없었다. 그는 자신의 실수를 보상하기 위해 양산을 선물하는 것이 좋겠다고 생각했다. 마침 자그마한 상아 조각 손잡이가 달린 비둘기 털빛의 중국산 명주 양산을 발견했다. 그런데 그 가격이 175프랑이었다. 그는 다음 3개월의 생활비도 외상으로 살고 있는 터라, 수중에 한 푼도 없었다. 하지만 그 양산을 꼭 사고 싶어서, 내키지 않지만 델로리에에게 도움을 청했다.

델로리에는 돈이 없다고 대답했다.

"돈이 꼭 필요해!" 프레데릭이 말했다.

상대방이 똑같은 핑계를 되풀이하자, 그는 화를 냈다.

"너도 때로는…"

"뭐라구?"

"아무것도 아니야!"

서기는 그 말뜻을 알아차렸다. 그는 저금해둔 돈에서 문제의 금액을 꺼내 프레데릭에게 한 장 한 장 건네주었다.

"차용증은 필요 없어. 내가 얹혀살고 있으니까!"

프레데릭은 그의 목으로 뛰어들어, 애정에 넘치는 맹세를 수없이 되풀이했다. 델로리에는 여전히 냉정한 태도를 보였다. 다음 날 피아노 위에 있는 양산을 보자, 그가 말했다.

"아! 이것 때문이었군!"

"아마 그걸 보내게 될 거야." 프레데릭이 힘없이 말했다.

우연이 그를 도왔다. 그날 저녁 검은 띠를 두른 편지 한 장을 받았는데, 거기에 당브뢰즈 부인이 백부의 부고를 전하며 친교의 기쁨을 훗날로 미루는 것을 양해해 달라고 쓰여 있었던 것이다.

그는 2시부터 잡지사 사무실로 갔다. 시골 공기를 마시고 싶은 것을 참지 못한 아르누는 그를 마차로 데려가기 위해 기다리지 않고 전날 먼저 떠나버렸다.

해마다 새 잎이 나오기 시작할 무렵이면, 아르누는 여러 날 동안 줄곧 아침에 집을 나서곤 했다. 그리고 들판을 오래도록 뛰어다니며 농장에서 우유를 마시거나 시골 여자들과 장난을 치거나 수확에 대해 물어보고 샐러드용 야채 몇 다발을 손수건에 싸서 가져왔다. 드디어 오랜 꿈이 실현되어, 별장을 한 채 샀던 것이다.

프레데릭이 점원과 이야기하고 있는데, 바트나 양이 나타났다. 그녀는 아르누를 만날 수 없어 실망했다. 아르누는 이틀간은 더 시골에 머물 거라고 했다. 점원이 "시골에 가 보라"고 했지만, 그녀는 갈 수 없다고 했다. 그녀는 편지를 쓰고 싶었지만, 편지가 분실될까 봐 걱정했다. 프레데릭은 자기가 직접 편지를 전해주겠다고 했다. 그녀는 급히 편지를 한 장 써서 아무도 모르게 전해달라고 당부했다.

40분 후, 프레데릭은 생클루에 내렸다.

별장은 다리에서 백 보쯤 떨어진 언덕 중턱에 있었다. 정원의 벽들은 두 줄로 심어진 보리수에 가려져 있었고, 경사진 넓은 잔디밭이 강가까지 펼쳐져 있었다. 철책 문이 열려 있어, 프레데릭은 안으로 들어갔다.

아르누가 풀밭에 누워 한배에서 태어난 고양이 새끼들과 장난을 치고 있었다. 그는 그 장난에 정신이 팔려있는 것 같았다. 바트나 양의 편지를 받자, 제정신으로 돌아왔다.

"원, 이런! 귀찮아 죽겠군! 하지만 그녀 말이 맞아. 가봐야겠는걸."

그는 편지를 주머니에 쑤셔 넣더니 즐거이 별장을 안내했다. 외양간, 헛간, 부엌을 모두 보여주었다. 오른쪽에 있는 거실은 파리를 향한 쪽으로 참으아리가 가득한 격자세공의 베란다에 면해 있었다. 그런데 그들의 머리 위로 구슬이 구르는 듯한 노랫소리가 들려왔다. 아르누 부인이 아무도 없는 줄 알고 즐겁게 노래를 부르고 있었다. 그녀는 음계와 바이브레이션과 분산화음을 노래했다. 공중에 매달려

있는 듯한 긴 음조가 있는가 하면, 폭포에서 떨어지는 물방울처럼 급하게 내려오는 음조도 있었다. 덧문 너머로 새어나오는 그녀의 목소리는 깊은 고요를 깨뜨리며 푸른 하늘로 올라갔다.

이웃인 우드리 부부가 나타나자, 그녀는 갑자기 노래를 멈추었다.

그녀의 모습이 현관 앞 층계 위에 나타났다. 그녀가 계단을 내려올 때, 프레데릭은 그녀의 발을 보았다. 그녀는 발등이 덮이지 않는 금갈색 가죽의 예쁜 신을 신고 있었는데, 세 개의 가로줄 끈이 양말 위에 금빛 격자무늬를 그리고 있었다.

손님들이 도착했다. 변호사 르포슈 씨를 제외하면 모두 목요일의 회식자들이었다. 모두들 선물을 가지고 왔다. 디트메르는 시리아의 숄을, 로장발드는 가곡집을, 뷔리외는 수채화를, 송바는 자기가 그린 풍자화를, 그리고 펠르랭은 착상도 흉측하고 화법도 보잘것없는 일종의 죽음의 무도를 그린 목탄화를 가져왔다. 위소네만 빈손이었다.

프레데릭은 다른 사람들이 선물을 주는 것을 기다렸다가 마지막으로 선물을 내밀었다.

그녀가 매우 고마워하자 그가 말했다.

"뭐 … 빚을 갚는 셈인걸요! 그땐 정말 죄송했습니다."

"뭐가요? 무슨 말씀이신지 모르겠는데요." 그녀가 대답했다.

"식탁으로 가세." 아르누가 프레데릭의 팔을 잡으며 말하더니, 그의 귀에 대고 다시 속삭였다. "자넨 정말 눈치가 없군!"

연한 초록색이 칠해진 식당은 더할 나위 없이 쾌적했다. 한쪽 구석에는 석조 요정이 조개 모양의 대야에 발가락을 담그고 있었다. 열린 창문을 통해 정원 전체가 보였다. 기다란 잔디밭 옆에는 낙엽이 거의 진 스코틀랜드 노송이 한 그루 서 있었고, 꽃이 핀 화단이 잔디밭 군데군데 불룩 튀어나와 있었다. 강 너머로는 커다란 반원을 그리며 불로뉴 숲, 뇌이유, 세브르, 뫼동 시가가 펼쳐졌다. 맞은편 철책 앞에는 돛단배 한 척이 바람을 비스듬히 받으며 떠 있었다.

처음에는 눈앞에 보이는 경치, 그 다음에는 일반적인 풍경이 화제가 되었다. 토론이 시작되자, 아르누는 9시 반경에 사륜마차를 준비해두라고 하인에게 지시했다. 경리직원으로부터 편지가 와서 돌아가야 한다고 했다.

"저도 함께 돌아가야 하나요?" 아르누 부인이 말했다.

"물론이지요! 부인, 잘 아시다시피 부인 없이는 살 수가 없답니다!" 그는 멋지게 허리를 굽히며 말했다.

모두들 그처럼 좋은 남편을 둔 것에게 대해 그녀를 치하했다.

"아! 그건 저 혼자가 아니라서 그러는 거예요!" 그녀는 딸을 가리키며 조용히 대답했다.

화제가 다시 그림으로 돌아와서, 모두들 아르누가 상당한 액수를 기대하고 있는 로이스달[85]에 대해 이야기했다. 펠르랭은 지난달에 런던에서 온 유명한 사울 마티아스가 그 그림에 대해 2만 3천 프랑을 내겠다고 한 게 사실이냐고 아르누에게 물었다.

"사실이구말구!" 그리고 아르누는 프레데릭을 향해 다시 말했다. "요전에 내가 알랑브라로 데리고 간 바로 그 신사 말이네. 사실 난 데려가고 싶지 않았지. 영국 사람들은 재미가 없거든!"

바트나 양의 편지가 뭔가 여자 문제에 관한 것이 아닐까 하고 의심하고 있던 프레데릭은 빠져나갈 적당한 방법을 쉽게 찾아낸 아르누에게 감탄했다. 하지만 전혀 필요가 없는 이번 거짓말에는 눈을 크게 뜨지 않을 수 없었다.

화상은 간단하게 덧붙였다.

"자네 친구, 그 키 큰 젊은이는 이름이 뭔가?"

"델로리에입니다." 프레데릭이 힘 있게 대답했다.

그리고 친구에게 느끼는 죄책감을 보상하기 위해 매우 똑똑한 사람

---

85) Ruysdael, 1628?~1682. 네덜란드 풍경화가.

이라고 칭찬했다.

"아! 그래? 하지만 또 다른 친구, 그 운송점 점원이라는 친구만큼 친절한 청년은 아닌 것 같더군."

프레데릭은 뒤사르디에를 저주했다. 자기가 미천한 사람들하고 교제하고 있다고 아르누 부인이 생각할 것이기 때문이었다.

이어서 도시의 미화, 새로운 동네에 대한 이야기가 화제에 올랐다. 마침 우드리 영감이 대 기업가들 중 한 사람으로 당브뢰즈 씨를 예로 들었다.

프레데릭은 자신을 돋보이게 할 수 있는 절호의 기회라고 생각하여 당브뢰즈를 알고 있다고 말했다. 그런데 펠르랭이 상인들에 대해 일장 공격을 퍼부었다. 양초장수나 돈장수나 다 마찬가지라는 것이었다. 로장발드와 뷔리외는 도자기에 대한 이야기를 나누었다. 아르누는 우드리 부인과 원예 이야기를 했고, 구학파의 익살꾼 송바는 그녀의 남편을 놀리며 즐거워했다. 배우처럼 오드리[86]라고 부르기도 하고, 이마에 동물의 혹이 보이는 것을 보니 개의 화가인 우드리[87]의 후손이 틀림없다고 하기도 했다. 심지어 그의 두개골을 만지려고까지 하자, 우드리 영감은 가발을 쓰고 있었기 때문에 못하게 했다. 그래서 폭소와 함께 후식 시간이 끝났다.

보리수나무 아래에서 담배를 피우며 커피를 마시고, 정원을 몇 바퀴 돈 후에는 강을 따라 산책을 했다.

일행은 어부가 뱀장어를 씻고 있는 생선가게 앞에서 발길을 멈추었다. 마르트 양이 뱀장어를 보고 싶어 했다. 어부가 풀 위에 생선 광주리를 쏟아놓자, 아이는 뱀장어를 잡으려고 무릎을 꿇고 달려들며 좋아서 웃기도 하고 무서워서 비명을 지르기도 했다. 뱀장어가 모두

---

86) Odry, 1781~1853. 바리에테 극장의 전속 희극 배우.

87) Oudry, 1686~1755. 프랑스의 화가이며 조각가로, 처음에는 종교화와 초상화를 그렸으나 나중에는 동물 그림에 몰두했다.

못 쓰게 되어버려 아르누가 그 값을 치렀다.

이어서 아르누는 뱃놀이를 하자고 했다.

지평선 한쪽이 희미해지기 시작했고, 다른 한쪽에는 하늘에 오렌지 빛깔이 넓게 드리워지며 완전히 깜깜해진 언덕 꼭대기가 한층 붉게 물들었다. 아르누 부인은 불타는 듯한 빛을 등지고 큰 돌 위에 앉아 있었다. 다른 사람들은 여기저기를 거닐고, 위소네는 강둑 밑에서 물수제비를 뜨고 있었다.

아르누가 낡은 배를 한 척 끌고 돌아왔다. 신중한 의견도 나왔으나, 그는 손님들을 배에 잔뜩 태웠다. 하지만 배가 가라앉으려고 하는 바람에 모두 내려야 했다.

사라사를 온통 쳐놓고 크리스털 장식 촛대가 벽에 걸린 거실에는 이미 불이 켜져 있었다. 우드리 부인이 안락의자에서 조용히 졸고 있었고, 다른 사람들은 변호사라는 직업의 영예에 대해 장광설을 늘어놓는 르포슈 씨의 말을 듣고 있었다. 아르누 부인은 혼자 창가에 있었다. 프레데릭은 그녀에게 다가갔다.

그들은 지금 화제가 되고 있는 것에 대해 이야기를 나누었다. 그녀는 연설가를 찬양했고, 그는 작가의 영예를 더 존중했다. 그러나 그녀는 직접 대중의 마음을 움직이고 대중의 마음속에 자신의 감정을 전부 전하게 될 때 더 강렬한 기쁨을 느끼는 법이라고 했다. 야심이 없는 프레데릭은 그러한 성공에는 관심이 없다고 했다.

"어머나! 왜요? 조금은 야심을 가져야지요!" 그녀가 말했다.

그들은 창가에 나란히 서 있었다. 그들의 눈앞에 은이 박힌 커다란 검은 베일처럼 어둠이 펼쳐져 있었다. 그들이 진지한 이야기를 나눈 것은 이번이 처음이었다. 그는 그녀가 좋아하는 것과 싫어하는 것까지 알게 되었다. 그녀는 몇 가지 향료에 대해 거부감을 가지고 있었고, 역사책에 흥미가 있었으며 꿈을 믿고 있었다.

그는 연애에 대한 이야기를 꺼내보았다. 그녀는 정열의 참담한 실패에 대해서는 동정했지만, 위선적인 비열한 행위에 대해서는 반발했다. 그 곧은 정신은 균형 잡힌 얼굴의 아름다움에서 비롯되는 것으로 생각될 만큼 그녀의 아름다운 얼굴과 조화를 이루었다.

그녀는 이따금 미소 지으며 그를 잠시 바라보곤 했다. 그럴 때면 그는 태양 광선이 물속 깊숙이까지 내려가듯 그녀의 시선이 자신의 마음을 파고드는 것처럼 느껴졌다. 그는 아무 저의도 없이, 보답을 바라는 마음도 전혀 없이 그녀를 사랑하고 있었다. 흡사 감사의 마음이 북받쳐 오르는 듯한 그 말 없는 흥분 속에서, 그는 그녀의 이마에 키스를 퍼붓고 싶었다. 그러자 어떤 내면의 숨결이 그를 무아지경으로 이끌었다. 그것은 자신을 바치고 싶은 갈망, 당장 그녀를 위해 헌신하고 싶은 욕구였다. 그 욕망은 채울 수 없는 것인 까닭에 더욱 강렬했다.

그는 다른 사람들과 함께 돌아가지 않았다. 위소네도 역시 남았다. 그들은 마차로 돌아갈 터였다. 사륜마차가 현관 층계 밑에서 기다리고 있을 때, 아르누가 장미꽃을 꺾으러 정원으로 내려갔다. 그는 꽃다발을 실로 묶고, 종이가 가득 들어있는 호주머니에서 아무렇게나 한 장을 꺼내어 들쑥날쑥 삐져나온 가지를 싸더니 단단한 핀으로 고정시켰다. 그리고 애정 어린 태도로 아내에게 꽃다발을 내밀었다.

"자, 여보, 당신을 잊고 있었던 것을 용서해 주구려!"

그러나 그녀는 가벼운 비명을 질렀다. 어설프게 찔러놓은 핀에 상처를 입은 것이다. 그녀가 방으로 올라가고, 모두들 15분가량 그녀를 기다렸다. 드디어 다시 나타난 그녀는 마르트를 안고 마차 안으로 올라탔다.

"꽃다발은?" 아르누가 말했다.

"아뇨! 됐어요! 그럴 필요 없어요!"

프레데릭이 꽃다발을 가지러 달려가는데 그녀가 소리쳤다.

"필요 없어요!"

그러나 그는 곧 꽃다발을 가져와서 꽃이 땅에 떨어져 있었기 때문에 다시 쌌다고 말했다. 그녀는 꽃다발을 마부석 뒤의 가죽 흙받이에 집어넣었다. 그리고 그들은 출발했다.

그녀 옆에 앉은 프레데릭은 그녀가 몹시 떨고 있는 것을 보았다. 다리를 지나자 아르누는 왼쪽으로 방향을 돌렸다.

"아니에요! 틀렸어요! 오른쪽이에요!"

그녀는 화가 난 듯했다. 모든 것에 언짢아했다. 마침내 마르트가 잠이 들자, 그녀는 꽃다발을 꺼내 창밖으로 던져버렸다. 그리고 프레데릭의 팔을 잡더니, 다른 한 손으로 아무 말도 하지 말라는 손짓을 했다.

이어서 그녀는 손수건을 입술에 대고 더 이상 움직이지 않았다.

마부석에 앉은 다른 두 사람은 인쇄소와 예약구독자에 대한 이야기를 나누었다. 주의를 기울이지 않고 마차를 몰던 아르누는 불로뉴 숲 한가운데에서 길을 잃고 말았다. 그들은 오솔길로 들어섰다. 말은 보통 걸음으로 걷고 있었고, 나뭇가지가 마차의 포장을 스쳤다. 프레데릭은 어둠 속에서 아르누 부인의 두 눈밖에 볼 수 없었다. 그는 아르누 부인의 무릎 위로 길게 누워 있는 마르트의 머리를 받치고 있었다.

"애 때문에 피곤하시겠어요!" 그녀가 말했다.

그가 대답했다.

"아닙니다! 전혀!"

먼지의 소용돌이가 서서히 올라왔다. 그들은 오퇴이유를 지나갔다. 집들은 모두 문이 닫혀 있었고, 가로등이 군데군데 벽 모서리를 비추고 있었다. 그리고 다시 어둠 속으로 들어갔다. 그는 그녀가 울고 있는 것을 언뜻 보았다.

양심의 가책 때문일까? 욕망 때문일까? 도대체 무엇 때문일까? 그는 그 슬픔이 무엇인지는 몰랐으나, 개인적으로 자신과 관계가 있는 것 같았다. 이제 그들 사이에는 새로운 관계, 일종의 공모 관계가 생긴 것이다. 그는 최대한 다정한 목소리로 말했다.

"몸이 불편하신가요?"

"네, 조금." 그녀가 대답했다.

마차는 굴러가고 있었고, 정원 울타리에서 삐져나온 인동덩굴과 고광나무들이 어둠 속에서 나른한 향기를 내뿜고 있었다. 주름이 많은 그녀의 옷이 두 발을 덮고 있었다. 아이가 그들 사이에 누워있는 까닭에, 그는 마치 그녀의 온몸으로 연결되는 것처럼 느껴졌다. 그는 아이에게 몸을 굽히고, 예쁜 갈색 머리카락을 젖히며 이마에 부드럽게 입을 맞추었다.

"당신은 참 좋은 분이세요!" 아르누 부인이 말했다.

"왜요?"

"어린애를 좋아하시니까요."

"다 좋아하는 건 아닙니다!"

그는 아무 말도 덧붙이지 않았지만, 왼손을 그녀 쪽으로 내밀고 크게 벌렸다. 그녀도 자기처럼 하여 둘의 손이 맞닿기를 상상하면서. 그러다가 그는 부끄러운 생각이 들어 손을 거두어들였다.

곧 포장도로에 이르렀다. 마차는 더 빨라지고, 가스등의 수가 많아졌다. 파리에 온 것이다. 위소네는 가구 창고 앞에서 내렸다. 프레데릭은 좀더 기다리다가 안마당에 도착해서야 내렸다. 그리고 슈아죌 거리 모퉁이에 숨어서, 천천히 대로를 향해 올라가는 아르누를 보았다.

다음 날부터 그는 전력을 다해 공부하기 시작했다.

그는 어느 겨울 날 저녁 중죄재판소에서 변론을 끝내는 자신의 모습을 상상해 보았다. 배심원들의 안색이 창백하고 숨 가쁜 청중이 방청석의 칸막이를 삐걱거리는 가운데, 모든 증거를 요약하고 새로운 사실을 찾아내며 문장 하나, 단어 하나, 또는 몸짓 하나마다 배후에 매달린 단두대의 칼날이 올라가는 것을 의식하면서 이미 4시간 동안이나 변론을 하고 있는 자신의 모습을. 그리고 온 국민의 안위가 자신의 입술에 달려있는 웅변가로서 의회 연단에 올라, 비유법을 사용하여 정적(政敵)의 얼을 빼놓는다든지 풍자적이고 비장하고 장엄하고 격앙된 목소리에 음악적 억양과 우레 같은 분노를 담아 정적을 반박하여 무찔러버리는 모습을 상상하기도 했다. 그녀는 거기 어딘가 청중들 속에서 감격의 눈물을 베일 밑에 숨기고 있다가, 연설이 끝난 후 서로 만나리라. 그리고 그녀가 "아! 훌륭해요!"라고 말하며 가벼운 손을 그의 이마에 갖다 댄다면, 그 어떤 낙담도 비난도 모욕도 그에게 상처 입히지 못할 것이다.

그러한 공상이 그의 인생의 수평선에서 등대처럼 번쩍이고 있었다. 자극을 받은 그의 정신은 더 예리하고 강해졌다. 그는 8월까지 집에 들어박혀 공부하여 최종시험에 합격했다.

12월 말의 2차 시험과 2월의 3차 시험에서도 또다시 프레데릭을 공부시키느라 애를 먹었던 델로리에는 그의 열의에 놀랐다. 그래서 예전의 희망이 되살아났다. 10년 후에 프레데릭은 국회의원이 되고, 15년 후에는 장관이 될 거라고 했다! 안 될 이유가 없지 않은가? 곧 손에 들어올 유산으로 먼저 신문을 창간할 수 있을 것이다. 그것은 사회에 첫발을 내딛는 것이며, 그 다음은 두고 보면 될 일이라는 것이었다. 델로리에 자신은 줄곧 법과 대학의 교수직을 탐내고 있었다. 그래서 그는 교수들의 찬사를 받을 수 있을 만큼 뛰어난 학위 논문을 준비했다.

프레데릭은 사흘 후 학위 논문이 통과되었다. 휴가를 떠나기에 앞서, 그는 토요일 모임의 마무리를 위해 피크닉을 가기로 했다.

그는 즐거운 모습으로 참가했다. 아르누 부인은 그때 샤르트르의 어머니에게 가 있었다. 하지만 그는 곧 그녀를 다시 만날 것이고, 결국 그녀의 애인이 될 것이다.

델로리에는 그날 오르세 변호사 간담회에 입회를 허락받아 연설을 했는데, 큰 박수갈채를 받았다. 그는 술을 삼가는 편이었지만, 그날은 술이 거나해져 후식을 먹을 때 뒤사르디에에게 이렇게 말했다.

"자네는 정직한 사람이야! 내가 부자가 되면, 자네를 관리인으로

써주지."

모두들 즐거워했다. 시지는 법 공부를 계속할 것이고, 마르티농은 지방으로 가서 검사 대리로 임명될 때까지 계속 연수를 받을 것이다. 펠르랭은 〈대혁명의 정수〉라는 대작을 그릴 준비를 하고 있었다. 위소네는 다음 주에 델라스망 극장의 지배인에게 극의 줄거리를 읽어주기로 되어 있는데, 자신의 성공을 확신하고 있었다.

"극의 구성을 내게 일임하고 있거든! 그간 충분히 경험을 쌓아서 정열에 대해 훤히 알고 있고, 재치에 대해서라면 그건 내 전문이니까!"

그는 껑충 뛰어 두 손을 짚고 물구나무를 서더니, 다리를 공중으로 하여 테이블 주위를 잠시 걸어 다녔다.

그러한 장난에도 세네칼은 미간의 주름을 펴지 않았다. 그는 어떤 귀족의 아들을 때린 일 때문에 기숙사에서 쫓겨났던 것이다. 생활이 더 곤궁해지자, 그는 사회제도를 탓하고 부자들을 저주했다. 그리고 르쟁바르에게 울분을 털어놓았다. 르쟁바르도 점점 실망하고 우울해져서 환멸을 느끼고 있던 터였다. 그는 이제 예산 문제에 관심을 갖고 알제리에서 막대한 돈을 낭비하고 있는 집권당을 비난했다.

그는 알렉상드르 카페에 들르지 않으면 잠을 이루지 못하는 까닭에, 11시가 되자 자리를 떴다. 다른 사람들은 더 늦게 돌아갔다. 프레데릭은 위소네에게 작별인사를 하다가 아르누 부인이 전날 돌아왔으리라는 이야기를 들었다.

그래서 그는 운수회사로 가서 좌석 예약을 다음 날로 변경하고, 저녁 6시경에 그녀의 집으로 갔다. 그녀의 귀가는 1주일 연기되었다고 문지기가 말했다. 프레데릭은 혼자 저녁을 먹고 번화가를 산책했다.

솔 모양의 장미색 구름이 지붕들 너머로 길게 뻗어있었다. 상점의 천막이 걷히기 시작했고, 물 뿌리는 차가 먼지 위에 비를 쏟고 지나갔다. 그러자 뜻밖의 냉기가 카페에서 새어나오는 냄새에 뒤섞였다. 카페의 열린 문을 통해, 은색과 금색의 그릇들 사이에 놓인 꽃다발이 높은 거울에 비쳐 보였다. 군중은 천천히 걸어가고 있었다. 무리를 지은 남자들이 인도 한복판에서 이야기하고 있었고, 여자들이 무기력한 시선으로 지나갔다. 무더위에 지친 여자들의 피부는 동백꽃 색깔이 되어 있었다. 어떤 거대한 것이 펼쳐져 집들을 둘러싸고 있는 것 같았다. 파리가 그토록 아름답게 보인 적은 결코 없었다. 그의 미래에는 온통 사랑으로 가득 찬 세월이 끝없이 계속될 것처럼 느껴졌다.

그는 포르트생마르탱 극장 앞에서 발을 멈추고 포스터를 바라보다가 할 일도 없는 터라 입장권을 샀다.

옛 요정극이 공연되고 있었는데, 관중의 수는 적었다. 맨 꼭대기 관람석의 천창으로 하늘이 조그만 푸른 네모꼴로 잘라져 보였고, 각광[88]의 아르간 등이 한 줄기 노란 빛을 이루고 있었다. 무대는 방울, 징, 부인용 긴 옷, 뾰족한 모자 그리고 재담이 어우러진 베이징의 노예시장을 재현하고 있었다. 막이 내리자, 그는 휴게실에서 혼자 서성였다. 그리고 현관 층계 밑의 대로에 두 마리 흰 말에 매달린 초록색의 커다란 사륜 포장마차를 감탄어린 눈으로 바라보았다. 짧은 바지를 입은 마부가 말고삐를 잡고 있었다.

그가 자리로 되돌아갔을 때, 2층 무대 정면의 칸막이 좌석에 한 신사와 숙녀가 들어왔다. 남편은 창백한 얼굴에 가느다란 회색 수염을 기르고 훈장의 약장을 달고 있었는데, 외교관들에게서 느낄 수 있는 쌀쌀한 태도가 엿보였다.

적어도 스무 살은 더 젊어 보이는 아내는 크지도 작지도 예쁘지도 못생기지도 않은 여자였다. 금발 머리를 영국식으로 돌돌 말아 올린 그녀는 몸통 부분이 평평한 드레스를 입고, 널따란 검은 레이스 부채를 들고 있었다. 그런 계층의 사람들이 이런 계절에 연극 구경을 온

---

88) 무대의 앞쪽 아래에서 비추는 빛.

것은 우연이거나 아니면 부부가 얼굴을 맞대고 저녁시간을 보내야 하는 권태로움 때문이었을 것이다. 여자는 부채를 조금씩 깨물고 있었고, 남자는 하품을 하고 있었다. 어디서 본 얼굴이었는데, 프레데릭은 생각이 나지 않았다.

다음 막간에 그는 복도를 지나가다가 그들 두 사람을 만났다. 그가 애매한 인사를 하자, 당브뢰즈 씨는 그를 알아보고 다가와서 대단한 결례를 했다고 사과했다. 프레데릭이 서기의 충고에 따라 숱하게 보냈던 명함에 대한 이야기였다. 그러나 당브뢰즈는 학년을 혼동하여 프레데릭이 법과 대학 2학년이라고 생각하고 있었다. 그리고 시골로 떠나는 프레데릭을 부러워했다. 자기도 휴식이 필요하지만 사업에 얽매여 파리를 떠날 수 없다고 했다.

남편 팔에 매달린 당브뢰즈 부인은 가볍게 고개를 숙였다. 재치 있고 친절한 그녀의 얼굴은 조금 전의 슬픈 표정과 대조를 이루었다.

"그래도 파리에는 재미있는 일이 있지요! 그런데 이 연극은 너무 재미가 없네요! 안 그래요?" 남편의 말이 끝나자 그녀가 말했다. 그리고 세 사람은 선 채로 극장과 새로운 극작품에 대한 이야기를 했다.

시골 부르주아 여자들의 찌푸린 얼굴에 익숙한 프레데릭은 그처럼 여유 있고 자연스런 태도를 본 적이 없었다. 그것은 세련된 기교로서, 순진한 사람들은 거기서 즉각적인 공감의 표현을 보게 마련이다.

그들은 프레데릭이 돌아오기를 기대하고 있겠다고 했다. 당브뢰즈 씨는 로크 영감에게 안부를 전해 달라고 했다.

집으로 돌아간 프레데릭은 그런 대접을 받은 것을 델로리에에게 이야기했다.

"굉장하군! 어머니에게 얽매여 있지 말고, 빨리 돌아와!" 서기가 말했다.

프레데릭이 도착한 다음 날, 모로 부인은 점심 식사 후에 아들을 정원으로 데리고 갔다.

그녀는 그가 직업을 가졌으면 좋겠다고 말했다. 그들은 남들이 생각하는 것만큼 부자가 아니라는 거였다. 토지에서 나오는 수입은 거의 없었고, 소작인들이 소작료를 잘 내지 않아 심지어 마차까지 팔아야 했다는 것이다. 드디어 그녀는 집안 상황을 아들에게 설명했다.

과부가 되어 처음으로 궁지에 처했을 때, 교활한 로크 씨가 돈을 빌려주었는데 본의 아니게 그 빚이 되풀이되고 연장되었다. 그런데 로크 씨가 갑자기 돈을 갚으라고 요구했다. 모로 부인은 그에게 헐값에 프렐 농장을 넘겨줌으로써 상황을 해결했다. 10년 후에는 믈룅의 한 은행가가 파산하는 바람에 그녀의 현금이 사라져버리고 말았다. 저당 잡히기도 겁이 나는데다가 아들의 장래에 유리한 겉치레를 유지하기 위해, 로크 영감이 다시 나타나자 그녀는 또 한 번 그에게 돈을 빌리게 되었다. 그러나 이제는 빚을 다 갚았다고 했다. 간단히 말해 그들에게 남아있는 것은 만 프랑 정도의 연금뿐이며, 그 중 2,300프랑이 그의 것, 그의 전 재산이었다!

"그럴 리가 없어요!" 프레데릭이 소리쳤다.

모로 부인은 그렇다는 뜻으로 머리를 끄덕였다.

하지만 큰아버지가 뭔가 물려주지 않을까?

그건 전혀 확실하지 않았다!

그들은 아무 말 없이 정원을 한 바퀴 돌았다. 마침내 모로 부인은 아들을 품에 끌어안고 울먹이는 목소리로 말했다.

"아! 불쌍한 내 아들! 나도 많은 꿈을 버려야 했단다!"

그는 커다란 아카시아 나무 그늘의 벤치 위에 앉았다.

모로 부인은 소송대리인 프루아랑 씨의 사무실에 서기로 들어갈 것을 아들에게 권했다. 나중에는 사무실을 양도받게 될 거라고 했다. 사무실을 잘 발전시키면 그것을 되팔아 한몫 챙길 수 있으리라는 것이다.

프레데릭은 더 이상 듣지 않았다. 그는 울타리 너머로 맞은편에 있는 이웃집 정원을 무의식적으로 바라보았다.

열두 살쯤 된 빨강머리 소녀가 거기에 혼자 있었다. 아이는 마가목 열매를 귀걸이로 달고 있었다. 회색 천의 속옷 사이로 햇볕에 약간 그을린 어깨가 드러나 보이고, 하얀 치마는 잼 얼룩으로 더러워져 있었다. 호리호리하면서도 다부진 몸 전체에서는 어린 야생동물 같은 분위기가 느껴졌다. 낯선 남자가 있어서 놀랐는지, 물뿌리개를 손에 들고 있던 아이가 갑자기 동작을 멈추고 투명한 청록색 눈으로 그를 뚫어지게 쳐다보았다.

"로크 씨의 딸이란다. 그는 최근에 하녀와 결혼하고, 저 아이를 호적에 올렸지." 모로 부인이 말했다.

VI

파산, 무일푼, 몰락!

프레데릭은 충격으로 얼이 빠진 사람처럼 벤치 위에 그대로 있었다. 그는 운명을 저주했고, 누군가를 마구 때려주고 싶었다. 일종의 모욕 혹은 불명예가 자신을 짓누르는 것을 느끼자, 한층 더 절망스러웠다. 아버지의 유산이 언젠가는 연금 1만 5천 리브르에 달할 것이라 생각하고, 그 사실을 은근슬쩍 아르누 부부에게 알린 까닭이었다. 그러니까 어떤 이득을 기대하고 그들의 집에 드나든 허풍선이, 건달, 속이 시커먼 부랑아로 여겨질 터였다! 그녀를, 아르누 부인을 이제 어떻게 다시 본단 말인가?

하기야 연금 3천 프랑밖에 없는 처지에 그것은 도저히 불가능한 일이었다! 계속 5층에 살며 문지기를 하인으로 부릴 수도 없고, 또한 끝이 파랗게 변한 볼품없는 장갑과 때 묻은 모자에 1년 내내 똑같은 프록코트를 입고 그녀 앞에 나타날 수는 없었다. 안 되지, 안 될 일이다! 절대로! 그러나 그녀 없는 삶은 견딜 수 없었다. 많은 사람들이 재산 없이도 잘 살아가고 있었다. 델로리에도 그 중 한 사람이었다. 프레데릭은 하찮은 것을 그토록 중요하게 여기는 것은 비겁한 일이라고 생각했다. 어쩌면 가난이 그의 재능을 백배로 만들어줄지도 모르는 일이었다. 그는 다락방에서 공부한 위대한 사람들을 생각하며 흥분했다. 아르누 부인과 같은 영혼을 지닌 사람이라면 틀림없이 그런 모습에 감동하고 가엽게 여길 것이다. 그렇다면 이 재난은 결국 행운이었다. 땅 속 보물을 발견하게 해주는 지진처럼, 재난은 그에게 숨겨진 풍부한 천성을 드러내 주리라. 그러나 그 천성이 가치를 발할 수 있는 장소는 이 세상에 오직 한 곳뿐이었다. 파리! 그의 생각에, 예술과 학문과 사랑(펠르랭이라면 그것을 신의 세 얼굴이라고 말했을 것이다)은 오로지 수도에 속하는 것이기 때문이었다.

저녁에 그는 어머니에게 파리로 돌아가겠다고 선언했다. 모로 부인은 놀라서 화를 냈다. 그것은 미친 짓이며, 어리석은 일이라고 했다. 자신의 충고대로, 곁에 남아 사무실에 나가는 것이 더 좋다는 것이었다. 프레데릭은 어깨를 으쓱하고, 그런 제안은 자신에 대한 모욕이라고 생각하며 "제발 그러지 마세요!"라고 말했다.

그러자 모로 부인은 다른 수단을 강구했다. 그녀는 부드러운 목소리로 약간 울먹이면서 자신의 고독, 연로함, 그때까지 치른 희생에 대해 이야기하기 시작했다. 더 불행해진 이때에, 아들이 자기를 버린다는 것이었다. 그리고 자신의 죽음이 멀지 않았음을 암시했다.

"조금만 참아라! 넌 곧 자유로워질 테니!"

이러한 한탄이 3개월 동안 하루에 스무 번이나 되풀이되었다. 그와 동시에 포근한 가정생활이 그의 마음을 무디게 만들었다. 그는 부드러운 침대와 찢어지지 않은 수건이 좋았다. 그래서 결국 안락함이라는 무서운 힘에 정복되어 지치고 맥이 빠진 프레데릭은 프루아랑의 사무실로 갔다.

거기서 그는 학식도 재능도 보여주지 못했다. 그때까지 그는 고장의 명예가 될, 대단한 능력을 지닌 젊은이로 여겨지고 있었는데, 모두들 실망하고 말았다.

우선 그는 '아르누 부인에게 알려야 한다'고 생각하고, 열광적인 긴 편지나 간결하고 숭고한 문체로 된 짧은 편지를 1주일 동안이나 심사숙고했다. 그러다가 자신의 상황을 고백해야 한다는 두려움 때문에 단념해버렸다. 그리고 그녀의 남편에게 편지를 쓰는 것이 더 낫겠다고 생각했다. 아르누는 인생 경험이 많으니까 그를 이해해줄 것이다. 2주일을 망설인 후에 결국 그는 이렇게 생각했다.

'말도 안 되지! 그들을 다시 만나선 안 돼. 그들이 나를 잊도록 해야 해! 적어도 그녀의 추억 속에서 나는 실망스런 존재는 아닐 거야! 어쩌면 … 그녀는 내가 죽었다고 생각하고 나를 그리워할지도 몰라.'

그 극단적인 결심이 별로 고통스럽지 않았기 때문에, 그는 두 번 다시 파리에 가지 않을 것이며 아르누 부인의 안부도 묻지 않으리라고 다짐했다.

그러나 그는 가스등 냄새와 합승마차의 소란까지 그리워졌다. 그는 그녀가 자기에게 했던 모든 말, 그녀의 울리는 목소리, 그녀의 빛나는 눈을 생각했다. 그리고 스스로를 죽은 사람으로 간주하고 더 이상 아무것도 하지 않았다.

그는 아주 늦게 일어나고, 짐수레를 끄는 말이 지나가는 것을 창밖으로 바라보곤 했다. 특히 처음 6개월이 견딜 수 없이 끔찍했다.

어떤 날은 자기 자신에게 몹시 화가 나기도 했다. 그러면 그는 밖으로 나가서, 센 강의 범람으로 겨울 동안 반쯤 물에 잠겨있는 목장으로 갔다. 목장은 줄지어 있는 포플러 나무들로 구획이 나뉘어 있었다. 여기저기에 작은 다리가 높이 솟아 있었다. 그는 발로 낙엽을 굴리고 안개를 들이마시거나 도랑을 건너뛰기도 하면서 저녁때까지 배회하곤 했다. 그러면 심장의 고동이 더 세게 뜀에 따라 격렬하게 행동하고 싶은 욕구에 사로잡혔다. 아메리카에 가서 사냥꾼이 되든지,

동양에 가서 파샤[89]의 시중을 들든지, 선원이 되어 배를 타든지 하고 싶었다. 그는 델로리에에게 보내는 긴 편지에 자신의 우울함을 털어놓았다.

델로리에는 출세하려고 안간힘을 쓰고 있었다. 친구의 무기력한 행동과 한없는 푸념이 그에게는 어리석은 것으로 생각되었다. 곧 그들의 편지 왕래는 거의 없어졌다. 프레데릭은 그의 거처에 계속 살고 있는 델로리에에게 가구를 모두 주었다. 어머니가 가끔 가구에 대한 이야기를 하자, 어느 날 그는 선물로 주었다고 말했다. 어머니는 그를 꾸짖었다. 그때 그는 한 통의 편지를 받았다.

"무슨 일이냐? 너 떨고 있는 게냐?" 어머니가 말했다.

"아무것도 아니에요!" 프레데릭이 대답했다.

델로리에가 세네칼을 집에 들였다고 알려온 것이다. 그들은 2주일 전부터 함께 살고 있었다. 그러니까 이제 아르누에게서 사온 물건들 속에 세네칼이 누워있는 것이다! 그는 그 물건들을 팔 수도 있고, 그에 대해 이러쿵저러쿵 평을 하거나 희롱을 할 수도 있었다. 프레데릭은 마음속까지 상처를 입은 것 같았다. 그는 방으로 올라갔다. 죽고 싶었다.

어머니가 그를 불렀다. 정원에 나무를 심는 것에 대해 의논하기 위해서였다.

정원은 영국식 공원 모양으로, 가운데에 있는 나무 울타리에 의해 양분되어 있었다. 그 절반은 로크 영감의 것이었다. 로크 영감은 강가에 야채를 심어놓은 또 하나의 정원을 가지고 있었다. 사이가 좋지 않은 두 이웃은 같은 시간에 정원에 나오는 것을 삼가고 있었다. 그러나 프레데릭이 돌아온 후부터 로크 영감은 정원에서 더 자주 산책했고, 모로 부인의 아들에 대한 인사에도 인색하지 않았다. 그는 작

89) 제 1부 주 84번 참조.

은 도시에 살고 있는 프레데릭을 동정했다. 하루는 당브뢰즈 씨가 프레데릭의 소식을 물었다고 말했다. 또 한번은 외가의 작위를 물려받는 샹파뉴 지방의 풍습에 대해 자세히 이야기하기도 했다.

"그 시대였다면 당신도 귀족이 되었을 텐데요. 어머니가 드 푸방 가문이니까요. 하긴 말해봤자 소용없는 일입니다만, 그래도 이름이란 중요한 거지요!" 그는 교활한 태도로 프레데릭을 바라보며 덧붙였다. "어쨌든 그것도 법무장관이 할 일이지만요."

귀족에 대한 그러한 주장과 로크 영감의 용모는 기이하게도 어울리지 않았다. 그는 키가 작아서, 커다란 밤색 프록코트의 상반신이 훨씬 길어 보였다. 또 모자를 벗으면, 뾰족한 코에 거의 여자 같은 얼굴이 드러났다. 노란 머리는 가발처럼 보였다. 그는 벽에 붙어 걸어가며 사람들에게 허리 숙여 인사하곤 했다.

그는 쉰 살이 될 때까지 카트린이라는 하녀의 시중으로 만족하고 있었다. 그와 동갑인 카트린은 로렌 지방 출신으로, 천연두 자국이 아주 많은 여자였다. 그런데 1834년경, 그는 양 같은 얼굴에 '여왕 같은 품위가 있는' 금발 미인을 파리에서 데려왔다. 곧 커다란 목걸이를 하고 으스대며 걷는 그녀의 모습이 보였고, 딸을 낳아 엘리자베트 올랭프 루이즈 로크라는 이름으로 출생신고를 함으로써 전모가 밝혀졌다.

질투에 사로잡힌 카트린은 그 아이를 미워하리라 마음먹고 있었는데, 오히려 아이를 좋아하게 되었다. 그녀는 엄마의 자리를 빼앗고 엄마를 싫어하게 만들려고, 아이에게 온갖 정성과 주의와 사랑을 쏟았다. 엘레오노르 부인은 아이를 전혀 돌보지 않고 단골가게에 가서 수다 떠는 것을 더 좋아한 까닭에, 그 일은 쉽게 이루어졌다. 결혼한 다음 날부터 그녀는 군수를 방문하고 하녀들에게 더 이상 반말을 하지 않으며 품위 있는 말투로 아이에게 엄격한 태도를 보여야 한다고 생각했다. 그녀는 아이의 수업에도 참견했다. 군청의 옛 관리였던 선생은 어찌해야 좋을지 몰랐다. 아이는 말을 안 들었고, 매를 맞으면 언제나 자기편을 들어주는 카트린의 무릎 위에 올라가 울었다. 그러면 두 여자 사이에 싸움이 벌어져 로크 씨가 말리곤 했다. 그는 딸에 대한 애정으로 결혼했고, 누구든 딸을 괴롭히는 것을 원하지 않았다.

아이는 대개 남루한 흰 옷에 레이스 달린 바지를 입었지만, 큰 축제가 있는 날에는 공주처럼 옷을 입고 밖에 나왔다. 아이의 비합법적인 출생 때문에 자기 자식들과 같이 놀지 못하게 하는 부르주아들의 자존심을 상하게 하기 위해서였다.

소녀는 자기 집 정원에서 혼자 놀았다. 그네를 타거나 나비를 쫓아 뛰어다니다가 갑자기 멈추고 장미나무에서 꽃무지가 싸우는 것을 바라보곤 했다. 그런 습관 때문인지 소녀의 얼굴에는 대담한 동시에 꿈꾸는 듯한 표정이 어려 있었다. 소녀의 키가 마르트와 같았기 때문에, 프레데릭은 두 번째 만났을 때 소녀에게 말했다.

"아가씨, 뽀뽀해도 될까요?"

소녀가 머리를 들며 대답했다.

"좋아요!"

그러나 나무 울타리가 두 사람 사이를 가로막고 있었다.

"위로 올라서야겠는걸." 프레데릭이 말했다.

"아뇨, 나를 올려주세요!"

그는 울타리 너머로 몸을 굽히고, 팔 끝으로 소녀를 붙잡아 두 뺨에 입을 맞추었다. 그리고 같은 방법으로 소녀를 자기 집 정원에 내려놓았다. 그런 일이 그 이후에도 여러 번 되풀이되었다.

네 살배기 아이처럼 거리낌이 없는 소녀는 프레데릭이 다가오는 소리가 들리자마자 곧 그를 만나러 달려오거나 그를 놀라게 하려고 나무 뒤에 숨어서 개 짖는 소리를 내곤 했다.

모로 부인이 외출한 어느 날, 프레데릭은 소녀를 자기 방으로 데려왔다. 소녀는 향수병을 전부 열어보고, 포마드를 머리에 듬뿍 발랐다.

그리고 스스럼없이 침대 위에 길게 누워 눈을 뜨고 그대로 있었다.

"내가 아저씨의 아내가 된 것 같아요." 소녀가 말했다.

다음 날, 프레데릭은 소녀가 울고 있는 것을 보았다. 소녀는 "죄를 지어서 울고 있다"고 고백했다. 그가 무슨 죄를 지었는지 묻자, 시선을 떨어뜨리며 대답했다.

"더 이상 묻지 마세요!"

첫영성체가 다가오자, 소녀는 아침에 고해를 하러 갔다.

성사를 받아도 소녀는 온순해지지 않았다. 때때로 심하게 화를 냈고, 그러면 사람들이 프레데릭에게 소녀를 달래달라고 도움을 청하기도 했다.

그는 자주 소녀를 데리고 산책했다. 그가 걸으며 몽상에 잠겨 있는 동안, 소녀는 밀밭 가장자리에서 개양귀비를 꺾었다. 그가 평소보다 더 우울해 보일 때면, 소녀는 상냥한 말로 그를 위로하려고 애쓰곤 했다. 사랑을 잃은 그의 마음은 소녀의 그 애정에 의지하게 되었다. 그는 소녀에게 사람들의 얼굴을 그려주기도 하고, 여러 가지 이야기도 해 주었다. 그리고 책도 읽어주기 시작했다.

그는 시와 산문을 모아놓은, 당시 유명한 《낭만주의 연감》[90] 부터 시작했다. 이어서 소녀의 이해력에 감탄한 그는 소녀의 나이도 잊고 《아탈라》,[91] 《생마르스》,[92] 《가을의 나뭇잎》[93] 을 차례로 읽어주

---

90) 1828년부터 1836년까지(1835년은 제외) 매년 간행된 것으로, 당시 유명한 대가들의 시와 기발한 글들을 모아 놓은 것.

91) 프랑스 시인 샤토브리앙의 중편소설. 아메리카 인디언 소년 샤크타스와 그를 잡은 적 부족 추장의 딸 아탈라와의 비련을 다룬 이야기로서, 낭만적인 연애의 치열함을 전해주는 낭만파의 대표적인 작품이다.

92) 프랑스 시인 비니(Vigny)의 역사소설. 귀족계급이 강할 때만 군주제가 살아남는다는 주제를 담고 있다.

93) 프랑스 시인 위고(Hugo)의 서정시집. 개인적인 고백, 정치적인 문제, 종교적이거나 철학적인 문제들을 모두 담고 있다.

었다. 그런데 어느 날 밤(그날 저녁에도 소녀는 르투르뇌르[94]의 간단한 번역으로 《맥베스》를 들은 터였다), 소녀는 "얼룩! 피의 얼룩!"하고 소리치며 잠에서 깼다. 소녀는 이를 딱딱 부딪치고 몸을 떨며 공포에 사로잡힌 눈을 오른손에 고정시킨 채 그 손을 비비면서 말했다. "아직도 얼룩이!" 드디어 의사가 왔고, 의사는 흥분시키지 말라고 지시했다.

부르주아들은 그것을 소녀의 품성에 좋지 않은 징조라고 생각했다. 사람들은 '모로 아들'이 나중에 소녀를 여배우로 만들려고 한다고 말했다.

곧 다른 사건이 일어났다. 바르텔르미 백부가 찾아온 것이다. 모로 부인은 그에게 자기 침실을 내어주고, 금육기간에도 고기를 대접할 정도로 친절을 베풀었다.

노인은 그다지 상냥하지 않았다. 르 아브르와 노장을 끊임없이 비교하면서, 노장의 공기가 답답하고 빵은 맛없고 거리는 포장이 잘 안 되어 있으며 음식이 보잘것없고 주민들이 게으르다고 했다. "이 고장은 왜 이렇게 불경기람!" 그는 죽은 동생의 엉뚱한 행동을 비난하는 한편, 자신은 2만 7천 리브르의 연금을 쌓아올렸다고 했다! 드디어 주말에 돌아갈 때, 노인은 마차의 발판을 밟으며 별로 안심이 되지 않는 말을 내뱉었다.

"잘 지내고 있는 것을 알았으니 난 이제 마음이 놓인다."

"넌 아무것도 받지 못하겠구나!" 모로 부인이 응접실로 돌아오면서 말했다.

노인은 단지 그녀의 간청에 못 이겨 온 것이었다. 1주일 동안 그녀는 노인 쪽에서 뭔가 이야기를 꺼내도록 부추겼다. 어쩌면 너무 대놓고 그랬는지도 몰랐다. 그녀는 그런 행동을 한 것을 후회하며, 머리

94) Letourneur, 1751~1788. 프랑스의 문학자. 특히 영문학을 불역한 것으로 유명하다.

를 숙이고 입술을 깨문 채 안락의자에 앉아 있었다. 프레데릭은 마주 앉아 어머니를 바라보고 있었다. 5년 전 몽트로에서 돌아왔을 때처럼 그들은 둘 다 말이 없었다. 몽트로 호를 생각하자 동시에 아르누 부인이 연상되었다.

그때, 창 밑에서 채찍 소리가 울리며 그를 부르는 목소리가 들렸다.

합승마차에 혼자 타고 있는 로크 영감이었다. 영감은 포르텔의 당브뢰즈 집에서 하루를 보내러 가는 길인데, 친절하게도 프레데릭을 데려가겠다고 제안했다.

“저와 같이 가면 초청장은 필요 없어요. 걱정하지 마세요!”

프레데릭은 승낙하고 싶었다. 그러나 노장에 눌러앉게 된 것을 어떻게 설명한단 말인가? 적당한 여름옷도 없고, 또 어머니는 뭐라고 하겠는가? 결국 그는 거절하고 말았다.

그때부터 이웃집 노인은 우호적인 태도를 보이지 않았다. 루이즈는 점점 자라고 있었고, 엘레오노르 부인은 중병을 앓고 있었다. 그 친교가 끊어진 것을 보고 모로 부인은 아주 기뻐했다. 아들의 장래를 위해 그런 사람들과의 교제를 걱정하고 있었던 것이다.

모로 부인은 아들에게 재판소 서기직을 사 주려고 생각하고 있었다. 프레데릭도 그런 생각을 아주 마다하지는 않았다. 이제 그는 어머니를 따라 미사에도 가고 저녁에는 카드놀이도 하며, 시골생활에 익숙해져 시골에 발을 붙이게 되었다. 그리고 그의 사랑도 장례식의 고요함과 같은 따분한 매력으로 바뀌었다. 고통을 편지에 쏟아놓거나 독서에 파묻거나 혹은 들판을 돌아다니며 도처에 뿌린 까닭에, 그의 마음속에서는 고통이 거의 말라가고 있었다. 그래서 아르누 부인은 그에게 죽은 사람이나 다름없었다. 무덤을 모른다는 것이 놀라울 정도로 그 애정은 조용하고 단념된 것이 되었다.

1845년 12월 12일 아침 9시경, 주방 하녀가 편지 한 통을 가지고 그의 방으로 올라왔다. 큰 글씨의 주소를 보니, 모르는 필체였다. 잠이 덜 깬 프레데릭은 천천히 편지의 겉봉을 뜯었다. 드디어 그는 편지를 읽었다.

르 아브르 제3구 치안재판소

귀하,

귀하의 백부 모로 씨가 유언 없이 사망했으므로…

그가 유산을 상속받게 된 것이다!

벽 뒤에서 불이라도 난 것처럼, 그는 맨발에 셔츠 차림으로 침대에서 뛰어나왔다. 그는 자기 눈을 의심하고 아직 꿈을 꾸고 있는 것인가 생각하면서 얼굴을 손으로 쓰다듬었다. 그리고 현실임을 확인하기 위해 창문을 활짝 열어젖혔다.

눈이 내려서 지붕이 하얬다. 마당에는 전날 밤 발에 채였던 빨래통까지 분명히 보였다.

그는 연달아 세 번이나 편지를 다시 읽었다. 분명 사실이었다! 백부의 전 재산! 연금 2만 7천 리브르! 아르누 부인을 다시 만날 수 있다는 생각을 하자, 그는 미칠 듯한 기쁨에 정신을 차릴 수 없었다. 분명한 환각 속에서, 얇은 종이에 싼 선물을 가지고 그녀 집에, 그녀 옆에 있는 자신의 모습이 보였다. 그러는 동안 문에는 그의 이륜마차, 아니 검은 사륜마차가 갈색 제복을 입은 하인과 함께 세워져 있으리라! 그의 귀에는 둘이 나누는 키스 소리에 뒤섞여 말이 땅을 차는 소리와 재갈사슬 소리가 들렸다. 그런 일은 날마다 끝없이 되풀이될 것이다. 그들 부부를 집으로 초대하고, 식당은 붉은 가죽으로 꾸미고, 안방은 노란 명주로 감싸고, 도처에 긴 의자를 놓으리라! 놀라운 선반들! 멋진 중국 도자기! 훌륭한 양탄자! 그런 영상들이 물밀듯이 밀려오는 바람에 그는 현기증을 느꼈다. 그때 어머니 생각이 나서, 그는 편지를 여전히 손에 든 채 아래층으로 내려갔다.

모로 부인은 흥분을 누르려고 애쓰다가 실신하고 말았다. 프레데릭은 어머니를 두 팔로 안고 이마에 입을 맞추었다.

"어머니, 이제 어머니 마차를 다시 살 수 있어요. 그러니 웃으세요, 더 이상 울지 마세요. 기뻐하세요!"

10분 후, 이 소식은 변두리 지역까지 퍼져나갔다. 그러자 브누아 변호사, 강블랭 씨, 샹비옹 씨, 모든 친지들이 달려왔다. 프레데릭은 잠시 자리를 벗어나 델로리에에게 편지를 썼다. 사람들의 방문이 계속 이어졌다. 그날 오후는 축하 인사 속에 지나갔다. 그 바람에 '매우 위독한' 로크 부인도 잊고 있었다.

저녁에 아들과 단둘이 있게 되자, 모로 부인은 아들에게 트루아에서 변호사 사무실을 개업하라고 권했다. 다른 지방보다는 자기 고장에 더 잘 알려져 있으니, 쉽게 유리한 방책을 찾아낼 수 있으리라는 것이었다.

"아! 그건 너무해요!" 프레데릭이 소리쳤다.

그건 겨우 손에 넣은 행복을 빼앗아가려는 것이나 다름없었다. 그는 파리에 가서 살겠다는 굳은 결심을 표명했다.

"파리에서 뭘 하려고?"

"별로 없어요!"

그의 태도에 놀란 모로 부인은 무엇이 되고 싶은 것이냐고 물었다.

"장관이 되겠어요!" 프레데릭이 대답했다.

그는 농담이 아니라 외교관직으로 나아갈 작정인데, 그것은 자신의 학업과 천성에 맞는 길이라고 단언했다. 우선 당브뢰즈 씨의 후원을 받아 참사원에 들어갈 거라고 했다.

"그럼 그분을 아느냐?"

"그럼요! 로크 씨를 통해서 알고 있어요!"

"그거 이상한 일이구나." 모로 부인이 말했다.

그는 그녀의 마음속에서 오래전에 꿈꾸던 야망을 일깨웠다. 그녀는 내심 그 꿈에 빠져들어 다른 이야기는 더 이상 꺼내지 않았다.

프레데릭은 성급한 마음 같아서는 그 즉시 떠나고 싶었다. 다음 날은 합승마차 좌석이 모두 예약되어 있어서, 그는 그 다음 날 저녁 7시까지 초조한 마음에 시달려야 했다.

모자가 저녁을 먹으려고 자리에 앉았을 때, 성당에서 길게 세 번 종이 울렸다. 하녀가 들어와서 엘레오노르 부인이 방금 죽었다고 말했다.

어쨌든 그 죽음은 어느 누구에게도, 심지어 고인의 딸에게도 불행한 일이 아니었다. 나중에 그 소녀도 오히려 더 잘된 일이라고 생각하게 될 테니까.

두 집이 이웃해 있었기 때문에, 많은 사람들이 오가는 소리와 말소리가 들렸다. 바로 옆에 시체가 있다는 생각을 하자, 모자의 이별에 뭔가 침울한 기운이 드리워지는 것 같았다. 모로 부인은 두세 번 눈물을 훔쳤다. 프레데릭도 가슴이 미어졌다.

식사가 끝나자, 카트린이 두 문 사이에서 그를 멈춰 세웠다. 소녀가 그를 꼭 만나고 싶어 한다고 했다. 소녀는 정원에서 그를 기다리고 있었다. 그는 밖으로 나가 나무 울타리를 뛰어넘고, 가끔 나무에 부딪치면서 로크 씨의 집으로 갔다. 3층 창문에서 불빛이 빛나고 있었다. 그때 어떤 형체가 어둠 속에서 나타나더니 속삭이는 목소리가 들렸다.

"저예요!"

소녀는 검은 옷을 입고 있기 때문인지 평소보다 더 커 보였다. 그는 무슨 말을 꺼내야 좋을지 몰라 그저 소녀의 두 손을 잡으며 한숨을 쉬었다.

"아! 불쌍한 루이즈!"

소녀는 아무 대답도 하지 않고, 한참 동안 그를 깊숙이 응시했다. 프레데릭은 마차를 놓칠까 봐 걱정이 되었다. 멀리서 마차 굴러가는 소리가 들리는 것 같아, 그는 얘기를 끝내기 위해 말했다.

"뭔가 할 얘기가 있다고 카트린이 말하던데…"

"네, 그래요! 당신에게 하고 싶은 말이 있는데…"

당신에게 라는 말에 그는 놀랐다. 소녀가 여전히 입을 다물고 있어서 그가 말했다.

"그래, 무슨 말이지?"

"모르겠어요. 잊어버렸어요! 정말 떠나는 건가요?"

"응, 지금 곧."

소녀가 되풀이했다.

"아! 지금 곧이요? … 완전히? … 우린 이제 다시 못 보나요?"

소녀는 흐느낌에 목이 메었다.

"안녕! 안녕히 가세요! 그럼 키스해 주세요!"

그리고 소녀는 두 팔로 그를 격렬하게 껴안았다.

제 2 부

I

마차 안쪽 좌석에 자리를 잡은 후 동시에 내달리는 다섯 마리의 말에 이끌려 합승마차가 움직이자, 그는 황홀경에 휩쓸려 들어가는 것 같았다. 궁전을 설계하는 건축가처럼 그는 자신의 생활을 미리 계획해 보았다. 우아함과 화려함으로 가득 찬 생활은 하늘까지 치솟아 올라갔고, 수많은 물건들이 눈앞에 나타났다. 그런 명상에 너무 깊이 빠져 주위 사물들은 그의 시야에서 완전히 사라졌다.

수르됭 언덕 밑에 이르러서야 그는 어디를 지나고 있는지 깨달았다. 달려온 거리가 고작 5킬로미터밖에 안 되었다. 그는 화가 나서 길을 내다보려고 창을 내렸다. 그리고 정확히 몇 시간 후에 도착하게 되느냐고 마부에게 여러 번 물어보기도 했다. 그러다가 마음이 진정되어, 눈을 뜬 채로 자기 자리에 그대로 앉아 있었다.

마부석에 매달린 램프가 끌채에 매달린 말들의 엉덩이를 비추고 있었다. 그 너머로는 흰 파도처럼 물결치는 다른 말들의 갈기밖에 보이지 않았다. 말들의 입김이 마차 양쪽에 희뿌연 안개를 만들었다. 쇠사슬이 울리고, 유리창이 창틀 속에서 흔들렸다. 무거운 마차는 똑같은 속도로 포장도로 위를 굴러갔다. 헛간 담벼락이나 한 채밖에 없는 여인숙이 띄엄띄엄 보였다. 이따금 마을을 지날 때면 빵집 화덕이 화재 현장과도 같은 불빛을 던지는 바람에, 달리는 말들의 커다란 그림자가 맞은편 집의 벽 위에 생기곤 했다. 역참에서 말을 풀 때는 잠시 침묵이 흘렀다. 누군가 위층의 방수포 밑에서 걸어 다니고 있었고, 문턱에서는 한 여인이 손으로 촛불을 가리고 서 있었다. 이어서 마부가 발판 위로 뛰어오르자, 마차는 다시 출발했다.

모르망에서 1시 15분을 알리는 종소리가 들렸다.

'그러니까 이제 오늘이다. 바로 오늘, 조금 후면!' 하고 그는 생각했다.

희망과 추억, 노장, 슈아죌 거리, 아르누 부인, 어머니 등 모든 것이 조금씩 뒤섞여갔다.

둔탁한 널빤지 소리에 그는 잠에서 깨었다. 마차는 샤랑통 다리를 건너가고 있었다. 파리였다. 그때 두 동승자가, 한 사람은 챙 달린 모자를 다른 모자로 바꿔 쓰고 또 다른 한 사람은 머플러를 풀고 모자를 쓰더니 이야기를 나누었다. 첫 번째 사람은 붉은 얼굴의 뚱뚱한 남자로 벨벳 프록코트를 입고 있었으며 상인이었다. 다른 사람은 의사의 진찰을 받으러 수도에 가는 사람이었다. 밤사이 그 사람을 불편하게 하지 않았을까 걱정이 된 프레데릭은 자진해서 사과를 했다. 그만큼 그는 행복에 젖어 마음이 부드러워져 있었던 것이다.

아마도 정거장의 강둑이 침수되었기 때문인지, 마차는 계속해서 곧장 갔다. 들판이 다시 시작되었다. 멀리 공장의 높은 굴뚝이 연기를 내뿜고 있었다. 마차는 이브리에서 방향을 바꾸어 비탈길을 올라갔다. 갑자기 팡테옹의 둥근 지붕이 보였다.

벌판은 파헤쳐져 황량한 폐허 같았고, 성곽 울타리가 수평으로 기복을 이루고 있었다. 도로 양쪽의 비포장 인도 위에는 가지 없는 작은 나무들을 못이 비죽비죽 튀어나온 가느다란 각재가 보호하고 있었다. 화학제품 공장과 목재상의 작업장이 번갈아 이어졌다. 농장에서 흔히 볼 수 있는 높은 문의 반쯤 열린 문짝 틈으로 지저분한 마당 내부가 보였다. 마당은 쓰레기로 가득 차 있었고, 한가운데에는 더러운 물웅덩이가 있었다. 진홍색의 기다란 술집들은 2층의 창문과 창문 사이에 두 개의 당구 큐대를 화환 속에 X형으로 그려놓았다. 여기저기에 짓다 만 초라한 석고 집들이 버려져 있었다. 그 다음에는 두 줄로 늘어선 집들이 계속 이어졌다. 그 집들의 장식 없는 정면에는, 긴 간격을 두고 커다란 양철 권련이 눈에 띄었다. 담배 가게임을 알리는 간판이었다. 산파의 집 간판에는 면 모자를 쓴 산파가 레이스 달린 누비 담요에 싸인 갓난애를 가볍게 흔들고 있는 모습이 그려져 있었다. 벽 모퉁이에는 광고지가 붙어 있었는데, 그 중 4분의 3은 찢어져 누더기처럼 바람에 펄럭였다. 작업복 차림의 노동자들이 지나가고, 맥주 통을 실은 이륜마차, 세탁소의 운반차, 고기장수의 짐수레가 지나갔다. 가랑비가 내렸고, 날씨는 추웠다. 하늘은 흐릿했지만, 그에게는 태양과도 같은 두 눈동자가 안개 너머에서 찬란히 빛나고 있었다.

성문에서는 계란장수, 짐마차꾼, 양떼가 혼잡하게 엉켜 오랫동안 멈춰 있어야 했다. 외투 깃을 접은 보초가 몸을 녹이느라 초소 앞을 왔다 갔다 하고 있었다. 세관 관리가 마차의 지붕 위 좌석으로 올라가자, 피스톤 장치가 달린 나팔 소리가 울려 퍼졌다. 마차는 횡목을 덜거덕거리고 수레 끄는 줄을 펄럭이면서, 빠른 속도로 대로를 내려갔다. 기다란 채찍 끝이 습기 찬 공기 속에서 철썩철썩 소리를 냈다. 마부가 "이랴! 이랴! 워워!" 하고 우렁찬 소리를 지르자, 도로 청소부들은 옆으로 비켜서고 보행자들은 뒤로 펄쩍 뛰어 물러났다. 진흙이 마차의 창에 튀었다. 마차는 짐수레, 이륜마차, 합승마차와 엇갈리며 달렸다. 드디어 식물원의 철책이 눈앞에 드러났다.

센 강의 누런 강물이 다리 밑바닥에 거의 닿을 듯했다. 강물에서 시원한 냉기가 발산되었다. 프레데릭은 그 냉기를 힘껏 들이마시며, 파리의 기분 좋은 공기를 음미했다. 거기에는 사랑의 향기와 지적 발산물이 담겨있는 듯했다. 그는 파리의 첫 번째 삯마차를 보자 가슴이 뭉클했다. 그리고 밀짚이 쌓인 술장수의 문턱, 구두통을 들고 있는 구두닦이, 커피 볶는 기구를 흔들고 있는 식료품 점원까지 사랑스럽게 느껴졌다. 우산을 쓴 여자들이 종종걸음을 치고 있었다. 그는 몸을 굽혀 그 여자들의 얼굴을 보았다. 우연히 아르누 부인이 외출했을 수도 있기 때문이었다.

상점들이 이어지고 군중은 많아졌으며, 소음이 더 커졌다. 생베르나르, 라투르넬, 몽트벨로 강가를 지나 나폴레옹 강가로 들어섰다. 그는 자기 집 창문을 보고 싶었지만, 너무 멀리 있었다. 이어서 마차는 퐁뇌프 다리를 통해 센 강을 다시 건너 루브르까지 내려갔다. 그리고 생토노레 거리, 크루아데프티샹 거리, 불루아 거리를 지나 코크에롱 거리에 이르러 호텔 안마당으로 들어갔다.

프레데릭은 기쁨을 연장시키기 위해 최대한 천천히 옷을 입고, 일부러 걸어서 몽마르트르 거리로 갔다. 조금 후면 대리석 판 위에 새겨진 그리운 이름을 다시 보게 되리라는 생각에 그는 미소를 지었다. 그는 눈을 들었다. 진열창도, 그림도, 아무것도 없었다!

그는 슈아죌 거리로 달려갔다. 아르누 부부는 거기에 살고 있지 않았다. 이웃집 여자가 문지기 거처를 지키고 있어서, 프레데릭은 문지기를 기다렸다. 드디어 문지기가 나타났지만, 예전의 문지기가 아니었다. 문지기는 아르누 부부의 주소를 알지 못했다.

프레데릭은 카페로 들어가 점심을 먹으면서 상업인 연감을 뒤졌다. 아르누라는 이름은 3백 명이나 있었지만, 자크 아르누는 없었다! 도대체 그들은 어디에 살고 있는 것일까? 펠르랭은 틀림없이 알 것이다.

그는 푸아소니에르 교외 높은 지대에 있는 펠르랭의 작업실로 갔다. 문에 초인종도 망치도 없어서, 주먹으로 세게 두드리며 소리쳐 불렀다. 하지만 고요만이 대답할 뿐이었다.

다음으로 그는 위소네를 생각했다. 하지만 그 사람을 어디서 찾는단 말인가? 언젠가 한 번 위소네를 따라 플뢰뤼 거리의 그의 애인 집까지 간 적이 있었다. 플뢰뤼 거리에 이르자, 프레데릭은 그 아가씨의 이름을 모른다는 사실을 깨달았다.

그는 경찰국에 도움을 청하기로 했다. 이 계단 저 계단, 이 사무실 저 사무실로 돌아다녔지만, 정보계 사무실은 닫혀 있었다. 다음 날 다시 오라고 했다.

그는 닥치는 대로 모든 화상의 상점에 들어가 아르누를 모르느냐고 물어보았다. 아르누 씨는 상점을 그만두었다고 했다.

결국 낙담하고 기진맥진한 그는 상처 입은 마음으로 호텔로 돌아가 누웠다. 침대 시트 사이로 길게 눕는 순간, 한 가지 떠오른 생각에 그는 뛸 듯이 기뻤다.

'르쟁바르! 그를 생각하지 못하다니 어찌 이리 어리석담!'

다음 날 7시부터 그는 노트르담데빅투아르 거리의 화주집 앞에 가 있었다. 르쟁바르가 늘 백포도주를 마시러 다니는 술집이었다. 술집이 아직 문을 열지 않아, 그는 주변을 한 바퀴 돌고 30분 후에 다시 갔다. 르쟁바르가 술집에서 나오고 있었다. 프레데릭은 거리를 뛰어갔다. 멀리서 르쟁바르의 모자를 언뜻 본 것 같았다. 그런데 영구차 한 대와 장례식 마차가 끼어들었다. 장애물이 지나가고 나자, 르쟁바르의 모습이 사라졌다.

다행히 르쟁바르가 날마다 정각 11시에 가이용 광장의 작은 식당에서 점심을 먹는다는 사실이 생각났다. 그때까지 기다리는 것이 문제였다. 프레데릭은 증권거래소에서 마들렌 광장으로, 마들렌 광장에서 짐나즈 극장으로 수없이 걸어 다닌 후에, 르쟁바르를 만나리라 확신하면서 11시 정각에 가이용 광장의 식당으로 들어갔다.

"모르겠는데요!" 싸구려 식당 주인이 거만한 어투로 말했다.

프레데릭이 계속 묻자, 그가 다시 말했다.

"그 사람 이젠 모른다구요!" 그러나 눈썹을 위엄 있게 치켜뜨고 머리를 흔드는 모습에서 뭔가 숨기고 있음을 알 수 있었다.

르쟁바르를 마지막으로 만났을 때, 그는 알렉상드르 카페에 대한 이야기를 했었다. 프레데릭은 빵과자를 삼키며 이륜마차에 뛰어올라, 생트주느비에브 위쪽 어딘가에 알렉상드르라는 카페가 있지 않으냐고 마부에게 물었다. 마부는 프랑부르주아생미셸 거리에 있는 동명의 카페로 그를 안내했다. "르쟁바르 씨는?"이라는 그의 질문에,

카페 주인이 아주 상냥한 미소를 지으며 대답했다.

"아직 뵙지 못했는데요, 손님." 그리고 카운터에 앉아 있는 아내에게 눈짓으로 신호를 보냈다.

곧이어 그는 시계를 향해 몸을 돌리며 말했다.

"하지만 지금부터 10분, 기껏해야 15분이면 오실 겁니다. 셀레스탱, 빨리 신문 가져와! 손님은 뭘 드시겠습니까?"

프레데릭은 아무것도 먹고 싶지 않았지만, 럼주를 한잔 마셨다. 다음에는 버찌술 한잔, 퀴라소 한잔, 그리고 찬 것과 따뜻한 것의 여러 가지 그로그를 마셨다. 그는 그날의 〈르 시에클〉지를 다 읽고, 또 읽었다. 〈샤리바리〉지의 풍자화도 종이 결이 보일 정도로 들여다보았다. 나중에는 광고까지 외우게 되었다. 이따금 장화 소리가 인도 위에서 울렸다. 그 사람이다! 누군가의 형체가 유리창에 비쳤지만, 그대로 지나가버리곤 했다!

지루함을 달래기 위해 프레데릭은 자리를 바꿔 앉았다. 안쪽으로 가서 앉았다가 다음에는 오른쪽, 그 다음에는 왼쪽으로 옮겼다. 그는 두 팔을 벌리고 긴 의자 한가운데에 앉아있었다. 그런데 고양이 한 마리가 쟁반 위에 떨어져있는 시럽 방울을 핥으려고 의자 등의 벨벳을 살짝 밟으며 갑자기 펄쩍 뛰어오르는 바람에 그를 놀라게 했다. 카운터의 계단 위에서는 그 집 아이인 네 살배기 장난꾸러기가 따르라기 장난감을 가지고 놀고 있었다. 키가 작고 약간 창백하며 충치가 있는 아이의 엄마는 얼빠진 태도로 웃고 있었다. 도대체 르쟁바르는 어떻게 된 것일까? 프레데릭은 한없는 슬픔에 잠겨 그를 기다렸다.

비가 이륜마차의 포장덮개에 부딪쳐 우박 같은 소리가 났다. 모슬린 커튼의 벌어진 틈으로, 목마처럼 부동자세로 거리에 서 있는 불쌍한 말이 보였다. 불어난 도랑물이 수레바퀴의 두 살 사이를 흐르고, 모포로 몸을 감싼 마부는 졸고 있었다. 그러나 손님이 달아나 버릴까봐 걱정이 되어서, 그는 물을 뚝뚝 떨어뜨리며 이따금 카페 문을 살짝 열어보곤 했다. 만약 사람의 시선으로 물건이 닳을 수 있는 거라면, 프레데릭이 눈을 못 박고 있던 시계는 녹아 없어졌을 것이다. 하지만 시계는 여전히 가고 있었다. 알렉상드르 주인은 이리저리 걸어다니며 "곧 오실 겁니다, 그럼요! 곧 오실 거예요!"라고 되풀이했다. 그리고 프레데릭의 무료함을 달래주려고 말을 걸고, 정치적인 이야기를 꺼냈다. 심지어 도미노 게임을 한판 하자고 제안하는 친절까지 보였다.

마침내 4시 반이 되자, 정오부터 거기에 있던 프레데릭은 더 못 기다리겠다고 말하며 벌떡 일어섰다.

"저도 정말 모르겠네요. 르두 씨가 안 오시는 건 처음 있는 일입니다!" 카페 주인이 순진한 태도로 대꾸했다.

"뭐, 르두 씨라고요?"

"네, 손님!"

"난 르쟁바르라고 했는데요!" 프레데릭이 화가 나서 소리쳤다.

"아! 정말 죄송하군요! 손님이 잘못 말씀하신 겁니다! 알렉상드르 부인, 손님이 르두 씨라고 했지?"

그리고 종업원에게도 물었다.

"너도 나처럼 그렇게 들었지?"

주인에게 앙갚음을 하기 위해서인지 종업원은 빙그레 웃기만 했다.

프레데릭은 번화가로 마차를 돌렸다. 시간을 허비한 것이 분했고, 르쟁바르에게 화가 났다. 마치 신이 출현하듯 그가 나타나주기를 간청하며, 아무리 먼 술창고 속에서라도 반드시 그를 찾아내고야 말겠다고 결심했다. 그는 마차가 신경에 거슬려 돌려보냈다. 갖가지 생각이 뒤엉켰다. 그리고 그 바보가 이야기한 카페의 모든 이름들이 꽃불이 터지듯 한꺼번에 기억 속에 떠올랐다. 가스카르 카페, 그랭베르 카페, 알부 카페, 보르들레 카페, 아바네, 아브레, 뵈프 아 라 모드, 알망드 맥주홀, 메르 모렐. 그는 그 모든 곳에 차례로 가 보았다. 어떤 곳에서는 르쟁바르가 방금 다녀갔다고 하고, 또 어떤 곳에서는 어쩌면 올지도 모른다고 했다. 6개월 동안 그를 보지 못했다는 곳도 있었다. 또 다른 곳에서는 토요일을 위한 양의 넓적다리 고기를 어제 주문하고 갔다고 했다. 마지막으로 프레데릭은 보티에 카페 문을 열다가 종업원과 부딪쳤다.

"르쟁바르 씨를 알아요?"

"뭐라구요, 손님, 그분을 아느냐구요? 그분의 식사 시중을 들고 있는 사람이 바로 전데요. 위층에 계십니다. 막 식사를 마치셨어요!"

팔 밑에 냅킨을 낀 카페 주인이 직접 그에게 다가왔다.

"르쟁바르 씨를 찾으십니까, 손님? 방금 전에 여기 계셨는데요."

프레데릭은 욕설을 내뱉었다. 그런데 카페 주인이 부트빌랭으로 가면 틀림없이 만날 거라고 단언했다.

"장담할 수 있습니다! 어떤 분들하고 사업상의 약속이 있다면서 평소보다 좀 일찍 나가셨거든요. 다시 말하지만, 부트빌랭에 가시면 만나실 겁니다. 생마르탱 거리 92번지, 두 번째 계단에서 왼쪽으로 가시면 마당 안쪽에 있는 중이층의 오른쪽 문입니다!"

드디어 그는 파이프 연기 너머로 르쟁바르를 보았다. 르쟁바르는 당구대 뒤의 술집 안쪽에서 혼자 맥주 컵을 앞에 놓고, 머리를 숙인 채 생각에 잠겨 있었다.

"아! 오랫동안 당신을 찾았어요!"

르쟁바르는 별로 감동하지도 않고 단지 손가락 두 개를 내밀 뿐이었다. 그리고 어젯밤에도 만난 사람처럼, 국회의 개회에 대한 무의미한 이야기들을 떠들어댔다.

프레데릭은 그의 이야기를 가로막고, 최대한 자연스러운 태도로 말했다.

"아르누 씨는 잘 지내나요?"

르쟁바르는 술로 목을 축이면서 한참 동안 뜸을 들이다가 대답했다.

"네, 잘 지내지요!"

"도대체 그는 지금 어디 살고 있습니까?"

"그러니까 … 파라디푸아소니에르 거리." 르쟁바르가 놀라서 대답했다.

"몇 번지입니까?"

"37번지. 정말, 당신 이상하군요!"

프레데릭은 일어섰다.

"아니, 가려고요?"

"네, 볼일이 있습니다. 잊은 일이 있어서요! 안녕히 계세요!"

프레데릭은 훈훈한 바람에 날려가듯 카페에서 아르누의 집으로 향했다. 꿈속에서 느끼는 것처럼 마음이 아주 편했다.

그는 곧 3층 문 앞에 섰다. 초인종이 울리자, 하녀가 나타났다. 두 번째 문이 열렸다. 아르누 부인은 난로 옆에 앉아 있었다. 아르누가 뛰어나와 그를 껴안았다. 그녀의 무릎 위에는 세 살쯤 된 사내아이가 앉아 있었고, 이제 그녀만큼 키가 큰 딸아이는 벽난로 저쪽에 서 있었다.

"이 신사를 소개하지." 아르누가 아들의 겨드랑이를 잡으며 말했다.

그는 아이를 공중으로 높이 던져 올렸다가 팔 끝으로 받으면서 잠시 즐거워했다.

"애를 죽이겠어요! 아! 맙소사! 그만해요!" 아르누 부인이 소리쳤다.

그러나 아르누는 위험하지 않다고 단언하며 계속했고, 자기 고향인 마르세유 사투리로 아이를 어르고 달랬다. "아! 귀여운 비둘기, 나의 사랑스런 나이팅게일!" 그리고 프레데릭에게 왜 그토록 오랫동안 편지를 하지 않았는지, 거기서 무엇을 했는지, 무슨 일로 다시 왔는지 물었다.

"난 지금은 도자기 장사를 하고 있네. 하지만 자네 이야기를 먼저 들어보세!"

프레데릭은 오랜 소송사건이 있었고 어머니의 건강이 좋지 않았다고 핑계를 댔다. 자기에게 관심을 갖게 하려고 특히 어머니의 건강 문제를 강조했다. 어쨌든 이번에는 파리에 완전히 정착했다고 말했다. 그리고 자기 과거에 흠이 될까 봐 유산 상속에 대해서는 한마디도 하지 않았다.

커튼은 가구와 마찬가지로 밤색의 무늬가 있는 모직물이었다. 베개 두 개가 침대머리에 나란히 놓여 있었고, 작은 주전자가 석탄불에서 끓고 있었다. 옷장 가장자리에 놓인 램프의 갓 때문에 방 안이 어두웠다. 아르누 부인은 두꺼운 메리노 모직의 푸른색 실내복을 입고 있었다. 그녀는 시선을 석탄재로 돌리며, 한 손을 아들의 어깨 위에 올려놓고 다른 한 손으로는 아이의 옷끈을 풀었다. 속옷차림이 된 어린애는 알렉상드르 씨의 아들처럼 머리를 긁으며 울고 있었다.

프레데릭은 경련을 일으킬 듯한 기쁨을 기대했지만, 정열이란 그 환경이 바뀌면 시들해지는 법이다. 낯선 환경에 있는 아르누 부인을 보자, 그녀에게서 뭔가가 사라진 것 같았고 그녀가 타락한 것 같은 막연한 느낌이 들었다. 요컨대 예전의 그녀가 아닌 것 같았다. 그는 자신의 차분한 마음 상태가 놀라웠다. 그는 옛 친구들, 특히 펠르랭의 소식을 물었다.

“그 사람은 별로 만나지 않고 있지.” 아르누가 말했다.

그녀가 덧붙였다.

“우리는 이제 예전처럼 손님을 초대하지 않아요!”

이 말은 앞으로 프레데릭도 초대하지 않겠다는 예고일까? 그러나 아르누는 여전히 다정한 태도를 보이며, 불쑥 찾아와도 좋으니 함께 저녁 식사를 할 생각으로 와야 하지 않느냐고 그를 나무랐다. 그리고 사업을 바꾼 이유를 설명했다.

“요즘처럼 퇴폐적인 시대에 자넨 뭘 하고 싶은가? 훌륭한 그림은 이제 한물갔어! 하기야 예술이란 어디서나 찾을 수 있는 것이지! 자네도 알다시피, 난 미(美)를 사랑하네! 조만간 내 공장을 구경시켜주지.”

그는 중이층에 있는 가게에서 즉시 몇 가지 제품을 보여주고 싶어 했다.

쟁반, 수프 그릇, 접시, 대야가 바닥에 어지럽게 쌓여 있었다. 벽에는 신화적인 주제가 르네상스식으로 그려진, 욕실과 화장실용의 커다란 포석이 세워져 있었다. 한가운데에는 천장까지 닿는 이중 선반에 얼음 그릇, 화분, 촛대, 조그만 화분받침, 퐁파두르 부인[1]이 유행시킨 양식의 양치는 여자나 흑인을 표현한 다채로운 조상(彫像)들이 놓여 있었다. 춥고 배고픈 프레데릭에게는 아르누의 설명이 지루하기만 했다.

그는 앙글레 카페로 달려가서 호화스럽게 식사를 하면서 생각했다.

'시골에 있을 때는 고민은 많았어도 행복했지! 그녀는 나를 거의 알아주지도 않았어! 얼마나 속된 여자인가!'

그는 갑자기 원기가 넘치는 것을 느끼며, 이기적인 생활을 하기로 결심했다. 팔꿈치를 짚고 있는 식탁처럼 자신의 마음이 단단해지는 것을 느꼈다. 그러니까 이제 두려움 없이 사교계로 뛰어들 수 있었다. 당브뢰즈 부부에 대한 생각이 떠올랐다. 그들을 이용하리라. 이어서 델로리에가 생각났다. "아! 참 안됐군!" 하지만 그는 심부름꾼을 통해 다음 날 팔레루아얄에서 같이 점심을 먹자는 쪽지를 델로리에에게 보냈다.

델로리에에게는 운명이 그리 순조롭지 않았다.

그는 '유언권에 대하여'라는 논문으로 교수자격시험에 응시했다. 그 논문에서 그는 유언권을 최대한 제한해야 한다고 주장했다. 그런데 상대방의 부추김에 어리석은 말을 많이 하게 되었고, 시험관들은 이를 그냥 넘기지 않았다. 이어서 그가 제비 뽑은 강의 주제는 시효(時效)에 대한 것이었다. 델로리에는 한심스러운 이론을 전개했다.

---

1) Marquise de Pompadour, 1721~1764. 루이 15세의 정부. 국왕의 정치에도 참여한 그녀는 약 15년간 권세를 누렸다.

오래된 이의(異議)도 새로운 이의와 마찬가지로 제시되어야 한다, 만 31세가 되기 전에는 증서를 제출할 수 없다는 이유로 왜 소유자가 자기 재산을 박탈당해야 하는가, 이것은 부자가 된 도둑 상속인을 선량한 인간처럼 보호해주는 것이다, 그러한 법의 확대로 인해 모든 부정이 용인되고 있는데 그것은 폭력이요 힘의 남용이다, 라는 식으로 말했다. 심지어 다음과 같이 소리치기도 했다.

"그러한 법률을 폐지합시다. 프랑크족은 더 이상 골족을 억압하지 못할 겁니다.[2] 영국인은 아일랜드인을, 양키는 아메리카 인디언을, 터키인은 아랍인을, 백인은 흑인을, 폴란드인은…"

위원장이 그의 말을 가로막았다.

"됐소! 됐어요! 우린 당신의 정치적 의견에는 관심 없어요. 나중에 다시 응시하시오!"

델로리에는 다시 응시하고 싶지 않았다. 그러나 그 유감스러운 민법 제3권 20장은 그에게 산 같은 장애물이 되었다. 그는 《국민의 자연법 및 민법의 기초로서의 시효》라는 방대한 저술을 치밀하게 구상하고, 뒤노, 로제리위, 발뷔, 메를랭, 바제이유, 사비니, 트로플롱과 그 밖의 엄청난 독서에 몰두했다. 그 일에 더욱 전념하기 위해, 주임서기 자리도 사표를 냈다. 그는 가정교사를 하고 논문을 쓰면서 살아가고 있었다. 그리고 청년변호사 토론회에서는 모두 기조 씨 일파의 젊은 이론가들로 구성된 보수당을 독설로 겁먹게 했다. 그래서 그의 인격에 대한 불신이 다소 섞여 있기는 했지만, 그는 특정 사회에서는 일종의 명성을 획득하고 있었다.

그는 예전에 세네칼이 입었던 것과 같은 붉은 플란넬로 안을 댄 커

---

2) 역사학자 오귀스탱 티에리는 프랑스의 귀족은 프랑크족의 후예이며, 프랑스인의 혁명투쟁은 원래 골족의 피를 이어받은 부르주아가 침입민족인 프랑크족에 대해 투쟁하는 것이라고 주장한 바 있다. 여기서는 이 학설을 인용한 것이다.

다란 외투를 입고 약속장소에 나타났다.

오가는 사람들 때문에, 그들은 체면을 지키느라 오랫동안 포옹하지 못했다. 그래서 팔짱을 끼고, 눈물을 머금은 채 기뻐서 히죽히죽 웃으며 베푸르 식당까지 걸어갔다. 단둘이 있게 되자, 델로리에가 소리쳤다.

"아! 빌어먹을, 이제야 우리가 힘들이지 않고 지내겠군!"

프레데릭은 자신의 재산에 곧바로 편승하려는 그 태도가 싫었다. 그의 친구는 그들 두 사람을 위한 기쁨은 지나치게 드러냈지만, 프레데릭 개인을 위한 기쁨은 별로 드러내지 않았다.

델로리에는 자신의 실패, 그리고 차츰 자신의 일과 생활에 대해 얘기했다. 그는 자기 자신에 대해서는 의연하게 말하면서 다른 사람들에 대해서는 신랄하게 말했다. 모든 것이 그의 마음에 들지 않았다. 요직에 있는 사람치고 바보나 악당이 아닌 사람은 한 사람도 없었다. 그는 컵을 깨끗이 헹구지 않았다고 종업원에게 화를 냈다. 프레데릭이 부드럽게 타이르자, 그가 말했다.

"저런 녀석들한테 내가 신경 써야 하다니, 그런데 저 녀석들이 1년에 6천 프랑에서 8천 프랑까지 벌고, 선거권도 있단 말야. 아마 피선거권도 있을걸! 아! 안 돼, 말도 안 돼!"

그리고 익살맞은 태도로 다시 말했다.

"그런데 내가 몽도르[3] 같은 자본가하고 얘기하고 있다는 걸 잊고 있었군. 넌 이제 몽도르 같은 사람이니까!"

그는 유산 상속의 화제로 다시 돌아와 다음과 같은 생각을 말했다. 언젠가 다시 혁명이 일어나면 방계상속(그도 방계상속의 혜택을 누리고는 있지만, 그 자체로서는 부당한 것이다)은 폐지될 거라고 했다.

"그렇게 생각해?" 프레데릭이 말했다.

"생각해 봐! 그건 계속될 수 없어! 사람들이 너무 고통받고 있단

---

3) Mondor. 17세기의 향료장수. 큰 재산을 벌자 곧 은퇴해버린 인물로, 벼락부자의 대명사로 쓰임.

말야! 세네칼 같은 사람들의 비참함을 볼 때면…" 그가 대답했다.

'여전히 세네칼 타령이군!' 하고 프레데릭은 생각했다.

"뭐 또 새로운 건 없어? 아직도 아르누 부인을 사랑하나? 그건 지나간 일이겠지, 안 그래?"

프레데릭은 어떻게 대답해야 할지 몰라, 눈을 감고 고개를 숙였다.

아르누에 관하여, 델로리에는 그의 잡지가 이제는 위소네 소유가 되었다고 알려주었다. 위소네는 잡지를 변모시켜 잡지 이름도 〈예술〉지로 바꾸고, '자본금 4만 프랑에 한 주에 백 프랑인 주식회사로서 문예협회'가 되었다고 했다. 각 주주에게는 자기 원고를 거기에 발표할 권리가 있었다. 그것은 '회사의 목적이 신인의 작품을 출판하고, 재능 있는 사람 혹은 천재일 수도 있는 사람이 겪는 고통스러운 위기를 덜어주는 데 있기' 때문인데, 이 얼마나 어설픈 짓인가! 하지만 델로리에에게는 할 일이 있다는 것이었다. 그것은 앞서 말한 잡지의 기세를 올려놓은 다음, 같은 편집자를 그대로 유지하고 연재소설을 계속 싣기로 약속하면서 돌연 구독자들에게 정치신문을 제공하는 것이었다. 투자금도 많이 들지 않을 거라고 했다.

"어때? 한몫 끼어 보겠어?"

프레데릭은 그 제안을 거절하지는 않았다. 그러나 자기 일이 몇 가지 해결될 때까지 기다려야 한다고 했다.

"그때 가서 뭔가 필요한 게 있으면…"

"고마워, 친구!" 델로리에가 말했다.

그들은 창가의 벨벳을 씌워놓은 판자 위에 팔꿈치를 짚고 뒤로 담배를 피웠다. 태양이 빛났고, 공기는 훈훈했다. 새 떼가 날아와 정원에 앉았다. 청동과 대리석의 조상(彫像)들이 비에 씻겨 반짝였고, 앞치마를 두른 하녀들은 의자에 앉아 이야기를 나누고 있었다. 그칠 줄 모르는 분수의 물소리와 함께 아이들의 웃음소리가 들려왔다.

프레데릭은 델로리에의 고민에 마음이 동요되는 것을 느꼈다. 그러나 혈관 속을 돌고 있는 술기운 탓에 반쯤 졸리고 무감각해진 데다가 얼굴 가득 빛을 받고 있자니, 마치 햇빛과 수분을 잔뜩 머금은 식물처럼 기분 좋게 몽롱해져 그저 무한한 행복감만 맛보고 있었다. 델로리에는 눈을 반쯤 감고 멍하니 먼 곳을 바라보고 있었다. 그의 가슴이 부풀어 오르더니, 다시 이야기를 시작했다.

"아! 카미유 데물랭[4]이 저기 테이블 위에 서서 민중을 바스티유 감옥으로 내몰던 그때는 훨씬 좋았는데! 그때 사람들은 살아있었고, 자기주장을 할 수 있었고, 자기 힘을 증명할 수 있었지! 하잘것없는 변호사가 장군들에게 명령을 하고, 거지들이 왕을 때려주기도 했는데, 지금은…"

그는 입을 다물었다가 갑자기 덧붙였다.

"까짓것! 미래는 무궁하니까!"

그리고 유리창을 두드려 돌격의 북소리를 내며, 바르텔르미[5]의 시구를 읊었다.

다시 나타나리라, 그 무서운 국민의회
40년이 지났어도 마음을 뒤흔드네,
당당하게 힘찬 걸음으로 전진하는 거인의 상(像).

"그 나머지는 모르겠는걸! 그런데 늦었네. 그만 갈까?"

그는 길에서도 계속 자기 이론을 전개했다.

프레데릭은 그의 이야기에 귀를 기울이지 않고, 상점 진열대에서 자기 거처에 어울릴 천과 가구를 살펴보고 있었다. 아마도 아르누 부

---

4) Camille Desmoulins, 1760~1794. 프랑스 혁명기의 산악파 언론인, 정치가. 1789년 7월 12일 바스티유 감옥 공격 직전의 선동 연설로 민중을 자극하여 일약 유명해졌다.

5) Barthélemy, 1796~1867. 마르세유 출신의 혁명시인. 7월왕정에 반대하는 〈라 네메시스〉라는 잡지를 발간했다.

인이 생각나서였는지, 그는 어느 골동품 상점의 진열대에서 세 개의 자기 접시를 보고 걸음을 멈추었다. 노란 아라베스크 무늬로 장식된 접시들은 금속성 광택이 났는데, 한 개에 백 에퀴나 했다. 그는 그 접시들을 따로 놔두도록 했다.

"나 같으면 차라리 은그릇을 사겠어." 으리으리한 것을 좋아하는 가난뱅이 근성을 드러내며 델로리에가 말했다.

델로리에와 헤어지자마자 프레데릭은 유명한 포마데르 양복점으로 가서, 바지 셋, 예복 둘, 모피 외투 하나, 조끼 다섯을 주문했다. 이어서 구둣가게, 셔츠가게, 모자가게를 돌아다니며 최대한 서둘러 달라고 했다.

사흘 후 저녁, 르 아브르에서 돌아오니 옷가지가 전부 배달되어 있었다. 옷을 입어보고 싶은 마음을 참을 수가 없어, 그는 당장에 당브뢰즈 집을 방문하기로 했다. 하지만 겨우 8시, 너무 이른 시간이었다.

'다른 집으로 가 볼까?' 하고 그는 생각했다.

아르누는 혼자 거울 앞에서 면도를 하고 있었다. 그는 재미있는 곳으로 프레데릭을 데려다주겠다고 했다. 당브뢰즈의 이름이 나오자, 아르누가 말했다.

"아! 그거 잘됐군! 거기 가면 그분의 친구들도 만나게 될 걸세. 자, 가세! 재미있을 거야!"

프레데릭은 사양했다. 아르누 부인이 그의 목소리를 알아듣고 칸막이 너머로 인사를 했다. 딸이 아픈데다가 그녀 자신도 몸이 안 좋은 까닭이었다. 컵에 숟가락이 부딪치는 소리가 들리고, 병자의 방에서 조심스럽게 물건을 움직이며 살랑거리는 소리가 모두 들렸다. 아르누는 아내에게 외출한다는 인사를 하러 들어갔다. 그는 여러 가지 이유를 늘어놓았다.

"당신도 잘 알다시피, 중요한 일이야! 꼭 가 봐야 해. 그럴 필요가 있거든. 모두들 날 기다리고 있단 말야."

“가요, 가. 재미보고 오세요!”

아르누는 삯마차를 소리쳐 불렀다.

“팔레루아얄! 몽팡시에 회랑 7번지.”

그리고 쿠션 위에 털썩 주저앉으며 말했다.

“아! 난 정말 지쳤네! 죽을 지경이야. 그런데 자네니까 말하는 것이네만.”

그는 프레데릭의 귀에 몸을 기울이며 은밀히 말했다.

“중국 구리그릇의 붉은색을 만들어 내려고 애쓰고 있거든.”

그리고 그는 유약과 약한 불에 대해 설명했다.

슈베 상점에 도착하자, 그는 커다란 바구니를 건네받아 마차에 실었다. 그리고 ‘불쌍한 아내’를 위해 포도와 파인애플과 여러 가지 구미에 맞는 것을 골라 다음 날 일찍 집으로 보내달라고 부탁했다.

그런 후 그들은 의상대여점으로 갔다. 무도회에 가려는 것이었다. 아르누는 푸른 벨벳의 짧은 바지와 비슷한 윗옷에다가 붉은 가발을 고르고, 프레데릭은 두건 달린 도미노복을 골랐다. 그들은 라발 거리 3층의 색초롱이 밝혀진 집 앞에서 내렸다.

계단 밑에서부터 바이올린 소리가 들렸다.

“도대체 어디로 데려가시는 겁니까?” 프레데릭이 말했다.

“참한 아가씨한테로! 겁먹을 거 없네!”

제복 입은 하인이 문을 열어주자, 그들은 응접실로 들어갔다. 거기에는 외투와 망토와 숄이 의자 위에 산더미처럼 쌓여 있었다. 그때, 루이 15세의 용기병 차림을 한 젊은 여자가 응접실을 가로질러 왔다. 그 집의 여주인 로자네트 브롱 양이었다.

“어때?” 아르누가 말했다.

“멋지군요!” 그녀가 대답했다.

“아! 고마워, 나의 천사!”

그리고 그는 그녀를 껴안으려고 했다.

"조심하세요, 어리석은 양반! 화장이 망가지잖아요!"

아르누는 프레데릭을 소개했다.

"안으로 들어가세요, 환영합니다!"

그녀는 뒤에 있는 커튼을 젖히고, 과장되게 소리 질렀다.

"부엌 하인 아르누 씨와 그의 친구 공작님입니다!"

처음에 프레데릭은 갖가지 빛으로 눈이 부셨다. 명주, 벨벳, 벗은 어깨들, 그리고 푸른 나무 뒤에서 흘러나오는 오케스트라 소리에 맞춰 노란 명주를 친 벽들 사이에서 흔들리는 수많은 색깔들밖에는 눈에 들어오지 않았다. 벽에는 여기저기 파스텔 초상화와 루이 16세풍의 크리스털 촛대가 걸려 있었다. 네 구석에는 콘솔테이블 위에 꽃바구니가 놓여 있고, 높은 램프가 꽃바구니를 내려다보고 있었다. 램프에 달린 광택 없는 갓들은 흡사 눈덩어리처럼 보였다. 맞은편으로 더 작은 두 번째 방을 지나 세 번째 방 안에는, 머리맡에 베네치아 거울이 놓인 나선형 기둥의 침대가 보였다.

춤이 끝나고, 아르누가 식량바구니를 머리에 얹고 앞으로 나아가는 것을 보자 모두들 박수를 치며 환성을 질렀다. 바구니 가운데로 음식이 불쑥 솟아 있었다. "샹들리에를 조심하세요!" 프레데릭은 눈을 들었다. 그것은 '공예사' 상점을 장식했던 낡은 작센 자기 샹들리에였다. 옛 추억이 스치고 지나갔다. 그런데 약식 복장의 보병 하나가 신병 특유의 바보 같은 태도로 그의 앞에 우뚝 서서 두 팔을 벌리며 놀라움을 드러냈다. 지나치게 뾰족한 검은 수염을 무시무시하게 달고 있어서 모습이 달라 보였지만, 그는 옛 친구 위소네임을 알아보았다. 방랑 작가는 프레데릭을 대령님이라 부르며 반은 알자스, 반은 흑인 사투리로 축사를 퍼부었다. 그 모든 사람들 때문에 당황한 프레데릭은 어떻게 대답해야 할지 몰랐다. 악기의 활이 악보대를 치자, 춤추는 남녀들이 자리를 잡았다.

그들은 60명쯤 되었다. 여자들은 대부분 시골여자나 후작부인 복장을 하고, 남자들은 거의 중년으로 짐마차꾼이나 하역인부 혹은 선원의 복장을 하고 있었다.

프레데릭은 벽에 붙어 서서, 눈앞의 카드릴 춤을 바라보았다.

베네치아 총독처럼 자줏빛의 긴 명주옷을 입은 잘 생긴 노신사가 푸른 옷에 뜨개질로 만든 짧은 바지를 입고 황금박차가 달린 부드러운 장화를 신은 로자네트와 춤을 추고 있었다. 맞은편에는 장검을 찬 알바니아인과 우유처럼 하얗고 메추라기처럼 통통하며 셔츠 바람에 붉은 조끼를 입은 푸른 눈의 스위스 여인이 짝을 이루고 있었다. 오페라 극장의 단역배우인 키 큰 금발 여자는 오금까지 내려오는 머리카락을 돋보이게 하려고 야만인 여자로 꾸미고 있었다. 그래서 갈색 속옷 위에 허리에 두르는 가죽옷만 걸친 채, 유리 팔찌와 공작의 깃털다발을 높게 꽂아 놓은 금박 왕관으로 치장하고 있었다. 그녀 앞에서는 프리처드[6]처럼 우스꽝스럽게 커다란 검은 옷을 괴상하게 차려입은 사람이 팔꿈치로 담뱃갑을 치며 박자를 맞추었다. 달빛처럼 은색과 푸른색으로 빛나는, 와토[7]의 그림에 나오는 목동 차림의 한 남자는 목동의 지팡이를 바쿠스신의 여사제의 지팡이에 부딪치고 있었다. 포도덩굴 관을 쓴 여사제는 왼쪽 허리에 표범 가죽을 대고, 금빛 리본이 달린 반장화를 신고 있었다. 그 반대편에서는, 연분홍빛 벨벳의 짧은 상의를 입은 한 폴란드 여인이 얇은 치마를 흔들고 있었다. 치마 밑으로 진주색의 명주 양말과 하얀 모피로 테를 두른 장밋빛 구두가 보였다. 그녀는 성가대 소년으로 분장한 배 나온 한 40대 남자에게 미소 짓고 있었다. 성가대 소년은 한 손으로는 성가대복을 들어올리고, 다른 한 손으로는 붉은 빵모자를 누르며 껑충껑충 뛰었다. 그러나 이곳의 여왕이요 스타는 뭐니뭐니해도 공중무도회의 유명한 무용가인 루루 양이었다. 그녀는 이제 부자인 까닭에, 넓은 레이스

6) 제 1부 주 37번 참조.

7) Watteau, 1684~1721. 프랑스의 풍속화가.

장식깃이 달린 단색의 검은 벨벳 윗옷에 엉덩이가 딱 붙는 진홍색의 넓은 명주 바지를 입고 허리를 캐시미어 스카프로 졸라매고 있었다. 그리고 바지의 솔기를 따라 길게 하얀 동백꽃 생화를 꽂고 있었다. 코가 위로 올라가고 약간 부어있는 그녀의 창백한 얼굴은 헝클어진 가발 때문에 훨씬 건방지게 보였다. 게다가 가발에는 오른쪽 귀 위를 주먹으로 움푹 들어가게 해놓은 남성용 회색 펠트 모자가 씌워져 있었다. 그녀가 펄쩍펄쩍 뛸 때마다, 다이아몬드 버클이 달린 그녀의 무도화가 쇠 갑주로 몸을 옭아맨 중세 남작 차림의 옆 사람 코에 거의 닿을 것 같았다. 손에 황금 검을 들고 등에는 백조의 날개를 단 천사도 있었다. 천사는 왔다 갔다 하다가 늘 자기 상대자인 루이 14세풍의 기사를 놓치고, 춤을 출 줄 몰라 카드릴 춤을 방해하고 있었다.

프레데릭은 그 사람들을 바라보면서 버림받은 듯한 느낌이 들어 마음이 언짢았다. 그는 여전히 아르누 부인을 생각하고 있었다. 그리고 그녀에 대해 꾸미는 어떤 음모에 가담하고 있는 것처럼 느껴졌다.

카드릴 춤이 끝나자 로자네트가 그에게 다가왔다. 그녀가 약간 숨을 헐떡이고 있어서, 거울처럼 윤이 나는 목가리개가 턱 밑에서 살짝 들썩였다.

"당신은 춤 안 추세요?" 그녀가 말했다.

프레데릭은 춤출 줄 모른다고 양해를 구했다.

"어머나! 저하고 추자니까 안 추시는 건 아닌가요? 정말로요?"

그녀는 한쪽 허리에 체중을 기울여 다른 쪽 무릎을 약간 굽히고는 왼손으로 검의 자개 손잡이를 어루만지며, 반은 간청하는 태도로 반은 빈정거리는 태도로 잠시 그를 바라보았다. 마침내 그녀는 "실례합니다!"라고 말하고 핑 돌아서서 가버렸다.

프레데릭은 자기 자신이 불만스러웠으나, 어찌할 바를 몰라 무도장을 이리저리 돌아다니기 시작했다.

그는 규방으로 들어갔다. 벽에는 야생화 꽃다발이 그려진 연푸른색 명주가 드리워져 있었고, 천장의 금빛 나무틀 안에서는 쪽빛 하늘에서 나타난 사랑의 천사들이 솜털구름 위에서 즐겁게 놀고 있었다. 로자네트와 같은 여자들에게는 이제 하찮은 것일지도 모를 그 우아함에, 그는 눈이 부셨다. 거울 가장자리에 장식된 조화 나팔꽃, 벽난로의 커튼, 터키식 긴 의자, 그 모든 것에 감탄했다. 벽의 움푹 들어간 곳에는 장밋빛 명주 천막 같은 것이 쳐져 있고, 그 위에 하얀 모슬린이 덮여 있었다. 구리 상감세공의 흑색 가구들이 비치된 침실에는 백조 가죽으로 덮인 단상 위에 커다란 침대가 놓여 있었고, 침대에는 타조 깃털로 장식된 닫집이 달려 있었다. 바늘꽂이에 꽂힌 보석 머리핀, 쟁반 위에 뒹구는 반지, 금줄 달린 메달, 그리고 은상자들이 세 개의 사슬에 매달린 단지 모양의 보헤미아 등잔에서 흘러나오는 빛을 받아 어둠 속에서도 드러나 보였다. 반쯤 열린 작은 문으로는, 테라스를 온통 차지하고 있는 온실과 그 끝에 있는 커다란 새장이 보였다.

그곳은 정말 마음에 들도록 꾸며진 환경이었다. 갑자기 젊은이다운 반발심에 사로잡힌 그는 즐겨야겠다고 다짐하며 용기를 냈다. 그리고 사람이 더 많아진(모든 것이 가루 같은 빛살 속에서 흔들리고 있었다) 살롱 입구로 돌아가서, 카드릴 춤을 바라보며 서 있었다. 그는 더 잘 보려고 눈을 깜빡이고, 수많은 키스를 뿌려놓은 것처럼 주위를 맴도는 여자들의 부드러운 향기를 들이마셨다.

그런데 그의 옆, 문 반대쪽에 펠르랭이 서 있었다. 화려하게 치장한 펠르랭은 왼팔을 가슴에 대고, 오른팔에는 모자와 찢어진 흰 장갑 한 짝을 들고 있었다.

"이런, 오래간만일세! 도대체 어디에 있었나? 이탈리아 여행이라도 갔던 건가? 이탈리아, 시시하지? 사람들이 말하는 것만큼 대단하지 않지? 아무튼 좋아! 조만간 소묘한 것을 내게 가져와보게."

예술가는 대답도 기다리지 않고 자기 얘기를 하기 시작했다.

그는 장족의 발전을 하여, 선(線)이 대단한 것이 아님을 마침내 깨달았다고 했다. 작품 속에서 미(美)와 통일성보다는 사물의 성격과 다양성을 추구해야 한다는 것이었다.

“모든 것은 자연 속에 존재하고, 따라서 모든 것은 정당하고 조형적인 것이니까. 다만 색조를 포착하는 것이 문제인데, 난 그 비밀을 발견했네!” 그는 팔꿈치로 프레데릭을 치면서 여러 번 되풀이했다. “비밀을 발견했단 말이야! 그러니까 러시아 마부와 춤추고 있는 스핑크스 머리를 한 저 키 작은 여자를 보게. 저건 분명하고, 부드러운 데가 없으며, 확고부동한 것이지. 모든 것이 평평하고 날것 그대로의 색조란 말이야. 눈 밑에는 남색, 볼에는 붉은색, 관자놀이에는 거무죽죽한 색, 탁! 탁!” 그는 엄지손가락으로 허공에 붓질을 하듯 움직여 보였다. 그리고 금 십자가를 목에 걸고 등에는 망사 목도리가 묶여 있는 버찌 색 옷을 입은 생선장수 여자를 가리키며 계속 말했다. “반면에 저기 있는 뚱뚱한 여자는 그저 둥그렇기만 하지. 콧구멍은 모사 테처럼 납작하고, 양쪽 입 끝은 위로 올라가고, 턱은 내려가고, 모든 게 다 비만하고 흐릿하고 푸짐하고 조용하고 밝단 말이야. 그야말로 루벤스[8]지! 어쨌든 두 여자 다 완벽해! 그렇다면 전형이란 게 어디 있단 말인가? 아름다운 여자라는 것이 뭔가? 미(美)란 뭔가? 아! 아름다움! 말해 보게 …” 그는 열을 올렸다.

프레데릭은 그의 말을 가로막고, 콩트르당스를 추고 있는 한가운데에서 춤추는 사람들 모두에게 찬사를 보내고 있는 염소 같은 옆얼굴의 어릿광대가 누구냐고 물었다.

“보잘것없는 사람이네! 홀아비에다가 아들이 셋 달려있지. 아이들에게 바지 하나 제대로 입히지도 못하면서, 클럽에 드나들고 하녀와 잠을 자는 사람일세.”

“그럼 대법관의 옷을 입고, 창가에서 퐁파두르 후작부인 차림의 여

---

8) Rubens, 1577~1640. 플랑드르의 화가. 현란한 그의 작품은 감각적이고 관능적이며 밝게 타오르는 듯한 색채와 웅대한 구도가 어울려 생기가 넘친다.

자에게 이야기하고 있는 저 사람은?"

"후작부인 차림의 여자는 방다엘 부인인데 짐나즈 극장의 옛날 여배우로, 베네치아 총독으로 분장한 팔라조 백작의 정부라네. 두 사람은 20년이나 된 사이인데, 그 영문을 모르겠어. 옛날에는 저 여자도 아름다운 눈을 지니고 있었지! 그 여자 옆에 있는 남자는 에르비니 대위라고 불리는 사람인데, 나폴레옹 근위대의 노병이야. 재산이라고는 십자훈장과 연금밖에 없는데, 여직공들의 결혼식에서 대부 노릇을 해주거나 결투를 중재해 주면서 잘 얻어먹고 지내는 사람이지."

"비루한 사람이군요?" 프레데릭이 말했다.

"아니! 정직한 사람이야!"

"아!"

예술가가 계속 다른 사람들의 이름을 들먹이고 있을 때, 몰리에르 희극에 나오는 의사처럼 검은 서지 천의 커다란 가운을 입은 한 신사가 보였다. 그는 온갖 장신구가 다 보이도록 가운을 위에서부터 아래까지 풀어헤치고 있었다.

"저 사람은 데 로지 의사인데, 유명해지지 못한 것에 화가 나서 의학적인 포르노그래피를 썼지. 상류사회에서는 비굴하게 아첨을 하지만 신중한 사람이라서 부인네들이 좋아해. 저자와 저자의 마누라(회색 옷의 성주부인 차림을 한 저기 마른 여자)는 공공장소든 아니든 어디나 같이 다닌다네. 옹색한 살림살이인데도, 특정한 날을 정해서 예술적 다과회를 열며 시를 읊는다더군. 쉿!"

의사가 그들에게 다가왔다. 곧 그들 세 사람은 살롱 입구에서 함께 이야기를 나누게 되었다. 거기에 위소네가 와서 가담했고, 이어서 야만인 여자의 애인인 젊은 시인이 프랑수아 1세풍의 짧은 망토를 걸친 빈약하기 짝이 없는 체구를 드러내며 다가왔다. 마지막으로 성문 부근을 얼쩡거리는 터키인으로 분장한 한 재치 있는 젊은이가 합세했다. 노란 장식줄이 달린 그의 상의는 순회하는 치과의사의 상의처럼 숱한 여행을 한 것 같았고, 주름 잡힌 넓은 바지는 붉은색이 매우 바랬으며, 뱀장어처럼 둥글게 말린 타타르식 터번은 아주 초라해 보였다. 결국 그의 복장 전체가 너무 한심하고 꼴불견이어서 여자들이 혐오감을 드러냈다. 의사는 하역인부 여자로 분장한 그의 정부를 크게 칭찬하며 그를 위로했다. 이 터키인은 은행가의 아들이었다.

카드릴 춤이 끝나고 다시 시작될 동안, 로자네트는 벽난로 쪽으로 갔다. 거기에는 금단추가 달린 밤색 옷을 입은, 키가 작고 뚱뚱한 노인이 안락의자에 앉아있었다. 노인의 시든 두 뺨은 높이 맨 흰색 넥타이 위로 늘어져 있었지만, 아직도 금발인 머리카락은 복슬개의 털처럼 자연스럽게 웨이브를 이루어 어딘지 익살스러운 인상을 풍겼다.

그녀는 그의 얼굴을 향해 몸을 굽히고 그의 이야기를 들었다. 그리고 그에게 시럽 한잔을 주었다. 녹색 옷의 소매장식에서 삐죽 나온 레이스 소매 밑으로 보이는 그녀의 두 손은 더할 나위 없이 귀여웠다. 노인은 시럽을 마시고 그녀의 손에 키스했다.

"아니, 저 사람은 아르누의 이웃인 우드리 씨잖아요!"

"이젠 이웃이 아니지!" 펠르랭이 웃으며 말했다.

"뭐라구요?"

롱쥐모의 마부[9]가 로자네트의 허리를 껴안고 왈츠를 추기 시작했다. 그러자 살롱 주위의 의자에 앉아있던 여자들이 곧바로 모두 줄줄이 일어났다. 그녀들의 치마, 스카프, 머리쓰개 들이 돌아가기 시작했다.

여자들이 바로 곁에서 돌고 있어서, 프레데릭은 그녀들의 이마에 맺힌 땀방울까지 볼 수 있었다. 점점 경쾌해지고 규칙적이며 현기증 나는 그 회전운동이 그의 마음에 일종의 도취감을 자아내며 갖가지 다른 영상을 떠오르게 했다. 여자들은 모두 똑같은 황홀경 속에서,

9) 〈롱쥐모의 마부〉는 프랑스 작곡가 아당(Adam, 1803~1856)의 유명한 오페라이다. 따라서 여기서는 그 오페라에 나오는 인물로 분장한 사람을 가리킨다.

각자가 지닌 아름다움에 따라 특별한 자극을 불러일으키며 지나갔다. 무기력하게 몸을 맡기고 있는 폴란드 여인은 그녀를 품에 안고서 단둘이 썰매를 타고 눈 덮인 평원을 달리고 싶은 욕망을 일으켰다. 상반신을 꼿꼿이 세운 채 눈꺼풀을 내리깔고 춤추는 스위스 여인의 발밑에서는 호숫가 오두막에서 맛보는 조용한 쾌락의 지평선이 펼쳐졌다. 그리고 갑자기, 갈색 머리를 뒤로 젖힌 바쿠스의 여사제를 보자, 천둥 치는 심한 비바람이 부는 날 북소리 같은 혼란스런 소리를 들으며 협죽도 숲속에서 격렬한 애무를 하고 싶은 욕망이 일었다. 생선장수 여자는 너무 빠른 박자에 숨가빠하며 웃음을 터뜨렸다. 그러자 그는 즐거웠던 옛날처럼 포르슈롱[10]에서 그녀와 함께 술을 마시며 그녀의 목도리를 잔뜩 구겨주고 싶었다. 가벼운 발가락이 마룻바닥에 닿을 듯 말 듯 춤을 추는 하역인부 여자는 유연한 사지와 진지한 얼굴 속에, 과학처럼 정확하고 새처럼 유연한 현대적 사랑의 모든 세련된 기교를 지니고 있는 것 같았다. 로자네트는 주먹을 허리에 대고 돌고 있었다. 방망이처럼 뒤로 길게 드리운 가발이 그녀의 목 위에서 통통 튀는 바람에, 그녀 주위로 무지갯빛 분말을 퍼뜨렸다. 그리고 그녀가 돌 때마다 황금박차의 끝이 프레데릭에게 부딪칠 것 같았다.

왈츠의 마지막 절에 이르렀을 때, 바트나 양이 나타났다. 머리에 알제리 손수건을 쓴 그녀는 이마에 피아스터[11] 은화를 잔뜩 붙이고, 눈가에는 안티몬을 바르고 있었다. 그리고 은박으로 장식된 밝은 색 치마 위에 검은 캐시미어의 짤막한 외투 같은 것을 걸치고, 손에는 바스크 지방의 북을 들고 있었다.

그녀의 등 뒤로 단테에 나오는 고전적 복장을 한, 키 큰 젊은이가 걸어왔다. 그는 알랑브라의 옛 가수로(그녀도 이제는 더 이상 비밀로

---

10) 파리 몽마르트르 근처의 옛 이름. 18세기에는 술집이 많이 있어서 번화한 곳이었다.

11) 터키, 이집트 등의 화폐 단위.

하지 않았다) 오귀스트 들라마르라는 이름인데, 명성이 높아짐에 따라 그 이름을 바꾸고 고쳐왔다. 처음에는 앙테노르 델라마르, 다음에는 델마, 그 다음에는 벨마르, 그리고 마지막으로는 델마르가 되었다. 그는 댄스홀을 그만두고 극장으로 들어가, 최근 앙비귀 극장에서 〈어부 가스파르도〉로 떠들썩하게 데뷔했다.

위소네는 그를 보자 이맛살을 찌푸렸다. 희곡 작품을 거절당한 후로, 그는 배우들을 미워하고 있었다. 배우라는 사람들, 특히 저 작자의 허영심은 상상을 초월한다고 했다! "잘난 체하는 저 꼴 좀 보게!"

델마르는 로자네트에게 간단히 인사한 후, 벽난로에 등을 기대고 섰다. 두건 위로 금빛 월계관을 쓴 그는 한 손을 가슴에 대고 왼발을 앞으로 내밀고는 허공을 응시하며 꼼짝도 하지 않고 있었다. 그리고 여자들을 현혹시키려고 눈 속에 수많은 시정(詩情)을 담으려 애썼다. 멀리서부터 그의 주위로 커다란 원이 만들어졌다.

바트나는 로자네트와 오랜 포옹을 한 후, 위소네에게 다가가 자기가 출판하려고 하는 교육서의 문체를 한번 봐 달라고 부탁했다. 그것은 문학과 윤리에 관한 글 모음집으로, 《젊은 여성들의 화환》이라는 제목이었다. 문학청년은 도와주겠다고 약속했다. 그러자 그녀는 그의 신문에다 자기 애인을 좀 밀어주어 나중에 어떤 역할을 맡게 해줄 수 없겠냐고 부탁했다. 그 바람에 위소네는 펀치 잔을 받는 것도 잊어버리고 있었다.

펀치를 만든 사람은 아르누였다. 그는 빈 쟁반을 들고 있는 백작의 하인을 대동하고, 사람들에게 펀치를 나누어 주며 즐거워했다.

그가 우드리 씨 앞을 지나갈 때, 로자네트가 그를 멈춰 세웠다.

"저기, 그 일은?"

그는 약간 얼굴을 붉히더니, 노인을 향해 말했다.

"이 친구에게서 들었습니다만, 호의를 베풀어 주신다니 …"

"무슨 말씀! 당신 일이라면 뭐든지."

그리고 당브뢰즈 씨의 이름이 나왔는데, 그들이 나지막한 목소리로 이야기를 나누어서 프레데릭에게는 잘 들리지 않았다. 그는 로자네트와 델마르가 같이 얘기하고 있는 벽난로 반대쪽으로 갔다.

엉터리 배우는 무대 배경처럼 멀리서 바라보아야 봐줄 만한, 상스러운 외모였다. 두꺼운 손, 커다란 발, 묵직한 턱. 그는 일류 배우들을 헐뜯거나 시인들을 깔보았고, "나의 목청, 나의 용모, 나의 능력"을 운운했다. 그리고 "풍염, 유사, 동질성"과 같이 자기 자신도 이해하지 못하면서 즐겨 쓰는 단어들로 자기 이야기를 꾸몄다.

로자네트는 가볍게 머리를 끄덕여 동의를 표하며 그의 이야기를 듣고 있었다. 그녀의 분 바른 두 뺨에 감탄의 기색이 퍼지고, 뭐라 형용할 수 없는 색깔의 맑은 두 눈에는 뭔가 촉촉한 것이 베일처럼 스쳐갔다. 이런 사나이가 어떻게 이 여자를 매혹시킬 수 있을까? 프레데릭은 마음속으로 그를 더욱 경멸해주고 싶은 욕구가 치솟았다. 어쩌면 그것은 그에게 느끼는 질투 같은 것을 불식시키기 위해서였는지도 몰랐다.

바트나 양은 이제 아르누와 함께 있었다. 그녀는 때때로 아주 큰 소리로 웃으며, 우드리 씨가 시선을 떼지 않고 있는 로자네트에게 흘깃 눈길을 던지곤 했다.

아르누와 바트나가 사라지자, 노인이 로자네트에게 가서 낮은 소리로 뭔가를 말했다.

"네, 알았어요! 저를 그냥 내버려두세요."

그리고 그녀는 프레데릭에게 아르누가 부엌에 있는지 가 봐 달라고 부탁했다.

반쯤 마시다 남은 컵들이 바닥에 잔뜩 놓여 있고, 냄비, 솥, 가자미 냄비, 프라이팬이 끓고 있었다. 아르누는 친숙한 말로 하인들을 지휘하고, 매운 소스를 휘젓거나 소스의 맛을 보기도 하면서 하녀와 노닥거리고 있었다.

"그래, 그 여자에게 알려주게! 내가 식사를 준비시키고 있다고." 그가 말했다.

사람들은 더 이상 춤을 추지 않았다. 여자들은 막 자리에 다시 앉았고, 남자들은 슬슬 걸어 다니고 있었다. 살롱 한가운데 창문에 드리워진 커튼 하나가 바람에 부풀어 올랐다. 그러자 모든 사람이 지켜보고 있는데도, 스핑크스 여자가 땀에 젖은 두 팔을 바람이 들어오는 쪽으로 내밀었다. 도대체 로자네트는 어디 있는 것일까? 프레데릭은 더 멀리, 규방과 침실 안까지 찾아보았다. 혼자 있고 싶거나 단둘이 있고 싶은 사람들이 거기로 피신해 있었다. 어둠과 속삭임이 뒤섞이고 있었다. 손수건으로 막은 나지막한 웃음소리가 들리고, 상처 입은 새의 날갯짓처럼 느리고 조용하게 떨리는 부채들이 블라우스 끝에서 희미하게 보였다.

온실로 들어가자, 분수 옆에 있는 칼라듐의 널따란 잎사귀 아래에서 기다란 헝겊의자에 배를 대고 엎드려 있는 델마르가 보였다. 로자네트는 그의 곁에 앉아, 그의 머리카락 안에 손을 집어넣고 있었다. 그들은 서로 바라보고 있었다. 바로 그때, 아르누가 반대편의 새장이 있는 쪽으로 들어왔다. 델마르는 벌떡 일어나 뒤도 돌아보지 않고 조용한 걸음으로 나갔다. 그리고 문 옆에서 멈춰 서더니, 부용꽃 한 송이를 꺾어 단춧구멍에 꽂았다. 로자네트는 고개를 숙이고 있었다. 그녀의 옆얼굴을 바라보고 있던 프레데릭은 그녀가 울고 있음을 알 수 있었다.

"이런! 무슨 일이야?" 아르누가 말했다.

그녀는 대답하지 않고 어깨만 으쓱했다.

"저 남자 때문이야?" 그가 다시 물었다.

그녀는 두 팔로 그의 목을 감고 이마에 키스를 하며 천천히 말했다.

"내가 당신을 언제나 사랑하리라는 걸 잘 아시잖아요. 더 이상 그런 생각 하지 말아요! 식사하러 가요!"

40자루의 초가 꽂힌 구리 샹들리에가 벽이 안 보일 정도로 옛 도자기로 장식된 식당을 비추고 있었다. 수직으로 내리비추는 강한 빛 때문에, 식탁보 한가운데 전채요리와 과일들 사이에 놓인 커다란 가자미가 더욱 희게 보였다. 식탁 가장자리로는 수프가 가득 담긴 접시가 놓여 있었다. 옷 스치는 소리를 내면서, 여자들이 치마와 옷소매와 스카프를 의자에 구겨 넣으며 차례로 앉았다. 남자들은 선 채로 모퉁이에 자리를 잡았다. 펠르랭과 우드리 씨가 로자네트 옆에 섰고, 아르누는 맞은편에 있었다. 팔라조와 그의 애인은 막 돌아가려는 참이었다.

"안녕히 가세요. 자, 듭시다!" 로자네트가 말했다.

성가대 소년으로 분장한 익살스러운 남자가 커다랗게 성호를 그으며 식전기도를 시작했다.

부인들이 눈살을 찌푸렸다. 딸을 둔 생선장수 여자가 특히 그랬다. 그녀는 자기 딸을 성실한 여자로 키우고 싶어 했다. 아르누도 종교를 존중해야 한다고 생각하고 있었기 때문에, '그런 장난'을 좋아하지 않았다.

수탉 장식이 달린 독일제 시계가 2시를 치자, 뻐꾸기[12]에 대한 수많은 농담이 터져 나왔다. 온갖 이야기가 이어졌다. 재담, 일화, 허풍, 내기, 그럴싸한 거짓말, 믿을 수 없는 주장 등 소란스런 말들이 오가다가 곧 개별적인 대화로 분산되었다. 술병이 돌아가고, 요리가 계속 나왔다. 의사가 고기를 잘랐다. 사람들은 멀리서 오렌지나 병마개를 던지기도 하고, 누군가와 얘기하려고 자리를 뜨기도 했다. 로자네트는 자기 뒤에서 꼼짝 않고 있는 델마르를 자주 돌아보았다. 펠르랭은 떠들어대고, 우드리 씨는 미소 짓고 있었다. 바트나 양은 수북이 담긴 가재를 거의 혼자서 다 먹었다. 딱딱한 껍질을 긴 이로 씹는

12) 프랑스어에서 뻐꾸기(*coucou*)는 속어로 "부정한 아내의 남편"을 가리킨다.

소리가 들렸다. 피아노 의자에 앉아 있는(날개 때문에 다른 곳에는 앉을 수 없었다) 천사는 쉴 새 없이 뭔가를 조용히 씹고 있었다.

"대단한 대식가로군! 대단한 대식가야!" 성가대 소년이 놀라서 되풀이했다.

스핑크스는 브랜디를 마시며 큰 소리로 고함을 지르고, 미친 듯이 소란을 피웠다. 갑자기 그녀의 두 뺨이 부풀어 올랐다. 그러더니 숨이 막혀 참을 수가 없었던지, 냅킨을 입에 대고 피를 뱉은 후 식탁 밑으로 던져버렸다.

프레데릭이 그것을 보았다.

"별일 아니에요!"

그가 집에 돌아가 치료를 받으라고 권하자, 그녀가 천천히 대답했다.

"쳇! 그게 무슨 소용이 있어요? 이러나저러나 마찬가지예요! 인생이란 그다지 즐거운 게 아니니까요."

그러자 그는 차디찬 비애감에 사로잡혀 몸을 떨었다. 마치 X형 틀에 가죽 띠를 엮어 만든 침대 옆의 석탄풍로, 가죽 앞치마에 싸인 시체공시장의 시체들, 그리고 그 시체들의 머리카락 위로 흐르는 수도꼭지의 찬물, 그러한 비참함과 절망의 세계를 얼핏 본 것 같았다.

그사이 위소네는 야만인 여자의 발치에 웅크리고 앉아, 목쉰 소리로 고함을 지르며 배우 그라소의 흉내를 내고 있었다.

"잔인하게 굴지 말아다오, 오 슬뤼타! 가족의 이 작은 향연이 즐겁도다! 관능의 기쁨으로 나를 취하게 해다오, 내 사랑하는 사람들아! 놀자! 즐겁게 놀자!"

그리고 그는 여자들의 어깨에 키스를 하기 시작했다. 그의 콧수염에 찔린 여자들이 소스라치며 몸을 떨었다. 이어서 그는 접시를 머리에 살짝 부딪쳐 깨뜨렸다. 다른 사람들도 그를 따라했다. 도자기 파편들이 거센 바람에 휘날리는 슬레이트처럼 날아갔다. 하역인부 여자가 소리쳤다.

“체면 차릴 거 없어요! 공짜니까! 이걸 만드는 부르주아가 우리에게 갖다 줄 거예요!”

모두의 시선이 아르누에게 꽂혔다. 그가 대꾸했다.

“아! 청구서를 보내도 된다면!” 아마도 자기가 로자네트의 애인이 아니라고, 혹은 이제는 애인이 아니라고 인식되기를 바라는 것 같았다.

그런데 두 사람의 화난 목소리가 높아졌다.

“바보 같은 놈!”

“추잡한 놈!”

“덤벼 봐!”

“덤벼!”

중세 기사와 러시아 마부가 싸우고 있었다. 러시아 마부가 갑옷만 있으면 용기는 없어도 된다고 하자, 기사가 이를 모욕으로 받아들인 것이다. 그가 때리려고 하자, 모두들 끼어들었다. 대위가 그 소동 한가운데에서 얘기를 하려고 안간힘을 썼다.

“여러분, 제 말을 들어보시오! 한마디만 하겠습니다! 전 경험이 있어요, 여러분!”

로자네트가 칼로 유리컵을 두드리자, 마침내 조용해졌다. 그녀는 투구를 쓰고 있는 기사에게, 다음에는 긴 털이 달린 모자를 쓴 마부에게 말했다.

“우선 당신의 그 냄비를 벗으세요! 비위가 상하니까요! 그리고 당신은 그 늑대머리를 벗으세요. 당신들은 내 명령에 복종해야 해요! 내 견장을 보세요! 난 당신들의 원수(元帥)[13] 예요!”

그들은 명령에 복종했고, 모두들 손뼉을 치며 소리쳤다.

“원수 만세! 원수 만세!”

그러자 그녀는 난로 위에 있는 샴페인 병을 높이 들고, 사람들이

13) 군인의 가장 높은 계급, 또는 그 명예 칭호. 오성장군.

내미는 잔에 따라주었다. 식탁이 너무 넓어서 손님들은, 특히 여자들은 발끝을 들고 서거나 의자 기둥에 올라서서 로자네트 쪽으로 몸을 기울였다. 이로 인해 모자, 노출된 어깨, 내민 팔과 기울인 몸들이 잠시 동안 피라미드 모양의 덩어리를 이루었다. 그 와중에 포도주의 기다란 물줄기가 사방으로 뻗어나갔다. 어릿광대와 아르누가 살롱의 양쪽 구석에서 각자 병마개를 열면서 사람들의 얼굴에 튀긴 것이다. 문을 열어놓은 새장에서 식당까지 날아 들어온 작은 새들은 잔뜩 겁을 집어먹고 샹들리에 주위를 이리저리 날며 유리창과 가구에 부딪쳤다. 사람들의 머리 위에 앉은 몇 마리 새들은 머리카락 속에 핀 커다란 꽃송이 같았다.

악사들은 돌아간 후였다. 피아노가 응접실에서 살롱으로 옮겨지고, 바트나가 피아노 앞에 앉았다. 바스크 북을 두드리는 성가대 소년의 반주로, 그녀는 말이 땅을 걷어차듯 건반을 치고 박자를 더 잘 맞추기 위해 몸을 좌우로 흔들면서 격렬하게 카드릴 곡을 연주하기 시작했다. 로자네트가 프레데릭을 끌어냈다. 위소네는 바퀴처럼 뱅뱅 돌고, 하역인부 여자는 광대처럼 몸을 제멋대로 움직이고, 어릿광대는 오랑우탄 같은 동작을 하고, 야만인 여자는 두 팔을 벌린 채 대형 보트가 흔들리는 흉내를 냈다. 마침내 모두들 기진맥진하여 동작을 멈추고, 창문을 열었다.

시원한 아침 공기와 함께 햇빛이 들어왔다. 놀란 탄성에 이어 침묵이 흘렀다. 노란 촛불이 이따금 초꽂이를 반짝이게 하며 너울거렸다. 리본과 꽃과 진주구슬이 마룻바닥에 흩어져 있었다. 콘솔테이블은 펀치와 시럽 얼룩으로 지저분했고, 벽지도 더럽혀져 있었으며, 구겨진 의상들은 먼지투성이였다. 땋은 머리는 어깨 위로 늘어지고, 화장은 땀과 함께 흘러내려 빨간 눈꺼풀이 깜박이는 창백한 얼굴을 드러냈다.

목욕을 하고 나온 것처럼 생기 있는 로자네트는 장밋빛 뺨에 반짝이는 눈망울을 하고 있었다. 그녀가 가발을 벗어 멀리 던지자, 머리카락이 털처럼 온몸으로 흘러내려 그녀의 의상 중에 짧은 바지밖에 보이지 않았다. 그 모습은 우스꽝스럽기도 하고 귀엽게도 보였다.

열이 나서 이를 부딪치며 떨고 있는 스핑크스 여자에게 숄이 필요했다.

로자네트가 숄을 찾으러 방으로 달려갔다. 스핑크스 여자가 뒤따라가자, 그녀는 면전에서 문을 세게 닫아버렸다.

우드리 씨가 나가는 것을 아무도 못 보았다고 터키인이 큰 소리로 말했다. 모두들 피곤한 탓에, 그 깜찍스런 장난에 아무도 대꾸하지 않았다.

마차를 기다리면서 사람들은 두건과 외투로 몸을 감쌌다. 시계가 7시를 쳤다. 천사는 여전히 식당에서 버터와 정어리를 함께 졸인 음식을 앞에 놓고 식탁에 앉아있었다. 생선장수 여자가 그녀 옆에서 담배를 피우며 생활에 대한 여러 가지 충고를 해주고 있었다.

드디어 삯마차가 당도하여 손님들이 돌아갔다. 지방 신문의 통신원으로 일하는 위소네는 점심 전에 53종의 신문을 읽어야 했다. 야만인 여자는 극장에서 연습이 있었고, 펠르랭은 모델과 약속이 있었으며, 성가대 소년도 약속이 세 개나 있었다. 그러나 천사는 소화불량 증상이 나타나기 시작해 일어설 수가 없었다. 중세 남작이 삯마차까지 그녀를 업고 갔다.

"날개를 조심해요!" 하역인부 여자가 창문에서 소리쳤다.

사람들이 층계참에 있을 때, 바트나 양이 로자네트에게 말했다.

"안녕! 당신 야회, 아주 재미있었어요."

그리고 그녀의 귀에 몸을 기울이고 다시 말했다.

"그 사람을 보살펴줘요!"

"형편이 더 좋아질 때까지." 로자네트가 천천히 등을 돌리며 대답했다.

아르누와 프레데릭은 올 때와 마찬가지로 함께 돌아갔다. 도자기 상인이 몹시 우울해 보여, 프레데릭은 그의 기분이 좋지 않은가 보다고 생각했다.

"내가? 전혀!"

그는 콧수염을 입에 물고 눈썹을 찌푸리고 있었다. 그래서 프레데릭은 사업 때문에 고민이 있느냐고 물었다.

"전혀 없네!"

그러다가 갑자기 덧붙였다.

"우드리 영감을 알고 있지?"

그리고 원망스런 표정으로 말했다.

"그는 부자야, 그 망나니 영감!"

그런 후, 아르누는 공장에서 오늘 굽기를 끝내야 하는 중요한 도자기가 있다고 말했다. 그는 그것을 보러 가고 싶다고 했다. 기차는 한 시간 후에 떠날 것이었다. "하지만 집사람에게 키스해주러 가야 한단 말야."

'아! 집사람이라고!' 하고 프레데릭은 생각했다.

그는 뒤통수에 참을 수 없는 고통을 느끼며 잠자리에 들었다. 그리고 갈증을 가라앉히기 위해 물 한 병을 다 마셨다.

다른 갈증이 찾아왔다. 여자에 대한 갈증, 사치에 대한 갈증, 파리 생활이 포함하고 있는 모든 것에 대한 갈증이었다. 그는 배에서 내린 사람처럼 가벼운 현기증을 느꼈다. 잠이 들기 시작할 때의 환각 속에서, 생선장수 여자의 어깨와 하역인부 여자의 허리와 폴란드 여자의 장딴지와 야만인 여자의 머리카락이 계속해서 오락가락하는 것이 보였다. 이어서 무도장에는 없던 커다란 검은 두 눈이 나타났다. 나비처럼 가볍고 횃불처럼 뜨거운 그 눈은 왔다 갔다 하거나 흔들리면서, 천장으로 올라갔다가 그의 입까지 내려오곤 했다. 프레데릭은 그 눈이 누구인지 알아내려고 애썼지만, 알아낼 수 없었다. 그러는 사이 그는 이미 꿈속으로 빠져들었다. 그는 아르누와 나란히 삯마차의 채에 묶여 있었다. 그리고 그의 위에 걸터앉은 여자 원수(元帥)가 황금 박차로 옆구리에 구멍을 뚫는 것 같았다.

II

프레데릭은 룅포르 거리 모퉁이에서 자그마한 집을 발견하고, 마차와 말과 가구를 한꺼번에 사들였다. 그리고 아르누 상점에서 가져온 두 개의 화분은 거실 출입구 양쪽에 놓았다. 거실 뒤에는 침실과 작은 방이 하나 있었다. 그는 거기에 델로리에를 기거하게 할까 하는 생각을 했다. 그러나 그녀를, 미래의 애인을 어떻게 맞이할 것인가? 친구가 있으면 불편할 것이다. 그는 벽을 허물어 거실을 넓히고, 작은 방을 흡연실로 만들어버렸다.

그는 좋아하는 시인들의 시집, 여행기, 지도, 사전 따위를 구입했다. 수없이 많은 일을 계획하고 있었기 때문이다. 그는 일꾼들을 재촉하고, 상점을 뛰어다녔다. 그리고 빨리 즐기고 싶은 초조한 마음에 값도 깎지 않고 전부 가져왔다.

상인들의 청구서에 의하면, 프레데릭은 머지않아 4만 프랑 가량을 지불해야 했다. 거기에는 3만 7천 프랑이 넘는 상속세는 포함되어 있지 않았다. 그의 재산은 부동산이었기 때문에, 그는 르 아브르의 공증인에게 부동산 일부를 팔아달라고 편지를 썼다. 빚을 청산하고 마음대로 쓸 돈을 마련하기 위해서였다. 그리고 사교계라는 눈부시고 뭐라 규정할 수 없는 막연한 세계를 알고 싶어서, 당브뢰즈 집에 쪽지를 보내 찾아가도 되는지 물어보았다. 당브뢰즈 부인에게서 다음 날 방문해주기 바란다는 답장이 왔다.

그날은 손님들을 초대하는 날이었다. 안마당에 마차 몇 대가 서 있었다. 두 하인이 건물의 차양 밑까지 뛰어내려왔고, 계단 위에서는 세 번째 하인이 그를 앞장서서 걷기 시작했다.

그는 응접실과 두 번째 방, 그리고 높은 창문이 있는 커다란 거실을 가로질러 갔다. 거실의 으리으리한 벽난로 위에는 구형(球形) 시계와 거대한 자기 단지 두 개가 놓여있었다. 두 단지에서는 초꽃이 두 다발이 황금빛 덤불처럼 솟아나와 있었다. 벽에는 리베라[14] 풍의 그림들이 걸려있었고, 묵직한 융단 칸막이 커튼이 위엄 있게 드리워져 있었다. 안락의자, 콘솔, 테이블 등 모든 가구는 제정시대 양식으로, 어딘가 위풍 있고 세련된 분위기를 풍겼다. 프레데릭은 자기도 모르게 기쁨의 미소를 지었다.

드디어 그는 타원형 방으로 들어갔다. 벽에 장미나무 판이 붙어있고 예쁜 가구가 가득 놓여있는 방으로, 정원이 내다보이는 하나뿐인 커다란 창으로부터 빛이 들어왔다. 당브뢰즈 부인은 난로 곁에 있고, 열 두어 명의 사람들이 둥그렇게 그녀를 둘러싸고 있었다. 그녀는 상냥한 말을 건네며 그에게 앉으라는 신호를 보냈다. 그러나 오랫동안 만나지 못했는데도 별로 놀라는 기색을 보이지는 않았다.

그가 들어갔을 때, 사람들은 쾨르 사제의 웅변술을 칭찬하고 있었다. 이어서 한 시종이 저지른 도둑질 때문에 하인들의 비도덕성을 한탄했고, 여러 가지 잡담을 늘어놓았다. 소메리 노부인이 감기에 걸렸다, 튀르비조 양이 결혼했다, 몽샤롱 가족은 1월 말 이전에는 돌아오지 않을 것이다, 브르탕쿠르 가족도 마찬가지다, 요즘은 사람들이 시골에 늦게까지 남아있다, 따위의 이야기들이었다. 하찮은 화제들은 주변의 화려한 물건들 때문에 더욱 시시하게 보이는 것 같았다. 하지만 이야기의 내용은 아무 목적도 맥락도 활기도 없이 말하는 방식에

---

14) José de Ribera, 1591~1652. 스페인의 화가. 젊은 시절에 이탈리아로 건너가서, 이탈리아에서는 '로 스파뇰레토'(Lo Spagnoletto: 에스파냐 꼬마)라고 불려 인기를 모았다.

비하면 그래도 나은 편이었다. 거기에는 인생에 정통한 사람들, 전직 장관이나 대교구의 사제 혹은 정부의 고위관리도 두세 사람 있었는데, 그들의 이야기는 가장 진부하고 흔해빠진 것뿐이었다. 어떤 사람들은 지체 높은 집안의 지친 과부 같았고, 또 어떤 사람들은 교활한 중개인 같은 모습이었다. 그리고 노인들은 손녀처럼 보이는 아내들을 데리고 와 있었다.

당브뢰즈 부인은 그들 모두를 우아한 태도로 접대했다. 환자에 대한 이야기가 나오면 그녀는 괴로운 듯 이마를 찌푸렸고, 무도회나 야회가 화제에 오르면 즐거운 태도를 보였다. 그녀는 이제 무도회나 야회에 가는 일을 포기해야 할 형편이라고 했다. 남편의 조카딸인 고아를 기숙학교에서 데려와야 하는 까닭이었다. 사람들은 그녀의 헌신을 찬양하며 그야말로 참다운 어머니의 행동이라고 했다.

프레데릭은 그녀를 주의 깊게 관찰했다. 윤기 없는 얼굴 피부는 팽팽해 보였고, 마치 저장해 둔 과일처럼 신선해 보일 뿐 생기가 없었다. 그러나 영국식으로 돌돌 말아 올린 머리카락은 비단결보다 더 가느다랗고, 푸른 눈에서는 빛이 났으며, 모든 동작이 세련되었다. 안쪽의 2인용 소파에 앉은 그녀는 손가락 끝을 들어 올려 일본 병풍의 붉은 술 장식을 어루만지고 있었다. 마치 약간 마르고 섬세한 긴 손을 돋보이게 하려는 것 같았다. 그녀는 청교도 여인처럼 깃을 세운 블라우스에다가 물결무늬의 회색 옷을 입고 있었다.

프레데릭은 그녀에게 올해는 라 포르텔에 가지 않느냐고 물어보았다. 당브뢰즈 부인은 어떻게 될지 모른다고 했다. 그는 노장은 틀림없이 그녀에게 지루한 곳일 거라고 생각했다. 손님이 점점 많아졌다. 양탄자 위를 스치는 옷자락 소리가 계속 이어졌다. 의자 끝에 앉아 있던 부인들은 약간 비웃듯이 웃으며 두세 마디 이야기를 나눈 다음, 5분 후에 어린 딸들과 함께 돌아갔다. 곧이어 대화가 계속 이어지지 않자, 프레데릭은 돌아가려고 했다. 그때 당브뢰즈 부인이 말했다.

"매주 수요일이에요, 모로 씨." 이 간단한 말로써 그녀가 드러냈던 무관심이 보상되었다.

그는 만족스러웠다. 하지만 거리에 나와 공기를 한껏 들이마시자, 더 자연스러운 분위기를 느끼고 싶은 마음에 로자네트를 찾아가기로 한 것이 생각났다.

응접실 문은 열려 있었다. 아바나[15] 산 복슬개 두 마리가 달려왔다. 누군가가 소리를 질렀다.

"델핀! 델핀! 펠릭스 씨예요?"

그는 앞으로 가지 않고 서 있었다. 작은 개 두 마리가 계속 짖어댔다. 드디어 레이스 달린 하얀 모슬린 실내복 같은 것을 입은 로자네트가 맨발에 슬리퍼를 신은 채 나타났다.

"아! 실례했어요! 전 미용사인 줄 알았어요. 잠깐 기다리세요! 곧 돌아올게요!"

그리하여 그는 식당에 혼자 남았다.

덧문은 닫혀 있었다. 프레데릭은 지난밤의 소란을 회상하며 방 안을 둘러보았다. 그때 방 한가운데 탁자 위에 놓여있는 남자 모자가 눈에 띄었다. 기름에 찌들어 더럽고 찌그러진 낡은 펠트 모자였다. 도대체 누구 모자일까? 올이 풀린 모자 안을 뻔뻔하게 드러내 보이고 있는 그 모자는 '그거야 아무러면 어때! 난 이 집 주인인데!'라고 말하고 있는 것 같았다.

로자네트가 돌아왔다. 그녀는 모자를 집어, 온실 문을 열고 거기에 모자를 집어던진 후 문을 다시 닫았다(그와 동시에 다른 문들도 열렸다가 닫혔다). 그리고 그녀는 부엌을 통과하여 화장용으로 쓰이는 방으로 프레데릭을 안내했다.

그곳은 그 집에서 사람들이 가장 자주 드나드는 장소로, 정신적인

---

15) 쿠바의 수도.

중심지와 같은 곳임을 금방 알 수 있었다. 커다란 잎사귀 무늬의 사라사가 벽과 안락의자와 탄력 있는 넓은 긴 의자에 깔려 있었다. 하얀 대리석 테이블 위에는 커다란 청자기 대야 두 개가 간격을 두고 놓여 있었다. 그 위로 유리 선반에는 유리병, 솔, 빗, 화장품, 가루분 상자 들이 어지러이 널려 있었다. 난로불이 전신거울에 비치고 있었고, 큰 수건 한 장이 욕조 밖으로 늘어져 있었다. 아몬드와 안식향의 반죽 냄새가 풍겼다.

"지저분해서 미안해요! 오늘 저녁에는 외식을 하기로 되어 있어서요."

그녀는 발뒤꿈치로 돌아서다가 작은 개들 중 한 마리를 깔아뭉갤 뻔했다. 프레데릭은 개들이 귀엽다고 했다. 그녀는 두 마리를 한꺼번에 들어 올리더니, 검은 주둥이를 그에게 들이댔다.

"자, 방긋 웃으며 신사 분께 키스하거라."

모피 깃이 달린 더러운 프록코트를 입은 남자가 갑자기 들어왔다.

"펠릭스, 다음 일요일에는 틀림없이 필요한 거 드릴게요." 그녀가 말했다.

남자는 그녀의 머리를 손질하기 시작했다. 그는 그녀에게 그녀의 친구들 소식을 알려주었다. 로슈귄 부인, 생플로랑탱 부인, 롱바르 부인, 당브뢰즈 저택에서와 마찬가지로 모두가 귀부인들이었다. 이어서 그는 연극 이야기를 했다. 오늘 밤, 앙비귀 극장에서 특별공연이 있다고 했다.

"거기 가시나요?"

"아뇨! 난 집에 있을 거예요."

델핀이 나타났다. 로자네트는 허락도 없이 외출했다고 델핀을 나무랐다. 델핀은 "시장에 다녀오는 길"이라고 말했다.

"그럼 가계부를 가져와 봐! — 잠깐 실례하겠어요."

그리고 로자네트는 나지막한 목소리로 장부를 읽으며 항목마다 잔소리를 했다. 계산이 틀렸다는 것이다.

"4수는 돌려줘야지!"

델핀이 4수를 돌려주자, 로자네트는 델핀을 내보내고 말했다.

"아! 정말! 저런 자들을 상대한다는 건 진짜 불행한 일이에요!"

프레데릭은 그런 비난이 귀에 거슬렸다. 그 비난은 아까 저쪽 집에서 들은 여러 가지 비난을 연상시켜, 두 집 사이에 일종의 불쾌한 유사점이 있다는 생각이 들었다.

델핀이 돌아와서 로자네트에게 다가가더니, 귀에 대고 무슨 말인가를 했다.

"싫어! 난 그러고 싶지 않아!"

델핀이 다시 나타났다.

"부인, 그분이 꼭 만나시겠다고 하는데요."

"아! 정말 귀찮게 구는군! 내쫓아버려!"

그 순간, 검은 옷을 입은 한 노파가 문을 밀었다. 프레데릭은 아무것도 보지도 듣지도 못했다. 로자네트가 노파를 맞으러 급히 방으로 들어가 버린 까닭이었다.

다시 나타난 그녀는 얼굴을 붉히며 아무 말 없이 안락의자에 주저앉았다. 눈물 한 줄기가 그녀의 뺨 위로 흘러내렸다. 그녀는 젊은이를 돌아보며 조용히 말했다.

"이름이 뭔가요?"

"프레데릭입니다."

"아! 페데리코! 그렇게 불러도 괜찮으시겠죠?"

그녀는 교태부리는 듯한, 거의 애정이 넘치는 시선으로 그를 바라보았다. 갑자기 그녀는 바트나 양을 보고 기쁨의 소리를 질렀다.

여류 예술가는 6시 정각에 손님을 대접해야 하기 때문에 시간을 낭비할 수가 없었다. 그녀는 기진맥진하여 숨을 헐떡이고 있었다. 우선 바구니에서 종이에 싼 시곗줄을 꺼내더니, 여러 가지 구입한 물건을 내놓았다.

“주베르 거리에 36수짜리 스웨덴 가죽장갑이 있다는 거 알아요? 굉장히 좋은 거예요! 염색업자는 1주일이 더 걸린다더군요. 두꺼운 레이스는 다려 놓으라고 말해 두었어요. 뷔뇨는 선금을 받았어요. 이게 전부인 것 같은데요? 185프랑을 내게 주면 돼요!”

로자네트는 서랍에서 나폴레옹 금화 열 개를 꺼내러 갔다. 두 여자 다 잔돈을 가지고 있지 않아서, 프레데릭이 잔돈을 내주었다.

“나중에 돌려드리겠어요”라고 바트나가 15프랑을 지갑에 쑤셔 넣으며 말했다. “그런데 당신은 나쁜 사람이에요. 전 이제 당신을 좋아하지 않아요. 당신은 요전 날 한 번도 저하고 춤을 춰주지 않았으니까요! ─ 아! 로자네트, 볼테르 강가의 한 상점에서 박제로 만든 벌새 틀을 발견했는데, 아주 귀여워요. 내가 당신이라면 그걸 사 두겠어요. 자! 이거 어때요?”

그녀는 오래된 장미색 명주 천을 자랑해 보였다. 델마르에게 중세의 웃옷을 만들어주려고 탕플에서 사온 것이었다.

“그 사람 오늘 왔지요?”

“아뇨!”

“이상하네!”

그리고 잠시 뒤 다시 말했다.

“오늘 저녁에 어디 가세요?”

“알퐁신 집에요.” 로자네트가 말했다. 이것은 그녀가 그날 저녁을 어떻게 보낼 것인지에 대해 세 번째로 말을 바꾼 것이었다.

바트나 양이 다시 말했다.

“산악 노인은 별고 없으세요?”

그러나 로자네트는 황급히 눈을 깜빡이며 입을 다물라는 시늉을 했다. 그리고 프레데릭을 현관까지 바래다주며 아르누를 조만간 만날 거냐고 물었다.

"그분에게 한번 와 달라고 부탁해주세요. 물론 그의 부인 앞에서는 말하지 말구요!"

계단 위에 우산이 벽에 기대어 세워져 있었고, 그 옆에 신발 한 켤레가 놓여 있었다.

"바트나의 고무신발이에요. 무슨 발이 이렇담? 그녀는 정말 튼튼하다니까!" 로자네트가 말했다.

그리고 신파조로 말끝을 굴리며 말했다.

"그녀를 믿지 마세요!"

그런 속내 이야기를 해주자, 대담해진 프레데릭은 그녀의 목에 키스를 하고 싶었다. 그녀는 태연하게 말했다.

"오! 하세요! 돈 드는 일도 아닌걸요!"

그는 머지않아 로자네트가 자기 애인이 되리라는 생각을 하며, 가벼운 마음으로 거기에서 나왔다. 그 욕망은 다른 욕망을 일깨웠다. 아르누 부인에 대해 원망 비슷한 감정을 품고 있었으면서도, 그는 그녀를 보고 싶었다.

게다가 로자네트의 부탁을 전하기 위해서라도 거기에 가야 했다.

'그러나 지금은(시계가 6시를 치고 있었다) 아르누가 틀림없이 집에 있을 거야'라고 그는 생각했다.

그는 방문을 다음 날로 미루었다.

아르누 부인은 첫날과 똑같은 자세로 어린애의 셔츠를 꿰매고 있었다. 그녀의 발치에서 사내아이가 나무로 만든 동물 장난감을 가지고 놀고 있었다. 마르트는 조금 떨어진 곳에서 글을 쓰고 있었다.

그는 우선 아이들을 칭찬하는 말부터 꺼냈다. 그녀는 어머니들이 흔히 보이는 어리석은 과장을 전혀 드러내지 않고 대답했다.

방 안은 평온한 분위기에 싸여 있었다. 아름다운 햇빛이 유리창을 통해 들어오고, 가구의 모서리들이 빛났다. 아르누 부인은 창가에 앉아 있었기 때문에, 강한 광선이 목덜미의 애교머리를 내리비추며 호박색 살결에 황금물결을 스며들게 했다. 그가 말했다.

"저기 있는 따님도 3년 전에 비해 많이 컸군요! — 기억나요, 아가씨? 마차 안에서 내 무릎 위에서 잠을 잤는데(마르트는 기억하지 못했다). 어느 날 밤인가, 생클루에서 돌아오는 길이었지."

아르누 부인은 이상하게도 슬픈 시선을 하고 있었다. 그들의 공통된 추억을 암시하는 말을 하지 못하게 하려는 것일까?

흰자위가 반짝이는 그녀의 아름다운 검은 눈이 다소 무거운 듯한 눈꺼풀 아래에서 천천히 움직였다. 그 깊은 눈동자에는 한없는 선량함이 담겨 있었다. 그는 그 어느 때보다 더 강렬하고 깊은 사랑에 사로잡혀, 몸이 마비되는 듯한 명상에 잠겼다. 하지만 그는 그러한 생각을 떨쳐버렸다. 어떻게 해야 자신의 진가를 보일 수 있을까? 어떤 방법으로? 프레데릭은 여러 가지로 생각해 보았으나, 돈보다 더 좋은 것을 찾아낼 수 없었다. 그는 날씨에 대한 이야기를 꺼내며, 르 아브르는 더 춥다고 말했다.

"르 아브르에 다녀오셨어요?"

"예, 일이 있어서 … 집안의 … 유산 상속 때문에요."

"아! 정말 기쁜 일이군요." 그녀가 진정으로 기뻐하는 태도로 말했기 때문에, 프레데릭은 대단한 호의를 받은 듯 감동했다.

그녀는 남자란 뭔가 일을 해야 하는데 무슨 일을 하고 싶으냐고 물었다. 그는 자기가 했던 거짓말이 생각나서, 국회의원인 당브뢰즈 씨의 도움을 받아 참사원에 들어가려 한다고 말했다.

"부인도 그분을 알고 계시죠?"

"이름만 알지요."

그러더니 나지막한 소리로 다시 말했다.

"그 양반이 지난번에 당신을 무도회에 데리고 갔었죠?"

프레데릭은 잠자코 있었다.

"그걸 알고 싶었어요, 감사합니다."

그런 후, 그녀는 조심스럽게 그의 가족과 고향에 대해 두세 가지 질문을 했다. 고향에 그토록 오랫동안 머물러 있었는데도 자기들을 잊지 않았다니 아주 친절한 사람이라고 했다.

"하지만 … 제가 잊을 수 있었겠어요? 그렇게 생각하셨나요?" 그가 말했다.

아르누 부인이 일어섰다.

"우리에게 친절하고 변함없는 애정을 가지고 계신다고 생각하고 있어요. 그럼 … 안녕히 가세요!"

그녀는 솔직하고 씩씩한 태도로 손을 내밀었다. 이것은 하나의 약속, 장래에 대한 희망이 아닐까? 프레데릭은 삶의 기쁨을 마냥 느꼈고, 노래라도 부르고 싶은 것을 꾹 참았다. 그는 이 기쁨을 발산하고, 아량을 베풀며 적선을 하고 싶었다. 도와줄 사람이 없는지 주위를 둘러보았다. 불쌍한 사람이 아무도 지나가지 않자, 남을 위한 일을 해보려던 그의 마음노 사라졌다. 그는 그런 기회를 얻고자 멀리까지 가는 사람은 아니었기 때문이다.

그는 친구들이 생각났다. 제일 먼저 머리에 떠오른 사람은 위소네였고, 그 다음은 펠르랭이었다. 뒤사르디에의 천한 신분은 자연히 배려를 하게 했다. 시지에게 재산을 약간 자랑하는 것도 즐거운 일이었다. 그래서 그는 그들 네 사람에게 이사 턱을 내겠으니 다음 일요일 정각 11시에 와 달라고 편지를 썼다. 그리고 델로리에에게는 세네칼을 데려오라고 했다.

이 가정교사는 상장 수여가 평등 관념에 해가 되는 관습이라고 여겨 반대한 까닭에, 세 번째 기숙학교에서도 쫓겨나고 말았다. 지금은 어떤 기계제작소에서 일하고 있었고, 벌써 반년 전부터 델로리에와 함께 살고 있지 않았다.

그들의 이별은 결코 고통스럽지 않았다. 그 무렵 세네칼은 노동자들을 집에 데려가곤 했는데, 그들은 모두 애국자요 근면하고 정직한 사람들이었지만 변호사에게는 그들과의 교제가 달갑지 않았던 것이다. 게다가 세네칼의 사상의 일면은 투쟁의 무기로는 훌륭했지만, 델로리에에게는 불쾌한 것이었다. 그러나 야심이 있는 그는 세네칼을 이용하기 위해 적당히 비위를 맞추면서 그런 내색을 하지는 않았다. 델로리에는 큰 변동이 일어나서, 그 틈에 출세하여 훌륭한 지위를 얻을 수 있기를 초조하게 기다리고 있었기 때문이다.

세네칼의 신념은 그렇게 타산적인 것은 아니었다. 매일 저녁 일이 끝나면, 그는 다락방으로 돌아가 자신의 꿈을 정당화시켜 주는 것을 책 속에서 찾곤 했다. 그는 《사회계약론》에 주석을 달거나 〈르뷔 앵데팡당트〉라는 잡지를 탐독했다. 그리고 마블리,[16] 모렐리,[17] 푸리에,[18] 생시몽,[19] 콩트,[20] 카베,[21] 루이 블랑[22] 등 수레 한 대에 실

16) Mably, 1709~1785. 프랑스의 역사가이며 사회사상가. 루소의 사상을 계승하여 낙천적 진보주의에 반대하는 입장을 취했고, 소유권을 비판하는 등 공산주의로 기울어졌으며, 프랑스 혁명의 급진적 측면이나 사회주의의 사상적인 선구자로 인정되고 있다.

17) Morelly. 18세기 프랑스의 사상가. 그는 자연에 맞는 사회상태를 공산주의라 하였고, 예전의 가부장적인 공유사회(共有社會)를 공산주의 사회의 원형으로 보았다. 그가 구상한 공산주의는 경제학적 분석을 바탕으로 하는 것이 아니라, 도덕적 규제에 바탕을 둔 복고적 색채가 짙은 유토피아이다.

18) Fourier, 1772~1837. 프랑스의 공상적 사회주의자. 생산자 협동조합을 중심으로 상업이 존재하지 않는 자유로운 생산자의 협동사회를 실현할 것을 제안했다.

19) Saint-Simon, 1760~1825. 프랑스의 공상적 사회주의 사상가로 역사의 발전적 전개를 주장했다.

20) Comte, 1798~1857. 프랑스의 철학자, 사회학의 창시자. 여러 사회적, 역사적 문제에 관하여 온갖 추상적 사변을 배제하고, 과학적이고 수학적인 방법에 의해 설명하려고 했다. 3단계 법칙에서는 인간의 지식의 발전단계 중 최후의 실증적 단계가 참다운 과학적 지식의 단계라고 주장했다.

21) Cabet, 1788~1856. 프랑스의 공상적 사회주의자. 그리스도교와 자연법을 기초로 하여 이상적 공산주의 사회를 기술한 공상소설 《이카리아 여행기》를 썼다.

을 정도의 사회주의 저자들을 잘 이해하고 있었다. 그 저자들이란 인류를 위해 병영생활과도 같은 기준을 요구하는 자들, 창녀 집에서 인류의 위안을 구하거나 인류를 계산대의 노예로 만들려고 하는 자들이었다. 세네칼은 이 모든 것을 절충하여 도덕적 민주주의의 이상을 그리고 있었다. 그것은 소작지와 제사공장이라는 양면성을 갖춘 일종의 미국식 스파르타로서, 거기에서 개인은 사회에 봉사하기 위해 존재할 뿐이다. 사회는 라마교 교주나 네부카드네자르[23] 왕들보다 더 전능하고 절대적이며 완전무결한 신적 존재인 것이다. 세네칼은 그러한 이상이 가까운 장래에 실현되리라는 것을 조금도 의심하지 않았다. 그리고 자신의 적이라고 판단되는 모든 것에 대해서는, 기하학자 같은 추리력과 종교재판관 같은 성실성을 가지고 끈질기게 물고 늘어졌다. 귀족 칭호, 십자훈장, 깃털장식, 특히 하인의 제복 그리고 너무 과장된 명성도 그를 분개시켰다. 그의 공부와 생활고가 모든 특권이나 우월감에 대한 증오를 날마다 부채질했다.

"프레데릭에게 내가 인사를 차릴 의무라도 있단 말인가? 나를 만나고 싶다면, 그 친구가 찾아오라고 해!"

그렇게 말하는 그를 델로리에가 데리고 왔다.

그들이 들어갔을 때, 프레데릭은 침실에 있었다. 블라인드와 이중 커튼, 베네치아 거울 등 없는 것이 없었다. 프레데릭은 벨벳 웃옷을 입고 안락의자에 드러누워 터키담배의 궐련을 피우고 있었다.

세네칼은 독실한 신자인 체하는 사람이 방탕한 모임에 끌려온 것처럼 침울한 표정을 지었다. 델로리에는 한눈에 모든 것을 훑어본 후, 프레데릭에게 공손히 머리 숙여 인사하며 말했다.

"나리! 경의를 표합니다!"

뒤사르디에는 프레데릭의 목을 끌어안았다.

---

22) 제 1부 주 67번 참조.

23) 제 1부 주 54번 참조.

"이제 당신은 부자로군요? 아! 잘됐어요, 정말 잘됐어요!"

시지는 모자에 상장(喪章)을 달고 나타났다. 조모가 죽은 후 그는 막대한 재산을 상속받았고, 놀고 즐기느니보다는 다른 사람과 차별성을 갖추어 세상 사람들과 다른 존재가 되고자 애쓰고 있었다. 요컨대 "독특한 개성을 지니고자" 노력했다. 이것은 시지 자신의 말이었다.

그러는 사이 정오가 되고, 모두들 하품을 했다. 프레데릭은 누군가를 기다리고 있었다. 아르누라는 이름을 듣자, 펠르랭이 이마를 찌푸렸다. 펠르랭은 아르누가 예술을 포기한 후부터 그를 변절자라고 생각하고 있었다.

"그 사람 없이 시작하지. 어때?"

모두가 찬성했다.

긴 각반을 두른 하인이 문을 열자, 금으로 장식된 높은 떡갈나무 주추와 그릇이 가득한 두 개의 식기대가 있는 식당이 보였다. 포도주병이 난로 위에서 데워지고 있었고, 새 나이프의 날이 굴 옆에서 반짝이고 있었다. 고급 유리컵의 우윳빛 색조에는 뭔가 사람의 마음을 끄는 부드러움이 있었고, 식탁은 고기와 과일과 산해진미가 잔뜩 쌓여 보이지도 않았다. 그러한 배려도 세네칼에게는 소용이 없었다.

그는 우선 집에서 만든 빵(가능하면 딱딱한 것)을 요구하더니, 그것을 계기로 뷔장세의 학살사건[24]과 식량 부족에 대한 이야기를 했다.

농업을 잘 보호했다면, 모든 것을 경쟁과 무질서와 '되는 대로 내버려두라'는 통탄할 자유방임주의 격언에 맡겨두지 않았다면, 그 모든 일은 일어나지 않았을 것이라고 했다! 그 어떤 것보다 고약한 금전적 지배세력이 생긴 것은 바로 그 때문이라는 것이다! 그러나 조심해야 한다! 마침내 지친 국민이 유혈 사태를 빚으며 자본의 소지자들을 추방하거나 그들의 저택을 약탈함으로써, 자기들이 당한 고통을

---

24) 1846~47년 겨울 프랑스에 기근이 번졌을 때, 프랑스 중부지방 뷔장세의 굶주린 지방민과 관헌이 충돌한 사건.

되갚아줄 수도 있다는 것이다.

프레데릭은 팔을 걷어 올린 한 무리의 사람들이 당브뢰즈 부인의 넓은 거실로 쳐들어가 창으로 유리창을 깨뜨리는 광경을 언뜻 그려보았다.

세네칼은 이야기를 계속했다. 노동자는 임금이 부족하기 때문에, 특히 아이들이 있는 경우에는 노예나 흑인이나 거지보다 더 불행하다고 했다.

"맬서스[25]파의 영국 의사인지 뭔지 하는 사람의 충고처럼, 노동자는 아이들을 질식시켜 없애버려야 하는 것인가?"

그리고 시지를 돌아보며 다시 말했다.

"우리는 비열한 맬서스의 충고에 따를 수밖에 없다는 건가?"

맬서스의 비열함이 무엇인지도 모르고 그의 존재조차 모르는 시지는 어쨌든 많은 가난이 구제되고 있다고 대답했다. 그리고 상류계급은…

"아! 상류계급!"이라고 사회주의자는 비웃으며 말했다. "우선 상류계급이라는 건 존재하지도 않아. 사람은 마음에 의해서만 높은 지위에 오르는 법이지! 우린 자선을 바라는 것이 아니라고! 다만 평등과 생산물의 공정한 분배를 바랄 뿐이네."

그가 바라는 것은 병사가 대령이 될 수 있듯이 노동자도 자본가가 될 수 있는 것이었다. 적어도 노동조합은 견습생의 수를 제한하여 노동자의 범람을 막고, 축제나 조합의 깃발을 통해서 유대감을 유지시켜야 한다는 것이다.

위소네는 시인으로서 단체의 깃발을 소중하게 생각하고 있었다. 펠르랭 역시 다뇨 카페에서 푸리에주의자들의 이야기를 들은 터라,

---

25) Malthus, 1766~1834. 영국의 경제학자. 저서 《인구론》에서 인구는 기하급수적으로 증가하나 식량은 산술급수적으로 증가하므로 인구와 식량 사이의 불균형이 필연적으로 발생할 수밖에 없으며, 여기에서 기근과 빈곤 및 악덕이 발생한다고 했다.

그에 대해 특별한 관심을 갖고 있었다. 그는 푸리에를 위대한 사람이라고 했다.

"그만둬! 그자는 늙은 바보야! 제국의 몰락을 신의 복수의 결과라고 생각하는 사람이지! 생시몽이나 그의 신봉자들과 마찬가지로 프랑스 대혁명을 싫어하는 사람이라고. 우리에게 가톨릭을 다시 부활시키려고 하는 되지 못한 놈들이야!" 델로리에가 말했다.

시지는 아마도 자기 입장을 분명히 하기 위해서인지, 혹은 자기도 좋은 평판을 받고 싶어서인지 조용히 말하기 시작했다.

"그럼 그 두 학자는 볼테르의 의견과 다른가?"

"볼테르는 자네에게 맡기지!" 세네칼이 대답했다.

"뭐라고? 내 생각에는…"

"아니! 그 사람은 국민을 사랑하지 않았어!"

그리고 시사적인 문제에 대한 대화가 이어졌다. 스페인 왕실의 결혼문제, 로슈포르의 공금 횡령, 생드니 성당의 새로운 수도회, 이것 때문에 세금이 배가 될 거라고 했다. 하지만 세네칼은 이미 충분한 세금을 내고 있다고 생각했다!

"그런데 대체 무엇 때문이란 말인가? 박물관의 원숭이들에게 궁전을 세워주고, 번쩍이는 장교들을 광장에서 행진시키거나 또는 궁전의 하인들에게 고딕식 예의범절을 지키도록 하기 위해서가 아닌가!"

"〈라 모드〉지에서 읽었는데, 생페르디낭 축일에 튈르리 궁전에서는 모두들 긴 장화에 큰 깃털이 달린 투구를 쓴 모습으로 가장했다고 하더군." 시지가 말했다.

"얼마나 민망한 일인가!" 사회주의자는 불쾌하다는 듯 어깨를 으쓱하며 말했다.

"그리고 베르사유의 박물관은 또 어떤가! 그 얘기를 해보세! 그 바보들은 들라크루아[26]의 그림을 축소시키고 그로[27]의 그림을 확대시켰네. 루브르 박물관에서도 모든 그림을 수리하고 긁어내거나 손을 댔으니, 아마 10년 후에는 온전한 그림은 한 장도 남아있지 않을 걸세. 목록의 오류로 말하자면, 어떤 독일 사람이 그에 대해 책 한 권을 썼을 정도지. 외국 사람들은 정말 우리를 무시하고 있단 말야!" 펠르랭이 소리쳤다.

"그래, 우린 유럽의 웃음거리가 되어 있어!" 세네칼이 말했다.

"그건 예술이 왕권에 굴복하고 있기 때문이야."

"보통선거를 획득하지 않는 한…"

"천만에! 그저 우리를 조용히 내버려두면 좋겠어. 난 아무것도 원하지 않아! 다만 의회가 예술의 이익을 위해 결정해야 한다고 생각할 뿐이네. 미학 강좌를 만들어야 해. 그리고 실천가인 동시에 이론가인 사람이 그 강좌의 교수직을 맡는다면, 많은 사람을 모을 수 있지." 20년 전부터 모든 미술전에 거절당해 온 예술가는 권력에 대해 격한 반감을 갖고 있었다.

"위소네, 자네 신문에 그런 말을 써주면 좋겠는걸."

"신문이 자유로울까? 우리가 자유로울까? 작은 배 한 척을 강에 띄우는 데도 28가지 절차를 밟아야 하는 걸 생각하면, 식인종 나라에 가서 살고 싶단 말야! 정부가 우리를 괴롭히고 있어! 철학도, 법률도, 예술도, 하늘의 공기도 모두가 정부 것이거든! 그리고 프랑스는 헌병의 장화와 성직자의 법의 아래서 무기력하게 헐떡거리고 있지!" 델로리에가 흥분해서 말했다.

미래의 미라보는 이렇게 울분을 한껏 터뜨렸다. 드디어 그는 잔을

---

26) Delacroix, 1798~1863. 프랑스의 화가. 힘찬 율동과 격정적 표현, 빛깔의 명도와 심도의 강렬한 효과 등을 사용한 낭만주의 회화를 창시했다.

27) Gros, 1771~1835. 프랑스의 화가. 나폴레옹 시대 뛰어난 전쟁화를 많이 그렸다. 고전파의 마지막 거장으로서, 전통적 기법을 존중하면서도 현실적이며 색채의 명암이 뚜렷한 회화적 효과를 추구하여 낭만파의 선구자가 되었다.

들고 일어서서, 주먹을 허리에 대고 눈을 번득이며 말했다.

"난 현 질서의 완전한 파괴를 위해 건배한다. 소위 특권, 독점, 지도, 계급, 권위, 국가라고 불리는 모든 것의 파괴를 위해!" 그리고 더 소리를 높여서, "그런 것들을 이렇게 부숴버리고 싶단 말야!"라고 말하며 발이 달린 아름다운 컵을 식탁 위에 던져 산산조각으로 만들어버렸다.

모두들 박수를 쳤다. 특히 뒤사르디에가 가장 열렬히 환호했다.

뒤사르디에도 세상의 부당함을 보고 마음의 동요를 느끼고 있었다. 그는 바르베스[28]를 걱정하고 있었다. 그는 쓰러진 말을 구하기 위해 마차 밑으로 몸을 던지는, 그런 부류의 사람이었던 것이다. 그의 학식은 두 권의 저서에 국한되어 있었다. 하나는《왕들의 죄악》이고, 다른 하나는《바티칸의 비밀》이었다. 그는 입을 벌린 채 변호사의 이야기를 즐겁게 듣고 있다가, 마침내 더 참지 못하고 말했다.

"저는요, 제가 루이필립을 비난하는 이유는 그가 폴란드 사람을 버렸기 때문이에요!"

"잠깐! 우선 폴란드는 존재하지 않아. 그건 라파예트가 지어낸 말이야! 폴란드 사람이라고 하지만, 대개의 경우 모두가 생마르소 지역의 사람들이지. 진짜 폴란드 사람들은 포니아토브스키[29]와 함께 물에 빠져 죽었으니까." 위소네가 말했다.

요컨대 "루이필립은 더 이상 그런 일에 말려들지 않고" "만사에 무관심하다!"는 것이었다. 그것은 이제 전설상의 큰 바다뱀이나 낭트칙령의 폐지, 또는 "성바르텔르미[30]의 오래된 허풍!"과 마찬가지로 다

28) Barbès, 1809~1870. 공화주의자로서, 루이필립 시대 이후 당시 네 번째로 투옥되어 있었다. 이 투옥 상태는 1848년 2월혁명 때까지 계속된다.

29) Poniatowski, 1763~1813. 폴란드인. 나폴레옹 군대의 사령관으로 특히 라이프치히 전투에서 용맹을 떨쳐 프랑스군의 원수까지 되었으나(1813년), 엘스테 강에 빠져 죽었다.

지난 일이 된 것이다.

세네칼은 폴란드 사람들을 옹호하지는 않았으나, 문학자의 마지막 말을 꼬집어 대꾸했다. 교황들을 나쁘게 말하고 있지만, 어쨌든 교황은 민중을 보호하는 사람들이라는 것이었다. 그리고 세네칼은 가톨릭 동맹을 "민주주의의 서광, 신교도의 개인주의에 대항하는 평등운동"이라고 불렀다.

프레데릭은 이러한 의견들에 대해 조금 놀랐다. 시지는 이런 이야기가 지루했던지, 당시 많은 사람들의 관심을 끌고 있던 짐나즈 극장의 활인화[31]에 대한 화제를 꺼냈다.

세네칼은 활인화에 대해 몹시 통탄스러워했다. 그런 구경거리는 무산계급의 딸들을 타락시키고, 건방진 사치를 보여준다는 것이었다. 그는 롤라 몬테즈[32]를 모욕한 바이에른 학생들을 칭찬했다. 루소처럼, 그도 왕의 정부보다는 숯장수의 아내를 더 존중하고 있었다.

"자네는 산해진미를 조롱하는 건가!"라고 위소네가 위엄 있게 반박했다. 그리고 로자네트를 위하여, 그와 같은 부류의 여자들을 옹호했다. 그가 그녀의 무도회와 아르누의 의상에 대한 이야기를 하자, 펠르랭이 말했다.

"그는 요즘 상황이 안 좋다고 하던데?"

---

30) 1572년 8월 프랑스에서 가톨릭과 위그노(프로테스탄트) 사이에서 벌어진 종교전쟁에서 성바르텔르미 축일에 위그노들이 학살된 사건.

31) 산 사람을 그림 속의 인물과 같이 분장시키고 말없이 부동의 자세로 배치시켜 역사나 문학의 한 장면, 또는 명화(名畵) 등을 모의적으로 나타낸 것.

32) Lola Montez, 1818~1861. 바이에른의 루트비히 1세와의 밀애로 국제적 스캔들을 일으킨 아일랜드의 모험가. 1846년 말, 뮌헨에서 무용수로 활동하다가 루트비히 1세의 눈에 띄었으며, 이후 그의 정부이자 란츠펠트 백작부인으로서 루트비히 1세가 자유주의적이고 반 예수회적인 정책을 펴도록 영향을 끼쳤다. 급진파와 교권파가 모두 그녀의 권력에 분개했으며, 1847년 폭동 시위가 일어나자 1848년에 도피했고, 그녀가 일으킨 소동으로 루트비히 1세는 그해에 퇴위당했다.

화상은 벨빌의 토지 때문에 최근 소송을 일으켰고, 현재는 자기와 비슷한 부류의 사기꾼들과 함께 브르타뉴 저지대의 고령토 회사를 경영하고 있었다.

뒤사르디에가 그에 관해 더 많은 사정을 알고 있었다. 그의 주인인 무시노 씨가 은행가 오스카르 르페브르에게 아르누에 대한 정보를 묻자, 아르누의 어음이 몇 번 연기된 것을 알고 있는 은행가가 건실하지 못한 사람이라고 대답했기 때문이다.

후식이 끝나고, 일행은 거실로 옮겨갔다. 거실에는 로자네트의 거실처럼 루이 16세풍의 노란 무늬가 있는 천이 쳐져 있었다.

펠르랭은 차라리 근대 그리스풍으로 선택하지 그랬냐고 프레데릭을 나무랐다. 세네칼은 벽지에 성냥을 비벼댔고, 델로리에는 아무 잔소리도 하지 않았다. 그는 서재에 들어가서야 소녀의 서재 같다고 하면서 잔소리를 했다. 거기에는 대부분의 현대문학이 다 있었다. 그 작품에 대해서는 이야기를 할 수가 없었다. 곧바로 위소네가 작가들에 대한 일화를 이야기하며 그들의 용모와 품행과 복장을 비판하고, 15류 작가들의 정신을 찬양하는 한편 일류 작가들의 정신을 험담할 뿐만 아니라 현대문학의 쇠퇴를 한탄했기 때문이다. 시골의 짤막한 노래 같은 것은 그것만으로도 19세기의 모든 서정시인보다 더 많은 시정을 담고 있다는 것이었다. 발자크는 과대평가되었고, 바이런은 명예가 실추되었으며, 위고는 연극에 대해 아무것도 모른다는 등의 이야기를 했다.

"도대체 자네는 왜 우리 노동자 시인들의 작품을 가지고 있지 않나?"라고 세네칼이 말했다.

그리고 문학을 공부하고 있는 시지는 프레데릭의 테이블 위에 "흡연자, 낚시꾼, 세관관리의 생리라고 하는 그 새로운 생리학의 책들"이 보이지 않는 것에 놀랐다.

그들에게 화가 치민 프레데릭은 그들의 어깨를 잡아 밖으로 내쫓아버리고 싶었다. '하지만 그러면 내가 바보가 되겠지!' 그는 뒤사르디에를 한옆으로 데리고 가서, 뭔가 도와줄 일이 없느냐고 물었다.

선량한 젊은이는 감동했다. 그는 경리로 일하고 있어서, 필요한 것이 아무것도 없다고 했다.

이어서 프레데릭은 델로리에를 침실로 데리고 가서, 책상에서 2천 프랑을 꺼내며 말했다.

"자, 받아! 내가 옛날에 꾼 돈의 나머지야."

"그런데 … 신문은? 내가 위소네에게 말해뒀는데." 변호사가 말했다.

프레데릭이 "지금은 형편이 좀 여의치 않다"고 대답하자, 상대방은 쓴웃음을 지었다.

리큐르 술 다음에는 맥주, 맥주 다음에는 그로그주를 마셨고, 파이프를 또 피웠다. 마침내 저녁 5시가 되자, 모두들 돌아갔다. 그들이 아무 말 없이 나란히 걷고 있을 때, 뒤사르디에가 프레데릭의 대접은 나무랄 데가 없었다고 말하기 시작했다. 모두들 거기에 동의했다.

위소네는 음식이 다소 소화가 잘 안 되는 것이었다고 말했다. 세네칼은 방 안의 장식이 경박했다고 비판했다. 시지도 같은 생각이었다. "독특한 개성"이 절대적으로 부족하다는 것이었다.

"난 말야, 나한테 그림 한 장쯤 주문해도 좋았을 텐데 하는 생각이 드는군." 펠르랭이 말했다.

델로리에는 바지 주머니 속에 지폐를 쥔 채 입을 다물고 있었다.

프레데릭은 혼자 남아 있었다. 그는 친구들을 생각하며, 그들과 자기 사이에 컴컴하고 커다란 도랑이 가로놓여 있음을 느꼈다. 그는 그들에게 손을 내밀었지만, 그들은 그의 솔직한 마음에 응해주지 않았다.

그는 아르누에 대한 펠르랭과 뒤사르디에의 말을 생각해보았다. 그건 지어낸 말일 것이다, 아마도 중상모략이 아닐까? 그런데 왜 중상모략을 한단 말인가? 파산한 아르누 부인이 눈물을 흘리며 가구를 팔고 있는 모습이 떠올랐다. 그런 생각이 밤새도록 그를 괴롭혔다.

그래서 다음 날 그는 그녀의 집으로 갔다.

자기가 알고 있는 사실을 어떻게 전해야 할지 몰라, 그는 일상적인 대화를 나누는 듯한 태도로 아르누가 여전히 벨빌의 토지를 소유하고 있는지 물어보았다.

"그럼요."

"지금은 브르타뉴 지방의 고령토 회사를 경영하신다면서요?"

"맞아요."

"공장은 잘되고 있겠지요?"

"글쎄요··· 그런 것 같아요."

그리고 그가 머뭇거리자, 그녀가 말했다.

"무슨 일이 있어요? 걱정이 되는군요!"

그는 어음 연기 건을 이야기해주었다. 그녀는 머리를 숙이며 말했다.

"그럴 줄 알았어요!"

사실 아르누는 크게 한몫 잡으려고 토지의 매각을 거부한 채 그것으로 많은 돈을 꾸었는데, 막상 살 사람이 나타나지 않자 공장을 설립하여 이를 만회하려고 생각했다. 그런데 견적서보다 더 많은 비용이 들었다. 그 이상은 그녀도 알지 못했다. 아르누는 아내의 모든 질문을 피하면서, 줄곧 "아주 잘되어가고 있다"고 단언했다는 것이다.

프레데릭은 그녀를 안심시키려고 애썼다. 아마 일시적인 어려움일 거라고 했다. 어쨌든 뭔가를 알게 되면, 그녀에게 알려주겠다고 했다.

"오! 그래주시겠어요?" 그녀는 매혹적이고 애원하는 태도로 두 손을 모으며 말했다.

그러니까 그는 그녀에게 쓸모 있는 사람이 될 수 있었다. 그녀의 생활, 그녀의 마음속으로 들어가게 된 것이다!

아르누가 나타났다.

"아! 저녁 식사에 날 데리러 와 주다니 정말 친절한 일이군!"

프레데릭은 아무 말도 하지 않았다.

아르누는 대수롭지 않은 이야기들을 하다가, 우드리 씨와 약속이 있어서 늦게 돌아올 거라고 아내에게 말했다.

"그분 집에서요?"

"물론 그의 집에서지."

계단을 내려가면서, 아르누는 로자네트가 한가하다고 하여 함께 물랭루즈로 놀러 가는 거라고 털어놓았다. 그리고 그는 언제나 자기 이야기를 받아줄 사람을 필요로 했기 때문에, 그녀의 집 앞까지 프레데릭을 데리고 갔다.

아르누는 안으로 들어가지 않고 3층 창문을 바라보며 인도 위를 거닐었다. 갑자기 커튼이 젖혀졌다.

"아! 브라보! 우드리 영감은 이제 없군! 잘 가게!"

그러니까 그녀를 돌보아주는 사람이 우드리 영감이었단 말인가? 프레데릭은 무엇이 어찌 된 영문인지 알 수가 없었다.

그날부터 아르누는 이전보다 훨씬 더 다정하게 굴었다. 그는 애인 집의 저녁 식사에 프레데릭을 초대하기도 했다. 그래서 곧 프레데릭은 두 집을 동시에 드나들게 되었다.

로자네트의 집은 그의 흥미를 끌었다. 밤에 클럽이나 극장에서 나와 거기에 들러서, 차를 한잔 마시거나 복권놀이를 하곤 했다. 일요일에는 문자 수수께끼를 하기도 했다. 누구보다도 부산한 로자네트는 네 발로 뛰거나 나이트캡을 괴상하게 쓰거나 하는 따위의 익살스러운 생각을 하여 두각을 드러냈다. 그녀는 행인들을 창문으로 바라보기 위해 가죽 모자를 쓰기도 하고, 긴 담뱃대로 담배를 피우기도 하고, 티롤 지방의 노래를 부르기도 했다. 오후에는 무료함을 달래느라 사라사 천 조각으로 꽃무늬를 오려 유리창에 붙이거나 두 마리의 귀여운 개에게 분을 발라주거나 향을 피우거나 자기 운수를 점치거나 했다. 무엇이든 갖고 싶은 것이 있으면 참지 못하는 그녀는 골동품을 보고 반하면 잠도 자지 않고 달려가서 사야 했다. 그리고 다시 그것을 다른 것으로 바꾸고, 옷감을 망가뜨리고, 보석을 잃어버리고, 돈을 낭비하고, 무대 앞좌석을 구하기 위해서라면 속옷이라도 팔아야 하는 여자였다. 가끔 그녀는 책에서 읽은 단어를 프레데릭에게 설명해 달라고 했지만, 그의 대답을 듣고 있지는 않았다. 금방 다른 생각으로 건너뛰어 계속 질문을 해댔기 때문이다. 그녀는 극도로 쾌활하게 떠든 후에는 어린애처럼 화를 내기도 했다. 또는 난로 앞의 바닥에 앉아 머리를 숙이고 두 손으로 무릎을 끌어안은 채, 겨울잠을 자는 뱀보다 더 무기력한 모습으로 생각에 잠기곤 했다. 그녀는 아무 거리낌 없이 프레데릭 앞에서 옷을 갈아입거나 명주 양말을 천천히 벗고, 부르르 떠는 물의 요정처럼 몸을 젖히며 물을 흠뻑 적셔 세수를 했다. 하얀 이를 드러내며 웃는 모습, 반짝이는 눈, 그녀의 아름다움과 쾌활함이 프레데릭의 마음을 사로잡고 관능을 자극했다.

그가 본 아르누 부인의 모습은 거의 언제나 어린애에게 읽기 공부를 시키거나 피아노로 음계 연습을 하는 마르트의 의자 뒤에 서 있는 것이었다. 그녀가 바느질을 할 때는, 이따금 떨어뜨린 가위를 주워주는 일이 그에겐 큰 기쁨이었다. 그녀의 모든 몸가짐에는 조용한 위엄이 배어 있었다. 그녀의 작은 손은 적선을 하거나 눈물을 훔치기 위해 있는 것 같았고, 원래 나지막한 목소리에는 애무하는 듯한 억양과 미풍과도 같은 가벼움이 담겨 있었다.

그녀는 문학에 열광하지는 않았지만, 소박하고 감동적인 이야기에 매혹되는 마음을 지니고 있었다. 그녀는 여행과 숲속의 바람소리, 그리고 모자를 쓰지 않은 채 비를 맞으며 산책하는 것을 좋아했다. 프레데릭은 그런 이야기를 감미롭게 들으면서, 그녀가 자연스럽게 마음을 열기 시작했다고 생각했다.

이 두 여자와의 교제는 그의 삶에 있어서 두 가지 음악과 같은 것이었다. 하나는 쾌활하고 열정적이며 즐거운 음악이고, 다른 하나는 장엄하고 거의 종교적인 음악이었다. 그 두 음악은 동시에 선율을 울리면서 언제나 고조에 달하고, 점점 서로 뒤섞였다. 그리하여 아르누 부인의 손가락이 그의 몸에 스치기라도 하면, 곧 다른 여자의 모습이 그의 정욕 앞에 나타났다. 그것은 그만큼 그 여자에게 가까워질 수 있는 기회가 생겼기 때문이다. 그리고 로자네트와 함께 있다가 마음이 감동하는 일이 생기면, 즉시 그의 소중한 사랑이 생각나곤 했다.

이러한 혼동은 두 집의 유사점에서 비롯되는 것이기도 했다. 예전에 몽마르트르 거리에서 보았던 궤짝 하나는 이제 로자네트의 식당을 장식하고 있었고, 또 다른 하나는 아르누 부인의 거실에 있었다. 두 집의 식기도 비슷하고, 안락의자 위에 굴러다니는 벨벳 모자까지 똑같았다. 그리고 갖가지 작은 선물들, 병풍, 상자, 부채들이 애인의 집과 본처의 집 사이를 왔다 갔다 했다. 아르누가 아무 거리낌도 없이 종종 한 여자에게 주었던 것을 다시 가져다가 다른 여자에게 주었기 때문이다.

로자네트는 프레데릭과 함께 아르누의 그 고약한 행동을 비웃곤 했다. 어느 일요일 저녁 식사 후에, 그녀는 프레데릭을 문 뒤로 데리고 가서 아르누의 외투 속에 있는 과자봉지를 보여주었다. 아르누가 자기 아이들에게 선물로 주려고 식탁에서 슬쩍한 것이 틀림없었다. 아르누는 파렴치한 짓이라고도 할 수 있는 깜찍한 장난을 곧잘 했다. 세관의 눈을 속이는 것은 그에게는 하나의 의무였다. 그는 돈을 내고 극장에 가는 일이 결코 없었고, 2등석 입장권을 가지고 항상 1등석으로 들어가려고 했다. 냉수목욕탕에서는 10수짜리 동전 대신에 항상 바지 단추를 종업원의 주머니에 넣어준다는 것을 마치 대단히 재미있는 이야기처럼 말하곤 했다. 그래도 로자네트는 여전히 그를 사랑하고 있었다.

그러던 어느 날, 그녀가 아르누에 대해 이렇게 말했다.

"아! 그가 싫어졌어요! 지긋지긋해요! 정말이지, 딱한 일이지만 다른 사람을 찾아야겠어요!"

프레데릭은 이미 "다른 사람"을 찾았고, 그 사람은 우드리 씨라고 생각한다고 했다.

"뭐, 아무려면 어때요?" 로자네트가 말했다.

그리고 울 것 같은 목소리로 다시 말했다.

"전 그 사람에게 그리 대단한 걸 요구하지 않아요. 하지만 그 사람은 안 해주거든요, 나쁜 사람! 안 해준다구요! 약속이야 하지만, 그건 다른 문제죠."

아르누는 예의 고령토 광산에서 나오는 이익금의 4분의 1을 그녀에게 주겠다는 약속까지 했다는 것이다. 그런데 아무 이익금도 없었고, 6개월 전부터 그녀를 유혹하는 미끼로 내세운 캐시미어 숄도 마찬가지였다.

즉시 프레데릭은 그녀에게 캐시미어 숄을 선물할까 하는 생각을 했다. 아르누가 그것을 질책으로 여기고 화를 낼 수도 있었다.

그러나 아르누는 좋은 사람이었다. 그의 아내도 그렇게 말했다. 하지만 너무 분별이 없었다! 그는 매일 사람들을 집으로 데리고 와서 저녁 식사를 하는 대신, 이제는 식당에서 친지들을 대접하고 있었다. 그는 금줄, 추시계, 가정용품과 같은 전혀 불필요한 것들을 사곤 했다. 심지어 아르누 부인은 복도에서 탕파,[33] 발 보온기, 러시아 주전자 등 수많은 구매품을 프레데릭에게 보여준 일도 있었다. 드디어 어느 날, 그녀는 불안한 마음을 털어놓았다. 아르누가 그녀에게 당브뢰즈 씨 앞으로 된 약속어음에 서명하게 했다는 것이다.

그동안 프레데릭은 자신의 명예에 관한 일이라고 생각하여 문학에 대한 계획을 버리지 않고 있었다. 그는 펠르랭과의 대화에 자극되어 미학사를 써보고 싶었고, 프랑스 대혁명의 여러 시기를 극으로 엮어 보거나 델로리에와 위소네의 간접적인 영향으로 대희극을 써보고도

33) (잠자리를 따뜻하게 하기 위하여) 더운물을 채워 자리 밑에 넣어 두는, 사기나 쇠로 만든 그릇.

싶었다. 그런 일을 하는 동안에도 그의 눈앞에는 두 여자의 얼굴이 자주 지나가곤 했다. 그는 그녀를 보고 싶은 마음을 억누르며 버텨 보았지만, 곧 굴복하고 말았다. 그리고 아르누 부인 집에서 돌아올 때는 마음이 더 우울했다.

어느 날 아침, 그가 난롯가에서 우울한 마음을 되씹고 있을 때 델로리에가 들어왔다. 세네칼의 선동적인 언사가 고용주를 불안하게 하여, 또다시 생활수단을 잃어버렸다는 것이다.

"나보고 어쩌란 말야?" 프레데릭이 말했다.

"그런 게 아냐! 너한테 돈이 없다는 건 나도 알아. 하지만 당브뢰즈 씨나 아르누에게 부탁해서 일자리 하나 마련해주는 건 어려운 일이 아니지 않을까?"

아르누에게는 틀림없이 공장에서 일할 기술자가 필요할 거라고 했다. 프레데릭에게 퍼뜩 묘안이 떠올랐다. 세네칼이 남편의 부재를 알려주거나 편지를 갖다 주거나 하는 식으로 기회 있을 때마다 그를 도와줄 수 있을 것이다. 남자 대 남자로 그런 도움은 늘 주고받는 법이다. 게다가 세네칼이 눈치채지 못하게 그를 이용할 방법도 찾을 수 있을 것이다. 우연이 그에게 조수 한 사람을 마련해주는 셈이었다. 그건 좋은 징조였고, 놓쳐서는 안 되었다. 그래서 그는 무관심한 체하면서, 어쩌면 가능한 일일지도 모르니 알아보겠다고 대답했다.

그는 즉시 그 일에 착수했다. 아르누는 공장에서 매우 고생하고 있었다. 그는 중국 구리의 붉은색을 만들려고 애쓰고 있었으나, 구우면 색깔이 없어져버렸다. 도자기에 금이 안 가도록 점토에 석회를 섞어 보았지만, 대부분 깨어지고 말았다. 또한 굽기 전에 칠한 그림의 유약에서는 거품이 일었고, 커다란 판은 휘어져버렸다. 그는 이런 실패를 공장 시설이 나쁜 탓이라고 생각하여, 다른 물감 용해기와 건조장을 마련하려 하고 있었다. 그런 사정을 몇 가지 기억해낸 프레데릭은 아르누에게 가서, 예의 붉은색을 만들 수 있는 아주 유능한 사람을 찾아냈다고 말했다. 아르누는 펄쩍 뛰며 좋아했지만, 이야기를 듣고 나자 사람이 필요 없다고 대답했다.

프레데릭은 세네칼이 기술자인 동시에 화학자이며 일류 수학자이니 회계도 볼 수 있다고 그의 비범한 지식을 칭찬했다.

도자기상은 그를 만나보겠다고 동의했다.

아르누와 세네칼은 보수 문제로 서로 싸웠다. 프레데릭이 개입하여, 1주일 후 조정이 이루어졌다.

그런데 공장이 크레유에 있었기 때문에, 세네칼은 프레데릭에게 아무 도움이 될 수 없었다. 지극히 간단한 이 사실을 생각하자, 프레데릭은 큰 재난이라도 만난 것처럼 낙담했다.

그는 아르누가 아내에게서 떨어져 있으면 있을수록 자기에게는 그녀에 대한 기회가 더 많아질 거라고 생각했다. 그래서 그는 끊임없이 로자네트를 변호하기 시작했다. 그는 그녀에 대한 아르누의 잘못을 지적하고, 지난번에 본 그녀의 험악한 분위기를 이야기했다. 심지어 캐시미어 숄에 관한 이야기도 하면서, 그녀가 아르누의 인색함을 비난한 것도 숨기지 않았다.

인색하다는 말에 자존심이 상한(게다가 마음도 불안해져서) 아르누는 로자네트에게 캐시미어 숄을 갖다 주었다. 그러나 프레데릭에게 불평한 것에 대해서는 그녀를 나무랐다. 그녀가 그의 약속을 백 번이나 재촉했다고 말하자, 그는 일이 너무 바빠 기억하지 못한 거라고 주장했다.

다음 날, 프레데릭은 그녀의 집으로 갔다. 2시인데도, 로자네트는 아직 자고 있었다. 델마르가 침대 머리맡의 조그만 원탁 앞에 앉아 푸아그라 조각을 먹고 있었다. 그녀는 멀리서부터 "그거 받았어요, 받았어요"라고 소리치더니, 프레데릭의 두 귀를 잡고 이마에 키스하며 정말 고맙다고 했다. 그리고 친근한 말투로 침대 위에 앉으라고 했다. 아름답고 부드러운 그녀의 눈은 빛나고, 축축한 입술은 미소 짓고 있었다. 통통한 두 팔이 민소매 속옷 밖으로 나와 있었다. 이따금 삼베 옷 너머로 그녀 몸의 단단한 윤곽이 느껴졌다. 그러는 동안 델마르는 눈동자를 굴리면서 말했다.

"그럼요, 정말이에요!"

그 후로도 그녀의 태도는 똑같았다. 프레데릭이 들어가자마자 그녀는 키스하기 좋게 방석 위로 올라서고, 그를 귀여운 사람, 친절한 사람이라고 부르며 단춧구멍에 꽃을 꽂아주거나 넥타이를 고쳐 매어주었다. 델마르가 있을 때는 언제나 한층 더 친절하게 굴었다.

이것은 은근한 유혹일까? 프레데릭은 그렇다고 생각했다. 친구를 속이는 것에 대해서는, 아르누가 자기 입장이라면 전혀 개의치 않을 터였다! 그리고 그의 아내에 대해 줄곧 미덕을 지켜왔으니, 그의 애인에 대해서는 그러지 않아도 되었다. 그는 아르누 부인에 대해서는 미덕을 지켰다고 믿었다. 아니, 지극히 비겁한 자신의 행동을 정당화하기 위해 그렇게 믿고 싶었으리라. 어쨌든 그는 자기가 어리석다고 생각하고, 로자네트에게는 대담하게 행동하기로 마음먹었다.

그리하여 어느 날 오후, 그녀가 서랍장 앞에서 몸을 구부리고 있을 때, 그는 그녀에게 다가가 아주 노골적인 행동을 했다. 그녀가 얼굴을 붉히며 일어났다. 그는 계속해서 같은 행동을 되풀이했다. 그러자 그녀는 와락 울음을 터뜨리며, 자기는 불행한 여자지만 그렇다고 해서 경멸을 받을 이유는 없다고 말했다.

그는 같은 시도를 되풀이했다. 그녀는 태도를 바꾸어 웃음을 지었다. 그는 똑같은 태도로 반격하는 것이 상책이라고 생각하여 과장된 태도를 보였다. 그러나 그가 너무 쾌활하게 보이자, 그녀는 그의 마음이 진지하지 않다고 생각했다. 그리고 두 사람의 우정이 진지한 감정의 토로에 방해가 되었다. 드디어 어느 날, 그녀는 다른 여자의 찌꺼기를 받아들일 수는 없다고 대답했다.

"다른 여자라니, 누구 말이오?"

"그래요! 아르누 부인한테 가 보세요!"

프레데릭이 아르누 부인에 대한 이야기를 자주 했기 때문이다. 아르누도 역시 같은 버릇이 있었다. 로자네트는 항상 아르누 부인을 칭찬하는 말을 듣고 있다가 마침내 화가 난 것이다. 그녀가 그를 비난하는 것은 일종의 복수이기도 했다.

그 때문에 프레데릭은 그녀에게 앙심을 품게 되었다.

게다가 그녀는 그를 아주 성가시게 굴기 시작했다. 때때로 그녀는 경험자임을 자부하며, 따귀를 때려주고 싶을 만큼 회의적인 웃음과 함께 사랑의 고통에 대해 이야기하곤 했다. 그러다가 15분 후에는 사랑은 이 세상에서 유일한 것이라고 했다. 그리고 누군가를 껴안으려는 듯 두 팔을 가슴에 포개면서, 눈을 반쯤 감고 황홀하게 도취된 모습으로 “오! 그럼요, 그건 좋은 거예요! 정말 좋은 거예요!”라고 중얼거렸다. 그는 그녀를 이해할 수 없었다. 이를테면 그녀가 아르누를 사랑하고 있는지 아닌지도 알 수 없었다. 그녀는 아르누를 비웃는가 하면 질투하고 있는 것처럼 보였기 때문이다. 바트나에 대해서도 마찬가지였다. 그녀는 바트나를 한심한 여자라고 부르는가 하면, 둘도 없는 친구라고 수없이 말하기도 했다. 요컨대 그녀의 몸 전체에는, 위로 말아 올린 머리채에 이르기까지 뭐라 표현할 수 없는 도발적인 듯한 분위기가 있었다. 프레데릭은 그 여자를 정복하고 지배하는 기쁨을 맛보고 싶은 마음에, 그녀를 갖고 싶었다.

어떻게 할 것인가? 종종 그녀는 문 사이로 잠깐 얼굴을 내밀고 “지금 바빠요, 이따 밤에 봐요!”라고 속삭이며 무례하게 그를 돌려보내거나 열두 명의 사람들 가운데 끼어있기도 했다. 그리고 단둘이 있을 때도, 내기를 해도 좋을 만큼 수많은 방해가 계속 이어졌다. 그가 저녁식사에 초대해도, 그녀는 언제나 거절했다. 한번은 승낙했지만 오지 않은 적도 있었다.

그는 한 가지 술수를 생각해냈다.

자신에 대한 펠르랭의 불평을 뒤사르디에에게 들어서 알고 있던 그는 펠르랭에게 로자네트의 초상화를 그려 달라고 주문하기로 했다. 모델로 서야 하는 횟수가 많이 필요한 실제 크기의 초상화로 말이다. 그는 한 번도 빠지지 않고 입회하기로 했다. 화가는 정확한 사람이 아니니까 그녀와 단둘이 있게 될 기회가 많을 것이다. 그래서 그는 초상화를 그려 사랑하는 아르누에게 주라고 로자네트에게 권했다. 그녀는 승낙했다. 큰 전시회의 귀빈석에서 많은 사람들 앞에 있는 자신의 모습을 상상하고, 그것이 신문에 실리게 되면 대번에 "유명해질" 거라고 생각했기 때문이다.

펠르랭 쪽에서도 그 제안을 탐욕스럽게 받아들였다. 그 초상화가 그를 거장으로 만들어주는 걸작이 될 수도 있는 일이었다.

펠르랭은 자기가 알고 있는 거장들의 모든 초상화를 기억 속에서 검토해본 후, 마침내 티치아노[34]의 작품으로 결정하고 그것을 베로네세[35]풍의 장식으로 부각시키기로 했다. 그러니까 부자연스러운 음영 없이, 한 가지 색조로 인물을 비춰주고 소도구들을 돋보이게 할 찬란한 빛 속에서 작품을 제작하려는 것이었다.

'그녀에게는 장미색 명주옷에, 동양적인 아라비아풍의 외투를 입힐까? 오, 아냐! 아라비아 외투는 상스러워! 차라리 회색 배경에다가 아주 빛깔이 선명한 푸른 벨벳으로 입히는 게 어떨까? 거기다가 하얗고 두꺼운 레이스 깃 장식을 달고 검은 부채를 들고 있게 하며, 뒤에는 빨간 장막을 드리우면 좋겠지?'라고 그는 생각했다.

이와 같이 여러 가지 궁리를 하며, 그는 날마다 자기의 구상을 넓

---

34) Tiziano, 1488~1576. 이탈리아의 화가. 견실한 사실적 묘사와 명쾌한 색채, 강렬한 필치로 동적인 구도의 그림을 그렸다. 고전적 양식에서 완전히 탈피하여 격정적인 바로크 양식의 선구자 역할을 했다.

35) Veronese, 1528~1588. 이탈리아의 화가. 베네치아파(派)에 속하고 독특하고 화려한 채색법을 지녔다. 티치아노의 영향을 받아 환상적이고 매혹적인 공간구성을 가진 화려한 양식을 확립했다.

히고 스스로 경탄하고 있었다.

로자네트가 처음으로 포즈를 취하기 위해 프레데릭과 함께 그의 집에 도착했을 때, 그의 심장이 고동쳤다. 그는 그녀를 방 한가운데 연단 같은 것 위에 서게 했다. 그리고 광선이 좋지 않다고 불평하고 옛 작업실을 그리워하며, 우선 그녀를 받침대에다가 팔꿈치를 짚게 한 후 안락의자에 앉혔다. 그는 그녀에게서 멀리 떨어지기도 하고 가까이 다가가기도 하면서 손가락으로 그녀의 옷 주름을 고쳐주고, 반쯤 감은 눈으로 그녀를 바라보다가 프레데릭의 의견을 간단히 물었다.

"역시 안 되겠어! 처음에 구상한 대로 해야겠어! 베네치아풍으로 해 드리지요!" 그가 소리쳤다.

로자네트는 진홍색 벨벳 옷에 금은세공의 허리띠를 매기로 했다. 흰 담비 모피로 안을 넣은 넓은 소매에서 나온 팔은 뒤의 계단 난간에 올려놓게 될 것이다. 그녀의 왼쪽에는 커다란 기둥이 화포 위까지 올라가서 활처럼 호를 그리며 천장과 맞닿게 된다. 그 밑으로는 거무스름한 오렌지 나무가 우거진 것이 희미하게 보이고, 그 사이로 하얀 구름이 줄무늬를 그리고 있는 푸른 하늘이 드러나 보일 것이다. 융단으로 덮인 난간 위에는 은 쟁반이 하나 있고, 거기에 꽃다발, 호박(琥珀) 묵주, 단검, 금화가 가득 담긴 노르스름한 오래된 상아 상자가 놓이게 된다. 금화 몇 개는 밑바닥 여기저기에 떨어져 있어, 그녀의 발끝으로 시선을 끌 수 있도록 눈부신 반점을 만들 것이다. 그리고 그녀는 빛을 가득 담은 자연스러운 자세로, 끝에서 두 번째 계단에 서 있게 될 것이다.

펠르랭은 그림 케이스를 가지고 와서, 그것으로 계단을 나타내려고 연단 위에 놓았다. 난간 대용의 등받이 없는 걸상 위에는, 소도구로서 작업복, 방패, 정어리 통조림, 깃털 다발, 칼을 배치하고, 로자네트 앞에 2수짜리 동전을 열두어 개 던지면서 그녀에게 포즈를 취하게 했다.

"이것들이 전부 귀중품, 눈부신 선물이라고 생각하세요. 머리를 약간 오른쪽으로! 좋아요! 이제 움직이지 마세요! 이 위엄 있는 자세가 당신의 아름다움에 잘 어울리네요."

스코틀랜드 복장에 커다란 토시를 낀 그녀는 웃지 않으려고 애쓰고 있었다.

"머리에는 진주 테를 두르도록 합시다. 빨강머리에는 언제나 효과가 좋거든요."

로자네트가 자기는 빨강머리가 아니라고 소리쳤다.

"가만히 있어요! 화가의 빨간색은 평범한 사람들의 빨간색과는 다르니까!"

그는 전체적인 윤곽을 소묘하기 시작했다. 그는 르네상스 시대의 위대한 예술가들에게 몰두하고 있던 터라, 그들에 대한 이야기를 했다. 천재적 재능과 영광과 호사가 가득한 화려한 생활, 개선장군처럼 도시로 들어가거나 여신처럼 아름다운 반나체의 여자들에 둘러싸여 횃불 빛 아래에서 향연을 베푸는 사람들의 생활을 동경하면서 1시간 동안이나 큰 소리로 얘기했다.

"당신은 그런 시대에 태어났어야 할 사람이군요. 당신과 같은 미모라면 왕족의 상대가 되었을 테니까!"

로자네트는 그의 찬사가 아주 듣기 좋았다. 다음에 모델을 설 날짜가 정해졌다. 프레데릭은 소도구를 가져오는 책임을 맡았다.

난로의 열기 탓에 로자네트가 다소 어지러워했기 때문에, 그들은 걸어서 바크 거리를 지나 루아얄 다리 위에 이르렀다.

몹시 추운 날이었지만, 화창하게 맑은 날씨였다. 해가 저물고 있었다. 시테 섬에 있는 집들의 몇몇 유리창이 황금 판처럼 멀리서 반짝였다. 뒤쪽 오른편에는 노트르담의 탑들이 푸른 하늘 위에 검은 윤곽을 드러내고 있었고, 하늘 멀리 지평선은 회색 안개에 부드럽게 잠겨 있었다. 바람이 불었다. 로자네트가 배가 고프다고 해서, 그들은 영국 제과점으로 들어갔다.

아이들을 데리고 온 젊은 여자들이 유리 덮개를 씌운 과자 접시가 가득한 대리석 진열대 앞에 서서 과자를 먹고 있었다. 로자네트는 크림 파이 두 개를 먹어치웠다. 설탕 가루가 그녀의 입 양쪽에 콧수염을 그려놓았다. 그녀는 이따금 그것을 닦기 위해 토시에서 손수건을 꺼냈다. 초록색 명주 모자를 쓴 그녀의 얼굴은 잎사귀 속에 활짝 핀 한 송이 장미꽃 같았다.

그들은 다시 걷기 시작했다. 그녀는 라 페 거리의 귀금속 상점 앞에서 발을 멈추고, 팔찌를 바라보았다. 프레데릭은 그녀에게 그 팔찌를 선물하고 싶다고 했다.

"아뇨, 돈을 절약하세요." 그녀가 말했다.

그는 그 말에 기분이 상했다.

"왜 그래요? 기분이 안 좋아요?"

대화가 다시 이어지자, 그는 평소처럼 사랑의 맹세를 하기에 이르렀다.

"그건 안 되는 일이라는 걸 당신도 알고 있잖아요!"

"왜요?"

"아! 왜냐하면 …"

그들은 나란히 걷고 있었다. 그녀는 그의 팔에 기대 있었고, 그녀의 옷자락 장식이 그의 다리에 부딪쳤다. 그러자 그는 어느 겨울 날 황혼 무렵 아르누 부인과 이렇게 나란히 같은 길을 걸었던 일이 생각났다. 그는 그 추억에 완전히 빠져, 로자네트는 더 이상 보이지도 않고 생각하지도 않고 있었다.

로자네트는 무턱대고 앞을 바라보며 게으른 어린아이처럼 질질 끌려가고 있었다. 사람들이 산책에서 돌아오는 시간이었다. 그리하여 마차 행렬이 건조한 도로 위를 줄 지어 빠르게 지나갔다. 아마도 펠르랭의 찬사가 생각났음인지, 그녀는 한숨을 내쉬었다.

"아! 세상에는 행복한 여자들도 있군요! 틀림없이 난 돈 있는 남자를 위해 태어났는데."

그가 거친 어투로 대답했다.

"하지만 돈 있는 남자를 하나 붙잡지 않았소! 우드리 씨는 백만장자 정도가 아니라 대부호라고 하던데."

그녀는 그 남자하고 헤어진다면 더 바랄 게 없다고 했다.

"왜 못 헤어지는데요?"

그는 가발을 쓴 그 늙은 부르주아에 대해 신랄한 비난을 퍼붓고, 그러한 관계는 수치스러운 것이니 청산해야 한다고 말했다!

"그래요. 언젠가는 틀림없이 그렇게 될 거예요!" 로자네트는 마치 자기 자신에게 말하듯 대답했다.

프레데릭은 그 무심한 태도가 좋았다. 그녀의 걸음이 느려지자, 그는 그녀가 피곤한 모양이라고 생각했다. 그녀는 마차를 타지 않겠다고 굳이 사양했다. 집 앞에서 헤어질 때, 그녀는 손가락으로 그에게 키스를 보냈다.

'아! 유감스러운 일이군! 바보 같은 놈들은 나를 부자라고 생각하고 있으니!'

그는 우울한 마음으로 집에 도착했다.

위소네와 델로리에가 그를 기다리고 있었다.

방랑 작가는 테이블 앞에 앉아 터키인의 얼굴을 그리고 있었고, 변호사는 진흙투성이 장화를 신은 채 긴 의자에서 졸고 있었다.

"아! 드디어 왔군! 그런데 기분이 썩 좋지 않아 보이네! 내 얘기를 들어줄 수 있겠어?" 그가 소리쳤다.

복습교사로서의 그의 인기는 땅에 떨어져 있었다. 학생들에게 시험에 불리한 이론을 가르쳤기 때문이었다. 그는 소송에서 두세 번 변호도 해 보았지만 실패로 돌아갔고, 실망할 때마다 그의 마음은 예전의 꿈으로 더 강하게 이끌렸다. 그것은 자신을 드러내고 복수를 하며 울분과 생각을 토로할 수 있는 신문을 갖는 일이었다. 게다가 재산과 명성도 자연히 따라올 터였다. 신문을 가지고 있는 방랑 작가 위소네를 구슬린 것도 바로 그런 희망에서였다.

현재 위소네는 장미색 종이에 신문을 찍어내고 있었다. 그는 허위 보도를 꾸며내거나 그림수수께끼를 만들면서 논쟁을 벌이려 애쓰고 있었고, 심지어 (장소도 없으면서) 음악회도 개최하고 싶어 했다! 1년간 예약구독을 하면 "파리 일류극장의 1등석을 제공하고, 게다가 관리부는 외국독자들에게 예술이나 그 밖의 것에 대한 귀중한 모든 정보를 보내주는 책임을 지고 있다"고 했다. 그러나 돈을 지불하지 못해 인쇄업자로부터 협박을 받고 있었고, 사무실 주인에게는 3기분의 집세가 밀려 있었으며, 온갖 난처한 일이 생기고 있었다. 매일같이 그의 마음에 활기를 불어넣어주는 변호사의 격려가 없었다면, 위소네는 〈예술〉지를 폐간해버렸을 것이다. 델로리에는 자기 행동을 더 권위 있게 보이게 하려고 위소네를 데려온 것이다.

"신문 건 때문에 왔는데." 그가 말했다.

"저런, 그걸 아직까지 생각하고 있군!" 프레데릭은 무심한 어조로 대답했다.

"물론 생각하고 있지!"

그리고 그는 다시 자기 계획을 설명했다. 그들은 증권거래소의 보고서를 통하여 금융업자와 관계를 맺고, 필요한 보증금 10만 프랑을 얻어내려 하고 있었다. 그러나 〈예술〉지를 정치신문으로 변화시키기 위해서는 사전에 폭넓은 독자층을 확보해야 하는데, 그를 위해 몇 가지 지출을 해야 한다는 것이었다. 즉, 종이비, 인쇄비, 사무실 경비로 1만 5천 프랑이 필요하다고 했다.

"내겐 돈이 없어." 프레데릭이 말했다.

"그럼 우리는 어떻게 되는 건가!" 델로리에가 팔짱을 끼며 말했다.

프레데릭은 그 태도에 기분이 상해 대꾸했다.

"그게 내 잘못인가? …"

"아! 그래! 벽난로에는 장작, 식탁에는 송로버섯이 있고, 좋은 침대, 서재, 마차, 모든 즐거움을 다 갖추고 있는 사람들이 있지! 그런데 슬레이트 지붕 밑에서 덜덜 떨고 20수짜리 식사를 하며 도형수처럼 일을 하고도 가난 속에서 허우적대는 사람도 있단 말야! 그게 그들의 잘못인가?"

그는 재판소 냄새가 나는 웅변조로 빈정거리면서, "그게 그들의 잘못인가?"라고 되풀이했다. 프레데릭이 입을 열려고 하는데, 그가 다시 말했다.

"하기야 나도 이해해, 여러 가지 욕구가 있겠지 … 귀족적인 욕구 말이야. 틀림없이 … 어떤 여자에게 … "

"좋아, 그렇다 하더라도 그건 내 자유가 아닌가? … "

"오! 자유지!"

그리고 잠시 침묵을 지키다가 다시 말했다.

"그거 참 편리하군, 약속이란 거 말야!"

"뭐야! 약속을 어기겠다고는 말하지 않았어!" 프레데릭이 말했다.

변호사가 계속했다.

"중등학교에서는 여러 가지 맹세를 하지. 이상적인 공동체를 만들자, 발자크의 《열세 사람》[36]을 모방하자 하고 말이야! 그런데 다음에 만나면, '안녕, 옛 친구, 저리 가!'라고 하는 거야. 남을 도울 수 있는 사람은 오직 자기만을 위해 모든 것을 소중하게 간직해 두니까."

"뭐라구?"

"그렇잖아, 넌 우리를 당브뢰즈 댁에 소개조차 해주지 않았잖아!"

---

36) 발자크의 작품 《13인의 이야기》를 말한다. 발자크는 당시 유행하던 비밀결사 이야기에 흥미를 갖고 있었는데, 이 작품도 13인의 비밀결사단 이야기를 말하는 것이므로 《13인의 비밀결사 이야기》로 번역되기도 한다. 그러나 실제로 작품 속에서는 13인의 비밀결사의 활동이 별로 드러나 있지 않다.

프레데릭은 그를 바라보았다. 초라한 프록코트에 윤기 없는 안경을 쓴 창백한 얼굴의 변호사는 그야말로 사이비 지식인처럼 보여서, 프레데릭은 입가에 경멸의 미소를 띠지 않을 수 없었다. 델로리에는 그것을 알아차리고 얼굴을 붉혔다.

그는 돌아가려고 벌써 모자를 쥐고 있었다. 잔뜩 불안해진 위소네는 애원하는 시선으로 그를 진정시키려고 애썼다. 프레데릭이 등을 돌리자, 위소네가 말했다.

"이보게, 친구! 나의 문예학술 후원자가 되어 주게나! 예술을 보호해주게!"

프레데릭은 갑작스런 체념의 몸짓으로, 종이 한 장을 꺼내 거기에다가 몇 줄 갈겨쓰더니 그에게 내밀었다. 방랑 작가의 얼굴이 환해졌다. 그는 쪽지를 델로리에에게 건네주며 말했다.

"사과하게!"

그들의 친구가 공증인에게 1만 5천 프랑을 최대한 빨리 보내달라고 부탁한 것이다.

"아! 그래야 너다운 일이지!" 델로리에가 말했다.

"신사의 약속일세! 자넨 용감한 사람이야, 공로자들의 회랑에 자네의 초상화가 걸릴 걸세!" 방랑 작가가 덧붙였다.

변호사가 다시 말했다.

"손해 보지는 않을 거야. 굉장한 투자니까."

"물론이지! 내 목을 걸고 장담하네." 위소네가 소리쳤다.

그리고 그가 마구 어리석은 소리를 해대고 꿈같은 일들을 수없이 약속한(아마도 그는 그렇게 믿고 있는 것이겠지만) 까닭에, 프레데릭은 그가 다른 사람들을 조롱하는 것인지 아니면 자기 자신을 조롱하는 것인지 알 수가 없었다.

그날 저녁, 그는 어머니에게서 편지를 한 통 받았다.

어머니는 그가 아직도 장관이 되지 않은 것이 놀랍다면서 농담조의 이야기를 했다. 그리고 자신의 건강상태를 이야기하고, 요즘 로크 씨가 집을 드나들고 있다는 사실을 알려주었다. 〈그 사람이 홀아비가 된 후로는, 그의 출입을 받아들여도 무방하다고 생각했다. 루이즈는 몰라보게 달라져서 예쁜 아가씨가 되었단다.〉 그리고 추신으로 〈네가 교제하는 훌륭한 사람, 당브뢰즈 씨에 대해서는 전혀 말해주지 않는구나. 내가 너라면, 그 사람을 이용하겠다만〉이라고 적혀 있었다.

이용하지 못할 것도 없지 않은가? 그의 지적 야심은 사라졌고, 재산도 충분하지 않았다(그는 그것을 알고 있었다). 빚을 갚고 약속한 돈을 사람들에게 넘겨주면, 그의 수입이 적어도 4천 프랑은 줄 것이기 때문이었다! 게다가 이런 생활에서 벗어나 뭔가에 매달리고 싶은 욕구도 느끼고 있었다. 그리하여 그는 다음 날 아르누 부인 집에서 저녁을 먹으면서, 어머니가 직업을 가지라고 성가시게 굴고 있다고 말했다.

"지는 당브뢰즈 씨가 참사원에 들어가게 해 주실 것으로 알고 있었는데요. 당신한테 아주 잘 어울리는 일일 텐데요." 그녀가 대꾸했다.

그러니까 그녀는 그가 참사원에 들어가는 것을 원하고 있었다. 그는 그녀의 의견에 따르기로 했다.

은행가는 처음 만났을 때처럼 책상에 앉아 있었다. 그리고 손짓으로 잠깐 기다려달라고 했다. 문에 등을 돌리고 있는 한 신사와 중대한 문제를 이야기하고 있었기 때문이다. 그것은 석탄과 몇몇 회사의 합병에 관한 문제였다.

푸아[37] 장군의 초상화와 루이필립의 초상화가 거울을 사이에 두고 양쪽으로 걸려 있었다. 벽에는 서류정리 상자가 천장까지 쌓여 있었

---

37) Foy, 1775~1825. 프랑스의 군 지휘관이며 정치가. 젊은 시절부터 공화파였던 그는 퇴역 후, 1819년에 국회의원으로 선출되어 죽을 때까지 자유주의 야당을 이끌었다. 자유주의 사상, 화려한 연설, 군사적 명성으로 대중의 인기를 얻었다.

고, 밀짚 의자 여섯 개가 놓여 있었다. 당브뢰즈 씨는 사무를 보는 데 그 이상의 좋은 방을 필요로 하지 않았다. 그것은 대 연회를 준비하는 어두운 부엌 같았다. 프레데릭은 특히 방구석에 세워놓은 커다란 금고 두 개에 시선이 끌렸다. 그 안에 몇 백만이나 들어갈 수 있을까 하는 생각이 들었다. 은행가가 금고 하나를 열었다. 철판이 돌아갔으나, 안에는 푸른 종이의 장부밖에 보이지 않았다.

드디어 당브뢰즈 씨와 이야기하던 사람이 프레데릭 앞을 지나갔다. 우드리 영감이었다. 두 사람이 얼굴을 붉히며 인사를 하자, 당브뢰즈 씨가 의외라는 표정을 지었다. 어쨌든 그는 매우 친절했다. 젊은 친구를 법무장관에게 추천하는 일은 아주 쉬운 일이라고 했다. 그쪽에서도 프레데릭 같은 젊은이를 얻게 되면 대단히 좋아할 거라고 했다. 끝으로 그는 며칠 후 개최하는 야회에 프레데릭을 초대하는 친절까지 베풀었다.

프레데릭이 야회에 가려고 사륜마차에 올라탈 때, 로자네트에게서 편지가 왔다. 그는 초롱불 밑에서 편지를 읽었다.

> 당신의 충고를 따랐어요. 방금 영감과의 관계를 청산했답니다! 내일 저녁부터는 자유예요! 이래도 내가 용기 없는 여자인가요?

편지는 그뿐이었다! 그러나 그것은 그 빈자리에 프레데릭을 초대하는 것이 아니겠는가. 그는 탄성을 내지르며 편지를 주머니에 집어넣고 출발했다.

말을 탄 헌병 두 명이 거리에 서 있었다. 마차가 드나들 수 있는 양쪽 정문 위에는 줄지어 늘어선 조명등이 불을 밝히고 있고, 안마당에서는 하인들이 현관의 지붕 밑 층계까지 마차를 대기 위해 소리 지르고 있었다. 그러다가 현관 안으로 들어가자, 갑자기 소음이 멎었다.

큰 나무들이 층계가 있는 공간을 가득 채우고 있었다. 둥근 도자기 등잔에서 흘러나오는 불빛이 하얀 자수 천의 물결무늬처럼 벽 위에서 너울거렸다. 프레데릭은 경쾌하게 계단을 올라갔다. 접대원이 큰 소리로 그의 이름을 말하자, 당브뢰즈 씨가 손을 내밀었다. 거의 동시에 당브뢰즈 부인이 나타났다.

레이스 달린 연보랏빛 옷을 입은 그녀는 평소보다 웨이브가 더 풍부한 머리 모양을 하고 있었고, 보석은 하나도 달지 않았다.

그녀는 그가 거의 찾아오지 않아 섭섭하다고 하면서 뭔가 이야기를 하려고 했다. 손님들이 도착했다. 그들은 상반신을 옆으로 젖히거나 허리를 직각으로 구부리거나 그저 얼굴만 숙이거나 하면서 인사를 했다. 이어서 한 쌍의 부부, 한 가족이 지나갔다. 모두들 이미 만원인 거실 안으로 흩어졌다.

한가운데의 샹들리에 밑에는 커다란 걸상 위에 화분이 하나 놓여 있었다. 화분의 꽃들이 깃털장식처럼 기울어져 주위에 둥그렇게 앉아 있는 여자들의 머리 위로 드리워졌다. 한편 다른 여자들은 두 줄의 안락의자에 앉아 있었는데, 연분홍빛 벨벳의 커다란 창문커튼과 황금빛 횡목이 있는 높은 문들로 인해 안락의자들이 균형 있게 나뉘어져 있었다.

손에 모자를 들고 마루 위에 서 있는 남자들은 멀리서 보면 하나의 검은 덩어리를 이루고 있는 것 같았고, 단춧구멍에 꽂힌 리본들이 여기저기에 붉은 반점을 그리고 있었다. 모두들 단조롭게 하얀 넥타이를 매고 있어서 더 검게 보였다. 이제 막 수염이 나기 시작한 젊은이들을 제외하면, 모두들 지루해하는 것 같았다. 어떤 멋쟁이 신사들은 우울한 표정으로 서서 몸을 좌우로 흔들고 있었다. 머리가 반백이 된 사람과 가발을 쓴 사람들이 많았고, 여기저기서 대머리가 빛났다. 붉게 물들거나 아주 창백한 얼굴들은 그 시들어빠진 표정에서 깊은 피로의 흔적이 드러나 보였다. 거기 모인 사람들은 정치나 사업에 관여하는 사람들이었다. 당브뢰즈 씨는 몇 명의 학자와 사법관, 두세 명의 저명한 의사도 초대했다. 그는 야회에 대한 사람들의 찬사와 그의 부유함을 넌지시 가리키는 말들을 겸손한 태도로 물리치고 있었다.

넓은 금줄을 단 하인들이 온 사방을 돌아다녔다. 커다란 횃불이 불로 만든 꽃다발처럼 벽지 위에 피어있었고, 그것이 거울에 반사되었다. 재스민 꽃의 격자무늬로 뒤덮인 식당 안쪽에는, 음식을 차려놓은 식탁이 흡사 대성당의 제단이나 금은세공의 진열대처럼 보였다. 그만큼 은제나 은도금한 접시, 종 모양의 덮개, 식기, 스푼이 많았고, 그 주변으로는 고기요리 위에 무지갯빛을 교차시키고 있는 다양한 모양의 크리스털 제품들이 있었다. 다른 세 개의 거실에도 예술품이 가득했다. 벽에는 대가들의 풍경화, 식탁 위에는 상아제품과 도자기, 콘솔테이블 위에는 중국 골동품들이 놓여 있었다. 창문 앞에는 옻칠한 병풍이 펼쳐져 있었고, 벽난로에서는 동백꽃 덤불이 뻗어 올라갔다. 그리고 가벼운 음악소리가 꿀벌이 윙윙거리는 소리처럼 멀리서 울리고 있었다.

카드릴 춤을 추는 사람들은 많지 않았다. 무도화를 아무 열의 없이 질질 끌며 춤을 추는 사람들은 마치 어떤 의무를 수행하고 있는 것처럼 보였다. 프레데릭의 귀에 다음과 같은 말들이 들렸다.

"랑베르 댁에서 열린 지난번 자선 파티에 갔다 오셨나요, 아가씨?"

"아뇨!"

"곧 더워지겠군요!"

"오! 그래요, 숨이 막혀요!"

"저 폴카는 누구 곡이죠?"

"글쎄요! 모르겠는데요, 부인!"

그의 뒤에서는, 멋쟁이 노인 세 명이 창가에 서서 외설스런 이야기를 속삭이고 있었다. 철도와 자유무역에 대해 이야기하는 사람들도 있었다. 한 스포츠맨은 사냥 이야기를 하고, 정통왕당파와 오를레앙파의 두 사람은 논쟁을 하고 있었다.

여기저기 사람들이 모여 있는 곳을 기웃거리며 다니던 프레데릭은 오락실로 들어갔다. 거기에는 엄숙한 사람들 틈에 끼어 '지금은 파리 검사국의 일원이 된' 마르티농이 있었다.

밀랍처럼 하얀 그의 뚱뚱한 얼굴은 볼에서 턱까지 이르는 반원형 수염에 알맞게 감싸여 있었다. 검은 털이 고르게 다듬어져 아주 멋진 수염이었다. 나이에 걸맞은 우아함과 직업이 요구하는 위엄을 적절히 갖추고 있는 그는 멋쟁이들이 흔히 그러듯 엄지손가락을 겨드랑이 밑에 갖다 대고, 한쪽 팔은 논객처럼 조끼 속에 집어넣고 있었다. 반들반들 윤이 나게 닦은 구두를 신고 있었지만, 사상가의 분위기를 드러내기 위해 관자놀이는 짧게 면도되어 있었다.

마르티농은 쌀쌀맞게 몇 마디 던진 후, 함께 이야기하던 일행을 향해 몸을 돌렸다. 어떤 지주가 말했다.

"사회의 전복을 꿈꾸는 계층의 사람들이 있어요!"

"그들은 노동의 조직화를 요구하고 있지요! 그걸 납득할 수 있겠소?" 다른 사람이 말했다.

"할 수 없는 일이죠! 즈누드[38] 씨가 〈시에클〉지와 손을 잡는 세상이니까요!" 세 번째 사람이 말했다.

"보수주의자들조차 진보주의자라고 자처하고 있는 걸요! 그 뭡니까? 공화제라는 걸 우리에게 가져다주기 위해서 말이지요! 마치 공화제가 프랑스에서 가능하기라도 한 것처럼!"

모두들 프랑스에서 공화제는 불가능하다고 단언했다.

"그거야 아무래도 좋아요. 사람들은 지나치게 대혁명에 몰두하고 있습니다. 대혁명에 대한 역사나 책들이 산더미처럼 쏟아져 나오고 있으니! …" 한 신사가 큰 소리로 말했다.

"더 진지한 연구 주제들이 있을 텐데 말이지요!" 마르티농이 말했다.

---

38) 정통왕당파 신문인 〈가제트 드 프랑스〉의 사장이었는데, 7월왕정에 대항하기 위해 공화파와의 연합을 권유했다. 공화파의 주요 기관지 중의 하나가 바로 〈시에클〉지였다.

한 정부지지자가 연극의 해독을 공격하기 시작했다.

"이를테면 이번에 새로 나온 연극 〈여왕 마고〉[39]는 정말 도가 지나쳐요! 발루아 왕조에 대해 말할 필요가 어디 있습니까? 모든 게 다 불리한 시기의 왕권을 보여주고 있어요! 그건 신문과 마찬가지 수법이지요! 말해봤자 소용없는 일이지만, 9월 법령은 너무 나약합니다! 난 말이오, 신문기자들의 입을 막기 위해 군법회의를 열었으면 좋겠소! 조금이라도 불온한 일이 있으면, 군사회의에 끌고 가서 없애버리는 거지요!"

"오! 주의하시오, 주의해요! 1830년의 우리들의 귀중한 승리[40]를 헐뜯지 마시오! 우리가 얻은 자유를 존중합시다! 그보다는 차라리 지방분산을 하여 도시의 흑자를 시골에 분배하도록 해야 합니다." 한 교수가 말했다.

"하지만 시골은 부패해 있어요! 종교를 강화해야 합니다!" 한 가톨릭 신자가 소리쳤다.

마르티농이 서둘러 말했다.

"분명 그건 좋은 억제책이 되겠군요!"

모든 악(惡)은 자기 계급의 한계를 벗어나 사치를 누리려는 현대적 욕망에서 생긴다는 것이었다.

"그렇지만 사치는 상업의 발달을 촉진시킵니다. 그래서 나는 느무르 공이 자기 연회에 반드시 짧은 바지를 입고 오라고 하는 것에 동의합니다" 하고 한 실업가가 반박했다.

"티에르 씨[41]는 긴 바지를 입고 갔는데요. 그가 한 말을 알고 계십

---

39) 알렉상드르 뒤마(Alexandre Dumas)의 소설이 원작이다. 1572년 8월 프랑스 파리에서 일어난 성바르텔르미 학살 사건을 배경으로 불륜과 권력투쟁으로 얼룩졌던 프랑스 왕실의 타락상을 그려낸 역사극.

40) 1830년 7월 파리에서 일어난 부르주아 혁명을 말하는 것으로, 이 혁명으로 인해 샤를 10세가 폐위되고 루이필립이 왕권에 올랐다.

니까?"

"그럼요, 멋진 말이지요! 그러나 그 사람도 선동정치가로 변해가고 있어요. 계급대립 문제에 대한 그의 연설이 5월 12일의 소요에 영향을 끼치지 않았다고 할 수 없거든요."

"설마!"

"그럴 리가!"

둥그렇게 모여 있던 사람들은 쟁반을 들고 오락실에 들어가려고 하는 한 하인에게 길을 내주기 위해 좌우로 비켜서야 했다.

초록색 갓의 촛불 밑에는 줄지어 놓인 카드와 금화가 테이블을 뒤덮고 있었다. 프레데릭은 그 중 한 테이블 앞에서 발을 멈추고, 주머니에 있던 나폴레옹 금화 열다섯 개를 잃은 후 발길을 돌려 당브뢰즈 부인이 있는 규방 쪽으로 다가갔다.

등받이 없는 의자에 나란히 앉은 여자들이 규방을 가득 메우고 있었다. 긴 치마가 그녀들 주위로 부풀어 올라 마치 물결 속에 그녀들의 몸이 떠 있는 것 같았고, V자로 파진 옷 틈으로 젖가슴이 드러나 보였다. 거의 모두가 오랑캐꽃 꽃다발을 손에 들고 있었다. 뿌연 빛깔의 장갑 때문에 하얀 팔이 한층 두드러져 보였다. 술 장식과 가느다란 장식끈이 어깨 위에 걸려 있어, 조금만 몸을 움직여도 옷이 흘러내릴 것 같은 생각이 가끔 들었다. 그러나 단정한 용모가 도발적인 옷차림을 완화시켜주고 있었다. 심지어 어떤 여자들은 거의 동물적인 평온함을 지니고 있었다. 반나체의 여인들이 그렇게 모여 있는 모습은 회교도의 하렘을 연상시켰고, 젊은이의 머릿속에는 더 외설스런 비교가 떠올랐다. 사실 거기에는 온갖 종류의 미인들이 모여 있었다. 증정용 호화 책자에서 볼 수 있을 듯한 영국 여자들, 검은 눈동

41) Thiers, 1797~1877. 프랑스의 정치가이자 역사가. 루이필립의 시민적인 왕정 실현에 협력했으며 수상을 지냈다. 행정장관을 거쳐 1871년에는 대통령이 되어 부르주아 공화주의의 확립과 안정을 위해 애썼다.

자가 베수비오 화산처럼 반짝이는 이탈리아 여자, 푸른 옷을 입은 세 자매, 4월의 사과나무처럼 신선한 세 명의 노르망디 여자, 자수정 장신구를 단 키 큰 빨강머리 여자. 그리고 머리카락 속에서 깃털장식처럼 떨고 있는 다이아몬드의 하얀 섬광, 가슴 위에 펼쳐진 보석의 눈부신 반점, 얼굴에 곁들여진 진주 귀걸이의 부드러운 광채가 반짝이는 금반지, 레이스, 분, 깃털, 조그만 붉은 입술, 진주빛 치아와 뒤섞이고 있었다. 둥근 천장 때문에 규방은 바구니 모양처럼 보였고, 향기로운 공기가 펄럭이는 부채들 밑으로 흐르고 있었다.

한쪽 눈에 코안경을 걸치고 여자들 뒤에 서 있는 프레데릭에게는 모든 여자들의 어깨가 다 흠잡을 데 없는 것으로 보이지는 않았다. 그는 로자네트를 생각했다. 그것은 그의 유혹을 억제시켜 주었다, 아니 가라앉혀 주었다.

그러는 사이에도 그는 당브뢰즈 부인을 바라보고 있었다. 입이 좀 크고 콧구멍이 너무 벌어지긴 했지만, 그래도 매력적인 여자라고 생각했다. 그런데 그녀의 우아한 모습에는 뭔가 특별한 것이 있었다. 머리카락의 웨이브에는 사랑의 고민 같은 것이 드러나 있었고, 회백색의 이마는 많은 것을 담고 있어서 선생과도 같은 분위기를 드러냈다.

그녀 옆에는 남편의 조카딸이라는 아주 못생긴 젊은 여자가 앉아 있었다. 이따금 그녀는 들어오는 여자 손님들을 맞이하기 위해 일어서곤 했다. 여자들의 중얼거리는 목소리가 높아지자 새들이 지저귀는 소리처럼 들렸다.

튀니지 사절단과 그 복장이 화제가 되었다. 한 부인은 최근에 아카데미 신입회원 환영식에 참가한 적이 있다고 했다. 다른 부인은 국립극장에서 새로 공연된 몰리에르의 〈동 쥐앙〉에 대한 이야기를 했다. 하지만 당브뢰즈 부인이 눈짓으로 조카딸을 가리키며 손가락을 입에 갖다 대었다. 그런데 그녀의 입술에는 그 엄격한 태도에 어울리지 않는 미소가 피어올랐다.

갑자기 마르티농이 맞은편의 다른 문 아래에 나타났다. 당브뢰즈 부인이 일어섰다. 그는 그녀에게 팔을 내밀었다. 프레데릭은 그의 친절한 태도를 계속 지켜보기 위해 오락실의 테이블을 지나 커다란 거실로 그들을 따라갔다. 당브뢰즈 부인이 곧 상대자의 곁을 떠나, 프레데릭에게 다정하게 말을 건넸다.

그녀는 그가 카드도 하지 않고 춤도 추지 않는 것을 알고 있었다.

"젊은 시절에는 누구나 우울한 거예요!"

그리고 춤추는 사람들을 흘끗 훑어보며 말했다.

"게다가 저런 것도 다 재미가 없지요! 적어도 어떤 성격의 사람들에게는요!"

그녀가 줄지어 놓인 안락의자 앞에 멈춰 서서 여기저기에 친절한 말을 건네는 동안, 안경다리가 둘 달린 코안경을 쓴 노인들은 그녀에게 와서 환심을 사려고 애를 썼다. 그녀는 프레데릭을 몇 사람에게 소개했다. 당브뢰즈 씨가 그의 팔꿈치를 가볍게 치더니, 바깥 테라스로 데리고 갔다.

그는 장관을 만났다고 했다. 그런데 일이 쉽지가 않았다. 참사원의 감사관으로 소개받기 전에 시험을 치러야 한다는 것이었다. 프레데릭은 알 수 없는 자신감이 생겨, 그런 분야에 대해서는 다 알고 있다고 대답했다.

로크 씨한테서 프레데릭에 대한 칭찬을 많이 들은 터라, 은행가는 별로 놀라지 않았다.

로크라는 이름을 듣자, 프레데릭은 어린 루이즈와 고향집과 자신의 방이 머릿속에 떠올랐다. 그리고 창가에서 지나가는 짐마차꾼들의 소리를 듣곤 하던 밤들이 생각났다. 그 슬픈 추억이 아르누 부인에 대한 생각을 불러일으켰다. 그래서 그는 테라스를 계속 거닐면서 아무 말도 하지 않았다. 어둠 속에 유리창이 기다란 붉은 판처럼 세워져 있었다. 춤추는 소리가 잦아들더니, 마차들이 돌아가기 시작했다.

"그런데 왜 그렇게 참사원을 고집하는 거요?" 당브뢰즈 씨가 말했다.

그는 자유주의자다운 어조로 관직이란 것은 아무것도 아니라고 단언했다. 자기가 관직에 대해 좀 알고 있는데, 사업이 훨씬 더 낫다는 것이었다. 프레데릭은 사업을 배우기가 어렵다고 했다.

"아 까짓것! 조만간 내가 가르쳐 드리지요."

자기 사업에 프레데릭을 끌어들이려는 것일까?

젊은이는 커다란 행운이 다가오는 것을 순간적으로 느꼈다.

"들어갑시다. 우리하고 같이 밤참을 들지 않겠소?" 은행가가 말했다.

3시였고, 사람들은 돌아가고 있었다. 식당에서는 음식이 차려진 식탁이 가까운 친지들을 기다리고 있었다.

당브뢰즈 씨는 마르티농을 보자, 아내에게 다가가 나직한 소리로 말했다.

"당신이 저 사람을 초대했소?"

그녀가 퉁명스럽게 대답했다.

"그래요!"

조카딸은 그 자리에 없었다. 사람들은 많이 마시고 크게 웃었다. 모두들 꽤 오랫동안 격식을 차리느라 불편한 상태에 있다가 가벼운 마음을 느끼고 있던 터라, 아슬아슬한 농담을 해도 거슬려하지 않았다. 마르티농만이 진지한 태도를 보이고 있었다. 그는 멋지게, 게다가 부드럽고 아주 예의 바르게 샴페인을 거절했다. 당브뢰즈 씨가 가슴이 답답하고 숨이 막힌다고 불평하자, 그는 여러 번 당브뢰즈 씨의 건강을 물은 후 푸른 눈을 당브뢰즈 부인 쪽으로 돌렸다.

그녀는 프레데릭에게 어떤 젊은 여자들이 마음에 들었냐고 물었다. 그는 아무도 눈여겨보지 않았으며 30대의 여성이 더 좋다고 말했다.

"어쩌면 그게 현명한 일인지도 모르죠!" 그녀가 대답했다.

이어서 사람들이 망토와 외투를 입고 있을 때, 당브뢰즈 씨가 프레데릭에게 말했다.

“수일 내로 오전에 나를 만나러 와 주시오, 얘기 좀 합시다!”

계단 밑에서 마르티농이 궐련에 불을 붙였다. 궐련을 빨 때 그의 옆모습이 하도 과묵하여, 프레데릭은 이렇게 말했다.

“자네 얼굴은 정말 고상해 보이는군!”

“그래서 어떤 여자들의 혼을 빼놓기도 했지!” 젊은 사법관은 자신에 넘치는 동시에 화가 난 태도로 대답했다.

자리에 누운 프레데릭은 그날 밤의 야회를 간단히 되새겨 보았다. 우선 그의 옷차림(그는 여러 번 거울에 비춰 보았었다)은 양복의 재단에서부터 구두의 매듭에 이르기까지 빈틈이 없었다. 그는 중요한 위치에 있는 남자들과 이야기했고, 부유한 여자들을 가까이서 보았다. 당브뢰즈 씨는 훌륭한 태도를 보였고, 당브뢰즈 부인은 거의 마음이 끌릴 만큼 상냥했다. 그는 그녀의 사소한 말과 시선, 분명히 파악할 수는 없지만 의미심장한 수많은 것들을 하나하나 생각해 보았다. 그런 애인을 갖게 된다면 얼마나 좋을까! 아니, 안 될 것도 없지 않은가? 그는 다른 사람과 견주어 부족함이 없었다! 어쩌면 그녀는 그렇게 어려운 여자는 아닐지도 모른다. 그러자 마르티농이 머릿속에 떠올랐다. 잠이 들면서 프레데릭은 그 선량한 젊은이에 대해 연민의 미소를 지었다.

그는 로자네트에 대한 생각을 하며 잠에서 깨어났다. 편지에 쓰인 ‘내일 저녁부터’라는 말은 그날 만나자는 약속임에 틀림없었다. 그는 9시까지 기다리다가 그녀의 집으로 달려갔다.

누군가 그를 앞서 계단을 올라가더니 문을 닫아버렸다. 그는 초인종을 당겼다. 델핀이 문을 열고 부인은 부재중이라고 말했다.

프레데릭은 끈질기게 부탁했다. 아주 중대한 이야기를 전해야 하는데, 한마디만 하면 된다고 했다. 마침내 100수짜리 은화가 효과를 발휘하여, 하녀는 그를 응접실에 혼자 남겨두었다.

로자네트가 나타났다. 속옷차림에 머리를 풀어헤친 모습이었다.

그녀는 머리를 가로저으며, 지금은 만날 수 없다는 표시의 몸짓을 멀리서 두 팔로 크게 해 보였다.

프레데릭은 천천히 계단을 내려갔다. 그런 변덕은 지금까지 보았던 그 어떤 변덕보다 더 심한 것이었다. 그는 이해할 수가 없었다.

수위실 앞에서 바트나 양이 그를 멈춰 세웠다.

"로자네트가 당신을 만나 주던가요?"

"아뇨!"

"문 앞에서 거절당했군요?"

"어떻게 아십니까?"

"눈에 보이는걸요! 이리 오세요! 나갑시다! 숨이 막혀요!"

그녀는 프레데릭을 거리로 데리고 나갔다. 그녀는 숨을 헐떡이고 있었다. 프레데릭은 그녀의 야윈 팔이 자기 팔 위에서 떨고 있는 것을 느꼈다. 갑자기 그녀가 분노를 터뜨렸다.

"아! 치사한 놈!"

"누구 말입니까?"

"그자 말이에요! 델마르!"

그 이름을 듣자, 프레데릭은 모욕감을 느껴 다시 물었다.

"확실합니까?"

"그럼요, 뒤쫓아온걸요! 그가 들어가는 걸 봤어요! 이제 아시겠어요? 이런 일을 예상했어야 하는 건데. 하긴 그 남자를 그녀의 집에 데려간 건 바로 저예요. 제가 어리석었죠. 당신은 모르시겠지만, 맙소사! 전 그 남자를 데려다가 먹이고 입히고 했답니다. 신문사를 찾아다니며 온갖 교섭도 했구요! 그 남자를 어머니처럼 사랑했거든요!" 바트나가 소리쳤다. 그리고 냉소를 띠며 다시 말했다. "아! 남자에게 필요한 건 벨벳 옷이니까! 그 남자 쪽에서는 그런 식으로 생각하겠지만, 천만에요! 그 여자! 전 그 여자가 속옷을 만드는 직공일 때부터 알고 있었다구요! 제가 없었다면, 그 여자는 수도 없이 진창에 빠졌을 거예요. 하지만 이번에는 그 여자를 진창에 빠뜨려 버리겠어요! 정말이에요! 그 여자가 자선병원에서 죽어버리면 좋겠어요! 모든 걸 폭로해 버릴 거예요!"

쓰레기가 둥둥 떠 있는 설거지한 더러운 물이 쏟아져 나오듯, 그녀의 분노는 라이벌의 수치스러운 일들을 프레데릭 앞에 소란스럽게 퍼부었다.

"그 여자는 쥐미야크, 플라쿠르, 꼬마 알라르, 베르티노, 그리고 곰보 생발레리하고도 잤어요. 아니! 또 다른 사람도 있죠! 그들은 형제지만, 무슨 상관이겠어요! 그 여자가 어려운 일이 있을 때는 제가 전부 해결해 주었어요. 거기서 제가 얻은 건 뭐죠? 그 여자는 정말 인색해요! 그리고 당신도 인정하시겠지만, 그 여자를 상대해주는 것만 해도 대단한 호의였지요. 결국 우리는 질이 다른 사람들이니까요! 전 창녀가 아니거든요! 전 몸을 팔지 않는다구요! 어디 그뿐인가요, 그 여자는 멍청하기 짝이 없는 얼간이예요! '카테고리'(*catégorie*)의 철자를 'th'로 쓴다니까요. 어쨌든 그 둘은 잘 어울리네요, 잘 어울리는 한 쌍이에요. 그 남자는 예술가를 자처하고 자신을 천재라고 믿고 있지만 말이죠! 세상에! 그가 조금이라도 똑똑하다면, 그런 수치스러운 짓을 저지르지는 않았을 테니까! 훌륭한 여자를 버리고 방탕한 여자에게 가다니! 어쨌든 난 이제 그 남자한테 상관 안 해요. 미워졌어요! 증오한다구요! 그자를 만나게 되면, 얼굴에 침을 뱉어줄 거예요. (그녀는 정말로 침을 뱉었다) 그래요, 바로 이렇게요! 그런데 아르누는? 가증스럽지도 않은가 보죠? 아르누는 그 여자를 수도 없이 용서해 주었거든요! 그의 희생은 상상도 할 수 없어요! 그 여자는 그의 발에 입이라도 맞춰야 해요! 아르누는 정말 너그럽고 좋은 사람이에요!"

프레데릭은 델마르를 헐뜯는 것을 기분 좋게 듣고 있었다. 아르누에 대해서는 이미 받아들인 터였다. 로자네트의 배신행위가 그에게는 불합리하고 부당하게 여겨졌다. 그는 이 노처녀의 흥분에 휩쓸려,

아르누에 대해 동정 같은 것을 느끼기까지 했다. 갑자기 그는 아르누의 집 앞에 와 있는 것을 깨달았다. 바트나 양이 그도 모르는 사이에 푸아소니에르 거리로 그를 끌고 온 것이다.

“다 왔어요. 저는 들어갈 수 없지만, 당신은 아무 상관없지요?” 그녀가 말했다.

“뭘 하러요?”

“아르누에게 모조리 얘기하는 거예요, 그럼요!”

프레데릭은 소스라쳐 깨어난 것처럼 자기가 비열한 짓을 강요당하고 있음을 깨달았다.

“어서요.” 그녀가 다시 말했다.

그는 눈을 들어 3층을 바라보았다. 아르누 부인 방의 램프가 켜져 있었다. 사실 들어가지 못할 이유는 아무것도 없었다.

“전 여기서 기다릴게요. 자, 가세요!”

이 명령이 그의 마음을 냉정하게 만들었다. 그래서 그가 말했다.

“저 위로 올라가면 오래 걸리게 될 겁니다. 그러니 당신은 돌아가는 게 좋겠어요. 내일 제가 댁으로 가지요.”

“안 돼요, 안 돼! 아르누를 붙잡아 데려오세요! 그에게 그 두 사람의 현장을 보여줘야 해요!” 바트나가 발을 동동 구르며 대답했다.

“하지만 델마르는 이제 거기에 없을걸요!”

그녀는 고개를 떨구었다.

“네, 어쩌면 그럴지도 모르죠.”

그녀는 거리 한가운데 마차들 사이에서 말없이 서 있다가 들고양이 같은 눈으로 그를 쳐다보았다.

“당신을 믿어도 되지요? 지금 우리 둘 사이는 깨끗하니까! 그럼 좋을 대로 하세요. 내일 봐요!”

프레데릭이 복도를 지나가는데, 서로 언쟁을 벌이는 두 사람의 목소리가 들렸다. 아르누 부인의 목소리가 말했다.

"거짓말 마요! 거짓말하지 말라구요!"

그가 들어갔다. 두 사람의 소리가 멎었다.

아르누는 이리저리 걸어 다니고, 부인은 아주 창백한 얼굴로 눈을 고정시킨 채 난롯가의 작은 의자에 앉아 있었다. 프레데릭은 돌아가려고 했다. 아르누는 구원자가 뜻밖에 나타난 것을 기뻐하며 그의 손을 잡았다.

"하지만 실례가…" 프레데릭이 말했다.

"그냥 있어 주게!" 아르누가 그의 귀에 대고 속삭였다.

부인이 말했다.

"너그럽게 봐 주셔야 해요, 모로 씨! 이런 일은 가정에서 이따금 일어나는 일이니까요."

"그런 일을 가정에 끌어오니까 그렇지. 여자들이란 가끔 변덕스런 생각을 한단 말야! 그러니까 저 사람도 이를테면 나쁜 게 아니야. 아니 그 반대지! 그런데 1시간 전부터 온갖 얘기들을 가지고 나를 못살게 굴며 즐거워하고 있다네." 아르누가 쾌활하게 말했다.

"그 얘기들은 다 사실이잖아요! 결국 당신이 그걸 샀으니까." 아르누 부인이 참지 못하고 대꾸했다.

"내가?"

"네, 당신이요! 페르시아 상점에서!"

'캐시미어 숄 말이구나' 하고 프레데릭은 생각했다.

그는 자기에게도 죄가 있는 것 같아 걱정이 되었다.

그녀가 잇달아 말했다.

"지난 달 14일 토요일이었어요."

"아! 그날, 분명히 난 크레유에 있었어. 생각해 봐."

"천만에요! 14일에 우린 베르탱 댁에서 식사를 했어요."

"14일이라구? …" 아르누는 날짜를 기억하려는 듯이 눈을 위로 치켜뜨며 말했다.

“그리고 당신에게 물건을 판 점원은 금발이었어요!”

“내가 어떻게 점원까지 기억할 수 있겠소!”

“하지만 점원은 당신이 불러주는 대로 주소를 적었어요. 라발 거리 18번지라고.”

“당신이 그걸 어떻게 알고 있는 거지?” 아르누가 깜짝 놀라서 말했다.

그녀는 어깨를 으쓱했다.

“아! 그건 간단한 일이지요. 내가 캐시미어 숄을 수선하러 가니까, 똑같은 숄을 방금 아르누 부인한테 보냈다고 상점 관리인이 알려주더군요.”

“그 거리에 또 하나의 아르누 부인이 있다고 해서 그게 내 죄란 말이오?”

“그럼요, 자크 아르누는 다른 곳엔 없으니까요.” 그녀가 대답했다.

그러자 그는 자신의 결백을 주장하며 횡설수설하기 시작했다. 그것은 오해요 우연이며, 세상에 흔히 일어나는 설명할 수 없는 일 중의 하나라는 것이었다. 단순한 의심이나 확실하지 않은 증거를 가지고 사람을 비난해서는 안 된다고 했다. 그리고 그는 불행한 르쥐르크[42]를 예로 들었다.

“요컨대 당신이 잘못 생각하고 있단 말이오! 내가 맹세라도 할까?”

“그럴 필요 없어요!”

“왜?”

그녀는 아무 말 없이 그를 마주 바라보다가 손을 뻗어 벽난로 위의 은상자를 집었다. 그리고 계산서 한 장을 활짝 펼쳐서 그에게 내밀었다.

아르누는 귀까지 빨개졌고, 일그러진 표정이 부풀어 올랐다.

“자, 어때요?”

---

42) 1796년 4월, 리용에서 일어난 우체부 피살 사건의 범인으로 르쥐르크가 지목되어 사형당했으나, 후에 진짜 범인이 체포되었다. 프랑스 법정의 유명한 실수 중의 하나로 회자되는 사건.

“하지만 … 이게 무슨 증거가 되는데?” 그가 천천히 대답했다.

“아! 아!” 그녀는 고통과 야유가 담긴 이상한 억양의 목소리로 말했다.

아르누는 계산서를 손에 쥐고, 마치 어려운 문제의 해결책을 찾으려는 듯 거기에서 눈도 떼지 않은 채 계산서를 뒤집어보았다. 마침내 그가 말했다.

“아! 그래, 그래, 생각났어. 이건 심부름해준 거야. 프레데릭, 자네도 알고 있을 텐데?” 프레데릭은 아무 말도 하지 않았다. “부탁받고 심부름해준 거야 … 저기 … 우드리 영감 부탁으로.”

“누구한테 주려고요?”

“그 사람 애인한테!”

“당신 애인이겠죠!” 아르누 부인이 벌떡 일어나며 소리쳤다.

“맹세하는데 …”

“그만두세요! 다 알고 있어요!”

“아! 좋아! 그러니까 나를 감시하고 있단 말이지!”

그녀가 차갑게 대꾸했다.

“그게 당신의 예민한 성질을 거슬리게 하는 모양이죠?”

“한번 화를 내면, 도무지 말이 통하지 않는단 말야!” 아르누가 모자를 찾으면서 대답했다.

이어서 크게 한숨을 쉬며 다시 말했다.

“자넨 결혼하지 말게, 결혼하지 마! 내 말을 믿게나!”

그리고 그는 바람을 쐬려고 서둘러 밖으로 나가버렸다.

그러자 사위가 온통 고요해졌다. 방 안의 모든 것이 더 이상 움직이지 않는 것 같았다. 카르셀 램프[43] 위로 둥그런 빛이 천장에 희끄무레하게 비쳤지만, 방구석에는 검은 가제를 포개놓은 것처럼 어둠이 펼쳐져 있었다. 난롯불이 탁탁 튀는 소리와 함께 추시계가 똑딱거

---

43) 톱니바퀴와 피스톤으로 만들어진 기계장치를 이용하여 기름이 심지까지 올라가는 램프.

리는 소리가 들렸다.

아르누 부인은 벽난로 반대쪽 구석에 있는 안락의자에 가서 다시 앉았다. 그녀는 몸을 떨면서 입술을 깨물고 있었다. 그녀의 두 손이 올라가자, 흐느끼는 소리가 새어 나왔다. 그녀는 울고 있었다.

프레데릭은 작은 의자에 앉았다. 그는 병자를 위로하듯, 다정한 목소리로 말했다.

"제가 알고 있는 일이라고 의심하시지 않는지? …"

그녀는 아무 대답도 하지 않았다. 다만 자신의 생각을 큰 소리로 이어갔다.

"저는 남편을 자유롭게 내버려두고 있어요! 거짓말할 필요가 없었다구요!"

"물론이죠." 프레데릭이 말했다.

아마도 그것은 그의 습관 때문에 생긴 일이며 깊이 생각하지 않고 한 말이고, 보다 중대한 문제에 있어서는…

"보다 중대한 문제라는 건 뭐지요?"

"오! 아무것도 없습니다!"

프레데릭은 온순한 미소를 띠며 허리를 굽혔다. 그래도 아르누에게는 좋은 점이 있다고 했다. 아이들을 사랑하고 있지 않은가?

"아! 아이들을 망치는 일만 하고 있어요!"

그건 그의 성품이 너무 너그러운 탓이라고 했다. 요컨대 그가 좋은 사람이기 때문이라고.

그녀가 소리쳤다.

"좋은 사람이라는 게 대체 어떤 뜻인가요?"

그는 이와 같이 최대한 애매한 방식으로 아르누를 변호했다. 그리고 그녀를 측은히 여기면서도, 마음속으로는 대단히 즐거워하고 있었다. 복수심에 의해서든 아니면 애정이 필요해서든 그녀는 그에게로 마음이 기울어지리라. 한없이 부풀어 오른 희망으로 인해 그의 사랑은 커져만 갔다.

그녀가 그처럼 매력적이고 아름답게 보인 적은 결코 없었다. 이따금 숨을 들이쉴 때마다 그녀의 가슴이 부풀어 올랐다. 고정된 그녀의 두 눈은 마음속의 환영에 의해 팽창된 것 같았고, 입은 마치 영혼을 주려는 것처럼 반쯤 벌어져 있었다. 때때로 그녀는 손수건을 세게 얼굴에 갖다 대곤 했다. 그는 눈물에 흠뻑 젖은 그 조그만 삼베조각이 되고 싶었다. 그는 자기도 모르게 알코브 안쪽의 침대를 바라보며 베개 위에 있는 그녀의 얼굴을 상상했다. 그 모습이 너무 선명하게 보여, 그녀를 껴안고 싶은 충동을 꾹 눌러 참아야 했다. 마음이 가라앉자, 맥이 빠진 그녀는 눈을 감고 있었다. 그는 가까이 다가가 그녀에게 몸을 굽히고, 탐욕스럽게 그녀의 얼굴을 바라보았다. 복도에서 장화 소리가 울려 퍼졌다. 아르누였다. 그가 침실 문을 닫는 소리가 들렸다. 프레데릭은 자기가 아르누에게 가 봐야 하지 않겠냐고 아르누 부인에게 눈짓으로 물었다.

그녀는 똑같이 눈짓으로 '네'라고 대답했다. 서로의 생각을 주고받은 이 무언의 행동은 하나의 합의이고, 불륜의 시작과도 같은 것이었다.

아르누는 잠자리에 들려고 프록코트를 벗고 있었다.

"집사람은 좀 어떤가?"

"아! 기분이 좀 나아지셨어요! 괜찮을 겁니다!" 프레데릭이 말했다.

그러나 아르누는 걱정하고 있었다.

"자네는 집사람을 잘 몰라! 요즘 신경이 날카로워져 있거든! … 바보 같은 점원 녀석! 이게 다 사람이 너무 좋아서 생긴 일이지! 그 빌어먹을 숄을 로자네트에게 주지 말았어야 하는 건데!"

"후회하지 마세요! 로자네트는 더할 나위 없이 고마워하고 있으니까요!"

"그럴까?"

프레데릭은 그렇게 믿는다고 했다. 그녀가 우드리 영감과의 관계를 청산한 것이 바로 그 증거였다.

"아! 귀여운 여자란 말야!"

극도로 감동한 아르누는 그녀의 집으로 달려가려고 했다.

"그럴 필요 없습니다! 제가 거기서 오는 길인데요. 지금 아파서 누워 있어요!"

"그럼 더욱 가 봐야지!"

그는 급히 프록코트를 다시 입고, 휴대용 촛대를 들었다. 프레데릭은 어리석은 소리를 한 자기 자신을 저주했다. 그리고 오늘밤은 예의로라도 부인 곁에 남아있어야 한다고 지적했다. 부인을 이대로 내버려둘 수 없다고, 그건 아주 나쁜 일이라고 했다.

"솔직히 말해서, 그러면 잘못하시는 겁니다! 저쪽은 아무것도 서두를 필요가 없지 않습니까! 내일 가세요! 자! 저를 위해서 그렇게 해 주세요."

아르누는 휴대용 촛대를 내려놓고, 그를 껴안으며 말했다.

"자넨 정말 좋은 사람이야!"

III

그때부터 프레데릭에게는 비루한 생활이 시작되었다. 그 집의 기식자가 된 것이다.

누가 아프기라도 하면 그는 하루에 세 번씩 안부를 물으러 갔고, 피아노 조율사의 집에 심부름을 가기도 했으며, 온갖 세심한 배려를 다했다. 그리고 마르트 양의 토라진 태도와 늘 더러운 손을 얼굴에 갖다 대는 어린 외젠의 애무를 만족한 태도로 참고 있었다. 그는 아르누 부부가 마주 앉아 한마디 말도 나누지 않는 저녁식사 자리에도 동석하곤 했다. 어떤 때는 아르누가 기괴한 이야기를 해서 부인을 화나게 하기도 했다. 식사가 끝나면, 아르누는 방에서 아들과 놀면서 가구 뒤에 숨거나 앙리 4세가 그랬던 것처럼 아이를 등에 태우고 네 발로 기어 다녔다. 마침내 그가 외출하고 나면, 그녀는 즉시 언제나 변함없는 불평의 주제인 아르누에 대한 이야기를 꺼냈다.

그녀가 분개하는 것은 남편의 외도 때문이 아니었다. 그러나 그녀는 자존심에 상처를 입은 것 같았고, 섬세하지도 못하고 품위도 체면도 없는 남편에 대해 혐오감을 드러냈다.

"아니, 차라리 미친 사람이라고 해야 할 거예요." 그녀가 말했다.

프레데릭은 그녀가 속내 이야기를 하도록 교묘하게 유도했다. 곧 그는 그녀의 모든 삶을 알게 되었다.

그녀의 부모는 샤르트르의 하층 중산계급이었다. 어느 날, 강가에서 데생을 하던 아르누(당시 그는 화가로 자처하고 있었다)가 성당에서 나오는 그녀를 보고 청혼을 했다. 그에게는 재산이 있었기 때문에, 사람들은 망설이지 않았다. 게다가 그는 그녀를 열렬히 사랑했다. 그녀가 덧붙였다.

"그는 여전히 저를 사랑하고 있어요! 자기 방식대로 말이죠!"

그들은 처음 몇 달 동안 이탈리아로 여행을 갔다.

아르누는 경치와 걸작의 예술작품 앞에서는 감탄하면서도, 포도주에 대해서는 불평만 했다. 그리고 기분전환을 한다고 영국 사람들과 피크닉을 다니곤 했다. 그림 몇 장이 좋은 값에 팔리게 된 것을 계기로, 그는 화상이 되었다. 그 다음에는 도자기 제조에 열중했다. 그리고 지금은 또 다른 투기사업에 마음이 끌리고 있었다. 그는 점점 인품이 떨어져서, 상스럽고 낭비하는 습관이 생겼다. 그녀는 그의 방탕함보다는 그의 행동 전부를 비난하고 있었다. 갑자기 그가 변할 리 없으므로, 그녀의 불행은 돌이킬 수 없는 것이었다.

프레데릭은 자신의 생활도 마찬가지로 실패작이라고 말했다.

그러나 그는 아직 젊었다. 왜 절망하는가? 그녀는 "일을 하세요!

결혼도 하시고요!"라고 그에게 충고했다. 그는 쓰디쓴 미소로 대꾸했다. 자기 괴로움의 진짜 이유를 밝힐 수 없어서, 다른 숭고한 이유라도 있는 듯 꾸미고 앙토니[44]처럼 저주받은 신세인 척해야 했기 때문이다. 저주받은 신세, 하긴 그의 심경에 완전히 어긋나는 말은 아니었다.

어떤 사람들에게 있어서는, 욕망이 강하면 강할수록 행동으로 옮기기가 더 어려운 법이다. 자기 자신을 믿지 못하는 마음이 장애가 되고, 기분을 상하게 할까 봐 두려워 겁을 낸다. 게다가 깊은 애정은 남의 눈에 노출되는 것을 두려워하며 시선을 떨어뜨린 채 평생을 지내는 정숙한 여자와도 같은 것이다.

그는 예전보다 아르누 부인을 더 많이 알게 되었는데도(어쩌면 바로 그렇기 때문에), 오히려 더 소심해졌다. 매일 아침 그는 대담해지려고 마음먹지만, 어쩔 수 없는 수치심 때문에 그렇게 되지 못했다. 그리고 그녀가 다른 여자와 다른 까닭에, 어떤 전례도 따를 수 없었다. 그는 너무도 강렬한 꿈속에 잠겨있어서 그녀를 인간적인 조건 너머에 위치시키게 되었다. 그녀 곁에 있으면, 자기 자신이 그녀의 가위에 잘려나가는 명주 올보다 더 하찮은 존재로 느껴졌다.

그런가 하면 위조한 열쇠와 마취제를 가지고 밤에 몰래 기습하는 것과 같은, 기괴하고 터무니없는 생각을 하기도 했다. 어떤 일이라도 그녀의 무시를 받는 것보다는 더 쉬운 일로 여겨졌다.

또 한편으로는 아이들, 두 명의 하녀, 방들이 배치된 구조가 뛰어넘을 수 없는 장애가 되었다. 그래서 그는 그녀를 독차지하기로, 멀리 가서 아무도 없이 단둘이 살기로 결심했다. 심지어 스페인이든 스위스든 혹은 동양이든 푸른 호수나 따뜻한 해변이 있는 곳을 물색해

44) 뒤마(Dumas)의 낭만적인 희곡 작품 《앙토니》의 주인공. 이례적인 인물로서, 사회에 공개적으로 저항하다가 자신의 위대함과 사람들의 악의로 인한 희생자가 되어 죽는다.

보기도 했다. 그리고 그녀가 유난히 기분이 안 좋아 보이는 날을 택해, 이런 상태에서 벗어나기 위해 무슨 수단을 강구해야 하는데 헤어지는 수밖에 없는 것 같다고 말했다. 그러나 그녀는 아이들에 대한 애정 때문에 결코 그런 극단적인 상태에 이를 수는 없을 거라고 했다. 그러한 미덕은 그녀에 대한 존경심을 한층 강화시켜 주었다.

날마다 그의 오후 시간은 전날의 방문을 되새기고 저녁의 방문을 기대하는 가운데 흘러갔다. 아르누 집에서 저녁을 먹지 않는 날에는 9시경에 길모퉁이에 서 있다가, 아르누가 대문을 나서자마자 재빨리 3층까지 뛰어올라가 천진한 태도로 하녀에게 물었다.

"아르누 씨 계신가?"

그리고 그가 없어서 놀란 시늉을 했다.

종종 아르누가 갑자기 돌아오는 때도 있었다. 그러면 프레데릭은 요즘 르쟁바르가 자주 드나드는 생탄 거리의 작은 카페로 그를 따라가야 했다.

르쟁바르는 먼저 왕에 대한 새로운 불평을 터뜨렸다. 그런 후 그들은 서로 우정 어린 질책을 하며 이야기를 나누었다. 아르누는 르쟁바르를 뛰어난 사상가로 생각하고 있었기 때문에, 그의 온갖 실패를 가슴 아파하며 그의 태만을 나무랐다. 그리고 르쟁바르는 아르누가 감정과 상상력이 풍부하기는 하지만 너무 부도덕하다고 생각하고 있었다. 그래서 조금도 관대하지 않게 아르누를 대하고, 심지어 "격식을 차리는 것이 귀찮다"면서 그의 집에서 저녁 먹는 것도 거절했다.

때때로 헤어질 무렵 아르누는 심한 허기를 느꼈다. 그는 오믈렛이나 구운 사과를 '먹지 않으면 안 되었다'. 그 상점에는 먹을 것이 없어서, 그는 그것을 사러 보냈다. 그리고 기다렸다. 르쟁바르는 가지 않고 있다가, 투덜거리면서도 결국 뭔가를 받아먹었다.

어쨌든 그는 침울한 표정을 하고 있었다. 반쯤 남은 잔을 앞에 놓고 몇 시간 동안 그대로 앉아있었기 때문이다. 조물주가 그의 생각대로 일을 처리해주지 않았기 때문에, 그는 우울증에 걸려 더 이상 신문조차 읽으려고 하지 않았고 영국이라는 이름만 들어도 비명을 질렀다. 한번은 서비스가 나쁜 종업원에게 고함을 지르기도 했다.

"외국으로부터 받는 모욕만으로는 충분하지 않다는 거야?"

그런 발작을 일으킨 것을 제외하면, 그는 '상점을 온통 뒤엎어놓을 만한 확실한 일격'을 생각하며 침묵을 지키고 있었다.

그가 깊이 생각에 빠져있는 동안, 아르누는 다소 얼근한 시선을 던지며 자기는 침착한 덕분에 언제나 각광을 받았다는 믿을 수 없는 일화를 단조로운 목소리로 떠들어댔다. 프레데릭은(아마도 속마음 어딘가에 비슷한 점이 있기 때문인지) 그의 인품에 대해 어떤 매력을 느끼고 있었다. 하지만 반대로 아르누를 미워해야 한다고 생각하고 있었으므로, 그러한 자신의 나약함을 책망했다.

아르누는 프레데릭 앞에서, 아내의 기질과 완고함과 부당한 편견에 대한 한탄을 늘어놓았다. 옛날에는 그런 여자가 아니었다는 것이다.

"저 같으면, 부인에게 생활비를 보내주고 혼자 살겠어요."

아르누는 아무 대답도 하지 않았다. 그리고 잠시 후, 그녀에 대한 찬사를 하기 시작했다. 그녀는 착하고 헌신적이며 영리하고 정숙하다고 했다. 심지어 여인숙에서 보물을 펼쳐놓고 자랑하는 사람처럼 경박한 태도로, 그녀의 육체적인 장점까지 떠들어댔다.

어떤 재난으로 인해 아르누는 마음의 평정을 잃어버리고 말았다.

그는 한 고령토 회사에 감사의 한 사람으로 관계하고 있었다. 그러나 남을 무조건 믿는 그는 부정확한 보고서에 서명을 하고, 관리인이 부정한 수단으로 작성한 연차 목록을 확인도 하지 않고 승인해버렸다. 그런데 회사가 무너지자, 법적인 책임이 있는 아르누는 다른 사람들과 함께 손해배상을 하라는 선고를 받았다. 그것이 판결이유에 의해 가중되어 그에게 거의 3만 프랑에 이르는 손실을 가져다주었다.

프레데릭은 그 소식을 신문에서 보고 파라디 거리로 달려갔다.

부인 방으로 안내되었다. 아침식사 시간이었다. 커피우유 잔들이 난로 곁의 조그만 원탁 위에 어지러이 놓여 있었다. 양탄자 위에는 신발이 굴러다니고, 안락의자 위에는 옷들이 던져져 있었다. 팬티 차림에 뜨개질하여 만든 웃옷을 입고 있는 아르누는 눈이 붉게 충혈되고, 머리는 헝클어져 있었다. 어린 외젠은 유행성 이하선염 때문에 버터 바른 빵을 조금씩 갉아 먹으며 울고 있었고, 누나는 조용히 먹고 있었다. 평소보다 더 창백해 보이는 아르누 부인은 그들 세 사람의 식사 시중을 들고 있었다.

"저런, 자네도 알았군!" 아르누가 깊은 한숨을 쉬며 말했다. 프레데릭이 동정하는 태도를 보이자, "그렇게 됐네! 내가 사람을 너무 믿은 탓이지!"라고 말했다.

그리고 그는 입을 다물었다. 그는 너무 낙담하여 식사도 물리쳤다. 아르누 부인은 어깨를 으쓱하며 눈을 들었다. 그는 두 손을 이마에 갖다 댔다.

"어쨌든 난 죄가 없어. 잘못한 일이 아무것도 없다구. 그건 하나의 재난이야! 난관을 벗어나게 될 거야! 아! 정말이지, 어쩔 수 없는 일이야!"

그는 아내의 권유에 따라 빵과자를 먹기 시작했다.

저녁에 그는 메종도르의 특별실에서 아내와 단둘이 식사하고 싶어 했다. 아르누 부인은 그런 마음의 움직임을 이해할 수가 없었고, 매춘부로 취급받는 것 같아 화를 내기까지 했다. 하지만 아르누 쪽에서는 반대로 그것이 애정의 표시였다. 결국 그는 지루해져서 로자네트 집으로 기분전환을 하러 갔다.

그때까지 사람들은 그의 착한 성격을 감안하여 만사를 좋게 보아주었다. 그런데 이번 소송사건으로 그는 나쁜 사람으로 분류되고 말았다. 그의 집은 찾아오는 사람들이 없어져서 쓸쓸해졌다.

프레데릭은 이전보다 더 자주 드나들어야 한다고 생각했다. 그건 명예가 걸린 문제였다. 그는 이탈리아 극장의 1층 특별석을 예약하여, 매주 아르누 부부를 데리고 갔다. 그러나 그들 부부는 어울리지 않는 결합 속에서, 서로에 대해 체념하고 사는 데서 비롯된 어쩔 수 없는 권태로 인해 견딜 수 없는 생활이 되어버린 시기에 처해 있었다. 아르누 부인은 폭발할 것 같은 감정을 억누르고 있었고, 아르누는 침울한 표정을 짓고 있었다. 그리고 불행한 그 두 사람을 바라보는 프레데릭의 마음도 슬펐다.

프레데릭이 아르누의 신용을 얻고 있었으므로, 아르누 부인은 그에게 남편의 사업을 조사해 달라고 부탁했다. 그러나 프레데릭은 수치를 느꼈다. 남의 아내를 탐내고 있으면서 그 집에서 식사하는 것이 괴로웠던 것이다. 하지만 그는 그녀를 보호해야 한다, 자기가 도움이 될 수 있는 어떤 기회가 올지도 모른다, 라는 핑계를 스스로에게 내세우며 계속 찾아갔다.

무도회가 있은 지 1주일 후, 그는 당브뢰즈 씨를 찾아갔다. 자본가는 그에게 자기가 경영하는 석탄회사의 주식을 20주가량 가져보라고 제안했다. 프레데릭은 그 후 다시 그 집에 가지 않았다. 델로리에로부터 편지가 왔지만, 그는 답장도 하지 않고 있었다. 펠르랭이 초상화를 보러 오라고 권유했지만, 그는 언제나 거절했다. 그러나 로자네트를 소개받고 싶어 집요하게 구는 시지의 부탁만은 거절하지 않았다.

로자네트는 아주 친절하게 맞아 주었지만, 예전처럼 그의 목으로 뛰어들지는 않았다. 함께 간 시지는 정숙하지 않은 여자의 집에 출입하게 된 것을, 특히 배우와 이야기하게 된 것을 기뻐했다. 델마르가 거기에 있었던 것이다.

루이 14세에게 설교하고 89년을 예언하는 시골뜨기 역을 연기했던 한 연극에서 그의 역할이 눈에 띄게 두드러진 덕분에, 끊임없이 똑같은 역할이 그에게 맡겨졌다. 이제 모든 나라의 군주를 희롱하는 것이 그의 임무가 되었다. 영국의 맥주 양조업자로 분장하여 찰스 1세를

욕하고, 살라망카[45]의 학생으로 분장해 펠리페 2세를 저주하거나 예민한 아버지가 되어 퐁파두르 후작 부인에 대해 분개하기도 했다. 마지막 역할이 제일 훌륭했다! 개구쟁이 아이들은 그를 보기 위해 무대 뒤 출연자 대기실 문 앞에서 기다리곤 했다. 막간에 팔리는 그의 전기에는 노모를 돌보고 성서를 읽으며 가난한 사람들을 도와주는 사람으로 묘사되어 있었다. 요컨대 성인 뱅상 드 폴에다가 브루투스와 미라보를 합한 인물로 그려진 것이다. 사람들은 "우리 델마르"라고 불렀다. 그는 사명을 갖게 되었고, 그리스도가 되어 있었다.

이 모든 것이 로자네트의 마음을 사로잡았다. 그래서 그녀는 아무것도 생각하지 않고 우드리 영감과 헤어져버렸다. 돈에는 욕심이 없었다.

그녀를 잘 아는 아르누는 그런 무욕함을 이용하여 적은 비용으로 오랫동안 그녀와의 관계를 유지해왔다. 그런데 영감이 나타났고, 그들 세 사람은 서로 모르는 체하려고 주의를 기울였다. 아르누는 그녀가 자기를 위해 영감을 차버린 것이라고 생각하여, 그녀의 생활비를 올려주었다. 그런데도 그녀는 자주 돈을 요구했다. 그녀가 이전보다 더 검소한 생활을 하고 있었기에, 그것은 납득이 잘 되지 않는 일이었다. 심지어 캐시미어 숄까지 팔아버렸다. 그녀는 오래된 빚을 청산하기 위해서라고 했다. 그는 계속해서 돈을 주었고, 그녀는 그를 현혹해서 무자비하게 착취했다. 그리하여 청구서와 인지를 붙인 서류가 비 오듯 집으로 날아왔다. 프레데릭은 그의 파산이 멀지 않았음을 예감하고 있었다.

어느 날, 그는 아르누 부인을 만나러 갔다. 그녀는 외출 중이었고, 아르누가 아래층 상점에서 일하고 있었다.

아르누는 대형 도자기들 가운데에서 젊은 부부와 시골의 부르주아

45) 스페인의 도시. 13세기에 알폰소 대주교에 의해 살라망카대학이 창립된 이래 학술, 문화의 중심지로서 번영했다.

들을 홀리려고 애쓰고 있었다. 그는 도자기를 선반이나 녹로에 거는 것, 잔금이 가게 굽는 것, 광내기 등에 대해 이야기했다. 그러자 상대자들은 아무것도 이해하지 못한 듯이 보이기 싫어서, 동의를 표하며 구입했다.

손님들이 나가자, 그는 아침에 아내와 약간 말다툼을 했다고 말했다. 낭비한다고 잔소리하는 것을 막기 위해, 그는 로자네트가 이제 자기 애인이 아니라고 단언했다는 것이다.

"실은 자네 애인이라고 말했네."

프레데릭은 화가 났다. 그러나 비난을 하면 본심이 드러나게 될 까봐, 더듬거리며 이렇게 말했다.

"아! 잘못하셨네요, 너무하십니다!"

"그게 뭐 어때서? 로자네트의 애인으로 통하는 게 수치스러울 게 뭐가 있나? 나도 그렇게 통하잖나! 자네는 그녀의 애인이라는 게 불쾌한가?" 아르누가 말했다.

로자네트가 말한 것일까? 그렇다면 이건 돌려서 말하는 것인가? 프레데릭은 서둘러 대답했다.

"아닙니다! 그런 건 아닙니다! 그 반대지요!"

"그럼 됐지 않나?"

"네, 그렇지요! 상관없습니다."

아르누가 다시 말했다.

"왜 요즘은 거기에 안 오나?"

프레데릭은 가겠다고 약속했다.

"아! 잊고 있었는데! 자네 … 로자네트 얘기가 나오면 … 집사람에게 좀 … 어떻게 말해야 할지 난 잘 모르겠지만, 자넨 알 걸세 … 자네가 그녀의 애인이라고 집사람이 믿게끔 말해주면 좋겠네. 나를 도와주는 셈치고 꼭 그렇게 해주길 부탁하네. 그래 주겠나?"

젊은이는 대답 대신 애매하게 얼굴을 찌푸렸다. 그러한 중상모략은 그의 평판을 떨어뜨리는 것이었다. 그날 저녁 그는 아르누 부인에게 가서, 아르누의 말은 거짓이라고 맹세했다.

"정말이세요?"

그는 진지한 표정을 지었다. 그녀는 크게 숨을 내쉬고, 상냥한 미소를 지으며 "당신을 믿어요"라고 말했다. 그리고 고개를 숙이고는 그를 쳐다보지 않은 채 말했다.

"하긴 당신에 대한 권리를 가진 사람은 아무도 없지요!"

그러니까 그녀는 아무것도 눈치채지 못하고 있었다. 그녀에게는 그가 안중에 없는 것이다. 그가 그녀를 사랑하는 나머지 순결을 지키는 거라고 생각해주지 않으니 말이다! 프레데릭은 다른 여자를 유혹하려 했던 일은 잊어버리고, 아무래도 좋다는 그런 태도를 모욕으로 생각했다.

이어서 그녀는 가끔 "그 여자의 집"에 가서 상황을 살펴달라고 부탁했다.

아르누가 갑자기 돌아왔다. 5분 후, 그는 프레데릭을 로자네트 집에 데려가려고 했다.

견디기 어려운 상황이 되어가고 있었다.

1만 5천 프랑을 다음 날 보내주겠다는 공증인의 편지가 그의 기분을 달래주었다. 그는 델로리에에게 무심했던 것을 보상하기 위해, 반가운 소식을 그에게 즉시 전해주러 갔다.

변호사는 트루아마리 거리의 안마당에 면한 6층에 살고 있었다. 그의 서재는 타일을 깔고 회색 종이를 바른 차갑고 작은 방인데, 학위상품으로 받은 금메달을 흑단 틀 속에 넣어 거울 위에 걸어놓은 것이 주된 장식품이었다. 마호가니 책장에는 유리문 안에 백 권 정도의 책이 들어 있었다. 양가죽이 덮인 사무용 책상이 방 한가운데를 차지하고 있고, 방의 네 구석에는 초록색 벨벳의 낡은 안락의자가 놓여 있었다. 그리고 벽난로 안에서는 나무 지저깨비가 타고 있었고, 초인종이 울리면 곧 불을 땔 수 있도록 나뭇단이 항상 준비되어 있었다.

법률 상담을 하는 시간이어서, 변호사는 흰 넥타이를 매고 있었다.

1만 5천 프랑의 소식을 듣자, 그는 (아마도 더 이상 기대하고 있지 않았는지) 기뻐하면서도 냉소를 지었다.

"잘됐군, 그래, 잘됐어, 정말 잘됐어!"

그는 난로 속에 나무를 집어넣고 다시 앉았다. 그리고 즉시 신문 이야기를 했다. 먼저 해야 할 일은 위소네를 떼어내는 것이었다.

"그 바보 같은 친구 때문에 지쳤어! 어떤 의견을 물리치는 데 있어서, 내 생각으로는 가장 공정하고 강력한 방법이란 바로 아무런 의견도 갖지 않는 것이야."

프레데릭은 놀란 표정을 지었다.

"정말이야! 바야흐로 정치를 과학적으로 다룰 시기가 온 거야. 18세기의 선조들이 이미 시작했던 것이지. 루소와 같은 문학자들이 박애라든가 시(詩)라든가 그 밖에 믿을 수 없는 것들을 정치에 도입해서 가톨릭교도들을 크게 기쁘게 했던 그 시기에 말이야. 현대의 개혁가들은 (내가 증명할 수 있는데) 모두 신의 계시를 믿고 있으니, 결국 그건 당연한 결합이었지. 그런데 만약 폴란드를 위해 미사곡을 부르고, 사형집행인이었던 도미니크회 수도사들의 신 대신에 실내장식업자에 불과한 낭만파들의 신을 모신다면, 요컨대 절대자에 대해 옛사람들보다 폭넓은 개념을 갖지 못한다면, 공화제 밑에서 군주정치가 얼굴을 내밀게 되고 혁명당원의 붉은 모자도 성직자의 빵모자와 하등 다를 바가 없게 될 거야! 단지 고문이 독방감금으로, 신성모독이 종교에 대한 비방으로, 신성동맹이 유럽의 협력으로 바뀔 따름이지. 사람들이 감탄하는 이 좋은 제도라는 것도 루이 14세의 잔재와 볼테르의 유물을 섞어 그 위에다 제1제정의 칠을 하고 영국헌법의 조각을 붙인 것이니, 결국 언젠가는 시의회가 시장을, 도의회가 도지사를, 의회가 왕을, 신문이 정권을, 행정관리가 모든 사람을 괴롭히려 들 거야! 그리고 많은 사람들이 민법에 대해 경탄하고 있는데, 그건 뭐니 뭐니 해도 전제적인 비열한 정신에서 만들어진 산물이야. 입법자가 관습을 정비한다는 본분을 다하지 않고, 리쿠르고스[46] 처럼 사회의 형상을 제멋대로 만들어내려고 했으니까! 왜 집안의 가장이 유언에 대해 법률의 구속을 받아야 하나? 왜 법률이 부동산의 강제매각을 방해하는 거야? 왜 방랑생활을 범죄로 처벌하는 거지? 경범죄도 되지 않는데 말야. 그것 말고도 또 있지! 난 다 알고 있어! 그래서 《법률사상사》라는 제목의 짧은 소설을 써 보려고 해. 재미있을 거야! 그런데 몹시 목이 마르군. 넌 안 그래?"

그는 창문으로 몸을 기울이고, 문지기에게 술집에 가서 그로그주를 사 오라고 소리쳤다.

"요컨대 나는 세 개의 당파… 아니, 세 개의 집단이 있다고 생각해. 난 그 중 어떤 것에도 흥미가 없지만. 즉 가진 자들과 가지지 못한 자들, 그리고 가지려고 애쓰는 자들 말이야. 그런데 모두들 어리석게도 당국을 맹목적으로 숭배하는 점에서는 일치하고 있지! 예를 들어 마블리[47] 는 철학자가 학설을 발표하는 것을 금지하라고 권하고, 기하학자인 우롱스키 씨는 검열제도를 자기 나름의 언어로 '자연발생적인 사변(思辨)에 대한 비판적 억제'라고 부르고 있어. 또 앙팡탱 신부는 합스부르크 가를 '이탈리아를 제압하기 위해 알프스 너머로 강력한 손을 뻗었다'고 축복하고, 피에르 르루는 어떤 웅변가의 연설을 들으라고 강요하고, 루이 블랑은 국가라는 종교로 기울어져 있지. 그만큼 이 노예근성을 지닌 사람들은 정부에 열중하고 있단 말야! 하지만 끊임없이 원칙을 내세우면서도 하나도 정당한 게 없거든. 그런데 원칙이란 기원을 뜻하기도 하니까, 늘 어떤 혁명이나 폭력행

---

46) Lykurgos, ?~?. 고대 그리스 시대 스파르타의 입법자. 스파르타의 특이한 제도의 대부분을 제정했다고 전해지지만 연대를 알 수 없는 전설적인 인물이다.

47) 제2부 주 16번 참조.

위 혹은 과도기적인 사건에 의지할 수밖에 없어. 그러니까 우리들의 원칙이란 의회제도에 포함된 주권재민의 원칙이야. 비록 의회는 그것을 인정하지 않는다 해도 말이야! 그런데 국민의 주권이란 것이 어떤 점에서 신권보다 더 신성하단 말인가? 둘 다 만들어낸 것일 뿐이야! 형이상학은 이제 지겨워, 환상은 더 이상 필요 없어! 도로를 청소시키는 데 무슨 이론이 필요한가! 내가 사회를 전복시킨다고 말할지도 모르지! 그게 뭐 어때서? 뭐가 나쁘다는 거야? 사실 사회란 게 돼먹지가 않았는데!"

프레데릭은 그에게 반박하고 싶은 말이 많았다. 그러나 델로리에가 세네칼의 이론에서 멀어진 것을 보고, 관대한 마음이 되었다. 그는 그런 생각은 모두에게 미움을 사게 될 거라고 말하는 것으로 그쳤다.

"그 반대야. 우리는 각 당파에게 그 반대파를 미워하고 있다는 증거를 보여주게 될 테니, 모두들 우리를 믿게 될 거야. 너도 합세하도록 해, 우린 탁월한 비평을 하게 될 거야!"

그는 기성관념, 아카데미, 고등사범학교, 국립예술학교, 코메디 프랑세즈, 인습적인 제도 일체를 공격해야 한다고 했다. 그렇게 함으로써 잡지의 주의주장에 통일성을 부여하게 되리라는 것이다. 그리고 잡지가 자리를 잡으면 돌연 일간신문으로 바꾸고, 개인에 대한 공격에 착수한다는 것이다.

"우린 존경받게 될 거야, 틀림없어!"

델로리에는 옛 꿈을 되새겼다. 편집장이 되어 다른 사람들을 지휘하며 그들이 쓴 기사를 마음껏 잘라내고, 기사를 의뢰하거나 거절하는 이루 표현할 수 없는 행복감. 그의 눈이 안경 밑에서 번쩍였다. 그는 흥분하여, 작은 잔을 연거푸 기계적으로 들이마셨다.

"넌 1주일에 한 번은 만찬을 베풀어야 해. 수입의 절반이 들어가더라도 그건 꼭 필요한 일이야! 모두들 참가하고 싶어 할 거야. 다른 사람들에게는 중심 장소가 되고, 너에겐 하나의 수단이 될 거야. 그리고 문학과 정치라는 양면에서 여론을 조종해 나가면, 6개월 안에 우린 파리에서 훌륭한 지위를 차지하게 될 거야. 두고 봐."

프레데릭은 그의 이야기를 들으면서, 오랫동안 방 안에 들어박혀 지내다가 야외에 나온 사람처럼 다시 젊어지는 기분을 느꼈다. 상대방의 열정이 그를 사로잡은 것이다.

"그래, 난 게으르고 어리석었어! 네 말이 맞아!"

"좋아! 이제야 나의 프레데릭을 다시 보게 되는군." 델로리에가 소리쳤다.

그리고 프레데릭의 턱 밑에 주먹을 갖다 대며 말했다.

"아! 넌 날 고생시켰어. 하지만 상관없어! 난 여전히 널 좋아하거든."

그들은 서 있었다. 그리고 감격하여 막 포옹할 듯이 서로를 쳐다보고 있었다.

여사의 보자가 응접실 문턱에 나타났다.

"무슨 일이야?" 델로리에가 말했다.

그의 애인 클레망스 양이었다.

그녀는 우연히 그의 집 앞을 지나다가 그를 보고 싶은 마음을 참을 수 없었다고 대답했다. 그리고 같이 간식으로 먹으려고 가지고 온 과자를 테이블 위에 내놓았다.

"서류를 조심해! 그리고 상담 중에 와선 안 된다고 내가 세 번이나 말했잖아." 변호사가 날카롭게 말했다.

그녀는 그를 껴안으려고 했다.

"됐어! 가! 가라구!"

그는 그녀를 밀어냈다. 그녀가 크게 흐느꼈다.

"아! 정말 귀찮게 구는군!"

"당신을 사랑하기 때문이에요!"

"나를 사랑해 달라고 부탁하지 않았어. 내 시중을 들어달라는 거지!"

너무도 냉정한 그 말에 클레망스의 눈물이 멈췄다. 그녀는 창가에 서서 이마를 유리창에 대고 꼼짝도 하지 않고 있었다.

그녀의 태도와 침묵에 델로리에는 짜증이 났다.

"볼일 다 봤으면, 마차를 부르지 그래?"

그녀는 깜짝 놀라서 돌아섰다.

"나를 내쫓는 거군요!"

"그렇고말고!"

그녀는 아마도 마지막 애원을 하기 위해서였는지 커다란 푸른 눈으로 그를 뚫어지게 바라본 후, 격자무늬의 숄 양끝을 여미고 잠시 더 기다리다가 나가버렸다.

"그녀를 다시 부르도록 해." 프레데릭이 말했다.

"무슨 소리!"

델로리에는 외출해야 했기 때문에, 화장용 방으로 쓰이는 부엌으로 들어갔다. 타일 위에는 한 켤레의 장화 옆에 간소한 식사의 먹다 남은 찌꺼기가 있었다. 그리고 구석의 바닥에는 이불과 매트가 나뒹굴고 있었다. 그가 말했다.

"이런 걸 보면 알겠지, 내가 거드름 피우는 여자들을 끌어들이지 않는다는 걸! 그런 여자들 없어도 편히 지낼 수 있어. 다른 여자들도 마찬가지지! 아무 가치도 없는 여자들이 시간을 뺏는단 말이야. 시간은 다른 형태의 돈이야. 그런데 난 부자가 아니거든! 그리고 여자들이란 모두 어리석어! 정말 어리석어! 넌 여자하고 얘기라는 걸 할 수 있어?"

그들은 퐁뇌프 모퉁이에서 헤어졌다.

"그럼 결정됐어! 돈을 받자마자 내일 내게 갖다 줘."

"알았어!" 프레데릭이 말했다.

다음 날 일어났을 때, 그는 우편환으로 1만 5천 프랑의 은행수표를 받았다.

그 종잇조각이 그에게 열다섯 개의 두툼한 돈가방을 연상시켰다. 이 정도 액수의 돈이 있으면 여러 가지 일을 할 수 있다는 생각이 들었다. 우선 머지않아 팔아야 할 마차를 팔지 않고 3년 동안 그대로 가지고 있을 수 있고, 볼테르 강가에서 본 금은상감의 훌륭한 갑주 두 개를 살 수 있고, 또한 온갖 물건들, 그림이나 책이나 아르누 부인을 위한 수많은 꽃다발과 선물을 살 수도 있었다! 어쨌든 이렇게 많은 돈을 위험하게 신문에 투자하여 허비하는 것보다는 더 나으리라! 그는 델로리에가 뻔뻔하게 여겨졌고, 당연시하던 어제의 태도를 생각하자 델로리에에 대한 마음이 식어버렸다. 그래서 프레데릭은 약속한 것을 후회하고 있었다. 그때 아르누가 들어오는 것을 보고, 그는 깜짝 놀랐다. 아르누는 지친 사람처럼 맥없이 침대 끝에 주저앉았다.

"무슨 일이십니까?"

"난 망했네."

그는 반느루아라는 사람에게 꾼 돈 1만 8천 프랑을 그날 중으로 생탄 거리의 공증인 보비네 사무소에 납부해야 했다.

"이해할 수 없는 재난이야! 담보를 넣었으니까, 야단할 건 없을 텐데! 그런데 오늘 오후에 곧 지불하지 않으면, 지불명령을 내겠다고 협박하고 있거든!"

"그렇게 되면요?"

"그렇게 되면 간단하지! 부동산을 차압할 거야. 차압딱지가 붙자마자 난 파멸하는 거고, 그뿐이네! 아! 누군가 그 빌어먹을 돈을 빌려줄 사람이 있으면, 그 사람이 반느루아 대신 채권자가 되고 난 구제될 텐데! 혹시 자네 돈 가지고 있나?"

우편환이 침대 옆 탁자 위 책 옆에 놓여 있었다. 프레데릭은 책을 들어 그 위에 올려놓으며 대답했다.

"아, 없습니다!"

그러나 아르누에게 거절하는 것은 괴로운 일이었다.

"뭐, 돈을 빌려줄 사람을 찾아보시면…?"

"아무도 없네! 1주일 후면 들어올 돈이 있는데! 월말에 받을 돈은 아마…5만 프랑쯤 될 거야!"

"그 채무자들에게 좀 빨리 달라고 부탁할 수는 없나요…?"

"아, 좋겠지!"

"그런데 무슨 유가증권이나 어음이라도 갖고 계신가요?"

"아무것도 없네!"

"그럼 어떻게 합니까?" 프레데릭이 말했다.

"그게 문제란 말이야." 아르누가 대꾸했다.

그는 묵묵히 방 안을 이리저리 거닐었다.

"정말이지, 나를 위해서가 아니야! 아이들과 가엾은 아내를 위한 거란 말이야!"

그리고 그는 한마디 한마디 끊어서 말했다.

"결국…마음을 강하게 먹어야지…이삿짐을 꾸려서…돈벌이를 찾아 가야지…어디로 가야 하는지는 모르겠지만!"

"그건 안 됩니다!" 프레데릭이 소리쳤다.

아르누가 조용한 태도로 반문했다.

"이렇게 된 마당에 나보고 어떻게 파리에서 살라는 건가?"

오랜 침묵이 이어졌다.

프레데릭이 말을 꺼냈다.

"그 돈을 언제 갚을 수 있지요?"

자기가 돈을 가지고 있는 것은 아니지만, 친구들을 만나서 알아보는 것은 어려운 일이 아니라고 했다. 그리고 그는 옷을 갈아입기 위해 하인을 불렀다. 아르누가 그에게 고맙다고 했다.

"1만 8천 프랑이 필요한 거지요?"

"오! 1만 6천 프랑이면 되네! 반느루아가 내일까지 기다려준다면,

은그릇을 팔아 2천5백 프랑이나 3천 프랑은 마련할 수 있거든. 아까도 말했지만, 1주일, 아니 어쩌면 대엿새 안으로 갚을 거라고 돈을 빌려주는 사람에게 장담해도 좋아. 게다가 담보도 보증하니까. 그러니까 위험한 건 없네, 알겠나?"

프레데릭은 잘 알았고 곧 나가보겠다고 단언했다.

그는 델로리에를 저주하면서 그대로 집에 머물러 있었다. 델로리에와의 약속도 지키고 싶었지만, 아르누를 도와주고 싶었다.

'당브뢰즈 씨에게 말해볼까? 하지만 무슨 핑계로 돈을 꿔 달라고 한담? 오히려 내가 그 사람한테 석탄주에 대한 돈을 가져가야 하는 판에! 아! 당브뢰즈 씨와 주식은 내버리자! 내가 꼭 주식을 사야 할 의무가 있는 것도 아니잖아!'

그리고 프레데릭은 마치 당브뢰즈 씨의 도움을 거절하기라도 한 것처럼 자기의 독립심에 스스로 만족해했다.

'그런데 그 점에서는 내가 손해를 보는 것이지 … 1만 5천 프랑으로 10만 프랑을 벌 수도 있으니까! 증권거래소에서는 종종 볼 수 있는 일이잖아 … 어차피 한쪽의 약속을 깨버리는 것이니, 다른 쪽도 상관할 건 없지 않을까? … 그리고 델로리에는 좀 기다릴 수도 있는 일인데, 뭐! 아니지, 아냐, 그건 안 돼. 어서 가자!'라고 그는 생각했다.

그는 시계를 쳐다보았다.

'아! 서두를 건 없어! 은행은 5시나 되어야 닫으니까.'

그리하여 4시 반에 그는 돈을 받았다.

'지금 가도 소용없지! 그를 만날 수 없을 테니까. 저녁에 가기로 하자!' 이렇게 그는 자기의 결심을 바꿀 방안을 생각하고 있었다. 궤변이란 일단 의식 속에 들어가면 언제나 그 흔적을 남기는 법이어서, 사람의 의식은 나쁜 술을 마신 것처럼 뒷맛을 간직하기 마련이다.

그는 번화가를 산책하고, 식당에서 혼자 저녁을 먹었다. 그리고 기분전환을 위해 보드빌 극장에서 1막짜리 연극을 하나 보았다. 그러나 마치 훔친 것을 가지고 있는 것처럼, 은행지폐가 마음을 불편하게 했다. 그는 아마 그 돈을 잃어버렸다 해도 애석해하지 않았을 것이다.

집에 돌아오니, 다음과 같은 편지가 와 있었다.

뭐 새로운 일은 없나?
집사람도 나와 함께 기대를 걸고 있네.

그리고 서명이 적혀 있었다.

'그의 아내가! 그녀가 내게 부탁을 하고 있다!'

바로 그때, 아르누가 나타났다. 급한 돈을 구했는지 알아보기 위해서였다.

"자, 여기 있어요!" 프레데릭이 말했다.

그리고 24시간 후, 델로리에에게 대답했다.

"아직 못 받았어."

변호사는 사흘을 연거푸 찾아왔다. 그는 공증인에게 편지를 쓰라고 프레데릭을 채근했다. 심지어 자기가 르 아브르에 갔다 오겠다고 했다.

"아니! 그럴 필요 없어! 내가 갈 거야!"

1주일이 지나자, 프레데릭은 머뭇거리며 아르누에게 1만 5천 프랑을 청구했다.

아르누는 다음 날로, 그리고 또 그 다음 날로 연기했다.

프레데릭은 델로리에에게 붙잡힐까 봐 밤이 이슥할 때까지 밖에 있었다.

어느 날 저녁, 그는 마들렌 광장 모퉁이에서 누군가와 부딪쳤다. 델로리에였다.

"그걸 받으러 가는 길이야." 프레데릭이 말했다.

델로리에는 푸아소니에르 지역의 어떤 집 앞까지 프레데릭을 따라갔다.

"기다려!"

그는 기다렸다. 드디어 43분 후, 아르누와 함께 밖으로 나온 프레데릭은 그에게 좀더 기다리라는 시늉을 했다. 두 사람은 서로 팔짱을 낀 채 오트빌 거리를 올라가더니, 그 다음에는 샤브롤 거리로 들어섰다.

밤은 어둡고, 훈훈한 바람이 불었다. 아르누는 천천히 걸으며, 갈르리 뒤 코메르스에 대한 이야기를 했다. 그것은 생드니 대로에서 샤틀레 광장까지 이어지는 지붕 덮인 상점가로서, 그가 매우 들어가고 싶어 하는 굉장한 투기지역이었다. 그는 이따금 발을 멈추고 상점 유리창으로 여점원의 얼굴을 보고는 다시 이야기를 계속했다.

뒤에서 따라오는 델로리에의 발소리가 프레데릭에게는 비난처럼, 자기 양심을 후려치는 매질처럼 들렸다. 그러나 그릇된 수치심과 말을 꺼냈다가 소용없으면 어찌할까 하는 두려움 때문에 감히 돈을 청구하지 못하고 있었다. 델로리에가 다가왔다. 프레데릭은 결심을 했다.

아르누는 아주 태연한 어투로, 돈이 회수되지 않아 현재 1만 5천 프랑을 돌려줄 수 없다고 말했다.

"자네에겐 그 돈이 필요하지 않은 줄 알았는데?"

그때 델로리에가 바싹 다가와서 프레데릭을 한옆으로 끌고 갔다.

"솔직히 말해, 돈을 가지고 있는 거야, 안 가지고 있는 거야?"

"안 가지고 있어! 잃어버렸어!" 프레데릭이 말했다.

"아! 어떻게 해서?"

"노름을 해서!"

델로리에는 한마디도 하지 않고, 머리를 깊이 숙여 인사한 후 가버렸다. 그 틈에 아르누는 담배 가게에 들어가 궐련에 불을 붙였다. 그는 다시 돌아와서 그 젊은이가 누구냐고 물었다.

"아무도 아니에요! 그냥 친굽니다!"

그리고 3분 후, 그들은 로자네트의 집 앞에 와 있었다.

"자, 올라오게. 로자네트가 자넬 보면 좋아할 거야. 요즘 자넨 너무 사람들하고 어울리지 않는단 말야!" 아르누가 말했다.

맞은편의 가로등이 그를 비추었다. 하얀 이 사이에 궐련을 물고 만족한 태도를 취하고 있는 그에게는 뭔가 견딜 수 없는 구석이 있었다.

"아! 그건 그렇고, 오늘 아침 내 공증인이 저당 등기 때문에 자네의 공증인에게 갔었네. 집사람이 상기시켜 주었지."

"기억력이 좋은 분이군요!" 프레데릭은 기계적으로 대답했다.

"나도 그렇게 생각하네!"

그리고 아르누는 아내를 자랑하기 시작했다. 재치와 착한 마음씨와 알뜰함에 있어서 그만한 여자가 없다는 것이었다. 그는 눈을 굴리며 목소리를 낮추어 덧붙였다.

"그리고 여자의 육체로 보더라도 그렇다네!"

"안녕히 계세요!" 프레데릭이 말했다.

아르누는 놀랐다.

"저런! 왜 그러나?"

그는 손을 반쯤 내밀고, 프레데릭의 화난 얼굴에 당황하여 쳐다보았다.

프레데릭은 퉁명스럽게 대꾸했다.

"안녕히 계십시오!"

그는 아르누에게 화가 치밀어 올라 두 번 다시 아르누도, 그의 아내도 만나지 않으리라 다짐하며, 비통하고 슬픈 마음으로 돌멩이가 굴러가듯 브레다 거리를 내려갔다. 그는 그들 부부의 불화를 기대했지만, 오히려 아르누는 아내를 머리끝부터 마음속까지 온통 사랑하고 있었다. 아르누의 저속함에 프레데릭은 몹시 화가 났다. 모든 것이 그의 것, 그의 소유였다! 그는 로자네트의 집 문턱에 있는 아르누의 모습을 다시 떠올렸다. 그러자 절교의 비애와 함께 자신의 무력함에 대한 분노가 솟구쳤다. 그런데 자기 돈에 대해 담보를 제공하는 아르누의 정직함에 그의 마음이 누그러졌다. 그렇지 않았다면, 그는 아르누의 목이라도 졸랐을 것이다. 그런 고통 말고도, 그의 양심에는 친구에게 비겁한 짓을 했다는 가책이 안개처럼 일고 있었다. 그는 눈물이 나서 목이 메었다.

델로리에는 화가 나서 큰 소리로 욕을 하며 마르티르 거리를 내려갔다. 무너진 오벨리스크가 되어버린 그의 계획이 지금 그에게는 엄청난 높이로 보였기 때문이다. 그는 도둑을 맞고 마치 큰 손해를 본 것처럼 여겨졌다. 프레데릭에 대한 우정도 사라져버렸다. 그는 오히려 잘된 일이라고 생각했다. 그것으로 모든 것이 상쇄되었으니까! 그는 부자들에 대한 증오에 사로잡혔다. 그는 세네칼의 의견으로 기울어져, 그 의견에 따르기로 마음먹었다.

그 시각, 아르누는 난로 옆 안락의자에 편안히 앉아 무릎 위의 로자네트를 껴안고 홍차를 마시고 있었다.

프레데릭은 그들의 집에 다시 가지 않았다. 그리고 괴로운 열정을 잊기 위해, 머리에 제일 먼저 떠오르는 주제를 택해《르네상스 역사》를 쓰기로 결심했다. 그는 책상 위에 고전연구가와 철학자와 시인들의 저서를 어지러이 쌓아놓았다. 마르크앙투안의 판화를 보려고 판화 진열실에 가기도 하고, 마키아벨리를 이해하려고 애써보기도 했다. 차분히 일하다 보니, 차츰 마음이 가라앉았다. 다른 사람의 개성에 몰두하느라 자기 자신을 잊게 된 것이다. 그것은 어쩌면 고민에서 벗어나는 유일한 방법인지도 몰랐다.

어느 날 조용히 메모를 하고 있는데, 문이 열리더니 아르누 부인이 왔다고 하인이 알려주었다.

틀림없이 그녀였다! 혼자 왔을까? 아니었다. 그녀는 어린 외젠의 손을 잡고, 하얀 앞치마를 두른 하녀와 함께 왔다. 그녀가 앉았다. 그리고 기침을 하더니 말했다.

"오랫동안 저희 집에 안 오시는군요."

프레데릭이 변명할 말을 찾지 못하고 있는데, 그녀가 덧붙였다.

"당신으로서는 배려를 한 것이겠지요!"

그가 물었다.

"무슨 배려 말입니까?"

"아르누를 위해 해주신 거 말이에요!" 그녀가 말했다.

프레데릭은 '그런 건 안중에도 없습니다! 당신을 위해서였어요!'라는 의미의 몸짓을 했다.

그녀는 아이를 하녀와 놀도록 거실로 내보냈다. 그들은 건강에 대해 두세 마디 말을 나누었다. 그리고는 대화가 끊겨버렸다.

그녀는 스페인 포도주 빛깔의 갈색 명주옷에 담비 모피를 가장자리에 두른 검은 벨벳의 짤막한 외투를 입고 있었다. 그 모피는 만져보고 싶은 충동을 불러 일으켰고, 앞가르마를 탄 반들반들한 긴 머리는 입 맞추고 싶은 유혹을 느끼게 했다. 그런데 마음의 동요를 느끼고 있던 그녀가 문 쪽으로 눈길을 돌리며 말했다.

"여긴 좀 더운 것 같아요!"

프레데릭은 그 눈길에서 조심스러워하는 의도를 알아차렸다.

"미안합니다! 두 문짝을 밀기만 하면 됩니다."

"아! 그렇군요!"

그녀는 '아무것도 두려워하지 않아요'라고 말하듯이 미소를 지었다.

그는 곧 찾아온 이유를 물었다.

"남편이 직접 찾아오지 못하겠다고 저보고 가보라고 해서 왔어요." 그녀가 거북해하며 말했다.

"무슨 일인데요?"

"당브뢰즈 씨를 아시지요?"

"예, 조금!"

"아! 조금."

그녀는 잠자코 있었다.

"상관없어요! 말씀해 보세요."

그러자 그녀는 이틀 전 아르누가 그 은행가에게 지불해야 할 천 프랑짜리 약속어음 4장을 부도냈다고 말했다. 그 어음은 아르누가 그녀에게 서명하게 한 것이었다. 그녀는 아이들의 재산에 누를 끼치게 된 것을 유감스러워했다. 하지만 그래도 불명예스럽게 되는 것보다는 나았다. 그녀는 당브뢰즈 씨가 기소를 중지해주면, 틀림없이 곧 갚겠다고 했다. 샤르트르에 있는 자기 소유의 작은 집을 팔기로 한 것이다.

"가엾은 부인! 제가 가 보지요! 저한테 맡겨 주세요." 프레데릭이 중얼거렸다.

"고맙습니다!"

그녀는 가려고 일어섰다.

"오! 그렇게 서두를 건 없지 않습니까?"

그녀는 선 채로 천장에 매달린 몽고화살 장식, 장서, 책의 장정, 필기도구를 바라보았다. 그리고 펜촉이 들어있는 청동 접시를 집어 들었다. 그녀의 발꿈치가 융단 위 여기저기를 밟았다. 그녀는 프레데릭의 집에 여러 번 왔었다. 하지만 언제나 아르누와 함께였다. 이번에는 그들 둘뿐이었다. 그의 집에서 단둘이 있는 것이었다. 그것은 희귀한 일이며, 대단한 행운과도 같았다.

그녀는 정원을 보고 싶다고 했다. 그는 그녀에게 팔을 내밀고, 30피트 면적의 정원을 보여주었다. 사방이 집으로 둘러싸인 정원은 구석이 소관목으로 장식되어 있고, 가운데는 화단이 있었다.

4월 초순이었다. 라일락 잎이 벌써 푸르러져 있었고, 맑은 공기가 대기 속을 흐르고 있었다. 새들이 지저귀는 노랫소리가 멀리 마차 공장에서 나는 소리와 어우러져 들려왔다.

프레데릭은 삽을 가져왔다. 그들이 나란히 걷고 있는 동안, 아이는 오솔길에 모래동산을 만들고 있었다.

아르누 부인은 아이가 장래 대단한 창의성을 발휘하리라고 생각하지는 않았다. 그러나 성질이 온순한 아이라고 했다. 반대로 아이의 누나는 냉담한 성격이어서, 그것이 때때로 아르누 부인의 마음을 괴롭혔다.

“크면 달라질 겁니다. 실망해서는 안 되지요.” 프레데릭이 말했다.

그녀가 대답했다.

“실망해서는 안 되지요!”

그의 말을 기계적으로 반복하는 것이 그에게는 일종의 격려처럼 생각되었다. 그래서 그는 정원에 단 하나뿐인 장미꽃 한 송이를 꺾었다.

“기억하시는지요? 어느 날 밤, 마차 안에서 장미 꽃다발을…”

그녀는 얼굴을 약간 붉히더니, 연민이 담긴 비웃는 태도로 말했다.

“아! 저도 그땐 젊었었지요!”

“이 꽃도 똑같은 신세가 되겠지요?” 프레데릭이 나직이 말했다.

그녀는 꽃대를 손가락 사이에 끼고 물레의 실을 돌리듯 뱅뱅 돌리며 대답했다.

“아뇨! 이건 간직할 거예요!”

그녀가 손짓으로 하녀를 부르자, 하녀가 아이를 안았다. 그리고 문턱 너머의 길에서, 아르누 부인은 키스처럼 달콤한 시선으로 어깨 위로 머리를 기울이며 꽃향기를 맡았다.

그는 서재로 다시 올라가, 그녀가 앉았던 의자, 그녀가 만졌던 물건들을 바라보았다. 그녀의 무엇인가가 그의 주위를 맴돌고 있었다. 그녀가 거기 있던 때의 다정스러움이 아직도 계속되고 있었다.

‘그녀가 여기에 왔다!’라고 그는 생각했다.

그러자 한없는 애정의 물결이 그를 휘감았다.

다음 날 11시에 그는 당브뢰즈 씨 집으로 갔다. 그는 식당으로 안내되었다. 은행가는 부인과 마주 앉아 식사를 하고 있었다. 부인 옆에는 조카딸이 있고, 그 건너편에는 마마 자국이 심한 영국인 여자 가정교사가 있었다.

당브뢰즈 씨는 프레데릭에게 함께 식사하자고 권했다. 그가 거절하자, 당브뢰즈 씨가 말했다.

"무슨 일로 오셨소? 말씀하시지요."

프레데릭은 대수롭지 않은 체하며 아르누라는 사람을 위해 부탁하러 왔다고 말했다.

"아! 아! 전에 화상을 하던 사람 말이군요. 예전에 우드리가 그를 보증했는데, 애를 먹었지요." 은행가가 잇몸을 드러내고 소리 없이 웃으며 말했다.

그리고 그는 식기 옆에 놓인 신문과 편지들을 훑어보기 시작했다.

두 하인이 마루 위를 소리 없이 다니며 식사시중을 들고 있었다. 융단 칸막이 커튼 세 개와 흰 대리석 수반 두 개가 있는 높은 방, 윤이 나는 풍로, 전채요리의 배열, 그리고 냅킨의 빳빳한 주름에 이르기까지 그 모든 호사스런 안락함이 프레데릭의 머릿속에서 아르누 집의 식사장면과 대조를 이루었다. 그는 당브뢰즈 씨를 방해할 용기가 나지 않았다.

부인이 그의 난처함을 눈치채고 말했다.

"마르티농을 가끔 만나세요?"

"오늘 저녁에 오실 거예요." 아가씨가 재빨리 말했다.

"아! 너 알고 있었니?" 숙모가 조카딸에게 차디찬 시선을 던지며 말했다.

하인 한 사람이 부인의 귀에 대고 뭔가를 말했다.

"얘야, 네 재봉사가 왔단다! … 미스 존!"

온순한 가정교사가 학생을 데리고 나갔다.

의자 소리에 놀란 당브뢰즈 씨가 무슨 일이냐고 물었다.

"르쟁바르 부인이 왔대요."

"그래! 르쟁바르! 나도 그 이름을 알고 있지. 서명한 걸 본 적이 있거든."

프레데릭은 드디어 용건을 다시 꺼냈다. 아르누는 호의를 베풀어

주어도 좋을 사람이며, 오직 계약을 이행하려는 목적으로 아내 소유의 집을 팔려고 한다고 했다.

"부인은 아주 예쁘다고 하던데요." 당브뢰즈 부인이 말했다.

은행가가 호인다운 태도로 덧붙였다.

"그들과 절친한 사이인가요?"

프레데릭은 거기에는 분명히 대답하지 않은 채, 고려해주면 대단히 고맙겠다고 말했다.

"좋소, 당신이 원하는 일이니까. 그럽시다! 기다리기로 하지요! 아직 시간이 있으니까. 내 사무실로 내려갈까요?"

식사는 끝났다. 당브뢰즈 부인은 친절과 야유가 뒤섞인 야릇한 미소를 지으며 가볍게 머리를 숙였다. 프레데릭은 그 미소의 의미를 생각해볼 여유가 없었다. 단둘이 있게 되자마자 당브뢰즈 씨가 말을 꺼냈기 때문이다.

"주식을 가지러 오지 않으셨던데."

그리고 변명할 시간을 주지 않고 다시 말했다.

"좋아요! 좋아! 사업의 내용을 좀더 잘 알아보는 게 당연한 일이지요."

그는 궐련을 권하고 이야기를 시작했다.

프랑스 석탄 총연합이 설립되어, 이제 인가를 기다리는 중이라고 했다. 여러 회사가 합병되는 것만으로도 감독비와 임금을 줄일 수 있어 이익이 증대된다는 것이다. 게다가 회사는 노동자들로 하여금 사업에 흥미를 갖게 할 새로운 일을 계획하고 있다고 했다. 그것은 노동자를 위한 주택과 요양소를 세우는 것이었다. 그리고 회사가 스스로 종업원의 공급자가 되어, 모든 물품을 원가로 제공할 거라고 했다.

"그렇게 되면 그들에게도 이익이 될 겁니다. 이거야말로 진정한 진보지요. 공화주의자들의 불평에도 당당히 대답할 수 있어요! 우리 이 사회에는 (그는 취지서를 보여주었다) 상원의원 한 명, 학사원 학자 한

명, 제대한 공병대 고급장교 한 명, 그리고 저명인사들이 있답니다! 이런 구성원이라면 겁 많은 자본가들을 안심시키고 현명한 자본가들을 불러 모을 수 있어요! 회사는 정부의 주문을 비롯해 철도회사, 선박회사, 야금회사, 가스회사, 부르주아의 부엌으로부터 주문을 받게 될 겁니다. 그러니까 우리는 난방을 하고, 전등을 켜고, 가장 가난한 가정에까지 파고들어가는 거지요. 그런데 어떻게 판로를 확보할 수 있냐고 물으시겠지요. 보호법의 혜택을 받을 겁니다. 우린 그걸 얻어낼 거예요. 그게 우리가 할 일이지요! 게다가 나는 솔직히 말해 보호무역주의자예요! 국가가 우선이니까요!"

그는 사장으로 임명되었는데, 세부적인 일, 특히 문서작성에 전념할 시간이 없다고 했다. "나는 책하고 거리가 멀어져 그리스어도 잊어버렸어요! 사람이 필요한데 … 내 생각을 옮겨줄 수 있는 사람 말이오." 그러더니 갑자기 덧붙였다. "사무국장이라는 직함으로 당신이 맡아주지 않겠소?"

프레데릭은 어찌 대답해야 할지 알 수 없었다.

"뭐, 그러지 못할 사정이라도 있으시오?"

그 임무는 매년 주주들을 위해 보고서를 작성하는 것뿐이라고 했다. 또한 파리의 저명한 사람들과 매일같이 교섭을 갖게 될 터이고, 노동자들에 대해서는 회사를 대표하는 것이니까 당연히 그들의 존경을 받을 것이며 이를 토대로 나중에 참사원이나 국회의원에 출마할 수도 있다는 것이었다.

프레데릭의 귀가 윙윙 울렸다. 어째서 이런 호의를 베푸는 것일까? 그는 연거푸 감사 인사를 했다.

그러나 누구에게도 종속되어서는 안 된다고 은행가가 말했다. 따라서 가장 좋은 방법은 프레데릭이 주주가 되는 것이라고 했다. "게다가 훌륭한 투자지요. 자본이 지위를 보증하고 지위가 자본을 보증하는 것이니까."

"어느 정도의 금액이면 되겠습니까?" 프레데릭이 말했다.

"그거야 뭐 좋으실 대로. 한 4만에서 6만 프랑 정도면 되겠지요."

그 금액은 당브뢰즈 씨에게는 하찮은 것이었고, 그 권위가 하도 대단해서 젊은이는 소작지를 하나 팔기로 즉시 결심했다. 그는 승낙했다. 당브뢰즈 씨는 결정을 마무리 짓기 위해 수일 내로 만날 날을 정하겠다고 했다.

"그러면 자크 아르누에게는…"

"좋을 대로 하시오! 불쌍한 사람이야! 좋을 대로 말하시오!"

프레데릭은 아르누에게 안심하라는 편지를 써서 하인을 통해 보냈다. 하인이 "대단히 고맙네!"라는 회답을 전했다.

그러나 그가 한 행동은 고작 그 정도의 인사를 받을 일이 아니었다. 그는 찾아오거나 적어도 편지라도 보내주기를 기대하고 있었다. 하지만 찾아오지도 않았고, 아무런 편지도 없었다.

잊고 있는 것일까 아니면 고의로 그러는 것일까? 아르누 부인이 한 번 찾아왔었으니, 다시 찾아오지 못할 것도 없지 않은가? 그러면 그녀가 했던 은연중의 암시와 고백 비슷한 것은 타산적인 술책일 뿐이었단 말인가? '그들이 날 갖고 논 것인가? 그녀까지 합세해서?' 그는 그들 집에 다시 가고 싶었지만, 일종의 수치심 때문에 가지 않았다.

어느 날 아침(그들이 만난 지 3주일 후), 당브뢰즈 씨로부터 그날 1시에 기다리고 있겠다는 편지가 왔다.

가는 도중, 아르누 부부에 대한 생각이 다시금 그를 괴롭혔다. 그들의 태도가 아무래도 납득이 가지 않았기 때문에, 그는 불길한 예감이랄까, 극도의 불안에 사로잡혔다. 그는 그런 생각을 떨쳐버리려고 이륜마차를 불러 파라디 거리로 갔다.

아르누는 여행 중이었다.

"그럼 부인께선?"

"시골 공장에 가셨습니다!"

"아르누 씨는 언제 돌아오시나요?"

"내일은 틀림없이 돌아오실 겁니다!"

그녀와 단둘이 만날 수 있을 터였다. 좋은 기회였다. 거부할 수 없는 어떤 것이 그의 마음속에서 '그녀에게 가라!'고 소리치고 있었다.

하지만 당브뢰즈 씨는? '뭐, 할 수 없지! 아팠다고 말해야지.' 그는 역으로 달려갔다. 그리고 객차 안에서 생각했다. '어쩌면 내가 잘못한 게 아닐까? 아, 까짓것! 무슨 상관이랴!'

좌우로 푸른 벌판이 펼쳐졌다. 열차는 달리고 있었다. 역의 작은 건물들이 배경처럼 미끄러져 지나갔다. 기관차의 굴뚝에서 줄곧 같은 방향으로 뿜어져 나오는 커다란 솜뭉치들이 잠시 풀밭 위에서 춤추다가 사라지곤 했다.

걸상에 혼자 앉은 프레데릭은 지루해서 그런 풍경을 바라보다가, 극도의 초조함으로 인한 우울감에 빠져있었다. 그런데 기중기와 상점들이 나타났다. 크레유였다.

나지막한 두 언덕(첫 번째 언덕은 민둥산이고, 두 번째 언덕은 숲에 싸여있었다)의 사면에 세워진 도시는 성당의 탑, 높고 낮은 집들, 돌다리를 갖추고 있었고, 뭔가 쾌활하고 은밀하며 기분 좋은 것을 지니고 있는 것처럼 보였다. 납작하고 커다란 배 한 척이 바람에 출렁이는 물줄기를 따라 떠내려가고 있었고, 십자가가 서 있는 언덕 밑에서는 암탉들이 밀짚 속에서 모이를 쪼아 먹고 있었다. 한 여자가 젖은 빨래를 머리에 이고 지나갔다.

다리를 지나 섬으로 들어서자, 오른쪽으로 수도원이 있던 자리가 보였다. 물레방아가 와즈 강의 두 번째 지류를 온통 가로막은 채 돌아가고 있었다. 공장은 그 강 위로 불쑥 나와 있었다. 프레데릭은 건물의 규모에 매우 놀랐다. 아르누에 대해 한층 존경심이 느껴졌다. 세 발짝 더 걸어 골목길로 들어서자, 막다른 곳에 철문이 있었다.

그는 안으로 들어갔다. 수위 아주머니가 그를 부르며 소리쳤다.

"허가증을 가지고 있어요?"

"왜요?"

"공장을 방문하기 위해서죠!"

프레데릭은 거친 어투로 아르누 씨를 만나러 왔다고 말했다.

"아르누 씨가 누군데요?"

"그러니까 여기 사장, 주인, 소유자 말이오!"

"아닙니다. 여긴 르뵈프 씨와 밀리에 씨의 공장입니다!"

짓궂은 아주머니가 농담을 하는 것이리라. 직공들이 도착했다. 그는 두세 명에게 다가가 물어보았으나, 대답은 같았다.

프레데릭은 술에 취한 사람처럼 비틀거리며 안마당에서 나왔다. 그가 얼마나 얼이 빠져 보였던지, 부슈리 다리 위에서 담배를 피우고 있던 동네 사람이 그에게 뭘 찾고 있느냐고 물었다. 그 사람은 아르누의 공장을 알고 있었다. 공장은 몽타테르에 있었다.

프레데릭은 마차를 찾았으나, 역까지 가야 마차가 있다고 했다. 그는 역으로 돌아갔다. 긴 대에 헐렁한 마구가 걸려있는 낡은 사륜마차 한 대가 늙은 말에 매달려 화물취급소 앞에 홀로 세워져 있었다.

한 사내아이가 "필롱 할아버지"를 찾아오겠다고 했다. 아이는 10분 후에 돌아와서, 필롱 할아버지가 식사 중이라고 했다. 프레데릭은 기다릴 수가 없어서, 걷기 시작했다. 그러나 건널목의 차단기가 내려져 있었다. 열차가 두 대 지나갈 때까지 기다려야 했다. 드디어 그는 들판으로 뛰어들었다.

단조로운 초록색으로 인해 들판은 거대한 당구대의 융단 같았다. 쇠 찌꺼기가 길 양쪽에 자갈더미처럼 쌓여 있었다. 조금 더 멀리 가자, 나란히 늘어선 공장 굴뚝이 연기를 내뿜고 있었다. 맞은편 둥근 언덕 위에는, 망루가 있는 작은 성채가 성당의 네모난 종각과 함께 우뚝 솟아 있었다. 그 밑에는 기다란 성벽이 나무들 사이로 불규칙한 선을 그리고 있었고, 더 밑으로 마을의 집들이 펼쳐졌다.

그 집들은 단층집으로, 시멘트 없이 돌덩어리로 만든 3단의 층계가 있었다. 이따금씩 식료품장수의 방울소리가 들렸다. 무거운 발걸음이 검은 진창에 푹푹 빠졌고, 가랑비가 희미한 하늘에 무수한 선을 그리며 내리고 있었다.

프레데릭은 도로 한복판을 계속 걸어갔다. 이윽고 왼편 길 입구에 커다란 나무 아치가 보였다. 거기에 금색 글씨로 '도자기'라고 쓰여 있었다.

자크 아르누가 크레유 근방을 선택한 데에는 나름대로 목적이 있었다. 자기 공장을 다른 공장(오랜 신용을 얻고 있는)에 최대한 가깝게 위치시킴으로써, 자신에게 유리한 혼란을 사람들에게 야기하고자 한 것이다.

공장의 주 건물은 초원을 가로질러 흐르는 강가에 바짝 붙어 있었다. 정원 한복판의 주인집은 현관 앞 층계가 선인장이 심어진 네 개의 화분으로 장식되어 있어서 눈에 띄었다. 헛간에서는 백토 더미가 건조되고 있었고, 노천에도 백토 더미가 있었다. 마당 한가운데 세네칼이 서 있었다. 그는 빨간색으로 안을 댄 푸른색의 짧은 외투를 변함없이 입고 있었다.

옛 가정교사가 차디찬 손을 내밀었다.

"사장을 만나러 왔나? 여기 없는데."

당황한 프레데릭은 어리석게 대답하고 말았다.

"알고 있어." 하지만 곧 침착함을 되찾고 다시 말했다. "아르누 부인에게 볼일이 있네. 만날 수 있을까?"

"아! 사흘 전부터 통 못 봤는데." 세네칼이 말했다.

그리고 그는 마구 불평을 늘어놓기 시작했다. 공장주의 조건을 승낙할 때, 그는 파리에 거주하는 걸로 알고 있었다. 친구도 없고 신문도 볼 수 없는 이런 시골에 처박히게 될 줄은 몰랐다는 것이다. 뭐, 아무래도 좋다, 하고 그는 그 점에 대해서는 그냥 넘겼다. 그러나 아르누는 그의 가치를 조금도 몰라주는 것 같다고 했다. 게다가 아르누는 시야가 좁고 퇴보적이며 대단한 무식쟁이라는 것이었다. 예술적 완성을 추구하느니 차라리 석탄이나 가스 연료를 도입하는 것이 더 나았을 것이다. 부르주아는 망해가고 있다고 세네칼은 힘주어 말했다. 요컨대 그에게는 일이 재미가 없었던 것이다. 그는 자기 월급을 올려주도록 말해달라고 프레데릭을 거의 재촉하다시피 했다.

"걱정하지 말게!" 프레데릭이 말했다.

그는 계단에서 아무도 만나지 않았다. 그는 2층의 텅 빈 방으로 고개를 디밀었다. 거기는 거실이었다. 그는 큰 소리로 불러보았다. 아무 대답이 없었다. 요리사도 하녀도 밖에 나간 모양이었다. 드디어 3층에 이르러, 그는 문을 밀었다. 아르누 부인이 거울 달린 옷장 앞에 혼자 있었다. 반쯤 벌어진 실내복의 허리띠가 그녀의 허리를 따라 늘어져 있고, 머리카락 한쪽이 오른쪽 어깨 위에서 검은 물결을 이루고 있었다. 그녀는 두 팔을 들어 올린 채, 한 손으로는 틀어 올린 머리를 붙잡고 다른 한 손으로는 거기에 핀을 꽂고 있었다. 그녀는 비명을 지르고 사라졌다.

이어 그녀는 단정한 옷차림으로 다시 나타났다. 그녀의 몸매, 눈, 옷이 스치는 소리, 그 모든 것이 그를 매혹시켰다. 프레데릭은 그녀에게 키스를 퍼붓고 싶은 것을 참아야 했다.

"실례했어요. 그러나 그 꼴로는…" 그녀가 말했다.

그는 대담하게 그녀의 말을 가로막았다.

"하지만 아주 예쁘시던데요… 아까는."

그녀는 그 찬사가 다소 외설스럽다고 생각했음인지, 두 뺨을 붉혔다. 그는 그녀의 기분을 상하게 했을까 봐 걱정이 되었다. 그녀가 다시 말했다.

"무슨 일로 오셨어요?"

그는 어찌 대답해야 할지 몰랐다. 생각할 시간을 갖느라 잠시 미소를 지은 후에 말했다.

"말씀드린다면, 제 말을 믿어주시겠어요?"

"왜 안 믿겠어요?"

프레데릭은 간밤에 무서운 꿈을 꾸었다고 얘기했다.

"당신이 중병에 걸려 거의 빈사상태에 있는 꿈을 꾸었습니다."

"오! 저도 남편도 전혀 아프지 않답니다!"

"전 당신 꿈만 꾸었는데요." 그가 말했다.

그녀는 침착한 태도로 그를 바라보았다.

"꿈이 반드시 맞는 건 아니지요."

프레데릭은 더듬거리며 할 말을 찾다가 마침내 영혼의 친화력에 대해 장광설을 늘어놓았다. 공간을 초월하여 두 사람의 관계를 맺어주고 그들의 느낌을 서로에게 알려주며 다시 만나게 해주는, 그런 힘이 존재한다고 했다.

그녀는 아름다운 미소를 지으며 고개를 숙인 채 그의 이야기를 듣고 있었다. 그는 기쁨에 겨워 곁눈질로 그녀를 바라보았다. 그리고 일반적인 진리를 말한다는 미명하에 더 수월하고 자유롭게 자신의 사랑을 토로했다. 그녀는 공장을 보여주겠다고 했다. 그녀가 굳이 권했기 때문에 그는 응낙했다.

그녀는 우선 뭔가 재미있는 것으로 그의 흥미를 끌려고 계단에 장식된 진귀한 것들을 보여주었다. 벽에 걸어놓거나 선반 위에 올려놓은 도자기 견본들은 아르누의 끊임없는 노력과 열성을 드러내주었다. 그는 중국 구리의 붉은색을 연구한 후에는 마졸리카, 파엔차,[48] 에트루리아, 동양의 도자기를 만들고 싶어 했다. 마침내 그가 시도한 것 중에는 그 후 완성된 것도 몇 개 있었다. 따라서 진열된 물건들 중에는 중국 고관들이 그려진 커다란 꽃병, 다채로운 금갈색 사발,

---

48) 이탈리아의 도시. 12세기부터 시작된 전통적 도자기로 유명하다.

아라비아 문자로 장식된 단지, 르네상스 시대 취향의 물병, 빨간 연필로 귀엽고 희미하게 그린 듯한 두 인물이 그려진 커다란 접시들이 보였다. 그는 이제 간판문자와 포도주 상표를 만들고 있었다. 그런데 그의 재능은 예술의 경지에 이를 만큼 높은 수준도 아니고 오로지 이익만 추구할 만큼 저속하지도 않아서, 결국 아무도 만족시키지 못한 채 손해를 보고 있었다. 두 사람이 그런 물건들을 보고 있을 때, 마르트 양이 지나갔다.

"너 이분을 모르니?" 어머니가 말했다.

"알아요!" 마르트는 프레데릭에게 인사하며 대답했다. 그런데 의심쩍어하는 맑은 시선, 순진한 처녀 같은 시선은 '여긴 뭐하러 오셨어요?'라고 중얼거리는 것 같았다. 마르트는 머리를 어깨 위로 약간 기울이고 계단을 올라갔다.

아르누 부인은 프레데릭을 안마당으로 데리고 가서, 어떻게 흙을 부수고 깨끗이 하고 체로 치는지 진지한 어조로 설명했다.

"중요한 건 반죽을 준비하는 일이거든요."

그리고 그녀는 큰 통이 가득 들어있는 방으로 안내했다. 그 통에서는 수평으로 팔이 달린 수직 굴대가 돌아가고 있었다. 프레데릭은 조금 전에 그녀의 제안을 분명히 거절하지 못한 것을 후회하고 있었다.

"이게 흙을 부수는 기계예요." 그녀가 말했다.

그는 그런 단어가 그녀에게는 어울리지 않는 기괴한 것이라고 생각했다.

널따란 가죽 띠가 천장 한쪽 끝에서 다른 쪽 끝까지 지나가서 둥근 기둥에 휘감기고 있었다. 모든 것이 시끄러운 소리를 내며 줄곧 규칙적으로 움직였다.

그들은 거기서 나와 허물어진 오두막 옆을 지나갔다. 예전에 원예 도구를 넣어두는 곳으로 쓰이던 오두막이었다.

"이건 이제 쓸모가 없어요." 아르누 부인이 말했다.

그는 떨리는 목소리로 대답했다.

"행복은 이런 데에도 있을 수 있습니다!"

소방펌프의 시끄러운 소리에 그의 말이 묻혀버렸다. 그들은 초벌 손질을 하는 작업장으로 들어갔다.

좁은 테이블에 앉은 남자들이 돌아가는 원반 위에 올려진 반죽덩어리를 앞에 놓고, 왼손으로는 안쪽을 긁어내며 오른손으로는 반죽 표면을 어루만지고 있었다. 그리하여 마치 꽃이 피어나는 것처럼 그릇이 만들어졌다.

아르누 부인은 보다 어려운 작업에 쓰이는 주형을 보여주었다.

다른 방에서는 둘레장식이나 움푹 파인 홈이나 불쑥 나온 선을 만드는 작업을 하고 있었다. 위층에서는 쓸데없는 자국을 없애고, 앞의 작업에서 생긴 작은 구멍을 석고로 메우고 있었다.

격자창 위에, 방 구석에, 복도 한가운데에, 온 사방에 도자기들이 줄지어 놓여 있었다.

프레데릭은 지루해지기 시작했다.

"피곤하신가 봐요." 그녀가 말했다.

그는 여기서 방문이 끝나버리게 될까 봐 오히려 아주 열심히 보는 체했다. 심지어 이런 일에 투신하지 않은 것이 후회된다고까지 했다.

그녀는 놀란 표정을 지었다.

"정말입니다! 그럼 당신 곁에서 살 수 있었을 테니까요!"

그리고 그가 눈을 마주 보려고 하자, 그녀는 이를 피하기 위해 작업대 위에서 고치다가 망친 둥근 반죽덩어리를 잡고 평평하게 만든 다음 그 위에 자기 손자국을 냈다.

"그걸 제가 가져도 됩니까?" 프레데릭이 말했다.

"정말 어린애 같은 분이시네요!"

그가 대답하려고 하는데, 세네칼이 들어왔다.

부공장장은 문턱에 들어서자마자 규칙 위반을 목격했다. 작업장은 매주 청소하게 되어 있었다. 그날은 토요일이었는데, 직공들이 청소를 하나도 해놓지 않았기 때문에 세네칼은 한 시간 더 남으라고 선언했다.

“여러분 탓이니까 할 수 없소!”

직공들은 아무 말도 하지 않고 몸을 구부린 채 작업하고 있었지만, 그들의 가슴에서 나오는 거친 숨결에서 화가 나 있다는 것을 짐작할 수 있었다. 사실 그들은 모두 큰 공장에서 쫓겨난 자들이었기 때문에 다루기가 쉽지 않았다. 공화주의자는 그들을 모질게 다루었다. 이론가인 그는 전체만을 생각하고 개인에 대해서는 무자비했다.

세네칼이 옆에 있는 것이 불편한 프레데릭은 아르누 부인에게 가마를 볼 수 없느냐고 나지막이 물었다. 그들은 1층으로 내려갔다. 그녀가 작은 상자들의 용도를 설명하고 있는데, 그들을 뒤따라온 세네칼이 끼어들었다.

그는 자기가 설명을 맡아 계속했다. 여러 가지 연료, 가마에 넣기, 고온계, 아궁이, 가마의 상층부분, 윤내는 약, 금속류에 대한 설명을 늘어놓으며 염화물, 황화물, 붕사, 탄산염과 같은 화학 용어를 마구 사용했다. 프레데릭은 아무것도 이해할 수 없어서, 매번 아르누 부인을 돌아보았다.

“듣고 계시지 않군요. 그런데 세네칼 씨는 아주 명석하시네요. 모든 걸 저보다 훨씬 더 잘 알고 계세요.” 그녀가 말했다.

이 찬사에 기분이 좋아진 수학자는 채색 시설을 보여주겠다고 했다. 프레데릭은 난처한 시선을 아르누 부인에게 던졌다. 그녀는 아무 표정도 드러내지 않고 있었다. 아마도 그와 단둘이 있고 싶지도 않고, 그렇다고 그와 헤어지고 싶지도 않은 것 같았다. 그는 그녀에게 팔을 내밀었다.

“아니에요! 괜찮아요! 계단이 너무 좁거든요!”

위로 올라가자, 세네칼은 여자들이 가득 있는 어떤 방의 문을 열었다.

여자들은 붓, 유리병, 조개껍데기, 유리판 따위를 다루고 있었다. 천장과 벽 사이의 돌출부를 따라 벽에는 조각이 새겨진 판자들이 늘어서 있었고, 얇은 종잇조각이 날아다녔다. 주조용 난로에서는 송진 냄새가 뒤섞인 구역질나는 온기가 발산되고 있었다.

여직공들은 대부분 더러운 옷차림이었다. 그 중 마드라스산 직물의 옷을 입고 기다란 귀걸이를 단 여자가 눈에 띄었다. 날씬하면서도 동시에 통통하기도 한 그 여자는 검고 큰 눈과 흑인여자처럼 두꺼운 입술을 지니고 있었다. 치마끈으로 허리둘레를 고정시킨 셔츠 밑에서 풍만한 젖가슴이 불쑥 튀어나와 있었다. 그녀는 한쪽 팔꿈치를 작업대 위에 얹어놓고 다른 쪽 팔꿈치는 늘어뜨린 채 멀리 들판을 물끄러미 바라보고 있었다. 그녀 옆에는 포도주 병과 돼지고기 조각이 뒹굴고 있었다.

작업의 청결함과 일꾼들의 위생을 위해 작업장에서 음식을 먹는 행위는 규칙상 금지되어 있었다.

세네칼은 의무감에서인지 아니면 위엄을 보이기 위해서인지 액자 속의 게시물을 가리키며 멀리서 소리쳤다.

“어이! 거기 보르도 여자! 제 9조를 큰 소리로 읽어 봐요.”

“그래서 어쩌려구요?”

“어쩌다니? 3프랑의 벌금을 내야지!”

여자는 뻔뻔스럽게 세네칼을 마주 바라보았다.

“그게 무슨 소용이 있어요? 사장님이 돌아오시면 그따위 벌금은 면제해줄 텐데! 이봐요, 난 당신쯤은 개의치 않는다구요!”

자습실 감독처럼 뒷짐을 지고 돌아다니던 세네칼은 히죽이 웃기만 했다.

“제 13조, 명령불복종, 10프랑!”

보르도 여자는 다시 일하기 시작했다. 아르누 부인은 체면상 아무 말도 하지 않았지만, 이마를 찌푸렸다. 프레데릭이 중얼거렸다.

"아! 민주주의자인 자네로서는 너무 거칠군!"

상대방이 거만하게 대답했다.

"민주주의란 방종한 개인주의는 아니네. 그건 법률 앞에서의 평등이고, 노동의 분배요 질서니까!"

"자네는 인간성이란 걸 잊고 있어!" 프레데릭이 말했다.

아르누 부인이 프레데릭의 팔을 잡았다. 세네칼은 그 무언의 동의에 화가 났는지 가버렸다.

프레데릭의 마음이 한없이 가벼워졌다. 아침부터 고백할 기회를 노리고 있었는데, 이제 그 기회가 온 것이다. 게다가 아르누 부인의 자발적인 행동이 그에게 희망을 주는 것 같았다. 그래서 그는 발을 녹이기 위해 그러는 척하며 그녀의 방으로 올라가자고 했다. 그러나 막상 그녀 옆에 앉자, 다시 거북해졌다. 그는 이야기의 서두를 어떻게 꺼내야 할지 몰랐다. 다행히 세네칼이 머릿속에 떠올랐다.

"그 벌칙이란 것처럼 어리석은 건 없어요!"

아르누 부인이 대답했다.

"때에 따라서는 엄격함이 필요한 경우가 있어요."

"뭐라구요, 당신같이 어진 분이! 아! 제가 잘못 생각했군요! 당신은 가끔 남에게 고통 주는 걸 좋아하니까요!"

"전 수수께끼 같은 얘긴 몰라요."

말보다 그녀의 엄한 시선이 그의 말을 가로막았다. 프레데릭은 계속하기로 결심했다. 우연히 뮈세의 책 한 권이 서랍장 위에 놓여 있었다. 그는 그 중 몇 페이지를 들춰본 후, 사랑, 그 절망과 열정에 대해 이야기하기 시작했다.

아르누 부인은 그 모든 것이 죄악이거나 허위라고 했다.

젊은이는 그런 부정적인 생각에 마음이 상했다. 이를 반박하기 위해 그는 신문에 나오는 자살사건을 증거로 들었다. 그리고 페드르, 디도,[49] 로미오, 데그리외[50]와 같은 유명한 문학적 전형을 찬양했다. 그는 스스로 도취되어 어찌할 바를 모르고 있었다.

난롯불은 꺼지고 빗줄기가 유리창을 두드리고 있었다. 아르누 부인은 안락의자의 팔걸이에 두 손을 올려놓은 채 꼼짝도 하지 않고 있었다. 모자 끈이 스핑크스의 띠처럼 드리워지고, 깨끗한 옆얼굴이 어둠 속에 창백하게 부각되었다.

그는 그녀의 무릎에 몸을 던지고 싶은 충동을 느꼈다. 복도에서 삐거덕거리는 소리가 나자, 그는 감히 행동에 옮기지 못했다.

게다가 어떤 종교적인 두려움이 그를 가로막았다. 어둠과 뒤섞인 그녀의 옷은 거대하고 무한하며 들어 올릴 수 없는 것처럼 생각되었다. 그리고 바로 그 때문에 그의 욕망은 더 불타올랐다. 그러나 지나치게 행동해서도 안 되고 부족하게 행동해서도 안 된다는 걱정에 그는 분별력을 잃고 있었다.

'내가 마음에 안 든다면 날 내쫓아주면 좋겠다! 날 원한다면 용기를 주고 말이야!'라고 그는 생각했다.

그는 한숨을 쉬며 말했다.

"그러니까 당신은 인정하지 않으시는군요… 여자를 사랑할 수 있다는 걸?"

아르누 부인이 대답했다.

"그 여자가 결혼할 수 있는 경우에는 결혼을 하고, 다른 사람에게 속해 있는 여자라면 물러서야지요."

"그러면 행복이란 불가능한 것입니까?"

"아뇨! 하지만 거짓과 불안과 양심의 가책 속에서는 결코 행복을 찾을 수 없어요."

"아무래도 상관없어요! 숭고한 기쁨이 주어진다면."

"그런 경험은 너무 비싼 대가를 치러야 해요!"

---

49) 그리스 로마 신화에 나오는 아이네이아스를 사랑한 카르타고의 전설적인 여왕.
50) 프랑스 소설가 아베 프레보의 대표작 《마농레스코》에 나오는 등장인물.

그는 그녀를 빈정거리고 싶었다.

"그러니까 덕성이란 것은 비겁함에 지나지 않는 것이군요?"

"그보다는 선견지명이라고 말해야겠지요. 설사 의무나 종교심을 잊어버린 여자라 할지라도 단지 분별력만 있으면 충분해요. 현명한 태도를 굳건하게 뒷받침해주는 것은 바로 이기주의예요."

"아! 대단히 부르주아적인 도덕기준을 가지고 계시는군요!"

"전 귀부인이라고 뽐내는 게 아니에요!"

그때 어린애가 뛰어왔다.

"엄마, 저녁 안 먹어요?"

"그래, 곧 갈게!"

프레데릭은 일어섰다. 그와 동시에 마르트가 나타났다.

그는 돌아갈 결심을 할 수 없어서, 애원이 가득 담긴 시선으로 말했다.

"당신이 말하는 여자들이란 그러니까 무감각한 여자들이로군요?"

"아니에요! 하지만 필요할 때는 귀머거리가 되는 여자들이지요."

그녀는 양쪽에 아이들을 데리고 방문턱에 서 있었다. 그는 말없이 고개를 숙였다. 그녀도 말없이 그의 인사에 답했다.

그가 우선 느낀 감정은 한없는 놀라움이었다. 희망이 없음을 알려주는 그 태도가 그를 괴롭혔다. 그는 심연으로 떨어져 구조받지 못하고 죽을 수밖에 없다는 것을 알고 있는 사람처럼 절망을 느꼈다.

그렇지만 그는 걸었다. 아무것도 보지 않고 무턱대고 걸었고, 돌에 부딪치기도 했다. 그러다가 길을 잘못 들었다. 나막신 소리가 바로 곁에서 울렸다. 주조공장에서 나오는 일꾼들의 소리였다. 그는 제정신으로 돌아왔다.

철도의 안전등이 지평선에 한 줄의 불꽃을 그려놓고 있었다. 그는 열차가 출발하는 순간 도착해서 객차 안으로 몸을 밀어 넣었다. 그리고 잠들어버렸다.

한 시간 후 대로에서 즐거운 파리의 밤을 보자, 조금 전의 여행이 갑자기 머나먼 과거의 일처럼 생각되었다. 그는 강하게 마음먹고 싶어서, 아르누 부인에게 욕설을 퍼부으며 마음을 달래었다.

'바보 같은 여자, 머저리, 잔인한 여자, 이제 그 여자는 생각하지도 말자!'

집에 돌아가니까, 파란 유약을 칠한 종이에 R. A. 라는 머리글자가 쓰여진 8장의 편지가 서재에 있었다.

편지는 다정한 원망으로 시작되었다.

어떻게 지내시는지요? 저는 지루해하고 있어요.

글씨가 하도 악필이라 프레데릭은 편지꾸러미를 던져버리려고 했다. 그때 추신이 눈에 띄었다.

내일 경마장에 데려가 주실 것을 기대하고 있어요.

이 유혹은 무엇을 의미하는 것일까? 또 로자네트의 장난인가? 그러나 아무 이유 없이 같은 사람을 두 번이나 놀리지는 않는 법이다. 그는 호기심에 사로잡혀 편지를 주의 깊게 다시 읽었다.

프레데릭은 '오해 … 잘못된 길을 갔다 … 환멸 … 우리는 불쌍한 어린애! … 다시 합쳐지는 두 강물처럼!' 등등의 말들을 읽을 수 있었다.

그 문체는 매춘부의 일상적인 말과는 아주 대조적이었다. 도대체 어떤 변화가 일어난 것일까?

그는 한참 동안 편지를 손에 쥐고 있었다. 편지에서 붓꽃 냄새가 났다. 글자 모양과 불규칙한 행간에서 흐트러진 옷차림 같은 것이 느껴져 그의 마음이 흔들렸다.

'내가 가지 못할 이유가 뭐야? 하지만 아르누 부인이 알게 되면?

아! 알라고 해! 그거 잘됐네! 질투하라고 해! 그럼 복수가 될 테니까!'라고 드디어 그는 생각했다.

IV

로자네트는 준비를 하고 그를 기다리고 있었다.

"와 주셔서 정말 고마워요!" 그녀가 상냥하고 쾌활하며 아름다운 시선을 그에게 못 박으며 말했다.

그녀는 모자 끈을 묶고 긴 의자에 말없이 앉아 있었다.

"갈까요?" 프레데릭이 말했다.

그녀는 추시계를 바라보았다.

"오! 아니에요! 1시 반이 될 때까지 기다려요." 마치 망설이는 마음에 대해 그 시간까지 한계를 정해놓은 것 같았다.

드디어 시간이 되었다.

"자, 이제 가요!"

그녀는 다시 한 번 머리를 매만지고 델핀에게 몇 가지 지시를 했다.

"부인, 저녁식사 때는 돌아오시나요?"

"그건 왜? 우리 앙글레 카페나 당신이 좋아하는 곳에서 함께 식사하기로 해요!"

"그럽시다!"

강아지들이 그녀 주위에서 짖어댔다.

"강아지들을 데려가도 되죠?"

프레데릭은 직접 강아지들을 안고 마차까지 갔다.

말 두 마리와 마부가 달린 임대한 베를린 마차[51]였다. 그는 뒷좌석

51) 대형 사륜마차의 한 종류.

에 하인도 태워놓았다. 로자네트는 그의 세심한 배려에 만족해하는 것 같았다. 그리고 자리에 앉자마자 최근에 아르누 집에 갔었냐고 물었다.

"한 달 동안 가지 않았어요." 프레데릭이 말했다.

"저는 그저께 만났어요. 아마 오늘도 올 거예요. 그런데 여러 가지 곤란한 일이 있나 봐요. 또 소송이 걸린 모양이에요, 무슨 소송인진 모르지만. 정말 이상한 사람이에요!"

"그래, 정말 이상한 사람이군요!"

프레데릭은 무심한 태도로 덧붙였다.

"그런데 여전히 만나나요 … 이름이 뭐더라? … 전에 가수였던 … 델마르라고 했던가?"

그녀가 퉁명스럽게 대답했다.

"아뇨! 끝났어요."

그러니까 그들의 절교는 확실한 것이었다. 거기에 프레데릭은 희망을 걸었다.

마차는 보통 속도로 브레다 거리를 내려갔다. 일요일이어서 거리가 한산했고, 창문 너머로 사람들의 얼굴이 보였다. 마차가 속도를 내자, 바퀴 소리에 행인들이 몸을 돌렸다. 젖혀진 포장덮개의 가죽이 반짝이고 있었다. 하인은 허리를 뒤로 젖히고 있었고, 바짝 붙어 있는 아바나산 강아지 두 마리는 쿠션 위에 놓인 담비 모피의 토시처럼 보였다. 프레데릭은 마차의 흔들림에 몸을 맡기고 있었다. 로자네트는 미소 지으며 좌우로 머리를 돌리고 있었다.

그녀의 진주모빛 밀짚모자에는 검은 레이스 장식이 달려 있었다. 아라비아풍 외투의 두건이 바람에 나부꼈다. 그녀는 파고다 탑처럼 끝이 뾰족한 자홍색 새틴 양산 밑에서 햇빛을 피하고 있었다.

"손가락이 정말 귀엽군요!"라고 말하며, 프레데릭은 양산을 들고 있지 않은 그녀의 왼손을 슬그머니 잡았다. 재갈고리 모양의 금팔찌가 그 손에 끼워져 있었다. "저런, 아주 멋지네요. 어디서 난 겁니까?"

"어머! 오래전부터 가지고 있던 건데요." 로자네트가 말했다.

젊은이는 그 거짓말에 반박하지 않았다. 그보다는 차라리 '그 기회를 이용'하고자 했다. 그는 여전히 그녀의 손목을 쥔 채, 장갑과 소매부리 사이에 입술을 갖다 댔다.

"이러지 마세요, 누가 봐요!"

"까짓것! 보면 어떻소!"

콩코르드 광장을 지난 후, 콩페랑스 강가와 빌리 강가로 접어들자 어떤 정원 안에 있는 레바논 삼나무가 눈에 띄었다. 로자네트는 레바논이 중국에 있는 것으로 생각하고 있었다. 그녀는 자신의 무지를 스스로 비웃고는 프레데릭에게 지리를 가르쳐 달라고 부탁했다. 이어서 그들은 트로카데로를 오른쪽으로 바라보며 이에나 다리를 건너 드디어 샹드마르스 한복판에 도착했다. 경마장 안에는 이미 다른 마차들이 줄지어 세워져 있었다.

잔디밭 언덕은 서민들로 가득 차 있었다. 사관학교 발코니에도 구경꾼들이 보였다. 그리고 체중검사장 바깥쪽의 두 관람석, 울타리 안에 있는 두 특별석과 왕의 좌석 앞에 있는 세 번째 특별석에는 화려한 옷차림의 사람들이 가득했다. 그들의 태도에는 아직 새로운 이 오락거리에 대한 존경의 표시가 드러나 있었다. 경마의 관중들은 그 당시에는 특별한 사람들로서 저속하지 않았다. 발밑 끈, 벨벳 깃, 흰 장갑이 유행하던 시대였다. 화려한 색깔의 옷을 입은 여자들이 허리가 긴 옷을 입고 연단의 계단석에 앉아 있었다. 남자들의 거무스름한 의상 때문에 마치 여기저기 까만 반점이 있는 커다란 꽃 덩어리 같은 모습이었다. 그런데 모두의 시선은 유명한 알제리인 부마자에게 집중되었다. 그는 양쪽에 두 참모장교를 대동하고 특별석에 무감동하게 앉아 있었다. 조케 클럽[52]의 특별석은 오직 높은 사람들만 차지하고 있었다.

가장 열성적인 사람들은 경주로 바로 옆 아래쪽에 자리를 잡았다. 경주로는 밧줄을 친 두 줄의 말뚝으로 가로막혀 있었다. 그 안쪽의 거대한 타원형 안에서 야자열매 장수가 따르라기를 흔들었다. 경마 프로그램을 파는 상인들도 있고, 담배 이름을 소리치는 상인들도 있었다. 웅성거리는 소리가 나고, 헌병들이 왔다 갔다 했다. 숫자로 덮인 기둥에 매달려 있는 종이 울렸다. 다섯 마리의 말이 나타나자, 사람들은 관람석으로 들어갔다.

그런데 짙은 구름이 소용돌이를 치며 맞은편의 느릅나무 꼭대기를 스치고 지나갔다. 로자네트는 비가 올까 봐 걱정했다.

"우산을 가지고 왔어요." 프레데릭이 말했다. 그는 "그리고 기분전환에 필요한 것도 모두 가져왔지요"라고 덧붙이며 바구니 안에 들어 있는 음식상자 뚜껑을 열어 보였다.

"브라보! 우린 서로 마음이 맞는군요!"

"앞으로 더욱 마음이 맞겠지요?"

"그럴 수도 있죠!" 그녀가 얼굴을 붉히며 말했다.

명주 조끼를 입은 기수들이 말을 일렬로 세우려고 애쓰며 두 손으로 말을 붙잡고 있었다. 누군가 빨간 깃발을 내렸다. 그러자 다섯 명의 기수가 일제히 말갈기에 몸을 숙이고 출발했다. 그들은 처음에는 빽빽이 모여 한 덩어리를 이루고 있다가 곧 덩어리가 길게 늘어지더니 거리가 벌어졌다. 노란 조끼를 입은 기수가 첫 바퀴를 도는 중간에 떨어질 뻔했다. 한동안 필리와 티비가 선두 다툼을 벌였다. 그 다음에는 톰푸스가 선두로 나타났다. 그러나 출발부터 뒤져있던 클뤼브스틱이 뒤쫓아 와서 시르샤를을 말 두 필 길이만큼 앞지르며 1등으로 도착했다. 뜻밖의 일이었다. 관중이 함성을 지르며 발을 구르는

52) 제1부 주 76번 참조.

바람에 판자로 만든 가건물이 흔들렸다.

"재미있네요! 당신을 사랑해요, 정말!" 로자네트가 말했다.

프레데릭은 더 이상 자신의 행복을 의심하지 않았다. 로자네트의 마지막 말이 그것을 확인시켜 주었다.

백보쯤 떨어진 곳에 있는 밀로르 마차[53]에서 한 부인이 나타났다. 여자는 차창 밖으로 몸을 내밀었다가 이내 다시 들어갔다. 그렇게 몇 번이나 되풀이되었다. 프레데릭은 그녀의 얼굴을 알아볼 수 없었다. 그는 혹시나 하는 생각이 들었다. 아르누 부인인 것만 같았다. 하지만 있을 수 없는 일이었다! 그녀가 왜 왔겠는가?

그는 체중검사장을 한 바퀴 돌아보겠다는 핑계를 대고 마차에서 내렸다.

"너무하세요!" 로자네트가 말했다.

그는 아무 말도 듣지 않고 앞으로 걸어갔다. 밀로르 마차가 길을 되돌려 달리기 시작했다.

그 순간, 프레데릭은 시지에게 덥석 붙잡히고 말았다.

"안녕하신가! 어떻게 지내나? 위소네가 저기 있는데! 얘기 좀 들어보게!"

프레데릭은 밀로르 마차를 쫓아가기 위해 빠져나가려고 애를 썼다. 로자네트가 그에게 되돌아오라고 손짓하고 있었다. 시지는 그녀를 보더니, 인사하겠다고 고집을 부렸다.

조모의 상(喪)이 끝난 후부터, 그는 자신의 이상을 실현하여 독특한 개성을 지니기에 이르렀다. 스코틀랜드 조끼, 짧은 예복, 무도화 위의 넓은 장미 매듭, 모자의 리본 속에 끼워놓은 입장권, 사실 어느 것이나 소위 그가 말하는 '멋', 즉 영국풍의 근위병 같은 멋에 조금도 손색이 없었다. 그는 먼저 최악의 경마장이라고 샹드마르스에 대한

53) 19세기 중반까지 사용된 2인승 사륜마차.

불평을 늘어놓더니, 이어 샹티이의 경마와 거기서 벌어지는 익살에 대해 얘기했다. 또한 시계가 밤 12시를 치는 동안 샴페인을 열두 잔 마실 수 있다고 단언하고, 로자네트에게 내기하자고 하면서 복슬개 두 마리를 부드럽게 어루만졌다. 그리고 다른 쪽 팔꿈치는 차창에 기댄 채, 지팡이의 둥그스름한 끝을 입에 물고 다리는 벌리고 허리를 꼿꼿이 펴고서 쓸데없는 말을 계속 지껄여댔다. 프레데릭은 그의 옆에서 담배를 피우며 밀로르 마차가 어디로 갔는지 찾아보려고 애쓰고 있었다.

종이 울리자 시지가 돌아갔다. 로자네트는 크게 기뻐했다. 그녀는 아주 지루했다고 말했다.

두 번째 레이스는 특별한 것이 없었다. 세 번째 레이스도 한 남자가 들것에 실려나간 것을 제외하고는 마찬가지였다. 말 여덟 마리가 파리 시의 상을 놓고 겨루는 네 번째 레이스는 좀더 재미있었다.

특별석 관중들은 걸상 위로 올라갔다. 다른 사람들은 마차 안에서 일어서서 손에 든 쌍안경으로 앞서거니 뒤서거니 하는 기수들을 쫓고 있었다. 경마장의 트랙 가장자리를 따라 모여 있는 군중을 배경으로 빨간 반점, 노란 반점, 하얀 반점, 파란 반점들이 줄지어 달리는 것처럼 보였다. 멀리서 보면 그들의 속력은 그렇게 빠른 것 같지 않았다. 샹드마르스의 반대쪽 끝에서는 심지어 말들이 속력을 늦추고, 쭉 뻗은 다리를 굽히지 않은 채 배를 땅에 대고 그저 미끄러지기만 하는 듯했다. 그러나 곧 이쪽으로 되돌아오자 그들의 모습이 커졌다. 그들은 바람을 뚫고, 대지를 흔들고, 자갈을 튀기며 지나갔다. 기수들의 조끼가 바람에 부풀어 돛처럼 펄럭거렸다. 그들은 결승점 기둥에 이르기 위해 채찍을 크게 휘두르며 말을 맹렬히 몰아쳤다. 숫자들을 떼어내고 다른 것이 게시되었다. 박수갈채를 받으며 승리한 말이 체중검사장으로 끌려가고 있었다. 온통 땀으로 뒤덮인 말은 무릎을 뻣뻣이 세운 채 고개를 숙이고 있었고, 기수는 안장 위에서 몹시 괴로운 듯 옆구리를 붙잡고 있었다.

이의가 제기되어 마지막 출발이 늦어졌다. 지루해진 군중이 흩어졌다. 남자들은 특별석 밑에서 이야기를 나누고 있었다. 외설스러운 이야기들이었다. 상류사회의 부인들 중에는 매춘부들과 같이 있는 것이 불쾌해서 가버리는 사람들도 있었다.

공중무도장의 유명한 인물들과 극장가의 여배우들도 있었다. 그러나 찬사를 받는 여자들이 반드시 최고의 미인은 아니었다. 어떤 통속극 작가가 타락한 루이 11세라고 부르는 늙은 여배우 조르진 오베르는 몹시 짙은 화장을 하고 이따금 돼지소리 같은 웃음을 터뜨리며 마치 한겨울인 것처럼 담비 목도리로 몸을 감싼 채 기다란 마차 안에 드러누워 있었다. 소송사건으로 유명해진 드 르무소 부인은 미국사람들을 대동하고 브레크 마차[54]에 앉아 뻐기고 있었다. 그리고 고딕풍의 성모상 같은 분위기의 테레즈 바숄뤼는 마차 앞의 흙받이 대신에 장미가 가득 담긴 꽃 상자가 놓인 에스카르고 마차[55] 안에 열두 겹의 주름장식을 가득 펼쳐놓고 있었다. 그런 호화로움에 질투가 난 로자네트는 사람들의 시선을 끌려고 커다란 몸짓을 하며 큰 소리로 얘기하기 시작했다.

몇몇 신사들이 그녀를 알아보고 인사를 보냈다. 그녀는 프레데릭에게 그들의 이름을 말해주며 답례했다. 모두가 백작, 자작, 공작, 후작들이었다. 그들의 시선에 프레데릭의 여복에 대한 경의의 뜻이 담겨 있었기 때문에, 그는 우쭐댔다.

시지는 중년 남자들 틈에 끼어 있었으나 즐거워 보였다. 가슴장식을 단 그들은 마치 그를 조롱하는 것처럼 웃고 있었다. 드디어 시지는 가장 나이가 많은 사람의 손을 손바닥으로 치고, 로자네트에게 다가왔다.

---

54) 대형 사륜마차의 일종.

55) 높이가 낮은 마차의 종류.

그녀는 일부러 탐욕스럽게 푸아그라 조각을 먹고 있었다. 프레데릭은 무릎 위에 포도주 병을 올려놓은 채 순순히 그녀를 따라했다.

밀로르 마차가 다시 나타났다. 아르누 부인이었다. 안색이 몹시 창백했다.

"샴페인 좀 주세요!" 로자네트가 말했다.

그리고 넘치는 잔을 최대한 높이 치켜들고 소리쳤다.

"이보세요! 정숙한 부인들, 제 보호자의 마나님, 이보세요!"

그녀의 주위에서 웃음소리가 터져 나왔고, 밀로르 마차는 사라져 버렸다. 프레데릭은 그녀의 옷을 잡아당기며 화를 터뜨리려고 했다. 그런데 시지가 조금 전과 똑같은 태도로 옆에 있었다. 게다가 한층 뻔뻔스럽게 로자네트를 그날 저녁식사에 초대했다.

"안 돼요! 우린 앙글레 카페로 같이 갈 거예요." 그녀가 대답했다.

프레데릭은 아무 소리도 들리지 않은 것처럼 입을 다물고 있었다. 시지는 실망한 태도로 로자네트 곁을 떠났다.

시지가 오른쪽 차창에 기대서서 로자네트에게 이야기하고 있는 동안 왼쪽으로 불쑥 나타났던 위소네가 앙글레 카페라는 말을 들었다.

"거긴 좋은 곳이지! 식사하러 갈까, 어때?"

"좋을 대로." 프레데릭이 말했다. 그는 베를린 마차 구석에 주저앉아, 돌이킬 수 없는 일이 벌어졌고 소중한 사랑을 잃어버렸다는 생각을 하며 밀로르 마차가 멀리 사라지는 것을 바라보았다. 또 하나의 사랑, 즐겁고 손쉬운 사랑은 바로 곁에 있었다! 그러나 지치고 여러 상반된 욕망에 사로잡혀 자신이 무엇을 원하는지도 알 수 없는 그는 한없는 슬픔과 죽고 싶은 충동을 느꼈다.

소란스런 발자국 소리와 사람들의 목소리에 그는 고개를 들었다. 구경꾼들이 경주로의 밧줄을 넘어 특별석을 보러 왔다. 사람들은 돌아가고 있었다. 빗방울이 떨어졌다. 마차들의 혼잡이 더 심해졌다. 위소네는 사라지고 없었다.

"아, 더 잘됐네!" 프레데릭이 말했다.

"우리끼리 있는 게 더 좋죠?" 로자네트가 그의 손에 자기 손을 얹으며 대꾸했다.

그때 구리와 강철 빛을 번쩍이며 네 마리 말이 이끄는 으리으리한 랑도 마차[56]가 그들 앞을 지나갔다. 도몽[57]의 마차처럼 금빛 술장식이 달린 벨벳 저고리를 입은 두 명의 마부가 몰고 있었다. 당브뢰즈 부인이 남편 옆에 앉고, 맞은편 의자에 마르티농이 앉아 있었다. 세 사람 모두 놀란 표정을 지었다.

'나를 알아보았군' 하고 프레데릭은 생각했다.

로자네트는 마차 행렬을 더 잘 보려고 멈춰 서고 싶어 했다. 아르누 부인이 다시 나타날지도 몰랐다. 그는 마부에게 소리쳤다.

"가요! 가! 앞으로!"

그러자 베를린 마차는 칼레슈 마차, 브리스카 마차, 뷔르트 마차, 탕뎀 마차, 칠뷔리 마차, 독카르 마차, 얼큰히 취한 직공들이 노래 부르고 있는 가죽 커튼이 드리워진 합승 유람마차, 가족을 태우고 아버지가 직접 조심스럽게 몰고 있는 드미포르튄 마차 등 여러 마차들 사이에 끼어 샹젤리제를 향해 내달렸다. 사람들을 잔뜩 태운 빅토리아 마차 안에서, 다른 사람들의 발 위에 앉은 어떤 남자가 두 다리를 마차 밖으로 내려뜨리고 있었다. 좌석에 고급직물을 쳐놓은 쿠페 마차에서는 신분 높은 과부들이 졸고 있었다. 그리고 멋쟁이의 검은 예복처럼 단순하고 깔끔한 의자를 하나 싣고 가는 화려한 스토페 마차도 한 대 지나갔다. 그러는 사이 소나기가 심하게 쏟아졌다. 사람들은 우산, 양산, 레인코트를 꺼냈다. 서로들 멀리서 "안녕하세요? — 잘 지내세요? — 네! — 아니오! — 또 봅시다!"라고 소리쳤다. 사람

56) 사륜 포장마차의 일종.

57) 루앙 지방의 역대 귀족. 1815년경 네 마리의 말이 끌고 두 사람의 마부가 모는 마차를 창안했다.

들의 얼굴이 그림자놀이를 하듯 빠르게 계속 이어졌다. 프레데릭과 로자네트는 바로 곁에서 끊임없이 돌아가는 수많은 마차 바퀴들을 보느라 얼이 빠져서인지 서로 아무 말도 하지 않았다.

이따금 마차의 열이 너무 밀집되어 동시에 여러 줄을 이루며 일제히 멈추곤 했다. 그러면 마차들이 서로 나란히 있게 되어, 사람들이 서로를 훑어보았다. 가문으로 장식된 창가에서는 무관심한 시선들이 군중을 내려다보았고, 삯마차 안에서는 선망에 찬 시선들이 빛났다. 거만한 얼굴에 모욕적인 미소가 대꾸했고, 크게 벌어진 입에서는 어리석은 감탄의 표시가 드러났다. 그리고 여기저기 길 한복판에서 한가롭게 거닐던 사람들은 마차들 사이를 달려와 앞질러 나아가는 한 기수를 피하기 위해 펄쩍 뛰어 뒤로 물러서고 있었다. 이어서 모든 것이 다시 움직이기 시작했다. 마부들은 고삐를 늦추고 기다란 채찍을 내려쳤다. 흥분한 말들은 재갈사슬을 흔들면서 주위에 거품을 뿌렸다. 석양을 머금은 수증기 속에 비에 젖은 말 엉덩이와 마구에서 김이 피어올랐다. 석양은 개선문 밑을 지나면서 다갈색 빛을 사람 키만큼 길게 뻗치고 있었다. 그 빛에 수레바퀴통, 창문 손잡이, 수레의 채 끝, 안장 고리 들이 반짝였다. 그리고 마치 말갈기와 사람들의 옷과 얼굴이 물결치는 강처럼 보이는 넓은 가로수길 양쪽에는 비에 젖어 반짝이는 나무들이 녹색 벽처럼 서 있었다. 그 위로 군데군데 다시 나타난 파란 하늘은 새틴 천처럼 부드러워 보였다.

그러자 프레데릭은 이미 먼 옛날이 된 날들이 생각났다. 그 시절 그는 이런 마차 안에서 이런 여자 곁에 앉아 있는 형용할 수 없는 행복을 부러워하곤 했다. 이제 그 행복을 가졌건만, 그는 즐겁지가 않았다.

비는 그쳐 있었다. 가구 창고의 기둥 사이에서 비를 피하고 있던 행인들이 흩어졌다. 루아얄 거리에서 산책하던 사람들은 대로를 향해 올라갔다. 외무성 앞에는 구경꾼들이 계단 위에 늘어서 있었다.

뱅 시누아에 이르자, 도로에 뚫려있는 구멍 때문에 베를린 마차는 속력을 늦추었다. 담갈색의 짤막한 외투를 입은 한 남자가 보도 가장자리를 걷고 있었다. 흙탕물이 마차의 용수철 밑에서 튀어 그 남자의 등에 쏟아졌다. 남자는 화가 나서 몸을 돌렸다. 프레데릭은 창백해졌다. 델로리에였던 것이다.

앙글레 카페 문 앞에서, 그는 마차를 돌려보냈다. 그가 마부에게 돈을 치르는 동안, 로자네트는 앞서서 올라갔다.

그는 그녀가 계단에서 어떤 남자와 이야기하고 있는 것을 보았다. 프레데릭은 그녀의 팔을 잡았다. 그러나 복도 한가운데서 또 다른 신사가 그녀의 발걸음을 멈추게 했다.

“먼저 들어가요! 곧 갈게요!” 그녀가 말했다.

그래서 그는 혼자 별실로 들어갔다. 열린 두 창문으로 맞은편 집들의 창가에 있는 사람들이 보였다. 물기가 말라가고 있는 아스팔트 위에는 커다란 물결무늬가 흔들리고 있었고, 발코니 가장자리에 놓인 목련이 방 안에 향기를 풍기고 있었다. 그 향기와 신선함에 마음이 느긋해져 그는 거울 아래의 붉은 소파에 주저앉았다.

로자네트가 돌아왔다. 그녀는 그의 이마에 입을 맞추며 말했다.

“가엾은 사람, 기분이 울적한가요?”

“그럴지도 모르지!” 그가 대답했다.

“당신만 그런 게 아니에요. 기운 내요!” 그건 ‘둘이 즐기는 가운데 각자의 슬픔을 잊읍시다!’라는 말과 같았다.

그녀는 꽃잎 하나를 입에 물고 그것에 입 맞추도록 프레데릭에게 내밀었다. 우아하고 음란할 정도로 다정한 그 행동이 프레데릭을 감동시켰다.

“왜 나를 괴롭히는 거지?” 그가 아르누 부인을 생각하며 말했다.

“내가요, 괴롭힌다구요?”

그녀는 프레데릭 앞에 서서, 눈을 가늘게 뜨고 어깨에 두 손을 올려놓으며 그를 바라보았다.

그의 덕성도 원한도 모두 다 음란한 마음속으로 한없이 빠져 들어갔다.

그가 대답했다.

"나를 사랑해주지 않으니까!" 그는 그녀를 무릎 위로 끌어당겼다.

그녀는 그가 하는 대로 가만히 있었다. 그는 두 팔로 그녀의 허리를 감았다. 그녀의 명주옷 스치는 소리가 그를 흥분시켰다.

"어디 있는 거야?" 위소네의 목소리가 복도에서 들렸다.

로자네트는 황급히 일어나, 별실 반대편 구석으로 가서 문을 등지고 앉았다.

그녀는 굴을 주문했다. 그리고 세 사람은 식탁에 앉았다.

위소네는 유쾌한 사람이 아니었다. 날마다 온갖 주제에 대한 글을 쓰고, 많은 신문을 읽고, 여러 가지 토론을 듣고, 사람들을 현혹시키기 위해 역설을 늘어놓는 탓에, 그는 결국 자기가 쓰는 허접한 기사에 스스로 눈이 멀어 사물에 대한 정확한 개념을 잃어버리게 되었다. 예전에는 경박한 생활에 대한 걱정이, 지금은 어려운 생활에 대한 걱정이 그를 늘 불안하게 했다. 그리고 스스로 인정하려고 하지는 않지만, 그의 무능함이 그를 빈정대는 심술쟁이로 만들었다. 그는 새로운 발레 〈오제〉에 관한 이야기가 나오면 무용에 대해 철저하게 욕설을 퍼붓고, 무용에 관한 이야기가 나오면 오페라 극장에 대해, 오페라 극장에 관한 이야기가 나오면 이탈리아 극장에 대해 욕설을 퍼부었다. 이제는 이탈리아 극장 대신에 스페인 배우 일행에 대해 "카스티야 사람들한테 싫증이 났을 텐데 말야!"라고 말하고 있었다. 프레데릭은 스페인에 대해 낭만적인 애정을 느끼고 있던 터라 기분이 상했다. 그래서 그는 화제를 바꾸기 위해, 최근에 에드가르 키네[58]와 미

---

58) Edgar Quinet, 1803~1875. 프랑스의 역사가이자 정치가. 1841년 콜레주 드 프랑스의 교수로 초빙되었으나, 교회지상주의를 격렬히 공격했기 때문에 1846년 기조 내각에 의해 강의가 금지되었다.

츠키에비치[59]가 쫓겨난 콜레주 드 프랑스에 대해 물었다. 그러나 드 메스트르[60]의 숭배자인 위소네는 당국과 유심론 편을 들었다. 그러면서도 그는 입증된 사실을 의심하고, 역사를 부정하고, 의심할 나위 없는 사실을 반박하며 기하학이라는 말이 나오자 "기하학이란 엉터리야!"라고 외치기까지 했다. 그 모든 것에 배우들 흉내가 뒤죽박죽 섞여 있었다. 생빌[61]이 특히 그의 본보기였다.

프레데릭은 그런 허튼소리에 진력이 났다. 그는 참을 수가 없어 안절부절못하다가 식탁 밑의 복슬강아지 한 마리를 구둣발로 찼다.

두 마리가 지겹게 짖어대기 시작했다.

"집으로 돌려보냈어야 했어!" 그가 퉁명스럽게 말했다.

로자네트는 어느 누구에게도 안심하고 강아지들을 맡기지 못했다.

그러자 그는 방랑 작가에게 몸을 돌렸다.

"이봐, 위소네, 자네가 수고 좀 해주게!"

"아! 그래, 그거 아주 친절한 일이겠군!"

위소네는 쉽사리 승낙하고 나갔다.

어떻게 그의 친절에 보답할까? 프레데릭은 그런 생각을 하지 않았다. 그는 로자네트와 단둘이 즐기기 시작했다. 그때 웨이터가 들어왔다.

"부인, 누가 찾으시는데요!"

"아니! 또?"

"하지만 만나봐야 해요!" 로자네트가 말했다.

---

59) Mickiewicz, 1798~1855. 폴란드의 낭만파 시인. 파리로 망명한 후 콜레주 드 프랑스에서 슬라브 문학을 강의했는데, 그 내용이 과격하여 1845년에 중단되었다.

60) Joseph Marie de Maistre, 1753~1821. 프랑스의 소설가, 정치가. 프랑스 전통주의를 대표하는 사상가였다. 프랑스혁명에 반대, 절대왕정과 교황의 지상권을 주장했다.

61) Sainville. 1800~1854. 팔레루아얄 극장의 배우. 여러 가지 유형의 바보 역할로 유명하며, 찌푸린 얼굴로 파리 사람들을 웃겼다.

그는 그녀를 갈망하고 필요로 하고 있었다. 이렇게 사라져버리는 것은 그에게는 배반이며 흡사 상스러운 행동처럼 생각되었다. 도대체 그녀는 어쩔 셈인가? 아르누 부인을 모욕한 것으로 충분하지 않단 말인가? 하기야 그 여자에 대해서는 아무래도 좋았다! 이제 그는 모든 여자를 미워하고 있었다. 눈물에 목이 메었다. 그의 사랑은 무시되고, 그의 정욕은 배반되었기 때문이다.

로자네트가 시지를 데리고 돌아왔다.

"이분을 모셔왔어요. 좋지요?"

"물론! 좋고말고!"

프레데릭은 사형선고를 받은 사람 같은 미소를 지으며 그에게 앉으라는 시늉을 했다.

로자네트는 메뉴를 훑어보다가 기이한 이름에서 멈추었다.

"식사를 한다면, 리슐리외 스타일의 왕관형으로 담은 토끼요리와 오를레앙 스타일의 푸딩이 어떨까요?"

"오! 오를레앙은 안됩니다!" 시지가 소리쳤다. 그는 정통왕조파였으므로, 자기가 재치 있는 말을 한마디 던졌다고 생각했다.

"샹보르 스타일의 가자미 요리가 더 좋으시겠어요?" 그녀가 물었다.

그러한 친절함에 프레데릭은 기분이 상했다.

로자네트는 간단한 소 등심요리, 가재, 송로버섯, 파인애플 샐러드, 바닐라 소르베[62]로 정했다.

"나중에 또 주문하기로 하고요. 우선 이것만! 아! 깜빡 잊었네요! 저에게 소시지를 갖다 주세요! 마늘 넣지 않은 걸로!"

그녀는 웨이터를 "젊은이"라고 부르고, 식도로 컵을 두드리기도 하고 빵조각을 천장에 던지기도 했다. 그리고 곧이어 부르고뉴 포도주를 마시고 싶어 했다.

---

62) 술, 향료, 과즙이 든 일종의 아이스크림.

"그건 처음부터 마시는 게 아니오." 프레데릭이 말했다.

자작의 말에 의하면, 때로는 그럴 수도 있다고 했다.

"아니! 절대로 그럴 수 없지!"

"무슨 소리! 내가 장담하네!"

"아! 그것 봐요!"

이렇게 말하는 그녀의 시선에는 '이 사람은 부자예요. 이 사람의 말을 들어요!'라는 뜻이 담겨 있었다.

그러는 동안 문이 수시로 열렸다. 웨이터들은 크게 소리치며 말했고, 옆방에서는 누군가가 요란스럽게 피아노를 두드리며 왈츠를 치고 있었다. 경마에 대한 이야기는 승마로 이어졌고, 경쟁적인 그 두 가지 방법이 화제가 되었다. 시지는 보셰를, 프레데릭은 도르 백작을 옹호했다. 그러자 로자네트가 어깨를 으쓱했다.

"아, 그만하세요! 그 점에 대해서는 이분이 당신보다 더 잘 알고 계세요!"

그녀는 식탁에 팔꿈치를 짚고 석류를 씹고 있었다. 그녀 앞에서 나뭇가지 모양의 큰 촛대의 촛불들이 바람에 흔들렸다. 그 하얀빛이 그녀의 진주모빛 살결에 스며들고, 눈꺼풀을 장밋빛으로 물들이며 눈동자를 빛나게 했다. 과일의 붉은색이 입술의 진홍색과 뒤섞이고, 조그만 콧구멍이 벌렁거렸다. 그녀의 모습 전체에서 뭔가 건방지고 도취되어 갈피를 잡지 못하는 듯한 분위기가 풍겼다. 그것이 프레데릭을 몹시 화나게 했지만, 마음속에서는 미친 듯한 욕망의 불꽃을 일으키고 있었다.

이어서 그녀는 조용한 목소리로, 밤색 제복의 마부가 몰던 커다란 랑도 마차는 누구 것이냐고 물었다.

"당브뢰즈 백작부인의 것입니다." 시지가 대답했다.

"그들은 아주 부자라지요?"

"아, 아주 부자지요! 당브뢰즈 부인은 그저 부트롱 가문의 처녀였고 지사의 딸이니까 대단한 재산을 가지고 있는 건 아닙니다만."

그에 반해 남편은 여러 가지 유산을 물려받았다고 했다. 시지는 그것을 열거했다. 그는 당브뢰즈 집을 자주 드나들어서, 그 집안의 사정을 잘 알고 있었다.

프레데릭은 시지의 기분을 상하게 하려고 완강하게 그의 말을 반박했다. 당브뢰즈 부인의 성은 드 부트롱이었고, 그것은 그녀가 귀족임을 입증한다고 주장했다.

"그거야 아무려면 어때요! 저도 그런 마차를 갖고 싶어요!" 로자네트는 안락의자에서 몸을 뒤로 젖히며 말했다.

그러자 그녀의 옷소매가 약간 미끄러져 올라가면서 왼쪽 손목에 오팔 세 개가 박힌 팔찌가 드러났다.

프레데릭이 그것을 보았다.

"아니! 그런데 …"

그들 셋은 서로를 바라보며 얼굴을 붉혔다.

문이 슬그머니 반쯤 열리며 모자 가장자리가 보이더니 곧 위소네의 옆얼굴이 나타났다.

"실례합니다. 연인들에게 방해가 되겠지만!"

그러나 그는 시지를 보고, 시지가 자기 자리를 대신하고 있는 것에 놀라 걸음을 멈추었다.

웨이터가 식기 한 벌을 더 가져왔다. 그는 몹시 배가 고팠기 때문에, 남아있는 음식 중에 접시 속의 고기와 바구니 속의 과일을 닥치는 대로 집어 한 손으로는 먹고 다른 한 손으로는 마시며 심부름 결과를 얘기했다. 멍멍이 두 마리는 집에 데려다 주었고 집에 별 일은 없는데, 가정부가 어떤 군인과 같이 있는 것을 보았다는 것이다. 그런데 이 마지막 말은 어떤 효과를 노리고 꾸며낸 거짓말이었다.

로자네트는 양복걸이에서 모자를 집어 들었다. 프레데릭은 황급히 벨을 누르며 멀리서 웨이터에게 소리쳤다.

"마차를 불러 주시오!"

"내 마차가 있네." 자작이 말했다.

"하지만!"

"그래도!"

그들은 둘 다 창백한 얼굴로 두 손을 떨며 상대방의 눈동자를 바라보았다.

드디어 로자네트가 시지의 팔을 잡았다. 그리고 식탁에 앉아 있는 방랑 작가를 가리키며 말했다.

"이 사람을 잘 보살피세요! 질식하겠어요. 우리 발바리들을 위해 수고한 탓에 죽게 되는 걸 바라지 않아요!"

문이 다시 닫혔다.

"그런데 어떻게 됐나?" 위소네가 말했다.

"뭐가?"

"내 생각엔…"

"뭘 생각했는데?"

"자네가…"

그는 다음 말을 몸짓으로 보충했다.

"아냐! 절대로!"

위소네는 더 이상 캐묻지 않았다.

그는 목적이 있어 저녁식사에 끼어든 것이었다. 그의 신문은 이제 〈예술〉이 아니라 '포병들은 자기 위치에!'라는 표어와 함께 〈르 플랑바르〉라는 이름으로 불리고 있었는데 전혀 발전이 없었기 때문에, 그는 델로리에의 도움 없이 혼자서 그것을 주간지로 바꾸고 싶어 했다. 그는 예전의 계획을 다시 이야기하고, 새로운 구상을 설명했다.

프레데릭은 아마도 이해하지 못한 탓인지 애매하게 대답했다. 위소네는 식탁 위의 궐련을 몇 대 집어 들고, "그럼 잘 있게"라고 말하며 나가버렸다.

프레데릭은 계산서를 가져오라고 했다. 계산서가 아주 길었다. 웨이터가 팔에 냅킨을 걸친 채 계산을 기다리고 있는데, 마르티농을 닮은 창백한 얼굴의 다른 웨이터가 들어와서 말했다.

"미안합니다만, 계산대에서 삯마차 값을 잊고 기입하지 않았습니다."

"무슨 삯마차?"

"아까 그분이 강아지들 때문에 부른 삯마차 말입니다."

마치 불쌍한 젊은이를 동정하는 듯 웨이터가 시무룩한 표정을 지었다. 프레데릭은 그의 뺨을 후려갈기고 싶었다. 그는 거스름돈 20프랑을 팁으로 주었다.

"감사합니다, 손님!" 냅킨을 든 사나이가 정중하게 인사하며 말했다.

프레데릭은 분노와 모욕을 되씹으며 그 다음 날 하루를 보냈다. 그는 시지에게 욕설을 퍼붓지 못한 것을 후회했다. 로자네트에 대해서는 두 번 다시 만나지 않기로 결심했다. 그 정도의 미인은 얼마든지 있었다. 그런 여자들을 소유하려면 돈이 필요하니까, 농장을 팔아 그 돈을 증권시장에 투자해 부자가 되리라. 그래서 호화로운 생활로 로자네트와 온 세상을 뭉개버리리라. 저녁때가 되자, 그는 아르누 부인을 생각하지 않았다는 사실에 놀랐다.

'잘됐어! 생각해봐야 무슨 소용이 있담?'

그 다음다음 날은 8시부터 펠르랭이 찾아왔다. 그는 우선 가구에 대한 감탄과 여러 가지 찬사를 늘어놓았다. 그러더니 느닷없이 말했다.

"일요일에 경마장에 갔었나?"

"갔었죠!"

그러자 화가는 영국 말의 체격을 비난하고 제리코의 말과 파르테농의 말을 칭찬했다. "로자네트와 같이 갔었지?"라고 말하며, 그는 교묘하게 그녀에 대한 찬사를 하기 시작했다.

그는 프레데릭의 냉정한 태도에 당황했다. 어떻게 초상화 얘기를 꺼내야 좋을지 알 수가 없었다.

그의 처음 의도는 티치아노풍의 그림을 그릴 생각이었다. 그러나 조금씩 모델의 다양한 색채에 유혹되어, 물감 위에 물감을 덧칠하고 빛깔 위에 빛깔을 첨가하며 대담하게 그림을 그렸다. 로자네트는 처음에는 아주 좋아했는데, 델마르와 만나느라 모델 서는 것을 중단해 버리는 바람에 펠르랭은 줄곧 자신의 재능에 혼자 경탄하고 있었다. 이윽고 감격이 가라앉자, 그는 자기 그림에 웅장함이 부족한 것 같다는 생각이 들었다. 그는 티치아노의 그림들을 다시 보고 자기 그림과의 차이를 알게 되었고, 자신의 잘못을 깨달았다. 그래서 그림의 윤곽을 간단하게 다시 손질하기 시작했다. 윤곽을 조금씩 다듬다 보니, 얼굴과 배경 색조까지 손대게 되었다. 그러자 얼굴이 두드러지고 음영이 분명해져 전체적으로 더 견고하게 보였다. 드디어 로자네트가 다시 나타났다. 그녀는 무례하게도 항의를 했고, 화가는 물론 고집을 부렸다. 그는 그녀의 어리석음에 대해 크게 화낸 후, 어쩌면 그녀 말이 옳을지도 모른다는 생각을 했다. 그리하여 의혹의 나날이 시작되고 생각의 갈피를 잡지 못하자, 그 때문에 위경련과 불면증과 발열과 자기혐오증이 생기고 말았다. 그림을 다시 손볼 용기는 있었으나, 마음이 내키지 않았고 작업이 잘 될 것 같지 않았다.

그는 그저 전시회에서 거절당한 것을 불평하기만 하다가 프레데릭에게 로자네트의 초상화를 보러 오지 않았다고 비난했다.

"로자네트 따위는 안중에도 없어요!"

그러한 선언에 그는 대담해졌다.

"자넨 어떻게 생각하나? 그 바보 같은 여자가 이제 그 그림을 원하고 있지 않거든."

프레데릭에게 말하지는 않았지만, 펠르랭은 그녀에게 천 에퀴를 청구한 일이 있었다. 그런데 로자네트는 누가 그 돈을 지불할 것인지에 대해서는 전혀 걱정하지 않았다. 그리고 아르누에게서 더 급한 것을 얻어내느라 그림에 대해서는 이야기조차 하지 않았다.

"그럼 아르누는요?" 프레데릭이 말했다.

로자네트가 펠르랭을 아르누에게 보냈었는데, 옛 화상은 초상화를 필요로 하지 않았다는 것이다.

"아르누는 그건 로자네트 것이라고 주장하더군."

"사실 로자네트 것이죠."

"어째서! 그녀는 자네한테 가 보라고 하던데!" 펠르랭이 말했다.

자기 그림이 훌륭하다고 믿었다면, 그는 아마 팔 생각을 하지 않았을 것이다. 그러나 팔렸다는 사실(그것도 상당한 금액으로)은 비평에 대한 반증이 되고, 그 자신에게는 안정을 줄 수 있었다. 프레데릭은 그 문제에서 벗어나고 싶어 정중하게 그의 요구액을 물어보았다.

그 액수가 너무 엄청나 그는 격분하여 대답했다.

"말도 안 돼, 아! 안 돼요!"

"하지만 자넨 그녀의 애인 아닌가, 내게 그림을 주문한 사람도 바로 자네야!"

"미안하지만, 난 소개했을 뿐이에요!"

"어쨌든 그걸 내가 책임질 수는 없지 않은가!" 화가는 화를 냈다.

"아! 당신이 그렇게 욕심이 많은 줄 몰랐어요."

"자네가 그렇게 인색한 줄 몰랐네! 잘 있게!"

그가 나가자 곧 세네칼이 들어왔다.

당황한 프레데릭은 불안한 몸짓을 했다.

"무슨 일인가?"

세네칼은 용건을 이야기했다.

"토요일 9시경 아르누 부인은 파리로 오라는 편지를 받았네. 공교롭게도 마차를 부르러 크레유로 갈 사람이 아무도 없었기 때문에, 부인은 나를 보내려고 했어. 난 거절했지. 왜냐하면 그건 내 임무가 아니니까. 부인은 떠났다가 일요일 저녁에 돌아왔어. 어제 아침에는 아르누가 공장에 나타났지. 그러자 보르도 여자가 불평을 하더군. 난 둘 사이에 어떤 일이 있는지 모르네. 하지만 그는 모든 사람 앞에서 그 여자의 벌금을 취소해버렸네. 우린 격한 말을 주고받았지. 간단히 말해서, 난 해고당했어. 그래서 내가 이렇게 온 것이네!"

그리고 그는 강조하며 다시 말했다.

"어쨌든 난 후회하지는 않네. 내가 할 일을 한 것이니까. 그런 건 아무래도 좋아. 그런데 이렇게 된 건 자네 때문일세."

"뭐라구?" 프레데릭은 세네칼이 눈치를 챈 것인가 걱정하며 소리쳤다.

세네칼은 아무것도 눈치채지 못하고 있었다. 그는 고작 이렇게 말했다.

"다시 말해, 자네가 아니었다면 난 더 좋은 자리를 찾았을지도 모르니까."

프레데릭은 양심의 가책 같은 것을 느꼈다.

"지금 내가 자네를 위해 할 수 있는 일은 뭐가 있겠나?"

세네칼은 일자리를 부탁했다.

"자네에게는 쉬운 일이지. 자넨 많은 사람을 알고 있으니까. 델로리에가 그러는데, 당브뢰즈 씨도 안다고 하더군."

델로리에의 이름이 나오자, 프레데릭은 불쾌해졌다. 그는 샹드마르스에서 만난 후로는 당브뢰즈 집에 다시 가고 싶은 생각이 없었다.

"사람을 소개할 만큼 그 집안과 친하지는 않아."

민주주의자는 이 거절을 의연하게 받아들이고, 잠시 침묵을 지키다가 말했다.

"분명히 말하지만, 모든 게 그 보르도 여자와 자네의 아르누 부인 때문이야."

자네의 라는 말에 프레데릭의 마음속에 남아있던 조그만 호의마저 사라져버렸다. 그러나 조심하기 위하여, 그는 책상 열쇠에 손을 갖다 댔다.

세네칼이 그의 의도를 알아차리고 말했다.

"고마워!"

그리고 그는 자기의 불행 따위는 잊어버리고, 조국에 관한 문제, 왕의 잔치에서 남발되는 십자훈장, 내각의 경질, 당시의 추문인 드루야르와 베니에 사건[63]을 이야기하며 부르주아를 규탄하고 혁명을 예고했다.

벽에 걸린 일본 단검이 그의 눈에 띄었다. 그는 그것을 집어 손잡이를 잡아보더니, 불쾌한 듯 긴 의자 위에 던져버렸다.

"그럼 잘 있게! 난 노트르담드로레트에 가봐야 해."

"그래! 거긴 왜?"

"오늘이 고드프루아 카베냐크[64]의 기념일이거든. 그는 일을 하다가 죽었지. 하지만 모든 게 끝난 건 아냐… 누가 알아?"

그리고 세네칼은 당당하게 손을 내밀었다.

"어쩌면 우린 다시 못 만나게 될지도 몰라! 잘 있게!"

두 번씩이나 되풀이된 잘 있으라는 인사, 단도를 바라보며 눈썹을 찌푸리던 모습, 체념하는 모습, 특히 그의 엄숙한 태도에 프레데릭은 뭔가 생각에 잠기지 않을 수 없었다. 그러다가 그는 곧 잊어버렸다.

그 주일에, 르 아브르의 공증인이 농장을 판 돈 17만 4천 프랑을 보냈다. 그는 그것을 둘로 나누어, 반은 공채를 사고 반은 증권시장에 투자하려고 중매인에게 가져갔다.

---

63) 드루야르는 파리의 은행원으로 국회의원에 출마했는데, 부정선거(선거에 이기기 위해 15만 프랑 이상의 돈을 썼다) 혐의로 1847년에 처벌되었다. 베니에는 군대의 경리관이었는데, 30만 프랑의 공금을 정치적 목적으로 유용한 사실이 사후에 드러났다.

64) Godefroy Cavaignac, 1801~1845. 프랑스의 정치가. 1830년 7월혁명에 참가한 후 7월왕정에 반대하는 공화주의적인 움직임에 가담했다. 1834년 소요 후에 투옥된 그는 영국으로 탈출했다가 1841년에 프랑스로 돌아와 인권협회를 설립했다.

그는 당시 유행하는 극장식 술집에서 식사하거나 극장에 자주 드나들며 기분전환을 하려고 애썼다. 그때 위소네에게서 편지가 왔는데, 로자네트가 경마장에 다녀온 다음 날로 시지를 내쫓아버렸다는 이야기가 쾌활하게 쓰여 있었다. 프레데릭은 그 사실이 기뻐서, 방랑 작가가 왜 자기에게 그 사건을 알려주었는지에 대해서는 생각해보지 못했다.

사흘 후, 그는 우연히 시지를 만났다. 시지는 태연자약했고, 심지어 다음 수요일 저녁식사에 그를 초대하기까지 했다.

그날 아침, 프레데릭은 집행관의 통지서를 한 통 받았다. 샤를 장 바티스트 우드리 씨가 법원의 판결에 따라 자크 아르누 씨 소유의 벨빌 소재 토지의 취득자가 되었고, 매매가격의 총액 22만 3천 프랑을 지불하려 한다는 내용이었다. 그런데 그 문서에 의하면, 부동산에 설정된 저당액이 취득물의 가격을 초과했기 때문에 프레데릭의 채권은 완전히 소멸된다고 했다.

유효기간 내에 저당 등기를 갱신하지 않아 생긴 재난이었다. 아르누가 그 일을 책임지고 있었는데, 잊어버리고 말았던 것이다. 프레데릭은 그에게 화가 났지만, 분노가 가라앉자 이렇게 생각했다.

'그래, 결국… 대단한 건 아냐! 그것으로 그 사람이 구제될 수 있다면 잘된 일이지! 그 때문에 내가 죽는 것도 아니고! 더 이상 그 생각은 하지 말자!'

그는 테이블 위의 서류들을 뒤적거리다가 위소네의 편지를 발견했다. 처음 읽을 때는 보지 못했던 추신이 눈에 띄었다. 방랑 작가는 신문 일을 추진하기 위해 꼭 5천 프랑이 필요하다는 것이었다.

'아! 귀찮게 구는군!'

그는 간단한 편지를 써서 노골적으로 거절해버렸다. 그런 후, 옷을 갈아입고 메종도르로 갔다.

시지가 손님들을 소개했다. 우선 가장 존경할 만한, 백발의 뚱뚱한 신사로부터 시작했다.

"질베르 데졸네 후작, 내 대부시네. 앙슬름 드 포르상보 씨(금발의 날씬한 젊은이인데, 벌써 대머리였다)." 이어서 시지는 순진한 모습의 40대 남자를 가리키며 말했다. "조제프 보브뢰, 내 사촌이지. 그리고 이분은 옛 스승 브주 씨." 브주 씨는 어찌 보면 짐수레꾼 같고 또 어찌 보면 신학생처럼 보이는 인물로, 커다란 구레나룻에 기다란 프록코트를 입고 있었는데 가슴에 댄 숄이 보이도록 아래쪽 단추 하나만 잠그고 있었다.

시지는 또 한 사람, 드 코맹 남작을 기다리고 있었다. "그는 올지 안 올지 확실치 않습니다"라고 말했다. 시지는 번번이 들락거리며 불안해 보였다. 드디어 8시가 되자, 일동은 휘황찬란하게 불이 켜진 방으로 들어갔다. 손님 수에 비해 너무 넓은 방이었다. 시지는 허세를 부리느라 일부러 그 방을 골랐던 것이다.

프랑스의 오랜 유행에 따라, 꽃과 과일이 가득 담긴 도금한 장식그릇이 은 접시를 늘어놓은 식탁 한복판을 차지하고 있었다. 소금에 절인 음식과 과일조림이 가득한 전채요리 접시가 그 주위에 놓여 있고, 얼음으로 차갑게 한 장미향의 포도주 병이 군데군데 세워져 있었다. 어디에 쓰는지 알 수 없는 것들, 수많은 교묘한 식기들과 함께 크기가 다른 컵 다섯 개가 각각의 접시 앞에 나란히 놓여 있었다. 처음에 나온 음식만 해도, 샴페인에 적신 철갑상어 대가리, 토카이 포도주[65]를 넣은 요크 햄, 티티새 그라탱, 구운 메추라기, 베샤멜소스를 곁들인 볼로방,[66] 빨간 자고새 튀김이 있었고, 이 모든 음식의 양끝은 송로버섯을 섞은 감자로 장식되었다. 샹들리에와 가지 달린 촛대가 붉은 다마스커스 천을 친 방 안을 밝히고 있었다. 검은 제복을 입은 네 명의 하인은 모로코가죽의 안락의자 뒤에 서 있었다. 이

---

65) 제1부 주 63번 참조.

66) 닭, 생선을 크림과 함께 쪄낸 파이 종류.

러한 광경에 손님들은 탄성을 질렀고, 특히 학교 선생이 유난히 감탄했다.

"오늘의 주인은, 정말이지, 과분한 향연을 베푸셨군요! 이건 너무 지나친데요!"

"저런! 그런 말씀 마세요!" 드 시지 자작이 말했다.

그리고 첫 숟가락을 뜨자마자 다시 말했다.

"그런데 데졸네 대부님, 팔레루아얄 극장에 〈아버지와 문지기〉를 보러 가셨습니까?"

"자네도 알다시피 내겐 그럴 시간이 없네!" 후작이 대답했다.

그의 오전 시간은 수목재배 강의로 채워지고, 저녁 시간은 농업 모임에서 보내며, 오후에는 늘 농기구 공장에서 연구에 몰두하고 있었다. 그는 1년의 4분의 3은 생통주에서 살고 있었기 때문에, 파리에 와 있는 기회를 이용하여 공부를 하고 있었다. 콘솔테이블 위에 놓여 있는 테두리가 넓은 그의 모자에는 소책자가 가득했다.

그런데 시지는 드 포르샹보 씨가 포도주를 거절하는 것을 보고 말했다.

"뭐야, 마시세요! 오늘 밤이 총각으로서 마지막 식사인데, 용기를 내야죠!"

그 말에 모두들 고개 숙여 축하를 표했다.

"아가씨는 틀림없이 매력적인 분이겠죠?" 학교 선생이 말했다.

"그야 물론이죠! 하지만 어쨌든 그는 잘못 생각한 겁니다. 결혼이란 정말 어리석은 것이니까요!" 시지가 소리쳤다.

"자넨 경박한 소리를 하는군." 데졸네 씨가 죽은 아내 생각에 눈물을 글썽이며 말했다.

그리고 포르샹보는 비웃으며 여러 번 되풀이했다.

"당신도 결혼하게 될 겁니다, 결혼하게 될 거예요!"

시지는 반박했다. 그는 즐기면서 "섭정[67] 시대처럼" 살고 싶다고 했다. 그리고 《파리의 비밀》[68] 에 나오는 로돌프 공작처럼 시테 섬의 뒷골목 술집에 드나들기 위해 사바트[69] 를 배우고 싶어 했다. 그는 주머니에서 짧은 파이프를 꺼내고, 하인들을 거칠게 다루고, 술을 마구 마셔댔다. 또한 좋은 사람이라는 인상을 주기 위해 나오는 요리마다 헐뜯었다. 심지어 송로버섯 요리를 돌려보내기까지 했다. 학교 선생은 맛있게 먹고 있으면서도 아부하느라고 맞장구를 쳤다.

"이건 자네 할머님이 만드신 눈과자만도 못하구먼!"

그리고 그는 옆에 앉은 농학자와 이야기하기 시작했다. 농학자는 설사 딸들을 순박한 취미 속에서 기를 수 있는 것에 지나지 않는다 하더라도 전원생활에는 많은 이점이 있다고 했다. 학교 선생은 그의 생각에 찬성하고, 자기 제자에게도 그런 영향을 엿볼 수 있다고 하며 아첨했다. 하지만 사실 그는 마음속으로 제자가 실업가가 되기를 바라고 있었다.

프레데릭은 시지에게 반감을 잔뜩 가지고 왔는데, 그의 어리석은 행동에 화가 누그러졌다. 그러나 그의 몸짓이나 표정, 그의 모습 전체가 앙글레 카페의 저녁식사를 연상시켜 점점 신경이 거슬리고 있었다. 그는 사촌 조제프가 나지막한 목소리로 무뚝뚝하게 하는 이야기를 듣고 있었다. 조제프는 돈은 없었으나 사냥 애호가이며 장학생으로 좋은 청년이었다. 시지는 농담으로 그를 여러 번 "도둑놈"이라고 불렀다. 시지가 갑자기 말했다.

"아! 남작님!"

---

67) 제1부 주 75번 참조.

68) 1842~1843년에 연재된 외젠 쉬(Eugène Sue, 1804~1857)의 신문소설로 폭발적인 인기를 끌었다.

69) 19세기 전반기까지 주로 파리의 하층계급에서 즐기던 경기이다. 이것이 사라지게 되자 이 경기의 좀더 기술을 필요로 하는 요소와 영국식 맨손권투의 요소가 결합해 프랑스식 권투가 선보였다. 이후 이 명칭은 발을 사용하는 것이 허용된 모든 투기 종목을 가리키는 데 계속 사용되었다.

서른 살쯤 된 쾌활한 사나이가 들어왔다. 그의 표정은 어딘가 딱딱해 보였지만 팔다리가 날씬하고, 모자를 귀 위까지 내려쓰고 있었으며 단춧구멍에 꽃을 한 송이 꽂고 있었다. 그것이 바로 자작의 이상형이었다. 그는 남작이 와준 것을 몹시 기뻐하며, 남작의 출현으로 흥분하여 말장난까지 했다. 코크 드 브뤼예르 요리가 나오자 이렇게 말한 것이다.

"라 브뤼예르[70]의 가장 훌륭한 인물입니다!"

그리고 그는 그 자리에 모인 사람들이 알지 못하는 사람들에 대한 질문을 한바탕 드 코맹 씨에게 던진 다음, 어떤 생각에 사로잡힌 듯이 말했다.

"아 참! 제 문제를 생각해 보셨습니까?"

상대방은 어깨를 으쓱했다.

"그대는 아직 나이가 어리잖소! 불가능한 일이지!"

시지가 그의 클럽에 받아들여 달라고 부탁했던 것이다. 그러나 남작은 아마도 그의 자존심을 측은하게 여겼는지 다음과 같이 말했다.

"아! 잊고 있었는데! 내기에 이긴 것을 축하하오!"

"어떤 내기 말입니까?"

"그대가 경마장에서 한 내기 말이오. 그날 밤에 그 여자의 집에 가겠다는 내기."

프레데릭은 채찍으로 한 대 얻어맞은 느낌이었다. 그는 시지의 당

---

70) La Bruyère, 1645~1696. 17세기 프랑스의 모랄리스트. 그의 작품 《인간의 이모저모》(*Les Caractères*)는 귀족이나 사이비 인사들의 실태를 직접 관찰하면서 기록한 것으로, 짧고도 신랄한 경구가 있는가 하면 전형적 인물들의 다채로운 묘사도 있어 변화무쌍하다. 코크 드 브뤼예르(*coq de bruyère*)는 들꿩과의 조류인 뇌조(雷鳥)를 뜻하는데, 여기서 브뤼예르라는 단어가 라 브뤼예르를 연상시키므로 시지가 그것을 이용하여 언어의 유희를 시도한 것이다. 또한 프랑스어로 코크(수탉)는 구어로 정력적인 남자를 뜻하기도 하므로, 이중의 언어유희를 즐길 수 있다.

황하는 표정을 보고 곧 마음이 진정되었다.

사실 로자네트는 다음 날 곧바로 후회하고 있었다. 그때 그녀의 첫 번째 애인이며 정부인 아르누가 나타나자, 그들 둘은 자작에게 "방해가 된다"고 말하고는 가차 없이 그를 밖으로 내쫓았던 것이다.

시지는 못 들은 체했다. 남작이 덧붙였다.

"그 로즈는 요즘 어떻소? … 여전히 예쁜 다리를 가지고 있겠지?"

이 말은 남작이 그녀를 친밀히 알고 있음을 뜻하는 것이었다.

프레데릭은 그런 사실에 속이 상했다.

"얼굴 붉힐 것 없어요. 좋은 일이잖소!" 남작이 다시 말했다.

시지는 혀를 찼다.

"쳇! 그리 좋은 일도 아닙니다!"

"아!"

"그럼요! 우선 저는 그 여자가 특별한 여자라고 생각하지 않거든요. 그리고 그런 여자는 얼마든지 손에 넣을 수 있지요. 요컨대 … 돈으로 사는 여자니까요!"

"누구나 살 수 있는 건 아니지!" 프레데릭이 날카롭게 말했다.

"자기는 다른 사람들하고 다른 줄 아는 모양이야! 웃기는군!" 시지가 대답했다.

그러자 식탁 주위에 웃음이 일었다.

프레데릭은 심장이 뛰고 숨이 막히는 것 같았다. 그는 물을 연거푸 두 잔 들이켰다.

그런데 남작은 로자네트에 대해 좋은 추억을 가지고 있었다.

"그 여자는 여전히 아르누라는 자와 같이 있소?"

"모르겠습니다. 전 그런 사람을 모르니까요!" 시지가 말했다.

그러면서도 그는 아르누를 사기꾼 같은 사람이라고 했다.

"잠깐만!" 프레데릭이 소리쳤다.

"하지만 그건 사실이야! 그는 소송까지 걸려 있으니까."

"그건 사실이 아니네!"

프레데릭은 아르누를 변호하기 시작했다. 그는 아르누의 성실함을 보증하고, 정말로 그렇다고 믿으면서 숫자와 증거를 만들어내었다. 자작은 원한으로 가득 차 있는데다가 술에 취해서 자기의 주장을 고집했다. 그래서 프레데릭은 엄숙하게 말했다.

"나를 모욕하려는 건가?"

그리고 그는 피우고 있는 담뱃불처럼 타는 듯한 시선으로 시지를 바라보았다.

"오! 천만에. 난 자네에게 동의하네. 그에게는 아주 좋은 것이 있다는 거. 그의 부인 말일세."

"그 부인을 알고 있나?"

"그럼! 소피 아르누를 모르는 사람이 없으니까!"

"뭐라구?"

시지는 일어서서 중얼거리며 되풀이했다.

"모르는 사람이 없다구!"

"조용히 해! 그 부인은 자네가 사귀는 그런 여자들과 달라!"

"뭐가 달라!"

프레데릭은 그의 얼굴을 향해 접시를 내던졌다.

접시는 번개처럼 식탁 위를 지나 병 두 개를 넘어뜨리고 정과그릇을 깨뜨린 후 장식그릇에 부딪쳐 세 조각으로 깨지면서 자작의 배에 맞았다.

모두들 그를 말리려고 일어섰다. 그는 일종의 광란에 사로잡혀 소리 지르며 발버둥 쳤다. 데졸네 씨가 연거푸 말했다.

"진정하시오! 어서! 젊은이!"

"하지만 이건 너무한데!" 학교 선생이 소리쳤다.

포르샹보는 밀랍처럼 창백해져 떨고 있었고, 조제프는 웃음을 터뜨렸다. 웨이터들은 타월로 포도주를 닦고, 깨어진 조각을 바닥에서 주워 모았다. 그리고 남작은 창문을 닫으러 갔다. 마차 소리가 나긴 해도 이 소란이 대로에까지 들릴 수도 있기 때문이었다.

접시가 날아가는 순간 모두들 동시에 이야기하고 있었으므로, 사건의 발단이 아르누 때문인지, 아르누 부인 때문인지, 로자네트 때문인지, 혹은 다른 어떤 사람 때문인지 그 이유를 알 수 없었다. 확실한 것은 프레데릭이 이루 말할 수 없이 난폭한 행동을 했다는 것이다. 그는 자기 행동에 대해 조금도 후회의 빛을 보이지 않았다.

데졸네 씨를 비롯해 사촌 조제프, 학교 선생, 포르샹보까지 프레데릭을 진정시키려고 애썼다. 그러는 동안 남작은 시지를 위로했으나, 신경이 약한 시지는 눈물을 쏟았다. 반대로 프레데릭은 점점 더 화를 냈다. 남작이 결말을 짓기 위해 다음과 같이 말하지 않았다면 모두들 거기에 다음 날까지 머물러 있어야 했을 것이다.

"프레데릭 씨, 내일 자작이 댁으로 그의 증인을 보내기로 하지요."

"몇 시에?"

"낮 12시가 어떻습니까?"

"좋습니다."

프레데릭은 밖으로 나오자마자 크게 심호흡을 했다. 그는 너무 오랫동안 마음을 억누르고 있었다. 드디어 이제 막 그 마음의 응어리를 푼 것이다. 그는 남자다운 자만심 같은 것, 넘쳐흐르는 내면의 힘을 느끼고 의기양양했다. 두 명의 증인이 필요했다. 그가 제일 먼저 떠올린 사람은 르쟁바르였다. 그는 곧 생드니 거리의 작은 카페로 향했다. 카페는 닫혀 있었다. 그러나 문 위의 창에서 불빛이 반짝이고 있었다. 문이 열리자, 그는 차양 밑으로 허리를 깊숙이 구부리며 들어갔다.

계산대 가장자리에 놓인 촛불이 텅 빈 방을 비추고 있었다. 의자들은 모두 거꾸로 테이블 위에 놓여 있었다. 주인 부부가 웨이터와 함께 부엌 근처의 모퉁이에서 밤참을 먹고 있었다. 르쟁바르는 모자를 쓴 채 그들과 함께 식사하며 웨이터를 불편하게 하고 있었다. 그래서 웨이터는 한 술 뜰 때마다 몸을 약간 옆으로 돌려야 했다. 프레데릭은 르쟁바르에게 상황을 간단히 이야기한 후 도움을 청했다. 르쟁바르는 처음에는 아무 대답도 하지 않았다. 그는 눈을 굴리며 뭔가 생각하는 듯한 태도로 방 안을 몇 바퀴 돌다가 드디어 말했다.

"좋소, 기꺼이 도와드리지!"

그리고 그는 상대자가 귀족이라는 것을 알자 살기 띤 미소를 지었다.

"그자를 호되게 다루어줍시다, 안심하시오! 우선 … 검으로 … "

"하지만 어쩌면 제게 무기를 가질 권리가 없을지도 … " 프레데릭이 이의를 제기했다.

"검을 써야 하오! 검을 쓸 줄 아시오?" 르쟁바르가 격하게 말했다.

"약간!"

"아! 약간! 누구나 다 그렇지! 그러면서 마구 공격하고 싶어 하고! 펜싱 교습소는 무얼 하는지 몰라. 잘 들으시오. 상당한 거리를 유지하고 원 밖으로는 절대 나가지 마시오. 그리고 뒤로 물러서요! 그건 허용되어 있으니까. 상대방을 지치게 만들어야 하오! 그 다음에 망설이지 말고 공격해 들어가시오! 특히 잔꾀를 부리거나 검술의 대가인 라 푸제르를 흉내 내는 공격을 하면 안 되오! 간단히 한 발짝 두 발짝 나아가서, 상대 검의 밑이나 위로 통과하며 팔을 뻗어 반대쪽을 공격하는 거지. 자, 알겠소? 자물쇠를 열듯 손목을 돌리면서 말이오. — 보티에 영감, 지팡이 좀 빌려줘요! 아! 이걸로 됐어요."

그는 가스등에 불을 붙이는 막대기를 움켜쥔 후, 왼팔을 둥글게 하고 오른팔을 구부리며 칸막이에 대고 찌르기 공격을 하기 시작했다. 그는 발을 구르고, 흥분하여 어려운 상황에 처한 시늉까지 하면서 "자, 어때? 어때?"라고 소리를 질렀다. 그의 커다란 그림자가 천장까지 닿을 듯한 모자와 함께 벽에 비쳤다. 카페 주인은 이따금 "브라보! 아주 좋아요!"라고 말했다. 그의 아내도 다소 흥분해 있었지만 역시 감탄했다.

전에 군인이었던 테오도르는 경탄하여 못 박힌 듯 그 자리에서 꼼짝하지 않았다. 하기야 그는 르쟁바르 씨의 열렬한 숭배자였다.

다음 날 아침 일찍, 프레데릭은 뒤사르디에의 상점으로 달려갔다. 옷감들이 선반 위에 잔뜩 쌓여있거나 테이블 위에 어지러이 펼쳐져 있고 여기저기 버섯 모양의 나무걸이에 숄이 걸려있는 방들을 몇 개 지나자, 쇠창살로 둘러싸인 작은 방에서 장부에 파묻혀 책상 위에서 뭔가를 쓰고 있는 뒤사르디에의 모습이 보였다. 선량한 젊은이는 곧 일손을 멈추었다.

증인들이 12시 전에 도착했다. 프레데릭은 고상한 멋을 부리느라 협상에는 참가할 필요가 없다고 생각했다.

남작과 조제프 씨는 간단히 사과만 한다면 그것으로 그치겠노라고 선언했다. 그러나 결코 굴복하지 않는 것을 신조로 삼고 있고 아르누의 명예(프레데릭은 그에게 다른 이야기는 하지 않았다)를 옹호하기를 고집하는 르쟁바르는 자작이 사과할 것을 요구했다. 드 코맹 씨가 그 불손한 태도에 격분했다. 르쟁바르는 자신의 요구를 끝까지 고집했다. 화해가 전혀 불가능하게 되어, 결국 결투를 하기로 했다.

다른 어려운 문제가 불거졌다. 모욕을 당한 시지에게 법적으로 무기에 대한 선택권이 있었기 때문이다. 그러나 르쟁바르는 시지가 결투장을 보냈으니까 모욕한 장본인은 시지라고 주장했다. 시지의 증인들은 따귀를 때리는 것만큼 심한 모욕은 없다고 항의했다. 르쟁바르는 물건을 던져 공격하는 것은 따귀를 때리는 것이 아니라고 말꼬리를 물고 늘어졌다. 결국 군대식을 따르기로 결정하고, 네 증인은 근처 병사(兵舍)의 장교들에게 자문을 구하기 위해 밖으로 나갔다.

그들은 오르세 강가의 병사(兵舍)에서 발을 멈췄다. 드 코맹 씨가 두 대위에게 다가가 분쟁의 내용을 설명했다.

르쟁바르가 자꾸 끼어들어 말을 하는 바람에 이야기가 뒤죽박죽되어, 대위들은 그 내용을 조금도 이해할 수 없었다. 마침내 그들은 글로 조서를 써 오라고 권했다. 그러면 그것을 보고 결정하겠다고 했다. 그래서 네 사람은 카페로 자리를 옮겼다. 그들은 일을 비밀에 부치기 위해 시지를 H로, 프레데릭은 K로 지칭했다.

그들은 병사(兵舍)로 돌아갔다. 장교들은 외출 중이었다. 다시 돌아온 장교들은 무기의 선택권은 분명히 H씨에게 있다고 선언했다. 모두들 시지의 집으로 돌아갔다. 르쟁바르와 뒤사르디에는 보도에 남아 있었다.

자작은 해결책을 전해 듣고 심한 불안에 사로잡혀 몇 번이나 그 이야기를 반복시켰다. 그리고 드 코맹 씨가 르쟁바르의 요구를 이야기하자, 그는 "하지만"이라고 중얼거렸지만 마음속으로는 그 요구에 따를 생각이 전혀 없는 것도 아니었다. 그는 안락의자에 주저앉아 결투를 하지 않겠다고 선언했다.

"뭐라구? 왜?" 남작이 말했다.

그러자 시지는 두서없이 많은 말들을 쏟아냈다. 상대방은 단발권총을, 자기는 나팔총을 갖고 총구를 맞댄 채 싸우고 싶다고 말했다.

"아니면 컵에 비소를 넣고 제비뽑기로 정하든가. 때로는 그렇게도 한대요. 책에서 읽었어요!"

원래 참을성이 없는 남작이 호통을 쳤다.

"저 사람들이 그대의 대답을 기다리고 있단 말이오. 어쨌든 이러는 건 실례야! 뭘로 하겠소? 자! 검으로 하겠소?"

자작은 머리를 끄덕여 "예"라고 대답했다. 포르트 마이요에서 다음 날 7시 정각으로 약속이 정해졌다.

뒤사르디에는 일하러 돌아가야 했기 때문에, 르쟁바르가 프레데릭에게 알려주러 갔다.

하루 종일 아무 소식이 없어, 프레데릭은 초조한 마음을 억누르지 못하고 있었다.

"잘됐군요!" 그가 소리쳤다.

르쟁바르는 그의 침착한 태도에 만족했다.

"우리에게 사과를 하라고 요구하더군. 상상이 되오? 사실 그거야 아무것도 아니지, 간단한 말 한마디면 되니까! 하지만 난 보기 좋게 거절해버렸소! 당연한 일 아니오?"

"물론이죠"라고 프레데릭은 말하면서, 다른 증인을 선택했으면 좋았을 걸 그랬다고 생각했다.

그는 혼자 있게 되자, 큰 소리로 여러 번 되풀이했다.

"내가 결투를 하게 되다니. 이런, 내가 결투를 하게 되다니! 웃기는 일이군!"

그리고 방 안을 걸어 다니다가 거울 앞을 지날 때, 그는 자신의 얼굴이 창백한 것을 보았다.

'내가 겁을 내고 있는 것인가?'

결투 현장에서 겁을 내게 될지도 모른다는 생각을 하자 견딜 수 없는 불안이 엄습했다.

'만약 죽게 된다면? 아버지도 결투로 죽었잖아. 그래, 나도 죽게 될 거야!'

갑자기 상복을 입은 어머니의 모습이 보이고, 지리멸렬한 영상들이 머릿속에 펼쳐졌다. 그는 비겁한 자신에게 몹시 화가 났다. 그러자 불끈 엄청난 용기가 솟고, 피를 보고 싶은 충동에 사로잡혔다. 일개 대대가 쳐들어온다 해도 그를 물러서게 하지 못하리라. 그러한 흥분이 가라앉자, 그는 마음이 흔들리지 않는 자신을 느끼며 기뻐했다. 기분전환을 위해 그는 오페라 극장에 갔다. 발레가 공연되고 있었다. 그는 음악을 듣고, 오페라글라스로 무희들을 바라보았다. 그리고 막간에는 펀치 술을 한잔 마셨다. 그러나 집으로 돌아와 서재와 가구들을 보자, 어쩌면 마지막으로 보는 것인지도 모른다는 생각에 마음이 약해졌다.

그는 마당으로 내려갔다. 별들이 반짝이고 있었다. 그는 별들을 바라보았다. 한 여자 때문에 결투를 한다는 생각을 하자, 자신이 위대하고 고상하게 생각되었다. 그리고 그는 편안한 마음으로 잠자리에 들었다.

시지는 그렇지가 않았다. 남작이 돌아간 후, 조제프는 그의 사기를 북돋워 주려고 애썼다. 자작이 계속 침울해하자, 그가 말했다.

"결투를 중단시키고 싶다면, 내가 가서 말해주지."

시지는 감히 "물론"이라고 대답하지는 못했지만, 아무 말 없이 그렇게 해주지 않는 사촌이 원망스러웠다.

그는 밤사이 프레데릭이 뇌졸중으로 쓰러져 죽든가, 갑자기 폭동이 일어나 다음 날 불로뉴 숲 근처를 온통 폐쇄하도록 바리케이드가 쌓이기를 바랐다. 혹은 어떤 사고가 생겨 증인 한 사람이 오지 못하게 되기를 바랐다. 증인이 없으면 결투를 할 수 없기 때문이었다. 그는 급행열차를 타고 어디로든 달아나버리고 싶었다. 생명에 지장 없이 죽은 것처럼 보이게 하는 약 같은 것을 먹을 수 있는 의학적 지식이 없는 것이 유감스러웠다. 마침내는 중병에 걸렸으면 좋겠다는 생각까지 했다.

그는 충고와 도움을 얻기 위해 데졸네 씨를 부르러 보냈다. 그 마음씨 좋은 사람은 딸이 아프다는 전보를 받고 생통주로 돌아간 후였다. 그것이 시지에게는 불길한 징조로 생각되었다. 다행히 그의 스승 브주 씨가 찾아왔다. 그래서 그는 마음을 털어놓았다.

"어떻게 하면 좋을까요! 어떻게 할까요?"

"자작, 내가 자네라면 시장에서 인부를 한 명 사서 그자를 마구 때려주도록 하겠네."

"어쨌든 누가 시켰는지 알게 될 겁니다!" 시지가 대답했다.

그리고 이따금 탄식 소리를 내다가 다시 말했다.

"그런데 사람에게 결투를 할 권리가 있을까요?"

"그건 야만 시대의 잔재야! 어쩌겠나!"

스승은 호의를 베풀어 저녁식사에 초대했다. 그의 제자는 아무것도 먹지 않았다. 그리고 식사가 끝난 후에, 거리를 한 바퀴 돌고 싶어 했다.

성당 앞을 지나갈 때 그가 말했다.

"잠깐 들어가… 볼까요?"

브주 씨는 참 잘 생각했다고 하면서 그에게 성수를 권하기까지 했다.

마침 성모의 달이어서, 제단은 꽃으로 뒤덮여 있었고 노랫소리와 함께 풍금소리가 울려 퍼지고 있었다. 그러나 그 성대한 종교의식이 장례식을 연상시키는 까닭에, 시지는 기도할 수가 없었다. 〈애도가〉를 중얼거리는 소리가 들리는 것 같았다.

"나갑시다! 기분이 좋지 않군요!"

그들은 밤새도록 카드놀이를 했다. 자작이 액땜을 하기 위해 지려고 애썼기 때문에 브주 씨에게 이익이 되었다. 마침내 새벽이 되자, 기진맥진한 시지는 트럼프대 위에 쓰러져 악몽을 꾸며 잠이 들었다.

하지만 용기라는 것이 자신의 약한 마음을 다스리는 것이라면, 자작은 분명 용감했다. 자기를 부르러 온 증인들을 보자, 회피한다면 체면이 말이 아니라는 것을 허영심에 의해 깨닫고 안간힘을 다해 마음을 굳게 먹었기 때문이다. 드 코맹 씨는 그의 늠름한 모습을 칭찬했다.

그러나 길을 가는 도중, 삯마차의 흔들림과 따가운 아침햇살 때문에 그는 무기력해져 다시 기운을 잃고 말았다. 심지어 어디를 달리고 있는지도 분간하지 못했다.

남작은 '시체'에 대해, 그리고 그것을 남몰래 시내로 들여오는 방법에 대해 이야기하여 그의 공포를 부채질하며 즐거워했다. 조제프도 맞장구를 쳤다. 그들 둘은 이 사건을 어처구니없는 것으로 생각하여 잘 해결되리라고 확신하고 있었던 것이다.

시지는 머리를 가슴에 파묻고 있다가 천천히 들어 올리며 의사를 데려오지 않았다고 지적했다.

"의사는 필요 없소." 남작이 말했다.

"그럼 위험은 없단 말인가요?"

조제프가 진지한 어조로 대답했다.

"그러기를 바라야지!"

그리고 마차 안에서는 더 이상 아무도 이야기하지 않았다.

그들은 7시 10분에 포르트 마이요 앞에 도착했다. 프레데릭과 그의 증인들은 이미 와 있었다. 세 사람 모두 검은 옷을 입고 있었다. 르쟁바르는 넥타이 대신 군인처럼 털로 된 깃을 달고, 이런 사건을 위해 특별히 만든 기다란 바이올린 상자 같은 것을 들고 있었다. 일행은 냉랭하게 인사를 나누었다. 그리고 모두들 적당한 장소를 찾기 위해 마드리드 거리를 통해 불로뉴 숲으로 들어갔다.

르쟁바르가 자기와 뒤사르드디에 사이에서 걷고 있는 프레데릭에게 말했다.

"공포심에 대해서는 신경 쓸 것 없소. 뭐든 묻고 싶은 게 있으면 망설이지 마시오. 난 다 알고 있으니까! 두려움이란 인간에게 자연스러운 것이지."

그리고 목소리를 낮추어 다시 말했다.

"담배를 피우지 마시오. 용기가 꺾이니까!"

프레데릭은 거북스런 궐련을 던져버리고, 꿋꿋한 걸음으로 계속 걸어갔다. 자작은 두 증인의 팔에 기대어 뒤따라왔다.

그들은 간간이 지나가는 사람들과 마주쳤다. 하늘은 푸르고, 때때로 토끼들이 뛰어가는 소리가 들렸다. 오솔길 모퉁이에서, 마드라스산 옷감의 옷을 입은 한 여자가 작업복 차림의 남자와 이야기하고 있었다. 그리고 넓은 가로수 길의 마로니에 나무 밑에서는 아마포 옷을 입은 하인들이 말을 산책시키고 있었다. 시지는 밤색 말을 타고 눈에는 코안경을 걸친 채 칼레슈 마차의 차창에 기대어 가던 즐거운 나날을 떠올렸다. 그런 추억들이 그를 한층 더 불안하게 만들었다. 그는 견딜 수 없는 갈증으로 목이 탔다. 파리들이 윙윙거리는 소리가 그의 동맥의 고동과 뒤섞이고, 발은 모래 속으로 빠져드는 것 같았다. 그는 아득한 옛날부터 그렇게 걷고 있는 것처럼 생각되었다.

증인들은 계속 걸으면서 길 양쪽을 살폈다. 그들은 카틀랑 십자로로 갈까 아니면 바가텔 성벽 밑으로 갈까 의논했다. 마침내 오른쪽으로 접어들었다. 그리고 5점형으로 심어놓은 소나무 밑에서 발을 멈추었다.

양쪽 땅의 높이가 똑같은 곳을 골라 장소를 정하고, 두 적수가 서게 될 위치를 표시했다. 그런 후 르쟁바르가 상자를 열었다. 상자 안에는 무두질한 빨간 양가죽 쿠션 위에 칼날 한복판이 오목하고 칼자루에 구리줄이 감긴 멋진 검 네 자루가 들어 있었다. 나뭇잎 사이로 한 줄기 빛이 그 위로 쏟아졌다. 시지의 눈에는 그 검들이 마치 피바다 위의 은빛 뱀처럼 반짝이는 것 같았다.

르쟁바르는 그 검들의 길이가 같다는 것을 확인시키고, 필요한 경우에 결투자들을 떼어놓기 위해 자기도 세 번째 검을 들었다. 드 코맹 씨는 지팡이를 쥐고 있었다. 침묵이 흘렀다. 일행은 서로 바라보았다. 모두의 얼굴에 두려움이랄까 잔인함이랄까 하는 표정이 깃들어 있었다.

프레데릭은 프록코트와 조끼를 벗어던졌다. 조제프는 시지를 도와 똑같이 하게 했다. 넥타이를 풀자 그의 목에 성스러운 메달이 걸려있는 것이 보였다. 르쟁바르는 그것을 보고 연민의 미소를 지었다.

그때 드 코맹 씨가 (프레데릭에게 다시 한 번 생각할 시간을 주기 위해) 트집을 잡았다. 그는 장갑을 끼는 권리, 왼손으로 상대자의 검을 잡는 권리를 요구했다. 마음이 급한 르쟁바르는 이를 거절하지 않았다. 드디어 남작이 프레데릭에게 말했다.

"모든 것은 당신에게 달려 있습니다! 자기 잘못을 인정하는 것은 결코 수치스러운 일이 아니에요."

뒤사르디에가 동의하는 몸짓을 했다. 르쟁바르는 화를 냈다.

"우리가 오리 깃털을 뽑으러 여기 온 줄 아시오? 천만에… 자, 준비!"

두 적수가 서로 마주 서고, 증인들이 양쪽에 섰다. 그가 구령을 외쳤다.

"시작!"

시지는 무서우리만치 창백해졌다. 그의 검 끝이 승마용 채찍처럼 흔들렸다. 그는 머리를 젖히고 두 팔을 벌리더니 뒤로 넘어져 실신하고 말았다. 조제프가 그를 일으키고, 콧구멍에 작은 병을 갖다 대며 세게 흔들었다. 눈을 다시 뜬 자작은 갑자기 격노한 사람처럼 검으로 달려들었다. 프레데릭은 검을 쥔 채, 시선을 고정시키고 손을 높이 든 자세로 그를 기다리고 있었다.

"멈추시오, 멈추시오!"라고 외치는 소리가 도로 쪽에서 들려왔다. 그와 동시에 달려오는 말발굽 소리가 나고, 이륜마차의 포장에 나뭇가지가 꺾어졌다! 마차 밖으로 몸을 내민 한 남자가 손수건을 흔들면서 계속 소리쳤다. "멈추시오, 멈추시오!"

드 코맹 씨는 경찰의 개입으로 생각하고 지팡이를 들어 올렸다.

"자, 그만하시오! 자작이 피를 흘리고 있소!"

"내가?" 시지가 말했다.

사실 그는 넘어지면서 왼손 엄지손가락에 찰과상을 입었던 것이다.

"하지만 그건 넘어지면서 다친 것이잖소." 르쟁바르가 덧붙였다.

남작은 못 들은 체했다.

아르누가 마차에서 뛰어내렸다.

"내가 너무 늦었군! 아냐! 잘됐네!"

그는 양팔을 크게 벌려 프레데릭을 껴안고 손으로 어루만지며 얼굴에 키스를 퍼부었다.

"이유를 알고 있네. 자네는 옛 친구를 변호해주려고 했지! 고마워, 정말 고마워! 결코 잊지 않겠네! 자넨 정말 좋은 사람이야! 아! 이 사람아!"

그는 프레데릭을 바라보고, 눈물을 흘리며 행복에 겨워 웃고 있었다. 남작이 조제프를 향해 몸을 돌렸다.

"이 가족적인 작은 잔치에 우리들은 필요가 없을 것 같은데요. 이것으로 끝난 것으로 하지요, 여러분?"

"자작, 팔에 붕대를 감아 목에 거시오. 자, 여기 내 목도리가 있으니까." 그리고 거만한 태도로 다시 말했다. "자! 이제 원한은 없는 거요! 당연히 그래야지!"

두 결투자는 무기력하게 서로 손을 잡았다. 자작과 드 코맹 씨와 조제프가 한쪽으로 사라지고, 프레데릭은 친구들과 함께 다른 쪽으로 갔다.

마드리드 식당이 멀지 않았기 때문에, 아르누는 거기로 가서 맥주를 한잔 마시자고 제안했다.

"점심을 먹어도 좋겠는데요." 르쟁바르가 말했다.

그러나 뒤사르디에에게 그럴 시간적 여유가 없어서, 그들은 정원에서 시원한 음료나 마시기로 했다. 모두들 일이 잘 해결되고 난 뒤의 기쁨을 느끼고 있었다. 그러나 르쟁바르는 한창 좋은 때에 결투가 중단된 것을 애석해했다.

아르누는 콩팽이라고 하는 르쟁바르의 친구로부터 결투가 벌어진다는 사실을 알고, 마음의 충동을 느끼며 결투를 중단시키려고 달려온 것이다. 자기가 그 원인이라고 생각한 까닭이었다. 그는 프레데릭에게 자세한 이야기를 해 달라고 부탁했다. 그의 애정 표시에 감동을 받은 프레데릭은 그의 착각을 부추기기가 꺼려졌다.

"제발 그 이야기는 더 하지 맙시다!"

아르누는 그 겸손한 태도를 매우 세심한 마음씨라고 생각했다. 그리고 그는 평소의 경박한 태도로 다른 생각으로 넘어갔다.

"별일 없소, 르쟁바르?"

그들은 어음이니, 지불기한이니 하는 이야기를 하기 시작했다. 좀

더 편하게 애기하려고 심지어 따로 떨어져 있는 다른 테이블로 가서 속삭였다.

프레데릭은 "서명 좀 해 주시오…—그래요! 하지만 물론…—마침내 3백 프랑으로 협상했지!—정말이지, 상당한 수수료야!"라는 말을 들을 수 있었다. 요컨대 아르누가 르쟁바르와 함께 여러 가지 일을 꾸미고 있는 것이 분명했다.

프레데릭은 자기 돈 1만 5천 프랑을 아르누에게 상기시킬까 하고 생각했다. 그러나 조금 전의 아르누의 태도 때문에 가벼운 책망조차 할 수가 없었다. 게다가 그는 피로를 느끼고 있었다. 장소도 적당하지 않았다. 그는 그 문제를 다음날로 미루기로 했다.

아르누는 쥐똥나무 그늘에 앉아 즐거운 태도로 담배를 피우고 있었다. 그는 모든 문들이 정원을 향해 나 있는 별실을 올려다보며, 예전에는 저기에 자주 갔었다고 말했다.

"아마 혼자서는 아니었겠지?" 르쟁바르가 말했다.

"물론이지!"

"몹쓸 사람이군! 아내가 있는 사람이!"

"그럼, 당신은!" 아르누가 대답했다. 그리고 너그러운 미소를 지으며 말했다. "이 무뢰한도 아가씨들을 데리고 들어가는 방을 어딘가 가지고 있지, 틀림없어요."

르쟁바르는 간단히 눈썹을 치켜 올리는 것으로 그것이 사실임을 고백했다. 그러자 두 남자는 각자 자기 취향을 설명했다. 아르누는 이제 여직공과 같은 젊은 여자가 더 좋다고 했다. 르쟁바르는 "새침데기 여자"를 싫어하고, 무엇보다도 확실히 손에 넣을 수 있는 여자를 바라고 있었다. 도자기 장수가 내린 결론은 여자들을 진지하게 다루어서는 안 된다는 것이었다.

프레데릭은 집으로 돌아가면서 '그러면서도 그는 아내를 사랑하고 있어!'라고 생각하고, 아르누를 정직하지 못한 사람으로 여겼다. 그는 마치 방금 전에 목숨을 건 것이 아르누 때문이었던 것처럼, 그 결투에 대해 아르누를 원망했다.

그러나 그는 뒤사르디에의 헌신에 대해서는 감사하고 있었다. 그의 부탁에 따라, 점원은 곧 날마다 그를 찾아오게 되었다.

프레데릭은 그에게 티에르,[71] 뒬로르, 바랑트,[72] 라마르틴의 《지롱드 당원》과 같은 책들을 빌려주었다. 선량한 젊은이는 프레데릭의 이야기를 주의 깊게 듣고, 그의 의견을 선생의 의견처럼 받아들였다.

어느 날 저녁, 뒤사르디에가 매우 겁에 질려 찾아왔다.

그날 아침 대로에서 숨 가쁘게 뛰어가던 한 남자와 부딪쳤는데, 그 남자는 뒤사르디에가 세네칼의 친구라는 것을 알아보고 이렇게 말했다는 것이다.

"세네칼이 방금 붙잡혔어요. 난 도망가는 중입니다!"

명백한 사실이었다. 뒤사르디에가 하루 종일 수소문했는데, 세네칼은 정치적 범죄의 피고인으로 감금되어 있었다.

리용에서 직공장의 아들로 태어나 샬리에[73]의 옛 제자를 스승으로 두었던 세네칼은 파리에 도착하자마자 가족협회[74]에 가입했다. 그 때문에 그의 습성이 알려지고, 경찰의 감시를 받았다. 그는 1839년 5월사건 때에 투쟁했고, 그 후로 숨어 지내고 있었다. 그러나 점점 더 열광하여 알리보[75]의 숭배자가 되었고, 사회에 대한 자신의 불만과

---

71) 제2부 주 41번 참조.

72) Dulaure(1755~1835)는 《파리의 역사》를, Barante(1782~1866)는 《부르고뉴 공작들의 역사》를 썼다.

73) Chalier, 1747~1793. 프랑스의 정치가. 혁명 사상에 심취하여 리용 산악당의 주요 대표자로 활동했고 리용 코뮌의 멤버였다.

74) 루이필립 시대에 활동하던 비밀결사단의 하나로, 가장 잘 조직된 강력한 단체였다. 제1부 주 36번 참조.

75) Alibaud, 1810~1836. 1836년 6월 25일 퐁루아얄에서 루이필립을 저격했으나, 실패하고 처형당했다.

왕정에 대한 국민의 불만을 뒤섞으며 보름이나 한 달 안에 세상이 바뀌는 혁명이 일어나리라는 희망을 가지고 아침마다 잠에서 깨곤 했다. 마침내 동지들의 무기력함에 혐오를 느끼고 자신의 꿈이 지연되는 데 화가 난 그는 조국에 대해 절망하여 소이탄 음모에 화학자로서 가담했다. 그리고 공화제 수립을 위한 최후의 시도로 몽마르트르에서 시험해볼 화약을 가지고 가다가 체포된 것이다.

뒤사르디에 역시 공화제를 동경하고 있었다. 공화제가 해방과 모두의 행복을 의미한다고 생각했기 때문이다. 열다섯 살 때의 어느 날인가 그는 트랑스노냉 거리의 한 식료품 상점 앞에서 개머리판에 머리카락이 붙어 있고 피로 붉게 물든 총검을 들고 있는 군인들을 본 적이 있었다. 그 후부터 정부란 불의의 화신처럼 생각되어 그를 격분시켰다. 그는 살인자와 헌병을 다소 혼동하고 있었고, 그의 눈에 밀고자는 존속 살해자와 다를 바 없었다. 그는 지구상에 만연해 있는 모든 악을 순진하게 권력의 탓으로 돌렸다. 그래서 언제나 권력을 증오했고, 그 증오는 그의 마음을 가득 채우며 감수성을 세련되게 만들었다. 세네칼의 호언장담은 그를 현혹시켰다. 세네칼에게 죄가 있건 없건, 그의 시도가 추악하건 아니건 그런 것은 중요하지 않았다! 그가 권력의 희생자가 된 이상, 그를 도와야 했다.

"상원에서는 틀림없이 그에게 유죄를 선고할 거예요! 그리고 그는 도형수처럼 수인(囚人) 마차에 실려가 몽생미셸에 수감되겠지요. 정부가 죄수들을 죽음으로 몰고 가는 그곳 말이에요! 오스탕[76]은 미쳐버렸고, 스퇴방[77]은 자살했잖아요! 바르베스[78]를 감옥으로 이송할 때는 다리와 머리카락을 잡고 질질 끌고 갔어요! 몸뚱이는 짓밟히고, 머리는 계단을 하나씩 올라갈 때마다 퉁퉁 튀었습니다. 얼마나 끔찍

76) Austen. 1834년 리옹의 폭동 후 체포된 인물.
77) Steuben, 혁명 선동가. 체포된 후 감옥생활의 권태를 못 이겨 자살했다.
78) 제2부 주 28번 참조.

한 일입니까! 비참한 사람들이지요!"

그는 분노의 흐느낌으로 목이 메어, 극심한 불안에 사로잡힌 듯 방 안을 돌아다녔다.

"어쨌든 뭔가 해야 해요! 어서요! 그런데 저로선 어떻게 해야 할지 모르겠어요! 우리가 그를 구하도록 애써봐야 하지 않겠어요? 뤽상부르로 호송될 때, 통로에서 호송대를 습격할 수도 있겠지요! 용감한 사람 열두어 명이면 충분해요."

그의 눈에 격렬한 불길이 타오르고 있어서, 프레데릭은 소름이 끼쳤다.

그에게는 세네칼이 생각보다 위대한 사람으로 보였다. 그는 세네칼의 고통과 근엄한 생활을 되새겨보았다. 뒤사르디에처럼 열광할 수는 없었으나, 그래도 하나의 신념에 자신을 희생하는 사람들에게 품을 수 있는 감탄은 느낄 수 있었다. 만약 자기가 세네칼을 도와주었다면 그 지경에 이르지는 않았으리라는 생각도 들었다. 그래서 두 친구는 그를 구할 방법을 궁리해보았다.

그들이 세네칼에게 접근하는 것은 불가능했다.

프레데릭은 신문을 통해 그의 소식을 알아보려고 3주일 동안이나 도서열람실을 드나들었다.

어느 날, 〈르 플랑바르〉 몇 부가 그의 손에 들어왔다. 언제나 그렇듯 사설은 한 유명인을 헐뜯는 데 할애되었다. 그 다음에는 세상 소식과 여러 가지 잡담이 이어졌다. 오데옹 극장, 카르팡트라,[79] 양어법(養魚法), 사형선고를 받은 사람들이 있는 경우에는 그 사람들을 조롱했다. 대형 여객선이 실종되면 1년 동안이나 야유의 소재가 되기도 했다. 3단의 예술통신란에는 일화나 조언의 형태로 양복점 광고, 야회 보고, 매각 통지, 작품 해설이 실림으로써 시집과 장화를 동일

79) 프랑스 남부의 상공업 도시. 주로 농산물 거래가 이루어지며 식료품 공업이 발달했다.

한 문체로 다루고 있었다. 유일하게 진지한 부분은 소극장들에 대한 비평이었는데, 두세 명의 극장 지배인이 공격당하고 있었다. 그리고 예술에 대한 관심은 퓌낭뷜 극장의 무대장치라든가 델라스망 극장의 여자 애인 역에 대한 것뿐이었다.

프레데릭이 신문을 전부 내던지려고 할 때, "세 마리 닭 사이에 낀 암평아리"라는 제목의 기사가 눈에 띄었다. 그의 결투에 대한 이야기였는데, 상스럽고 쾌활한 문체로 쓰여 있었다. 그는 자신에 관한 기사라는 것을 금방 알아보았다. "상스 중등학교를 나온 상스[80] 없는 청년"이라는 조롱으로 그를 여러 번 지칭했기 때문이다. 심지어 그를 가련한 시골뜨기, 대 귀족들과 사귀려고 애쓰는 보잘것없는 멍청이로 묘사했다. 자작에 대해서는 멋진 역할을 한 것으로 쓰여 있었다. 우선 식사하는 곳에 당당하게 들어갔고, 다음에는 내기를 걸어 여자를 데리고 갔고, 마지막으로 결투장에서는 신사답게 처신했다는 것이다. 프레데릭의 용기를 분명하게 부정하지는 않았지만, 보호자가 적시에 중개인으로 나타났다고 밝히고 있었다. 그리고 마지막은 어쩌면 불성실하기 이를 데 없는 다음과 같은 말로 끝맺고 있었다.

> 그들의 우정은 어디에서 기인하는 것일까? 그것이 문제이다! 바질의 말처럼, 과연 여기서 누가 속고 있는 것일까?

의심할 여지없이 이것은 프레데릭이 5천 프랑을 거절한 것에 대한 위소네의 복수였다.

어떻게 할 것인가? 해명을 요구한다 해도 방랑 작가는 딱 잡아뗄 터이니, 아무 소용이 없을 것이다. 제일 좋은 것은 조용히 묵살해버리는 것이다. 게다가 〈르 플랑바르〉는 아무도 읽지 않으리라.

---

80) 프랑스어로 상스(*sens*)는 분별력을 뜻하는 말로, 상스 중등학교라는 학교명과 동일한 단어를 이루어 언어의 유희를 자아내고 있다.

그는 도서열람실에서 나오다가 한 그림장수의 상점 앞에 사람들이 모여 있는 것을 보았다. 사람들은 한 여자의 초상화를 보고 있었는데, 그림 밑에 검은 글씨로 "로자네트 브롱 양, 노장 출신 프레데릭 모로 씨 소유"라고 한 줄 쓰여 있었다.

바로 그녀였다. 혹은 그녀와 거의 닮은 여자였다. 가슴을 드러내고 머리를 풀어헤친 정면 초상화로 손에는 빨간 벨벳 지갑을 들고 있었고, 뒤에서 공작 한 마리가 부채 모양으로 펼친 커다란 날개로 벽을 가린 채 그녀의 어깨 위로 주둥이를 내밀고 있었다.

펠르랭은 자기가 유명한 화가이고 파리 전체가 자기편을 들어 흥분하며 이 추문에 관심을 갖게 되리라고 확신하고, 프레데릭이 돈을 지불하지 않을 수 없게 만들려고 그림을 전시한 것이다.

공모를 한 것일까? 화가와 신문기자가 함께 공격한 것일까?

그의 결투는 아무 효과도 없었다. 그는 웃음거리가 되었고, 모두가 그를 비웃고 있었다.

사흘 후인 6월 말, 북부의 주식이 15프랑 오르는 덕분에 지난달에 2천 주를 사 두었던 프레데릭은 3만 프랑이나 벌게 되었다. 이러한 운명의 미소가 그에게 다시 자신감을 심어주었다. 그는 아무도 필요 없고 모든 어려움은 자신의 소심함과 망설임에서 비롯되는 것이라고 생각했다. 로자네트와의 관계를 노골적으로 시작하고, 위소네를 첫날부터 거절하고, 펠르랭과 얽히지 말았어야 했다. 그는 아무것도 거북해하지 않는다는 것을 보여주기 위해, 당브뢰즈 부인의 통상적인 야회에 갔다.

응접실 한가운데에서 그와 동시에 도착한 마르티농이 뒤를 돌아보았다.

"자네, 어떻게 자네가 여기에 왔지?" 프레데릭을 만나 놀라고 심지어 거북해하는 태도였다.

"오면 안 되나?"

프레데릭은 왜 그런 태도를 보이는 것일까 생각하며 거실로 들어갔다.

구석 곳곳에 램프가 놓여 있는데도 조명이 어두웠다. 활짝 열린 창문 세 개가 컴컴하고 네모난 넓은 그림자 세 개를 나란히 드리우고 있었기 때문이다. 그림들 밑에 놓인 화분들이 창과 창 사이의 벽을 사람 키만큼 가리고 있었다. 그리고 홍차 끓이는 은그릇이 러시아 주전자와 함께 안쪽 거울에 비쳐 보였다. 조심성 없이 중얼거리는 목소리가 들렸다. 양탄자 위를 스치는 무도화 소리도 들렸다.

검은 예복을 입은 사람들, 커다란 갓이 달린 램프가 빛을 밝혀주는 둥그런 식탁, 여름 옷차림의 일고여덟 명의 부인들, 그리고 조금 떨어진 곳에서 흔들의자에 앉아 있는 당브뢰즈 부인이 보였다. 그녀의 자홍색 호박단 옷에는 터진 소매가 달려 있었고, 거기서 모슬린의 불룩한 장식 주름이 가득히 나와 있었다. 옷감의 부드러운 빛깔이 그녀의 머리카락 색깔과 조화를 이루었다. 그녀는 몸을 약간 뒤로 젖히고 발끝을 방석 위에 올려놓은 채, 마치 아주 섬세한 예술작품처럼, 잘 가꾼 한 송이 꽃처럼 조용히 앉아 있었다.

당브뢰즈 씨와 한 백발노인은 이쪽 끝에서 저쪽 끝까지 거실을 걸어 다녔다. 몇몇 사람은 여기저기 긴 의자 끝에 걸터앉아 이야기를 나누고 있었고, 다른 사람들은 한가운데에 원을 이루며 서 있었다.

그들은 투표, 수정안, 재수정안, 그랑댕 씨의 연설, 이에 대한 브누아 씨의 반론에 대해 이야기하고 있었다. 제3당은 확실히 너무 지나치다! 중도좌파는 자기 당의 기원을 좀더 잘 기억했어야 한다! 내각은 심한 타격을 받았다! 하지만 안심이 되는 것은 그 후계자가 없다는 사실이다. 간단히 말해, 1834년과 완전히 유사한 상황이라는 것이었다.

프레데릭은 그런 이야기가 지루하여 부인들에게 다가갔다. 마르티농이 팔 밑에 모자를 끼고 얼굴을 약간 옆으로 돌린 채 부인들 옆에 서 있었다. 그 모습이 너무도 잘 어울려 세브르의 도자기처럼 보였다. 그는 탁자 위 《이미타시옹》과 《고타 연감》 사이에 놓여있는 〈르뷔 데 되 몽드〉를 집어 들고, 한 유명한 시인을 거만하게 평가하며 생프랑수아의 강연회에 다니고 있다고 말했다. 그리고 목이 아프다고 하면서 이따금 인후진통제를 먹곤 했다. 그러면서도 음악을 이야기하거나 경박한 짓을 했다. 장식 소맷부리 양쪽에 수를 놓던 당브뢰즈 씨의 조카딸 세실 양은 연푸른색 눈으로 그를 올려다보고 있었다. 납작코의 가정교사 존 양도 수놓던 벽걸이를 버려두고 있었다. 두 여자 모두 마음속으로 이렇게 외치고 있는 것 같았다.

'정말 미남이야!'

당브뢰즈 부인이 그에게로 몸을 돌렸다.

"저기 콘솔테이블 위에 있는 내 부채 좀 주세요. 아니, 그거 말고요! 다른 거!"

그녀가 일어섰다. 마르티농이 되돌아오고 있었기 때문에, 그들은 거실 한가운데에서 마주쳤다. 그녀는 그에게 몇 마디 이야기를 격하게 했다. 그의 얼굴 표정이 딱딱한 것으로 보아 아마도 비난을 한 것 같았다. 마르티농은 애써 미소를 지었다. 그리고 진지한 사람들이 잡담을 나누는 곳으로 가서 어울렸다. 당브뢰즈 부인은 자기 자리로 돌아가서, 안락의자 팔걸이에 몸을 기대며 프레데릭에게 말했다.

"그저께 어떤 분을 만났는데, 당신 이야기를 하더군요. 드 시지 씨 말이에요. 그분을 아시지요?"

"네 … 조금."

갑자기 당브뢰즈 부인이 소리쳤다.

"공작부인, 아! 반가워요!"

그녀는 문까지 가서, 담갈색 옷에 기다란 끈이 달린 두꺼운 레이스 모자를 쓴 자그마한 한 노부인 앞에 섰다. 아르투아 공작이 망명생활을 하던 시절의 친구 딸로서, 1830년에 프랑스 상원의원으로 임명된 제정시대 원수(元帥)의 미망인인 그 부인은 옛날과 마찬가지로 현재의 궁정에도 관계하면서 많은 세력을 가지고 있었다. 서서 이야기하던 사람들이 길을 비켜준 후, 다시 토론을 계속했다.

이제 토론은 가난을 화제로 삼고 있었다. 그 신사들에 의하면, 가난에 대한 모든 묘사는 너무 과장되어 있다는 것이었다.

"그렇지만 빈곤은 존재하고 있어요. 그건 인정해야 합니다!" 마르티농이 반박했다. "하지만 그 구제방법은 과학에 달려있는 것도 아니고 정부에 달려있는 것도 아닙니다. 그건 순전히 개인적인 문제지요. 하층계급이 자신들의 악덕에서 벗어나고자 할 때, 비로소 가난을 극복할 수 있습니다. 민중이 좀더 도덕적이 된다면 덜 가난해질 것입니다!"

당브뢰즈 씨는 과다한 자본이 없으면 전혀 선을 행할 수 없다고 했다. 따라서 단 하나의 가능한 방법은 "결국 생시몽파의 사회주의자들이 원한 것처럼(그들에게도 좋은 점은 있었어요! 모든 사람에 대해 공정하도록 합시다), 공공재산을 증가시킬 수 있는 사람들에게 진보라는 대의를 맡기는" 것이었다. 어느 사이에 철도나 석탄과 같은 대대적인 산업개발에 대한 이야기가 시작되었다. 당브뢰즈 씨가 프레데릭에게 나지막한 목소리로 말했다.

"우리의 사업 건을 위해 오시지 않았더군요."

프레데릭은 아팠다고 핑계를 댔으나, 그 변명이 너무 어리석게 생각되어 다시 말했다.

"게다가 제게 돈이 필요하기도 했습니다."

"마차를 사기 위해서요?" 손에 찻잔을 들고 그의 곁을 지나가던 당브뢰즈 부인이 말했다. 그리고 어깨 위로 머리를 약간 돌리며 잠시 그를 바라보았다.

그녀는 그를 로자네트의 애인이라고 생각하고 있었다. 넌지시 비꼬는 말이 분명했다. 프레데릭에게는 부인들이 모두 멀리서 자기를 바라보며 쑥덕거리는 것처럼 보였다. 그는 그 부인들이 무슨 생각을 하는지 자세히 알아보려고 다시 한 번 그녀들 곁으로 다가갔다.

테이블 건너편에서, 마르티농이 세실 양 옆에서 앨범을 뒤적거리고 있었다. 그것은 스페인 복장을 나타내는 석판화 화첩이었다. 그는 큰 소리로 그림의 해설을 읽었다. "세비야의 여인, 발랑스의 정원사, 안달루시아 투우사." 그리고 일단 페이지 밑까지 내려가자 단숨에 계속했다.

"출판업자 자크 아르누. ―자네 친구지?"

"그래." 프레데릭은 그의 태도에 기분이 상해 대답했다.

당브뢰즈 부인이 끼어들었다.

"맞아요, 어느 날 아침에 … 어떤 집 때문에 … 오신 일이 있지요? 그래요, 그의 부인 소유의 집 때문에요."(그것은 '그의 부인이 당신 애인이에요'라는 뜻이었다)

그는 귀까지 빨개졌다. 바로 그때 당브뢰즈 씨가 와서 덧붙였다.

"당신은 그들에게 관심이 많은 것 같던데요."

이 마지막 말에 프레데릭은 그만 당황하고 말았다. 자신의 동요하는 모습이 사람들의 의혹을 확인시켜주는 셈이 될 거라고 생각하고 있을 때, 당브뢰즈 씨가 더 가까이 다가서며 진지한 어조로 말했다.

"아르누와 함께 사업을 하고 있는 건 아니지요?"

프레데릭은 충고하려는 자본가의 의도를 알아차리지 못한 채 몇 번이나 머리를 흔들며 부인했다.

그는 나와 버리고 싶었지만, 비겁하게 보일까 봐 그대로 있었다. 한 하인이 찻잔을 치우고 있었다. 당브뢰즈 부인은 푸른 옷을 입은 외교관과 이야기하고 있었고, 두 아가씨들은 이마를 맞댄 채 서로 반지를 보여주고 있었다. 다른 여자들은 반원형으로 놓인 안락의자에 앉아 흑발 혹은 금발로 둘러싸인 하얀 얼굴을 조용히 움직이고 있었다. 결국 그에게 관심을 갖는 사람은 아무도 없었다. 프레데릭은 발꿈치를 돌렸다. 사람들 사이로 길게 갈지자를 그리며 거의 문에 이르렀을 때, 한 콘솔테이블 옆을 지나다가 그 위의 중국산 꽃병과 판자 사이에 반으로 접힌 신문이 놓여있는 것을 보았다. 신문을 살짝 잡아당기자, 〈르 플랑바르〉라는 글자가 보였다.

누가 이걸 가져왔을까? 시지! 다른 사람일 리가 없었다. 하기야 그런 건 중요하지 않았다! 모든 사람이 그 기사를 믿게 될 것이다, 아니 벌써 믿고 있는지도 몰랐다. 왜 이렇게 집요한 것일까? 무언의 야유가 그를 둘러싸고 있었다. 그는 사막에서 길을 잃은 느낌이었다. 그런데 마르티농의 목소리가 들려왔다.

"아르누 얘기가 나왔으니 말인데, 소이탄 사건의 피의자 중에서 그의 고용인 한 사람의 이름을 읽었네. 세네칼 말이야. 우리가 알고 있는 그 세네칼인가?"

"맞아." 프레데릭이 말했다.

마르티농이 크게 소리치며 되풀이했다.

"뭐라구, 우리가 알고 있는 세네칼이라구! 바로 그 세네칼!"

그러자 사람들은 마르티농에게 그 음모 사건에 대해 질문했다. 검사국 시보(試補)라는 그의 직책상 여러 가지 정보를 알고 있을 것이 분명했기 때문이다.

그는 정보를 갖고 있지 않다고 고백했다. 게다가 자기는 세네칼을 단지 두세 번밖에 만나지 않았으므로 그 인물을 전혀 알지 못한다고 했다. 그런데 그는 세네칼을 아주 나쁜 놈으로 간주하고 있었다. 프레데릭은 화가 나서 소리쳤다.

"천만에! 그는 아주 선량한 청년이야!"

"하지만 음모를 꾸미는 사람을 선량하다고 할 수는 없지요!" 한 지주가 말했다.

여기 있는 사람들 대부분은 적어도 네 군주[81]를 섬긴 자들이었다.

---

81) 제 1제정의 나폴레옹 1세(재위 1804~1814), 왕정복고 시대의 루이 18세(재위 1814~1824)와 샤를 10세(재위 1824~1830), 7월왕정의 루이필립(재위 1830~1848)을 말한다.

그들은 재산을 지키고 불안과 곤경을 피하기 위해서는, 아니 단지 권력을 본능적으로 숭배하는 저속한 속성에 의해서라도 프랑스나 전 인류를 팔 수도 있었다. 그들은 모두 정치범은 용서할 수 없다고 선언했다. 차라리 가난 때문에 저지르는 죄는 용서해야 한다고 했다! 그리고 빵가게에 빵조각이 있는 한 빵을 훔치는 가장의 예는 영원히 존재한다는 사실을 내세웠다.

심지어 한 관리는 이렇게 소리쳤다.

"나는 말이오, 만약 내 형제가 음모를 꾸민다는 것을 알게 되면 고발할 것이오!"

프레데릭은 저항권을 주장했다. 그리고 델로리에가 말한 몇몇 문구가 생각나서, 데졸므, 블랙스톤,[82] 영국의 권리법안, 91년 헌법 제 2조[83]를 인용했다. 바로 이 저항권에 의해 나폴레옹의 폐위를 선언했고, 그것은 1830년 헌장의 서두에 기재되어 인정된 권리라고 말했다.

"게다가 군주가 계약을 위반한다면, 그를 타도하는 것이 정의가 원하는 것입니다!"

"하지만 그건 가증스런 일이에요!" 한 지사 부인이 외쳤다.

다른 부인들은 모두 마치 폭탄소리를 듣기나 한 것처럼 막연한 공포를 느끼며 입을 다물고 있었다. 당브뢰즈 부인은 안락의자에서 몸을 흔들면서 미소를 띤 채 그의 이야기를 듣고 있었다.

예전에 카르보나리[84] 당원이었던 한 실업가가 오를레앙 가는 훌륭

---

82) Blackstone, 1723~1780. 영국의 법학자, 산업혁명 이전까지의 영국법 전반을 체계화하고 해설한 《영법석의》(英法釋義)를 써서, 영국법학의 학문성을 높이고 독립전쟁 전후의 미국법 발달에 큰 영향을 주었다.

83) 91년 헌법 제 2조는 다음과 같다: 모든 정치협회는 인간의 절대적인 자연권의 보존을 목적으로 한다. 이 권리는 자유권, 소유권, 안전권, 그리고 억압에 대한 저항권이다.

84) 19세기 초 이탈리아에서 독립과 자유를 내세우고 활동한 비밀결사.

한 집안이라는 것을 프레데릭에게 증명하려고 애썼다. 물론 잘못도 있었지만…

"그래서요?"

"하지만 잘못을 얘기해서는 안 됩니다! 반대당의 모든 아우성이 실업계에 얼마나 해를 미치는지 당신이 안다면 말이오!"

"실업계 따위는 상관 안 합니다!" 프레데릭이 말했다.

이 노인들의 부패에 프레데릭은 화가 치밀었다. 가장 소심한 사람들에게 이따금 발휘되는 용기에 힘입어 그는 자본가, 국회의원, 정부, 왕을 공격하고 아랍인들을 옹호하며 많은 욕설을 퍼부었다. 어떤 사람들은 "어서! 계속해 보시오!"라고 빈정대며 그를 부추기는가 하면, 또 어떤 사람들은 "제기랄! 엄청 흥분했군!" 하고 중얼거렸다. 마침내 그는 돌아가는 것이 좋겠다고 생각했다. 그가 나갈 때, 당브뢰즈 씨가 비서직에 대한 암시를 하며 말했다.

"아직 아무것도 결정되지 않았소! 하지만 서둘러주시오!"

그리고 당브뢰즈 부인이 말했다.

"또 뵙겠지요?"

프레데릭은 그들의 작별인사를 마지막 조롱이라고 생각했다. 이제 두 번 다시 그 집에 가지 않고 그런 사람들과 교제하지 않으리라 결심했다. 그는 사교계라는 것이 얼마나 무관심한 속성을 지니고 있는지 모르는 까닭에, 자기가 그 사람들의 기분을 상하게 했다고 생각했다! 특히 부인들에게 화가 났다. 눈짓으로라도 그를 지지해주는 여자가 한 명도 없었던 것이다. 그는 자기 이야기에 감동하지 않았다고 부인들을 원망했다. 그러나 당브뢰즈 부인은 냉담하면서도 동시에 뭔가 번민하는 듯이 보여서 어떤 여자인지 명확하게 파악할 수가 없었다. 그녀에게 애인이 있을까? 어떤 애인일까? 그 외교관일까, 아니면 다른 사람일까? 혹시 마르티농? 그럴 리는 없다! 그러나 그는 마르티농에게 일종의 질투를 느끼고, 부인에 대해서는 뭐라 표현할 수 없는 적의를 느꼈다.

뒤사르디에가 평소와 마찬가지로 그날 저녁에도 와서 기다리고 있었다. 프레데릭은 마음이 북받쳐서 속내를 털어놓았다. 그러자 그의 불만이 막연하고 이해하기 어려웠는데도, 착한 점원은 슬픈 표정을 지었다. 프레데릭은 자신의 고독을 한탄하기까지 했다. 뒤사르디에가 약간 망설이면서 델로리에에게 가 보자고 제안했다.

프레데릭은 변호사의 이름을 듣자, 그를 몹시 만나고 싶은 욕구에 사로잡혔다. 정신적 고독이 너무 깊어 뒤사르디에가 옆에 있는 것만으로는 부족했던 것이다. 그는 좋을 대로 하라고 대답했다.

델로리에도 마찬가지로 프레데릭과의 불화 이후로 생활의 상실감을 느끼고 있었다. 그는 애정 어린 접근에 쉽사리 응했다.

두 사람은 부둥켜안고 난 후, 잡담을 나누기 시작했다.

델로리에의 신중한 태도가 프레데릭의 마음을 움직였다. 그래서 그는 일종의 사죄의 뜻을 표하기 위해, 다음 날 1만 5천 프랑의 손해를 보았다고 델로리에에게 말했다. 그 1만 5천 프랑이 애초에 델로리에에게 주려던 돈이었다는 말은 하지 않았다. 하지만 변호사는 이를 모르지 않았다. 그 재난은 아르누에 대한 자신의 편견이 옳았음을 말해주는 것이므로, 그의 원한은 누그러졌다. 그리하여 그는 예전의 약속에 대해서는 다시 말하지 않았다.

그가 아무 말도 하지 않는 것을 잘못 판단한 프레데릭은 그가 그 약속을 잊어버린 것으로 생각했다. 며칠 뒤, 프레데릭은 빌려준 돈을 회수할 방법이 없는지 델로리에에게 물어보았다.

이전의 저당을 문제 삼아 아르누를 전매사기범으로 추궁할 수도 있고, 주거지에 대해 부인을 기소할 수도 있다고 했다.

"아냐! 아냐! 부인에 대해서가 아냐!" 프레데릭이 소리쳤다. 그리고 옛 서기의 질문에 못 이겨 진실을 고백하고 말았다.

델로리에는 프레데릭이 아마 조심하느라고 진실을 완전히 말하지 않았다고 확신했다. 자기를 신뢰하지 않는다는 사실에 그는 기분이 상했다.

그러나 둘은 예전처럼 사이가 좋아져, 함께 있는 것을 아주 즐거워했다. 뒤사르디에가 옆에 있는 것이 불편할 정도였다. 그들은 약속이 있다는 핑계로 뒤사르디에를 점점 따돌리게 되었다. 세상에는 다른 사람들 사이의 중개 역할밖에 하지 못하는 사람들이 있는 법이다. 그리하여 그 중개자들을 다리처럼 건너가 멀리 가버린다.

프레데릭은 옛 친구에게 아무것도 숨기지 않았다. 그는 석탄회사 건과 함께 당브뢰즈 씨의 제안을 이야기했다. 변호사는 생각에 잠겼다.

"이상하군! 그런 자리에는 법률에 상당히 밝은 사람이 필요할 텐데!"

"하지만 네가 도와주면 되지." 프레데릭이 대답했다.

"그래 … 뭐 … 물론! 도와주고말고."

그 주일에 그는 어머니의 편지를 델로리에에게 보여주었다.

모로 부인은 로크 씨를 나쁘게 평가한 것을 후회하고 있었다. 로크 씨가 자기 행동에 대해 충분히 납득할 만한 설명을 해 주었다는 것이다. 이어서 부인은 그의 재산에 대해, 그리고 나중에 루이즈와의 결혼 가능성에 대해 이야기했다.

"나쁘지 않은 생각이군!" 델로리에가 말했다.

프레데릭은 말도 안 되는 소리라고 펄쩍 뛰었다. 게다가 로크 영감은 사기꾼 늙은이라고 했다. 변호사는 그런 것은 아무 상관없다고 했다.

7월 말에, 원인을 알 수 없는 폭락으로 북부의 주가가 떨어졌다. 주식을 팔지 않고 있던 프레데릭은 단번에 6만 프랑의 손해를 보았다. 수입이 눈에 띄게 감소했다. 경비를 절약하든지 취직을 하든지 아니면 유리한 결혼을 하든지 해야 했다.

그러자 델로리에가 로크 양에 대한 이야기를 했다. 직접 상황을 좀 살펴보러 가는 것은 전혀 문제될 것이 없다는 것이었다. 게다가 프레데릭은 다소 피곤했기 때문에, 시골과 고향 집이 피로를 풀어줄 수도 있었다. 그는 출발했다.

그는 달빛 아래서 거슬러 올라가며 노장의 거리를 보자 옛 추억에 잠겼다. 오랜 여행에서 돌아오는 사람처럼 일종의 불안이 느껴졌다.

어머니 집에는 예전의 손님들이 모두 있었다. 강블랭 씨, 외드라 씨, 샹브리옹 씨, 르브룅 가족, '그 오제의 아가씨들', 거기다 로크 영감과 모로 부인 맞은편의 트럼프 대 앞에 앉아 있는 루이즈 양. 루이즈는 이제 여인이 되어 있었다. 그녀가 소리를 지르며 일어섰다. 모두들 법석을 떨었다. 루이즈는 선 채로 꼼짝 않고 있었다. 테이블 위에 놓인 네 개의 은촛대 때문에, 그녀의 얼굴이 더욱 창백해 보였다. 그녀가 다시 트럼프를 시작할 때, 그녀의 손이 떨리고 있었다. 그러한 감동은 자부심을 잃고 있던 프레데릭의 마음을 한없이 기쁘게 해주었다. 그는 '너는 나를 사랑하게 될 거다!'라고 생각했다. 그리고 파리에서 겪은 수모에 대한 앙갚음으로, 파리 사람 흉내를 내며 사교계의 멋쟁이처럼 굴었다. 그는 극장의 소식을 알려주고 잡다한 신문에서 읽은 사교계의 일화들을 이야기하여, 마침내 고향 사람들을 현혹시켰다.

다음 날 모로 부인은 루이즈의 장점을 길게 늘어놓고, 루이즈가 소유하게 될 삼림과 농지를 열거했다. 로크 씨의 재산은 막대한 것이었다.

그는 당브뢰즈 씨를 위해 투자하면서 재산을 모았다. 상당한 저당 담보를 제공할 수 있는 사람에게 당브뢰즈 씨의 돈을 꾸어줌으로써 잉여금이나 수수료를 요구할 수 있었기 때문이다. 철저한 감시 덕분에 자본금은 전혀 위험하지 않았다. 게다가 로크 영감은 차압도 주저하지 않았고, 저당물을 헐값에 사들이곤 했다. 당브뢰즈 씨는 그렇게 하여 자본이 회수되는 것을 보고 그 사업이 아주 잘되는 것으로 생각하고 있었다.

그러나 그 불법적인 조작 때문에 그는 관리인에게 약점을 잡히는 꼴이 되었다. 그는 로크 씨의 요구를 아무것도 거절하지 못했다. 그가 프레데릭을 그토록 환대한 것도 로크 씨의 간청 때문이었다.

사실 로크 영감은 마음속에 어떤 야망을 품고 있었다. 그는 자기 딸이 백작부인이 되기를 바라고 있었는데, 딸의 행복을 위태롭게 하지 않고 그 목적을 이루기 위해서는 프레데릭 이외의 다른 청년을 알지 못했던 것이다.

당브뢰즈 씨가 밀어준다면, 프레데릭은 외조부의 작위를 받을 수도 있었다. 모로 부인은 푸방 백작의 딸일 뿐만 아니라 샹파뉴 지방에서 가장 유서 깊은 가문인 라베르나드 가와 데트리니 가의 친척이었기 때문이다. 모로 가문에 대해 말하자면, 빌뇌브라르슈베크의 방앗간 근처에 있는 고딕식 비문에 1596년에 그 방앗간을 재건한 자콥 모로라는 인물에 대한 글이 쓰여 있었다. 그리고 루이 14세 시대에 왕의 주임 마술교관이었던 그의 아들 피에르 모로의 무덤은 생니콜라 예배당에 안치되어 있었다.

그러한 명예가 옛 하인의 아들인 로크 씨를 현혹시켰다. 만약 백작의 영예를 얻지 못한다 하더라도, 다른 것으로 위안을 삼을 수 있을 터였다. 당브뢰즈 씨가 상원의원으로 선출되면 프레데릭은 대표단에 들어갈 수 있기 때문이다. 그렇게 되면 자신의 사업을 도와줄 수 있고, 여러 가지 물품을 조달하게 하거나 불하를 받게 해줄 수 있었다. 젊은이의 인품도 마음에 들었다. 그는 오래전부터 그런 생각에 열중하여 그 생각이 점점 더 커갔기 때문에, 마침내 프레데릭을 사위로 삼고자 했다.

요즘 그는 성당에 자주 드나들었다. 그리고 특히 귀족 작위에 대한 희망으로 모로 부인의 마음을 유혹했다. 그러나 모로 부인은 결정적인 대답을 피하고 있었다.

그리하여 1주일 후에는, 아무런 언약이 없었는데도 프레데릭은 루이즈 양의 '미래의 남편'으로 통하게 되었다. 그리고 로크 영감은 때때로 둘이 같이 있는 것을 조금도 걱정하지 않고 내버려두었다.

V

델로리에는 프레데릭의 집에서 대리증서 사본과 함께 자기에게 전권을 위임한다는 정식 위임장을 가져왔다. 그러나 6층으로 올라가 초라한 사무실 한가운데에 있는 양가죽 소파에 홀로 앉아 있자, 인지를 붙인 서류를 들여다보기가 귀찮아졌다.

그는 그런 일들에 싫증을 느끼고 있었다. 32수의 싸구려 식당, 합승마차로 하는 여행, 가난, 힘든 일들이 지긋지긋했다. 그는 서류를 다시 집어 들었다. 옆에 다른 서류가 있었다. 탄광의 목록과 매장량에 대한 상세한 설명이 첨부된 석탄 회사의 내용설명서였는데, 이에 대한 그의 의견을 듣고자 프레데릭이 놓고 간 것이었다.

한 가지 생각이 떠올랐다. 당브뢰즈 씨 집에 가서 비서 자리를 부탁해볼까 하는 생각이었다. 그 자리는 틀림없이 어느 정도의 주식을 사지 않으면 얻을 수 없을 터였다. 그는 자기 계획이 터무니없다는 것을 깨닫고 생각했다.

'오! 안 되지! 좋지 않은 생각일지도 몰라.'

그래서 그는 1만 5천 프랑을 회수할 방법을 궁리해보았다. 그 정도의 금액은 프레데릭에게는 아무것도 아니었다! 하지만 그가 그 돈을 갖게 된다면, 얼마나 큰 힘이 되겠는가! 옛 서기는 친구의 재산이 막대하다는 사실에 화가 났다.

'그는 그 재산을 하찮은 일에 사용하고 있다. 이기주의자니까. 에이! 1만 5천 프랑이 어찌되든 내 알 바 아니다!'

그는 왜 돈을 꾸어주었을까? 아르누 부인의 아름다운 눈 때문이리라. 그녀는 그의 애인이다! 델로리에는 그 사실을 의심치 않았다. '이것 역시 돈이 있으니까 가능한 일이다!' 그는 불타는 증오심에 휩싸였다.

그는 프레데릭이라는 인물에 대해 생각해보았다. 프레데릭은 언제나 그에게 거의 여성적인 매력을 발휘하곤 했다. 자기에게는 불가능하다고 여겨지는 성공을 달성하는 것을 생각하자, 그는 곧 프레데릭에게 감탄하지 않을 수 없었다.

하지만 무슨 일을 하든 중요한 것은 의지가 아니겠는가? 의지가 있으면 무엇이든 이겨낼 수 있으니까…

'아! 그거 재미있겠는걸!'

그러나 그런 배신행위가 부끄럽게 여겨졌다. 잠시 후, 그는 다시 생각했다.

'쳇! 내가 뭘 두려워하고 있는 거야?'

그는 아르누 부인을 (하도 그녀에 대한 이야기를 들은 나머지) 마침내 굉장한 여인으로 상상하고 있었다. 집요한 애착이 풀기 어려운 문제처럼 그의 신경을 자극했다. 그리고 다소 연극적인 자신의 근엄성에도 이제 싫증이 나 있었다. 게다가 사교계의 여인(혹은 그가 그렇게 생각하고 있는)은 미지의 온갖 쾌락을 요약해놓은 상징처럼 변호사를 현혹시켰다. 가난한 그는 가장 분명한 형태의 사치를 갈망하고 있었던 것이다.

'어쨌든 그가 화를 낼 테면 내라지! 나한테 나쁜 짓을 했으니까, 나도 꺼릴 거 없어! 그 여자가 그의 애인이라는 증거도 없잖아! 그는 내게 이를 부정했어. 그러니까 난 자유야.'

이를 행동에 옮기고 싶은 욕망이 계속 그의 머릿속을 떠나지 않았다. 자기의 능력을 시험해보고 싶었던 것이다. 그리하여 어느 날 갑자기, 그는 직접 장화에 윤을 내고 흰 장갑을 사서 길을 나섰다. 복수와 호감, 모방과 대담함이 동시에 뒤섞인 이상한 정신적 변화에 의해, 그는 스스로 프레데릭을 대신한다고 생각하며 거의 프레데릭이 된 것으로 상상하고 있었다.

그는 "닥터 델로리에"라고 밝혔다.

아르누 부인은 의사를 부른 적이 없었기 때문에 깜짝 놀랐다.

"아! 대단히 죄송합니다! 법학 박사입니다. 모로 씨의 일로 왔습니다."

그 이름을 듣자, 부인이 동요하는 것 같았다.

'잘됐군! 그를 받아들였으니까 나도 받아들이겠지!'라고 옛 서기는 생각했다. 그리고 남편의 자리를 빼앗는 것보다는 애인의 자리를 빼앗는 것이 더 쉽다는 통념을 생각하며 용기를 냈다.

그는 한번 재판소에서 부인을 만난 적이 있다고 하면서 그때의 기쁨을 말하고 그 날짜까지 댔다. 그 대단한 기억력에 아르누 부인은 깜짝 놀랐다. 그는 부드러운 어조로 다시 말했다.

"이미 … 뭔가 곤란한 일이 있으신가 봅니다 … 소송 문제로!"

그녀는 아무 대답도 하지 않았다. 그러니까 그것은 사실이었다.

그는 부인의 집이나 공장 등 이런저런 이야기를 하기 시작했다. 그리고 거울 가장자리에 장식된 원형 초상화를 보고 말했다.

"아! 가족들의 초상화로군요?"

그는 아르누 부인의 어머니인 노부인의 초상화를 눈여겨보았다.

"인품이 좋아 보이시는군요. 전형적인 남부 지방 사람이네요."

그런데 샤르트르 출신이라는 반대의 대답을 듣자, 다시 말했다.

"샤르트르! 아름다운 도시지요."

그는 샤르트르의 성당과 가옥들을 칭찬했다. 그리고 초상화에 대한 이야기로 다시 돌아와, 아르누 부인과 닮았다고 하면서 간접적으로 부인에게 찬사를 던졌다. 부인은 이에 대해 싫은 표정을 짓지 않았다. 그는 자신감을 갖고, 오래전부터 아르누를 알고 있다고 말했다.

"좋은 분입니다! 하지만 평판에 금이 가는 일을 하지요! 예를 들어 그 저당만 하더라도, 그런 경솔함은 상상할 수도 없어요 …"

"그래요! 저도 알고 있어요." 부인이 어깨를 으쓱하며 말했다.

무의식적으로 경멸을 드러내는 이 태도에 델로리에는 용기를 얻어 계속했다.

“고령토 회사 이야기는, 부인께선 잘 모르실 겁니다만, 하마터면 아주 큰일 날 뻔했어요. 그의 평판까지도 …”

부인이 이마를 찌푸리자, 그는 이야기를 멈췄다.

그리하여 일반적인 이야기로 방향을 바꾸어, 남편들이 재산을 낭비하는 불쌍한 아내들을 동정한다고 말했다.

“하지만 재산은 남편 것이에요. 저는 아무것도 없습니다!”

델로리에는 그런 것은 상관없다고 말했다. 알 수 없는 일이니까 … 경험 있는 사람이 도움이 될 수 있다고 했다. 그는 헌신적으로 도와주겠다고 하며 자신의 재능을 자랑했다. 그리고 반짝이는 안경 너머로 부인을 정면으로 바라보았다.

부인은 막연한 무감각 상태에 빠져있었다. 그러다가 갑자기 말했다.

“어서 용건을 말씀해 주세요!”

그는 서류를 펼쳤다.

“이건 프레데릭의 위임장입니다. 집행관과 비슷한 자격으로 지불명령을 내게 되면, 일은 아주 간단하지요. 24시간 내에 … (그녀가 태연하게 있었으므로, 그는 방법을 바꾸었다) 그런데 저는 왜 그가 이 돈을 요구하게 되었는지 모르겠습니다. 사실 그에게는 이 돈이 전혀 필요하지 않으니까요!”

“어머나! 모로 씨는 아주 친절하게 대해 주셨는데 …”

“아! 그건 그렇지요!”

델로리에는 프레데릭을 칭찬하기 시작했는데, 곧 태만하고 자기중심적이며 구두쇠라고 은근히 그를 헐뜯었다.

“저는 두 분이 친구인 줄 알고 있었는데요?”

“그렇다고 그의 결점이 안 보이는 것은 아니지요. 그러니까 그는 … 뭐라고 할까?, 동정심 같은 것을 전혀 모릅니다 …”

아르누 부인은 두꺼운 장부의 페이지를 넘기고 있었다. 그녀는 행동을 멈추고 어떤 용어의 설명을 부탁했다.

그는 부인의 어깨 위로, 얼굴이 닿을 정도로 가까이 몸을 구부렸다. 부인의 얼굴이 빨개졌다. 그것을 보자, 델로리에는 흥분하여 그녀의 손에 마구 키스를 퍼부었다.

"무슨 짓이에요!"

벽에 등을 대고 선 그녀는 분노에 찬 검은 눈으로 그를 쏘아보며 제지했다.

"제 말을 들어 주세요! 저는 부인을 사랑합니다!"

그녀는 폭소를 터뜨렸다. 날카롭고, 상대를 절망시키는 잔인한 웃음이었다. 델로리에는 그녀의 목을 조르고 싶을 만큼 분노를 느꼈다. 그는 꾹 참고, 용서를 비는 패배자와 같은 표정으로 말했다.

"아! 오해하고 계시는군요! 저는 그 사람과 같은 짓을 하려는 건 아닙니다 … "

"그 사람이라니, 누구 말이에요?"

"프레데릭 말입니다!"

"아니! 모로 씨는 저를 괴롭히는 짓은 하지 않아요. 아까도 말씀드렸잖아요!"

"오! 미안합니다 … 미안합니다!"

그리고 신랄한 목소리로 느릿느릿 말했다.

"저는 부인께서 그에게 많은 관심을 갖고 계셔서 그의 소식을 들으면 기뻐하시리라고 생각했는데 … "

그녀의 얼굴이 몹시 창백해졌다. 옛 서기가 덧붙였다.

"그는 결혼할 겁니다!"

"그분이요!"

"늦어도 한 달 안에, 당브뢰즈 씨의 관리인의 딸 로크 양하고. 바로 그 때문에 노장으로 떠났지요."

그녀는 큰 충격을 받은 것처럼 가슴에 손을 갖다 댔다. 그러더니 곧바로 초인종을 잡아당겼다. 델로리에는 밖으로 내쫓길 때까지 기다리지 않았다. 그녀가 뒤를 돌아보았을 때, 그는 이미 사라지고 없었다.

아르누 부인은 약간 숨이 막혔다. 그녀는 숨을 들이쉬기 위해 창문으로 다가갔다.

길 건너편 인도 위에서, 짐 꾸리는 사람이 저고리를 벗은 채 상자에 못을 박고 있었다. 삯마차들이 지나갔다. 그녀는 창문을 닫고 돌아와 앉았다. 이웃의 높은 집들이 햇볕을 가로막아, 방 안에는 찬 공기가 내리덮고 있었다. 아이들은 밖에 나가 있고, 그녀의 주위에 움직이는 것은 아무것도 없었다. 마치 광막한 곳에 버려진 것 같았다.

'그가 결혼을 한다! 그럴 수가!'

그녀는 신경질적인 전율에 사로잡혔다.

'왜 이러는 걸까? 내가 그를 사랑하는 것일까?'

이어서 갑자기 확신이 들었다.

'그래, 나는 그를 사랑하고 있다! … 그를 사랑하고 있어!'

그녀는 한없이 깊은 무언가로 빠져드는 것 같았다. 추시계가 3시를 쳤다. 그녀는 그 소리의 진동이 사라져가는 것을 들었다. 그리고 안락의자 가장자리에 걸터앉아 눈동자를 고정시킨 채 언제까지나 미소를 짓고 있었다.

같은 날 오후 같은 시각, 프레데릭과 루이즈 양은 로크 씨가 소유하고 있는 섬 가장자리의 정원을 산책하고 있었다. 늙은 카트린이 멀리서 그들을 지켜보고 있었다. 그들은 나란히 걸었다. 프레데릭이 말했다.

"내가 당신을 들판으로 데려갔던 때를 기억하세요?"

"제게 정말 친절하셨지요! 저를 도와서 모래로 과자도 만들고, 물뿌리개에 물을 채워주시고, 그네도 흔들어주셨어요!" 그녀가 대답했다.

"여왕이나 후작부인의 이름을 가지고 있던 그 인형들은 모두 어떻게 되었나요?"

"글쎄, 모르겠는데요!"

"강아지 모리코는?"

"물에 빠져 죽었어요, 가엾게도!"

"그럼 우리가 함께 삽화에 색칠했던 《돈키호테》는?"

"그건 지금도 가지고 있어요!"

그는 그녀의 첫 영성체 날을 떠올렸다. 만과 때, 종이 울리고 소녀들이 성가대 둘레를 줄지어 도는 동안 하얀 너울에 커다란 촛불을 든 그녀가 얼마나 예뻤던지!

그런 추억이 아마도 로크 양에게는 별로 흥미가 없었던지, 그녀는 아무 대답도 하지 않았다. 그리고 잠시 후 그녀가 말했다.

"나쁜 사람! 한 번도 소식을 주지 않다니!"

프레데릭은 여러 가지 일이 많았다고 말했다.

"그럼, 지금은 뭘 하고 계세요?"

그는 그 질문에 당황했으나, 곧 정치를 공부하고 있다고 말했다.

"아!"

그리고 이에 대해 더 묻지 않고 말했다.

"그래서 바쁘시군요. 하지만 전! …"

그녀는 무미건조한 자신의 생활을 이야기했다. 만날 사람도 없고, 기쁜 일도 기분전환도 전혀 없다는 것이었다! 그녀는 말을 타고 싶다고 했다.

"보좌신부님은 승마가 젊은 아가씨에게 적합하지 않다고 말씀하세요. 바보 같은 소리지요, 적합하니 어쩌니 하는 것은! 예전에는 제가 하고 싶은 일은 무엇이든 할 수 있었는데, 이젠 아무것도 할 수 없어요!"

"하지만 아버님이 사랑해주시잖아요!"

"네, 하지만 …"

그녀는 한숨을 내쉬었다. '그것만으로는 충분히 행복하지 않아요' 라는 뜻이었다.

이어서 침묵이 흘렀다. 발밑에서 사각거리는 모래 소리와 물 떨어지는 소리밖에 들리지 않았다. 노장 위쪽에서 두 지류로 갈라지는 센 강이 있기 때문이다. 방아를 돌리는 지류가 이 장소에서 과다한 물을 쏟아내고, 더 아래쪽에서 강의 본류와 합류한다. 다리를 건널 때는 오른쪽으로 건너편 둑에 경사진 잔디밭이 보이고, 하얀 집이 그것을 내려다보고 있다. 왼쪽으로는 초원에 포플러나무들이 늘어서 있고, 강의 굴곡이 맞은편 수평선의 경계를 이루고 있다. 강물은 거울처럼 잔잔했고, 고요한 물 위를 커다란 곤충들이 미끄러져 갔다. 강가에는 갈대와 등심초 덤불이 울퉁불퉁 솟아있었고, 온갖 식물이 금빛 봉우리를 꽃피우거나 노란 송이를 매달거나 맨드라미 빛깔의 꽃 막대를 세우거나 하며 되는 대로 온 사방에 녹색의 향연을 펼치고 있었다. 강가의 내포(內浦)에는 수련이 한가득 자라고 있었고, 섬 이쪽에는 늑대 덫을 감추고 있는 오래된 버드나무가 정원 주위에 일렬로 늘어서 있었다.

안쪽에는 슬레이트를 씌운 벽 네 개가 채소밭을 둘러싸고 있었는데, 최근에 경작된 네모난 밭들이 갈색의 금속판처럼 보였다. 멜론에 씌운 종 모양의 유리 덮개가 좁은 묘상 위에서 일직선으로 빛나고 있었다. 아티초크, 강낭콩, 시금치, 홍당무, 토마토가 작은 깃털 숲처럼 보이는 아스파라거스 밭까지 번갈아 이어졌다.

이 지역은 집정내각 시대[85]에 호화별장으로 불리던 곳이었다. 그 후로 나무들이 엄청나게 자랐다. 참으아리속이 소사나무 묘목과 뒤엉키고, 오솔길은 이끼로 덮였으며, 온 사방에 가시덤불이 무성했다. 풀밭 속에는 석고상 조각이 흩어져 있었다. 걷다 보면 철사로 만

85) 1795~1799년의 프랑스 혁명 정부의 집정내각으로 5명의 집정관으로 구성되었다.

든 물건의 잔해가 발에 걸리곤 했다. 별장에 남아있는 것이라고는 1층에 파란 벽지가 갈가리 찢어진 방 두 개뿐이었다. 건물 정면 앞에는 이탈리아식으로 포도 덩굴시렁이 길게 뻗어있거나 벽돌 기둥 위의 나무 창살이 포도나무를 받치고 있었다.

그들은 그 밑으로 갔다. 우거진 초목들 사이의 크고 작은 구멍으로 빛이 새어 들어와, 프레데릭은 곁에서 루이즈에게 말하면서 그녀의 얼굴에 드리워진 나뭇잎 그림자를 바라보았다.

그녀는 틀어 올린 붉은 머리에다가 에메랄드를 모조한 유리 방울이 달린 기다란 핀을 꽂고 있었다. 그리고 상중이었는데도(그만큼 그녀의 악취미에는 악의가 없었다) 장미색 새틴으로 장식된 밀짚 슬리퍼를 신고 있었다. 아마도 어떤 장터에서 샀는지 저속한 기호의 신발이었다.

그는 이를 눈치채고 빈정대며 찬사를 보냈다.

"놀리지 마세요!" 그녀가 말했다.

그리고 회색 펠트 모자에서부터 명주 양말까지 그의 전신을 바라보면서 다시 말했다.

"정말 멋있군요!"

그녀는 읽을 만한 작품을 알려 달라고 했다. 그가 몇 권의 작품을 말하자, 그녀가 말했다.

"아! 정말 유식하시네요!"

그녀는 아주 어려서부터 그에게 사랑을 느끼고 있었다. 종교적인 순결함과 본능의 격렬함을 동시에 지니고 있는 어린애 특유의 사랑이었다. 그는 그녀의 친구이자 오빠이며 선생이었고, 그녀의 정신을 즐겁게 하고 가슴을 뛰게 만들었으며, 드러나지 않지만 끊임없는 감흥을 알지 못하는 사이에 그녀의 마음속 깊이 불어넣었다. 그러다가 그는 그녀를 떠났다. 마침 어머니가 막 세상을 떠나 슬픔이 절정에 달해 있던 때였으므로, 두 가지 절망이 한꺼번에 뒤섞였다. 그의 부재는 그녀의 추억 속에서 그를 이상화시켰고, 그는 후광과 같은 것을 지니고 돌아온 것이다. 그리하여 그녀는 순진하게도 그를 다시 만난 행복에 젖어 있었다.

프레데릭은 평생 처음으로 사랑받는다는 것을 느끼고 있었다. 이 새로운 기쁨은 결코 유쾌한 감정 이상의 것은 아니었지만, 그래도 그의 마음을 부풀게 했다. 그래서 그는 두 팔을 벌리고 머리를 뒤로 젖히지 않을 수 없었다.

그때 커다란 구름이 하늘 위로 지나갔다.

"저 구름은 파리 쪽으로 가는 거예요. 혹시 저 구름을 따라가고 싶은 건가요?" 루이즈가 말했다.

"내가? 왜요?"

"그거야 모르죠."

그리고 날카로운 시선으로 그를 살폈다.

"어쩌면 당신은 파리에 … (그녀는 적당한 단어를 찾고 있었다) 어떤 애착을 갖고 계시는지도 모르죠."

"아니! 애착 같은 거 없어요!"

"정말이에요?"

"그럼요, 아가씨, 물론이죠!"

1년도 안 된 사이에 이 젊은 아가씨에게 굉장한 변화가 일어난 것을 보고, 프레데릭은 놀랐다. 잠시 입을 다물고 있다가 그가 덧붙였다.

"우리 옛날처럼 말을 놓는 게 좋을 것 같은데, 어때요?"

"안 돼요."

"왜요?"

"그거야 뭐!"

그가 이유를 다그쳐 물었다. 그녀는 머리를 숙이며 대답했다.

"쑥스러우니까요!"

그들은 정원의 끝, 리봉 모래밭에 도착했다. 프레데릭은 장난삼아 조약돌로 물수제비를 뜨기 시작했다. 그녀가 앉으라고 했다. 그는 그녀의 말에 따르고, 둑에서 물이 떨어지는 것을 바라보며 말했다.

"나이아가라 같군요!"

그는 머나먼 나라들과 긴 여행에 대해 얘기하기 시작했다. 그런 여행을 하는 생각만 해도 그녀는 황홀해졌다. 폭풍도, 사자도, 아무것도 무서울 것이 없을 것 같았다.

그들은 나란히 앉아 앞에 있는 모래를 한 움큼 쥐었다가 손에서 흘러내리게 하면서 이야기를 했다. 들판에서 불어오는 더운 바람에 이따금씩 라벤더 꽃향기와 수문 뒤의 작은 배에서 발산되는 타르 냄새가 실려 왔다. 둑에서 쏟아져 내리는 물에 햇볕이 부딪치고 있었다. 둑의 작은 벽을 이루는 푸르스름한 돌덩어리들 위로 물이 흐르고 있었는데, 마치 은빛 거즈가 계속해서 펼쳐지는 것처럼 보였다. 그 밑에서 거품이 기다란 줄로 규칙적으로 솟아오르고 있었다. 그것은 곧 거품을 일으키고 소용돌이를 치며 여러 방향으로 흐르다가 마침내 투명한 하나의 수면으로 합쳐졌다.

루이즈는 물고기의 생활이 부럽다고 중얼거렸다.

"저기 물속에서, 어디서나 애무를 받으며 마음대로 돌아다닌다는 것은 정말 즐거운 일일 거예요."

그리고 그녀는 육감적인 애무의 몸짓을 하며 몸을 떨었다.

그때 부르는 소리가 들렸다.

"아가씨, 어디 있어요?"

"하녀가 부르는데요." 프레데릭이 말했다.

"괜찮아요! 괜찮아요!"

루이즈는 자리에서 움직이지 않았다.

"하녀가 화를 낼 겁니다." 그가 말했다.

"상관없어요! 게다가…" 로크 양은 하녀가 자기의 처분에 따른다는 것을 몸짓으로 알려주었다.

하지만 그녀는 일어나더니 머리가 아프다고 했다. 그리고 나뭇단이 들어있는 커다란 헛간 앞을 지나면서 말했다.

“저기 에고[86]로 들어갈까요?”

그는 그 사투리의 뜻을 모르는 체하고 그 억양을 놀리기까지 했다. 그녀는 입 양끝이 차츰 실쭉해지더니, 입술을 깨물며 토라져 그에게서 멀어졌다.

프레데릭은 그녀를 뒤쫓아가, 괴롭히려고 한 것은 결코 아니었다고 말하며 그녀를 많이 사랑한다고 단언했다.

“정말이에요?” 그녀는 주근깨가 약간 있는 얼굴에 환한 미소를 띠고 그를 바라보며 소리쳤다.

그는 그 대담한 감정과 신선한 젊음에 저항하지 못하고 다시 말했다.

“왜 내가 거짓말을 하겠소? … 그걸 의심하는 거요?” 그는 그녀의 허리를 왼팔로 감았다.

비둘기 울음소리처럼 달콤한 외침이 그녀의 목에서 터져 나왔다. 그녀는 머리를 뒤로 젖히고 실신해 버렸다. 그는 그녀를 부축했다. 그가 나쁜 짓을 할까 봐 불안해할 필요는 없었다. 몸을 맡긴 처녀 앞에서 그는 두려움에 사로잡혀 있었다. 그는 조용히 몇 발짝 걷도록 그녀를 도와주었다. 그리고 달콤한 말은 그만두고 무의미한 것들만 얘기하고자 노장의 사교계 인사들에 대한 얘기를 했다.

갑자기 그녀가 그를 떠밀면서 슬픈 어조로 말했다.

“당신은 저를 데리고 갈 용기가 없나 봐요!”

그는 깜짝 놀라 발걸음을 멈추었다. 그녀가 울음을 터뜨리고, 그의 가슴에 얼굴을 파묻으며 말했다.

“당신 없이는 살 수 없어요!”

그는 그녀를 진정시키려고 애썼다. 그녀는 그의 얼굴을 더 잘 보려고 그의 어깨 위에 두 손을 올려놓고, 금방이라도 흘러내릴 듯 눈물

86) ‘은신처’라는 뜻의 사투리.

이 고인 녹색 눈동자로 그의 눈을 뚫어지게 바라보았다.

"제 남편이 되어 주시겠어요?"

"그런데 …"라고 프레데릭은 대꾸하며 뭔가 대답할 말을 찾았다. "물론 … 그 이상 바랄 것이 없지."

그때, 로크 씨의 챙 달린 모자가 라일락 나무 뒤에서 나타났다.

그는 '젊은 친구'를 데리고 이틀 동안 근처의 자기 소유지를 돌아보는 짧은 여행을 했다. 프레데릭이 여행에서 돌아왔을 때, 어머니 집에는 세 통의 편지가 와 있었다.

첫 번째 편지는 지난 주 화요일 저녁식사에 초대한다는 당브뢰즈 씨의 편지였다. 어떤 이유로 이런 친절을? 그렇다면 그의 무례함을 용서한 것일까?

두 번째 편지는 로자네트의 편지였다. 그녀는 그가 자기를 위해 목숨을 건 것에 대해 감사하고 있었다. 프레데릭은 처음에 그녀가 무슨 말을 하는지 이해할 수 없었다. 그녀는 한참을 돌려 말한 후에야 마침내 그의 애정에 호소하고 그의 자상한 마음씨를 믿어 두 무릎을 꿇는다고 하면서, 급히 필요해서 그러니 5백 프랑을 꾸어 달라고 마치 빵을 구걸하듯 간청하고 있었다. 그는 곧 돈을 보내주기로 결심했다.

세 번째 편지는 델로리에에게서 온 것이었는데, 위임 건에 대하여 장황하지만 모호하게 말하고 있었다. 변호사는 아직 아무 조치를 취하지 않고 있었다. 그는 프레데릭에게 시골에 그냥 있으라고 권했다. "네가 돌아올 필요는 없어!"라고 하면서 그 점에 대해 기묘한 주장까지 펼쳤다.

프레데릭은 온갖 추측을 해 보았다. 그러자 파리로 돌아가고 싶은 생각이 들었다. 그의 행동을 지시하는 것 같은 델로리에의 주장에 반감이 생겼던 것이다.

게다가 번화가가 그리워지기 시작했다. 그리고 어머니는 자꾸 재촉하고, 로크 씨는 그의 주위를 집요하게 맴돌며, 루이즈 양은 그를 몹시 사랑하는 까닭에, 태도를 분명히 밝히지 않고는 더 오래 머물 수도 없었다. 깊이 생각해볼 필요가 있는데, 멀리 떨어져 있으면 문제를 더 잘 판단하게 되리라.

여행의 이유로 프레데릭은 그럴듯한 이야기를 꾸며댔다. 그는 모든 사람들에게 곧 돌아오겠다고 말하고, 자기 자신도 그렇게 믿으면서 출발했다.

VI

파리로 돌아와도, 그는 조금도 기쁘지 않았다. 8월 말의 저녁 시간이었다. 번화가는 텅 비어 있었고, 행인들이 찌푸린 얼굴로 지나갔다. 여기저기 가마솥 같은 아스팔트에서는 김이 피어오르고, 대부분의 집들은 덧문이 완전히 닫혀 있었다. 그는 집에 도착했다. 먼지가 벽지에 쌓여 있었다. 프레데릭은 혼자 저녁을 먹으면서 이상하게도 버려진 느낌이 들었다. 그러자 로크 양이 생각났다.

결혼한다는 생각이 이제 그에게는 그리 터무니없는 것 같지 않았다. 그들은 여행을 떠날 터이니, 이탈리아에 가고, 동방에도 가리라! 그는 언덕 위에 서서 경치를 바라보는 그녀를, 혹은 피렌체의 화랑에서 자기 팔에 매달려 그림 앞에 멈춰 있는 그녀의 모습을 상상해 보았다. 그 귀여운 여자가 예술과 자연의 화려함에 성숙해가는 모습을 바라보는 것은 얼마나 즐거운 일인가! 그녀는 자기 환경에서 벗어난다면 머지않아 매력적인 동반자가 될 것이다. 게다가 로크 씨의 재산도 그를 유혹했다. 하지만 그런 결정이 마치 나약하거나 타락한 행위처럼 썩 내키지가 않았다.

그러나 어쨌든 그는 생활을 바꾸기로, 다시 말해 더 이상 헛된 열정에 마음을 허비하지 않기로 굳게 결심했다. 그래서 루이즈가 부탁한 일을 하기도 망설여졌다. 루이즈가 트루아 도청에 있는 것과 같은, 울긋불긋한 커다란 흑인 조각상 두 개를 자크 아르누 상점에서 사다 달라고 한 것이다. 그녀는 아르누의 상표를 알고 있어서 다른 것은 원하지 않았다. 프레데릭은 그들 집에 다시 가게 되면 또다시 옛날의 사랑에 빠지지 않을까 겁이 났다.

저녁 내내 그는 그런 생각에 빠져 있었다. 그가 잠자리에 들려고 할 때, 한 여자가 들어왔다.

"저예요. 로자네트 일로 왔어요." 바트나 양이 웃으면서 말했다.

그렇다면 그녀들은 화해한 것인가?

"그럼요! 아시다시피 저는 심술궂은 여자가 아니거든요. 게다가 불쌍한 여자지요… 얘기하자면 길어요."

요컨대 로자네트가 그를 만나고 싶어 한다고 했다. 자기 편지가 파리에서 노장으로 전달되었기 때문에, 그녀는 회답을 기다리고 있었다. 바트나 양은 편지 내용은 모르고 있었다. 프레데릭은 로자네트의 근황을 물었다.

그녀는 이제 아주 부유한 남자, 작년 여름 샹드마르스 경마장에서 그녀를 보았던 체르누코프 공작이라는 러시아 사람과 함께 있다고 했다.

"마차 세 대, 승용마, 하인, 영국풍의 멋진 제복을 입은 마부, 별장, 이탈리아 극장의 좌석, 그 밖의 많은 것들을 가지고 있는 사람이죠. 그래요."

바트나는 마치 그런 유복한 변화에 덕이라도 본 것처럼 이전보다 더 쾌활하고 아주 행복해 보였다. 그녀는 장갑을 벗고, 방 안의 가구와 골동품을 살폈다. 그리고 골동품 장수처럼 그 값을 정확하게 매겼다. 그녀는 자기에게 의논했더라면 더 싼 가격에 구입할 수 있었을 거라고 하면서, 그의 미적 감각이 훌륭하다고 칭찬했다.

"아! 이건 정말 귀엽군요! 이런 생각을 하는 사람은 당신밖에 없을 거예요."

이어서 알코브[87]의 침대머리에 있는 문을 보자, 이렇게 말했다.

"여기로 귀여운 여자들을 나가게 하는군요, 그렇죠?"

그녀는 정답게 그의 턱을 잡았다. 말랐지만 부드러운 그녀의 기다란 손이 닿자, 그는 몸을 떨었다. 그녀의 소매 둘레에는 레이스 장식이 있었고, 초록색 옷의 가슴팍에는 경기병처럼 장식 끈이 달려 있었다. 검은 망사 모자는 테두리가 내려뜨려져 이마를 약간 가리고 있었다. 그 밑에서 두 눈이 반짝였고, 앞가르마를 탄 머리에서 인도산 향료 냄새가 풍겼다. 조그만 원탁 위에 놓인 카르셀 등[88]이 극장의 조명처럼 그녀를 밑에서부터 비추어 턱이 불쑥 튀어나와 보였다. 표범처럼 허리를 흔들고 있는 그 못생긴 여자 앞에서, 갑자기 프레데릭은 격렬한 갈망, 동물적인 정욕을 느꼈다.

그녀는 지갑에서 사각형의 종이 세 장을 꺼내면서 감동적인 어조로 말했다.

"이걸 받아 주세요!"

델마르가 공연하는 연극의 좌석권 세 장이었다.

"뭐라구! 그 사람이에요?"

"물론이죠!"

바트나 양은 더 이상 해명하지 않고, 전보다 훨씬 더 델마르를 좋아한다고 덧붙였다. 그녀의 말대로라면, 델마르는 그야말로 "세기적인 최고급"에 속하는 배우였다. 그가 재현하는 인물은 이러저러한 특정 인물이 아니라 프랑스의 정수 그 자체인 민중이었다! 그는 "인도주의적인 영혼을 지니고 있으며, 예술이라는 성직을 이해하고 있다"는 것이었다! 프레데릭은 그런 찬사를 더 듣고 싶지 않아서, 세 장의 좌석권 요금을 그녀에게 주었다.

"로자네트 집에 가서 이런 얘기는 할 필요 없어요! — 어머, 시간이

---

87) 제 1부 주 47번 참조.

88) 제 2부 주 43번 참조.

늦었군요! 가 봐야겠어요. 아! 주소를 알려드리지 않았네요. 그랑주 바틀리에르 거리 14번지예요."

그리고 문턱에서 말했다.

"안녕, 사랑받는 사람!"

'누구에게 사랑받는다는 거야? 정말 이상한 여자로군!' 하고 프레데릭은 생각했다.

그는 언젠가 뒤사르디에가 그녀에 대해 "아! 대단한 여자가 아닙니다!"라고 마치 명예롭지 못한 과거를 암시하듯 하던 말을 떠올렸다.

다음 날, 그는 로자네트 집에 갔다. 그녀는 블라인드가 길 위로 튀어나온 새 집에서 살고 있었다. 층계참마다 벽에 거울이 걸려 있고, 창문 앞에는 시골풍의 화분이 있었으며 계단을 따라 길게 아마포가 깔려 있었다. 밖에서 들어가자, 층계가 시원하여 피로가 풀리는 것 같았다.

빨간 조끼를 입은 남자 하인이 문을 열어 주었다. 응접실의 긴 의자에는 아마도 출입상인인 듯한 한 여자와 두 남자가 관청의 현관에서처럼 기다리고 있었다. 왼쪽의 반쯤 열린 식당 문을 통해, 찬장 위의 빈 병들과 의자 등에 걸쳐놓은 냅킨들이 보였다. 그리고 식당과 평행으로 기다란 회랑이 뻗어있고, 거기에는 장미나무 묘목이 금빛 막대기에 받쳐져 있었다. 그 아래의 뜰에서는 팔을 걷어붙인 두 소년이 랑도 마차를 닦고 있었다. 말의 털을 빗기는 글겅이가 간헐적으로 돌에 부딪치는 소리와 함께 그들의 목소리가 거기까지 들려왔다.

하인이 다시 나타나서, "부인께서 뵙겠다고 하십니다"라고 말했다. 하인은 두 번째 응접실을 가로질러 그를 커다란 거실로 안내했다. 거실에는 노란 비단이 쳐져 있었고, 구석마다 장식해놓은 꼬아 만든 술 장식이 천장과 맞닿아 마치 굵은 밧줄 모양의 샹들리에 덩굴무늬와 연결되어 있는 것 같았다. 아마도 지난밤 연회가 있었던 모양이었다. 콘솔테이블 위에 담뱃재가 그대로 남아있었다.

마침내 그는 색유리가 희미하게 밝혀주는 규방 같은 곳으로 들어갔다. 토끼풀 모양으로 새긴 나무 조각이 문 위를 장식하고 있었다. 난간 뒤에는 세 개의 진홍빛 매트를 쌓아 만든 긴 의자가 있었고, 그 위에 백금 수연통[89]이 뒹굴고 있었다. 벽난로에는 거울 대신 피라미드 모양의 선반이 있었고, 거기에 오래된 은시계, 보헤미아제의 나팔 모양 꽃병, 보석 후크단추, 비취 단추, 에나멜 그릇, 도자기 인형, 도금한 은 제의를 입은 비잔틴풍의 자그마한 성모상 등 온갖 희귀한 수집품들이 진열되어 있었다. 이 모든 것들이 양탄자의 푸르스름한 색깔, 걸상에 박힌 자개의 광택, 밤색 가죽으로 덮인 벽의 엷은 황갈색 색조와 함께 황금빛 황혼에 뒤섞여 있었다. 구석에는 작은 밑받침 위의 청동 꽃병에 꽃다발이 꽂혀 있었는데, 그것이 방 안 분위기를 무겁게 만들었다.

로자네트가 나타났다. 장미색 새틴 저고리에 하얀 캐시미어 바지를 입고, 피아스터[90] 은화 목걸이에 재스민 가지로 둘러싸인 빨간 실내용 모자를 쓰고 있었다.

프레데릭은 놀란 몸짓을 했다. 그리고 "문제의 그것"을 가지고 왔다고 말하며 은행 지폐를 내밀었다.

그녀는 깜짝 놀라 그를 바라보았다. 그는 여전히 지폐를 손에 쥔 채 어디에 놓아야 할지 몰라서 말했다.

"어서 받으시오!"

그녀는 지폐를 받아 긴 의자 위에 던졌다.

"정말 고마워요."

그것은 벨뷔의 토지 대금을 청산하기 위한 것이라고 했다. 그녀는 이렇게 연부(年賦)로 지불하고 있었다. 너무 체면을 차리지 않는 태도에 프레데릭은 기분이 상했다. 하기야 잘된 일이다! 이로써 과거에

89) 연기가 물을 거쳐서 나오도록 만든 담배 대통.

90) 제2부 주 11번 참조.

대한 복수를 했으니 말이다.

"앉으세요! 이리, 더 가까이." 그녀가 말했다. 그리고 더 엄숙한 어조로 말했다. "먼저 감사드려야겠어요. 목숨을 거신 것에 대해서요."

"아! 그건 아무것도 아닙니다!"

"어머나! 하지만 그건 정말 훌륭한 일이에요!"

로자네트는 당황스러울 정도로 감사의 뜻을 표했다. 그녀는 프레데릭이 오직 아르누를 위해 결투한 것으로 생각하고 있을 게 틀림없었다. 그렇게 믿고 있던 아르누가 필요에 의해 그 사실을 말했을 터이니 말이다.

'이 여자가 어쩌면 나를 놀리고 있는지도 모른다'라고 프레데릭은 생각했다.

그는 더 할 일도 없어서, 약속이 있다는 핑계를 대며 일어섰다.

"안 돼요! 그냥 계세요!"

그는 다시 앉아 그녀의 옷차림을 칭찬했다.

그녀는 낙담한 태도로 대답했다.

"공작님은 이런 모습의 나를 좋아해요! 그리고 이런 걸로 담배를 피워야 하지요!" 로자네트는 수연통을 가리키며 덧붙였다. "한 대 피워 볼까요? 어때요?"

하인이 불을 가져왔다. 인조금에 불이 잘 붙지 않자, 그녀는 초조해하며 발을 구르기 시작했다. 그러다가 곧 의기소침해져서, 겨드랑이 밑에 방석을 끼고 몸을 약간 비튼 자세로 한쪽 무릎은 굽히고 다른 쪽 다리는 쭉 뻗은 채 긴 의자 위에서 꼼짝도 하지 않았다. 바닥에 똬리를 틀고 있는 기다란 뱀 모양의 빨간 모로코가죽이 그녀의 팔에 감겨있었다. 그녀는 호박(琥珀) 부리를 입술에 갖다 대고, 눈을 깜빡거리며 담배 연기 너머로 프레데릭을 바라보았다. 연기의 소용돌이가 그녀를 감쌌다. 그녀가 숨을 들이쉴 때마다 꾸르륵거리는 물소리가 났다. 그녀는 이따금 중얼거렸다.

"이거 참 좋아요! 정말 좋아요!"

프레데릭은 재미있는 화제를 찾으려고 애쓰다가 바트나 생각이 떠올랐다.

그는 바트나가 아주 우아해 보이더라고 말했다.

"그럼요! 그녀에게는 내가 있어서 정말 다행이지요!" 로자네트가 말했다. 그리고 더 이상 한마디도 덧붙이지 않았다. 그만큼 그들의 이야기는 서먹서먹했다.

두 사람 다 거북함과 불편함을 느끼고 있었다. 사실 로자네트는 결투의 원인이 자기 때문이라고 생각하여 우쭐한 자존심을 느끼고 있었다. 그런데 프레데릭이 자기 행동을 자랑하러 달려오지 않자, 그녀는 매우 놀랐다. 그래서 그를 오지 않을 수 없게 만들려고 5백 프랑이 필요하다고 꾸며댔던 것이다. 프레데릭이 그 대가로 애정을 조금도 요구하지 않다니, 어찌된 일인가! 그녀는 그런 세련된 태도에 감탄하여, 사랑의 충동을 느끼며 말했다.

"우리와 함께 해수욕하러 가지 않으시겠어요?"

"우리라니, 누구 말입니까?"

"저하고 그 사람 말이에요. 당신은 제 사촌이라고 하겠어요. 옛날 희극에서처럼."

"대단히 고마운 일이군요!"

"그러면 당신 숙소는 우리 숙소 근처에 정하도록 하지요."

돈 많은 남자 때문에 신분을 숨긴다는 생각을 하자, 그는 불쾌했다.

"아니오! 그럴 수는 없습니다."

"그럼 마음대로 하세요!"

로자네트는 눈물을 글썽이며 얼굴을 돌렸다. 프레데릭은 그 눈물을 언뜻 보았다. 그리고 그녀에게 호의를 표현하기 위해, 마침내 이렇게 훌륭한 생활을 하는 것을 보니 기쁘다고 말했다.

그녀는 어깨를 으쓱했다. 그렇다면 누가 그녀를 슬프게 하는 것일까? 혹시 사랑받지 못하고 있는 것일까?

"오! 저는 늘 사랑받고 있어요!"

그리고 덧붙였다.

"어떤 식으로 사랑받고 있는지는 모르지만."

로자네트는 "더워서 숨이 막힌다"고 투덜거리면서, 웃옷을 벗었다. 그녀는 허리 주위에 명주 속옷만 걸친 채 아주 도발적인 노예와 같은 태도로 머리를 어깨 위로 기울였다.

신중하지 못한 자기 본위의 사람이었다면, 자작이나 드 코맹 씨나 혹은 다른 어떤 사람이 갑자기 나타날 수도 있다는 생각을 하지 않았을지도 모른다. 그러나 프레데릭은 그런 시선에 너무도 많이 속아왔기 때문에, 창피스런 상황에 말려들고 싶지 않았다.

그녀는 그가 누구와 교제하고 있는지, 무엇을 즐기는지 알고 싶어 했다. 심지어 그의 사업에 대해 묻고, 필요하다면 돈을 빌려주겠다고 했다. 프레데릭은 더 참을 수가 없어 모자를 집었다.

"자, 바다에 가서 재미 많이 보세요. 안녕히 계십시오!"

그녀는 눈을 크게 떴다. 그리고 냉랭한 어조로 말했다.

"안녕히 가세요!"

그는 노란 빛깔의 거실과 두 번째 응접실을 지나갔다. 탁자 위, 명함이 가득 들어있는 그릇과 잉크병 사이에 조각된 작은 은상자가 놓여 있었다. 아르누 부인의 것이었다! 그러자 그는 측은한 마음과 동시에 신성한 것이 더럽혀진 것에 대한 분노 같은 것을 느꼈다. 그는 거기에 손을 대고 열어보고 싶었다. 하지만 누가 볼까 봐 겁이 나서 그냥 지나갔다.

프레데릭은 지조를 지켰다. 그는 아르누 집에 다시 가지 않았다.

그는 하인에게 여러 가지 필요한 주의를 주어 흑인상 두 개를 사오라고 보냈다. 그리고 그 상자를 그날 저녁 노장으로 보냈다. 다음 날 그가 델로리에의 집에 갈 때, 비비엔 거리와 번화가의 모퉁이에서 아르누 부인과 마주쳤다.

처음에는 둘 다 뒤로 물러섰다. 그리고 입술에 똑같은 미소를 띠며 서로 다가갔다. 잠시 동안 아무도 말을 하지 않았다.

햇볕이 그녀를 에워싸고 있었다. 달걀 모양의 얼굴, 기다란 눈썹, 어깨의 윤곽을 그대로 드러내는 검은 레이스 숄, 비둘기 색의 명주옷, 모자 옆에 꽂힌 제비꽃 다발, 그 모든 것이 그에게는 지극히 찬란하게 보였다. 그녀의 아름다운 눈에서 한없는 우아함이 넘쳐흘렀다. 그는 더듬거리면서, 아무렇게나 나오는 대로 첫마디를 꺼냈다.

"아르누 씨는 어떻게 지내십니까?" 프레데릭이 말했다.

"덕분에요!"

"아이들은요?"

"잘 지내고 있어요!"

"아! … 그렇군요! 날씨가 아주 좋지요?"

"정말 좋네요!"

"장 보러 나오셨습니까?"

"네."

그리고 부인은 천천히 머리를 숙이며 말했다.

"안녕히 가세요!"

그녀는 그에게 손을 내밀지도 않았고, 한마디의 다정한 말도 하지 않았으며 집에 오라고 초대조차 하지 않았다. 그런 건 아무래도 좋았다! 그는 그 만남을 어떤 아름다운 모험과도 바꾸지 않을 것이다. 그는 길을 계속 가면서 그 감미로운 만남을 음미했다.

델로리에는 프레데릭을 보자 깜짝 놀랐으나 원망을 드러내지는 않았다. 그는 아르누 부인에 대해 어떤 희망을 집요하게 품고 있었기 때문에, 자기 행동에 방해받지 않으려고 프레데릭에게 시골에 머물러 있으라고 편지를 보냈던 것이다.

그렇지만 그는 아르누 부인 집에 다녀왔다는 이야기를 했다. 그들 부부의 재산 계약이 공유 재산인지 아닌지를 알기 위해서라고 했다. 그렇다면 부인에 대해 소송을 제기할 수 있다는 것이다. "그런데 네가 결혼한다는 말을 하자, 부인의 표정이 이상해지더군."

"뭐라구! 왜 그런 거짓말을!"

"네게 돈이 필요하다는 것을 말하기 위해서는 그럴 수밖에 없었어! 너한테 무관심한 여자라면 그렇게 기절할 것 같은 태도를 보이지는 않았을 거야."

"정말이야?" 프레데릭이 소리쳤다.

"아! 본심을 드러내는군! 솔직히 말해봐, 어서!"

아르누 부인의 연인은 아주 소심해졌다.

"아냐! … 정말이야! … 맹세해!"

이러한 소극적인 부인에 델로리에는 더욱 확신을 갖게 되었다. 그는 프레데릭에게 축하를 했다. 그리고 '상세한 이야기'를 해 달라고 했다. 프레데릭은 아무 이야기도 하지 않았고, 거짓말을 꾸며내고 싶은 충동마저 억제했다.

저당에 관해서는 기다리는 수밖에 없다고 프레데릭이 말했다. 델로리에는 프레데릭이 잘못 생각한 거라고 하면서 호된 훈계까지 했다.

게다가 그는 어느 때보다 우울하고 적의에 차서 화를 내고 있었다. 1년 안에 운명이 변하지 않으면 미국으로 건너가거나 권총으로 머리를 쏴 자살하겠다고 말했다. 결국 그가 만사에 몹시 화를 내고 지나치게 과격하게 굴자, 프레데릭은 다음과 같이 말하지 않을 수 없었다.

"마치 세네칼 같군."

그의 이름을 듣자, 델로리에는 세네칼이 생트펠라지 감옥에서 나왔다고 알려주었다. 아마도 예심에서 그를 재판에 회부할 만한 증거가 불충분했던 모양이라고 했다.

뒤사르디에는 그의 석방을 아주 기뻐하며 '한잔 사고' 싶어 했다.

그는 프레데릭에게 '참가해' 달라고 하면서, 위소네도 올 거라고 미리 알려 주었다. 위소네는 세네칼에게는 은인이었던 것이다.

사실 〈르 플랑바르〉는 "포도재배지 조합, 광고 사무소, 대금 회수 및 정보 상담소 등"을 전단지에 내세우는 한 사무실과 최근에 제휴했다. 그런데 방랑 작가는 그런 사업이 자신의 문학적인 사고를 방해하게 될까 봐 수학자인 세네칼을 경리로 채용한 것이다. 하찮은 자리였지만, 그런 자리라도 없다면 세네칼은 굶어 죽을지도 모르는 일이었다. 프레데릭은 선량한 점원을 실망시키고 싶지 않아 초대에 응했다.

뒤사르디에는 사흘 전부터 다락방의 붉은 포석을 직접 윤내고, 안락의자의 먼지를 털고, 벽난로의 먼지를 닦았다. 벽난로 위에는 종유석과 야자열매 사이에 둥근 유리 덮개가 씌워진 흰 대리석 시계가 있었다. 그의 촛대 두 개와 휴대용 촛대 하나로는 부족했기 때문에, 그는 문지기에게서 촛대 두 개를 빌려왔다. 그리하여 다섯 개의 촛대가 서랍장 위에서 빛나고 있었고, 냅킨 세 장이 깔려 있는 서랍장 위에는 마카롱 과자, 비스킷, 브리오슈 빵, 맥주 열두 병이 단정하게 놓여 있었다. 맞은편의 노란 벽지를 바른 벽에는 작은 마호가니 책장이 세워져 있었는데, 《라샹보디의 우화집》, 《파리의 비밀》, 노르뱅의 《나폴레옹》이 꽂혀 있었다. 알코브 한가운데에서는 자단 액자 속에서 베랑제의 얼굴이 미소 짓고 있었다!

손님들은(델로리에와 세네칼을 제외하고) 최근 시험에 합격했으나 개업할 자금이 없는 약제사, 뒤사르디에의 상점에 있는 젊은이, 주류 판매인, 건축가, 보험회사 사원이었다. 르쟁바르는 오지 못했다. 사람들은 이를 섭섭하게 생각했다.

그들은 크게 호감을 나타내며 프레데릭을 맞았다. 뒤사르디에를 통해서 프레데릭이 당브뢰즈 씨 집에서 기염을 토한 사실을 모두들 알고 있었기 때문이다. 세네칼은 위엄 있는 태도로 손만 내밀었다.

세네칼은 벽난로에 기대서 있었다. 다른 사람들은 앉아서 입에 파이프를 물고 그의 이야기를 듣고 있었다. 틀림없이 민주주의의 승리를 가져올 보통선거, 복음서의 원리 적용 등에 관한 이야기였다. 뿐만 아니라 때가 다가오고 있고, 개혁주의자들의 연회가 지방에서 확대되고 있다고 했다. 피에몬테에서, 나폴리에서, 토스카나에서 …

"그건 그렇지만 더 이상 오래 계속될 수는 없어!" 델로리에가 그의 말을 자르며 말했다.

그리고 그는 정세를 설명하기 시작했다.

프랑스는 영국으로부터 루이필립의 승인을 얻기 위해 네덜란드를 희생시켰다. 그리고 스페인 결혼 문제로 그 대단한 영국과의 동맹도 잃고 말았다! 스위스에서는 오스트리아 사람에게 맹종하는 기조 씨가 1815년의 조약을 지지하고 있었다! 프로이센은 독일 관세동맹으로 프랑스를 곤경에 빠뜨리려 하고 있었다. 그리고 동방문제는 미해결로 남아있었다.

"콘스탄틴 대공이 도말 씨에게 선물을 보냈다고 해서, 그것이 러시아를 신용해야 할 이유는 아닙니다. 국내문제로 말하자면, 눈이 멀어 결코 어리석은 일들을 보지 못했어요! 다수당조차 더 이상 지탱하지 못하고 있지요! 요컨대 요즘 유행하는 말로 하지면, 모든 게 다 무(無)예요! 무, 무란 말이오! 그런데 이 많은 수치스러운 일을 대하고도" 변호사는 허리에 주먹을 대며 계속했다. "그들은 만족하고 있다고 선언하고 있어요!"

유명한 투표[91]를 암시하는 그 말에 일동은 박수를 쳤다. 뒤사르디에가 맥주병을 땄다. 거품이 커튼에 튀었으나, 그는 아랑곳하지 않았다. 그는 파이프에 담배를 넣거나 브리오슈 빵을 잘라 권하고, 펀치술이 오는지 보려고 몇 번이나 내려가곤 했다. 권력에 대해서는 모두들 똑같이 격분해 있었으므로 곧 흥분했다. 그 격분은 과격했고, 오

91) 국왕과 정부에 대한 신임 투표. 기조 내각은 이 투표에 대해 "만족한다"고 선언했으나, 그 표현이 반대파에게 신랄하게 야유 당했다.

로지 부당함에 대한 증오에서 나오는 것이었다. 그런데 그들은 정당한 불만에 가장 어리석은 비난을 뒤섞고 있었다.

약제사는 프랑스 함대의 한심한 상태를 개탄했다. 보험 중개인은 술트[92] 원수의 두 명의 보초를 못마땅하게 여겼다. 델로리에는 최근에 릴에 공공연히 자리 잡은 예수회 교도들을 비난했다. 세네칼은 전보다 훨씬 더 쿠쟁[93] 씨를 미워하고 있었다. 이성(理性)에서 확신을 끌어내도록 가르친 절충주의 철학 때문에 이기주의를 발달시키고 연대감을 파괴시켰기 때문이다. 주류 판매인은 그런 문제에 대해 거의 몰라서, 치욕스러운 일이 수없이 많았지만 잊어버렸다고 큰 소리로 말했다.

"북부선의 궁정 열차 차량이 8만 프랑이나 된답니다! 누가 그 돈을 지불할까요?"

"글쎄요, 누가 지불할까요?" 상점 종업원은 마치 자기 주머니에서 그 돈을 내놓아야 할 것처럼 화가 나서 대꾸했다.

뒤이어 증권거래소의 탐욕꾼들과 관리들의 부패에 대한 비난이 쏟아졌다. 세네칼은 더 높은 사람들에게로 거슬러 올라가서, 섭정시대의 풍습을 부활시키고 있는 귀족들을 우선 비난해야 한다고 말했다.

"최근에 몽팡시에 공작의 친구들이 뱅센에서 돌아오면서, 아마 술에 취해 있었겠지만, 노래를 부르며 생탕투안 교외의 노동자들을 방해하는 걸 보지 못했습니까?"

"'도둑놈들을 타도하라!'라고 외치는 사람들도 있었지요. 나도 거기에 있었어요. 나도 소리쳤거든요!" 약제사가 말했다.

"그거 잘 했군요! 테스트-퀴비에르[94] 소송 사건 이후로 드디어 민

---

92) Soult, 1769~1851. 당시 프랑스의 원수이며 수상이었는데 1847년에 건강상의 이유로 사임했다. 그는 두 명의 보초에게 자기 방문을 지키게 했는데, 이러한 사치가 반대파의 빈축을 샀다.

93) 제 1부 주 8번 참조.

중도 눈을 떴어요.”

“나는 그 소송 사건 때문에 마음이 아팠어요. 한 늙은 군인을 불명예스럽게 만든 일이니까요!” 뒤사르디에가 말했다.

“그거 아십니까?” 세네칼이 계속했다. “프라슬랭 공작부인[95] 집에서 발견된 …”

그때 누군가 발길로 차서 문을 열었다. 위소네가 들어왔다.

“안녕하시오, 여러분!” 그가 침대에 앉으며 말했다.

신문기사에 대해서는 한마디 암시도 없었다. 게다가 그는 로자네트에게 호되게 욕을 먹고 후회하고 있었다.

그는 뒤마 극장에서 〈메종루주의 기사(騎士)〉를 보고 오는 길이었다. “따분한 것이었다”고 했다.

민주주의자들은 그러한 판단에 놀랐다. 그 연극의 성향과 특히 무대장치는 그들의 열정을 부추기는 것이었기 때문이다. 그들은 항의했다. 세네칼이 결말을 짓기 위해 그 극이 민주주의에 도움이 되는지 물었다.

“그래 … 어쩌면. 하지만 작품 양식이 …”

“아, 그럼 좋은 거야. 작품의 양식이란 게 뭔가? 중요한 건 사상이야!”

---

94) 프랑스 최고재판소 의장이며 공공사업부 장관이었던 테스트(Teste)는 암염 광산을 인가해주는 대가로 10만 프랑을 받은 혐의가 입증되어 재판을 받고 1847년 7월에 유죄가 선고되었다. 그는 공권박탈과 9만 4천 프랑의 벌금 및 3년형에 처해졌다. 또한 그에게 뇌물을 준 사람들〔이중 장군의 신분이던 퀴비에르(Cubières)도 포함되어 있었다〕도 공권박탈 및 1만 프랑의 벌금형을 받았다.

95) 프라슬랭 공작부인은 1847년 8월 18일 아침 피살된 채 발견되었다. 그녀의 남편이 그 사건에 연루되어 체포되었으나, 상원에 출두하기 며칠 전 음독자살했다. 공화주의자들은 이를 구실 삼아, 정부가 그를 탈옥하게 했다고 비난했다.

그리고 프레데릭이 말하려는 것을 제지하며 다시 말했다.

"그럼 내가 아까 말하던 프라슬랭 사건으로…"

위소네가 그의 말을 가로막았다.

"아! 또 그 얘긴가! 그 얘긴 지긋지긋해!"

"자네만 그런 게 아닐세! 그 얘긴 단지 다섯 개의 신문을 흔들어 놓았을 뿐이야! 이 메모나 들어보게." 델로리에가 말했다.

그리고 그는 수첩을 꺼내어 읽었다.

"소위 선정이 선포된 이후 우리들은 1229회의 출판 소송을 겪었고, 그로 인해 작가들에게는 3141년의 금고형과 711만 5백 프랑에 달하는 액수의 벌금이 부과되었다. —어때, 엄청나지?"

모두들 쓴웃음을 지었다. 프레데릭도 다른 사람들처럼 흥분하여 말했다.

"〈라 데모크라시 퍼시피크〉는 〈여성들의 역할〉이라는 신문소설 때문에 기소당했어."

"아! 그래! 여성들에 대한 우리들의 역할도 금지당하는 판이지!" 위소네가 말했다.

"도대체 금지되지 않는 것이 뭐가 있단 말인가? 뤽상부르에서 담배를 피우는 것도 금지되고, 교황 피우스 9세[96]가 찬송가를 부르는 것도 금지되어 있어!" 델로리에가 소리쳤다.

"그리고 인쇄공들의 연회도 금지되어 있지요!" 누군가가 분명하지 않은 목소리로 말했다.

그것은 알코브 그늘에 숨어 그때까지 침묵을 지키고 있던 건축가의 목소리였다. 그는 지난주에 루제라는 사나이가 왕을 모욕한 혐의로 처벌되었다고 덧붙였다.

---

96) Pius IX, 1792~1878. 이탈리아 출생. 1846년에 교황으로 선출되었다. 자유주의적인 경향을 가진 교황으로서, 그의 즉위가 때마침 왕성한 국가통일 운동의 시기에 있었기 때문에 널리 환영을 받았다.

"생선 프라이[97]가 되었군." 위소네가 말했다.

세네칼은 이 농담이 아주 무례하다고 생각되어, "시청의 광대이며 반역자인 뒤무리에[98]의 친구"를 옹호한다고 그를 비난했다.

"내가? 그 반대일세!"

그는 루이필립을 보잘것없고 국민군의 일원이며 지극히 저속하고 따분한 인물로 생각하고 있었다! 방랑 작가는 가슴에 손을 얹고 엄숙한 태도로 말했다. "언제나 새로운 기쁨을 지니고 … 폴란드 민족은 멸망하지 않을지니 … 우리들의 위대한 작업은 계속될 것이며 … 내 가족을 위하여 돈을 주시오 …" 모두들 크게 웃으며, 그를 재치 있고 재미있는 사람이라고 했다. 카페 주인이 가져온 펀치 술을 보자 모두들 한층 기뻐했다.

알코올의 불꽃과 촛불로 곧 방 안이 따뜻해졌다. 다락방의 불빛은 마당을 건너, 어둠 속에 거무스름하게 서 있는 굴뚝과 함께 맞은편 지붕 끝을 비추고 있었다. 모두들 큰 소리로 한꺼번에 이야기했다. 그들은 프록코트를 벗어젖히고, 가구에 부딪치기도 하고 술잔을 맞부딪치기도 했다.

위소네가 소리쳤다.

"여자들을 부릅시다. 그러면 시골냄새 풍기는 렘브란트풍의 네슬탑 같은 분위기가 날 텐데, 젠장!"

펀치 술을 쉴 새 없이 휘젓고 있던 약제사가 목청껏 노래 부르기 시작했다.

---

97) 루제(Rouget)라는 인물명은 불어로 바닷물고기의 한 종류를 뜻하기도 하므로, 여기서도 언어의 유희를 볼 수 있다.

98) Dumouriez, 1739~1823. 프랑스의 장군. 혁명이 일어나자 미라보와 동맹했고 지롱드파(派)에 가입, 군 사령관직을 역임했다. 오스트리아-프로이센과의 전쟁 때 중앙군 사령관에 취임했고 발미전투, 네르빈덴전투에 참전했으며 영국에 건너가 나폴레옹 전쟁에 대한 작전을 제공했다.

우리 집 외양간에는 커다란 소 두 마리가 있네,
커다란 하얀 소 두 마리…

세네칼이 손으로 그의 입을 막았다. 그는 소란스러운 것을 좋아하지 않았다. 뒤사르디에의 방에서 난데없는 소동이 벌어진 것에 놀란 건물 세입자들의 모습이 창가에 나타났다.

뒤사르디에는 기분이 좋았다. 그는 옛날 나폴레옹 강가의 모임이 생각난다고 말했다. 그런데 그때 모이던 사람들 중 몇 사람이 없었다. 이를테면 펠르랭…

"그런 친구는 없어도 돼." 프레데릭이 말했다.

델로리에가 마르티농에 대해 물었다.

"그 재미있는 친구는 어떻게 됐나?"

그러자 프레데릭은 그에 대해 가지고 있던 반감을 털어놓으며 그의 재능, 성격, 고상한 척하는 태도, 인격 전체를 공격했다. 그는 바로 벼락부자가 된 시골뜨기의 표본이라는 것이었다! 신흥귀족인 부르주아는 유서 깊은 귀족에 비길 수 없다고 주장했다. 민주주의자들은 프레데릭의 말에 동의했다. 마치 마르티농이 신흥귀족의 한 사람이고 그들은 유서 깊은 귀족과 교세하고 있는 듯했다. 사람들은 프레데릭에게 대단히 만족했다. 심지어 약제사는 프랑스 상원의원이면서도 민중의 이익을 옹호하는 달통세 씨와 프레데릭을 비교하기까지 했다.

돌아갈 시간이 되었다. 모두들 서로 굳은 악수를 하고 헤어졌다. 뒤사르디에는 친절하게도 프레데릭과 델로리에를 배웅해주었다. 거리로 나오자, 변호사는 깊은 생각에 잠긴 듯이 보였다. 그는 잠시 침묵을 지키다가 말했다.

"펠르랭을 몹시 미워하고 있나 보지?"

프레데릭은 자신의 원한을 숨기지 않았다.

하지만 화가는 진열장에서 그 유명한 그림을 치워버렸다는 것이다. 하찮은 일로 사이가 나빠져서는 안 되는 일이다! 적을 만들어서 좋을 게 무엇인가?

“그는 한때 화가 나서 그런 거야. 돈 없는 사람에게는 용서해줄 수 있는 일이지. 너야 그런 심정을 이해할 수 없겠지만!”

델로리에가 자기 집으로 올라간 후에도, 뒤사르디에는 프레데릭을 놓아주지 않았다. 그는 심지어 그 초상화를 사라고 권하기도 했다. 사실 펠르랭은 프레데릭을 협박하는 것을 단념하고, 델로리에나 뒤사르디에 등의 힘을 빌려 원하는 것을 얻으려고 그들을 구슬렸던 것이다.

그 후 델로리에는 또 그 이야기를 꺼내며 고집을 부렸다. 화가의 주장이 당연하다고 했다.

“내가 확신하는데, 아마도 5백 프랑이라는 조건이면…”

“아! 이걸 갖다 주게! 자, 여기 있어.” 프레데릭이 말했다.

그날 저녁, 그림이 운반되었다. 프레데릭에게는 처음 볼 때보다 더 불쾌하게 보였다. 너무 여러 번 수정을 가한 탓에, 반농담의 부분과 그늘진 부분이 납빛이 되어 있었다. 그리고 여기저기 번쩍거리는 채로 남아있으면서 전체와 조화를 이루지 못하는 밝은 부분과 비교되어 더 어두워 보였다.

프레데릭은 그림을 신랄하게 헐뜯음으로써 그림 값을 지불한 앙갚음을 했다. 델로리에는 그의 말을 믿어주며 그의 행동에 동의를 표했다. 그는 자신을 지도자로 하는 집단을 조직할 야망을 여전히 가지고 있었기 때문이다. 자기에게 불쾌한 일을 친구에게 시키기를 좋아하는 사람들이 있는 법이다.

그동안 프레데릭은 당브뢰즈 씨 집에 다시 가지 않았다. 그에게는 자본이 부족했다. 그것으로 충분한 설명이 될 수 있었고, 그래서 그는 결심을 주저하고 있었다. 어쩌면 그가 주저하는 것이 당연하지 않을까? 이제는 무엇 하나 확실한 것이 없었다. 석탄 사업이건 다른 사업이건 마찬가지였다. 그런 것에서는 손을 떼어야 한다. 마침내 델로리에는 프레데릭에게 그 계획을 단념하게 했다. 부르주아에 대한 증오 때문에 그는 진지해져 있었던 것이다. 게다가 그는 프레데릭이 평범하게 살아가는 것이 더 좋았다. 그렇게 되면 언제나 동등한 입장에서 프레데릭과 더 가까운 일치감을 느낄 수 있기 때문이었다.

로크 양의 부탁을 받고 보낸 물건은 그녀가 생각했던 것이 아니었다. 그녀의 아버지는 그 사실을 편지로 알리면서 아주 상세한 설명을 하고, 편지 끝에 〈흑인 병(病)에 걸리게 하는 게 아닌지 모르겠다〉는 농담을 덧붙였다.

프레데릭은 아르누의 상점에 가는 수밖에 달리 방법이 없었다. 그는 상점으로 올라갔으나, 아무도 보이지 않았다. 상점이 망해가는 터라, 점원들도 주인과 마찬가지로 태만했다.

그는 방 한가운데를 길게 차지하고 있는, 도자기가 쌓인 기다란 선반을 따라 걸어갔다. 그리고 안쪽 계산대 앞에 이르러, 발소리가 들리도록 크게 소리를 내며 걸었다.

문이 열리며 아르누 부인이 나타났다.

"어떻게 된 일입니까! 부인이 여기 계시다니!"

"네, 좀 찾을 것이 있어서 …" 그녀는 다소 당황하여 중얼거렸다.

그는 책상 옆에 그녀의 손수건이 있는 것을 보고, 아마도 불안한 일이 있음을 알아차리고 그것을 확인하러 남편에게 온 모양이라고 생각했다.

"그런데 … 뭐 필요한 게 있으세요?" 그녀가 말했다.

"별것 아닙니다, 부인."

"점원들이 못 쓰겠어요! 언제나 자리를 비우니 말이에요."

점원들을 비난해서는 안 될 일이었다. 오히려 그는 그런 기회를 기뻐했다.

그녀가 그를 빈정거리며 바라보았다.

“그런데 결혼은 어떻게 되었나요?”

“무슨 결혼이요?”

“당신의 결혼 말이에요!”

“저요? 그런 일은 절대 없습니다!”

그녀는 거짓말하지 말라는 몸짓을 했다.

“그러면 그게 언제일 것 같습니까? 아름다운 꿈이 깨졌을 때는 평범한 것으로 도피하게 되는 법이지요!”

“하지만 당신의 꿈이란 것은 그리 … 순박한 것이 못 되더군요!”

“무슨 말씀이십니까?”

“경마장을 함께 … 돌아다니시던데요!”

그는 로자네트를 저주했다. 한 가지 기억이 그의 머릿속에 떠올랐다.

“하지만 예전에 아르누를 위해서 그 여자를 만나달라고 제게 부탁한 사람은 바로 부인이십니다!”

그녀는 머리를 끄덕이며 말했다.

“당신은 그 기회를 이용해서 재미를 보신 거군요.”

“아! 그런 어리석은 일들은 잊어버립시다!”

“그래요, 당신은 이제 결혼할 거니까요!”

그리고 그녀는 한숨을 참느라 입술을 깨물었다.

그러자 그가 외쳤다.

“다시 말씀드리지만, 전 결혼하지 않습니다! 저의 지적 욕구나 습관을 생각해 볼 때, 제가 시골에 처박혀 카드놀이를 하거나 석공을 감독하거나 나막신을 신고 산책이나 하며 지내리라고 생각하실 수 있으신가요? 그러면 어떤 목적 때문에 결혼한다고 생각하십니까? 그 아가씨가 부잣집 딸이라고 하던가요? 아! 저는 돈 같은 것은 상관하지 않습니다! 가장 아름답고 가장 다정하며 가장 매혹적인 것, 천국과도 같은 사람을 원하다가 이제 드디어 그 이상적인 사람을 찾아서 그 모습 이외에는 다른 어떤 여자도 눈에 보이지 않는 터인데 …”

그는 두 손으로 아르누 부인의 머리를 붙잡고, 눈꺼풀에 키스를 하며 되풀이했다.

"아뇨! 아뇨! 아니에요! 전 결혼하지 않을 겁니다! 절대로! 절대로!"

그녀는 놀라움과 황홀함으로 몸이 굳은 채, 애무를 받고 있었다.

층계의 상점 문이 열리는 소리가 났다. 그녀는 얼른 몸을 비켜섰다. 그리고 프레데릭에게 조용히 하라고 명령하듯 손을 벌린 채로 있었다. 발소리가 가까워지더니, 누군가가 밖에서 말했다.

"부인 거기 계십니까?"

"들어오세요!"

아르누 부인이 계산대에 팔꿈치를 기대고 손가락 사이에서 펜을 조용히 굴리고 있을 때, 장부 담당 계원이 문을 열었다.

프레데릭은 일어섰다.

"부인, 이제 가 보겠습니다. 부탁한 것은 준비되겠지요? 틀림없겠지요?"

그녀는 아무 대답도 하지 않았다. 그러나 그 말없는 공모가 마치 간음이라도 한 것처럼 그녀의 얼굴을 빨갛게 달아오르게 했다.

다음 날 그는 다시 그녀를 찾아갔다. 그는 안으로 안내되었다. 프레데릭은 유리한 상황을 놓치지 않으려고, 서두도 없이 곧바로 샹드마르스에서 만난 일을 변명하기 시작했다. 그 여자와 함께 있게 된 것은 순전히 우연이었다고 했다. 그 여자가 아무리 미인이라 하더라도(그건 사실이 아니지만), 그가 다른 사람을 사랑하고 있는데 어떻게 잠시라도 그의 마음을 사로잡을 수 있겠는가!

"제 마음을 잘 아시잖아요, 이미 말씀드렸으니까."

아르누 부인은 머리를 숙였다.

"그렇게 말씀하시니 유감이군요."

"왜요?"

"이제 당신을 다시 만나지 말아야 하니까요! 그건 당연한 일이지요."

그는 자신의 사랑이 순수한 것임을 주장했다. 과거에도 그랬듯이 앞으로도 틀림없이 그럴 거라고 했다. 그는 결코 그녀의 생활을 방해하거나 불평으로 그녀를 괴롭히는 일은 하지 않겠다고 다짐했다.

"하지만 어제는 내 마음을 억누르지 못했어요."

"그때 일은 더 이상 생각하지 말기로 해요!"

그런데 불쌍한 두 사람이 서로의 슬픔을 나누는 것이 뭐가 나쁘단 말인가?

"당신도 행복하지는 않으니까요! 오! 저는 당신을 잘 알고 있어요. 당신에게는 애정과 헌신을 바라는 당신의 마음에 보답해줄 사람이 아무도 없어요. 저는 당신이 원하는 일이라면 무엇이든 하겠습니다! 당신에게 무례한 행동을 하지 않겠어요! … 맹세합니다."

그는 마음의 무게에 짓눌려 자기도 모르게 무릎을 꿇었다.

"일어나세요! 어서요!" 그녀가 말했다.

그녀는 말을 듣지 않는다면 두 번 다시 그를 만나지 않겠다고 단호하게 말했다.

"아! 그럴 수는 없을 겁니다! 이 세상에서 제가 할 일이 무엇입니까? 다른 사람들은 부와 명예와 권력을 위해 안간힘을 쓰고 있습니다! 그런데 저는 아무런 일이 없습니다. 오직 당신만이 저의 마음을 채우고 있어요. 당신은 저의 전 재산이고 목적이며, 제 생활과 사고의 중심입니다. 마치 공기 없이는 살 수 없는 것처럼, 저는 당신 없이는 살 수 없습니다! 당신의 마음을 향해 달려가는 제 마음의 갈망을 모르시겠습니까? 우리의 마음이 하나가 된다면 죽어도 좋다고 생각한다는 걸 모르시겠어요!" 프레데릭이 말했다.

아르누 부인은 온몸을 떨기 시작했다.

"아! 돌아가 주세요! 제발!"

그녀의 당황한 표정을 보고 그는 말을 멈추었다. 이어서 그는 한 발짝 내디뎠다. 그러나 그녀는 두 손을 모으고 뒤로 물러섰다.

"가세요! 제발! 부탁이에요!"

프레데릭은 그녀를 너무도 사랑하는 까닭에 거기서 나왔다.

그는 곧 자기 자신에게 화가 났고, 바보 같은 짓을 했다고 생각했다. 그는 다음 날 다시 갔다.

부인은 없었다. 그는 분노와 격분에 사로잡혀 층계참에 그대로 있었다. 아르누가 나타나서, 아내는 그날 아침 작은 별장에서 지내러 떠났다고 알려주었다. 생클루의 별장을 팔아버렸기 때문에 오퇴유에 세를 얻은 별장이었다.

"또 변덕스러운 생각을 한 거지! 결국 그렇게 하면 아내의 마음이 풀리니까! 하기야 나도 더 잘됐지! 오늘 저녁에 함께 저녁이나 먹을까?"

프레데릭은 급한 일이 있다고 핑계를 대고, 오퇴유로 달려갔다.

아르누 부인은 반가워서 기쁨의 고함을 질렀다. 그러자 그의 모든 원한이 사라졌다.

그는 사랑에 대한 이야기는 하지 않았다. 그리고 그녀에게 신뢰감을 심어주기 위해, 한층 신중하게 행동했다. 그가 다시 와도 되느냐고 묻자, 그녀는 "물론이지요"라고 대답하고 손을 내밀다가 곧바로 거둬들였다.

그때부터 프레데릭은 빈번히 그녀를 찾아갔다. 그는 마부에게 많은 돈을 주며 재촉했다. 그러나 종종 말의 느린 속도에 조바심이 나서, 마차에서 내려 숨 가쁘게 합승마차에 오르기도 했다. 그리고 그녀에게 가는 것도 아니면서 자기 앞에 앉아 있는 사람들의 얼굴을 얼마나 거만하게 바라보았던가!

그는 판자 지붕의 한쪽이 인동덩굴로 온통 뒤덮인 그녀의 집을 멀리서도 알아보았다. 그것은 빨간 칠을 한 스위스풍 별장으로, 밖에 발코니가 있었다. 정원에는 오래된 마로니에나무 세 그루가 있고, 한 가운데의 언덕진 곳에는 나무줄기로 받쳐놓은 밀짚 파라솔이 있었다. 벽의 석반석 밑에는 잘 묶이지 않은 커다란 포도나무가 녹슨 밧줄처럼 군데군데 매달려 있었다. 잡아당기기가 약간 힘든 살문의 초인종은 종소리가 오래 계속되었고, 언제나 곧 사람이 나타나지 않았다. 그럴 때면 매번 그는 막연한 두려움과 불안을 느끼곤 했다.

이어서 하녀의 덧신이 모래를 밟는 소리가 들리거나 또는 아르누 부인이 직접 나타나거나 했다. 어느 날, 그녀가 제비꽃을 찾으려고 잔디밭 앞에 웅크리고 있을 때 그가 그녀의 등 뒤로 다가갔다.

딸은 성질이 까다로워 수녀원에 넣을 수밖에 없었다. 아들은 학교에서 오후 시간을 보냈다. 아르누는 르쟁바르와 친구 콩팽과 함께 팔레루아얄에서 오랫동안 점심을 먹고 있었다. 그러니까 귀찮은 사람이 불쑥 나타날 염려는 없었다.

그들은 서로 소유할 수 없다는 사실을 잘 알고 있었다. 이러한 묵계가 위험에 빠지지 않도록 막아주는 까닭에, 그들은 쉽게 흉금을 털어놓을 수 있었다.

그녀는 샤르트르의 어머니 집에서 지낸 소녀시절을 이야기해 주었다. 열두 살쯤 그녀는 신앙심이 깊었고, 그 후에는 음악에 열중하여 성벽이 보이는 작은 자기 방에서 밤늦게까지 노래를 부르곤 했다. 그는 우울한 중등학교 시절의 이야기를 해주었다. 그 시절 시적인 공상 속에서 한 여인의 얼굴이 빛나고 있었는데, 그녀를 처음 본 순간 바로 그녀가 이상의 여인임을 알아보았다고 말했다.

그런 이야기 속에는 늘 그들이 자주 만나던 시절의 일들이 포함되어 있었다. 그는 그 시절 그녀의 옷 색깔이라든지, 언젠가 한번은 어떤 사람이 느닷없이 나타났다든지, 또 어떤 때는 그녀가 어떤 말을 했다든지 하는 등의 무의미한 시시콜콜한 이야기들을 상기시켰다. 그러면 그녀는 아주 감동해서 대답하곤 했다.

"네, 기억하고 있어요!"

그들은 취미와 생각이 같았다. 종종 상대방의 이야기를 듣던 사람이 소리쳤다.

"저도 그래요!"

그러면 이번에는 상대방이 다시 말했다.

"저도요!"

그리고 운명에 대한 끊임없는 한탄이 이어졌다.

"왜 하늘은 우리를 좀더 빨리 만나게 해주지 않았을까요! 우리가 좀더 빨리 만났더라면! …"

"아! 내가 좀더 젊었다면!" 그녀가 한숨을 쉬었다.

"아니요! 내가 좀더 일찍 태어났더라면 좋았을 거예요!"

그들은 오로지 사랑만 하는 생활을 상상했다. 그 생활은 한없는 고독을 채울 수 있을 만큼 풍요롭고, 어떤 기쁨보다도 크며, 모든 불행을 견딜 수 있는 것이었다. 그런 생활 속에서는 끝없이 서로의 흉금을 털어놓으며 시간 가는 줄 모를 것 같았고, 반짝이는 별들처럼 찬란하고 고상한 뭔가가 이루어질 것 같았다.

그들은 거의 언제나 야외의 계단 꼭대기에 앉아있었다. 그러면 그들 앞에 가을이 되어 노랗게 물든 나무 꼭대기가 연푸른 하늘가까지 울룩불룩 솟아있었다. 어떤 때는 가로수길 끝에 있는 별채까지 가기도 했다. 별채에 있는 가구라고는 회색 천의 긴 의자 하나밖에 없었다. 거울에는 검은 점들이 붙어있었고, 벽에서는 곰팡내가 났다. 그들은 황홀한 마음으로 그들 자신에 대해, 다른 사람들에 대해, 무슨 이야기든 주고받으며 거기에 머물렀다. 때때로 덧문으로 새어 들어오는 햇볕이 천장에서부터 바닥의 타일 위에까지 칠현금의 줄과 같은 빛살을 던졌다. 빛나는 빛살 속에서 먼지가 소용돌이쳤다. 그녀는 손으로 그 빛살을 가르며 즐거워했다. 프레데릭은 그녀의 손을 살짝 잡고, 정맥의 선과 피부의 반점과 손가락의 모양을 바라보곤 했다. 손가락 하나하나가 그에게는 하나의 물체 이상의 것, 인격체와 같은 존재로 보였다.

그녀는 그에게 자기 장갑을 주고, 다음 주에는 손수건을 주었다. 그녀는 그를 "프레데릭"이라 부르고, 그는 그녀를 "마리"라고 불렀다. 그는 그 이름이 아주 좋았다. 그는 황홀하게 속삭이기에 딱 좋은 이름이며, 짙은 향과 장미꽃이 들어있는 이름 같다고 말했다.

그들은 다음 만날 날을 미리 정해놓기에 이르렀다. 그녀는 마치 우연인 것처럼 집 밖으로 나와서 그를 마중하기도 했다.

그녀는 그의 사랑을 자극하는 행동을 전혀 하지 않았고, 크나큰 행복 속에서 느낄 수 있는 무사태평함에 빠져 있었다. 그 계절 내내 그녀는 갈색 벨벳으로 장식된 비슷한 색깔의 명주 실내복을 입고 있었는데, 그녀의 부드러운 태도나 정숙한 외모에 잘 어울리는 옷이었다. 게다가 그녀는 애정과 분별을 동시에 지니는 나이, 이른바 여자로서의 절정기에 접어들고 있었다. 이 나이에 이르면, 비로소 성숙해져 눈은 보다 심오한 빛으로 물들고, 애정의 강렬함과 인생의 경험이 하나가 되어 개화의 막바지에 이른 전 존재가 조화로운 아름다움으로 넘쳐나게 되는 법이다. 그녀가 그토록 부드럽고 너그러웠던 적은 없었다. 몸을 망치지 않는다는 확신이 있었기에 그녀는 그런 감정에 빠져 있었다. 그 감정은 그녀에게는 온갖 슬픔을 통해 얻은 하나의 권리처럼 생각되었다. 더구나 그것은 너무 좋고 새로운 감정이었다! 아르누의 무례함과 프레데릭의 열렬한 사랑 사이에는 얼마나 엄청난 차이가 있는가!

그는 말 한마디 잘못하여 겨우 손에 넣은 것을 전부 잃어버리게 될까 봐 두려워하고 있었다. 기회는 다시 잡을 수 있지만 실수는 회복할 수 없다고 생각한 까닭이었다. 그는 자기가 손대지 않고 그녀 스스로 몸을 맡기기를 바라고 있었다. 그녀의 사랑을 확신하고 있었으므로, 언젠가는 소유하게 될 것을 미리 맛보듯 즐거워하고 있었다. 그리고 그녀의 매력은 그의 관능보다는 오히려 그의 마음을 뒤흔들어놓았다. 그것은 뭐라 표현할 수 없는 기쁨이었고, 앞으로 완전한 행복도 가능하다는 사실조차 잊어버릴 만큼 대단한 도취였다. 그러나 그녀와 떨어져 있을 때는 미칠 듯한 욕망에 사로잡히곤 했다.

머지않아 그들의 대화에는 긴 침묵의 시간이 흐르게 되었다. 때때로 성적인 수치심으로 서로 면전에서 얼굴을 붉히기도 했다. 사랑을 감추려고 아무리 조심해도 드러나곤 했다. 사랑이 강해지면 강해질수록 그들의 태도는 더 신중해졌다. 그런 거짓을 밀고나가는 까닭에, 그들의 감각은 한층 자극되었다. 그들은 축축한 나뭇잎 냄새를 감미로운 마음으로 즐겼고, 동풍에도 괴로워했으며, 까닭 모를 노여움이나 불길한 예감을 느끼곤 했다. 발자국 소리나 판자가 삐걱거리는 소리에도, 마치 죄 지은 사람처럼 심한 공포를 느꼈다. 그들은 심연으로 떠밀리는 것 같았다. 심상치 않은 분위기가 그들을 감쌌다. 그리하여 프레데릭에게서 불평이 터져 나오면, 그녀는 자기 자신을 비난했다.

"그래요! 내가 나빠요! 내가 요염한 여자인가 봐요! 그러니 다시 오지 말아요!"

그러면 그는 똑같은 맹세를 되풀이했고, 그녀는 매번 기쁜 마음으로 그 맹세를 들었다.

그녀가 파리로 돌아오고 정초인 까닭에, 그들은 잠시 만나지 못했다. 그가 다시 찾아갔을 때, 그의 태도에는 뭔가 대담해진 데가 있었다. 그녀는 이런저런 지시를 하러 매번 밖으로 나가거나 그의 부탁에도 불구하고 찾아오는 손님들을 모두 맞아들였다. 사람들은 레오타드,[99] 기조 씨, 교황, 팔레르모의 폭동,[100] 당시 불안을 야기하던 12구의 개혁 연회에 대한 대화에 열중하고 있었다. 프레데릭은 델로

99) 신학교의 교사로, 1848년 강간죄로 처벌받았다.

100) 팔레르모는 이탈리아의 시칠리아 섬의 항구도시로서, 1848년 1월 폭동이 발발하여 시칠리아의 자치가 선언되었다.

리에와 마찬가지로 세상이 뒤집어지기를 바라고 있었기 때문에 당국에 대해 욕설을 퍼부으며 마음을 달래었다. 그만큼 그는 이제 날카로워져 있었다. 아르누 부인은 부인대로 우울했다.

아르누는 여전히 엉뚱한 짓을 하면서 보르도 여자라고 불리는 여직공과 관계를 맺고 있었다. 아르누 부인이 직접 그 사실을 프레데릭에게 알려주었다. 그는 그 이야기에서 '배신당하고 있으니까 당신도'라는 식의 논리를 끌어내려고 했다.

"오! 난 그런 것에 신경 안 써요." 그녀가 말했다.

이러한 고백이 그에게는 그들의 친밀한 사이를 더욱 굳건히 해주는 것 같았다. 아르누가 그들 사이를 의심하고 있지 않을까?

"아뇨! 지금은 그런 것 같지 않아요."

어느 날 저녁 아르누가 그들을 단둘이 남겨두고 밖으로 나갔다가 돌아오면서 문밖에서 엿들은 일이 있다고 그녀는 말했다. 그런데 그들 두 사람이 하찮은 이야기를 하고 있었기 때문에, 그 후부터 아르누는 아주 안심하고 있다는 것이었다.

"당연한 일 아닌가요?" 프레데릭이 비꼬듯 말했다.

"그래요, 당연한 일이죠!"

그녀가 그런 말을 하지 않았더라면 좋았을 텐데.

어느 날, 그녀는 그가 언제나 찾아오는 시각에 집에 없었다. 그것이 그에게는 배반처럼 생각되었다.

그 다음에는 그가 가져온 꽃이 계속해서 물컵에 꽂혀있는 것을 보고 화를 냈다.

"그럼 어디에 놓으라는 거예요?"

"아! 컵에는 꽂아놓지 말아야죠! 하기야 컵 속이 당신 마음보다는 덜 차갑겠군요!"

얼마 후, 그는 그녀가 아무 예고도 없이 전날 밤 이탈리아 극장에 간 것을 비난했다. 다른 사람들이 그녀를 보고 감탄하고, 어쩌면 사랑을 품었을지도 모르는 일이었다. 프레데릭은 오직 그녀와 싸움을 하고 그녀를 괴롭히기 위해 그런 의심에 매달리고 있었다. 그녀가 미워지기 시작했기 때문에, 그녀도 자기의 괴로움을 조금이라도 느껴보라는 것이었다!

어느 날 오후(2월 중순경), 그가 불쑥 찾아갔을 때 그녀는 몹시 흥분해 있었다. 외젠이 목이 아파 괴로워하고 있었다. 하지만 의사는 별일 아니라고, 독감 즉 유행성감기라고 말했다고 했다. 프레데릭은 아이의 정신없는 모습을 보고 놀랐다. 그러나 그는 부인을 안심시키고, 또래의 아이들이 비슷한 병에 걸렸다가 곧 나은 예를 들었다.

"정말요?"

"그럼요, 물론이지요!"

"아! 정말 고마워요!" 그리고 그녀는 그의 손을 잡았다. 그는 그녀의 손을 꽉 쥐었다.

"어머! 놔 주세요!"

"뭐 어떻습니까, 당신은 위안자에게 손을 내민 건데요! … 그런 일에 대해서는 나를 신용하면서도, 내가 사랑을 말할 때는… 나를 의심하는군요!"

"의심하지 않아요!"

"그런데 왜 이런 불신의 태도를 보이나요, 마치 내가 여자를 농락하는 비열한 인간인 것처럼! …"

"아! 아니에요! …"

"그럼 증거라도 하나 보여주세요! …"

"무슨 증거요?"

"처음 만난 사람에게도 보여줄 수 있는 증거입니다. 내게도 이전에 보여준 증거고요."

그는 언젠가 한 번 안개 낀 겨울의 해질 무렵 함께 외출했던 일을 그녀에게 상기시켰다. 그 모든 것이 이제는 아주 오래전의 일이 되어

버렸다! 서로가 두려움도 저의도 없고 옆에서 귀찮게 구는 방해자도 없이, 팔짱을 끼고 모든 사람들 앞에 나타나서 안 될 게 뭐란 말인가?

"그렇게 해요!" 그녀가 용기 있게 말했다. 그 결심에 처음에는 프레데릭도 어리둥절했다.

그러나 그는 재빨리 말했다.

"트롱셰 거리와 라페르므 거리의 모퉁이에서 기다릴까요?"

"그런데, 저…" 아르누 부인이 중얼거렸다.

그녀에게 생각할 시간을 주지 않고 그가 덧붙였다.

"다음 화요일, 어떻습니까?"

"화요일이요?"

"네, 2시에서 3시 사이에!"

"가겠어요!"

그녀는 부끄러운 듯 얼굴을 돌렸다. 프레데릭은 그녀의 목덜미에 입술을 갖다 댔다.

"어머! 안 돼요. 나를 후회하게 만드시는군요." 그녀가 말했다.

그는 여자에게 흔히 있는 변덕이 두려워 그녀에게서 떨어졌다. 그리고 문턱에서 이미 정해진 사실을 말하듯 조용히 중얼거렸다.

"화요일에 만나요!"

그녀는 조심스럽고도 체념한 듯한 태도로 아름다운 눈을 떨구었다.

프레데릭은 한 가지 계획을 세우고 있었다.

그는 비나 햇볕을 피한다는 구실로 그녀를 어떤 집 문 밑에 멈춰서게 하고, 일단 그렇게 되면 집 안으로 끌어들일 수 있게 되리라고 기대하고 있었다. 적당한 집을 찾아내는 것이 문제였다.

그리하여 그는 집을 찾으러 나섰다. 트롱셰 거리 한가운데쯤 멀리 〈가구가 구비된 아파트〉라는 간판이 보였다.

안내인은 그의 의도를 알아차리고, 곧 출입문이 두 개 있고 침실과 작은 방이 있는 중이층을 보여주었다. 프레데릭은 한 달간 빌리기로 하고, 돈을 미리 지불했다.

그리고 그는 상점 세 군데를 다니며, 아주 진귀한 향수를 사고, 빨간 무명의 꼴사나운 발이불을 교체할 두꺼운 모조 레이스 한 장을 구입했다. 또 푸른 새틴 슬리퍼 한 켤레도 골랐다. 사고 싶은 물건이 많았으나 조잡하게 보일까 봐 쇼핑을 자제하고, 구입한 물건을 가지고 되돌아왔다. 임시 제단을 만드는 사람보다 더 경건한 마음으로, 그는 가구의 위치를 바꾸고 직접 커튼을 달았다. 벽난로 위에는 떨기나무를 놓고, 서랍장 위에는 제비꽃을 놓았다. 가능하다면 방 안을 온통 금으로 깔아놓고 싶었다. '내일이야, 그래, 내일, 이건 꿈이 아니야'라고 그는 생각했다. 미칠 듯한 기대로 그의 가슴이 크게 고동쳤다. 모든 준비가 끝나자, 그는 마치 거기서 잠자고 있는 행복이 날아가 버리기라도 할 듯 호주머니에 열쇠를 집어넣었다.

집에 돌아오니, 어머니의 편지가 기다리고 있었다.

> 왜 이렇게 오랫동안 돌아오지 않는 게냐? 네 행동이 이상하게 여겨지는구나. 처음에 네가 이번 결혼에 대해 상당히 주저했다는 것을 이해한다. 하지만 잘 생각해 보기 바란다!

그리고 어머니는 4만 5천 리브르의 연금이라고 정확하게 밝혔다. 게다가 〈사람들이 이러쿵저러쿵 말을 하고〉, 로크 씨는 확실한 대답을 기다리고 있다고 했다. 젊은 아가씨에 대해 말하자면, 입장이 매우 난처하며 〈그 아이는 너를 많이 사랑하고 있다〉는 것이었다.

프레데릭은 끝까지 읽지도 않고 편지를 내던졌다. 그리고 델로리에에게서 온 다른 편지를 뜯었다.

> 친구여,
> 때가 무르익었다. 네 약속대로 우리는 너를 믿고 있어. 내일 아침 일찍 팡테옹 광장에서 모이기로 했다. 수플로 카페로 와. 시위를 하

기 전에 너한테 꼭 할 말이 있거든.

‘아! 그들의 시위, 알고 있지. 정말 미안하게 됐군! 내겐 더 즐거운 약속이 있는걸.’

다음 날 11시가 되자, 프레데릭은 집을 나섰다. 준비된 것을 마지막으로 둘러보고 싶었다. 그리고 또 누가 알겠는가? 어떤 우연한 일로 그녀가 미리 올 수도 있지 않은가? 트롱셰 거리에서 벗어나자, 마들렌 사원 뒤에서 큰 함성이 들렸다. 앞으로 가보니, 광장 안 왼쪽에 작업복 차림의 사람들과 부르주아들이 보였다.

사실 신문에 발표된 선언문을 통하여 개혁 연회의 신청자들이 모두 그 장소에 집결하기로 되어 있었다. 정부는 즉시 이를 금지하는 포고문을 게시했다. 그리하여 전날 저녁 의회의 반대파는 모임을 단념했다. 그러나 지도자들의 그런 결정을 모르고 있던 애국자들은 약속 장소로 왔고, 많은 구경꾼들이 그 뒤를 좇아왔다. 학생 대표단은 조금 전에 오디용 바로[101]에게 갔다가 지금은 외무성에 가 있었다. 연회가 개최될지, 정부가 위협을 행동으로 옮길지, 국민군이 출동할지, 아무도 모르고 있었다. 정부와 마찬가지로 대표들도 원성을 사고 있었다. 군중이 점점 늘어나고 있을 때, 갑자기 〈라 마르세예즈〉의 후렴 소리가 대기를 진동시켰다.

학생들의 종대가 도착한 것이다. 그들은 두 줄로 질서정연하게 서서, 맨손이지만 흥분된 모습으로 행진하며 이따금 일제히 소리를 질렀다.

“개혁 만세! 기조 타도!”

프레데릭의 친구들도 물론 거기에 있었다. 그들이 프레데릭을 보면 끌어들이려고 할 터였다. 그는 재빨리 라르카드 거리로 도망쳤다.

---

101) Odilon Barrot, 1791~1873. 프랑스의 정치가이며 변호사. 7월혁명 후 처음에는 루이필립을 지지했으나, 나중에 반대파의 지도자가 되어 2월혁명 임시정부의 일원이 되었다.

학생들은 마들렌 사원을 두 바퀴 돌고, 콩코르드 광장을 향해 내려갔다. 광장은 사람들로 가득 차 있었다. 멀리서 보면, 운집한 군중이 마치 밭에서 흔들리는 검은 보리 이삭 같았다.

그 순간, 경계선에 있던 군인들이 성당 왼쪽에서 전투대형을 취했다.

그러나 군중은 해산하지 않았다. 상황을 종료시키려고, 사복 경찰들이 가장 반항이 거센 자들을 붙잡아 난폭하게 경찰서로 끌고 갔다. 프레데릭은 분노를 느꼈으나 잠자코 있었다. 다른 사람들과 함께 붙잡히게 되면 아르누 부인을 못 만나게 될 것이기 때문이었다.

얼마 안 있어 헌병대의 모자가 나타났다. 그들은 군도의 등으로 주변을 후려쳤다. 말 한 마리가 쓰러졌다. 사람들은 말을 일으키려고 달려갔다. 하지만 기병이 안장에 오르자마자, 모두들 도망쳐버렸다.

그러자 주위가 조용해졌다. 아스팔트를 적시던 가랑비가 멎었다. 구름이 서풍에 힘없이 밀려 사라지고 있었다.

프레데릭은 앞뒤를 살피며 트롱셰 거리를 달리기 시작했다.

드디어 2시를 쳤다.

'아! 이제 시간이 됐다! 그녀가 집을 나와 오고 있겠구나'라고 그는 생각했다. 잠시 후에는 '여기까지 오는 데 시간이 걸리겠지'라고 생각했다. 그는 3시까지 애써 마음을 진정시켰다. '아냐, 늦지 않을 거야. 조금만 참으면 돼!'

그리고 따분함을 달래느라 서점, 마구상점, 장례용품점 등 몇 안 되는 상점들을 들여다보았다. 그는 곧 책 이름, 마구, 장례용 천 들을 모조리 알게 되었다. 그가 계속해서 왔다 갔다 하는 것을 보고 상인들은 처음에는 놀라다가 나중에는 겁이 나서 진열창을 닫아버렸다.

아마 여의치 않은 일이 생겨 그녀도 속상해하고 있을 것이다. 하지만 조금 후면 얼마나 기쁠까! 그녀는 틀림없이 오고 있을 테니까! '그녀가 나와 약속하지 않았던가!' 그러나 그는 견딜 수 없는 불안에 휩싸였다.

터무니없는 일이지만, 그녀가 와 있을지도 모른다는 생각에 그는 호텔 안으로 들어가 보았다. 바로 그 순간 그녀가 길거리에 도착할지도 몰랐다. 그는 급히 거리로 나왔다. 아무도 없었다! 그는 다시 보도를 왔다 갔다 하기 시작했다.

그는 포석의 갈라진 틈, 빗물받이 홈통의 홈, 가로등, 문 위의 번지수 등을 바라보았다. 극히 사소한 것들이 그에게는 친구처럼, 아니 비웃는 구경꾼처럼 여겨졌다. 그리고 반듯한 집의 외관들이 무정하게 보였다. 그는 발이 시렸고, 낙담하여 금방이라도 쓰러질 것만 같았다. 발걸음을 옮길 때마다 그 반향에 뇌가 흔들렸다.

시계가 4시를 가리키는 것을 보자, 그는 현기증과 공포 비슷한 것을 느꼈다. 그는 시구(詩句)를 되풀이하거나 뭔가를 세어보거나 이야기를 꾸며보려고 애썼다. 불가능했다! 아르누 부인의 모습이 줄곧 머리에서 떠나지 않았다. 그는 그녀를 마중하러 달려가고 싶었다. 하지만 길을 엇갈리지 않으려면 어느 길로 가야 한단 말인가?

그는 심부름꾼을 불러 손에 5프랑을 쥐여주며, 파라디 거리의 자크 아르누 집에 가서 문지기에게 "부인이 집에 계신지" 물어보고 오라고 했다. 그리고 페르므 거리와 트롱셰 거리가 동시에 보이도록 길모퉁이에 섰다. 멀리 보이는 대로에는 군중들이 혼잡하게 지나가고 있었다. 이따금 용기병의 깃털장식과 여자의 모자도 보였다. 그는 그 여자가 누구인지 보려고 눈을 크게 뜨곤 했다. 누더기를 걸친 한 아이가 상자 안의 마르모트 한 마리를 보여주면서 미소를 지으며 구걸을 했다.

벨벳 웃옷을 입은 심부름꾼이 다시 나타났다. "문지기는 부인이 나가는 것을 보지 못했다는데요." 무엇 때문에 나오지 못한 것일까? 아프다면, 문지기가 아프다고 말했을 텐데! 손님이 찾아온 것일까? 그렇다면 간단히 거절할 수 있을 것이다. 그는 이마를 쳤다.

'아! 내가 바보야! 폭동 때문이 아닌가!' 이 자연스런 이유에 그는 마음이 가벼워졌다. 그러다가 갑자기 '하지만 그녀의 동네는 조용한 데'라는 생각이 들었다. 그러자 끔찍한 의혹에 사로잡혔다. '오지 않으려는 걸까? 그 약속은 단지 나를 쫓아내려고 한 말일까? 아냐! 아니야!' 그녀가 오지 못하는 것은 틀림없이 전혀 예측하지 못한 뜻밖의 일이 생겼기 때문이리라. 그런 경우라면 편지를 보냈을지도 모른다. 그는 편지가 와 있는지 알아보라고 호텔 보이를 룅포르 거리의 자기 집으로 보냈다.

편지는 없었다. 그런 무소식이 그를 다시 안심시켰다.

그는 아무렇게나 손에 잡히는 동전의 수, 지나가는 사람들의 표정, 말의 색깔을 가지고 점을 쳤다. 그리고 점괘가 나쁘게 나오면, 이를 믿지 않으려고 애썼다. 그는 아르누 부인에 대한 분노가 폭발하여 작은 소리로 욕을 했다. 이어서 기절할 정도로 힘이 쭉 빠지다가 갑자기 희망이 솟아나기도 했다. 그녀는 올 것이다. 그녀가 저기, 등 뒤에 와 있다. 그는 뒤를 돌아보았다. 아무도 없었다! 한번은 30보쯤 떨어진 곳에, 그녀와 똑같은 키에 똑같은 옷을 입은 여자가 보였다. 그는 그 여자에게 뛰어갔지만, 그녀가 아니었다. 5시가 되었다! 5시 반! 6시! 가스등에 불이 켜졌다. 아르누 부인은 오지 않았다.

아르누 부인은 전날 밤, 오랫동안 트롱셰 거리의 인도 위에 있는 꿈을 꾸었다. 거기서 그녀는 뭔가 확실치 않지만 중요한 것을 기다리고 있었는데, 웬일인지 남이 볼까 봐 두려워하고 있었다. 그런데 고약한 강아지 한 마리가 그녀에게 달려들어 옷자락을 물어뜯었다. 강아지는 쫓아도 계속 달려들며 더 세게 짖어댔다. 그러다가 아르누 부인은 잠이 깼다. 개 짖는 소리가 여전히 계속 났다. 그녀는 귀를 기울였다. 그것은 아들 방에서 나는 소리였다. 그녀는 맨발로 뛰어갔다. 아이가 기침을 하고 있었다. 손이 불덩어리였고, 얼굴은 벌겋게 달아올라 있었으며 목소리가 잔뜩 쉬어 있었다. 아이는 시시각각으로 숨 쉬기를 괴로워했다. 그녀는 날이 밝을 때까지 이불 위에 몸을 굽힌 채 아이를 지켜보았다.

8시에, 국민군의 고수(鼓手)가 아르누 씨에게 동료들이 기다리고 있다고 알리러 왔다. 그는 재빨리 옷을 입고 나가면서, 곧바로 의사 콜로 씨에게 들르겠다고 약속했다. 10시가 되어도 콜로 씨가 오지 않자, 아르누 부인은 하녀를 보냈다. 의사는 시골로 여행 중이었고, 그를 대신하는 젊은이도 왕진을 나가고 없었다.

외젠은 긴 베개에 비스듬히 머리를 기댄 채, 끊임없이 눈살을 찌푸리며 콧구멍을 벌름거렸다. 가엾은 어린 얼굴이 침대 시트보다 더 창백해졌다. 숨을 쉴 때마다 점점 더 가쁘고 메마른 금속성의 소리가 목구멍에서 새어나왔다. 기침소리는 마분지로 만든 개가 짖는 조잡한 기계음처럼 들렸다.

아르누 부인은 덜컥 겁이 났다. 그녀는 초인종으로 달려가 도움을 청하며 소리쳤다.

"의사를 불러 주세요! 의사요!"

10분 후, 흰 넥타이를 매고 회색 볼수염이 잘 다듬어진 한 노신사가 도착했다. 그는 어린 환자의 습관과 나이와 체질에 대해 여러 가지 질문을 한 다음, 아이의 목을 살펴보고 등에 귀를 대보더니 처방전을 써주었다. 노신사의 침착한 태도가 얄미웠다. 그에게서는 향수 냄새도 났다. 아르누 부인은 그를 때려주고 싶었다. 그는 저녁에 다시 오겠다고 말했다.

곧 끔찍한 기침 발작이 다시 시작되었다. 이따금 아이는 느닷없이 일어서기도 했다. 경련으로 가슴의 근육이 흔들리고, 숨을 쉴 때는 마치 숨 막히게 달린 것처럼 배가 움푹 들어가곤 했다. 그러다가 입을 크게 벌리고 머리를 뒤로 떨어뜨렸다. 아르누 부인은 아주 조심스럽게 약병 속의 이페카 토제(吐劑) 시럽과 케르메스 거담제 물약을 먹이려고 했다. 그러나 아이는 힘없는 소리로 신음하며 약숟가락을 밀쳐냈다. 뭔가 말을 하려고 하는 것 같았다.

이따금 그녀는 처방전을 다시 읽어 보았다. 처방전의 소견을 보니 몹시 걱정이 되었다. 혹시 약제사가 약을 잘못 지어준 것이 아닐까! 그녀는 자신의 무력함이 절망스러웠다. 콜로 씨의 제자가 도착했다.

그는 의사가 된 지 얼마 안 된 신중한 젊은이였는데, 자기 생각을 숨기지 않았다. 처음에는 일이 잘못될까 봐 분명한 이야기를 하지 않다가 드디어 얼음을 사용하라고 처방했다. 얼음을 구하는 데 오랜 시간이 걸렸다. 그런데 얼음을 넣은 주머니가 터지는 바람에 속옷을 갈아입혀야 했다. 이 모든 혼잡한 소동이 또다시 더 끔찍한 기침 발작을 일으켰다.

아이는 숨 막히게 하는 장애물을 제거하려 하는 것처럼 셔츠 깃을 잡아당기기 시작했다. 그리고 숨을 쉬기 위해 기댈 곳을 찾느라고 벽을 긁거나 침대 장막을 움켜쥐었다. 얼굴은 이제 푸르스름해져 있었고, 식은땀에 젖은 온몸은 야위어 보였다. 아이는 혼란스런 눈초리로 무섭게 엄마를 바라보며, 엄마의 목을 두 팔로 감고 절망스럽게 매달렸다. 그녀는 북받쳐 오르는 울음을 참으며 부드러운 목소리로 중얼거렸다.

"그래, 아가, 사랑스러운 우리 아기!"

이윽고 진정이 되기 시작했다.

그녀는 아이의 기분을 전환시켜 주려고 장난감, 인형, 그림책을 가지고 와서 침대 위에 늘어놓았다. 그리고 노래를 불러주려고 했다.

그녀는 갓난아기 때부터 사용하던 융단 의자에서 포대기로 감싼 어린애를 재우면서 예전에 들려주었던 노래를 부르기 시작했다. 그런데 마치 바람에 밀리는 물결처럼 아이의 온몸에 전율이 흐르며 눈알이 튀어나왔다. 그녀는 아이가 죽는 줄 알고 차마 볼 수가 없어 얼굴을 돌렸다.

잠시 후, 그녀는 용기를 내어 아이를 바라보았다. 아직 살아 있었다. 답답하고 우울하며 한없는 절망적인 시간이 흘러갔다. 순간순간이 그녀에게는 견딜 수 없는 고통의 연속이었다. 가슴이 흔들릴 때마다 아이는 몸을 부서뜨리기라도 할 듯 몸을 앞으로 내던졌다. 마침내 아이는 양피지 튜브 같은 이상한 것을 토해냈다. 이것이 무엇일까? 그녀는 아이가 장을 토해낸 것이 아닌가 하고 생각했다. 그러나 아이는 숨을 크게, 규칙적으로 쉬고 있었다. 그 편안한 모습이 오히려 훨씬 더 걱정스러웠다. 그래서 그녀는 두 팔을 늘어뜨리고 시선을 고정시킨 채 화석처럼 굳어 있었다. 그때 콜로 씨가 불쑥 나타났다. 그는 이제 아이가 살아났다고 했다.

처음에 그녀는 어떻게 된 일인지 이해할 수가 없어서, 그 말을 계속 되풀이하게 했다. 의사들이 으레 하는 위안의 말이 아닐까? 의사는 안심한 태도로 가버렸다. 그러자 그녀는 마치 가슴을 죄고 있던 끈이 풀려버린 것 같았다.

"살았다니! 정말일까!"

갑자기 프레데릭에 대한 생각이 분명하고 준엄하게 떠올랐다. 하늘이 벌을 내린 것이다. 하지만 신은 불쌍히 여기는 마음에서 그녀를 철저하게 벌하지 않은 것이다! 만약 그 사랑을 고집한다면 나중에 어떤 벌을 받게 될 것인가! 아마 자기 때문에 아들이 모욕을 당할지도 모른다. 아르누 부인은 청년이 된 아들이 결투에서 상처를 입고 죽어가며 들것에 운반되는 모습이 보이는 것 같았다. 그녀는 펄쩍 뛰어 작은 의자 위로 몸을 던졌다. 그리고 숭고한 마음으로 온 힘을 다해, 평생 처음 느낀 사랑과 유일한 과오를 희생 제물로 신에게 바쳤다.

프레데릭은 집으로 돌아갔다. 그는 그녀를 저주할 힘조차 없어서 안락의자에 앉아있었다. 졸음이 밀려왔다. 그는 악몽 속에서 비 내리는 소리를 들으며 여전히 거기, 그 보도 위에 있는 것 같았다.

다음 날, 그는 그래도 단념하지 못하여 마지막으로 다시 심부름꾼을 아르누 부인의 집으로 보냈다.

사부아 사람인 그 심부름꾼이 제대로 전달하지 않은 건지, 아니면 그녀가 할 말이 너무 많아 한마디로 설명할 수가 없었던 것인지 어제와 똑같은 대답이었다. 너무 심한 모욕이었다! 자존심이 상한 프레데릭은 분노에 사로잡혔다. 그는 두 번 다시 어떤 욕망조차 품지 않기로 결심했다. 그리고 폭풍우에 날아간 나뭇잎처럼 그의 사랑도 사라졌다. 그러자 무거운 짐을 벗은 것처럼 마음이 홀가분해져 의연한 기쁨을 느꼈다. 그리고 난폭한 행동을 하고 싶은 욕구가 일었다. 그는 정처 없이 거리로 나섰다.

변두리 사람들이 총과 낡은 검으로 무장한 채 지나가고 있었다. 어떤 사람들은 빨간 모자를 쓰고 있었다. 모두들 〈라 마르세예즈〉나 〈레 지롱댕〉을 부르고 있었다. 여기저기서 국민군이 서둘러 시청으로 갔다. 멀리서 북이 울렸다. 포르트 생마르탱에서는 사람들이 서로 싸우고 있었다. 공기 중에 뭔가 활기차고 호전적인 분위기가 감돌았다. 프레데릭은 계속 걸었다. 대도시의 동요에 그의 마음이 즐거워졌다.

프라스카티 위쪽으로 로자네트 집의 창문이 보였다. 젊음의 반작용인지, 터무니없는 생각이 그의 머릿속에 떠올랐다. 그는 대로를 건너갔다.

대문이 닫히고 있었다. 하녀 델핀이 그 위에 목탄으로 '무기는 인도되었음'이라고 쓰고 있다가, 그를 보고 급히 말했다.

"아! 부인은 형편없는 상황이에요! 오늘 아침에는 무례하게 구는 하인을 내쫓아버리셨지요. 부인은 도처에서 약탈이 일어날 거라고 생각하고 계세요! 겁에 질려 떨고 계세요! 주인도 안 계시니까 더욱 더!"

"주인이라니?"

"공작님 말이에요!"

프레데릭은 안방으로 들어갔다. 속치마 차림의 로자네트가 머리를 등 뒤로 늘어뜨린 채 얼빠진 모습으로 나타났다.

"아! 고마워요, 나를 구해주러 오셨군요! 이번이 두 번째네요! 그런데 당신은 그 대가를 결코 요구하지 않는군요!"

"미안하게 됐군!" 프레데릭은 두 손으로 그녀의 허리를 잡으며 말했다.

"어머나? 무슨 짓이에요?" 로자네트가 중얼거렸다. 그녀는 그 태도에 놀라면서도 즐거워했다.

그가 대답했다.

"나도 유행을 따라 나 자신을 개혁해 보려고."

그녀는 그가 하는 대로 긴 의자 위로 쓰러져서, 그의 키스를 받으며 계속 웃고 있었다.

그들은 창문으로 거리의 군중을 바라보며 오후를 보냈다. 그리고 그는 트루아프레르프로방소로 그녀를 데리고 가서 저녁식사를 했다. 그들은 오래도록 맛있게 저녁을 먹고, 마차가 없어 걸어서 돌아갔다.

내각이 바뀌었다는 소식에 파리가 일변했다. 모두들 기쁨에 들떠 돌아다녔고, 층마다 켜놓은 등불로 대낮처럼 환했다. 군인들은 몹시 피로하고 슬픈 표정으로 천천히 병사로 돌아가고 있었다. 사람들이 "종대 만세!"라고 소리치며 인사해도, 그들은 아무 대꾸 없이 계속 걸어갔다. 반대로 국민군 장교들은 벌겋게 흥분된 얼굴로 검을 휘두르며 "개혁 만세!"라고 고함을 질렀다. 그 소리에 매번 두 연인은 웃음을 터뜨렸다. 프레데릭은 아주 쾌활하게 농담을 했다.

그들은 뒤포 거리를 통해 대로에 이르렀다. 집집마다 매달린 종이등이 불의 화환을 이루고 있었다. 혼잡한 군중이 밑에서 움직이고 있었고, 그 어둠 속 한가운데에서는 군데군데 하얀 총검이 빛나고 있었다. 커다란 함성이 일어났다. 군중이 너무 빽빽하게 밀집해 있어서 곧장 돌아갈 수가 없었다. 그래서 그들은 코마르탱 거리로 들어갔다. 그때 갑자기 머리 위로 명주 천을 찢는 듯한 소리가 터져 나왔다. 카퓌신 대로에서 일제사격이 가해진 것이다.

"아! 부르주아 몇 명이 절단나는군." 프레데릭이 태연하게 말했다. 전혀 잔인하지 않은 사람이라도 아무 마음의 동요 없이 사람들이 죽어가는 것을 볼 수 있을 만큼 다른 사람들에 대해 무관심할 때가 있는 법이다.

로자네트는 그의 팔에 매달려 와들와들 떨고 있었다. 그녀는 스무 발짝도 더 걸을 수가 없다고 했다. 그러자 그는 극도의 증오로 말미암아 마음속으로라도 아르누 부인을 더 모욕해 주기 위해, 부인을 위해 준비해두었던 트롱셰 거리의 호텔 방으로 그녀를 데리고 갔다.

꽃들은 아직 시들지 않았다. 두꺼운 레이스가 침대 위에 펼쳐져 있었다. 그는 장롱에서 작은 슬리퍼를 꺼냈다. 로자네트는 그 세심한 배려에 매우 고마워했다.

1시경, 그녀는 멀리서 들리는 소음에 잠이 깼다. 프레데릭이 베개에 얼굴을 파묻고 울고 있었다.

"무슨 일이에요?"

"너무 행복해서! 너무 오랫동안 당신을 원하고 있었거든." 프레데릭이 말했다.

제3부

I

프레데릭은 일제사격 소리에 불현듯 잠에서 깼다. 로자네트가 가지 말라고 애원했지만, 그는 기필코 무슨 일인지 보러 가고 싶었다.

그는 총성이 들린 샹젤리제 거리로 내려갔다. 생토노레 거리 모퉁이에서, 작업복 차림의 남자들이 그와 마주 지나가면서 소리쳤다.

"아니오! 그쪽이 아니오! 팔레루아얄로 가야지!"

프레데릭은 그들을 뒤따라갔다. 아송프시옹 성당의 살문이 뽑혀져 있었다. 아마도 바리케이드를 쌓기 시작한 것인지 멀리 길 한복판에 포석이 세 장 쌓여있는 것이 보였다. 기병을 막기 위한 병 조각과 철사 뭉치도 보였다. 그때 갑자기 골목길에서 키가 크고 얼굴이 창백한 젊은이가 뛰어나왔다. 색깔 있는 물방울무늬의 운동복 비슷한 것을 입은 그의 어깨 위에서 검은 머리카락이 나부꼈다. 그는 군인용의 기다란 총을 들고 슬리퍼를 발끝에 걸친 채 몽유병자 같은 태도로, 하지만 표범처럼 날쌔게 달려갔다. 이따금 폭발음이 들려왔다.

전날 밤, 카퓌신 대로의 시체들 중에서 수거한 다섯 구의 시체를 싣고 가는 수레를 보고 군중의 마음이 변한 것이다. 군대의 부관들이 튈르리 궁으로 연달아 오고 있었고, 새 내각을 구성 중인 몰레 씨가 나타나지 않은 상태에서 티에르 씨가 다른 내각을 조직하려고 하자 왕이 억지를 부리며 망설이다가 그를 막기 위해 뷔조에게 총지휘권을 넘겨주었다. 그러는 동안, 마치 한 사람의 손에 의해 지휘되는 것처럼 폭동은 무섭게 조직되어 가고 있었다. 어떤 사람들은 길모퉁이에서 열광적인 웅변조로 군중에게 연설을 하고, 또 어떤 사람들은 성당에서 힘껏 종을 쳐댔다. 탄환이 날아가고 탄약통이 굴러다녔다. 가로

수, 공동변소, 벤치, 살문, 가스등, 모든 것이 뽑히고 쓰러져 있었다. 아침이 되자, 파리는 온통 바리케이드로 덮였다. 저항은 오래 계속되지 않았다. 도처에서 국민군이 개입했던 것이다. 따라서 8시에는 5개의 병사(兵舍), 거의 모든 구청, 전략상 가장 확실한 거점들이 자진해서든 강제에 의해서든 군중의 손에 들어오게 되었다. 7월왕정은 저절로 순조롭게 급속한 붕괴를 하고 있었다. 이제 군중은 50명의 감금된 사람들을 석방하기 위해 샤토도 경찰서를 공격하고 있었다. 그러나 그들은 거기에 없었다.

프레데릭은 광장 입구에서 발을 멈추지 않을 수 없었다. 무장한 군중이 광장을 가득 메우고 있었다. 보병 중대는 생토마 거리와 프로망토 거리를 점령하고 있었다. 발루아 거리는 커다란 바리케이드로 막혀 있었다. 그 꼭대기를 감싸고 있던 연기가 반쯤 걷히자, 사람들이 거칠게 바리케이드 위를 달려가서 사라졌다. 이어서 일제사격이 다시 시작되었다. 경찰서에서도 이에 응수했으나 안에 있는 사람들은 보이지 않았다. 떡갈나무 덧문으로 보호된 창문에 총안이 뚫려있을 뿐이었다. 좌우로 측면이 있고 2층에 분수가 있으며 가운데 작은 문이 있는 3층 건물은 탄환의 충격 때문에 흰 반점으로 얼룩지기 시작했다. 현관 앞의 3단짜리 층계에는 다가가는 사람이 아무도 없었다.

프레데릭 옆에서, 그리스풍 모자를 쓰고 뜨개질한 웃옷 위에 탄약주머니를 메고 있는 한 남자가 마드라스 천을 머리에 두른 여자와 말다툼을 했다. 여자가 말했다.

“돌아가요, 어서 돌아가!”

“날 내버려 둬! 그따위 문지기 방은 당신 혼자서도 지킬 수 있어. 내가 시민으로서 요구하는 거야, 알겠어? 난 1830년에도, 32년에도, 34년에도, 39년에도 어디서나 내 의무를 다했어! 오늘도 모두가 싸우고 있어. 나도 싸워야 해! 돌아가!” 남편이 대답했다.

문지기의 아내는 결국 남편의 충고와 그들 곁에 있던 한 국민군의 충고에 따랐다. 그 국민군은 40대의 선량해 보이는 사람이었는데, 금발의 턱수염을 목걸이처럼 기르고 있었다. 그는 폭동 속에서도 마치 자기 집 정원에 있는 원예가처럼 태연하게 프레데릭과 이야기하면서, 장전을 하고 총을 쏘곤 했다. 거친 옷감의 옷을 입은 한 소년이 뇌관을 얻으려고 국민군의 비위를 맞추고 있었다. '어떤 신사'한테서 얻은 훌륭한 사냥용 소총을 사용해 보고 싶어서였다.

"내 등을 꽉 잡고 있어. 몸이 보이지 않게! 잘못하면 죽는단 말야!" 부르주아가 말했다.

돌격의 북소리가 울려 퍼졌다. 날카로운 고함소리와 승리의 환호성이 일어났다. 군중은 여전히 소용돌이처럼 동요하고 있었다. 좌우로 수많은 군중 틈에 끼인 프레데릭은 움직일 수가 없었으나, 마음이 현혹되어 아주 재미있었다. 쓰러지는 부상자나 널브러진 시체들이 진짜 부상자나 진짜 죽은 사람처럼 보이지 않았다. 그에게는 마치 한 편의 공연을 보고 있는 것처럼 생각되었다.

넘실대는 사람들의 머리 너머로, 검은 옷을 입고 벨벳 안장을 얹은 백마에 타고 있는 한 노인이 보였다. 한 손에는 초록색 나뭇가지를 들고 다른 한 손에는 종이 한 장을 든 노인은 그 종이를 끊임없이 흔들고 있었다. 그러나 결국 군중을 설득하기를 단념하고 돌아가 버렸다.

보병대는 사라지고 헌병들만 남아서 경찰서를 지키고 있었다. 한 떼의 용감한 사람들이 현관 앞 계단으로 몰려갔다. 그들이 쓰러지자 다른 사람들이 나타났다. 쇠막대기의 타격에 문이 크게 흔들리며 소리를 냈다. 헌병들도 쉽게 물러나지 않았다. 그때 건초를 가득 실은 마차 한 대가 커다란 횃불처럼 타오르며 벽 쪽으로 끌려갔다. 사람들은 재빨리 장작과 밀짚과 알코올 통을 가져왔다. 불이 돌담을 따라 치솟아 올라갔다. 건물 도처에서 황기공[1]처럼 연기가 새어나오기 시작

---

1) 화산의 화구나 산의 중턱, 기슭에서 화산가스가 분출되어 나오는 구멍을 분기공이라고 하는데, 이때 아황산가스나 황화수소가 많은 경우에는 황기공이

하고, 커다란 불길이 꼭대기의 테라스 난간 사이에서 날카로운 소리를 내며 솟아올랐다. 팔레루아얄 2층은 국민군으로 가득 차 있었다. 광장의 모든 창문에서 사격이 계속되어 총알이 휙휙 소리를 내며 날아다녔다. 분수가 터져 물이 피와 뒤섞이며 바닥에 웅덩이를 만들어 놓았다. 사람들은 옷과 군모와 무기를 짓밟으며 진창 속을 미끄러져 지나갔다. 프레데릭은 뭔가 물렁한 것이 밟히는 것을 느꼈다. 회색 군용 외투를 입고 도랑에 얼굴을 처박고 쓰러져 있는 경관의 손이었다. 새로운 군중의 물결이 계속 도착하여 투사들을 경찰서로 밀어붙였다. 총격전이 더욱 심해졌다. 술집의 문이 열려 있어, 사람들은 이따금 거기로 가서 담배를 피우거나 맥주를 한잔 마시고는 다시 돌아와 싸웠다. 길 잃은 개 한 마리가 짖어대고 있었다. 그것을 보고 사람들은 웃음을 터뜨렸다.

어떤 남자가 허리에 총을 맞고 숨을 헐떡이며 어깨 위로 쓰러지는 바람에 프레데릭은 넘어질 뻔했다. 어쩌면 자기를 향해 쏜 것일 수도 있는 그 총격에 분노가 치밀어 그가 앞으로 튀어나가려고 하자, 한 국민군이 제지했다.

"그럴 필요 없어요! 왕은 방금 도망가 버렸으니까. 아! 내 말을 믿지 못하겠다면 가 보세요!"

그런 단언에 프레데릭의 마음이 진정되었다. 카루젤 광장은 조용해졌고, 언제나처럼 낭트 호텔이 쓸쓸하게 서 있었다. 그 뒤의 집들, 맞은편의 루브르의 둥근 지붕, 오른쪽의 기다란 목조 회랑, 노점상의 가건물에 이르기까지 구불구불하게 기복을 이룬 공터가 회색 대기 속에 잠겨있는 것 같았다. 대기 속에 멀리서 들려오는 중얼거리는 소리와 안개가 뒤섞여있는 듯했다. 그리고 광장 건너편에는 구름 사이로 강렬한 햇볕이 튈르리 궁전 정면으로 내리비쳐, 모든 창문의 윤곽이

라고도 한다.

하얗게 두드러졌다. 개선문 근처에는 죽은 말 한 마리가 널브러져 있었다. 철책 뒤에서 대여섯 명의 사람들이 모여 이야기를 하고 있었다. 왕궁의 문은 열려 있었고, 문턱에 서 있는 하인들은 사람들이 들어가게 내버려두었다.

아래층의 작은 방에서 밀크커피를 대접하고 있었다. 구경꾼 몇 명은 식탁에 앉아 농담을 하고 있고 다른 사람들은 서 있었는데, 그들 중에는 삯마차 마부도 있었다. 마부는 가루 설탕이 가득 들어있는 통을 두 손으로 붙잡고 불안한 시선을 좌우로 던지다가 통 속에 코를 박고 게걸스럽게 먹기 시작했다. 커다란 층계 밑에서 한 남자가 명부에 이름을 적고 있었다. 프레데릭은 그의 뒷모습을 알아보았다.

"아니, 위소네 아닌가!"

"그래. 내가 왕궁에 들어오다니, 웃기는 일 아닌가?" 방랑 작가가 대답했다.

"위로 올라가볼까?"

그들은 원수(元帥)들의 방으로 들어갔다. 배 부분이 찢긴 뷔조의 초상화를 제외하고는 다른 고관들의 초상화는 모두 손상되지 않았다. 그들은 검을 차고 포차 앞에 있었는데, 상황과 어울리지 않게 무시무시한 표정을 짓고 있었다. 커다란 괘종시계가 1시 20분을 가리키고 있었다.

갑자기 〈라 마르세예즈〉가 울려 퍼졌다. 위소네와 프레데릭은 난간 위로 몸을 굽혔다. 군중들이었다. 모자를 쓰지 않은 머리들, 철모들, 빨간 모자들, 총검과 어깨들이 어지러운 물결을 이룬 채 흔들리면서 층계로 맹렬하게 돌진했다. 마치 썰물에 휩쓸려 내려가는 강물처럼 억제할 수 없는 충동에 이끌려 길게 아우성을 내지르며 계속 올라오는 우글거리는 덩어리 속에서 개개인의 모습은 보이지도 않았다. 위로 올라오자, 군중은 뿔뿔이 흩어지고 노래 소리도 멎었다.

발을 구르는 구두 소리와 찰랑거리는 물결 소리 같은 사람들의 목소리밖에 들리지 않았다. 소심한 군중은 그저 바라보는 것으로 만족하고 있었다. 그러나 사람들이 너무 빽빽하게 밀집해 있어서 이따금 팔꿈치로 유리창을 깨뜨리거나 꽃병과 동상이 대에서 바닥으로 굴러 떨어지기도 했다. 사람들에게 눌린 판자가 삐걱거렸다. 모두들 얼굴이 빨갛게 상기되어 있었고, 구슬 같은 땀을 흘렸다. 그것을 보고 위소네가 말했다.

"영웅들에게서는 좋은 냄새가 나지 않는군!"

"아! 참 짜증나는 소리 하고 있네." 프레데릭이 대답했다.

그들은 사람들에게 떠밀려, 천장에 붉은 벨벳 닫집이 펼쳐진 어떤 방으로 들어갔다. 그 밑의 왕좌에 검은 수염을 기른 노동자가 셔츠를 반쯤 풀어헤친 채 원숭이처럼 바보스럽고 명랑한 태도로 앉아있었다. 다른 사람들도 그 자리에 앉아보려고 연단 위로 기어 올라갔다.

"상상도 못한 일이야! 그야말로 평민 군주로군!" 위소네가 말했다.

왕의 안락의자가 사람들의 팔 끝으로 들어 올려져 흔들거리며 온 방 안을 옮겨 다녔다.

"빌어먹을! 잘도 흔들거리네! 국가라는 배가 거친 바다 위에서 요동치고 있군! 춤을 추네! 춤을 춰!"

사람들은 의자를 창가로 가져가서 휘파람을 불며 던져버렸다.

"불쌍한 것!" 위소네가 정원으로 떨어지는 의자를 보며 말했다. 의자는 정원에서 곧 다시 바스티유 감옥까지 끌려가 불태워졌다.

그러자 마치 왕좌 대신에 무한히 행복한 미래가 나타난 듯 열광적인 환호성이 터졌다. 그리고 사람들은 복수심에 의해서라기보다는 손에 넣은 것을 확인하기 위해서 거울, 커튼, 샹들리에, 촛대, 테이블, 의자, 걸상 따위의 모든 가구, 화첩과 장식융단 바구니까지 부수고 찢었다. 싸움에서 이겼으니, 즐거워하지 않을 수가 없지 않은가! 천민들은 레이스와 캐시미어의 괴상한 옷차림을 하고 있었다. 금장식 술이 작업복 소매에 감기고, 타조 깃털 모자가 대장장이들의 머리에 씌워지고, 레지옹도뇌르 훈장의 리본 띠가 창녀들의 허리띠로 사용되었다. 모두들 각자 제멋대로 변덕스러운 짓을 하고 있었다. 춤을 추는 사람들도 있고 술을 마시는 사람들도 있었다. 왕비의 방에서는 어떤 여자가 포마드로 머리에 윤을 내고 있었고, 병풍 뒤에서는 두 아마추어가 카드놀이를 하고 있었다. 위소네는 프레데릭에게 발코니 위에 팔꿈치를 짚은 채 짧은 파이프를 피우고 있는 한 남자를 가리켰다. 군중이 열광함에 따라 도자기 깨지는 소리나 수정 조각 소리가 계속 더 커졌고, 그 조각이 튀는 소리가 하모니카의 금속판처럼 울렸다.

이윽고 광적인 흥분이 가라앉았다. 추잡한 호기심에 사람들은 모든 방과 구석을 뒤지고 서랍을 모두 열어보았다. 죄수들은 공주들의 침대에 팔을 파묻거나 그 위에서 뒹굴며 그녀들을 욕보이지 못한 분을 달랬다. 더 험상궂은 얼굴의 사람들은 뭔가 훔칠 것이 없나 살피면서 말없이 돌아다니고 있었는데, 그러기에는 사람이 너무 많았다. 출입문에서 보면, 한 줄로 늘어선 방들 안에 구름 같은 먼지 아래 휘황찬란한 배경 사이로 검은 덩어리를 이룬 사람들밖에 보이지 않았다. 모두들 가슴을 헐떡이고 있었다. 숨 막힐 듯한 더위가 점점 심해지자, 두 친구는 질식할 것 같아 거기서 나왔다.

응접실에는 한 매춘부가 산더미 같은 의상 위에서 놀란 눈을 크게 뜨고 꼼짝도 하지 않은 채 자유의 여신상처럼 서 있었다.

그들이 밖으로 세 발짝쯤 옮겨놓았을 때, 군용 외투를 입은 일개 소대의 헌병들이 다가오더니 모자를 벗고 약간 대머리가 벗겨진 머리를 일제히 드러내며 머리를 깊이 숙여 민중에게 인사했다. 이 존경의 표시에 누더기를 입은 승리자들은 거드름을 피웠다. 위소네와 프레데릭도 모종의 기쁨을 느꼈다.

그들은 열기에 고무되었다. 그래서 팔레루아얄로 다시 돌아갔다. 프로망토 거리 앞에는 군인들의 시체가 밀짚 위에 쌓여있었다. 그들은 무감동한 태도로 시체 바로 곁을 지나면서, 스스로 태연한 것을 느끼며 자랑스러워하기까지 했다.

궁정은 사람들로 가득했다. 안마당에서 장작불 일곱 개가 타오르고 있었다. 사람들은 피아노, 서랍장, 괘종시계를 창밖으로 내던지고 있었다. 소방펌프가 지붕까지 물을 내뿜고 있었다. 건달들이 그 호스를 검으로 끊으려고 했다. 프레데릭은 한 이공과대학생에게 말려 보라고 권유했다. 그 학생은 무슨 말인지 이해하지 못했고, 게다가 멍청해 보였다. 양쪽 회랑에는 온 사방에서 술창고를 점령한 하층민들이 정신없이 술을 퍼마시고 있었다. 술이 냇물처럼 흘러 발을 적셨다. 부랑자들은 술병의 밑바닥이 드러나도록 마시고, 비틀거리며 고함을 질러댔다.

"여기서 나가자, 이런 민중이 난 싫어." 위소네가 말했다.

오를레앙 회랑을 따라서, 부상자들이 바닥에 깔아놓은 매트 위에 진홍색 커튼을 덮고 누워 있었다. 동네 여자들이 그들에게 수프와 셔츠를 갖다 주었다.

"상관없어! 그래도 난 민중이 훌륭하다고 생각해." 프레데릭이 말했다.

널찍한 현관은 격노한 사람들의 소용돌이로 가득 차 있었다. 남자들은 모든 것을 파괴해버리기 위해 건물 꼭대기로 올라가려고 했고, 국민군은 계단 위에서 그들을 제지하려고 애쓰고 있었다. 모자도 쓰지 않은 채 머리카락을 곤두세우고 조각난 가죽 장비를 두른 사냥복 차림의 남자가 가장 용감했다. 바지와 저고리 사이에 셔츠를 구겨 넣은 그 남자는 다른 사람들 가운데서 필사적으로 싸우고 있었다. 눈이 좋은 위소네는 멀리서 그가 아르누임을 알아보았다.

그들은 좀더 편안히 한숨 돌리기 위해 튈르리 공원으로 갔다. 그들은 벤치에 앉아 잠시 동안 눈을 감고 있었다. 너무 얼이 빠져 말할 힘조차 없었다. 그들 주변으로 행인들이 다가왔다. 오를레앙 공작부인이 섭정을 맡는 것으로 모든 것이 일단락되었다는 이야기가 들렸다. 그리하여 그들은 갑자기 일이 해결된 뒤에 뒤따라오는 안도감 같은 것을 느끼고 있었다. 그때 궁전의 모든 다락방에서 하인들이 나타나 제복을 찢었다. 그들은 마치 개종을 선서하는 것처럼 그것을 정원으로 내던졌다. 민중이 소리 질러 그들을 야유했다. 그러자 그들은 모습을 감추어버렸다.

어깨에 총을 메고 나무 사이를 빨리 걸어가는 키 큰 사나이가 프레데릭과 위소네의 관심을 끌었다. 탄약주머니가 빨간 작업복 허리에 묶여있었고, 모자 밑의 이마가 손수건에 감싸여 있었다. 그가 머리를 돌렸다. 뒤사르디에였다. 그는 그들의 품으로 몸을 던지며 말했다.

"아! 얼마나 기쁜 일입니까!" 그는 그 이상 다른 말은 할 수 없었다. 그만큼 그는 기쁨과 피로로 숨을 헐떡이고 있었다.

이틀 동안 꼬박 서 있었던 것이다. 그는 라탱 구의 바리케이드에서 일했고, 랑뷔토 거리에서 싸웠고, 세 명의 용기병을 구했고, 뒤누와예 부대와 함께 튈르리 궁전에 들어갔다가 그 다음에는 의회와 시청으로 갔다고 했다.

"지금 시청에서 오는 길이에요! 만사가 잘되고 있습니다! 민중의 승리지요! 노동자와 부르주아가 서로 얼싸안았답니다! 아! 제가 무엇을 봤는지 아신다면! 얼마나 선량한 사람들인지! 정말 아름다운 광경이었어요!"

그는 두 사람이 무기를 가지고 있지 않은 것을 보지 못한 채 계속 말했다.

"틀림없이 당신들을 만나게 될 줄 알았어요! 잠시 어려운 상황도 있었지만, 그런 건 아무래도 좋아요!"

핏방울이 그의 뺨으로 흘러내렸다. 두 사람이 묻자, 그가 대답했다.

"아! 아무것도 아니에요! 총검에 긁힌 상처예요!"

"하지만 치료를 해야지."

"까짓것! 저는 끄떡없어요. 그거야 아무려면 어때요? 공화국이 선포되었어요! 이제 모두가 행복할 겁니다! 아까 신문기자들이 하는 이야기를 들었는데, 폴란드와 이탈리아가 독립하게 될 거라더군요! 이제 왕은 없어요! 온 세상이 자유입니다! 자유란 말이에요!"

그는 지평선을 한눈에 바라보며 승리자다운 태도로 두 팔을 벌렸다. 그런데 사람들의 긴 행렬이 물가의 테라스 위를 달려갔다.

"아! 빌어먹을! 잊고 있었네! 요새를 점령하는 겁니다. 가봐야겠어요! 그럼 안녕히!"

그는 두 사람을 향해 몸을 돌리고 총을 휘두르며 소리쳤다.

"공화국 만세!"

왕궁 굴뚝에서, 불꽃이 튀는 검은 연기의 거대한 소용돌이가 새어 나오고 있었다. 놀란 양의 울음소리 같은 종소리가 멀리서 들렸다. 좌우로 온 사방에서 승리자들이 무장을 풀고 있었다. 프레데릭은 전쟁을 좋아하는 사람이 아닌데도 골족의 피가 뛰는 것을 느꼈다. 열광적인 군중의 자력에 사로잡힌 것이다. 그는 화약 냄새가 가득한 격한 공기를 기분 좋게 들이마셨다. 그는 마치 전 인류의 심장이 자기 가슴 속에서 고동치고 있는 것처럼, 무한한 사랑과 숭고하고도 보편적인 감동의 발산을 느끼며 전율했다.

위소네가 하품을 하며 말했다.

"보도 기사를 쓰러 갈 시간이 된 것 같군!"

프레데릭은 증권거래소 광장의 통신사로 그를 따라갔다. 그는 트루아 신문사로 보내는 사건 보고서를 서정적인 문체로 쓰기 시작했다. 그야말로 단편적인 문장이었는데, 거기에 그는 서명을 했다. 그리고 그들은 음식점으로 가서 함께 저녁을 먹었다. 위소네는 생각에 잠겨 있었다. 엉뚱한 행동을 잘 하는 그였지만, 혁명의 기이한 행동들을 이해할 수 없었던 것이다.

커피를 마신 후 새로운 일이 있는지 알아보려고 시청으로 갔을 때, 그의 특유의 장난기가 발동했다. 그는 한 마리 영양처럼 바리케이드를 기어 올라가 보초들에게 애국적인 농담으로 응수했다.

그들은 횃불 빛 속에서 임시정부가 선언되는 것을 들었다. 드디어 자정이 되자, 프레데릭은 기진맥진하여 집으로 돌아갔다.

"그래, 자네는 만족하는가?" 그는 옷을 벗겨주는 하인에게 말했다.

"네, 물론이지요, 주인님! 하지만 군중들이 날뛰는 꼴은 마음에 안 들어요!"

다음 날, 잠이 깨자 프레데릭은 델로리에가 생각났다. 그는 델로리에의 집으로 달려갔다. 변호사는 지방위원으로 임명되어 막 집을 떠난 후였다. 전날 밤 르드뤼롤랭[2]에게까지 찾아가서 학교 이름을 내세우며 집요하게 부탁한 결과 일자리를 얻어낸 것이다. 문지기는 그가 다음 주에 편지로 주소를 알려주기로 했다고 말했다.

그 다음, 프레데릭은 로자네트를 만나러 갔다. 그녀는 불친절하게 그를 맞았다. 그가 자기를 버려두고 간 것을 원망하고 있었기 때문이다. 그러나 평화가 온 것을 연거푸 확신시켜주자, 그녀의 원망도 사라졌다. 이제는 모든 것이 평온했고, 두려움을 가질 이유가 전혀 없었다. 그는 그녀를 껴안았다. 그런데 그녀는 공화국 편을 들었다. 파리의 대주교가 이미 그렇게 한 것처럼, 그리고 사법관, 참사원, 학사원, 프랑스 원수부, 샹가르니에, 팔루 씨, 모든 나폴레옹파, 모든 정통왕조파, 대다수의 오를레앙파들이 틀림없이 재빠르게 대단한 열의를 가지고 그렇게 할 것처럼.

7월왕정의 몰락이 너무나 빨랐기 때문에, 처음의 경악이 사라진 후에도 부르주아들은 아직 살아있다는 것이 놀라울 정도였다. 몇몇 도둑들을 재판도 없이 즉결처분으로 총살한 것은 아주 정당한 일로 여겨졌다. 사람들은 붉은 깃발에 대한 라마르틴의 "붉은 깃발은 그저

2) Ledru-Rollin, 1807~1874. 프랑스의 정치가. 왕정하에서 공화주의를 옹호하였다. 부르주아 층을 대표하는 급진주의자로 2월혁명 때는 임시정부의 내무장관을 지냈다.

상드마르스를 맴돌기만 했는데, 삼색기는…"이라는 문장을 한 달 동안 되풀이했다. 그리고 모두들 그 삼색기 밑에 모이면서도, 각 파는 세 가지 색깔 중에 자기네 색밖에 보지 않으며 권력을 장악하게 되자마자 다른 두 색깔을 없애버리리라고 결심하고 있었다.

일이 중단되었기 때문에, 불안함과 한가한 호기심에 모두들 밖으로 나왔다. 옷차림에 신경 쓰지 않아서 사회적 신분의 차이가 잘 드러나지 않았다. 증오는 사라지고 희망이 넘치고 있었으며, 군중은 아주 다정했다. 권리를 쟁취했다는 자부심이 그들의 얼굴에서 빛나고 있었다. 모두들 카니발처럼 즐거워했고, 마치 야영이라도 하러 나온 태도였다. 혁명 직후의 파리 광경처럼 재미있는 것은 없었다.

프레데릭은 로자네트의 팔을 잡고 함께 거리를 돌아다녔다. 그녀는 사람들의 단춧구멍마다 장식된 장미꽃 모양의 휘장과 창문마다 매달린 깃발과 벽에 붙은 온갖 색깔의 벽보들을 보며 즐거워하기도 하고, 여기저기 길 한복판 의자 위에 설치해놓은 부상자들을 위한 헌금함에 돈을 던져 넣기도 했다. 그리고 루이필립을 과자장수나 어릿광대나 개나 흡혈귀처럼 그려놓은 풍자화 앞에서 발을 멈추곤 했다. 그러나 검을 차고 현장(懸章)을 단 코시디에르[3]의 부하들을 보자, 그녀는 다소 겁을 냈다. 이따금 사람들이 자유의 나무를 심고 있었다. 금줄을 단 하인들의 호위를 받는 성직자들이 공화국을 축성하며 그 의식에 참가하고 있었다. 그리고 군중은 그것을 아주 좋아하고 있었다. 가장 자주 보이는 광경은 잡다한 집단의 대표단의 모습이었는데, 그들은 뭔가를 요구하러 시청으로 가곤 했다. 직업이 무엇이든, 무슨 산업에 종사하든 모두 자기들의 어려움에 대한 근본적인 해결책을 정부에 기대하고 있었기 때문이다. 충고나 축하를 하거나 또는 단순히 방문을 하거나 행정조직이 잘 돌아가는지 보기 위해 행정기관에 가는 사람들도

---

3) Caussidière, 1808~1861. 혁명 선동자로서, 2월혁명 후에 파리 경시총감이 되고 혁명가들을 규합하여 임시경비대를 조직했다.

있었다.

3월 중순경의 어느 날, 프레데릭은 로자네트의 심부름으로 라탱 구로 가기 위해 아르콜 다리를 건널 때 이상한 모자를 쓰고 수염을 기른 사람들이 줄지어 다가오는 것을 보았다. 예전에 작업실 모델을 하던 한 흑인이 선두에 서서 북을 치며 걷고 있었다. 그리고 '화가 예술단'이라는 문자가 새겨진 깃발을 바람에 휘날리며 들고 있는 사람은 다름 아닌 펠르랭이었다.

그는 프레데릭에게 기다려 달라고 손짓하고, 5분 후에 다시 나타났다. 마침 그때 정부가 석공들을 면담하고 있었기 때문에 시간이 있었던 것이다. 그는 동료들과 함께 미술회관의 설립을 요구하러 가는 길이었다. 그것은 미학에 대한 관심을 논하는 일종의 상품거래소 같은 곳으로, 화가들의 재능이 한데 모이기 때문에 숭고한 작품이 나올 수 있다는 것이었다. 파리는 곧 거대한 기념물로 뒤덮이게 될 텐데, 그렇게 되면 그가 그 기념물을 장식하게 될 거라고 했다. 그래서 그는 공화국을 상징하는 그림을 이미 그리기 시작했다. 그의 동료 한 사람이 그를 데리러 왔다. 가금업자 대표단이 그들 뒤에서 재촉하고 있기 때문이었다.

"무슨 어리석은 짓이람! 여전히 거짓말이군! 아무것도 믿을 수가 없어!" 군중 속에서 어떤 목소리가 투덜거렸다.

르쟁바르였다. 그는 프레데릭에게 인사 한마디 없이, 만난 기회를 이용하여 불평을 터뜨렸다.

르쟁바르는 콧수염을 잡아당기거나 두 눈을 굴리면서 거리를 돌아다니며 불길한 소문을 듣고 이를 퍼뜨리며 나날을 보내고 있었다. 그는 "조심하시오, 우리는 정신을 못 차리게 될 거요!"라든가 "제기랄! 공화국이 은근슬쩍 자취를 감추는군!"이라는 두 가지 말밖에 하지 않았다. 그는 모든 것을, 특히 본래의 프랑스 국경을 되찾지 않는 것을 못마땅해 하고 있었다. 라마르틴이라는 이름만 들어도 그는 어깨를 으쓱했다. 그는 르드뤼롤랭을 '시국을 해결할 능력이 있는' 사람으로 생각하지 않았고, 뒤퐁(드뢰르)은 늙은 얼간이로, 알베르는 천치로, 루이블랑은 몽상가로, 블랑키는 아주 위험한 인물로 취급했다. 프레데릭이 그러면 어떻게 해야 하느냐고 묻자, 그는 부서질 만큼 프레데릭의 팔을 꽉 잡으며 대답했다.

"라인 강을 빼앗아야지, 라인 강을 빼앗아야 한다구! 그렇구말구!"

그리고 그는 반동파를 비난했다.

반동파는 정체를 드러내고 있었다. 뇌이유와 쉬렌의 성채들에 대한 약탈, 바티뇰의 방화, 리용의 폭동 등 모든 과격한 행위와 불평불만이 이제는 너무 지나친 형편이었다. 거기에다가 르드뤼롤랭의 통첩,[4] 은행지폐의 강제 통용, 60프랑으로 하락한 국채, 그리고 최고의 부정행위이며 최후의 일격으로 공포를 가중시킨 45상팀의 과세[5]가 겹친 것이다! 게다가 또 사회주의라는 것이 있었다! 주사위놀이처럼 새로운 그 이론은 40년 전부터 서가를 가득 채울 정도로 충분히 토의되어 왔음에도 불구하고, 마치 운석의 우박처럼 부르주아들을 두렵게 했다. 그것도 하나의 사상인 까닭에, 모든 사상이 나타날 때 증오를 유발하듯 사람들의 분노를 산 것이다. 그러나 사상이란 아무리 보잘것없는 것이라 할지라도 나중에는 그 증오에서 영광을 끌어내고 언제나 적들을 굴복시키는 법이다.

그리하여 소유권이 종교적인 수준으로 높이 존중되고, 신과 혼동되었다. 소유권에 대한 공격은 신성모독이며, 마치 식인풍습과 같은 악습으로 여겨졌다. 일찍이 없었던 가장 인간적인 법률이 있는데도

4) 4월의 입헌의회 사건을 앞두고, 임시정부의 내무부장관 르드뤼롤랭이 1848년 3월 12일 지방위원들에게 공화파의 승리를 확보하도록 통첩을 보낸 것을 말한다.

5) 임시정부는 3월 16일, 4개의 직접세에 대하여 1프랑에 45상팀의 세율을 정했는데 이는 전 국민의 불평을 야기했다.

불구하고, 93년의 망령이 다시 나타나 공화국이라는 단어의 모든 철자 속에서 단두대의 칼날이 진동하고 있었다. 그래도 사람들은 공화국의 무력함 때문에 이를 무시하고 있었다. 지도자를 잃은 프랑스는 지팡이 없는 장님처럼, 하녀의 손을 놓친 어린애처럼 겁에 질려 울부짖기 시작한 것이다.

모든 프랑스인 중에서 가장 떨고 있는 사람은 당브뢰즈 씨였다. 새로운 정세가 그의 재산을 위협하고, 특히 그의 경험을 저버리고 있었다. 그토록 좋은 제도, 그토록 슬기로운 왕이었는데! 이럴 수가! 지구가 무너지려는 것인가! 다음 날부터 그는 하인 세 명을 내보내고, 말들을 팔아버리고, 외출용 펠트 모자를 샀다. 심지어 수염을 기를 생각도 했다. 그는 의기소침해서 자기의 사상과 정반대되는 신문을 괴롭게 읽으면서 집에 틀어박혀 있었다. 그리고 플로콩[6]의 파이프에 대한 농담에 웃을 힘조차 없을 정도로 우울해졌다.

그는 전 왕조의 지지자였기 때문에, 샹파뉴 소유지에 대한 민중의 복수를 두려워하고 있었다. 그때, 프레데릭이 고심하여 쓴 글이 그의 수중에 들어왔다. 그러자 그는 이 젊은 친구가 매우 영향력 있는 인물이며 자기를 도와주지는 못하더라도 적어도 보호해줄 수 있으리라고 생각했다. 그리하여 어느 날 아침, 당브뢰즈 씨는 마르티농을 데리고 프레데릭의 집으로 갔다.

그는 그저 만나서 잠시 이야기하려고 찾아온 것이라고 말했다. 요컨대 그는 이번 사건을 기쁘게 생각하고 있으며, "마음속으로는 늘 공화주의자였으므로 우리들의 숭고한 표어인 자유, 평등, 박애"를 진심으로 받아들이고 있다고 했다. 전 정권의 내각에 찬성투표를 한 것은 단지 피할 수 없는 붕괴를 촉진시키기 위해서였다는 것이다. 심지어 그는 "정말이지, 우리를 궁지로 몰아넣은" 기조 씨에 대해 분개하

6) Flocon, 1800~1866. 신문기자이며 정치가로, 1848년 임시정부의 비서였다.

기까지 했다. 그 대신 라마르틴을 매우 찬양했다. "그야말로 훌륭한 분이지요, 붉은 깃발에 대해 …"

"네, 저도 알고 있습니다." 프레데릭이 말했다.

그리고 그는 노동자들에 대해 호감을 표명했다.

"결국 우리들도 모두 다소간은 노동자니까요!" 그는 공정한 태도로 프루동이 논리적이라는 것을 인정했다. "오! 매우 논리적이지요! 정말!" 이어서 뛰어난 지성을 지닌 초연한 태도로, 그림 전시회에 대한 이야기를 하면서 거기서 펠르랭의 그림을 보았다고 했다. 독창적이고 아주 훌륭한 그림이라는 것이었다.

마르티농은 머리를 끄덕이며 그의 말에 일일이 수긍했다. 그도 역시 "단연코 공화제에 찬성해야 한다"고 생각하고 있었다. 그는 농사를 짓고 있는 부친에 대한 이야기를 하며, 자기도 농부이고 서민인 체했다. 곧 국민의회 선거와 라 포르텔 구의 후보자에 대한 이야기가 화제가 되었다. 반대파 후보자는 승산이 없다고 했다.

"당신이 그 사람 대신 나가야 해요!" 당브뢰즈 씨가 말했다.

프레데릭은 반대했다.

"아니, 왜요?" 프레데릭은 개인적인 정견으로 급진파의 표를 얻을 수 있고, 가족 관계에 의해 보수주의자들의 표도 얻을 수 있다는 것이었다. "그리고 어쩌면 제 영향력도 다소 도움이 될 수도 있지요"라고 은행가는 미소 지으며 덧붙였다.

프레데릭은 어떻게 해야 하는지 모른다고 반대했다. 당브뢰즈 씨에 의하면, 그보다 쉬운 일은 없었다. 파리의 한 정치클럽으로부터 오브 지역의 애국자들에게 보내는 추천을 받기만 하면 되는 일이었다. 늘 볼 수 있는 상투적인 정견발표가 아니라 진지한 방침을 설명하는 것이 중요하다고 했다.

"그걸 써서 제게 가져오세요. 저는 그 지방에 적합한 것이 무엇인지 알고 있으니까요! 다시 말하지만, 당신은 나라와 우리 모두와 저를 위해 큰일을 할 수 있을 겁니다."

이런 시기에는 서로 도와야 하는 법이라는 것이다. 그러니 프레데릭에게 뭔가 필요한 게 있으면, 그나 그의 친구들이…

"오! 정말 고맙습니다."

"물론 사례를 한다는 조건입니다!"

은행가는 정말 친절한 사람이었다.

프레데릭은 그의 권유를 깊이 생각해보지 않을 수 없었다. 그러자 곧 현기증과 같은 것에 사로잡혔다.

혁명의회 위인들의 모습이 눈앞을 스쳐 지나갔다. 찬란한 서광이 비치려고 하는 것 같았다. 로마, 빈, 베를린이 폭동의 와중에 있었고, 오스트리아인들은 베네치아에서 쫓겨났으며, 전 유럽이 동요하고 있었다. 어쩌면 그 움직임 속으로 뛰어들어 그것을 가속화할 때인지도 몰랐다. 그리고 그는 국회의원들의 복장에도 마음이 끌렸다. 깃 달린 조끼에 삼색 띠를 두른 자신의 모습이 벌써 눈앞에 보였다. 그 억누를 수 없는 욕망과 환상이 너무도 강렬해져서, 그는 뒤사르디에에게 털어놓았다.

이 선량한 청년의 열정은 약해지지 않고 있었다.

"물론 틀림없지요! 출마하세요!"

그래도 프레데릭은 델로리에에게 상의했다. 위원으로 임명되어 간 시골에서 어리석은 반대에 부딪친 그는 점점 자유주의 신념을 굳히게 되었다. 그는 즉시 과격한 격려의 글을 프레데릭에게 보냈다.

하지만 프레데릭은 한 사람이라도 더 많은 사람들의 찬성을 받고 싶었다. 그래서 어느 날, 로자네트에게 그 일을 얘기하러 갔는데 바트나 양이 와 있었다.

그녀는 수업을 하거나 혹은 간단한 그림이나 하찮은 원고를 팔려고 애쓰다가 속치마에 진흙을 묻힌 채 집에 돌아와 매일 저녁 혼자 식사를 준비해 먹은 후, 발 보온기에 발을 올려놓고 때 묻은 램프의 불빛 아래 사랑과 가족과 가정과 재산 등 자기에게 없는 모든 것을 꿈꾸는 파리의 독신녀 중 한 사람이었다. 그래서 다른 많은 여자들과 마찬가지로 그녀는 복수의 기회가 왔다고 혁명을 환영하고 있었다. 그리고 과격한 사회주의 선전에 몰두하고 있었다.

바트나에 의하면, 무산계급의 해방은 여성해방을 통해서만 가능한 일이었다. 그녀는 여성에 대한 모든 직업의 개방, 혈족 관계의 조사, 법전의 개정과 폐지, 또는 적어도 '보다 합리적인 혼인법의 제정'을 바라고 있었다. 그러면 모든 프랑스 여성은 프랑스 남성과 결혼을 하거나 노인과 부녀관계를 맺지 않을 수 없게 될 거라고 했다. 유모와 산파는 국가로부터 월급을 받는 공무원이 되어야 한다. 여성들의 작품을 검열하는 심사원, 여성 전문 출판업자, 여성을 위한 이공과대학, 여성을 위한 국민군, 여성을 위한 모든 것이 있어야 한다! 그런데 정부가 여성들의 권리를 무시하고 있으니, 힘의 대결로 이를 획득해야 한다. 1만 명의 여성 시민들이 좋은 총을 가지게 되면 시청을 떨게 만들 수 있으리라!

그녀는 프레데릭의 입후보가 자기 사상에 유리하다고 생각했다. 그리하여 그녀는 미래의 영광을 제시하며 그를 격려했다. 로자네트는 의회 연단에 서게 될 남자가 자기 남자라는 것을 기뻐했다.

"당신에게는 좋은 자리가 주어질 거예요."

마음이 약한 프레데릭은 세상 사람들의 들뜬 분위기에 사로잡혔다. 그는 연설문을 써서 당브뢰즈 씨에게 보이러 갔다.

대문이 닫히는 소리에, 유리창 뒤의 커튼이 반쯤 열리더니 한 여자가 보였다. 그는 그 여자가 누구인지 미처 알아보지 못했다. 그런데 응접실에서 그림 한 장이 그의 발걸음을 멈추게 했다. 펠르랭의 그림이었는데, 아마 임시로 놓아둔 듯 의자 위에 놓여 있었다.

그것은 공화국이나 진보 또는 문명을 상징하는 것으로, 처녀림을 횡단하는 기관차를 조종하는 예수 그리스도의 모습으로 표현되어 있었다. 프레데릭은 잠시 바라보다가 소리쳤다.

"정말 추잡스럽군!"

"그렇지요?" 불쑥 나타난 당브뢰즈 씨가 그 말을 듣고 말했다. 그는 그 말이 그림이 아니라 그 그림에 의해 찬미되는 주의(主義)를 말하는 것으로 생각했다.

그 순간 마르티농이 도착했다. 그들은 서재로 갔다. 프레데릭이 주머니에서 연설문 종이를 꺼낼 때, 세실 양이 갑자기 들어오며 순진한 태도로 말했다.

"숙모님 여기 계세요?"

"보다시피 여기 없다. 괜찮아! 어려워하지 말고 편히 있거라, 얘야." 은행가가 대답했다.

"아! 고맙지만 가 봐야 해요."

그녀가 나가자마자 마르티농은 손수건을 찾는 체했다.

"외투에 두고 왔나 봐요. 잠깐 실례하겠습니다!"

"그러시오!" 당브뢰즈 씨가 말했다.

분명히 그는 그런 술책에 속고 있지 않았다. 심지어 그것을 도와주고 있는 것 같았다. 무엇 때문일까? 그러나 마르티농은 곧 다시 나타났다. 프레데릭은 연설문을 읽기 시작했다. 금전적인 이해관계가 지배하는 것을 수치스럽게 여긴다고 명시한 두 번째 페이지부터, 은행가는 얼굴을 찌푸렸다. 개혁에 대한 문제에 이르러, 프레데릭은 상업의 자유를 요구했다.

"뭐라구요? … 아니 잠깐만!"

프레데릭은 듣지 못하고 계속 읽었다. 그는 연금에 대한 과세, 누진세, 유럽 연맹, 민중의 교육, 가장 폭넓은 예술에 대한 장려를 요구했다.

"들라크루아나 위고 같은 사람에게 국가가 10만 프랑의 연금을 준다고 해서, 무엇이 나쁘단 말입니까?"

그의 연설은 상류사회에 대한 충고로 끝을 맺었다.

"아무것도 아끼지 마시오! 오, 부자들이여! 나누어주시오! 나누어주시오!"

그는 연설을 끝내고 그대로 서 있었다. 두 청중은 말없이 앉아 있었다. 마르티농은 눈을 크게 뜨고 있었고, 당브뢰즈 씨는 안색이 아주 창백했다. 드디어 그는 쓴웃음으로 자기 감정을 감추면서 말했다.

"완벽합니다, 당신의 연설은!" 그는 내용에 대해 말하지 않으려고 연설문의 형식을 마구 칭찬했다.

악의 없는 젊은이의 입에서 나온 그 독설이 특히 어떤 징후처럼 그를 두렵게 했다. 마르티농은 그를 안심시키려고 애썼다. 머지않아 보수당은 틀림없이 복수하게 될 거라고 했다. 벌써 여러 도시에서 임시정부 위원들이 추방되고 있다는 것이었다. 선거가 4월 23일로 정해졌으니까 아직 시간이 있었다. 요컨대 당브뢰즈 씨가 직접 오브에서 출마해야 한다는 것이었다. 그때부터 마르티농은 잠시도 그의 곁을 떠나지 않고 그의 비서가 되어 아들처럼 그를 보좌했다.

프레데릭은 자기 자신에게 아주 만족하여 로자네트 집으로 갔다. 델마르가 거기에 있었다. 그는 프레데릭에게 센 지역의 선거에 후보자로 출마하기로 '확정'했다고 말했다. '민중에게' 호소하는 벽보에서, 그는 다정한 말투로 민중에게 이야기하며 자기만이 민중을 이해하고 있고 민중의 안녕을 위해 '예술에 몸 바쳤다'고 자부하고 있었다. 따라서 자기는 민중의 화신이요, 이상이라는 것이었다. 사실 그는 자기가 대중에게 큰 영향력을 가지고 있다고 믿었기 때문에, 나중에 장관실에 들어가게 되면 혼자서 폭동을 진압하겠다는 호언장담까지 했다. 그리고 어떤 방법을 사용할 것이냐고 묻자, 이렇게 대답했다.

"염려하지 마세요! 민중에게 얼굴을 보여주기만 하면 됩니다!"

프레데릭은 그의 콧대를 꺾어버리려고 자기도 출마한다고 말했다. 엉터리 배우는 미래의 동료가 지방을 노리고 있다는 것을 알게 되자,

지원을 아끼지 않겠다고 하면서 정치클럽에 안내해 주겠다고 나섰다.

그들은 과격파와 공화파, 격노한 사람들과 침착한 사람들, 엄격한 사람들, 방탕한 사람들, 열렬한 신념을 가진 사람들과 주정뱅이들, 왕의 사형을 선언하는 사람들, 식료품점의 부정행위를 고발하는 사람들에 이르기까지 모든, 아니 거의 모든 정치클럽을 찾아다녔다. 도처에서 임차인은 임대인을 저주하고, 작업복 입은 사람들은 예복 입은 사람들을 공격하며, 부자들은 가난한 사람들에 대해 음모를 꾸미고 있었다. 어떤 사람들은 예전에 경찰의 박해를 받은 것에 대한 배상을 원했고, 또 어떤 사람들은 발명을 활용하기 위한 보조금을 요구했다. 또는 사회주의적 공동체에 대한 계획, 지방 시장(市場)의 기획, 공공복지 제도에 대한 설명을 하고 있었다. 그리하여 여기저기 수많은 어리석은 말들 속에 재치가 번득이기도 하고, 흙탕물이 튀기듯 갑작스런 고함소리가 나기도 하고, 욕설을 퍼부으며 권리를 주장하고, 셔츠도 입지 않은 가슴팍에 직접 검의 멜빵을 두른 깡패의 입에서 웅변의 꽃이 피었다. 때로는 귀족이면서도 겸손한 태도를 보이는 한 신사가 나타나, 굳은살이 박인 것처럼 보이려고 손도 씻지 않은 채 서민적인 이야기를 했다. 한 애국자가 그를 알아보고 가장 배짱 좋은 사람들이 욕을 퍼붓자, 그는 마음속으로 격분하여 나가버렸다. 누구나 분별 있는 체하며 항상 변호사를 헐뜯었고, "건물에 나의 돌 하나를 올려놓는다 — 사회문제 — 작업장"과 같은 표현을 최대한 자주 사용해야 했다.

델마르는 그런 말을 할 기회를 놓치는 일이 없었다. 그리고 더 할 말이 없을 때는, 허리에 주먹을 대고 다른 한쪽 팔은 조끼 안에 넣고서 얼굴이 잘 보이도록 갑자기 옆얼굴을 돌리며 버티어 서 있곤 하는 것이 그의 수단이었다. 그러면 청중석에서 바트나 양의 박수갈채가 터져 나왔다.

연설자들이 별 볼 일 없음에도 불구하고, 프레데릭은 나설 용기가 나지 않았다. 모든 사람들이 너무 교양이 없거나 너무 적의에 차 있다고 생각되었다.

그러나 뒤사르디에가 여러 곳을 찾아다닌 끝에, 생자크 거리에 인텔리 클럽이라는 정치클럽이 있다고 알려주었다. 그 이름으로 보아 희망을 가질 수 있었다. 게다가 뒤사르디에가 자기 친구들을 데려가겠다고 했다.

그는 펀치 술을 낼 때 초대했던 친구들, 즉 장부계원, 주류 판매인, 건축가를 데리고 왔다. 펠르랭도 왔고, 어쩌면 위소네도 올 거라고 했다. 그리고 문 앞의 보도에는 르쟁바르가 두 사람과 함께 서 있었다. 한 사람은 천연두 자국이 있고 눈이 빨간 약간 땅딸막한 사나이로 그의 절친한 친구인 콩팽이었고, 다른 한 사람은 털이 아주 많은 깜둥이 원숭이처럼 생긴 사람으로 르쟁바르도 단지 '바르셀로나의 애국자'로만 알고 있는 사람이었다.

그들은 통로를 지나 아마도 목공이 쓰던 곳인 듯한 커다란 방으로 들어갔다. 아직 새것인 벽에서는 석고 냄새가 났다. 나란히 걸어놓은 네 개의 아르간 등이 불쾌한 빛을 던지고 있었다. 안쪽의 단상 위에는 벨을 얹어놓은 사무용 책상이 있었고, 그 밑에는 연단을 나타내는 테이블이 있었으며, 양쪽에는 좀더 낮은 두 개의 서기용 테이블이 있었다. 긴 걸상을 차지하고 있는 청중은 늙은 엉터리 화가, 자습 감독, 책을 내지 않은 무명작가 들이었다. 때 묻은 깃이 달린 외투들이 줄지어 있는 가운데, 군데군데 부인모와 노동자의 작업복이 보였다. 방 안쪽에는 노동자들이 잔뜩 있었다. 그들은 아마 무료해서 왔거나 아니면 연사들이 박수부대로 동원한 사람들인 것 같았다.

프레데릭은 세심한 주의를 기울여 뒤사르디에와 르쟁바르 사이에 앉았다. 르쟁바르는 자리에 앉자마자 지팡이 위에 두 손을 올려놓고 손으로 턱을 괴고서 눈을 감았다. 방의 반대편에서는 델마르가 선 채로 모인 군중을 내려다보고 있었다.

의장석에 세네칼이 나타났다.

선량한 점원은 그 뜻밖의 출현을 프레데릭이 기뻐하리라고 생각했다. 그러나 프레데릭은 기분이 상했다.

군중은 의장에게 대단한 경의를 표했다. 세네칼은 2월 25일 노동자의 즉각적인 조직을 요구한 사람들 중의 하나이며, 다음 날은 프라도[7]에서 시청 공격에 찬성한 사람이었던 것이다. 당시에는 모두들 어떤 본보기를 따라 행동했기 때문에, 어떤 사람은 생쥐스트를, 어떤 사람은 당통을, 또 어떤 사람은 마라를 흉내 내고 있었는데, 세네칼은 로베스피에르를 모방하는 블랑키를 닮으려고 애쓰고 있었다. 그의 검은 장갑과 짧게 깎은 머리는 강직하고 아주 예의 바른 인상을 주었다.

그는 관례적인 신념의 표명으로 인권선언에 의해 개회했다. 이어서 누군가 힘찬 목소리로 베랑제의 〈민중의 추억〉이란 노래를 하기 시작했다.

다른 사람들의 목소리가 터져 나왔다.

"아냐! 아냐! 그게 아냐!"

"〈챙 달린 모자〉를 부릅시다!" 안쪽에서 애국자들이 소리치기 시작했다.

그리고 그들은 당시 유행하는 시를 합창했다.

> 나의 챙 달린 모자 앞에서는 모자를 벗어라,
> 노동자 앞에서는 무릎을 꿇어라!

의장의 말 한마디에 청중이 조용해졌다. 서기 한 사람이 청원서를 개봉하여 낭독하기 시작했다.

"우리 청년들이 매일 저녁 팡테옹 앞에서 〈라상블레 나시오날〉[8]을

---

7) 파리의 시테 섬에 있는 무도장.

한 부씩 소각하고 있음을 알리며, 모든 애국자들이 그들의 뒤를 따를 것을 권장하는 바입니다."

"브라보! 이의 없소!" 군중이 대답했다.

"도핀 거리의 인쇄공인 시민 장자크 랑그르뇌는 열월의 희생자[9]들을 기념하는 기념비를 건립할 것을 희망합니다."

"전직 교수인 미셸에바리스트네포퓌셴 뱅상은 유럽 민주주의가 언어의 통일을 가결할 것을 희망합니다. 예를 들어 개선된 라틴어와 같은 사어(死語)를 사용할 수 있을 것입니다."

"아니오! 라틴어는 안 되오!" 건축가가 소리쳤다.

"왜요?" 자습교사가 반문했다.

그리하여 두 사람이 토론을 시작했고, 다른 사람들도 끼어들었다. 모두들 상대방을 현혹시키려고 한마디씩 했기 때문에, 곧 그 토론도 지루해져 많은 사람들이 돌아가 버렸다.

그런데 아주 높은 이마 밑에 초록색 안경을 쓴 키 작은 한 노인이 긴급보고를 위한 발언권을 요구했다.

그것은 세금 할당에 대한 의견서였다. 숫자가 끝없이 계속 이어졌다! 이에 참을 수가 없어진 청중이 처음에는 속삭이며 이야기를 했다. 그러나 노인이 전혀 개의치 않자, 드디어 휘파람을 불며 야유하기 시작했다. 세네칼이 청중을 꾸짖었고, 연사는 기계처럼 계속했다. 그를 중지시키기 위해 그의 팔꿈치를 잡아당겨야 했다. 노인은 꿈에서 깨어난 것처럼, 조용히 안경을 벗으며 말했다.

"미안합니다! 시민 여러분! 미안합니다! 저는 물러갑니다! 대단히

---

8) 1848년 2월 29일 발간된 보수파의 신문. 임시정부의 정책을 공격했다.

9) 프랑스혁명력의 11월인 열월(불어로는 테르미도르) 9일, 즉 1794년 7월 27일에 산악파의 혁명정부를 무너뜨린 쿠데타가 일어났는데, 이것이 '테르미도르 반동'이다. 여기서 열월의 희생자들이란 이 테르미도르 반동 때 희생된 사람들을 말한다.

실례했습니다!"

그 낭독의 실패를 보고 프레데릭은 당황했다. 그는 주머니에 연설문을 가지고 있었지만, 즉석연설이 더 나을 것 같았다.

드디어 의장이 중요한 사항, 즉 선거 문제로 넘어가겠다고 선언했다. 공화주의자의 전체 명부에 대해서는 토론하지 않겠다고 했다. 하지만 인텔리 클럽도 다른 정치클럽과 마찬가지로 "시청의 높은 분들 마음에는 들지 않겠지만" 명부를 하나 작성할 권리가 있으니, 대중의 위임을 희망하는 시민들은 자기 신분을 밝히라는 것이었다.

"어서 하세요!" 뒤사르디에가 말했다.

짧은 곱슬머리에 법의를 입은 활발해 보이는 한 남자가 이미 손을 들었다. 그는 알아듣기 힘들 만큼 빠른 말로, 자기 이름은 뒤크르토이고 신부이며 농학자인데 《비료에 관하여》라는 책의 저자라고 말했다. 그러자 그는 원예서클로 쫓겨나고 말았다.

다음에는 작업복 차림의 한 애국자가 단상으로 올라갔다. 어깨가 넓고 아주 온순하며 커다란 얼굴에 검은 머리를 길게 기른 평민이었다. 그는 거의 관능적인 시선으로 일동을 한번 훑어보고, 머리를 뒤로 젖히더니 두 팔을 벌렸다.

"오, 친애하는 여러분, 여러분은 뒤크르토를 쫓아냈습니다! 잘하신 겁니다. 하지만 그것은 신앙이 없기 때문이 아닙니다. 우리는 모두 신앙심이 두터우니까요."

몇몇 사람들이 교리문답 수강자와 같은 태도로 입을 벌린 채 넋을 잃고 듣고 있었다.

"또한 그가 사제이기 때문도 아닙니다. 우리도 사제니까요! 노동자는 사제입니다. 사회주의의 창시자이며 우리 모두의 주님이신 예수 그리스도가 그런 것처럼 말입니다!"

바야흐로 신의 지배가 시작되는 순간이 왔다! 복음서는 곧바로 89년으로 통한다! 노예해방 다음에는 무산계급의 해방이다. 증오의 시대가 있었지만, 이제 사랑의 시대가 시작되리라는 것이었다.

"기독교는 아치의 종석이요, 새로운 건물의 토대입니다…"

"우리를 무시하는 거요? 저 따위 예수쟁이가 뭐라고 하는 거야!" 술장수가 소리쳤다.

이러한 야유가 커다란 소동을 야기했다. 거의 모든 사람들이 걸상 위로 올라가서 주먹을 내밀며 "무신론자! 귀족! 악당!"이라고 고함을 질렀다. 그동안 의장의 벨이 계속 울리며 "조용! 조용히!"라는 소리가 높아졌다. 그러나 철면피한 술장수는 오기 전에 마신 '커피 세 잔'으로 기운도 나는 탓에, 다른 사람들 속에서 발악을 했다.

"뭐, 내가! 귀족이라구? 말도 안 돼!"

드디어 자기변명이 허락되자, 그는 사제들과는 결코 잘 지낼 수 없다고 단언했다. 그리고 방금 전에 경제 얘기가 나왔으니 말인데, 성당과 성합(聖盒)과 모든 예배를 없애버리는 것이야말로 훌륭한 경제라고 했다.

누군가가 너무 지나치다고 반박했다.

"그래요! 지나치지요! 하지만 배가 폭풍우를 만났을 때…"

그 비유가 끝나기도 전에, 다른 사람이 대꾸했다.

"동의하오! 하지만 그건 단번에 부숴버리는 방법이오. 마치 석공이 분별없이…"

"석공을 모욕하는 거요!" 석고가루를 뒤집어 쓴 한 시민이 소리쳤다. 그는 자기가 도전받은 것이라고 완강하게 믿고, 걸상에 매달려 욕설을 퍼부으며 싸우려 들었다. 세 사람이 겨우 그를 밖으로 쫓아냈다.

그동안 노동자는 계속 단상에 버티고 있었다. 두 서기가 그에게 내려가라고 했다. 그러자 그는 불공평하다고 항의했다.

"당신은 내가 '우리의 귀중한 프랑스를 영원히 사랑하라! 공화국을 영원히 사랑하라!'라고 외치는 것을 막지 못할 거요."

"시민 여러분! 시민 여러분!" 그때 콩팽이 말했다.

"시민 여러분"이라고 되풀이하는 바람에 약간 조용해지자, 그는 발육이 안 된 듯한 붉은 두 손으로 연단을 짚으면서 몸을 앞으로 내밀고 두 눈을 깜박거리며 말했다.

"저는 송아지 머리를 더 널리 보급시켜야 한다고 생각합니다."

모두들 잘못 들은 것이 아닌가 하여 입을 다물고 있었다.

"그래요! 송아지 머리 말입니다!"

3백 명의 웃음소리가 한꺼번에 터져 나왔다. 천장이 울렸다. 우스워 죽겠다는 그 모든 얼굴들 앞에서, 콩팽은 뒤로 물러났다. 그는 거친 어조로 다시 말했다.

"아니! 송아지 머리를 모르십니까?"

그것은 흥분의 절정이고 광란이었다. 사람들은 옆구리를 누르고 있었다. 걸상 밑바닥으로 굴러 떨어지는 사람도 있었다. 콩팽은 더 참을 수가 없어 르쟁바르 곁으로 도망쳐 와서 그를 끌고 나가려고 했다.

"아냐, 나는 끝까지 있을 거야!" 르쟁바르가 말했다.

그 대답을 듣고, 프레데릭은 결심했다. 그가 자기를 지지해 줄 친구들을 좌우로 찾고 있을 때, 앞의 단상에 펠르랭이 보였다. 예술가는 군중에게 거만하게 굴었다.

"저는 여기 모든 분들 중에 예술의 대표자가 어디 있는지 좀 알고 싶습니다. 저는 그림을…"

"그림 같은 건 필요 없어!" 볼에 빨간 반점이 있는 마른 남자가 거칠게 말했다.

펠르랭은 자기 연설이 중단된 것에 대해 항의했다.

그러나 상대방은 비장한 어조로 말했다.

"정부는 법령을 선포해 가난과 매춘을 이미 근절시켰어야 하지 않습니까?"

그 말이 곧 군중의 호의를 얻자, 그는 대도시의 부패에 대해 비난을 퍼부었다.

"수치스럽고 비열한 일입니다! 메종도르에서 나오는 부르주아들을 붙잡아 그 얼굴에 침을 뱉어줘야 합니다! 적어도 정부가 방탕을 조장하지 않는다면 말입니다! 그런데 입시세관 관리들은 우리 딸들과 누이들에게 추잡한 짓을 하고 있어요…"

누군가가 멀리서 말했다.

"그거 재미있군!"

"쫓아내요!"

"우리에게서 걷어 들인 세금으로 방탕한 짓을 하고 있습니다! 그래서 배우의 막대한 급료는…"

"내가 말하겠소!" 델마르가 소리쳤다.

그는 단상으로 뛰어올라가 모두를 헤치며 포즈를 취했다. 그리고 그런 시시한 비난은 무시한다고 단언하며 배우의 문화적 사명에 대해 장광설을 펼쳤다. 극장은 국민 교육의 중심지이므로, 그는 극장의 개혁에 찬성하고 있었다. 우선 관리나 특권을 없애야 한다고 했다!

"그렇습니다! 어떤 종류의 관리나 특권도 안 되지요!"

배우의 연기에 군중이 흥분한 탓에, 전복적인 발언이 난무했다.

"아카데미를 폐지하라! 학사원을 폐지하라!"

"사절단을 폐지하라!"

"대학입학 자격시험을 폐지하라!"

"학위를 없애라!"

"그건 있어도 괜찮아요. 다만 일반의 투표를 통해, 오직 진정한 심판자인 민중에 의해 수여되어야 합니다!" 세네칼이 말했다.

하기야 가장 필요한 일은 그런 것이 아니라고 했다. 우선 부자들을 짓눌러 평준화시켜야 한다는 것이다! 세네칼은 가난한 사람들이 누추한 집에서 굶주림에 고통받으면서도 온갖 미덕을 닦고 있는 동안 황금 천정 밑에서 죄악에 빠져있는 부자들의 모습을 묘사했다. 박수갈채가 너무 요란해서 그는 이야기를 중단했다. 그는 마치 자기가 일으킨 그 분노의 물결에 흔들리듯, 잠시 눈을 감고 머리를 젖힌 채 그대로 있었다.

이어서 그는 법률 문구와 같은 명령 투의 독단적인 어조로 다시 말하기 시작했다. 국가가 은행과 보험회사를 독점해야 한다. 상속제를 폐지해야 한다. 노동자를 위해 사회 기금을 설정해야 한다. 다른 많은 수단이 앞으로 유용하겠지만 현재로서는 그것으로 충분하다는 것이었다. 그리고 그는 선거 문제로 다시 돌아와 말했다.

"우리에게는 순수한 시민, 완전히 새로운 인물이 필요합니다! 누구 나설 사람 있습니까?"

프레데릭이 일어섰다. 친구들의 중얼거리는 찬성의 소리가 들렸다. 그러나 세네칼은 푸키에탱빌[10] 같은 표정을 지으며, 그의 이름, 성, 경력, 생활과 품행을 묻기 시작했다.

프레데릭은 간략히 대답하고 입술을 깨물었다. 세네칼은 이 입후보에 대해 이의가 없는지 물었다.

"없어요! 없어!"

그러나 세네칼 자신에게 이의가 있었다. 모두들 몸을 구부리고 귀를 기울였다. 입후보를 희망하는 이 시민은 민주주의 신문 창간을 위해 약속한 돈을 내지 않았다고 했다. 게다가 2월 22일에는 충분히 알려주었는데도 팡테옹 광장의 약속장소에 나오지 않았다는 것이다.

"맹세하는데, 그는 튈르리에 있었어요!" 뒤사르디에가 소리쳤다.

"팡테옹에서 그를 보았다고 맹세할 수 있습니까?"

뒤사르디에는 머리를 떨어뜨렸다. 프레데릭은 잠자코 있었고, 친구들은 눈살을 찌푸리며 불안하게 그를 바라보았다.

"적어도 당신의 주의주장을 보증해 줄 애국자를 한 사람이라도 알고 있습니까?" 세네칼이 다시 말했다.

---

10) Fouquier-Tinville, 1749~1795. 로베스피에르의 총애를 받던 혁명재판소의 검사. 그에 의해 고발되어 단두대의 이슬로 사라진 사람들이 수없이 많았다.

“제가 있습니다!” 뒤사르디에가 말했다.

“아! 당신으로는 불충분해요! 다른 사람!”

프레데릭은 펠르랭을 돌아보았다. 예술가는 다음과 같은 것을 의미하는 여러 가지 몸짓으로 대답했다.

‘아! 그들은 아까 나를 거부했네! 젠장! 나보고 어쩌란 말야!’

그러자 프레데릭은 르쟁바르를 팔꿈치로 쳤다.

“그래! 정말이야! 적절한 시간이야. 내가 나가지!”

르쟁바르는 성큼 연단으로 올라가서, 그를 뒤따라 올라간 스페인 사람을 가리키며 말했다.

“시민 여러분, 바르셀로나의 애국자를 소개합니다!”

애국자는 정중하게 인사하고, 자동인형처럼 은색 눈을 굴리며 한 손을 가슴에 대고 말했다.

“Ciudadanos! mucho aprecio el honor que me dispensais, y si grande es vuestra bondal mayor es vuestro atencion.”[11]

“발언권을 요청합니다!” 프레데릭이 소리쳤다.

“Desde que se proclamo la constitucion de Cadiz, ese pacto fundamental de las libertades españolas, hasta la ultima revolucion, nuestra patria cuenta numerosos y heroicos martires.”[12]

프레데릭은 다시 한 번 자기 이야기를 들어달라고 했다.

“그런데 시민 여러분…”

스페인 사람이 계속했다.

“El martes proximo tendra lugar en la iglesia de la Magdelena un servicio funebre.”[13]

---

11) “시민 여러분! 여러분이 제게 주신 영예에 대단히 감사합니다. 여러분의 우정이 크다면, 여러분의 관심은 더욱 크군요.”

12) “스페인의 자유를 뒷받침하는 협정인 카디스헌법이 선포된 이후 최근의 혁명에 이르기까지 우리나라는 수많은 영웅적인 희생자들이 있었습니다.”

"정말 어처구니없군! 아무도 이해할 수 없는데!"

이러한 비판이 군중을 격분시켰다.

"쫓아내! 쫓아버려!"

"누구요? 나 말이오?" 프레데릭이 물었다.

"바로 당신! 나가시오!" 세네칼이 위엄 있게 말했다.

프레데릭은 나가려고 일어섰다. 이베리아 사람의 목소리가 뒤에서 들려왔다.

"Y todos los Españoles descarian ver alli reunidas las deputaciones de los clubs y de la milica nacional. Une oracion funebre en honor de la libertad española y del mundo entero, sera prononciado por un miembro del clero de Paris en la sala Bonne-Nouvelle. Honor al pueblo frances, que Ilamaria yo el primero pueblo del mundo, sino fuese ciudadano de otra nacion!"[14]

"귀족 놈!" 화가 나서 마당으로 뛰어가는 프레데릭에게 한 부랑자가 주먹을 내밀며 욕을 했다.

프레데릭은 자기에게 던져진 비난이 결국 정당한 것이라는 생각을 할 겨를도 없이, 자신의 열성을 후회했다. 그런 입후보를 생각하다니 얼마나 치명적인 일이었나! 그런데 얼마나 어리석고 바보 같은 놈들인가! 그는 그 사람들과 자기 자신을 비교하고, 그들의 어리석음으로 자신의 상처 입은 자존심을 달랬다.

그는 로자네트를 만나고 싶었다. 그토록 많은 비열한 언행과 허풍

---

13) "다음 화요일, 막달레나 성당에서 추도식이 거행될 것입니다."

14) "모든 스페인 사람들은 그곳에 각 단체와 국민군의 대표자가 참가하기를 바라고 있습니다. 스페인과 전 세계의 자유를 위해, 본누벨 공회당에서 파리 신부회 소속 사제가 추모 기도를 할 것입니다. 제가 만일 다른 나라 국민이 아니라면, 세상에서 첫째가는 국민이라고 부르고 싶은 프랑스 국민에게 영광이 있기를 바랍니다!"

을 본 후, 그녀의 귀여운 모습은 위안이 될 터였다. 그녀는 그날 저녁 그가 정치클럽에서 입후보한다는 것을 알고 있었다. 하지만 그가 들어갔을 때, 그녀는 한마디도 질문하지 않았다.

그녀는 난로 옆에 앉아 옷의 안감을 뜯어내고 있었다. 그런 일을 하는 것을 보고 그는 놀랐다.

"저런! 뭘 하고 있는 거야?"

"보다시피, 헌옷을 수선하고 있어요! 이게 바로 당신의 공화국이에요." 그녀는 무뚝뚝하게 말했다.

"어째서 내 공화국이야?"

"그럼 내 공화국인가요?"

그녀는 지난 두 달 동안 프랑스에서 일어난 모든 일에 대해 그를 비난하기 시작했다. 혁명을 일으키고 사람들을 망하게 했다고 그를 탓하고, 부자들이 파리를 버리게 될 것이며 자기는 나중에 자선시설에서 죽게 될 거라고 했다.

"당신은 수입이 있으니까 마음대로 말하는 거예요! 하지만 지금과 같이 가다가는 당신 수입도 오래가지 않을 거예요."

"그럴지도 모르지. 가장 헌신적인 사람들이 언제나 무시되니까. 그리고 스스로에 대한 양심이란 게 없다면, 같잖은 놈들을 상대하느라고 희생하는 것에 대해서도 진절머리가 날 테지!" 프레데릭이 말했다.

로자네트가 미간을 찌푸리며 그를 바라보았다.

"네? 뭐라구요? 무슨 희생 말이에요? 보아하니, 실패한 모양이군요? 잘됐네! 그 일로 애국 헌금을 하는 게 뭔지도 알게 되겠네요. 아! 거짓말하지 마세요! 당신이 그들에게 3백 프랑을 주었다는 걸 알고 있어요. 당신의 공화국이란 건 그런 돈으로 유지되니까! 그래, 그 공화국하고 즐겨 보세요!"

프레데릭은 그런 어리석은 소리가 빗발치는 것을 들으며, 또 다른 실망을 넘어 더 큰 환멸을 느꼈다.

그는 방 안쪽으로 물러났다. 그녀가 그에게 다가왔다.

"어서요! 논리적으로 생각 좀 해 봐요! 국가도 집안처럼 주인이 필요해요. 안 그러면 각자 제멋대로 어리석은 짓을 할 거예요. 우선 르드뤼롤랭이 빚더미에 앉아 있다는 것은 모두들 알고 있어요! 라마르틴만 하더라도, 시인이 어떻게 정치를 알겠어요? 아! 머리를 흔들어도, 당신이 남들보다 더 재치 있다고 생각해도 소용없어요. 그게 사실인걸요! 하지만 당신은 언제나 궤변을 늘어놓아, 당신에게 한마디도 못하게 하지요! 예를 들면 생로크 거리에 상점을 가지고 있는 푸르니에퐁텐이라는 사람 있지요, 그 사람은 돈이 얼마가 부족한지 알아요? 80만 프랑이에요! 그리고 맞은편의 포장업자 고메르라는 사람도 역시 공화주의자인데, 부집게로 마누라 머리를 깨버렸고, 압생트술을 너무 많이 마셔서 요양소에 집어넣어야 할 판이에요. 공화주의자란 자들이 모두 그 모양이에요! 100명에 대한 25명의 공화국이지요! 아, 그래요! 어디 자랑해 보세요!"

프레데릭은 나와 버렸다. 돌연 야비한 말투로 정체를 드러낸 그 여자의 어리석음이 혐오스러웠다. 그는 다시 약간 애국자가 된 것 같은 느낌마저 들었다.

로자네트의 불쾌한 기분은 갈수록 심해지기만 했다. 바트나 양의 열성이 그녀의 화를 돋우었다. 바트나 양은 자기에게 어떤 사명이 있다고 생각하고, 장광설을 늘어놓거나 설득하려고 열을 올렸다. 그리고 그런 문제에 대해서는 로자네트보다 더 잘 알기 때문에, 논쟁으로 압도하곤 했다.

어느 날, 그녀는 위소네에게 아주 화가 나서 찾아왔다. 위소네가 여성클럽에서 방금 전에 추잡한 말을 했다는 것이다. 로자네트는 그 행동을 칭찬하고, 자기도 남장을 하고 가서 "모든 여자들의 행동을 질타하고 후려갈겨 주겠다"는 선언까지 했다. 그때 프레데릭이 들어왔다.

"당신도 같이 가 주실 거지요?"

프레데릭이 있는데도 불구하고, 한 사람은 부르주아 행세를 하고 다른 한 사람은 철학자 행세를 하며 두 여자는 서로 다퉜다.

로자네트에 의하면, 여자들이란 오로지 사랑을 위하여 혹은 아이들을 키우고 집안일을 하기 위하여 태어난 것이었다.

바트나 양에 의하면, 여자도 국가에서 그 지위를 차지해야 했다. 옛날 골족 여자들은 법률을 제정했고, 앵글로색슨 여자들도 마찬가지였으며, 휴론족 아내들은 회의에도 참가했다는 것이다. 문명화 작업은 남녀에게 공통된 것이다. 모든 여자들은 거기에 참여하고, 이기주의 대신에 우애를, 개인주의 대신에 연합을, 토지 분할 대신에 대농법을 실시해야 한다고 했다.

"어머, 대단하네! 이젠 농업까지 알고 있네!"

"왜 모르겠어? 게다가 그건 인류와 인류의 미래에 관계되는 일인데!"

"당신 미래나 걱정하지 그래!"

"그건 내 문제야!"

두 여자는 서로 화를 냈다. 프레데릭이 중재에 나섰다. 바트나는 흥분하여 공산주의를 주장하기까지 했다.

"어리석은 소리! 그게 언젠가 실현될 수 있을 것 같아?" 로자네트가 말했다.

상대방은 에세네파,[15] 모라비아 교도,[16] 파라과이의 예수회 교도, 오베르뉴 지방 티에르 근처의 팽공족을 증거로 들었다. 그런데 그녀가 몸짓을 많이 한 까닭에, 시곗줄이 장신구 꾸러미에 매달린 황

15) 그리스도 시대의 유대교 일파로, 계율과 고행에 힘썼다. 사해(死海) 주변에 종교적 공동생활권을 만들고 장로의 지도하에 공동생활을 했다. 재산은 공유이며, 예배와 독서와 공동식사를 중요한 행사로 삼았다.

16) 15세기 프로테스탄트들에 의해 형성된 종교단체.

금 양에 엉켜버렸다.

갑자기 로자네트가 아주 새파래졌다.

바트나 양은 엉킨 장신구를 계속 풀고 있었다.

"그렇게 애쓸 것 없어! 이제 당신의 정치적 견해를 알았으니까." 로자네트가 말했다.

"뭐라구?" 바트나가 숫처녀처럼 얼굴을 붉히며 대꾸했다.

"아! 이제 내 말뜻을 알아차렸네!"

프레데릭은 무슨 말인지 이해할 수가 없었다. 그녀들 사이에는 분명히 사회주의보다 더 중요하고 본질적인 뭔가가 느닷없이 생긴 모양이었다.

"설사 그렇더라도, 그건 빚이야, 빚에 대한 빚!" 바트나가 끈질기게 의연한 태도를 취하며 대꾸했다.

"그럼, 나도 빚이 없는 건 아니야! 몇 천 프랑은 족히 되지! 하지만 적어도 난 꾸고 있는 거야. 누구에게서도 훔치지는 않아!"

바트나 양은 애써 웃으려고 했다.

"아! 그렇다면 내 손에 장을 지지지!"

"조심해! 당신 손은 너무 말라서 불에 타기 십상이니까."

노처녀는 오른손을 내밀어 상대방의 바로 정면으로 들어 올렸다.

"하지만 당신 남자 친구들 중에는 이 손을 좋다고 하는 사람도 있는걸!"

"안달루시아 사람들? 그건 그들이 캐스터네츠처럼 생각하는 거지!"

"이 매춘부!"

로자네트는 큰절을 했다.

"그보다 더 매혹적인 여자는 없지!"

바트나 양은 아무 대꾸도 하지 않았다. 땀방울이 그녀의 관자놀이에 보였다. 그녀는 두 눈을 양탄자에 못 박고, 숨을 헐떡거렸다. 마침내 문으로 가서, 사납게 문을 열며 말했다.

"안녕! 어디 두고 봐!"

"맘대로!" 로자네트가 말했다.

그녀는 자제하느라 몹시 지쳐 있었다. 그녀는 온몸을 떨며 긴 의자에 쓰러져 욕설을 퍼붓고 눈물을 흘렸다. 바트나의 협박 때문에 괴로워하는 걸까? 아니다! 그건 문제도 되지 않았다! 모든 정황을 고려해 볼 때, 바트나가 그녀에게 돈을 빚지고 있는 것 같으니까! 황금 양, 즉 선물 때문이었다. 그녀는 울면서 델마르의 이름을 불렀다. 그러니까 그녀는 엉터리 배우를 사랑하고 있었다!

'그럼, 이 여자는 왜 나를 받아들인 것일까? 그자는 어떻게 여기를 다시 드나들게 되었을까? 누가 이 여자에게 나를 붙잡아두라고 강요하는 것일까? 이건 대체 무슨 의미일까?'라고 프레데릭은 생각했다.

로자네트의 작은 흐느낌이 계속되었다. 그녀는 여전히 긴 의자 가장자리에 옆으로 길게 누워, 두 손 위에 오른쪽 뺨을 올려놓고 있었다. 그 모습이 너무 가냘프고 순진하며 애처로워 보여서, 그는 그녀에게 다가가 이마에 부드럽게 키스했다.

그러자 그녀는 여러 가지 애정의 증거를 댔다. 공작이 떠났으니까, 이제 그들은 자유라는 것이었다. 그러나 당장은… 곤란한 처지에 놓여 있다고 했다. "당신이 직접 봤잖아요. 요전 날, 내가 낡은 안감을 수선하고 있을 때 말이에요." 이제는 마차와 마부도 없었다! 그리고 그게 전부가 아니었다. 가구 상인이 침실과 거실의 가구들을 회수해 가겠다고 위협하고 있었다. 그녀는 어찌 해야 좋을지 모르겠다고 했다.

프레데릭은 '걱정하지 마! 내가 지불해주지!'라고 대답하고 싶었다. 그러나 이 여자는 거짓말을 하고 있는지도 몰랐다. 그는 경험을 통해 그것을 알고 있었다. 그는 단지 위로의 말을 해주는 것으로 그쳤다.

로자네트의 걱정은 거짓이 아니었다. 가구를 돌려주고 드루오 거리의 좋은 아파트를 떠나지 않으면 안 되었다. 그녀는 푸아소니에르 거리 5층에 다른 집을 얻었다. 예전 규방에 있던 골동품으로 방 세 개를 충분히 예쁘게 꾸밀 수 있었다. 중국 발, 테라스의 천막, 중고지만 아직 새것인 거실의 양탄자, 장미색 명주의 쿠션 의자도 있었다. 프레데릭은 이런 것들을 구입하는 데 큰 도움을 주었다. 그는 마침내 자기 집과 아내를 갖게 되는 새신랑의 기쁨을 느끼고 있었다. 그리고 그 곳이 아주 마음에 들어, 거의 매일 저녁 거기로 자러 갔다.

어느 날 아침 응접실에서 나갈 때, 그는 4층 계단에서 국민군의 원통형 군모를 쓴 사람이 올라오는 것을 보았다. 도대체 저 사람은 어디로 가는 것일까? 프레데릭은 기다렸다. 남자는 머리를 약간 숙인 채 계속 올라오고 있었다. 그가 눈을 들었다. 아르누였다. 상황은 분명했다. 그들은 똑같은 거북함에 동시에 얼굴을 붉혔다.

아르누가 먼저 빠져나갈 구실을 찾아냈다.

"로자네트가 몸이 나았다는데, 정말인가?" 마치 로자네트가 아파서 병문안을 온 것처럼 말했다.

프레데릭은 그렇게 돌파구를 열어준 것을 이용했다.

"네, 그런가 봐요! 어쨌든 하녀가 그렇게 말하더군요." 그는 로자네트를 만나지 못한 것처럼 하고 싶었다.

그리고 그들은 마주 서서 망설이며 서로 바라보았다. 두 사람 중 누구도 돌아가고 싶지 않았던 것이다. 이번에도 아르누가 문제를 해결했다.

"아! 좋아! 나중에 다시 오지! 자네는 어디로 가려고 했나? 내가 같이 가주지!"

거리로 나오자, 아르누는 평소처럼 자연스럽게 이야기했다. 아마도 그는 질투심이 전혀 없거나 사람이 너무 좋아 화를 낼 줄 모르는 것 같았다.

게다가 그는 조국에 대한 생각에 몰두해 있었다. 이제 그는 잠시도 군복을 벗지 않았다. 3월 29일에는 〈라 프레스〉지[17] 사무실을 지켰다. 의사당이 침입당했을 때는 용감함으로 두각을 나타냈고, 아미앵의 국민군 연회에도 참석했다.

위소네는 여전히 그와 함께 국민군에 복무하고 있었는데, 누구보다도 그의 물통과 담배를 이용했다. 그러나 원래 불손한 그는 아르누에게 반박하기를 좋아했고, 법령의 부정확한 문체, 뤽상부르 회의, 베쥐비엔 협회,[18] 티롤리엥,[19] 소 대신 말이 이끌고 못생긴 처녀들이 호위하는 농업신의 수레에 이르기까지 모든 것을 비방했다. 반대로 아르누는 당국을 옹호하고, 각 당파의 합병을 꿈꾸고 있었다. 그러는 동안 그의 사업은 잘 돌아가지 않았으나, 그는 별로 걱정하지 않았다.

프레데릭과 로자네트의 관계도 그를 전혀 슬프게 하지 않았다. 이를 알게 되어, 공작이 떠난 후 다시 보내주고 있는 생활비를 중단할 구실이 (마음속으로) 생겼기 때문이다. 그는 상황이 어렵다고 핑계를 대며 여러 가지로 죽는소리를 많이 했고, 로자네트는 이에 대해 관대했다. 그러자 아르누는 자기가 그녀의 마음의 연인이라고 생각했다. 이는 그의 진가를 높여주었고 그에게 활력을 주었다. 프레데릭이 로자네트에게 돈을 대주고 있다는 것은 의심할 바 없었으므로, 그는 '재미난 익살극을 하고 있다'고 생각하며 자신을 숨기고 프레데릭과 부딪칠 때는 프레데릭이 마음대로 하게 해 주었다.

이렇게 여자를 공유하는 것에 프레데릭은 기분이 상했다. 그리고 연적의 예의 바른 태도가 그에게는 일종의 은근한 야유처럼 여겨졌다. 그러나 화를 내면, 아르누 부인에게 돌아갈 기회를 완전히 잃게 되는 것이었다. 그리고 아르누는 그녀에 대한 이야기를 들을 수 있는 유일한 방법이었다. 도자기상은 습관에서인지 아니면 장난에서인지

---

17) 임시정부를 공격했기 때문의 좌익의 공격을 받은 신문이나, 온건파로 기울어진 국민군이 이를 옹호하고 과격파와 싸웠다.

18) 1848년 2월혁명 때 결성된 혁명적 부인 단체.

19) 2월혁명에 즈음하여 조직된 정치 단체.

기꺼이 부인을 연상시키는 이야기를 꺼냈다. 심지어 요즘은 왜 그녀를 만나러 오지 않느냐고 묻기도 했다.

프레데릭은 핑계 댈 것이 없어, 몇 번 부인을 찾아갔으나 만나지 못했다고 말했다. 아르누는 그 말을 곧이들었다. 그가 아내 앞에서 종종 프레데릭이 찾아오지 않는다고 좋아하곤 했는데, 그때마다 그녀는 프레데릭이 찾아왔지만 자기가 집에 없었다고 대답했기 때문이다. 그 결과, 두 거짓말은 폭로되기는커녕 더 확고해졌다.

프레데릭의 온순한 성격과 그를 속이는 즐거움 때문에 아르누는 더욱 그를 소중히 여겼다. 그는 아무런 허물없이 친숙하게 굴었는데, 이는 그를 무시해서가 아니라 신뢰하기 때문이었다. 어느 날, 그는 급한 일로 24시간 동안 시골에 갈 일이 생겼다면서 자기 대신 보초를 서 달라고 부탁하는 편지를 프레데릭에게 써 보냈다. 프레데릭은 거절할 수가 없어, 카루젤 초소로 갔다.

그리하여 그는 국민군과 어울리게 되었다! 마구 술을 마시는 익살스러운 감시자를 제외하고는 모두들 탄약주머니보다 더 어리석게 보였다. 주된 대화가 혁대 대신에 검대를 두르는 일에 관한 것이었다. 국민작업장에 대해 화를 내는 사람들도 있었다. "대체 어떻게 돼 가는 거야?"라고 누군가가 말하면, 그 말을 듣고 있던 사람은 심연 끝에 서있는 것처럼 눈을 뜨며 "어떻게 돼 가는 거야?" 하고 대꾸했다. 그러면 좀더 대담한 사람이 "이렇게 계속될 수는 없어! 끝장을 내야 해!"라고 소리쳤다. 그리고 똑같은 이야기들이 저녁때까지 되풀이되는 바람에, 프레데릭은 지루해서 죽을 지경이었다.

11시에 아르누가 나타나자, 프레데릭은 매우 놀랐다. 곧 아르누는 일이 끝나자마자 그를 해방시켜 주려고 뛰어왔다고 말했다.

아르누는 일이 있었던 것이 아니었다. 그것은 로자네트와 단둘이 24시간을 보내기 위해 지어낸 말이었다. 그러나 선량한 아르누는 너무도 자신만만했지만, 피로해지자 양심의 가책을 느꼈다. 그래서 그는 프레데릭에게 감사 인사를 하러 왔고, 밤참을 사겠다고 했다.

"대단히 고맙습니다! 하지만 배고프지 않아요! 잠이나 자고 싶어요!"

"그럼 조금 이따가 아침식사나 함께 하지! 자네 너무 무기력하군! 지금 집으로 돌아갈 수는 없잖아! 시간이 너무 늦었어! 위험하기도 하고!"

프레데릭은 이번에도 그의 말에 따랐다. 뜻밖에 아르누가 돌아온 것을 본 전우들은 기뻐했다. 특히 감시자가 그랬다. 모두들 그를 좋아하고 있었다. 그는 아주 선량한 사람이어서, 위소네가 같이 있지 않은 것을 섭섭해했다. 그러나 그는 더도 말고 1분만 눈을 붙이고 싶다고 했다.

"내 곁에 있어 주게." 그는 가죽 장비를 벗지도 않은 채 초소 침대에 길게 드러누우면서 프레데릭에게 말했다.

그는 경계경보를 염려하여 규칙상 금지되어 있는데도 총을 놓지 않았다. 그리고 "내 사랑! 나의 귀여운 천사!"라고 몇 마디 중얼거리고는 곧 잠들어버렸다.

이야기하던 사람들도 입을 다물고, 차츰 초소 안은 아주 조용해졌다. 프레데릭은 벼룩 때문에 불안해하며 주위를 살펴보았다. 노란 칠을 한 벽의 중간 높이에 기다란 선반이 있었고, 그 위에 배낭이 작은 혹처럼 줄지어 놓여 있었다. 그 밑으로는 납 빛깔의 총들이 나란히 세워져 있었다. 국민군 친구들의 코고는 소리가 들리고, 그들의 배가 어둠 속에 희미하게 드러났다. 난로 위에는 빈 병과 접시들이 가득했다. 카드 한 벌이 펼쳐져 있는 테이블 주위로는 밀짚의자가 세 개 있었다. 기다란 의자 한가운데에는 멜빵을 늘어뜨린 북이 있었다. 문을 통해 들어오는 더운 바람에 아르간 등에서 연기가 났다. 아르누는 두 팔을 벌리고 자고 있었다. 그의 총이 개머리판을 밑으로 하여 비스듬히 놓여 있었기 때문에, 총구가 그의 겨드랑이에 닿아 있었다. 프레데릭은 그것을 보고 소스라치게 놀랐다.

'천만에! 내가 잘못 생각한 거야! 전혀 걱정할 거 없어! 하지만 만약 그가 죽는다면…'

그러자 곧 끝없는 그림이 펼쳐졌다. 부인과 함께 밤에 역마차 의자에 앉아 있거나, 여름날 저녁 강가에 있거나, 두 사람의 집에서 등불 밑에 있는 자신의 모습이 눈앞에 보였다. 그는 그런 행복을 머릿속에 그리고 벌써 손끝으로 만져보며, 살림 비용이나 가사일의 처리까지 생각해 보았다. 그 행복을 실현시키기 위해서는 단지 저 방아쇠를 당기기만 하면 될 터였다! 발가락 끝으로 방아쇠를 누르면 총알이 발사될 것이고, 그것은 그저 우연에 지나지 않을 뿐이리라.

프레데릭은 극본을 쓰는 극작가처럼 그런 생각을 전개시켜 나갔다. 갑자기 그런 생각을 행동으로 옮기는 일이 그리 어려운 일이 아니며, 자기가 그럴 뜻을 품고 그렇게 하려고 한다는 생각이 들었다. 그러자 그는 엄청난 두려움에 휩싸였다. 그런 불안 속에서도 그는 어떤 기쁨을 맛보았고, 공포와 함께 양심의 가책이 사라지는 것을 느끼며 점점 더 그 기쁨에 빠져들었다. 그러한 광적인 몽상 속에서 나머지 세계는 모두 사라지고, 그는 견딜 수 없이 가슴을 죄는 압박감 이외에는 자기 자신도 의식하지 못했다.

"백포도주 한잔 할까요?" 잠이 깬 감시자가 말했다.

아르누가 펄쩍 뛰어 바닥으로 내려왔다. 그는 백포도주를 마시더니, 프레데릭 대신 보초를 서려고 했다.

이어서 그는 프레데릭을 데리고 샤르트르 거리의 팔리로 아침을 먹으러 갔다. 기력을 회복할 필요가 있었기 때문에, 그는 고기 두 접시, 바다가재, 럼주가 들어간 오믈렛, 샐러드 등을 주문하고, 술은 1819년산 소테른과 42년산 로마네, 디저트로는 샴페인과 리쾨르 술을 곁들였다.

프레데릭은 모든 것을 아르누에게 맡겼다. 그는 아르누가 자기 얼굴에서 아까 했던 생각의 흔적을 간파할 수 있을 것 같아 마음이 거북했다.

아르누는 두 팔꿈치로 식탁 가장자리를 짚고 몸을 아주 낮게 숙이고서, 유심히 프레데릭을 바라보며 자기가 생각하고 있는 일들을 털어놓았다.

그는 북부 철도의 선로 매립지를 소작시켜 감자를 심거나 '당대의 명사'들을 재현하는 거대한 행렬을 대로에서 조직하고 싶어 했다. 길가의 모든 창문들을 세낸다면, 평균 3프랑씩만 하더라도 상당한 이익을 볼 수 있다고 했다. 요컨대 그는 매점(買占)에 의한 일확천금을 꿈꾸고 있었다. 그러나 그는 도덕적인 사람으로 과도하고 나쁜 행위를 비난한다고 하며, '돌아가신 부친'에 대해 이야기했다. 그리고 매일 밤 신에게 영혼을 바치기 전에 양심에 꺼리는 일이 없는지 살핀다고 말했다.

"퀴라소 좀더 마실까, 어때?"

"좋으실 대로."

공화제에 대해 말하자면, 만사가 잘될 거라고 했다. 요컨대 그는 자기가 이 세상에서 가장 행복한 사나이라고 생각하고 있었다. 그는 깜빡 잊고 로자네트의 장점을 자랑하며 아내와 비교하기까지 했다. 둘은 전혀 다르다! 그렇게 예쁜 넓적다리는 상상도 할 수 없다는 것이었다.

"건배!"

프레데릭은 술잔을 부딪쳤다. 그는 아르누에게 호의를 보이느라 약간 과음하고 있었다. 게다가 강한 햇볕에 눈이 부셨다. 그들이 함께 비비엔 거리를 다시 올라갈 때는 두 사람의 어깨가 사이좋게 맞닿아 있었다.

집으로 돌아온 프레데릭은 7시까지 잠을 잤다. 그리고 로자네트에게 가 보았다. 그녀는 누군가와 함께 외출 중이었다. 아르누일까? 무엇을 해야 좋을지 몰라 그는 대로를 계속 산책했지만, 포르트 생마르탱을 통과할 수가 없었다. 그만큼 사람이 많았던 것이다.

상당수의 노동자들이 생활의 궁핍함에 빠져있었다. 그들은 아마도 어떤 신호를 기다리는지 매일 저녁 거기에 모여 정렬하고 있었다. 집회 단속령에도 불구하고 그러한 절망클럽은 놀라운 속도로 증가하고 있었다. 그리고 많은 부르주아들도 허세를 부리느라 혹은 유행을 좇느라 매일같이 거기로 갔다.

갑자기 프레데릭은 세 걸음쯤 떨어진 곳에 당브뢰즈 씨가 마르티농과 함께 있는 것을 보았다. 그는 고개를 돌렸다. 당브뢰즈 씨가 국회의원으로 당선된 것에 앙심을 품고 있었기 때문이다. 그러나 자본가 쪽에서 그를 불러 세웠다.

"잠깐만! 당신에게 설명할 일이 있소."

"그러실 필요 없습니다."

"부탁이니, 내 말을 좀 들어 보시오!

이번 일은 전혀 자기 잘못이 아니라고 했다. 사람들이 간청해서, 말하자면 어쩔 수 없었다는 것이다. 곧이어 마르티농이 그의 말을 뒷받침했다. 노장 대표자들이 그의 집으로 찾아왔다고 했다.

"게다가 어쨌든 나도 구애받을 게 없다고 생각했지요…"

보도로 모여든 인파 때문에 당브뢰즈 씨가 밀려났다. 잠시 후, 그가 다시 나타나 마르티농에게 말했다.

"그건 정말 남을 위한 봉사예요! 당신은 후회할 필요가 없어요…"

세 사람은 좀더 편하게 이야기하기 위해 어떤 상점에 등을 기댔다.

사람들이 이따금 "나폴레옹 만세! 바르베스[20] 만세! 마리[21] 타도!"라고 소리쳤다. 수많은 군중이 큰 소리로 이야기하고 있었다. 그 모든 목소리가 근처 집들에 메아리쳐서 마치 항구의 끊임없는 파도소리 같았다. 어떤 때는 잠잠해지기도 했다. 그러면 〈라 마르세예즈〉

---

20) 제2부 주 28번 참조.

21) Marie, 1785~1870. 2월혁명 임시정부의 공공사업부 장관으로, 의회에서 집회에 대한 발언을 한 후 대중의 비난을 받았다.

를 부르는 소리가 들려왔다. 대문 밑에서는 수상쩍은 태도의 남자들이 투창 달린 지팡이를 나누어주고 있었다. 때때로 두 사람이 서로 앞을 지나치면서 눈짓을 하고 급히 사라지곤 했다. 구경꾼들이 보도를 차지하고 있었고, 밀집한 군중이 포석 위에서 물결쳤다. 무리를 지은 경찰들이 골목길에서 나와 군중 속으로 들어가자마자 보이지 않게 되었다. 여기저기서 붉은 깃발이 불꽃처럼 보였다. 마부들은 마부석 꼭대기에서 크게 몸짓을 하고는 돌아가 버렸다. 그것은 정말 재미있는 광경이요, 움직임이었다.

"이런 걸 세실 양이 보면 좋아했을 텐데요!" 마르티농이 말했다.

"아시다시피, 집사람은 조카딸을 데리고 나오는 걸 좋아하지 않아요." 당브뢰즈 씨가 웃으면서 대답했다.

그는 알아볼 수 없을 만큼 변해 있었다. 세 달 전부터 그는 "공화국 만세!"를 외치고, 오를레앙 가문의 추방에 찬성투표를 하기까지 했다. 그러나 양보하는 것에도 한계가 있었다. 그는 주머니에 곤봉을 넣고 다닐 정도로 분개하고 있었다.

마르티농도 곤봉을 하나 가지고 있었다. 이제는 사법관이 종신직이 아니었으므로, 그는 검사국에서 물러났다. 그래서 그는 당브뢰즈 씨보다 더 분개하고 있었다.

은행가는 특히 라마르틴(르드뤼롤랭을 지지했기 때문에)을 미워하고 있었다. 그리고 피에르 르루, 프루동, 콩시데랑, 라므네, 모든 열광자들과 사회주의자들을 미워했다.

"결국 그들이 원하는 것은 무엇입니까? 육류에 대한 입시세와 신병구속이 폐지되었습니다. 이제는 저당은행에 대한 계획을 연구하고 있지요. 예전에는 국립은행이었는데요! 노동자들을 위해서는 5백만 프랑의 예산안이 마련되었어요! 그러나 다행히도 드팔루 씨 덕분에 끝나버렸지요. '안녕! 잘 가세요!'가 되었단 말입니다."

사실 국립작업장의 13만 명을 어떻게 먹여 살려야 할지 몰라, 바로 그날 공공사업부 장관이 18세에서 20세까지의 시민들에게 병역에 복무하든가 아니면 시골에 가서 농사를 지으라고 권고하는 포고문에 서명했던 것이다.

이 양자택일에 대해 시민들은 공화제를 파괴하려는 속셈이라고 판단하고 분개했다. 수도에서 멀리 떨어진 생활은 귀양살이처럼 서글픈 일이었고, 미개지에서 열병으로 죽어가는 자신들의 모습이 보이는 것 같았다. 게다가 힘들지 않은 일에 익숙한 많은 사람들에게 있어서, 농사는 위신이 떨어지는 것으로 생각되었다. 결국 그것은 속임수이고 조롱이며 모든 약속에 대한 공공연한 거절이었다. 만약 그들이 저항한다면, 무력이 행사될지도 몰랐다. 그들은 그렇게 믿고, 그에 대한 대비책을 준비하고 있었다.

9시경, 바스티유와 샤틀레에 모인 사람들은 대로로 물러났다. 포르트 생드니에서 포르트 생마르탱까지 거대한 인파가 들끓어, 검푸른 하나의 덩어리를 이루고 있었다. 언뜻 보이는 사람들은 모두가 불타는 눈동자, 창백한 안색, 굶주림에 야위고 불의에 흥분한 얼굴을 하고 있었다. 그사이 구름이 짙어졌다. 소나기가 쏟아질 듯한 하늘이 군중의 긴장감을 자극했고, 우유부단한 군중은 거친 파도처럼 소용돌이쳤다. 그리고 마음속으로 어떤 측정할 수 없는 힘, 원초적인 에너지와 같은 것을 느끼고 있었다. 이어서 모두들 "불을 켜라! 불을 켜라!"라고 노래하기 시작했다. 불이 켜지지 않은 창들이 몇 개 있었다. 그 유리창에 돌멩이가 던져졌다. 당브뢰즈 씨는 돌아가는 것이 좋겠다고 판단했다. 두 젊은이가 그를 바래다주었다.

그는 엄청난 재난을 예상하고 있었다. 민중이 다시 한 번 의사당에 난입할 수도 있었다. 그 이야기가 나오자, 그는 지난 5월 15일 한 국민군이 헌신적으로 도와주지 않았다면 죽었을지도 모른다는 이야기를 했다.

"그런데 그 사람은 당신 친구예요, 깜빡 잊고 있었네! 도자기상인 당신 친구, 자크 아르누 말이오!" 폭도들에게 교살당할 뻔했는데, 그 친절한 시민이 그의 팔을 잡아 한옆으로 피신시켰다는 것이다. 그리하여 그때부터 모종의 친밀감이 형성되었다. "조만간 한번 식사라도 함께 합시다. 당신은 그 사람을 자주 만나니까, 내가 호의를 갖고 있다고 전해 주시오. 그는 사람들의 비난을 받고 있지만, 내가 보기에는 아주 좋은 사람이에요. 재치도 있고, 아주 재미있는 사람이지요! 다시 말합니다만, 내가 칭찬하더라고 전해 주세요! 그럼 안녕히 가시오!"

프레데릭은 당브뢰즈 씨와 헤어진 후, 로자네트 집에 다시 갔다. 그는 아주 우울한 태도로 자기와 아르누 중에서 분명히 선택을 하라고 말했다. 그녀는 "그런 험한 소리"를 전혀 이해할 수 없다고 부드럽게 대답하고, 아르누를 사랑하지 않으며 아무 미련도 없다고 했다. 프레데릭은 파리를 떠나고 싶은 마음이 간절했다. 그녀도 그런 변덕스런 생각을 거절하지 않았다. 그래서 그들은 다음 날 퐁텐블로로 떠났다.

그들이 투숙한 호텔은 안마당 한가운데에 물이 찰랑거리는 분수가 있는 것이 다른 호텔과 달랐다. 방의 문들이 수도원처럼 복도로 나 있었다. 그들의 방은 커다랗고 좋은 가구를 갖추고 있었으며 인도 사라사가 쳐져 있었다. 여행객들이 거의 없어서 조용했다. 한가한 부르주아들이 길게 집들을 따라 지나갔다. 해가 지자, 그 집들의 창문 밑 길가에서 아이들이 술래잡기놀이를 했다. 파리의 소요에 뒤이은 이러한 고요가 그들에게 놀라움과 안도감을 불러 일으켰다.

다음 날 아침 일찍, 그들은 성을 구경하러 갔다. 철책 문을 들어서자, 성의 전면이 전부 보였다. 지붕이 뾰족한 다섯 개의 별관이 있고, 마당 안쪽에는 말발굽 모양의 층계가 펼쳐져 있으며, 마당 좌우의 가장자리에는 보다 낮은 건물 두 채가 서 있었다. 멀리서 보니 포석의 이끼와 벽돌의 황갈색 색조가 뒤섞여 보였고, 오래된 갑옷과 같은 적갈색 궁전 전체가 뭔가 태연자약한 듯하고 과감하면서도 슬픈 위용을 드러내고 있었다.

드디어 한 하인이 열쇠꾸러미를 들고 나타났다. 그는 우선 왕비들의 방, 교황의 기도실, 프랑수아 1세 회랑, 황제가 퇴위 서명을 한 작은 마호가니 테이블을 보여주었다. 그리고 예전의 세르프 회랑을 나누어놓은 방들 중 하나에서는 크리스티나 여왕[22]이 모날데스키[23]를 죽인 장소도 보았다. 로자네트는 그 이야기를 주의 깊게 듣고, 프레데릭을 돌아보며 말했다.

"질투 때문이었군요? 당신도 조심해요!"

그 다음에는 회의실, 경호실, 왕실, 루이 13세의 거실을 가로질러 갔다. 커튼이 없는 높은 창으로부터 하얀빛이 쏟아져 내려왔다. 에스파냐 자물쇠의 손잡이와 콘솔테이블의 구리 발에 먼지가 뿌옇게 끼어 있었다. 도처에 있는 안락의자에는 두꺼운 천의 커버가 씌워져 있었다. 문 위로는 루이 15세의 사냥하는 모습이 보였고, 여기저기의 장식 융단에는 올림포스 신들과 프시케 혹은 알렉산드로스 대왕의 전투 장면이 그려져 있었다.

거울 앞을 지날 때, 로자네트는 잠시 발을 멈추고 머리를 매끈하게 매만졌다.

그들은 누각의 안마당과 생사튀르냉 예배당을 지나 향연실로 갔다.

그들은 금은으로 장식되고 보석보다 더 섬세하게 조각된, 팔각형으로 나누어진 천장의 화려함과 벽을 뒤덮고 있는 수많은 그림에 경탄했다. 초승달 모양의 낫과 화살통이 프랑스 문장(紋章)을 에워싸고

---

22) Christina, 1626~1689. 스웨덴의 여왕으로 학문과 예술을 보호 장려했고, 퇴위 후에는 이탈리아, 프랑스 등지를 여행했다. 퐁텐블로 성에 체류 중, 정부인 모날데스키를 교살했다.

23) Monaldeschi. 이탈리아인으로 크리스티나 여왕을 따라 프랑스로 왔는데, 여왕에게 다른 정부가 생긴 것을 질투하여 그의 필적을 흉내 내 그녀에게 모욕적인 편지를 써 보낸 것이 탄로되어 1657년에 교살되었다.

있는 커다란 벽난로에서부터 넓은 방의 반대편 끝에 설치된 악사들을 위한 연단에 이르기까지 그림들이 덮여 있었다. 아치 모양의 창문 열 개가 활짝 열려 있어서, 그림이 햇볕에 반짝였다. 그리고 푸른 하늘이 창문 아치의 군청색을 끝없이 이어갔다. 희미하게 보이는 나무 꼭대기가 지평선을 가득 채우고 있는 숲 속에서는 상아나팔 소리와 함께 사냥감을 쫓는 사냥꾼의 함성의 메아리, 물의 요정과 숲의 요정으로 분장한 공작부인과 귀족들이 나뭇가지 아래 모여 전설적인 춤을 추는 소리가 들려오는 것 같았다. 그 당시는 어수룩한 과학과 격렬한 열정과 화려한 예술의 시대였다. 그 시대에는 사람들을 헤리페리데스[24]의 꿈속으로 데려가는 것이 이상이었고, 왕의 여자들이 성신(星辰)과 동일시되었다. 그런 여자들 중 가장 아름다운 미인이 사냥의 여신 디아나의 형상과 무덤 너머에서까지 그 권세를 드러내려 함인지 지옥의 여신 디아나의 모습으로 오른쪽에 그려져 있었다. 그 모든 상징이 그녀의 영화를 분명히 드러내주었고, 거기에 무언가 그녀의 흔적, 어렴풋한 목소리와 아직 사라지지 않은 광채가 남아 있었다.

프레데릭은 옛날을 회상하며 뭐라 표현할 수 없는 욕망에 사로잡혔다. 그는 그러한 욕망을 달래기 위해, 부드럽게 로자네트를 바라보며 이 여자처럼 되고 싶지 않으냐고 물었다.

"어떤 여자요?"

"디안 드 푸아티에!"

그는 반복해서 말했다.

"앙리 2세의 사랑을 받은 여자, 디안 드 푸아티에 말야."

그녀는 짧게 "아!" 하고 말할 뿐이었다.

그녀가 말이 없는 것을 보니, 아무것도 모르며 이해하지 못하고 있음이 분명했다. 그래서 그는 친절하게 말했다.

---

24) 그리스 신화에 나오는 세 명의 여신으로, 세계의 서쪽 끝에서 황금사과가 열리는 나무를 지키고 있었다고 한다.

"아마 지루한 모양이군?"

"아뇨, 재미있어요!"

로자네트는 턱을 쳐들고 멍한 시선을 주위에 던지며 이런 말을 내뱉었다.

"여러 가지 추억이 생각나네요!"

그런 말을 하는 그녀의 얼굴에서 애써 경의를 표하는 마음이 드러나 보였다. 그 진지한 태도가 더 예뻐 보여, 프레데릭은 그녀를 너그럽게 봐주었다.

그녀에게는 잉어 연못이 더 재미있었다. 15분 동안, 그녀는 빵조각을 물속에 던지며 잉어가 펄쩍 뛰어오르는 모습을 바라보았다.

프레데릭은 그녀와 나란히 보리수 밑에 앉았다. 그는 이곳을 자주 드나들던 모든 인물들을 생각해 보았다. 샤를 5세, 발루아 가문의 사람들, 앙리 4세, 피에르 3세, 장자크 루소와 '일등 관람석에서 눈물을 흘리는 아름다운 여자들', 볼테르, 나폴레옹, 피우스 7세, 루이필립. 이 소란스러운 과거의 인물들이 그를 에워싸고 팔꿈치를 부딪치는 것 같았다. 그는 그러한 혼란한 영상에 머리가 어지러웠지만, 그래도 매력을 느꼈다.

이윽고 그들은 화원으로 내려갔다.

화원은 거대한 장방형으로, 폭넓은 노란 오솔길, 네모난 잔디밭, 리본 모양으로 늘어선 회양목, 피라미드 모양의 주목(朱木), 키 작은 초목, 드문드문 심어진 꽃들이 잿빛 땅 위에 반점을 이루고 있는 좁은 화단이 한눈에 보였다. 정원 끝에는 기다란 수로가 꿰뚫고 지나가는 공원이 펼쳐져 있었다.

왕의 거처에는 특유한 우수가 배어 있게 마련이다. 거주하는 사람들이 적은 데 비해 장소가 너무 넓고, 옛날에는 그토록 요란했는데 지금은 놀라우리만큼 조용하며, 변함없이 호화로운 모습이 그 노후함에 의해 왕조의 덧없음과 모든 것의 한없는 허무를 드러내기 때문이다. 그리고 마치 미라의 냄새처럼 정신을 몽롱하게 만드는 음산한 세월의 냄새는 단순한 사람에게도 느껴지는 법이다. 로자네트는 마구 하품을 하고 있었다. 그들은 호텔로 돌아왔다.

점심을 먹자, 덮개 없는 마차가 당도했다. 그들은 원형광장을 통해 퐁텐블로를 벗어나, 키 작은 소나무 숲 속의 모래가 많은 길을 서서히 올라갔다. 나무들의 키가 점점 더 커졌다. 때때로 마부가 "여기가 프레르시아무아, 파라몽, 부케뒤루아…"라고 말했다. 마부는 유명한 장소들을 하나도 빼놓지 않고, 그들이 감탄할 수 있도록 이따금 마차를 세우기까지 했다.

그들은 프랑샤르 수림으로 들어갔다. 마차가 잔디밭 위를 썰매처럼 미끄러져 갔다. 어디 있는지 보이지 않는 비둘기들이 구구 울고 있는데, 갑자기 카페 보이가 나타났다. 그들은 둥근 탁자가 있는 정원의 울타리 앞에서 내렸다. 그리고 폐허가 된 수도원 담벼락을 왼쪽으로 하여 커다란 바위 위를 걸어서 곧 협곡에 이르렀다.

협곡의 한쪽은 사암과 노간주나무가 뒤섞여 덮여있었고, 다른 한쪽은 거의 벌거숭이의 대지가 오목한 골짜기를 향해 경사져 있었다. 그곳에는 떨기나무 사이로 오솔길이 한 줄기 연한 선을 이루고 있었다. 그리고 아주 멀리 평평한 원추형 꼭대기와 그 뒤로 전신탑이 보였다.

30분 후, 그들은 다시 한 번 마차에서 내려 아스프르몽 언덕을 올라갔다.

뾰족한 측면을 드러내고 있는 바위 밑의 땅딸막한 소나무들 사이로 길이 구불구불하게 나 있었다. 그곳의 숲에는 온통 뭔가 숨 막힐 듯한, 약간 야생적이면서 고요한 분위기가 감돌았다. 두 뿔 사이에 불빛 같은 십자가를 지닌 커다란 사슴을 벗 삼아 살면서 자기들의 동굴 앞에 무릎 꿇은 프랑스의 어진 왕들을 아버지 같은 미소로 맞이하는 은둔자들이 연상되는 곳이었다. 송진 냄새가 훈훈한 대기를 가득 채우고, 지면 위의 나무뿌리가 정맥처럼 서로 얽혀 있었다. 로자네트는 거기에 발이 걸려 비틀거리면서, 속상해서 울려고 했다.

그러나 꼭대기에 올라가서, 나뭇가지로 지붕이 덮인 선술집 같은 곳을 보자 다시 기뻐했다. 그곳에서는 나무 세공품을 팔고 있었다. 그녀는 레몬수를 한 병 마시고, 호랑가시나무 지팡이를 산 다음, 고원에서 볼 수 있는 경치에는 눈길 한번 주지 않고 횃불 든 소년을 따라 도적의 굴로 들어갔다.

마차는 바브레오에서 그들을 기다리고 있었다.

파란 작업복을 입은 한 화가가 떡갈나무 밑에서 무릎 위에 물감통을 얹어놓고 그림을 그리고 있었다. 그는 고개를 들고 그들이 지나가는 것을 바라보았다.

샤이유 언덕 한가운데 이르렀을 때, 갑자기 구름이 잔뜩 끼어 그들은 마차의 덮개를 덮었다. 그러나 곧 비가 그쳤고, 그들이 도시로 돌아왔을 때는 거리의 포석이 햇빛에 반짝이고 있었다.

새로 도착한 여행객들이 무시무시한 전투가 파리를 피로 물들이고 있다고 알려주었다. 로자네트와 그 애인은 이 소식에 놀라지 않았다. 이어서 모두들 가버리고, 호텔은 다시 고요해지며 가스등이 꺼졌다. 그들은 마당의 분수 물소리를 들으며 잠이 들었다.

다음 날, 그들은 고르주오루, 마르오페, 롱로쉐, 마르로트를 구경하러 갔다. 그 다음 날은 어디인지 묻지도 않고 종종 명승지를 무심히 지나치면서 마부가 이끄는 대로 정처 없이 돌아다녔다.

그들은 낡은 랑도 마차 안에 있는 것이 아주 편안했다! 마차는 소파처럼 푹 가라앉고 퇴색한 줄무늬 천으로 덮여있었다. 잡초가 가득한 도랑이 조용하고 끊임없는 움직임을 보이며 그들의 눈 밑으로 흘러갔다. 하얀 광선이 커다란 고사리 사이를 화살처럼 뚫고 지나갔다. 이제는 사용되지 않는 길이 이따금 그들 앞에 일직선으로 나타나기도 했다. 그 길에는 풀들이 여기저기 되는 대로 자라고 있었다. 갈림길 한복판에는 십자 모양의 도로 표지가 네 팔을 벌리고 있었고, 다른 곳에서는 말뚝이 고목처럼 기울어져 있었다. 나뭇잎 속으로 사라지는 구불구불한 오솔길은 그 길을 따라 계속 가보고 싶은 충동을 불러일으켰다. 바로 그때, 말이 방향을 바꾸어 그곳으로 들어갔다. 마차가 진흙에 빠졌다. 더 앞으로 가자, 깊이 팬 수레바퀴 자국 가장자리에 이끼가 자라고 있었다.

그들은 세상 사람들로부터 멀리 떨어져 단둘이 있는 것 같았다. 그러나 갑자기 총을 든 밀렵 감시인이나 기다란 나뭇단을 등에 짊어진 누더기 차림의 한 떼의 여자들이 지나가곤 했다.

마차가 멈추자 사방이 온통 조용해졌다. 아주 나지막하게 되풀이되는 새의 지저귀는 소리와 함께 대에 묶인 말의 입김 소리만 들릴 뿐이었다.

햇빛이 군데군데 숲 가장자리를 훤히 비추는데도 숲속은 어두웠다. 그리고 전방에는 땅거미 같은 어둠 때문에 약해진 광선이 멀리 보랏빛 안개 속에 흰빛을 던지고 있었다. 한낮의 햇빛은 넓은 초원을 수직으로 내리비추며 나뭇가지 끝에 은빛 물방울을 매달아놓고, 잔디밭에는 에메랄드빛 긴 줄무늬를 그려 놓았으며, 쌓인 낙엽 위에는 황금빛 반점을 던지고 있었다. 머리를 뒤로 젖히자, 나무 꼭대기 사이로 하늘이 보였다. 어떤 나무는 지나치게 높이 자라 족장이나 제왕과 같은 풍채를 드러냈고, 끝이 서로 맞닿아 기다란 가지로 개선문 같은 모양을 만들고 있는 나무들도 있었다. 또 어떤 나무들은 밑에서부터 비스듬히 자라 쓰러지려는 기둥처럼 보였다.

그 나무들의 수많은 수직선들이 좌우로 갈라진 곳도 있었다. 그러면 거대한 초록 물결이 울퉁불퉁한 돋을무늬를 그리며 계곡 표면까지 이어지고, 계곡에서는 또 다른 언덕들의 등성이가 튀어나와 막연하고 희미한 빛 속으로 사라지는 금빛 평원을 굽어보고 있었다.

그들은 높은 대지 위에 나란히 서서 바람을 들이마시며, 넘쳐흐르는 힘과 원인 모를 기쁨과 함께 보다 자유로운 생활에 대한 자부심 같은 것이 마음속으로 스며드는 것을 느꼈다.

여러 가지 다양한 나무들이 풍경에 변화를 주었다. 껍질이 하얗고 매끈매끈한 너도밤나무는 꼭대기가 서로 엉켜있었고, 물푸레나무는 청록색 가지가 부드럽게 휘어져 있었다. 어린 소사나무 숲 속에는 흡사 청동 같은 호랑가시나무가 곤두서 있었다. 그리고 우수에 젖은 듯 고개를 숙인 가느다란 자작나무가 열 지어 있었다. 오르간 파이프처럼 균형 잡힌 소나무는 계속 몸을 흔들면서 노래를 부르는 것 같았다. 꺼칠꺼칠하고 커다란 떡갈나무들은 경련을 일으키며 땅에서 기지개를 켜고 나와 서로 부둥켜안고 있었다. 마치 토르소처럼 나무 기둥 위에 굳건히 서 있는 그 떡갈나무들은 분노에 몸이 굳은 티탄[25]의 군상처럼 벌거벗은 팔을 내밀고 무시무시한 위협과 절망의 부르짖음을 내지르고 있었다. 가시덤불로 수면이 나누어진 늪 위로는 뭔가 더 무겁고 열에 들뜬 우수가 맴돌았다. 늑대가 물을 마시러 오는 늪의 둑에서 자라는 이끼들은 마녀의 발에 밟혀 불에 타는 듯한 유황색을 띠고 있었다. 그리고 쉴 새 없이 우는 개구리의 울음소리가 하늘을 선회하는 까마귀의 울음소리에 화답하고 있었다. 이어서 그들은 군데군데 묘목이 심어진 단조로운 숲 속 빈터를 가로질러 갔다. 날카로운 쇠망치 소리가 수없이 울려 퍼졌다. 어떤 언덕의 측면에서 한 무리의 석수들이 바위를 깨는 소리였다. 바위는 점점 그 수가 많아지더니 마침내 온 풍경을 뒤덮었다. 가옥처럼 입방체의 바위, 포석처럼 납작한 바위들이 사라진 도시의 기괴하고 알아보기 힘든 폐허처럼 서로 떠받치거나 뒤섞여서 들쑥날쑥 튀어나와 있었다. 그러나 혼잡을 이루고 있는 그 광란상태가 오히려 화산이라든가 홍수 같은 알 수 없는 대 천재지변을 상상하게 했다. 프레데릭은 그들이 천지개벽 이후

25) 그리스 신화의 신족(神族).

줄곧 거기에 있는 것 같고, 세상 끝날 때까지 그대로 있을 것 같다고 말했다. 로자네트는 얼굴을 돌리며 "그러면 미치고 말 것"이라고 단언하고, 떨기나무를 꺾으러 가버렸다. 떨기나무의 작은 보랏빛 꽃들은 서로 눌려 크기가 일정하지 않은 납작한 판 모양을 하고 있었고, 그 밑으로 무너져 내리는 흙은 운모가 번쩍이는 모래땅 가장자리에 검은 술 장식처럼 드리워졌다.

어느 날 그들은 온통 모래로 덮인 언덕 중턱에 올라갔다. 사람의 발자국이 나지 않은 모래 표면에는 균형 잡힌 물결 모양의 줄무늬가 나 있었다. 그리고 조수가 말라버린 해저 위의 갑(岬)처럼, 머리 내민 거북, 기어가는 바다표범, 하마, 곰 등 어렴풋한 동물 모양의 바위들이 여기저기 솟아 있었다. 사람이 아무도 없었다. 어떤 소리도 들리지 않았다. 햇빛을 받은 모래가 눈부셨다. 그런데 갑자기 그 빛의 진동 속에서 짐승이 움직이는 것 같았다. 그들은 무서움을 느끼고, 현기증을 떨쳐내며 재빨리 돌아왔다.

숲의 엄숙한 분위기가 그들을 사로잡았다. 그들은 몇 시간이나 말도 없이, 탄력 있는 마차의 흔들림에 몸을 맡긴 채 조용한 도취 속에 마비된 듯 가만히 있었다. 프레데릭은 로자네트의 허리에 팔을 두르고 새들이 지저귀는 소리와 함께 그녀의 이야기를 들으며, 그녀 모자의 까만 포도알, 노간주나무의 열매, 그녀의 모직 베일, 구름의 소용돌이를 거의 한눈에 바라보았다. 그녀에게로 몸을 기울이자, 싱그러운 살 냄새가 짙은 나무 향기와 뒤섞였다. 그들은 모든 것을 즐겼다. 덤불에 걸려있는 작은 거미줄, 돌 한복판의 물이 가득 고인 구멍, 나뭇가지 위의 다람쥐, 그들을 따라 날아오는 두 마리 나비 따위를 신기한 것인 양 서로 가리켰다. 20보쯤 떨어진 나무 밑에서 암사슴 한 마리가 고상하고 온화한 태도로 아기사슴과 나란히 조용히 걷고 있었다. 로자네트는 뒤쫓아 뛰어가서 사슴을 껴안고 싶어 했다.

한번은 갑자기 나타난 한 사나이가 상자 안에 든 살무사 세 마리를 보여주자, 로자네트는 무척 겁을 냈다. 그녀는 재빨리 프레데릭의 품에 몸을 던졌다. 그는 그녀가 약한 존재라는 것, 그리고 그녀를 보호할 만큼 자기가 강하다는 것을 느끼고 행복했다.

그날 저녁, 그들은 센 강가의 한 여관에서 식사를 했다. 테이블은 창가에 있었고, 로자네트는 맞은편에 앉아 있었다. 그는 그녀의 갸름하고 하얀 작은 코, 젖혀진 입술, 맑은 눈, 부풀어 오른 밤색 머리 모양, 달걀형의 예쁜 얼굴을 바라보았다. 표백하지 않은 얇은 비단 옷이 약간 처진 그녀의 어깨에 달라붙어 있었다. 단색의 소매에서 나온 두 손이 음식을 자르거나 마실 것을 따르거나 식탁보 위에 놓이거나 했다. 날개와 다리를 펼쳐놓은 닭고기, 파이프 백토로 만든 그릇에 담긴 장어 스튜, 떫은 포도주, 아주 딱딱한 빵, 이 빠진 칼이 식탁에 차려져 있었다. 그 모든 것이 기쁨과 환상을 더해 주었다. 그들은 이탈리아로 밀월여행을 온 것처럼 생각되었다.

돌아오기 전에, 그들은 강둑을 따라 산책했다.

둥근 천장처럼 동그랗고 부드러운 푸른 하늘이 톱니 모양의 숲 위 지평선에 걸려 있었다. 들판 끝의 맞은편에 있는 마을에는 종탑이 있었고, 더 멀리 왼쪽에는 어떤 집 지붕이 강 위로 붉은 반점을 이루고 있었다. 길게 굽이쳐 흐르는 강은 움직이지 않는 것처럼 보였다. 그러나 등심초가 휘어지고 있었고, 강물은 그물을 매어두기 위해 강가에 박아놓은 막대기를 가볍게 흔들고 있었다. 버들가지로 만든 통발 하나와 두세 척의 낡은 배도 있었다. 여관 근처에서 밀짚모자를 쓴 아가씨가 우물에서 두레박을 끌어올리고 있었다. 두레박이 올라올 때마다, 프레데릭은 사슬이 삐걱거리는 소리를 이루 말할 수 없는 기쁜 마음으로 들었다.

그는 죽을 때까지 행복하리라는 것을 의심하지 않았다. 그만큼 그의 행복은 자연스럽고, 자기의 삶과 로자네트의 몸에 내재하고 있는 것 같았다. 그녀에게 달콤한 이야기를 하고 싶은 욕구가 치솟았다.

그녀는 상냥한 말로 이에 답하고, 그의 어깨를 가볍게 쳤다. 그는 그 뜻밖의 친절에 매혹되었다. 그는 그녀에게서 마침내 아주 새로운 아름다움을 발견했다. 그 아름다움은 어쩌면 주위 사물의 반영에 지나지 않거나 아니면 남모르는 잠재력이 개화시킨 것인지도 몰랐다.

들판 한가운데서 쉴 때면, 그는 양산 밑에서 그녀의 무릎을 베고 길게 드러눕곤 했다. 그들은 풀밭에 엎드려 얼굴을 맞댄 채 서로를 바라보고 자기 자신의 모습을 찾으려고 상대방의 눈동자를 들여다보며 언제까지나 만족해하기도 했다. 그러다가 지그시 눈을 감고 더 이상 아무 말도 하지 않았다.

때때로 아주 멀리서 북치는 소리가 들려왔다. 그것은 파리를 방어하러 가기 위해 마을에서 울리는 비상 신호였다.

"아! 저런! 또 폭동이군!" 프레데릭은 경멸적인 동정을 드러내며 말했다. 그 모든 소동이 그들의 사랑과 영원한 자연에 비하면 하찮은 것으로 여겨졌기 때문이다.

그리고 그들은 다 알고 있는 사실들, 아무 재미도 없는 사람들, 수많은 쓸데없는 것들에 대해 아무 이야기나 했다. 그녀는 몸종과 미용사에 대한 이야기를 들려주었다. 어느 날, 그녀는 깜빡 자제심을 잃고 자기 나이를 말해버렸다. 스물아홉 살, 그녀는 나이가 꽤 많았다.

여러 번에 걸쳐, 그녀는 자기도 모르게 자신의 신상에 대해 상세한 이야기를 했다. 그녀는 '상점의 여점원'이었고, 영국을 여행했으며, 여배우가 되려고 수업을 시작한 일도 있었다. 그 모든 것들이 잘 연결이 안 돼, 프레데릭은 전체적인 이야기를 파악할 수가 없었다. 어느 날 목장 뒤의 플라타너스 나무 아래 앉아 있을 때, 그녀는 더 상세한 이야기를 했다. 아래쪽 길가에서 한 소녀가 먼지 속을 맨발로 다니며 암소에게 풀을 먹이고 있었다. 소녀는 그들을 보자마자 구걸을 하러 왔다. 한 손으로는 남루한 속치마를 붙잡고, 다른 한 손으로는 머리를 긁적였다. 반짝이는 두 눈 때문에 환히 빛나는 갈색 얼굴을 마치 루이

14세 시대의 가발처럼 검은 머리카락이 온통 에워싸고 있었다.

“나중에 미인이 되겠는걸.” 프레데릭이 말했다.

“저 아이에게 어머니가 없다면 얼마나 좋을까!” 로자네트가 말했다.

“뭐? 어째서?”

“그래요, 나도 어머니가 없었다면 …”

그녀는 한숨을 쉬고, 어린 시절에 대해 이야기하기 시작했다. 그녀의 부모는 크루아루스의 견직공장 종업원이었다. 그녀는 견습공으로 아버지의 일을 도왔다. 불쌍한 아버지는 기진맥진하도록 일을 해도 소용이 없었다. 어머니가 아버지에게 욕설을 퍼붓고, 모든 것을 팔아 술을 마시러 가곤 했던 것이다. 로자네트는 부모의 방이 지금도 눈에 선했다. 창가에 길게 놓인 편물 기계, 난로 위의 음식, 마호가니 색을 칠한 침대, 맞은편의 옷장, 그리고 그녀가 열다섯 살까지 잠을 자던 어두침침한 벽장. 드디어 한 신사가 찾아왔다. 회양목과 같은 안색에 독실한 신자 같은 태도를 지닌, 검은 옷을 입은 뚱뚱한 남자였다. 어머니가 그 남자와 어떤 이야기를 했고, 사흘 후에는 … 로자네트는 입을 다물었다. 그리고 뻔뻔스럽지만 몹시 괴로운 시선으로 다시 말했다.

“그렇게 된 거예요!”

이어서 프레데릭의 재촉하는 몸짓에 대답했다.

“그 남자에게는 아내가 있었기 때문에(집으로 데려가서 문제를 일으키는 것이 두려웠겠죠), 나를 식당 별실로 데려갔어요. 내가 행복해질 거고 좋은 선물을 받게 될 거라고 말했지요.

문을 들어서자마자, 제일 먼저 나를 놀라게 한 것은 두 벌의 식기가 놓인 식탁 위의 도금한 은촛대였어요. 천장 거울에 모든 게 다 비치고, 파란 명주의 벽걸이 천 때문에 방 전체가 규방처럼 보였어요. 깜짝 놀랐죠. 알다시피, 그런 것을 전혀 본 적이 없는 불쌍한 소녀였거든요! 눈부시긴 했지만, 난 겁이 났어요. 돌아가고 싶었는데, 그

대로 있었어요.

앉을 자리는 식탁 곁에 있는 긴 의자 하나뿐이었어요. 거기 앉으니까 푹신푹신했어요. 양탄자 안의 난방장치 구멍에서는 더운 공기가 나왔고, 난 아무것도 먹지 않고 있었어요. 서 있던 종업원이 내게 먹으라고 권하더군요. 그는 곧 커다란 컵에 포도주를 따라 주었어요. 머리가 뱅뱅 돌아 창문을 열고 싶었어요. 그러자 종업원이 '안 돼요, 아가씨. 그건 금지되어 있어요'라고 말했어요. 그리고 그는 나가 버렸어요. 식탁에는 내가 모르는 음식이 잔뜩 있었어요. 아무것도 맛있어 보이지 않았지요. 그래서 별 수 없이 잼 단지 하나로 만족하고, 계속 기다리고 있었어요. 그 남자가 왜 안 오는지 알 수가 없었어요. 아주 늦은 시간이었죠. 적어도 밤 12시는 됐을 거예요. 견딜 수 없이 피곤해서, 더 편하게 누우려고 베개 하나를 떠밀었더니 손 밑에 앨범 같은 공책이 한 권 잡혔어요. 외설스런 그림책이었어요… 그 위에서 자고 있는데, 그 남자가 들어왔지요."

그녀는 머리를 숙이고 생각에 잠겼다.

그들 주위에서 나뭇잎이 살랑거리고 있었다. 무성한 풀밭에서는 커다란 디기탈리스가 흔들리고, 햇빛이 물결처럼 잔디밭 위를 흐르고 있었다. 그리고 이제는 보이지 않는 암소의 풀 뜯는 소리가 쉴 새 없이 적막을 깨고 있었다.

로자네트는 3보쯤 떨어진 바닥의 한 지점에 시선을 못 박고, 콧구멍을 벌렁거리며 골똘히 생각에 잠겨 있었다. 프레데릭은 그녀의 손을 잡았다.

"고생이 많았군, 불쌍한 사람!"

"네. 당신이 생각하는 것보다 훨씬 더! … 죽어버리고 싶을 정도였어요. 그런데 나를 구해준 사람이 있었어요." 그녀가 말했다.

"뭐라구?"

"아! 그 얘긴 이제 더 생각하지 말아요! … 당신을 사랑해요, 행복해! 키스해 주세요." 그리고 그녀는 옷 밑자락에 달라붙은 엉겅퀴 잔가지들을 하나하나 떼어냈다.

프레데릭은 특히 그녀가 하지 않은 이야기를 생각하고 있었다. 어떤 단계를 통해 궁지에서 벗어날 수 있었을까? 어떤 애인 덕분에 교양을 갖추게 되었을까? 그가 처음으로 그녀의 집에 갈 때까지 그녀의 삶에는 어떤 일들이 있었을까? 그녀의 마지막 고백은 질문을 금하고 있었다. 그는 단지 어떻게 아르누를 알게 되었냐고 물어보았다.

"바트나를 통해서."

"언젠가 팔레루아얄 극장에서 그들 두 사람과 같이 있는 여자를 보았는데, 그게 당신 아니었어?"

그는 정확한 날짜를 댔다. 로자네트는 애써 생각했다.

"네, 맞아요! … 그 무렵 나는 즐겁지가 않았어요!"

그런데 아르누가 친절을 보였다는 것이다. 프레데릭은 이를 의심하지 않았다. 하지만 그들의 친구는 결점이 많은 이상한 사람이었다. 프레데릭은 그의 결점을 하나하나 지적했다. 그녀는 인정했다.

"아무려면 어때요! … 어쨌든 그는, 그 심술궂은 사람은 좋은 사람이에요!"

"지금도 여전히 좋아하나?" 프레데릭이 말했다.

그녀는 얼굴을 붉히며, 반은 웃고 반은 화를 냈다.

"아니! 그건 옛날이야기예요. 난 당신한테 아무것도 숨기지 않아요. 설사 그렇다 하더라도, 그의 경우는 달라요! 그런데 당신은 당신이 피해를 준 사람에게 친절하지 않군요."

"내가 피해를 주었다니?"

로자네트는 그의 턱을 잡았다.

"물론이죠!"

그리고 유모가 어린애를 타이르는 투로 말했다.

"항상 착하지가 않았지! 그의 아내하고 잤으니까!"

"내가! 천만에!"

로자네트는 미소를 지었다. 그는 그 미소가 무관심의 표현이라고 생각되어 마음이 언짢았다. 그러나 그녀는 거짓말을 간청하는 시선으로 부드럽게 다시 말했다.

"정말이에요?"

"물론이지!"

프레데릭은 다른 여자를 너무 좋아한 까닭에 아르누 부인을 결코 생각해 본 적이 없었다고 맹세했다.

"다른 여자가 누군데요?"

"바로 당신이지!"

"어머! 놀리지 말아요! 기분 나쁘게!"

그는 어떤 이야기, 즉 연애 이야기를 하나 만들어내는 게 좋겠다고 판단했다. 그는 상세한 이야기를 꾸며냈다. 게다가 그 여자가 자기를 아주 불행하게 만들었다고 말했다.

"당신은 정말 운이 없군요!" 로자네트가 말했다.

"아! 그럴지도 모르지!" 이로써 그는 운이 좋은 경우도 몇 번 있었음을 암시하고자 했다. 자신을 돋보이게 하기 위해서였다. 그것은 프레데릭이 자기를 더 높이 평가하도록, 로자네트가 애인들을 전부 고백하지 않은 것과 마찬가지였다. 아무리 사적인 속내 이야기를 하더라도, 헛된 수치심이나 예민함이나 동정심 때문에 항상 제한이 있게 마련이기 때문이다. 상대방이나 자기 자신에게서 뛰어넘을 수 없는 절벽이나 진흙탕을 발견하게 되는 법이다. 게다가 이해받지 못하리라고 느끼기도 한다. 무엇이든 있는 그대로 정확하게 표현하기란 어려운 일이다. 따라서 남녀의 완전한 결합이란 거의 존재하지 않는다.

불쌍한 로자네트는 지금보다 더 좋은 결합을 경험해 본 적이 없었다. 종종 프레데릭을 바라볼 때면, 그녀의 눈에 눈물이 맺히곤 했다. 그러면 그녀는 마치 어떤 커다란 서광이나 한없는 행복의 전망을 본 것처럼 눈을 쳐들거나 지평선을 바라보았다. 드디어 어느 날, 그녀는 "우리의 사랑에 행복을 가져다주도록" 미사를 드리고 싶다고 털어놓았다.

도대체 그녀는 왜 그토록 오랫동안 프레데릭을 거절했던 것일까? 그녀 자신도 알 수 없었다. 그가 그 질문을 여러 번 되풀이하자, 그녀는 그를 껴안으며 대답했다.

"당신을 지나치게 사랑하게 될까 봐 두려웠던 거예요, 내 사랑!"

일요일 아침, 프레데릭은 신문에 난 부상자 명단에서 뒤사르디에의 이름을 보았다. 그는 비명을 지르고, 신문을 로자네트에게 보여주며 즉시 돌아가야겠다고 했다.

"뭐 하러요?"

"그를 만나 간호해주러!"

"설마 나를 혼자 내버려두려는 건 아니겠죠?"

"같이 가지."

"아! 그런 소동 속으로 들어가라구요! 사양하겠어요!"

"하지만 나는…"

"그만해요! 마치 병원에 간호사가 부족하기라도 한 것 같군요! 그리고 그 사람과 무슨 상관이에요? 자기 일은 자기가 알아서 하는 거지!"

그는 그러한 이기주의에 화가 났다. 그리고 다른 사람들과 함께 파리에 있지 않은 것을 자책했다. 조국의 불행에 그토록 무관심한 것은 어딘가 비열하고 부르주아적인 태도였다. 그의 사랑이 죄악처럼 갑자기 그의 마음을 짓눌렀다. 그들은 1시간 동안 서로 토라져 있었다.

결국 그녀가 위험한 일을 당하지 말고 기다리라고 애원했다.

"만일 어쩌다가 죽기라도 하면!"

"그야 의무를 다했을 뿐이지!"

로자네트는 펄쩍 뛰었다. 우선 그의 의무는 자기를 사랑하는 것이라고 했다. 그러니까 그는 분명히 더 이상 자기를 필요로 하지 않는다는 것이었다! 그건 상식 없는 짓이다! 맙소사, 대체 무슨 생각을 하고 있는 것인가!

프레데릭은 벨을 눌러 계산서를 가져오게 했다. 그러나 파리로 돌아가는 것은 쉬운 일이 아니었다. 르루아르 교통회사의 마차는 방금 떠났고, 르콩트 회사의 대형마차는 떠나지 못할 것이며, 부르보네 회사의 합승마차는 밤늦게야 지나갈 텐데 만원일지도 모른다는 것이었다. 그 점에 대해서는 아무것도 알 수가 없었다. 프레데릭은 이런 정보를 알아보느라 많은 시간을 허비한 후에, 역마차를 탈 생각이 났다. 프레데릭이 허가증을 가지고 있지 않아서, 역장은 말을 제공해주지 않았다. 마침내 그는 칼레슈 마차(그들이 산책할 때 탔던 마차)를 대절했고, 그들은 5시경에 믈룅의 상업거래소 앞에 도착했다.

시장 광장은 무기 다발로 덮여 있었다. 지사는 국민군에게 파리로 가는 것을 금지했다. 그 지역 출신이 아닌 사람들은 가던 길을 계속 가고자 했다. 사람들은 고함을 질렀다. 여관은 북새통을 이루었다.

로자네트는 겁에 질려 더 이상 가지 않겠다고 하면서, 프레데릭에게 그냥 있으라고 다시 애원했다. 여관 주인 부부가 그녀의 편을 들었다. 식사하고 있던 한 선량한 사람이 끼어들어, 전투는 머지않아 곧 끝날 거라고 단언했다. 어쨌든 의무를 다해야 했다. 그러자 로자네트는 한층 더 흐느껴 울었다. 프레데릭은 화가 났다. 그는 그녀에게 지갑을 주고, 재빨리 키스한 후 나가버렸다.

코르베유에 도착한 그는 역에서 폭도들이 철도를 군데군데 끊어버렸다는 소식을 들었다. 마부는 말이 "지쳐서" 더 이상 그를 태워줄 수 없다고 말했다.

그러나 마부의 도움으로 프레데릭은 형편없는 카브리올레 마차 한 대를 손에 넣었다. 그 마차는 팁은 별도로 하고 60프랑에 그를 이탈리 성문까지 데려다주기로 했다. 그러나 성문에서 백보쯤 떨어진 곳에서, 마부는 그를 내려주고 돌아가 버렸다. 프레데릭이 도로를 걸어가고 있을 때, 갑자기 보초 하나가 총검을 들이댔다. 네 사람이 달려들어 그를 붙잡고, 고래고래 고함을 질렀다.

"이놈도 같은 패거리야! 조심해! 몸을 뒤져봐! 이 강도! 불한당!"

프레데릭은 몹시 놀라 성문 초소로 순순히 끌려갔다. 초소는 고블랭 대로, 오피탈 대로, 고드프루아 거리, 무프타르 거리가 한데 모이는 원형광장에 있었다.

그 네 개의 도로 끝에 각각 포석을 산더미같이 쌓아 바리케이드가 만들어져 있었다. 여기저기서 횃불이 탁탁 소리를 내며 타고 있었다. 먼지가 이는데도 정규군의 보병과 국민군이 보였다. 모두들 얼굴이 까맣고, 옷차림이 형편없었으며, 험상궂은 모습이었다. 그들은 방금 광장을 점령하고 여러 사람을 총살한 것이다. 그 분노가 아직 사라지지 않고 있었다. 프레데릭은 벨퐁 거리에 사는 한 친구가 부상당해 그를 도와주러 퐁텐블로에서 오는 길이라고 말했다. 처음에는 아무도 그의 말을 믿으려고 하지 않았다. 그의 두 손을 조사하고, 그에게서 화약 냄새가 나지 않는지 확인하려고 귀까지 냄새를 맡았다.

그러나 똑같은 말을 되풀이한 결과, 그는 결국 대장을 납득시킬 수 있었다. 대장은 총을 가진 두 사람에게 그를 식물원 초소로 데려다주라고 명령했다.

그들은 오피탈 대로를 내려갔다. 거센 바람이 불고 있었다. 그 바람이 프레데릭의 기운을 북돋아 주었다.

그들은 마르셰오슈보 거리의 모퉁이를 돌아갔다. 오른쪽으로 식물원이 커다란 덩어리처럼 보였고, 왼쪽에 보이는 고아원 건물 정면은 창문마다 불이 켜있어 마치 화재가 난 것처럼 훤했다. 그리고 사람들의 그림자가 유리창 위로 급하게 지나갔다.

프레데릭을 데려다준 두 사람은 가버리고, 다른 사람이 이공과대학까지 그를 데려다주었다.

생빅토르 거리는 가스등도 집의 불빛도 없어서 아주 어두웠다. 10

분마다 고함소리가 들렸다.

"보초들! 조심해!" 고요 속에 던져진 그 고함소리는 심연 속에 떨어지는 돌의 반향처럼 길게 계속되었다.

때때로 무거운 발소리가 들렸다. 적어도 백 명은 되는 정찰대의 소리였다. 그 혼잡한 집단으로부터 속삭이는 소리, 쇠가 부딪치는 어렴풋한 소리들이 새어나왔다. 그리고 리드미컬하게 흔들리며 멀어지더니 어둠 속으로 사라졌다.

네거리 중앙에는 말을 탄 용기병이 꼼짝 않고 서 있었다. 이따금 기병 전령이 속보로 지나가버리고 나면, 다시 고요해졌다. 멀리서 대포를 끌고 가는 소리가 포석 위에서 둔탁하고 무서운 소리를 냈다. 평상시와는 다른 그 소리에 가슴이 오그라들었다. 그 소리는 오히려 더 고요하게 만드는 것 같았다. 적막 같은 깊은 고요, 그야말로 캄캄한 고요였다. 하얀 작업복을 입은 사람들이 군인들에게 다가가 한마디 하고는 유령처럼 사라졌다.

이공과 대학 초소는 사람들로 가득 차 있었다. 여자들이 문턱을 가로막고 아들이나 남편을 만나게 해 달라고 부탁하고 있었다. 여자들은 시체보관소로 변한 팡테옹으로 내쫓겼다. 프레데릭의 이야기를 들어주는 사람은 아무도 없었다. 그는 완강히 버티며, 뒤사르디에라는 친구가 자기를 기다리며 죽어가고 있다고 주장했다. 드디어 한 하사가 생자크 거리 위쪽에 있는 12구 구청으로 그를 데려다 주기로 했다.

팡테옹 광장은 밀짚 위에 누워있는 병사들로 가득했다. 해가 뜨고 있었다. 야영지의 불이 꺼졌다.

그 지역에는 폭동의 무서운 흔적이 남아 있었다. 거리의 흙바닥은 끝에서 끝까지 울퉁불퉁하게 패여 있었다. 무너진 바리케이드 위에는 합승마차, 가스관, 짐수레의 바퀴가 버려져 있었다. 군데군데 시커먼 작은 웅덩이에는 피가 고여 있는 것이 분명했다. 집들은 탄환으로 구멍투성이가 되었고, 비늘처럼 벗겨진 석고 밑으로 그 골격이 드러나 보였다. 못 하나로 지탱되는 덧문들은 누더기 천처럼 매달려 있었다. 층계는 무너지고, 문들은 허공을 향해 열려 있었다. 벽지가 갈기갈기 찢어진 방 안이 들여다보였다. 거기에는 이따금 호화로운 물건들이 그대로 남아 있었다. 프레데릭은 추시계, 앵무새가 앉아 있는 나무, 판화들을 바라보았다.

구청으로 들어가자, 국민군들이 브레아, 네그리에, 국회의원 샤르보넬, 파리 대주교의 죽음에 대해 끊임없이 이야기하고 있었다. 오말 공작이 불로뉴에 도착했고, 바르베스는 뱅센에서 도망쳤고, 포병대가 부르주에서 왔고, 지방의 지원군이 모여들고 있다고 했다. 3시경, 어떤 사람이 좋은 소식을 가지고 왔다. 폭동의 대표자들이 국회의장한테 가 있다는 것이었다.

그러자 모두가 기뻐했다. 프레데릭은 아직 12프랑을 가지고 있었기 때문에, 포도주 열두 병을 사 오도록 했다. 그렇게 해서 빨리 벗어나고 싶었던 것이다. 갑자기 총소리가 들린 것 같았다. 주연이 중단되었다. 사람들이 미지의 인물을 의심스러운 눈으로 바라보았다. 그가 앙리 5세[26]일지도 몰랐다.

그들은 아무 책임도 지지 않으려고 그를 11구 구청으로 이송했고, 거기서 그는 아침 9시가 되어서야 나올 수 있었다.

그는 볼테르 강가까지 뛰어갔다. 어느 열린 창문에서 셔츠 바람의 한 노인이 눈을 쳐들고 울고 있었다. 센 강은 조용히 흐르고 있었다. 하늘은 온통 파랗고, 튈르리 숲 속에서는 새들이 노래하고 있었다.

프레데릭이 카루젤 광장을 가로질러 갈 때, 들것 하나가 지나갔다. 보초병이 즉시 받들어총을 하고, 장교는 군모에 손을 갖다 댔다. "불행한 용자(勇者)에게 영광이 있기를!" 이 말은 거의 의무적인 것이

26) 프랑스 부르봉 왕조 최후의 상속인인 샹보르 백작을 말한다. 7월혁명으로 퇴위한 샤를 10세 사후에는 앙리 5세라고 칭했고, 제2제정 몰락 후 왕위를 요구했으나 의회에서 부결되어 뜻을 이루지 못했다.

되어 있었고, 그 말을 하는 사람은 언제나 엄숙한 감동을 받는 것 같았다. 격분한 한 무리의 사람들이 들것을 호위하며 소리쳤다.

"우리가 원수를 갚아주겠소! 원수를 갚아주겠소!"

대로에 마차들이 돌아다니고, 여자들은 문 앞에서 헌 옷을 찢어 붕대를 만들고 있었다. 그동안 소동은 거의 진압되었다. 방금 전 공표된 카베냐크[27]의 성명이 이를 알리고 있었다. 비비엔 거리 위쪽에서 유격대 1소대가 나타났다. 그러자 시민들이 환호성을 질렀다. 시민들은 모자를 들어 올리고, 박수를 치고, 유격대원들을 껴안거나 마실 것을 권하려고 했다. 그리고 부인들이 던진 꽃이 발코니에서 떨어졌다.

드디어 10시, 생탕투안 교외를 탈환하기 위해 대포가 우르릉거리고 있을 무렵 프레데릭은 뒤사르디에의 집에 도착했다. 뒤사르디에는 다락방에서 똑바로 누워 자고 있었다. 옆방에서 한 여자가 발소리를 죽이며 나왔다. 바트나 양이었다.

그녀는 프레데릭을 한옆으로 데리고 가서, 뒤사르디에가 부상당한 경위를 말해주었다.

토요일, 라파예트 거리의 바리케이드 위에서 삼색기로 몸을 감싼 한 소년이 국민군에게 "너희들은 동포에게 총을 쏠 셈이냐?"라고 소리쳤다. 국민군이 전진하자, 뒤사르디에는 총을 버리고 다른 사람들을 헤치며 바리케이드 위로 뛰어올라가 헌 구두로 일격을 가해 폭도를 쓰러뜨리고 삼색기를 빼앗았다. 그러나 그는 허벅지에 구리탄의 관통상을 입고 부서진 물건의 잔해 밑에서 발견되었다. 상처를 절개

---

27) Louis-Eugène Cavaignac, 1802~1857. 프랑스의 장군이자 정치가. 1848년의 2월혁명 후 육군대신이 되었는데, 부르주아 공화파에 속하여 정치적으로도 활동했다. 1848년 6월, 노동자의 반란(6월사건) 때에는 진압군의 총사령관이 되었으며, 행정장관으로 임명되어 독재권을 장악하고 반란을 철저하게 탄압했다. 이해 12월 부르주아 공화파의 대표로서 대통령 선거에 입후보하였으나, 루이 나폴레옹에게 패배했다.

하여 탄환을 꺼내야 했다. 바트나 양은 그날 저녁에 와서, 그때부터 그의 곁을 떠나지 않고 있다는 것이었다.

그녀는 상처에 필요한 모든 것을 재치 있게 준비하고, 물 마시는 것을 도와주거나 사소한 요구도 살피면서 파리보다 더 가볍게 왔다 갔다 했다. 그리고 다정한 눈으로 그를 바라보았다.

프레데릭은 2주일 동안 매일 아침 빠짐없이 찾아갔다. 어느 날 그가 바트나의 헌신에 대해 말하자, 뒤사르디에는 어깨를 으쓱했다.

"아닙니다! 이해관계가 있어서 그러는 거예요!"

"그렇게 생각하나?"

그는 "확실해요!"라고 다시 말하고, 더 이상 설명하려고 하지 않았다.

바트나는 뒤사르디에의 훌륭한 행동을 칭찬하는 신문을 가져다줄 정도로 온갖 세심한 배려를 다했다. 그러한 칭찬이 그를 괴롭히는 것 같았다. 그는 프레데릭에게 양심에 꺼려진다는 고백까지 했다.

아마도 반대편의 작업복을 입은 사람들 편에 서야 하지 않았을까? 결국 그들에게 산더미 같은 약속을 해 놓고는 지키지 않았으니까. 그들에게 승리한 사람들은 공화제를 싫어하고 있었다! 그리고 그들에게 아주 혹독하게 굴고 있었다! 어쩌면 그들에게 잘못이 있을지도 모르지만, 전적으로 잘못한 것은 아닐 터였다. 선량한 젊은이는 자기가 정의를 짓밟았을지도 모른다는 생각에 괴로워하고 있었다.

세네칼은 강가의 고지 밑에 있는 튈르리 궁전에 갇혀 있어서 그러한 괴로움은 전혀 없었다.

거기에는 9백 명의 사람들이 오물 속에 뒤죽박죽 처박혀 있었다. 그들은 화약과 응고된 피로 시커메진 얼굴로, 열이 나서 몸을 떨며 무섭게 소리치고 있었다. 사람들 틈에서 죽어가는 사람들도 꺼내주지 않았다. 때때로 갑자기 폭발음이 들리면, 그들은 모두 총살당하는 것이 아닌가 하여 벽 쪽으로 뛰어갔다가 다시 제자리로 와서 쓰러지곤 했다. 고통으로 넋이 나간 그들은 악몽과 불길한 환각 속에서 살고 있는 것 같았다. 둥근 천장에 매달린 전등은 피의 얼룩처럼 보였고, 지하묘소의 발산물에서 생기는 초록과 노랑의 작은 불꽃이 날아다녔다. 전염병에 대한 두려움 때문에, 조사위원회가 임명되었다. 위원장은 몇 발짝 들어서자마자, 똥 냄새와 시체 냄새에 질겁하여 뒤로 물러났다. 죄수들이 환기창으로 다가가면, 보초를 서고 있는 국민군들이 철책을 흔들지 못하도록 떼 지어 몰려든 사람들에게 마구 총검을 쑤셔 넣었다.

국민군은 대개 무자비했다. 전투에 참가하지 않은 사람들은 공적을 세우고 싶어 했다. 그리하여 두려움이 범람하고 있었다. 신문, 클럽, 집회, 주의 등 석 달 전부터 그들을 격분시킨 모든 것에 대해 한꺼번에 복수를 했다. 승리했는데도 불구하고, 평등(마치 그 옹호자들을 벌주고 반대자들을 비웃기 위한 것처럼)이 당당하게 나타나고 있었다. 그것은 무지몽매한 평등이며, 똑같은 수준의 피비린내 나는 파렴치함이었다. 맹목적으로 이익을 좇는 행위와 본능적 욕구에 대한 열광이 균형을 이루어, 귀족계급은 방탕한 생활에 열중했고 서민의 면모자나 과격분자의 빨간 모자가 똑같이 흉하게 보였던 것이다. 일반 사람들의 이성은 천재지변이 일어난 후처럼 혼란을 겪고 있었다. 그 때문에 총명한 사람들은 평생 바보로 남았다.

로크 영감은 거의 무모할 정도로 용감해졌다. 26일에 노장 사람들과 함께 파리에 도착한 그는 그들과 함께 돌아가지 않고 튈르리에 주둔하고 있는 국민군에 가담했다. 그는 강가의 고지대 앞에서 보초서는 것을 아주 좋아했다. 적어도 거기서는 강도 같은 놈들을 내려다볼 수 있었다! 그는 그들의 패배와 굴욕을 즐기며, 그들에게 욕설을 퍼붓지 않을 수 없었다.

그들 중 긴 금발의 한 청년이 창살에 얼굴을 갖다 대며 빵을 달라고 했다. 로크 씨는 조용히 하라고 명령했다. 그러나 젊은이는 애처로운 소리로 되풀이했다.

"빵을 주세요!"

"내가 빵을 가지고 있어야지!"

다른 죄수들도 환기창에 나타나서, 수염을 곤두세우고 번득이는 눈동자로 서로 밀면서 일제히 소리쳤다.

"빵을 주시오!"

로크 영감은 자기 권위가 무시되는 것을 보고 화가 났다. 그리하여 겁을 주려고 그들에게 총을 겨누었다. 질식할 것 같은 사람들의 물결에 떠밀려 둥근 천장까지 이른 젊은이가 머리를 뒤로 젖히고 다시 한 번 소리쳤다.

"빵을 주시오!"

"그래! 여기 있다!" 로크 영감은 방아쇠를 당기며 말했다.

무시무시한 울부짖음이 나더니, 아무 소리도 들리지 않았다. 나무통 옆에 뭔가 하얀 것이 남아 있었다.

그런 다음, 로크 씨는 집으로 돌아갔다. 생마르탱 거리에 잠시 머무는 곳으로 확보해 둔 집을 한 채 가지고 있었던 것이다. 그런데 폭동 때문에 그 집의 정면이 파손되어, 그는 이만저만 화가 난 것이 아니었다. 이제 그것을 다시 보자, 손해를 너무 과장되게 생각했다는 생각이 들었다. 방금 전의 행동이 어떤 배상처럼 그의 마음을 가라앉혀준 것이다.

그에게 문을 열어준 사람은 딸이었다. 즉시 그녀는 너무 오랫동안 돌아오지 않아 걱정되었다고 말했다. 불행한 일이 생긴 것이 아닐까, 부상이라도 당하지 않았나 염려했다는 것이다.

그러한 딸의 애정의 표시가 로크 영감을 감동시켰다. 그는 딸이 카트린도 없이 길을 떠나온 것에 놀랐다.

"카트린은 심부름 보냈어요." 루이즈가 대답했다.

그리고 그녀는 아버지의 건강과 이런저런 일들을 묻고, 무심한 듯한 태도로 혹시 프레데릭을 만나지 못했냐고 물었다.

"아니! 그림자도 못 봤다!"

그녀가 고향을 떠나온 것은 오직 프레데릭 때문이었다.

누군가 복도를 걸어오는 소리가 들렸다.

"아! 잠깐만요…"

그리고 그녀는 나가버렸다.

카트린은 프레데릭을 만나지 못했다. 그는 며칠 동안 집에 들어오지 않았고, 그의 절친한 친구 델로리에 씨는 지금 시골에 살고 있다고 했다.

루이즈는 온몸을 떨며 다시 들어왔으나, 아무 말도 할 수가 없었다. 그녀는 가구에 몸을 기댔다.

"무슨 일이냐? 도대체 무슨 일이야?" 아버지가 소리쳤다.

그녀는 아무것도 아니라는 몸짓을 하고, 안간힘을 다해 정신을 차렸다.

맞은편 음식점에서 식사를 가져왔다. 그러나 로크 영감은 심한 마음의 동요를 느꼈다. '그럴 리가 없는데.' 후식을 먹을 때 그는 일종의 실신상태에 빠지고 말았다. 급히 의사를 불러와서, 의사가 물약을 처방해 주었다. 그리고 잠자리에 들자, 로크 씨는 땀을 흘리게 최대한 이불을 많이 덮어달라고 부탁했다. 그는 한숨을 쉬고, 앓는 소리를 냈다.

"고마워, 카트린! — 얘야, 아버지에게 키스해다오! 아! 그 혁명이라는 게!"

그리고 딸이 자기 때문에 속상해서 병에 걸리다니 말이 되느냐고 투덜거리자, 그가 대답했다.

"그래! 네 말이 옳다! 하지만 나도 어쩔 수가 없구나! 난 너무 예민하거든!"

II

당브뢰즈 부인은 규방에서 조카딸과 미스 존 사이에 앉아 로크 씨가 전투에서 고생한 이야기를 듣고 있었다.

그녀는 입술을 깨물고, 괴로워하는 것처럼 보였다.

"아! 아무것도 아니에요! 괜찮아질 거예요!"

그리고 우아한 태도로 다시 말했다.

"당신들도 잘 아는 모로 씨가 저녁 식사하러 오실 겁니다."

루이즈가 소스라쳤다.

"그리고 가까이 지내는 사람이 몇 명 올 거예요. 알프레드 드 시지 씨도."

그녀는 그의 태도, 용모, 특히 품성을 칭찬했다.

당브뢰즈 부인은 의외로 거짓말을 하는 것은 아니었다. 자작은 결혼을 생각하고 있었다. 그는 그 사실을 마르티농에게 알리고, 자기는 틀림없이 세실 양의 마음에 들 것이며 그녀의 부모도 승낙할 거라고 덧붙였다.

그런 속내 이야기를 굳이 한 것을 보면, 시지는 지참금에 관해 유리한 정보를 가지고 있는 것이 틀림없었다. 그런데 마르티농은 세실이 당브뢰즈 씨의 사생아라고 의심하고 있었다. 요행을 바라고 청혼한다는 것은 무모한 짓일 터였다. 그런 대담한 행동은 위험한 일이었다. 그래서 마르티농은 지금까지 그 일에 말려들지 않도록 행동하고 있었다. 게다가 그는 숙모를 어떻게 따돌려야 할지 알 수가 없었다. 시지의 말에 그는 결심했다. 그는 은행가에게 자기의 요망사항을 말했고, 은행가는 별로 이의가 없었으므로 이를 부인에게 전했던 것이다.

시지가 나타났다. 당브뢰즈 부인은 일어나서 말했다.

"우리를 잊으신 건 아니겠지요… 세실, 악수해라!"

바로 그때, 프레데릭이 들어왔다.

"아! 드디어 만나는군요! 이번 주에 루이즈와 함께 세 번이나 집에 찾아갔어요!" 로크 영감이 소리쳤다.

프레데릭은 주의 깊게 부녀를 피하고 있었다. 그는 날마다 부상당한 친구 곁에서 지냈다고 변명했다. 게다가 오래전부터 일이 많아 꼼짝 못했다고 했다. 그리고 여러 가지 이야기를 지어냈다. 다행히 손님들이 들어왔다. 먼저 무도회에서 잠깐 본 적 있는 외교관 폴 드 그레몽빌 씨, 다음에는 어느 날 밤 보수적인 열변으로 그를 격분시킨 사업가 퓌미숑, 그 뒤를 이어 몽트뢰유낭퉈아 공작의 노부인이 들어왔다.

그런데 응접실에서 두 사람의 목소리가 높아졌다.

"틀림없어요." 한 사람이 말했다.

"부인! 부인! 제발 진정하세요!" 다른 사람이 대답했다.

콜드크림을 바른 미라 같은 모습의 노미남(老美男) 드 노낭쿠르 씨와 루이필립 시대의 지사 부인 드 라르질루아 부인이었다. 부인은 몹시 떨고 있었다. 방금 전 폭도들의 신호인 폴카 곡을 오르간으로 치는 것을 들었기 때문이다. 많은 부르주아들이 지하도에 있는 사람들이 생제르맹 지역을 붕괴시켜 버릴 거라고 믿었고, 그러한 상상을 하고 있었다. 지하실에서 웅성거리는 소리가 새어나왔고 창문으로 수상한 것이 지나갔다는 것이다.

모두들 드 라르질루아 부인을 진정시키려고 애썼다. 질서가 회복되었고, 더 이상 두려워할 것은 아무것도 없다고 했다. "카베냐크가 우리를 구했잖아요!" 마치 폭동의 공포가 그 정도로는 부족하다는 듯 사람들은 과장하여 말했다. 적어도 사회주의자 측에서 2만 3천 명 이상의 도형수가 나왔다는 것이다.

음식에 독을 넣었다, 유격대원들이 두 판자 사이에 끼어 톱으로 잘렸다, 약탈과 방화를 요구하는 게시문이 깃발에 쓰여 있었다는 등의 이야기가 그대로 믿어지고 있었다.

"그뿐이 아니에요!" 전 지사 부인이 덧붙였다.

"아! 부인!" 당브뢰즈 부인이 세 아가씨들을 눈짓으로 가리키며 조심스럽게 말했다.

당브뢰즈 씨가 마르티농과 함께 서재에서 나왔다. 부인은 외면을 하더니, 마침 그때 들어오는 펠르랭의 인사에 답례했다. 예술가는 불안한 태도로 벽을 바라보았다. 은행가는 그를 한옆으로 데리고 가서, 당분간 그의 혁명적인 그림을 숨겨두지 않으면 안 된다는 것을 이해시켰다.

"그렇겠죠!" 인텔리 클럽의 실패로 생각이 바뀐 펠르랭이 말했다.

당브뢰즈 씨는 다른 그림들을 부탁하게 될 거라고 아주 예의 바르게 넌지시 말했다.

"잠깐 실례합니다! … — 아! 어서 오십시오!"

아르누 부부가 프레데릭 앞에 있었다.

그는 현기증 같은 것을 느꼈다. 로자네트가 그날 오후 내내 군인을 찬양하는 바람에, 짜증이 난 그는 옛사랑이 되살아났던 것이다.

식사 담당자가 와서, 당브뢰즈 부인에게 식사가 준비되었다고 알렸다. 부인은 자작에게 눈짓으로 세실의 팔을 잡으라고 지시하고, 마르티농에게 아주 나지막하게 "안됐군요!"라고 말했다. 사람들은 식당으로 갔다.

파인애플의 푸른 잎 아래 식탁보 한복판에 만새기 한 마리가 길게 놓여 있었다. 그 주둥이는 사슴고기를 향해 있고 꼬리는 쌓아올린 가재 요리에 닿아 있었다. 무화과, 커다란 버찌, 배, 포도(파리에서 재배한 속성 과일)가 오래된 작센 자기 바구니에 피라미드 모양으로 쌓여있었고, 군데군데 꽃다발이 반짝이는 은그릇과 섞여 있었다. 창문에는 하얀 명주 발이 쳐져 있어, 방 안을 부드러운 빛으로 가득 채웠다. 방 안은 얼음조각이 놓여있는 두 개의 수반 때문에 시원했다. 짧은 바지를 입은 키 큰 하인들이 식사시중을 들었다. 지난 며칠간의 동요를 겪은 후라서 그러한 모든 것이 더 훌륭해 보였다. 사람들은 잃어버릴까 봐 두려워했던 것을 다시 즐기기 시작했다. 노낭쿠르가 사람들의 심정을 대변하여 말했다.

"아! 공화주의자 제군들이 우리에게 만찬을 허락하기를 바랍시다!"

"그들의 우애에도 불구하고!" 로크 영감이 재치 있게 덧붙였다.

이 두 노인은 당브뢰즈 부인의 양쪽에 앉고, 그녀 앞에는 당브뢰즈 씨가 앉아 있었다. 당브뢰즈 씨의 한쪽에는 드 라르질루아 부인이 외교관과 나란히 앉아 있었고, 다른 한쪽에는 퓌미숑과 팔꿈치를 맞댄 늙은 공작부인이 있었다. 그 다음에는 화가, 도자기 상인, 루이즈 양이 앉았다. 세실 옆에 앉고 싶어서 프레데릭의 자리를 빼앗은 마르티농 덕분에, 프레데릭은 아르누 부인 옆에 앉게 되었다.

그녀는 가벼운 모직물의 검은 옷을 입고 손목에는 금팔찌를 끼고 있었으며, 그가 그녀 집에 처음 초대받은 날처럼 머리에는 뭔가 빨간 것을 꽂고 땋아 올린 머리를 수령초 가지로 감싸고 있었다. 그는 그녀에게 한마디 하지 않을 수 없었다.

"오랫동안 뵙지 못했군요!"

"네!" 그녀가 쌀쌀하게 대답했다.

그는 무례한 질문을 부드러운 목소리로 감싸면서 다시 말했다.

"이따금 저를 생각해 주셨나요?"

"왜 제가 모로 씨 생각을 하겠어요?"

프레데릭은 그 말에 상처를 받았다.

"하긴 부인 말씀이 옳군요."

그러나 그는 곧 후회하고, 그녀에 대한 추억 때문에 괴로워하지 않은 날이 단 하루도 없었다고 맹세했다.

"전혀 믿을 수가 없네요."

"하지만 제가 부인을 사랑하고 있다는 건 아시지요!"

아르누 부인은 대답하지 않았다.

"제가 부인을 사랑하고 있다는 걸 아시지요."

그녀는 여전히 입을 다물고 있었다.

'좋아, 마음대로 하라지!' 하고 프레데릭은 생각했다.

그가 눈을 들자, 식탁 반대편의 로크 양이 보였다.

그녀는 온통 초록색으로 입는 것이 멋있다고 생각했으나, 그 색깔은 그녀의 빨간 머리 빛깔과 전혀 어울리지 않았다. 허리띠의 버클은 너무 높았고, 장식깃은 너무 갑갑해 보였다. 아마도 그런 촌스러운 모습에 프레데릭이 더 쌀쌀맞은 태도를 보였을 것이다. 그녀는 멀리서 주의 깊게 그를 주시하고 있었다. 그녀 옆에 앉은 아르누가 마구 찬사를 보내도 소용이 없었다. 아르누는 그녀에게서 단 세 마디도 끌어내지 못하자, 그녀의 환심을 사려는 것을 포기하고 사람들의 대화에 귀를 기울였다. 뤽상부르의 파인애플 퓌레에 대한 이야기가 한창이었다.

퓌미숑에 의하면, 루이 블랑이 생도미니크 거리에 저택을 가지고 있으면서도 노동자들에게 빌려주지 않았다고 했다.

"내가 우습게 생각하는 건 쿠론의 소유지에서 사냥을 하는 르드뤼 롤랭입니다!" 노낭쿠르가 말했다.

"그는 한 금은세공사에게 2만 프랑을 빚지고 있답니다!" 시지가 덧붙였다. "게다가 소문에 의하면 …"

당브뢰즈 부인이 그의 말을 가로막았다.

"어머! 정치에 열을 올리면 못써요! 젊은 분이! 그보다는 옆에 있는 여성에게 신경을 써야죠!"

그 다음에는 진지한 사람들이 신문을 공격했다.

아르누가 이를 변호했다. 프레데릭이 끼어들어, 신문사는 장사꾼의 가게와 다를 바가 없다고 했다. 신문에 글을 쓰는 사람들은 대체로 바보거나 허풍쟁이라는 것이었다. 그는 그런 사람들을 잘 알고 있는 체하며, 빈정대는 투로 아르누의 관대한 생각에 반대했다. 아르누 부인은 그것이 자신에 대한 보복이라는 것을 모르고 있었다.

그동안 자작은 세실 양의 마음을 끌기 위해 있는 지혜를 다 짜내고 있었다. 우선 그는 물병의 모양과 칼의 조각을 헐뜯으며 예술적인 취미를 과시했다. 다음에는 자신의 외양간, 재봉사, 셔츠 제조업자에 대한 이야기를 했다. 마지막으로는 종교 문제를 꺼내, 자기가 모든 의무를 다하고 있다고 믿게 하려고 했다.

마르티농이 더 처신을 잘 했다. 그는 줄곧 그녀를 바라보며, 단조로운 어조로 새와 같은 그녀의 옆모습, 윤기 없는 금발, 지나치게 짧은 손을 칭찬했다. 못생긴 아가씨는 쏟아지는 달콤한 말에 즐거워하고 있었다.

모두들 아주 큰 소리로 이야기를 해서, 무슨 말인지 알아들을 수가 없었다. 로크 씨는 프랑스를 다스리기 위해 "강철 같은 팔"을 원하고 있었다. 노낭쿠르는 정치범을 위한 단두대가 폐지된 것을 애석하게 생각했다. 그런 불량배들은 모두 한꺼번에 죽여 버려야 했다는 것이다!

"그놈들은 비겁하기까지 해요. 바리케이드 뒤에 숨는 것은 용감하다고 볼 수 없지요!" 퓌미숑이 말했다.

"말이 나왔으니 말인데, 뒤사르디에에 대해 얘기해 주시오!" 당브뢰즈 씨가 프레데릭에게 몸을 돌리며 말했다.

그 선량한 점원은 이제 살레스, 장송 형제, 페키에 부인[28] 등과 같이 영웅이 되어 있었다.

프레데릭은 사양하지 않고, 친구의 이야기를 했다. 그러자 그에게 일종의 후광 같은 것이 다시 비춰졌다.

아주 자연스럽게 여러 가지 용감한 행위들에 대한 이야기가 나왔다. 외교관은 죽음을 무릅쓰는 것은 어렵지 않은 일이라고 말했다. 결투를 하는 사람들이 그 증거라는 것이었다.

---

28) 이들은 모두 시민전쟁의 영웅으로, 당시 사람들의 대화나 대중가요를 통해 유명해져 있었다.

"그 점에 관해서는 자작에게 물어볼 수 있지요." 마르티농이 말했다.

자작은 얼굴이 새빨개졌다.

손님들이 그를 바라보았다. 다른 사람들보다 더 놀란 루이즈가 중얼거렸다.

"도대체 무슨 말이에요?"

"저 사람이 프레데릭 앞에 굴복했거든요." 아르누가 아주 나지막이 대답했다.

"아가씨는 뭔가 알고 계시오?" 곧 노낭쿠르가 물었다. 그리고 그는 그 대답을 당브뢰즈 부인에게 전했다. 부인은 약간 몸을 굽히며 프레데릭을 바라보기 시작했다.

마르티농은 세실의 질문을 기다리지 않았다. 그는 그 사건이 어떤 이상한 여자와 관계되어 있다고 그녀에게 알려주었다. 그러자 세실은 그런 방탕자와의 접촉을 피하려는 것처럼 의자에서 살짝 뒤로 물러났다.

대화가 다시 시작되었다. 보르도산 고급 포도주가 돌아가고, 모두들 활기를 띠었다. 펠르랭은 스페인 미술관이 완전히 파괴된 것 때문에 혁명을 원망했다. 그것은 화가로서 가장 괴로운 일이라고 했다. 그 말에 로크 씨가 물었다.

"아주 유명한 어떤 그림을 그린 분이 아니신지요?"

"그럴지도 모르지요! 어떤 그림인데요?"

"한 부인을 그린 그림인데, 의상이 … 맞아요! … 약간 … 얇고, 뒤에 지갑과 공작이 있는 그림말입니다."

이번에는 프레데릭이 얼굴을 붉혔다. 펠르랭은 못 들은 체했다.

"하지만 그건 당신 그림이 틀림없어요! 밑에 당신 이름이 쓰여 있고, 액자 위에 모로 씨 소유라고 한 줄 기록되어 있었으니까요."

어느 날, 로크 영감은 딸과 함께 프레데릭의 집에서 그를 기다리다가 로자네트의 초상화를 보았던 것이다. 영감은 그것을 '고딕풍 그림'이라고까지 생각했다.

“아닙니다! 그건 그저 여인의 초상화예요.” 펠르랭이 무뚝뚝하게 말했다.

마르티농이 덧붙였다.

“현존하는 여자지요! 안 그런가, 시지?”

“아니! 난 모르네.”

“난 자네가 아는 여자인 줄 알았는데. 어쨌든 자네를 곤란하게 했으니, 미안하게 됐네!”

시지는 시선을 떨어뜨렸다. 그 당황하는 모습은 그가 그 초상화에 관해 한심한 역할을 했음을 드러내주었다. 프레데릭으로 말하자면, 모델이 그의 정부임에 틀림없었다. 그것은 곧 확신할 수 있는 일이며, 그 자리에 모인 사람들의 표정이 그것을 분명히 나타내고 있었다.

‘내게 거짓말을 했구나!’라고 아르누 부인은 생각했다.

‘그 때문에 나를 떠났구나!’라고 루이즈는 생각했다.

프레데릭은 그 두 가지 이야기가 자신의 평판을 떨어뜨릴 수 있다고 생각했다. 정원에 있을 때, 그는 그 점에 대해 마르티농을 책망했다.

세실 양의 연인은 그에게 조소를 터뜨렸다.

“아니! 전혀 그렇지 않아! 자네에게 도움이 될 걸세! 강행해 봐!”

이건 무슨 뜻일까? 게다가 평소와 달리 왜 이런 친절을 보이는 것일까? 그는 아무 설명도 없이, 부인들이 앉아 있는 안쪽으로 가버렸다. 남자들은 서 있었고, 한가운데에서 펠르랭이 여러 가지 의견을 말하고 있었다. 예술을 위해 가장 좋은 것은 물론 군주제라고 했다. “단지 국민군 때문인지는 모르지만” 그는 현대를 싫어했고, 중세와 루이 14세 시대를 그리워하고 있었다. 로크 씨는 그의 의견을 치하하고, 그 의견으로 말미암아 예술에 대한 자신의 모든 편견을 버리게 되었다는 고백까지 했다. 그러나 그는 거의 곧바로 퓌미숑의 목소리에 이끌려 가버렸다. 아르누는 두 가지 사회주의, 즉 좋은 사회주의와 나쁜 사회주의가 있다는 것을 밝히려고 애쓰고 있었다. 실업가는 그 차이를 인정하지 않았고, 소유권이라는 말에 화가 나서 머리가 돌 지경이 되었다.

"그건 자연이 인정하는 권리입니다! 아이들도 장난감에 집착하잖아요. 모든 사람이 저와 같은 의견입니다. 동물들도 마찬가지고요. 사자도 말을 할 수 있다면, 소유권을 선언할 거예요! 저는 말입니다, 여러분, 1만 5천 프랑의 자본금으로 시작했습니다! 30년 동안 꼬박꼬박 새벽 4시에 일어났지요! 재산을 모으기 위해 별의별 고생을 다 했어요! 그런데 이제 내가 그 재산의 주인이 아니다, 내 돈은 내 돈이 아니다, 결국 소유권은 도둑질이다, 그런 주장을 하려고 하다니요!"

"하지만 프루동은…"

"프루동 얘기는 하지도 마시오! 만약 그자가 여기 있다면, 목 졸라 죽여 버릴 거요!"

그는 정말로 그랬을 것이다. 특히 술을 마신 후에는 퓌미숑은 제정신이 아니었다. 졸도할 듯한 그의 얼굴은 포탄처럼 금방이라도 터질 것만 같았다.

"안녕하세요? 아르누 씨." 위소네가 잔디밭 위를 재빨리 지나가며 말했다.

그는 〈히드라〉라는 제목의 팸플릿 첫 장을 당브뢰즈 씨에게 가지고 왔다. 방랑 작가는 한 반동 단체의 이익을 옹호하고 있었으므로, 은행가는 손님들에게 그를 그렇게 소개했다.

위소네는 우선 기름장수들이 392명의 아이들에게 돈을 주고 매일 저녁 "불을 켜라!"고 외치게 하고 있다고 주장하고, 다음에는 89년의 원칙과 흑인해방과 좌익 연설자들을 조소하여 사람들을 즐겁게 했다. 그는 아마도 호화로운 만찬을 한 그들 부르주아에 대한 순진한 질투심에서였는지, 바리케이드 위의 프뤼돔[29] 시늉까지 해보였다. 그러한 풍자는 별로 환심을 사지 못했다. 사람들의 표정이 시무룩해졌다.

게다가 노낭쿠르가 아프르 예하[30]와 브레아 장군의 죽음을 상기시키며, 농담할 때가 아니라고 말했다. 그들의 죽음은 언제나 상기되고, 토론을 초래했다. 로크 씨는 대주교의 죽음이 "가장 숭고한 것"이라고 선언했고, 퓌미숑은 장군에게 영예를 안겼다. 단지 두 살인사건을 통탄하는 것이 아니라, 어느 쪽이 더 강한 분노를 불러일으켰는지를 토론하는 것이었다. 다음에는 또 다른 비교가 거론되었다. 라모리시에르[31]와 카베냐크의 비교였다. 당브뢰즈 씨는 카베냐크를 칭찬했고, 노낭쿠르는 라모리시에르를 칭찬했다. 아르누를 제외하고 일동 중 어느 누구도 그 두 사람이 일하는 것을 목격한 사람은 없었다. 그런데도 모두들 그들의 업적에 대해 결정적인 판단을 내렸다. 프레데릭은 무기를 잡은 적이 없다고 고백하며 의견을 말하지 않았다. 외교관과 당브뢰즈 씨는 동의의 뜻으로 머리를 끄덕였다. 사실 폭동에 맞서 싸운 것은 공화제를 지킨 셈이 되었다. 싸움에 이긴 유리한 결과가 공화제를 확고하게 만든 것이다. 그리고 이제 사람들은 패배자들을 제거하고 나니까, 승리자들을 제거하기를 바라고 있었다.

정원으로 나가자마자, 당브뢰즈 부인은 시지를 붙잡고 그의 서툰 행동을 나무랐다. 마르티농을 보자, 부인은 시지를 보낸 후 왜 자작에게 그런 수치를 주었는지 그 이유를 미래의 조카사위에게 물었다.

"이유는 없습니다."

"전부 모로 씨의 명예를 위한 것 같았는데요! 목적이 뭐예요?"

"아무 목적도 없습니다. 프레데릭은 멋진 청년이죠. 저는 그를 무

---

29) 프랑스 작가 앙리 모니에가 부르주아들을 풍자하기 위하여 창조한 인물로, 저속한 주제에 현학자인 체하며 언제나 시국문제 등을 논하는 속물의 전형이다.

30) Affre, 1793~1848. 1840년에 파리의 대주교가 되었고, 1848년 6월 소요에서 죽음을 당했다.

31) Lamoricière, 1806~1865. 프랑스의 장군이며 정치가. 카베냐크를 도와 6월 소요를 진압했다.

척 좋아하고 있습니다."

"나도 그래요! 그가 이쪽으로 왔으면 좋겠네! 가서 데려오세요!"

그녀는 두세 마디 평범한 이야기를 한 후, 손님들을 슬쩍 헐뜯기 시작했다. 그것은 프레데릭을 그들보다 더 높이 평가하는 것이었다. 프레데릭도 다른 여자들을 약간 헐뜯으며 교묘하게 그녀에게 찬사를 보내는 것을 잊지 않았다. 그러나 그녀는 이따금 프레데릭 곁을 떠나곤 했다. 그날 저녁은 접대하는 날이어서, 부인들이 찾아오고 있었다. 그녀는 제자리로 돌아왔고, 그들은 아주 뜻밖에 아무에게도 말소리가 들리지 않는 자리에 앉게 되었다.

그녀는 쾌활하고, 진지하고, 우울하고, 분별 있게 보였다. 그녀는 시국 문제에는 별로 관심이 없었고, 그녀의 마음속에는 보다 영원한 감정의 영역이 있었다. 그녀는 진실을 왜곡하는 시인들에 대해 불평을 하더니, 하늘을 올려다보며 어떤 별의 이름을 물었다.

중국풍의 초롱 두세 개가 나무 사이에 놓여 있었다. 그것이 바람에 흔들리자, 그녀의 하얀 옷 위에서 오색 빛이 떨렸다. 그녀는 평소처럼 발받침을 앞에 놓고 안락의자에서 약간 뒤로 앉아 있었다. 까만 새틴 신발의 끝이 보였다. 이따금 당브뢰즈 부인은 더 큰 소리로 이야기하기도 하고, 때때로 크게 웃기도 했다.

그러한 교태가 세실에게 열중하고 있는 마르티농에게는 보이지 않았으나, 아르누 부인과 이야기하고 있는 로크 양을 놀라게 했다. 아르누 부인은 거기 모인 부인들 중에서 로크 양에게 거만한 태도를 보이지 않는 유일한 여자였다. 루이즈는 마음을 털어놓고 싶은 욕구를 억누를 수가 없어 아르누 부인 옆으로 가서 앉았다.

"저분은 얘기를 잘하지요? 프레데릭 모로 씨 말이에요."

"그분을 아세요?"

"아! 잘 알아요! 이웃인걸요. 제가 어렸을 때 같이 놀아주시기도 했어요."

아르누 부인은 '당신은 그 사람을 사랑하고 있는 게 아닌가요?' 하는 뜻의 시선을 한참 동안 그녀에게 던졌다.

아가씨의 시선은 동요 없이 '네, 사랑하고 있어요!'라고 대꾸했다.

"그럼 아가씨는 그분을 자주 만나나요?"

"아! 아니에요! 그가 어머니 집에 올 때만 만나지요. 어머니 집에 안 온 지가 열 달이나 되었어요! 꼬박꼬박 오겠다고 약속을 했는데도요."

"남자들의 약속을 너무 믿어서는 안 돼요, 아가씨."

"하지만 그는 저를 속이지 않았어요!"

"다른 여자들한테도 마찬가지지요!"

루이즈는 전율했다. '혹시 그가 이 여자에게도 뭔가 약속을 한 게 아닐까?' 그녀의 표정이 의심과 증오로 일그러졌다.

아르누 부인은 루이즈의 모습에 거의 두려움을 느꼈다. 자기가 한 말을 거둬들이고 싶었다. 그리고 두 여자는 입을 다물었다.

프레데릭이 맞은편의 조립식 의자에 앉아 있었기 때문에, 두 여자는 그를 바라보고 있었다. 한 여자는 신중하게 곁눈질을 하고, 다른 한 여자는 입을 벌린 채 드러내놓고 바라보았다. 그래서 당브뢰즈 부인이 프레데릭에게 말했다.

"몸을 돌려 당신 얼굴을 보여 주세요!"

"누구에게 말입니까?"

"로크 씨의 따님이요!"

그리고 부인은 그 시골 아가씨의 사랑에 대해 그를 놀렸다. 그는 이를 부정하며 애써 웃어 보였다.

"그럴 리가 있습니까! 생각해 보세요! 저렇게 못생긴 여잔데요!"

그러나 그는 매우 자랑스러워져서 기쁨을 느꼈다. 언젠가 굴욕에 가득 찬 가슴으로 나와 버린 야회가 생각났다. 그는 크게 숨을 쉬었다. 그는 마치 당브뢰즈 저택을 포함하여 그 모든 것이 자기 것이기라도 한 듯, 자기의 진정한 장소, 흡사 자기 영지 안에 있는 것처럼 느껴졌다. 부인들이 반원을 그리고 그의 이야기를 듣고 있었다. 그는 이목을 끌기 위해 이혼의 부활을 주장했다. 원하는 대로 얼마든지 서로 헤어지고 다시 만날 수 있도록 이혼이 용이해야 한다고 말했다. 부인들은 탄성을 질렀고, 속삭이는 여자들도 있었다. 쥐방울로 덮인 벽 발치의 어둠 속에서는 작게 떠드는 목소리가 들렸다. 암탉들이 좋아서 꼬꼬댁거리는 소리 같았다. 그는 성공을 의식할 때처럼 대담하게 이론을 전개시켜 나갔다. 한 하인이 얼음이 가득 담긴 쟁반을 정자에 갖다놓았다. 남자들이 그쪽으로 다가갔다. 그들은 체포에 대한 이야기를 하고 있었다.

그러자 프레데릭은 자작에게 정통왕조파의 한 사람으로 기소될지도 모른다고 말하여 앙갚음을 했다. 상대방은 방에서 한 발짝도 움직이지 않았다고 반박했다. 프레데릭은 여러 가지 불운한 경우들을 늘어놓았다. 당브뢰즈 씨와 그레몽빌 씨는 재미있는 이야기라고 즐거워했다. 이어서 그들은 프레데릭을 칭찬하며, 그가 그 재능을 질서를 옹호하는 데 사용하지 않은 것을 애석해했다. 그들의 악수는 진심어린 것이었다. 이제 프레데릭은 그들을 신뢰할 수 있게 된 것이다. 드디어 모두들 돌아갈 때, 자작은 세실에게 깊이 머리를 숙였다.

"아가씨, 안녕히 계십시오."

그녀는 무뚝뚝한 어조로 대답했다.

"안녕히 가세요!" 그러나 마르티농에게는 미소를 보냈다.

로크 영감은 아르누와 토론을 계속하려고, 가는 길이 같으니까 "부인과 함께" 바래다주겠다고 제안했다. 루이즈와 프레데릭은 앞에서 걸어갔다. 그녀는 그의 팔을 잡았다. 그리고 다른 사람들과 조금 멀리 떨어지자 말했다.

"아! 드디어! 드디어! 오늘 밤 내내 너무 괴로웠어요! 그 여자들 정말 심술궂더군요! 그 도도한 태도라니!"

그는 부인들을 변호하려고 했다.

"우선 당신도 말이에요, 들어오면서 나한테 말을 건네줄 수도 있었잖아요. 고향에 오지 않은 지 1년이나 됐는데!"

"1년은 안 됐지." 프레데릭은 그런 사소한 문제를 따짐으로써 다른 문제들을 교묘히 피하게 되어 다행이라고 생각하면서 말했다.

"그래요! 내게는 그만큼 시간이 길게 느껴졌단 말이에요! 그런데 그 지긋지긋한 식사를 하는 동안, 당신은 나를 부끄럽게 생각하고 있었죠! 아! 잘 알아요. 나는 그 여자들처럼 당신 마음에 들 만한 게 없는걸요."

"그건 잘못 생각하는 거야." 프레데릭이 말했다.

"정말이에요! 그럼 다른 여자를 사랑하지 않는다고 맹세해 주세요."

그는 맹세했다.

"그럼 나만 사랑하는 거지요?"

"물론이지!"

그 분명한 대답에 그녀는 명랑해졌다. 그녀는 밤새도록 함께 산책할 수 있도록 길을 잃어버리고 싶었다.

"시골에서 너무 불안했어요! 온통 바리케이드 얘기뿐이었거든요! 당신이 피투성이가 되어 쓰러지는 모습이 눈에 보였어요! 당신 어머니는 류머티즘으로 자리에 누워 계셨어요. 그래서 아무것도 모르고 계셨죠. 난 입을 다물고 있어야 했어요! 더 이상 참을 수가 없었죠! 그래서 카트린을 데리고 온 거예요."

그녀는 출발할 때의 일, 오는 도중의 일, 아버지에게 한 거짓말에 대해 이야기했다.

"이틀 후에는 아버지가 나를 데리고 돌아가요. 내일 저녁에 우연히 들른 것처럼 와 주세요. 그리고 내게 청혼해 주세요."

프레데릭은 그때처럼 결혼을 멀게 생각한 적이 없었다. 또한 로크 양은 우스꽝스러운 어린 아가씨처럼 생각되었다. 당브뢰즈 부인 같은 여자와 얼마나 큰 차이가 있는가! 그에게는 다른 훌륭한 미래가 마련되어 있었다. 오늘 그는 이에 대한 확신을 얻었다. 그러니까 인정에 끌려 그런 중요한 결정을 내릴 때가 아니었다. 이제는 현실적이 되어야 했다. 그리고 아르누 부인을 다시 만난 것이다. 그런데 루이즈의 솔직함이 그를 당황스럽게 했다. 그가 말했다.

"그 문제를 심사숙고해 봤어?"

"뭐라구요!" 그녀는 놀라움과 분노로 몸이 얼어붙으며 소리쳤다.

그는 지금 결혼한다는 것은 미친 짓이라고 말했다.

"그러니까 나를 원하지 않는 거죠?"

"당신은 내 말을 이해하지 못하고 있어!"

그는 복잡한 객설을 늘어놓았다. 여러 가지 중요한 문제에 얽매여 있다, 끝없이 일이 생기고 있다, 재산도 위험한 상태다(루이즈는 그런 것은 문제 되지 않는다고 잘라 말했다), 그리고 정치적인 상황도 장애가 된다는 등의 이야기를 했다. 따라서 당분간 참고 기다리는 것이 합리적이라고 했다. 틀림없이 만사가 잘될 것이며, 적어도 그는 그렇게 기대하고 있다는 것이었다. 그리고 더 이상 그럴듯한 구실이 생각나지 않자, 그는 2시부터 뒤사르디에 집에 가야 하는 일이 갑자기 생각난 척했다.

그는 다른 사람들에게 인사하고, 오트빌 거리로 들어가서 짐나즈 극장을 한 바퀴 돈 뒤 대로로 되돌아와 로자네트의 5층으로 뛰어 올라갔다.

아르누 부부는 생드니 거리 입구에서 로크 부녀와 헤어졌다. 그들 부부는 아무 말도 하지 않고 돌아갔다. 아르누는 너무 수다를 떨어 지쳐있었고, 부인은 몹시 피로를 느끼고 있었기 때문이다. 그녀는 남편의 어깨에 기대기까지 했다. 아르누만이 오늘 밤 정직한 감정을 토로한 유일한 사람이었다. 그녀는 그에게 한없이 너그러워지는 것을 느꼈다. 한편 아르누는 프레데릭에게 약간의 원망을 품고 있었다.

"초상화가 거론되었을 때, 당신 프레데릭의 얼굴 봤지? 그가 그 여자의 애인이라고 언젠가 내가 말했었지? 당신은 내 말을 믿으려고 하지 않았지만!"

"아! 네, 내가 잘못 생각했어요!"

아르누는 그 승리에 만족하여 계속했다.

"방금 전에 그가 우리하고 헤어진 건 그 여자한테 가기 위한 거야, 내기를 해도 좋아! 지금쯤 그 여자 집에 있을걸. 거기서 자거든."

아르누 부인은 모자를 깊이 눌러 썼다.

"그런데 당신 떨고 있군!"

"추워서 그래요." 그녀가 대답했다.

아버지가 잠들자마자, 루이즈는 카트린의 방으로 가서 그녀의 어깨를 흔들었다.

"일어나요! … 빨리! 빨리요! 삯마차를 불러와요."

카트린은 이 시간에 삯마차는 없다고 대답했다.

"그럼 직접 나를 데려다줘요!"

"어디로요?"

"프레데릭 집에!"

"그럴 수 없어요! 무엇 때문에 그래요?"

그에게 얘기하기 위해서라고 했다. 그녀는 기다릴 수가 없었다. 당장 그를 만나고 싶었다.

"생각 좀 해 보세요. 이렇게 한밤중에 남의 집에 찾아가다니! 게다가 그분은 지금 주무실 거예요!"

"깨우면 돼요!"

"하지만 그건 아가씨로서 할 짓이 못 돼요!"

"난 아가씨가 아니에요! 그 사람 아내예요! 그를 사랑하고 있어요! 자, 숄을 걸쳐요."

카트린은 침대 가장자리에 서서 생각에 잠겼다.

마침내 그녀가 말했다.

"안 돼요! 난 싫어요!"

"그럼 그냥 있어요! 난 갈 거니까!"

루이즈는 뱀처럼 층계를 미끄러져 내려갔다. 카트린이 뒤따라 뛰어가 보도에서 그녀를 다시 만났다. 카트린이 아무리 충고해도 소용이 없었다. 그녀는 짧은 윗도리의 끈을 묶으며 루이즈를 따라갔다. 길이 아주 멀어 보였다. 그녀는 늙은 다리로는 걷기가 힘들다고 불평했다.

"더구나 나는 아가씨처럼 급한 일이 있는 것도 아니에요!"

이어서 그녀는 측은한 마음이 들었다.

"불쌍한 아가씨! 아직 아가씨한테는 이 카토[32] 밖에 없어요!"

이따금 그녀는 불안해졌다.

"아! 이런 당치도 않은 짓을 시키다니! 아버지가 일어나시면! 맙소사! 불행한 일이나 생기지 않았으면 좋겠네요!"

바리에테 극장 앞에서, 국민군의 한 정찰대원이 그들을 멈춰 세웠다. 곧 루이즈는 하녀와 함께 의사를 데리러 룅포르 거리로 가는 거라고 말했다. 정찰대원은 그들을 지나가게 해주었다.

마들렌 사원 모퉁이에서 두 번째 정찰대를 만났다. 루이즈가 똑같은 설명을 하자, 그 중 한 대원이 대꾸했다.

"임신이라는 병 때문이오, 아가씨?"

"구지보! 대열(隊列)에서 음란한 말을 하는 게 아니야!" 대장이 소리쳤다. "부인들, 어서 가세요!"

대장의 명령에도 불구하고, 농담이 계속되었다.

"재미 많이 보슈!"

---

32) 카트린의 애칭.

"의사에게 안부 전해 주쇼!"

"늑대를 조심하시오!"

"저들은 농담을 좋아하는군요. 젊으니까!" 카트린이 큰 소리로 말했다.

드디어 두 여자는 프레데릭의 집에 도착했다. 루이즈는 여러 번 세게 초인종을 잡아당겼다. 문이 반쯤 열리더니 문지기가 그녀의 질문에 대답했다.

"안 계십니다!"

"틀림없이 주무시고 계실 텐데요?"

"안 계신다니까요! 석 달 가까이 집에서 주무신 적이 없어요!"

문지기 거처의 작은 문이 단두대처럼 철썩 내려졌다. 그녀들은 둥근 지붕 밑의 어둠 속에 그대로 있었다. 사나운 목소리가 소리쳤다.

"돌아가요!"

문이 다시 열리자, 그녀들은 나와 버렸다.

루이즈는 이정표 위에 주저앉지 않을 수 없었다. 그리고 두 손에 머리를 파묻고 펑펑 울었다. 날이 밝았고, 짐수레가 지나가고 있었다.

카트린은 루이즈를 부축하고 돌아가면서, 키스를 하거나 자기의 경험에서 나온 여러 가지 위로의 말을 해주었다. 애인 때문에 그렇게 괴로워할 필요가 없다고 했다. 그 남자가 없으면, 다른 남자를 찾게 될 테니까!

III

유격대에 대한 열정이 가라앉자, 로자네트는 이전보다 더 매력적으로 되었다. 그리고 프레데릭은 어느 사이에 그녀의 집에서 사는 습관을 갖게 되었다.

하루 중 가장 즐거운 때는 테라스에서 보내는 아침 시간이었다. 그녀는 기다란 흰 삼베 웃옷을 입고 맨발에 슬리퍼를 신은 채, 프레데릭 곁에서 왔다 갔다 하며 카나리아 새장을 청소하거나 금붕어에게 물을 주거나 부삽으로 흙이 가득한 화분을 가꾸거나 했다. 화분에는 한련이 자라 벽을 장식하도록 철망이 세워져 있었다. 이어서 그들은 함께 베란다 난간에 팔꿈치를 짚고 마차와 행인들을 바라보았다. 그리고 햇볕을 쬐면서 저녁 시간의 계획을 세웠다. 그가 기껏해야 두 시간 정도 집을 비운 후, 두 사람은 어떤 극장의 무대 앞좌석으로 갔다. 로자네트가 커다란 꽃다발을 손에 들고 악기 소리를 듣고 있는 동안, 프레데릭은 그녀의 귀에 몸을 굽히고 유쾌한 이야기나 사랑 이야기를 하곤 했다. 어떤 때는 칼레슈 마차를 타고 불로뉴 숲으로 가서, 한밤중까지 돌아다니기도 했다. 그런 후, 공기를 들이마시면서 개선문과 큰 거리를 통하여 돌아왔다. 그럴 때면 머리 위에서 별들이 반짝이고, 멀리 안쪽까지 가스등이 두 줄의 빛나는 진주 끈처럼 줄지어 있었다.

외출할 때는 프레데릭이 언제나 그녀를 기다렸다. 그녀는 모자 끈을 턱 주변에 묶는 데에 시간이 아주 오래 걸렸다. 그리고 거울 달린 옷장 앞에서 스스로에게 미소를 지었다. 이어서 그녀는 프레데릭의 팔짱을 끼고, 강제로 자기 옆에 서서 거울에 비춰 보게 했다.

"이렇게 둘이 나란히 서 있으니 좋군요! 아! 귀여운 사람, 깨물어 주고 싶어요!"

그는 이제 그녀의 것, 그녀의 소유물이었다. 그로 인해 그녀의 얼굴은 계속 광채가 났고, 그와 동시에 거동이 더 무기력해 보이고 몸매가 더 둥글게 보였다. 그리하여 뭐라 꼬집어 말할 수는 없지만, 그는 그녀가 변했다고 생각했다.

어느 날, 그녀는 아주 중요한 소식인 것처럼 아르누 씨가 자기 공장의 여직공에게 셔츠 가게를 내 주었다고 말했다. 아르누는 매일 저녁 거기로 가서, "돈을 물 쓰듯 쓰고 있고, 바로 지난주에도 자단 가구를 사 주었다"는 것이다.

"어떻게 알았어?" 프레데릭이 말했다.

"아! 확실해요!"

델핀이 그녀의 지시에 따라 정보를 수집한 것이다. 그러니까 그녀는 아르누에게 그토록 관심을 가질 만큼 그를 몹시 사랑하고 있었다! 프레데릭은 겨우 대꾸했다.

"그게 당신이랑 무슨 상관이야?"

로자네트는 그 질문에 놀란 것 같았다.

"하지만 그자가 나한테 돈을 빚지고 있단 말이에요! 갈보 같은 계집을 돌봐주고 있다니, 가증스럽잖아요!"

그리고 의기양양하게 증오의 표정을 지으며 말했다.

"결국 그 여자는 아르누를 보기 좋게 놀리고 있는 거예요! 다른 남자가 세 명이나 있거든요. 잘됐지요! 그 여자에게 마지막 한 푼까지 다 털려버리면 속이 시원하겠네!"

사실 아르누는 중년의 늦사랑 특유의 관대함 때문에 보르도 여자에게 착취를 당하고 있었다.

그의 공장은 잘되지 않았고, 사업은 전부 한심스러운 상태였다. 그래서 난국을 벗어나 보려고, 그는 우선 애국적인 노래만 부르는 음악 카페를 열 생각을 했다. 장관의 보조금을 얻어내면, 카페는 선전의 중심지가 되는 동시에 이익의 원천이 될 터였다. 그런데 정권의 방침이 바뀌어, 그것도 불가능한 일이 되었다. 그는 이제 군모 제조업을 꿈꾸고 있었다. 그러나 사업을 시작하기 위한 자본이 없었다.

그는 가정생활에 있어서도 그리 행복하지 않았다. 아르누 부인은 전보다 상냥하지 않았고, 이따금 다소 냉담하기까지 했다. 마르트는 언제나 아버지 편을 들었다. 그것이 불화를 부채질하여, 가정은 견딜 수 없는 상태가 되었다. 종종 그는 아침부터 집에서 나와 기분전환으로 하루 종일 먼 길을 산보하다가 시골 술집에서 저녁을 먹으며 생각에 잠기곤 했다.

프레데릭이 오랫동안 찾아오지 않는 것이 그의 생활 습관을 깨뜨리고 있었다. 그래서 그는 어느 날 오후 프레데릭을 찾아가 예전처럼 만나러 와달라고 간청하고 약속을 얻어냈다.

프레데릭은 감히 아르누 부인 집에 다시 갈 수 없었다. 그녀를 배반한 것 같은 생각이 들었던 것이다. 그러나 이런 행동도 비겁한 짓이었다. 구실이 없었다. 어떻게든 결말을 지어야겠기에, 어느 날 저녁 그는 길을 나섰다.

비가 내리고 있을 때, 그는 주프루아 골목길로 들어섰다. 그때 진열대의 불빛 아래 키가 작고 뚱뚱하며 모자를 쓴 남자가 말을 건넸다. 프레데릭은 클럽에서 발의를 하다가 수많은 웃음을 자아냈던 연사, 콩팽이라는 것을 금방 알아보았다. 그는 알제리 보병의 빨간 모자를 쓴 어떤 남자의 팔에 의지해 있었다. 윗입술이 매우 길며 안색이 오렌지처럼 노랗고 턱수염이 덮여 있는 그 남자는 감탄어린 커다란 눈으로 콩팽을 바라보고 있었다.

콩팽은 그것이 자랑스러웠는지, 이렇게 말했다.

"이 건장한 사람을 소개하지요! 내 친구들의 구두 제조인인데, 애국자예요! 뭐 좀 먹을까요?"

프레데릭이 사양하자, 그는 곧 라토의 제안[33]과 귀족들의 술책을 공격했다. 이를 해결하기 위해서는 93년[34]을 다시 시작해야 한다고 했다! 이어서 그는 르쟁바르의 소식과 마슬랭, 상송, 르코르뉘, 마레샬과 같은 유명한 몇몇 인물들에 대한 소식을 물었다. 그리고 최근에 트루아에서 일어난 총기 약탈사건에 연루된 델로리에라는 사람의

33) 1849년 1월 8일, 국회의원 라토가 의회의 해산을 요구하여 격렬한 논쟁을 일으켰다.

34) 프랑스 대혁명 후, 1793년부터 시작된 공포정치를 의미한다.

이야기를 물었다.

그 모든 일이 프레데릭에게는 새로운 것이었다. 콩팽도 그 이상은 알지 못했다. 그는 헤어지면서 말했다.

"조만간 또 보겠지요? 당신도 가담하고 있으니까."

"무엇에 말입니까?"

"송아지 머리 말이오!"

"송아지 머리라니요?"

"에이! 농담하지 마시오!" 콩팽은 프레데릭의 배를 한 대 툭 치며 말했다.

그리고 두 폭력분자는 카페 안으로 들어갔다.

10분 후, 프레데릭은 더 이상 델로리에를 생각하고 있지 않았다. 그는 파라디 거리의 어떤 집 앞 보도 위에 서서, 3층 커튼 뒤의 불빛을 바라보고 있었다.

드디어 그는 층계를 올라갔다.

"아르누 씨 계십니까?"

하녀가 대답했다.

"안 계세요! 하지만 어쨌든 들어오세요."

그리고 불쑥 문을 열며 말했다.

"부인, 모로 씨가 오셨어요!"

그녀가 옷깃보다 더 창백해져서 일어섰다. 그녀는 떨고 있었다.

"이렇게 갑자기 … 찾아오시다니 … 영광이군요."

"뭘요! 옛 친구를 다시 만나니 기쁘군요!"

그리고 앉으면서 다시 말했다.

"아르누 씨는 어떻게 지내는지요?"

"잘 지내요! 지금 외출했어요."

"아! 알겠어요! 저녁에 외출하는 옛날 버릇은 여전하군요. 약간의 기분전환이라는 것 말입니다."

"물론이죠! 하루 종일 계산을 했으니, 머리를 식힐 필요가 있지요!"

심지어 그녀는 남편을 일벌레라고 칭찬했다. 그 칭찬에 프레데릭은 마음이 거슬렸다. 그는 그녀의 무릎 위에 있는 까만 천 조각과 파란 장식끈을 가리키며 말했다.

"뭘 만들고 계십니까?"

"딸의 저고리를 수선하고 있어요."

"그런데 따님이 보이지 않는데, 어디 있나요?"

"기숙사에요." 아르누 부인이 대답했다.

그녀의 눈에 눈물이 고였다. 그녀는 눈물을 참으며, 재빨리 바늘을 움직였다. 그는 침착하게 그녀 옆의 테이블에 있는 〈릴뤼스트라시옹〉을 한 권 집었다.

"캄[35]의 이 만화는 아주 재미있지요?"

"네."

그리고 그들은 다시 침묵에 빠졌다.

돌풍이 갑자기 유리창을 뒤흔들었다.

"고약한 날씨군요!" 프레데릭이 말했다.

"이렇게 비가 몹시 오는데 와 주시다니, 참 친절하시네요!"

"아! 저는 그런 건 아랑곳하지 않습니다! 저는 비가 온다고 해서 약속 장소에 가지 않는 그런 사람은 아니거든요!"

"약속이라니요?" 그녀가 순진하게 물었다.

"생각나지 않으십니까?"

그녀는 몸을 떨며 고개를 숙였다.

그는 그녀의 팔에 살짝 손을 올려놓았다.

"당신은 정말 저를 고통스럽게 했어요!"

---

35) Cham, 1819~1879. 당시의 유명한 풍속 만화 작가.

그녀는 슬퍼하는 듯한 목소리로 대답했다.

"하지만 아이 때문에 겁이 났어요!"

그녀는 어린 외젠의 병과 그날의 모든 불안을 이야기했다.

"고맙습니다! 고맙습니다! 이젠 의심하지 않아요! 저는 당신을 여전히 사랑하고 있습니다!"

"아뇨! 그건 거짓말이에요!"

"왜요?"

그녀는 그를 냉정하게 바라보았다.

"그 여자를 잊고 계시는군요! 당신이 경마장에 데리고 갔던 여자! 초상화를 가지고 있는 여자, 당신 애인 말이에요!"

"네, 그렇습니다! 아무것도 부인하지 않겠습니다! 저는 형편없는 인간입니다! 제 얘길 들어보세요!" 프레데릭이 소리쳤다.

그가 그 여자를 갖게 된 것은 절망 때문이었고, 자살행위와 같은 것이었다고 했다. 게다가 자신의 수치심 때문에 그 여자에게 보복을 한 까닭에 그 여자를 아주 불행하게 만들었다는 것이다. "얼마나 지독한 형벌이었는지! 당신은 모르시지요?"

아르누 부인은 그에게 손을 내밀며 그 아름다운 얼굴을 돌렸다. 그들은 한없이 달콤한 요람의 흔들림과도 같은 도취 속에 잠겨 눈을 감았다. 이어서 그들은 가까이 다가앉아 서로 마주 바라보았다.

"제가 당신을 사랑하지 않는다고 정말 생각하셨습니까?"

그녀가 애정에 찬 나지막한 목소리로 대답했다.

"아뇨! 마음속으로는 어떤 일이 있어도 그런 일은 불가능하며 언젠가는 우리 둘 사이의 장애가 사라질 거라고 느끼고 있었어요!"

"저도 그래요! 죽을 만큼 당신을 다시 만나고 싶었어요!"

"한번은 팔레루아얄에서 당신 곁을 지나간 적이 있었어요!" 그녀가 다시 말했다.

"정말이에요?"

그리고 그는 당브뢰즈 집에서 그녀를 다시 만났을 때의 기쁨을 이야기했다.

"하지만 그날 저녁 거기서 나오면서 당신을 얼마나 원망했는지 모릅니다!"

"가엾은 사람!"

"제 생활은 정말 우울해요!"

"제 생활도요! … 슬픔, 걱정, 굴욕, 아내로서, 어머니로서 겪어야 하는 것밖에 없지만, 사람은 어차피 죽어야 하니까 불평하지 않을 거예요. 가장 무서운 것은 고독, 아무도 없다는 … "

"하지만 제가 있지 않습니까!"

"아! 그렇군요!"

애정의 흐느낌이 북받쳐 그녀는 일어섰다. 그녀의 두 팔이 벌어졌다. 그들은 선 채로 서로 부둥켜안고 오랫동안 키스했다.

마루가 삐거덕거리는 소리가 났다. 한 여자가 그들 옆에 있었다. 로자네트였다. 아르누 부인은 그녀가 누구인지 알아보고, 놀라움과 분노가 가득 찬 두 눈을 크게 뜨고 그녀를 쳐다보았다. 드디어 로자네트가 말했다.

"사업 관계로 아르누 씨한테 할 얘기가 있어서 왔어요."

"보시다시피, 안 계세요."

"아! 정말이군요! 하녀 말이 맞았군요! 실례했어요!" 로자네트가 대꾸했다.

그리고 프레데릭을 향해 돌아섰다.

"당신 여기 있었네!"

아르누 부인은 자기 앞에서 건넨 그 친밀한 어투를 듣고, 마치 따귀를 철썩 얻어맞은 것처럼 얼굴을 붉혔다.

"다시 말씀 드리지만, 남편은 안 계세요!"

그러자 여기저기 바라보던 로자네트가 조용히 말했다.

"우리 돌아갈까요? 밑에 삯마차를 대기시켜 놨거든."

그는 못 들은 체했다.

"어서 가요!"

"아! 그래요! 좋은 기회군요! 가세요! 가세요!" 아르누 부인이 말했다.

그들은 밖으로 나갔다. 아르누 부인은 그들을 한 번 더 보려고 난간 위로 몸을 굽혔다. 그리고 층계 위에서 가슴을 찢는 듯한 날카로운 웃음을 그들 두 사람에게 쏟아 부었다. 프레데릭은 로자네트를 삯마차 안으로 밀어 넣고, 그녀와 마주앉아 돌아가는 내내 한마디도 하지 않았다.

그에게 모욕을 준 치욕스런 행위도 따지고 보면 그 자신이 원인이었다. 그는 몸을 짓누르는 굴욕에 대한 수치심과 동시에 놓쳐버린 행복에 대한 애석함을 느끼고 있었다. 그 행복을 드디어 잡으려는 순간, 영원히 놓쳐버린 것이다! 이 여자, 이 창녀의 잘못 때문에! 그는 그녀의 목을 조르고 싶은 충동을 느꼈다. 숨이 막혔다. 집으로 돌아가자, 그는 모자를 가구 위로 내던지고 넥타이를 찢어버렸다.

"아! 어떤 속셈이 있어서 한 짓이지, 바른 대로 말해!"

그녀는 프레데릭 앞에 거만하게 버티고 섰다.

"그래서요? 뭐가 잘못이라는 거예요?"

"뭐라구! 내 뒷조사를 하는 거야?"

"그게 내 잘못인가요? 당신은 왜 정숙한 부인 집에 놀러 간 거죠?"

"무슨 상관이야! 정숙한 부인들을 모욕하지 마."

"내가 언제 그 여자를 모욕했어요?"

그는 대답할 말이 없어, 더 증오에 찬 억양으로 말했다.

"지난번에 샹드마르스에서 …"

"아! 지겨워라, 그 옛날이야기!"

"이 비열한 여자!"

그는 주먹을 쳐들었다.

"죽이지 말아요! 나 임신했어요!"

프레데릭은 뒤로 물러났다.

"거짓말!"

"하지만 날 봐요!"

그녀는 촛대를 들고 얼굴을 비추며 말했다.

"이거 모르겠어요?"

작고 노란 반점으로 얼룩진 피부가 이상하게 부어 있었다. 프레데릭은 그 증거를 부정할 수가 없었다. 그는 창문을 열고, 가로 세로로 몇 발짝 걷다가 안락의자에 주저앉았다.

그 사건은 우선 그들의 이별을 뒤로 미루고 다음에는 그의 모든 계획을 뒤엎어버리는 재난이었다. 게다가 아버지가 된다는 생각은 기이하고 받아들일 수 없는 것으로 생각되었다. 하지만 그 이유는? 만약 로자네트 대신에…? 그러자 그의 몽상이 깊어져 일종의 환각이 나타났다. 난로 앞 양탄자 위에 귀여운 딸이 보였다. 딸은 아르누 부인을 닮았고, 약간은 그를 닮기도 했다. 갈색 머리와 하얀 살결, 검은 눈, 커다란 눈썹, 곱슬머리에 꽂힌 장밋빛 리본! (오! 얼마나 사랑스러울까!) "아빠! 아빠!" 하는 딸아이의 목소리가 들리는 것 같았다.

옷을 벗은 로자네트가 그에게 다가와 그의 눈에 맺힌 눈물을 보자, 그의 이마에 엄숙하게 키스를 했다. 그가 일어서며 말했다.

"아무렴! 애기를 죽이면 안 되지!"

그러자 그녀는 수다를 많이 떨었다. 틀림없이 아들일 것이다! 프레데릭이라는 이름을 붙여줄 것이다! 아기 옷을 준비하기 시작해야겠다! 그렇게 행복해하는 그녀를 보자, 불쌍한 생각이 들었다. 그는 이제 어떤 분노도 느끼지 않았으므로, 그녀가 아까 왜 그런 행동을 했는지 이유를 알고 싶었다.

실은 그날 오래전부터 지불을 거절해온 어음을 바트나 양이 보내왔기 때문에, 그녀는 아르누에게 돈을 받으려고 뛰어갔던 것이다.

"내가 그 돈을 줄 수도 있었을 텐데!" 프레데릭이 말했다.

"아르누한테 받을 돈을 받아서, 바트나에게 천 프랑을 돌려주는 게 더 간단했으니까요."

"그 여자에게 빚진 돈은 그게 전부야?"

그녀가 대답했다.

"분명히 그게 다예요!"

다음 날 저녁 9시(문지기가 지정한 시간)에 프레데릭은 바트나 양의 집으로 갔다.

그는 응접실에서 잔뜩 쌓아놓은 가구에 부딪쳤으나, 이야기 소리와 음악 소리가 들리는 곳으로 갔다. 그가 문을 열자, 연회가 한창인 곳으로 들어가게 되었다. 안경 쓴 아가씨가 피아노를 치고 있고, 그 앞에서 델마르가 주교처럼 진지한 모습으로 매춘 문제를 다룬 인도주의적인 시를 낭독하고 있었다. 굵고 우렁찬 그의 목소리가 피아노 화음과 어울려 울려 퍼졌다. 벽 쪽에는 여자들이 한 줄로 앉아 있었는데, 대부분 셔츠 깃도 소매도 없는 어두운 색깔의 옷을 입고 있었다. 대여섯 명의 남자들은 여기저기 의자에 앉아 모두 사색에 잠겨 있었다. 안락의자에는 폐인이 된 왕년의 우화작가가 있었다. 두 개의 램프에서 나오는 고약한 냄새가 트럼프 탁자 위에 어지러이 널려있는 찻잔에 가득 담긴 코코아 향기와 뒤섞였다.

동양풍 숄을 허리에 두른 바트나 양은 벽난로 구석에 있었다. 뒤사르디에가 다른 구석 맞은편에 앉아 있었다. 그는 그 자리가 약간 거북한 것 같았다. 게다가 그런 예술적 분위기가 그를 주눅 들게 했다.

바트나는 델마르와 헤어진 것일까? 그런 것 같지는 않았다. 그러나 그녀는 그 선량한 점원을 소중히 여기는 듯했다. 프레데릭이 그녀에게 잠깐 할 말이 있다고 하자, 그녀는 뒤사르디에에게 함께 자기 방으로 와 달라는 신호를 했다. 천 프랑을 늘어놓자, 그녀는 다시 이자를 요구했다.

"그럴 필요 없어요." 뒤사르디에가 말했다.

"당신은 가만히 있어요!"

그토록 용감하던 남자가 이렇게 무기력한 것을 보자, 프레데릭은 자신의 무기력이 정당화되는 것 같아 기분이 좋았다. 그는 어음을 찾아왔고, 아르누 부인 집에서 있었던 소동에 대해서는 다시 언급하지 않았다. 그러나 그때부터 로자네트의 모든 결점이 눈에 보이기 시작했다.

그녀는 고치기 힘든 악취미를 가지고 있었고, 이해할 수 없을 만큼 게을렀으며, 의사 데로지를 아주 유명하다고 생각할 정도로 몹시 무식했다. 그리고 그 의사 부부를 맞이하는 것을 자랑스럽게 생각하고 있었다. 그들이 '정식으로 결혼한 사람들'이었기 때문이다. 그녀는 또 현학적인 태도로 이르마 양의 생활을 여러 가지로 간섭했다. 그 가엾은 아가씨는 천성적으로 목소리가 작았는데, 전직 세관원이며 트럼프를 잘하는 '매우 유복한' 신사의 보호를 받고 있었다. 로자네트는 그녀를 "나의 뚱뚱한 룰루"라고 불렀다. 그 밖에도 "거짓부렁이야!, 꺼져버려!, 진짜 몰랐어!" 등과 같은 바보 같은 말을 되풀이하는 통에 프레데릭은 참을 수가 없었다. 그리고 아침에는 낡은 흰 장갑 한 켤레로 자질구레한 장식품의 먼지를 집요하게 털었다! 그는 특히 하녀를 대하는 그녀의 태도에 화가 났다. 하녀의 급료를 끊임없이 연기하고, 심지어 하녀에게 돈을 꾸기도 했다. 돈을 결산하는 날에는, 두 여자가 생선 장수처럼 싸우다가 서로 껴안으며 화해를 했다. 로자네트와 마주 보고 있는 것이 우울한 일이 되었다. 당브뢰즈 부인의 야회가 다시 시작되자, 그의 마음이 가벼워졌다.

당브뢰즈 부인은 적어도 그를 즐겁게 했다! 그녀는 사교계의 정사(情事), 대사의 이동, 여자 재봉사에 대한 일까지 알고 있었다. 그녀의 입에서 상투적인 말이 나오더라도, 아주 적절한 표현인 까닭에 겸손하거나 비꼬는 말처럼 들렸다. 스무 명의 사람들에게 둘러싸여 이야기하면서 아무도 소홀히 하지 않고 미묘한 상황을 피하며 원하는 대답을 끌어내는 그녀의 모습은 실로 볼 만했다! 그녀가 말하는 지극히 단순한 사실은 비밀 이야기처럼 들리고, 그녀가 약간 미소만 지어도 보는 이를 몽상에 잠기게 했다. 요컨대 그녀의 매력은 그녀가 늘 몸에 뿌리고 다니는 그윽한 향기처럼 복잡하고 형용할 수 없는 것이었다. 프레데릭은 그녀와 함께 있을 때마다 매번 새로운 발견을 하는 기쁨을 맛보았다. 그러나 그녀는 맑은 물이 반짝이는 것처럼 항상 침착한 모습이었다. 그런데 왜 조카딸에 대한 태도는 그토록 냉정할까? 그녀는 이따금 이상한 시선을 조카딸에게 던지기도 했다.

결혼 문제가 나오면, 그녀는 당브뢰즈 씨에게 "사랑하는 조카딸"의 건강을 내세워 반대하고 곧 조카딸을 발라뤽 온천으로 데려가 버렸다. 온천에서 돌아오면 새로운 핑계가 나타났다. 젊은이에게 지위가 없다, 진지한 사랑인 것 같지 않다, 기다리는 것도 전혀 나쁠 게 없다는 것이었다. 마르티농은 기다리겠다고 대답했다. 그의 행동은 훌륭했다. 그는 프레데릭을 칭찬했다. 게다가 프레데릭에게는 조카딸을 통해 당브뢰즈 부인의 마음을 알고 있다고 하면서 그녀의 마음에 드는 방법까지 알려주었다.

당브뢰즈 씨는 질투하기는커녕 프레데릭에게 온갖 신경을 쓰고 여러 가지 의논을 하며 그의 장래를 걱정하기까지 했다. 그래서 어느 날, 로크 영감에 대한 이야기가 나오자 그는 프레데릭의 귀에 대고 교활한 태도로 말했다.

"잘했어요."

세실, 미스 존, 하인들, 문지기, 어느 누구도 그 집에서 프레데릭에게 상냥하지 않은 사람은 없었다. 그는 로자네트를 버려두고 매일 저녁 그 집으로 갔다. 로자네트는 머지않아 엄마가 된다는 생각에 더 진지해졌고, 마치 여러 가지 걱정으로 괴로워하는 것처럼 조금 우울해 보이기도 했다. 질문을 할 때마다 그녀는 대답했다.

"당신이 잘못 생각하는 거예요! 난 아주 건강해요!"

그녀가 예전에 서명한 어음은 다섯 장이었다. 첫 어음을 지불한 후에는 프레데릭에게 그 사실을 말하기가 어려워, 그녀는 다시 아르누를 찾아갔다. 아르누는 랑그독 지방의 가스등 사업(그에 의하면 훌륭한 사업이었다!)에서 나오는 이익의 3분의 1을 그녀에게 주겠다는 서약서를 쓰고, 주주총회가 열리기 전까지는 그 서약서를 사용하지 말아달라고 부탁했다. 총회는 자꾸 1주일씩 연기되고 있었다.

그러나 로자네트에게는 돈이 필요했다. 그녀는 프레데릭에게 돈을 부탁하느니 차라리 죽어버리는 게 낫다고 생각했다. 그녀는 프레데릭에게 돈을 요구하지 않았다. 그렇게 되면 그들의 사랑이 깨질지도 모르는 일이었다. 프레데릭은 생활비를 잘 대고 있었다. 그러나 월세로 빌린 작은 마차와 당브뢰즈 집을 드나드는 데 필요한 비용 때문에, 그는 정부를 위해 그 이상의 돈을 쓸 수 없었다. 두세 번인가 여느 때와는 다른 시간에 돌아올 때, 그는 문 사이로 사라지는 남자의 뒷모습을 본 것 같았다. 그리고 그녀는 종종 어디 간다는 말도 하지 않고 외출하곤 했다. 프레데릭은 그 사실을 캐물으려고 하지 않았다. 그는 조만간 마지막 결단을 내릴 생각을 하고 있었다. 그는 더 재미있고 고상한 다른 생활을 꿈꾸고 있었다. 그런 꿈을 꾸고 있는 까닭에 당브뢰즈 저택에 대해서도 관대해졌다.

거기는 푸아티에 거리의 가까운 사람들이 모이는 지부와 같은 곳이었다. 그는 거기서 위대한 A 씨, 유명한 B, 통찰력 있는 C, 웅변적인 Z, 대부호 Y, 중도좌파의 늙은 테너 가수들, 우파의 용사들, 엄정중립파의 노인들, 언제나 선량한 희극배우들을 만났다. 그는 그들의 고약한 말, 비루함, 원한, 악의에 몹시 놀랐다. 그 사람들은 모두 의회에 찬성투표를 해놓고 이제는 그것을 무너뜨리려 애쓰고 있었다. 그리하여 그들은 매우 흥분하여 선언문, 팸플릿, 전기를 뿌리고 있었다. 위소네가 쓴 퓌미숑의 전기는 걸작이었다. 노낭쿠르는 시골에서 선전에 몰두하고, 그레몽빌 씨는 성직자들을 선동하고, 마르티농은 젊은 부르주아들을 규합하고 있었다. 모두들 각자 나름대로 애쓰고 있었다. 시지도 마찬가지였다. 그는 이제 진지한 일을 생각하며, 당을 위해 온종일 마차를 타고 돌아다녔다.

당브뢰즈 씨는 바로미터처럼 당의 최근 변화를 끊임없이 설명했다. 라마르틴에 대해 말할 때는 민중의 한 사람이 말한 "서정시는 지겨워!"라는 말을 반드시 인용했고, 카베냐크는 이제 그의 눈에 배반자로 보일 뿐이었다. 석 달 동안 그가 칭찬했던 대통령에 대해서도 그 존경심이 실추되기 시작했다(대통령에게서 "필요한 힘"을 발견할 수 없었기 때문에). 그런데 그에게는 항상 구세주가 필요했으므로, 공예학교 사건 이후로 샹가르니에[36]를 인정하고 있었다. "고맙게도 샹가르니에가… 기대해 봅시다… 아! 샹가르니에가 있는 한 걱정할 건 아무것도 없어요…"

사람들은 무엇보다 사회주의에 반대하는 저서를 발표한 것 때문에 티에르 씨를 찬양했는데, 그 저서에서 그는 작가임과 동시에 사상가임을 드러냈다. 국회에서 철학자들의 문장을 인용한 피에르 르루는 엄청난 조소의 대상이 되었다. 푸리에 공동체의 종말도 농담의 화제가 되었다. 사람들은 〈사상의 시장(市場)〉[37]을 보러 가서 박수갈채를 보냈고, 그 작가들을 아리스토파네스[38]와 비교했다. 프레데릭도 다른 사람들과 마찬가지로 그것을 보러 갔다.

정치적인 수다와 맛좋은 음식 때문에 프레데릭의 도덕성은 마비되어 있었다. 그 사람들이 아무리 하찮게 보여도 그는 그들을 알고 있

---

36) Changarnier, 1793~1877. 프랑스의 장군. 1848년에는 국회의원에 당선되어, 국민군 총지휘권을 부여받아 공예학교 사건을 진압했다.

37) 풍자적인 통속 희극으로 당시에 대단한 성공을 거두었다.

38) Aristophanes, BC 445?~BC 385?. 고대 그리스의 최대 희극 시인.

다는 것이 자랑스러웠고, 부르주아로 존경받는 것을 내심 바라고 있었다. 당브뢰즈 부인과 같은 여자를 정부로 둔다면, 그의 평판을 높여줄 터였다.

그는 필요한 모든 수단을 강구하기 시작했다.

그는 부인이 지나가는 산책길에 서 있었고, 극장에서는 그녀의 좌석으로 인사하러 가는 일을 잊지 않았다. 그리고 그녀가 성당에 가는 시간을 알아내어, 기둥 뒤에 버티고 서서 우수에 젖은 자세를 취하곤 했다. 또한 진귀한 것을 알려주거나 음악회에 관한 정보를 전하거나 책이나 잡지를 빌리기 위해 끊임없이 짧은 편지를 주고받았다. 저녁의 방문 이외에, 그는 이따금 해질 무렵에도 그녀를 찾아갔다. 대문, 안마당, 응접실, 두 개의 거실을 계속해서 지나가면 기쁨이 점점 더 커지는 것을 느꼈다. 드디어 그는 무덤처럼 은밀하고 알코브처럼 훈훈한 그녀의 규방에 도착했다. 거기에는 작은 상자, 칸막이, 래커 칠을 하거나 비늘 모양의 조각을 하거나 상아나 공작석으로 되어 있는 컵과 쟁반, 종종 새롭게 바뀌는 값비싼 자질구레한 것 등 온갖 물건들이 여기저기 놓여 있었는데, 그는 그 한복판의 가구 쿠션에 부딪치곤 했다. 서진으로 쓰이는 에트르타의 조약돌 세 개, 중국 병풍에 걸려있는 프리슬란트[39]의 모자와 같은 간단한 물건들도 있었다. 그러나 그 모든 물건들은 서로 조화를 이루었다. 아마도 높은 천장이나 호사스런 커튼이나 도금한 걸상 막대기 위에서 나부끼는 기다란 명주술 장식 때문인지, 그 전체적인 고상함에 매료되기까지 했다.

그녀는 거의 언제나 창가를 장식하고 있는 꽃나무 상자 옆의 작은 2인용 소파에 앉아 있었다. 그는 바퀴 달린 커다란 쿠션 의자에 걸터앉아 최대한 적절한 찬사를 그녀에게 보냈다. 그러면 그녀는 머리를 약간 옆으로 기울이고 미소 지으면서 그를 바라보았다.

---

39) 네덜란드 북부의 주.

그는 그녀를 감동시키고 자기에게 감탄하게 만들려고 온 마음을 쏟아 부어 시집의 몇 페이지를 읽어주었다. 그녀는 헐뜯는 평을 하거나 실질적인 이야기를 하느라고 그를 중단시키곤 했다. 그들의 이야기는 끊임없이 사랑이라는 영원한 문제로 빠져들었다! 그들은 무엇이 사랑을 유발하는가, 여자가 남자보다 사랑을 더 잘 느끼는가, 그 점에 대한 남녀의 차이는 무엇인가 하는 것을 서로 물었다. 프레데릭은 무례하거나 무미건조하지 않게 자기 의견을 피력하려고 애썼다. 그것은 때로는 유쾌하고 또 때로는 지루한 언쟁과 같은 것이 되곤 했다.

그는 그녀 옆에서 아르누 부인에게 끌린 전신의 황홀함도, 처음에 로자네트가 안겨준 방탕한 쾌감도 느끼지 못했다. 그러나 그는 평범하지 않고 손에 넣기 힘든 무엇처럼 그녀를 탐내고 있었다. 그녀가 귀족이고 부자이며 독실한 신자이기 때문이었다. 그래서 그는 그녀가 몸에 걸치고 있는 레이스처럼 희귀하고 섬세한 감정을 가지고 있고, 몸에 부적을 지니고 있으며, 퇴폐적 분위기 속에서도 순결을 잃지 않는 여자로 상상하고 있었다.

그는 옛사랑의 경험을 이용했다. 예전에 아르누 부인에게서 느꼈던 모든 것, 그 우울함, 불안, 꿈 따위를 마치 그녀에 의해 느끼게 된 것처럼 이야기했다. 그녀는 그런 것에 익숙한 여자처럼 이를 받아들였고, 단호하게 물리치지 않으면서도 결코 굴복하지 않았다. 그가 그녀를 유혹하는 데 성공하지 못한 것처럼, 마르티농도 결혼에 성공하지 못하고 있었다. 조카딸의 연인 문제를 결말지으려고, 그녀는 마르티농이 재산을 노리고 있다고 비난하며 남편에게 이를 조사해 달라는 부탁까지 했다. 그리하여 당브뢰즈 씨는 젊은이에게 세실이 가난한 부모의 고아이므로 어떤 '유산'도 지참금도 없다고 선언했다.

마르티농은 그 이야기가 사실이 아니라고 생각했는지, 아니면 취소할 수 없을 만큼 마음이 무르익어서인지, 혹은 천재들 특유의 바보 같은 고집 때문인지 연금 1만 5천 리브르에 달하는 자기의 세습재산이 있으니 충분하다고 대답했다. 이 예기치 않은 무사무욕에 은행가는 감동했다. 그는 마르티농에게 수납인의 보증금을 내주고 그 자리를 얻어주겠다고 약속했다. 그리고 1850년 5월, 마르티농은 세실 양과 결혼했다. 무도회는 열리지 않았다. 신혼부부는 그날 저녁에 이탈리아로 떠났다. 다음 날, 프레데릭은 당브뢰즈 부인을 찾아갔다. 그녀는 평소보다 창백해 보였다. 그녀는 별로 중요하지도 않은 두세 가지 주제에 대해 그의 의견에 날카롭게 반박했다. 결국 남자는 전부 이기주의자라는 것이었다.

그러나 프레데릭은 설사 자기 한 사람밖에 없다 하더라도 세상에는 헌신적인 남자들이 있다고 했다.

"아, 천만에요! 당신도 다른 남자들과 똑같아요!"

그녀의 눈꺼풀이 붉어졌다. 울고 있었던 것이다. 이어서 그녀는 미소를 지으려 애쓰며 말했다.

"미안해요! 제가 잘못했어요! 슬픈 생각이 들어서요!"

그는 아무것도 이해할 수 없었다.

'상관없어! 이 여자는 내가 생각했던 것보다 강하지 않군' 하고 그는 생각했다.

그녀는 벨을 눌러 물을 한 컵 달라고 하더니, 한 모금 마시고 돌려주며 시중드는 태도가 나쁘다고 불평했다. 프레데릭은 그녀를 즐겁게 하기 위해, 자기가 하인이 되겠다고 제의했다. 요리를 하고, 가구의 먼지를 털고, 손님이 왔다고 알리고, 요컨대 지금은 지나가버린 유행이지만 몸종이나 심부름꾼 노릇을 할 수 있다고 주장했다. 그는 기꺼이 닭의 깃털이 붙은 모자를 쓰고 그녀의 마차 뒤에 있겠다고 했다.

"그러면 저는 강아지를 팔에 안고 당당하게 부인 뒤에서 걸을 수 있을 텐데요!"

"재미있는 분이시네요." 당브뢰즈 부인이 말했다.

"모든 것을 진지하게 생각한다는 것은 터무니없는 짓이 아닐까요?

군이 만들어내지 않아도 근심거리는 얼마든지 있습니다. 아무것도 괴로워할 만한 가치가 없어요." 그가 다시 말했다. 당브뢰즈 부인은 막연히 동의를 표하는 태도로 눈썹을 치켜 올렸다.

그러한 감정의 일치가 프레데릭을 더 대담하게 만들었다. 착오를 저질렀던 과거의 경험 덕분에 이제는 통찰력을 갖게 된 것이다. 그는 계속했다.

"우리 선조들은 더 행복하게 살았습니다. 어째서 우리는 마음의 충동에 따르지 못하는 걸까요? 사랑이라는 것은 결국 그 자체로는 그리 중요한 것이 아닙니다."

"하지만 당신이 말하는 것은 비도덕적이에요!"

그녀는 2인용 소파에 다시 앉았다. 그는 발을 맞대고 의자 끝에 걸터앉았다.

"제가 거짓말을 한다고 생각하지 마십시오! 사실 여자들을 기쁘게 해주려면 익살광대의 태평함이나 비극적인 격분을 보여주어야 하니까요! 단순히 사랑한다고만 말할 때 여자들은 우리를 비웃지요! 저는 여자들이 즐거워하는 그런 과장된 표현이 참된 사랑에 대한 모독이라고 생각합니다. 그래서 그 사랑을 어떻게 표현해야 할지 모르겠습니다. 특히 … 재치가 있는 … 여자들 앞에서는 말입니다."

그녀는 눈을 반쯤 감고 그를 바라보고 있었다. 그는 그녀의 얼굴을 향해 몸을 숙이면서 목소리를 낮췄다.

"그렇습니다! 부인은 저를 두렵게 합니다! 어쩌면 제가 부인에게 무례한 행동을 하는 걸까요? … 용서하십시오! … 이런 말을 하려고 한 게 아닙니다. 그건 제 잘못이 아닙니다! 부인은 너무 아름다우시니까요!"

당브뢰즈 부인은 눈을 감았다. 그는 너무 쉽게 승리를 얻어 놀랐다. 조용히 흔들리던 정원의 커다란 나무들이 그 움직임을 멈추었다. 머물러 있는 구름들이 기다란 붉은 띠처럼 하늘에 줄무늬를 그리고 있었고, 만물이 정지해버린 것 같았다. 그러자 이와 비슷한 저녁, 비슷한 침묵이 어렴풋이 그의 머릿속에 떠올랐다. 어디였더라? …

그는 무릎을 꿇고, 그녀의 손을 잡으며 영원한 사랑을 맹세했다. 그가 돌아갈 때, 그녀는 손짓으로 그를 다시 불러 아주 나지막이 말했다.

"저녁식사 때 다시 오세요! 우리 둘만 있게 될 거예요!"

층계를 내려가면서, 프레데릭은 다른 사람이 된 기분이었다. 따뜻한 온실의 향기로운 열기에 둘러싸인 것 같았고, 귀족적인 불륜과 세련된 정사의 상류 세계로 마침내 들어간 것 같았다. 거기서 최고의 자리를 차지하기 위해서는 그녀와 같은 여자면 족했다. 아마도 권력과 영향력을 갈망하여 보잘것없는 남자와 결혼하고 그 남자에게 엄청난 시중을 들고 있는 그녀는 자신을 이끌어줄 유능한 누군가를 원하고 있는 것이 아닐까? 이제 불가능한 것은 아무것도 없었다! 그는 말을 타고 이백 리를 가거나 며칠 밤 계속해서 일해도 피로를 느끼지 않을 것 같았다. 그의 마음에서는 자만심이 넘쳐나고 있었다.

보도 위에서, 낡은 외투를 입은 한 남자가 머리를 숙인 채 프레데릭에 앞서 걸어가고 있었다. 그 태도가 매우 위축되어 있어서, 프레데릭은 고개를 돌려 그를 보았다. 그 남자도 머리를 들었다. 델로리에였다. 그는 주저했다. 프레데릭은 그의 목으로 뛰어들었다.

"아! 내 오랜 친구! 세상에! 너로구나!"

프레데릭은 많은 질문을 한꺼번에 던지며 그를 집으로 데려갔다.

르드뤼롤랭의 옛 지방위원은 우선 자기가 받은 고통에 대해 얘기했다. 그는 보수주의자들에게는 우애를, 사회주의자들에게는 법률의 준수를 강조한 까닭에, 한쪽으로부터는 총격을 받고 다른 한쪽으로부터는 교살당할 뻔했다. 6월사건 이후, 그는 가차 없이 파면당했다. 그는 트루아에서 무기 약탈 음모에 가담했다. 그러나 증거 불충분으로 풀려났다. 그리고 집행위원회에 의해 런던으로 보내졌는데, 연회 도중 동료와 뺨을 때리며 싸웠다. 파리로 돌아왔으나 …

"왜 나한테 오지 않았어?"

"넌 항상 집에 없더군! 문지기는 이상한 태도를 보이고, 난 어떻게 생각해야 할지 알 수 없었지. 그리고 패잔병의 모습으로 다시 나타나기도 싫었고."

그는 민주주의자들의 문을 두드리며 글과 웅변과 행동으로 민주주의를 위해 일하겠다고 했으나 어디서도 그를 받아주지 않았고 신용하지 않았다. 그리하여 그는 시계, 책, 속옷을 팔았다.

"벨일[40]의 헌 배 위에서 세네칼과 함께 죽어버리면 좋았을걸!"

그때 넥타이를 고쳐 매고 있던 프레데릭은 그런 소식을 들어도 별로 흥분하는 것 같지 않았다.

"아! 그 선량한 세네칼은 유배되었군?"

델로리에는 부러워하는 태도로 벽을 훑어보며 대답했다.

"모든 사람이 너처럼 운이 좋은 게 아냐!"

"미안하지만 나는 시내에서 저녁을 먹어야 해. 식사준비를 하게 할 테니, 먹고 싶은 걸 주문해! 그리고 내 침대에서 자도록 해!" 비꼬는 말에 아랑곳하지 않고 프레데릭이 말했다.

그토록 대단한 환대에, 델로리에의 신랄한 태도도 사라졌다.

"네 침대에서? 하지만… 그러면 네가 불편할 텐데!"

"아냐! 난 다른 침대가 있어!"

"아! 좋아. 그런데 어디서 저녁을 먹는 거야?" 변호사가 웃으면서 말했다.

"당브뢰즈 부인 댁에서."

"그럼 … 혹시 … ?"

"넌 지나치게 호기심이 많군." 프레데릭은 그러한 추측을 인정하는 미소를 지으며 말했다.

---

40) 브르타뉴 지방의 섬들 중에서 가장 큰 섬.

그리고 추시계를 바라보며 다시 앉았다.

"세상이란 그런 거야. 절망할 필요 없어, 넌 민중의 옹호자였잖아!"

"쳇! 그런 건 다른 놈들이나 하라고 그래!"

변호사는 노동자를 증오하고 있었다. 고향인 탄광지방에서 노동자들 때문에 고생을 했기 때문이다. 채굴공마다 임시 통치기구를 임명하고 명령을 지시했던 것이다.

"게다가 그들의 행동은 리옹, 릴, 르 아브르, 파리 등 어디서나 얄미웠지! 외국제품을 추방하려는 제조업자들을 본떠서, 그자들도 영국, 독일, 벨기에, 사부아의 노동자들을 쫓아버리라고 요구하고 있거든! 그들의 지식수준으로 말하자면, 왕정복고 시대에 그 잘난 동업조합이라는 게 무슨 쓸모가 있었어? 1830년에는 국민군을 통치할 분별력조차 없으면서 국민군에 참가했지! 그리고 48년 혁명이 일어나자마자 직업단체라는 것이 그들의 깃발을 들고 다시 나타났잖아! 그들은 심지어 자기들을 위해서만 발언하는, 자기네 민중의 대표자를 요구했어! 순무의 대표자들은 순무만 걱정하면 된다는 식이지! 아! 로베스피에르의 단두대, 황제의 장화, 루이필립의 우산 앞에서 차례로 무릎을 꿇는 그놈들은 이제 지긋지긋해. 아가리에 빵을 던져주기만 하면 누구에게든 영원히 충성하는 상놈들이야! 탈레랑과 미라보가 돈에 매수되었다고 계속 비난하고 있지만, 하급 심부름꾼들은 심부름 값으로 3프랑을 준다고 약속하기만 하면 50상팀에 조국을 팔아버릴 거야! 아! 정말 잘못했어! 유럽의 네 구석에 불을 질렀어야 했단 말이야!"

프레데릭이 대답했다.

"불꽃이 부족했던 거야! 사람들은 그저 소시민에 불과했고, 그중 제일 낫다는 게 유식한 체하는 자들이었어! 노동자들에 대해 말하자면, 그들이 불평하는 것도 무리는 아니야. 왕실 세비(歲費)에서 빼낸

백만 프랑을 아주 비열한 아첨을 해가며 그들에게 준 것을 제외하면, 여러 가지 말만 했을 뿐 그들을 위해 해준 것은 아무것도 없었으니까! 장부는 여전히 고용주의 손에 있고 월급쟁이는 말을 해도 믿어주지 않으니, 여전히 주인보다 열등한 위치(법률 앞에서조차)에 있을 수밖에. 결국 내가 보기엔, 공화제라는 건 고물일 뿐이야. 누가 알아? 어쩌면 진보란 귀족계급이나 어떤 한 사람에 의해서만 실현될 수 있는 것이 아닐까? 주도권이라는 건 언제나 위에서부터 내려오는 거니까! 뭐라 주장해도 민중은 중요한 존재가 아니란 말이야!"

"아마 그럴지도 모르지." 델로리에가 말했다.

프레데릭에 따르면, 대다수 시민은 오직 휴식을 바라고 있었고(그는 당브뢰즈 저택에서 휴식을 취하고 있었다) 모든 기회가 보수주의자들에게 유리했다. 그러나 보수당에는 새로운 인물이 부족하다는 것이었다.

"만일 네가 나가면, 틀림없이 …"

프레데릭은 말을 끝맺지 않았다. 델로리에는 그 말뜻을 이해하고, 두 손을 이마에 대며 갑자기 말했다.

"넌 어때? 네 경우는 아무것도 방해될 것이 없잖아? 왜 넌 국회의원이 되려고 하지 않는 거지?" 이중 선거의 결과, 오브 지역에는 입후보의 공석이 있었다. 당브뢰즈 씨가 입법의회에 재선되었지만, 다른 선거구에 속해 있었던 것이다. "내가 그 일을 맡아볼까?" 그는 술집 주인, 교사, 의사, 법률사무소 서기와 그 주인들을 많이 알고 있다고 했다. "게다가 농부들은 원하는 대로 주무를 수 있지!"

프레데릭은 야심이 다시 불붙는 것을 느꼈다.

델로리에가 덧붙였다.

"넌 틀림없이 내게 파리의 일자리를 찾아봐 주겠지."

"아! 당브뢰즈 씨에게 부탁하면 그건 어렵지 않을 거야."

"아까 우리가 석탄 얘기를 했으니까 말인데, 그 사람의 큰 회사는 어떻게 됐어? 내게는 그런 종류의 일이 필요해! 난 독립성을 유지하면서도 그들에게 도움을 줄 수 있거든." 변호사가 다시 말했다.

프레데릭은 사흘 이내로 그를 은행가에게 데리고 가겠다고 약속했다.

당브뢰즈 부인과 단둘이 하는 저녁식사는 감미로웠다. 그녀는 식탁 건너편에 앉아, 천장에 매달린 등불 빛을 받으며 꽃바구니 너머로 미소 짓고 있었다. 창문이 열려 있어서 별이 보였다. 그들은 서로를 경계해서인지 거의 이야기를 하지 않았다. 그러나 하인들이 등을 돌리자마자, 그들은 입술 끝으로 서로 키스를 보냈다. 그는 입후보할 생각이라고 말했다. 그녀는 이에 찬성하고, 당브뢰즈 씨로 하여금 힘을 써보게 하겠다는 약속까지 했다.

밤이 되자, 몇몇 친구들이 그녀에게 축하와 위로를 하러 나타났다. 조카딸이 없어서 너무 슬프겠다고 했다. 하기야 여행을 떠난 것은 젊은 부부에게는 퍽 좋은 일이었다. 나중에는 여러 가지 장애와 아이들이 생길 테니까! 그러나 이탈리아는 생각과는 다른 곳이라고 했다. 어쨌든 그들은 환상을 갖는 나이이며 신혼이기 때문에 모든 것을 아름답게 볼 터였다! 마지막으로 남은 두 사람은 그레몽빌 씨와 프레데릭이었다. 외교관은 돌아가려고 하지 않았다. 드디어 12시에 그가 일어섰다. 당브뢰즈 부인은 프레데릭에게 그와 함께 가라고 눈짓했고, 그가 순순히 따른 데 대해 고맙다고 세게 악수를 했다. 그 악수는 다른 무엇보다도 감미로웠다.

로자네트는 프레데릭을 다시 만나자, 환호성을 질렀다. 그녀는 5시부터 그를 기다리고 있었다. 그는 델로리에 문제로 꼭 필요한 교섭을 해야 했다고 변명했다. 그의 얼굴에 승리의 태도와 후광이 서려있어, 로자네트는 눈이 부셨다.

"당신에게 잘 어울리는 예복 때문인지도 모르겠네. 하지만 당신이 이토록 멋진 모습을 본 적이 없었어요! 정말 멋있어요!"

격한 애정에 사로잡힌 그녀는 어떤 일이 있어도, 굶어 죽는 한이 있더라도 다시는 다른 남자의 품에 안기지 않겠다고 마음속으로 맹세했다!

눈물이 글썽한 그녀의 예쁜 눈이 너무도 강렬한 정열로 반짝이자, 프레데릭은 그녀를 무릎 위로 끌어당기고 자신의 타락을 자화자찬하면서 '나도 나쁜 놈이 다 되었군!'하고 생각했다.

IV

델로리에가 찾아왔을 때, 당브뢰즈 씨는 마침 대규모의 석탄사업을 재건할 생각을 하고 있었다. 그러나 모든 회사를 하나로 합병하는 것은 평이 좋지 않았다. 그러한 사업에는 대자본이 필요한 법인데, 사람들은 마치 그럴 필요가 없는 듯 독점이라고 비난했다는 것이다!

고베의 저서와 〈광업신문〉에 게재된 샤프 씨의 기사를 최근에 일부러 읽은 델로리에는 그 문제를 훤히 알고 있었다. 그는 1810년의 법률에 의해 정부의 허가를 획득한 자의 이익을 위한 절대적 권리가 수립되었다고 알려 주었다. 게다가 그 사업에 민주적인 색채를 가할 수도 있다고 했다. 석탄업자의 결합을 방해하는 것은 조합의 원칙 자체에 위배된다는 것이었다.

당브뢰즈 씨는 의견서를 작성해 달라고 서류를 델로리에에게 맡겼다. 그 일에 대한 보수를 지불하는 방법에 대해서는, 분명하지는 않지만 더욱더 좋은 조건을 약속했다.

델로리에는 프레데릭의 집으로 돌아와서, 면담한 이야기를 해주었다. 그리고 그 집에서 나올 때 층계 밑에서 당브뢰즈 부인을 보았다고 했다.

"정말 축하해, 이 친구야!"

이어서 그들은 선거 이야기를 했다. 생각해두어야 할 것이 있었다.

사흘 후, 델로리에는 신문사로 보낼 원고를 가지고 다시 나타났다.

개인적인 편지 형식으로, 당브뢰즈 씨가 프레데릭의 입후보를 찬성하는 내용이었다. 보수주의자의 지지를 받고 급진주의자의 격찬을 받으니, 입후보는 틀림없이 성공할 터였다. 어떻게 자본가는 고심해서 쓴 그런 편지에 서명했을까? 변호사가 주저 없이 그것을 당브뢰즈 부인에게 보여주었고, 부인이 아주 좋다고 하면서 나머지 일을 책임진 것이라고 했다.

프레데릭은 그런 방법에 놀랐다. 그러나 그는 그 방법을 인정했다. 그리고 델로리에가 로크 씨를 만나기로 되어 있어서, 그는 델로리에에게 루이즈에 대한 자기 입장을 설명했다.

"너 좋을 대로 말해. 내 일이 잘 안 되고 있지만 곧 해결될 것이고, 그녀는 아직 젊으니 기다려도 되지 않느냐고 말이야!"

델로리에는 떠났다. 프레데릭은 자기 자신이 매우 강한 사람처럼 생각되었다. 게다가 흐뭇함과 깊은 만족감을 느꼈다. 부잣집 부인을 소유하고 있다는 기쁨은 어떠한 장애에도 손상되지 않았고, 감정과 환경이 조화를 이루고 있었다. 이제 그의 삶은 어디서나 즐거운 것이었다.

가장 즐거운 일은 아마 거실에서 여러 사람들 가운데 있는 당브뢰즈 부인을 바라보는 일이었을 것이다. 그는 그녀의 예의 바른 모습을 보며 그와 전혀 다른 태도를 생각했고, 그녀가 쌀쌀한 어조로 이야기하는 동안 그녀가 속삭이던 사랑의 말을 떠올렸다. 그녀의 미덕에 대한 모든 존경이 마치 자기 자신에게 돌아오는 칭찬인 양 그를 기쁘게 했다. 때때로 그는 '나는 너희들보다 그녀를 더 잘 알고 있다! 그녀는 내 거다!'라고 소리치고 싶었다.

그들의 관계는 곧 누구나 다 아는 공공연한 사실이 되었다. 당브뢰즈 부인은 겨울 내내 프레데릭을 사교계로 끌고 다녔다.

그는 거의 언제나 그녀보다 먼저 도착하여, 팔을 드러낸 채 부채를 손에 들고 머리에 진주를 장식한 그녀가 들어오는 것을 바라보곤 했다. 그녀는 문턱에서 발을 멈추고(문틀이 액자처럼 그녀를 에워쌌다), 그가 와 있는지 찾아보려고 눈꺼풀을 깜빡이며 살짝 주저하는 동작을 취했다. 돌아갈 때는 그녀가 그를 마차에 태워 데려다주었다. 빗줄기가 차창을 후려치고, 행인들이 그림자처럼 진흙탕 속에서 움직였다. 그들은 서로 붙어 앉아, 말없는 경멸의 시선으로 그 모든 것을 멍하니 바라보았다. 이런저런 핑계로, 그는 그녀의 방에서 다시 1시간 이상이나 머물러 있었다.

당브뢰즈 부인이 프레데릭 품에 안긴 것은 무엇보다 권태 때문이었다. 그러나 이 마지막 시도가 허사가 되어서는 안 되었다. 그녀는 대단한 사랑을 원하고 있었다. 그리하여 그녀는 그에게 온갖 아양과 애무를 쏟기 시작했다.

그녀는 그에게 꽃을 보내고, 융단 의자를 만들어주고, 담배케이스나 잉크병 같은 수많은 자질구레한 일상용품을 주었다. 그가 무슨 행동을 하든 자기를 생각하도록 하기 위해서였다. 그는 처음에는 그러한 친절에 매우 기뻐했지만, 곧 아주 당연한 것으로 생각하게 되었다.

그녀는 삯마차를 타고 가서 골목 입구에서 마차를 돌려보낸 후, 반대쪽으로 나와 이중의 베일로 얼굴을 가리고 담벼락을 따라 미끄러지듯 걸어 프레데릭이 기다리고 있는 거리에 이르렀다. 그러면 그곳에서 지키고 있던 프레데릭이 재빨리 그녀의 팔을 잡고 자기 집으로 데려갔다. 두 하인은 산책을 나갔고, 문지기도 심부름을 가 있었다. 그녀는 주위를 둘러보았다. 걱정할 것은 아무것도 없었다! 그녀는 고국으로 돌아온 망명자처럼 안도의 한숨을 내쉬었다. 그러한 기회가 그들을 대담하게 만들었다. 만남의 횟수가 잦아졌다. 어느 날 저녁에는, 그녀가 무도회에 가는 화려한 차림으로 갑자기 나타났다. 그러한 뜻밖의 방문은 위험할 수도 있었다. 그는 그녀의 경솔함을 나무랐다. 어쨌든 그녀가 불쾌했던 것이다. 열어젖힌 드레스 상의 사이로 그녀의 깡마른 가슴팍이 드러나 보였다.

그러자 그는 스스로에게 숨기고 있던 것, 즉 감각적인 환멸을 느꼈다. 그는 여전히 대단한 정열을 가지고 있는 체했으나, 그런 정열을 느끼기 위해서는 로자네트나 아르누 부인의 모습을 떠올려야 했다.

이러한 감정의 쇠퇴가 그를 완전히 이성적으로 만들었고, 그는 이전보다 더 세속적인 높은 지위를 갈망하게 되었다. 그에게는 발판이 있으니까, 그것을 이용하기만 하면 되는 일이었다.

1월 중순경의 어느 날 아침, 세네칼이 서재로 들어왔다. 프레데릭이 놀라 탄성을 지르자, 그는 자기가 델로리에의 비서라고 대답했다. 그는 편지를 가지고 왔다. 편지에는 좋은 소식이 담겨 있었으나, 프레데릭의 태만을 나무라고 있었다. 그곳으로 와야 한다는 것이었다.

미래의 국회의원은 다음다음 날 떠나겠다고 말했다.

세네칼은 이번 입후보에 대한 의견을 말하지 않았다. 그는 자신의 일신과 국가 정세에 대해 이야기했다.

현 정세가 아무리 한탄스러워도, 세네칼은 즐거워하고 있었다. 공산주의로 나아가고 있었기 때문이다. 날마다 정부가 관리하는 것들이 늘어가고 있으니, 우선 행정 자체가 공산주의로 가고 있는 셈이라고 했다. 소유권에 대해 말하자면, 48년 헌법은 결함이 있는데도 불구하고 소유권에 대한 조처를 취하지 않았다. 그래서 공공의 이익이라는 명목 하에, 국가가 이후 적당하다고 판단되는 것을 징발할 수 있었다. 세네칼은 당국의 편을 들었다. 프레데릭은 그의 말에서 자신이 델로리에에게 한 말이 과장되어 있는 것을 느꼈다. 공화주의자는 대중의 무능함을 비난하기까지 했다.

"로베스피에르는 소수의 권리를 옹호하기 위해 루이 16세를 국민의회 앞에 끌어내고 결국 국민을 구했네. 세상사는 결과에 의해 정당화되는 법이지. 때로는 독재도 필요해. 전제군주라 하더라도 좋은 정치를 한다면 전제정치 만세란 말이야!"

그들의 토론은 오래 계속되었다. 세네칼은 돌아갈 때, 당브뢰즈 씨에게서 아무 소식이 없어 델로리에가 매우 초조해하고 있다고 말했다(아마도 그것이 찾아온 목적이었으리라).

그러나 당브뢰즈 씨는 병중에 있었다. 프레데릭은 가까운 사람이라는 자격으로 그의 곁에 갈 수 있어 날다마 문병을 갔다.

샹가르니에 장군의 파면이 자본가를 크게 놀라게 했던 것이다. 그날 저녁, 그는 가슴에 심한 열이 나고 누워있을 수 없을 정도로 숨가빠했다. 거머리 요법으로 증상은 곧 가라앉았다. 마른기침도 사라지고, 호흡이 더 편안해졌다. 1주일 후, 그는 수프를 먹으며 말했다.

"아! 좀 나아졌어! 하지만 하마터면 먼 여행을 떠날 뻔했어!"

"저를 두고 가시면 안 돼요!" 당브뢰즈 부인이 혼자 남아 살아갈 수 없다는 것을 강조하며 소리쳤다.

대답 대신, 당브뢰즈 씨는 그녀와 그녀의 애인에게 기묘한 미소를 던졌다. 체념, 관용, 빈정거림, 신랄하게 비꼬는 듯 거의 쾌활한 암시가 동시에 담긴 미소였다.

프레데릭은 노장으로 떠나려고 했으나, 당브뢰즈 부인이 반대했다. 그는 당브뢰즈 씨 병세의 변화에 따라 짐을 쌌다 풀었다 하고 있었다.

갑자기 당브뢰즈 씨가 피를 잔뜩 토했다. '의학의 대가들'이 진찰을 했으나, 새로운 처방을 아무것도 내리지 못했다. 그는 다리가 붓고, 점점 쇠약해졌다. 그는 여러 번 세실을 보고 싶다고 했지만, 세실은 한 달 전부터 수납인으로 임명된 남편과 함께 프랑스의 먼 시골에 가서 살고 있었다. 그는 세실을 불러오라고 지시했다. 당브뢰즈 부인은 편지를 세 통 써서 남편에게 보여주었다.

그녀는 수녀에게도 맡기지 않고 한시도 남편 곁을 떠나지 않으며 잠도 자지 않았다. 문지기에게 와서 문병을 다녀간 서명을 하는 사람들은 그녀의 이야기를 듣고 감탄했다. 그리고 행인들은 창 밑 길가에 많은 짚이 고스란히 쌓여있는 것을 보고 존경의 마음을 금치 못했다.

2월 12일 5시, 무시무시한 각혈이 있었다. 지켜보던 의사가 위독하다고 했다. 급히 사제에게 사람을 보냈다.

당브뢰즈 씨가 고해하는 동안, 부인은 멀리서 호기심에 찬 눈으로 그를 바라보았다. 그런 다음, 젊은 의사는 발포약을 처방하고 경과를 기다렸다.

가구에 가려진 등불 빛이 군데군데 그림자를 드리우며 방을 밝히고 있었다. 프레데릭과 당브뢰즈 부인은 침대 발치에서 위독한 병자를 지켜보고 있었다. 사제와 의사는 창가에서 나지막한 소리로 이야기를 했고, 수녀는 무릎을 꿇고 기도를 중얼거렸다.

드디어 헐떡거리는 소리가 났다. 두 손이 싸늘해지고, 얼굴은 창백해지기 시작했다. 이따금 환자는 갑자기 크게 숨을 쉬곤 했는데, 그 숨도 점점 뜸해지더니 두세 마디 알아들을 수 없는 말이 입에서 새어나왔다. 그는 작은 숨을 내뱉자마자 눈길을 돌리고 머리를 베개 한쪽으로 떨어뜨렸다.

잠시 모두가 움직이지 않았다.

당브뢰즈 부인이 다가가서, 그저 의무를 다하는 태도로 힘들이지 않고 그의 눈을 감겼다.

그리고 그녀는 두 팔을 벌리고 마치 참았던 절망으로 경련을 일으키듯 허리를 비틀면서 의사와 수녀의 부축을 받아 방을 나갔다. 15분 후, 프레데릭은 그녀의 방으로 올라갔다.

그녀의 방에서는 방을 가득 채우고 있는 귀중품에서 발산되는 뭐라 형용할 수 없는 냄새가 났다. 침대 한가운데 펼쳐져 있는 검은 상복이 장밋빛 발이불과 대조를 이루었다.

당브뢰즈 부인은 난로 구석에 서 있었다. 크게 슬퍼하는 것 같지는 않았지만, 그는 그녀가 다소 침울하리라고 생각하여 처량한 목소리로 말했다.

"마음이 아프지요?"

“내가? 아니, 전혀요.”

그녀가 몸을 돌리자 상복이 눈에 띄었다. 그녀는 그것을 유심히 쳐다보다가 그에게 편히 앉으라고 말했다.

“담배 피우고 싶으면 피워요! 여긴 이제 내 집이니까!”

그리고 크게 한숨을 쉬며 말했다.

“아! 하느님! 이제야 홀가분하게 됐네!”

프레데릭은 그 감탄의 소리에 놀랐다. 그는 그녀의 손에 키스하며 말했다.

“하지만 이전에도 자유로웠는데요!”

그들의 사랑에 어려움이 없었음을 암시하는 그 말이 당브뢰즈 부인에게 상처를 준 것 같았다.

“아! 당신은 내가 남편을 위해 얼마나 힘썼는지, 얼마나 고통 속에 살아왔는지 몰라요!”

“어째서요?”

“그럼요! 저런 사생아, 결혼 5년 후에 집으로 데려온 아이, 내가 없었으면 틀림없이 남편에게 바보 같은 짓을 하게 했을 아이를 언제나 곁에 두고 있었는데 마음이 편했겠어요?”

그녀는 자기의 사정을 설명했다. 그들은 부부별 재산제로 결혼했다고 했다. 그녀의 세습 재산은 30만 프랑이었다. 당브뢰즈 씨는 결혼계약에 의해 자기가 먼저 죽을 경우 그녀에게 1만 5천 리브르의 연금과 저택 소유권을 주기로 보증했다. 그러나 얼마 후, 그는 전 재산을 그녀에게 준다는 유서를 썼다. 그리하여 그녀는 지금 알 수 있는 것만 하더라도 어림잡아 3백만 이상에 이른다고 했다.

프레데릭은 눈을 크게 떴다.

“고생한 보람은 있었지요? 하기야 내가 노력한 거지만! 나는 내 재산을 지켜냈어요. 안 그랬으면 세실이 부당하게 빼앗아갔을 거예요.”

“왜 세실은 아버지를 만나러 오지 않았지요?” 프레데릭이 말했다.

그 질문에 당브뢰즈 부인은 그를 바라보다가 무뚝뚝한 어조로 말했다.

"모르지요! 아마 그럴 마음이 없었나 보죠! 아! 난 그 애를 잘 알아요! 그러니까 난 그 애에게 한 푼도 주지 않을 거예요!"

세실은 적어도 결혼한 후에는 방해되는 존재는 아니었다.

"아! 그 결혼!" 당브뢰즈 부인은 비웃으며 말했다.

그리고 그녀는 질투심 많고 이기적이며 위선적인 그 바보 같은 계집애를 너무 잘 대해줬다고 분해했다. "모든 게 다 그 애 아버지 잘못이에요!" 그녀는 점점 더 남편을 헐뜯었다. 그렇게 불성실하고, 게다가 무자비하며 돌덩어리처럼 딱딱한 사람은 없다고 했다. "나쁜 사람, 나쁜 사람!"

아무리 똑똑한 사람도 결점을 드러내는 법이다. 당브뢰즈 부인은 증오를 마구 쏟아놓음으로써 한 가지 결점을 드러내고 있었다. 프레데릭은 맞은편 안락의자에 앉아 눈살을 찌푸린 채 생각에 잠겨 있었다.

그녀는 일어나서 부드럽게 그의 무릎 위에 앉았다.

"당신만은 좋은 사람이에요! 내가 사랑하는 사람은 당신뿐이에요!"

그를 바라보자, 그녀의 마음이 약해지고 신경의 반응으로 눈물이 고였다. 그녀가 중얼거렸다.

"나와 결혼해 주겠어요?"

그는 처음에 무슨 말인지 이해하지 못했다고 생각했다. 그 막대한 재산에 어안이 벙벙했던 것이다. 그녀는 좀더 큰 소리로 되풀이했다.

"나와 결혼해 주겠어요?"

드디어 그는 미소 지으며 말했다.

"물론이지요!"

그리고 그는 수치심에 사로잡혔다. 그는 고인에게 일종의 속죄를 하기 위해 직접 밤샘을 하겠다고 제안했다. 그러나 그는 그 경건한 감정에 부끄러움을 느끼고, 거리낌 없는 어조로 덧붙였다.

"아마 그러는 게 더 좋을 겁니다."

"네, 그렇겠군요. 하인들 눈도 있으니까!" 그녀가 말했다.

침대는 알코브에서 완전히 밖으로 끌어내어져 있었다. 수녀는 발치에 있었고, 머리맡에는 사제가 있었다. 그는 조금 전의 사제가 아니라, 키가 크고 말랐으며 스페인 사람처럼 보이는 광신자 같은 사제였다. 하얀 보를 씌운 침대 옆 탁자 위에서 초 세 개가 불타고 있었다.

프레데릭은 의자에 앉아, 죽은 자를 바라보았다.

얼굴은 밀짚처럼 노랗고, 입 양쪽에 피 섞인 거품이 약간 붙어 있었다. 머리는 머플러로 감겨 있고 뜨개질한 조끼를 입고 있었으며, 겹쳐진 두 팔 사이로 가슴 위에 은 십자가가 있었다.

파란만장한 그의 생애도 끝난 것이다! 얼마나 여러 사무실로 뛰어다니고, 숫자를 열거하고, 사업을 계획하고, 보고를 듣곤 했던가! 얼마나 많은 감언이설과 미소를 흘리며 굽실거렸던가! 사실 그는 나폴레옹, 코사크 기병, 루이 18세, 1830년, 노동자 등 어떠한 체제도 환영했고, 권력을 사랑한 나머지 자기 자신도 팔아버릴 정도였다.

그러나 그는 라 포르텔 토지, 피카르디의 공장 세 개, 이욘 지방의 크랑세 숲, 오를레앙 근처의 농장, 막대한 유가증권을 남겼다.

프레데릭은 이렇게 그의 재산을 약산해 보았다. 그런데 그 재산이 자기 것이 되려 하고 있었다! 그는 우선 '사람들이 뭐라 할까' 하는 생각을 했고, 어머니를 위한 선물, 장차 갖게 될 마차, 문지기로 삼고 싶은 자기 집의 옛 마부를 생각했다. 하인들의 제복도 자연히 바뀔 터였다. 큰 거실은 서재로 사용하리라. 3층의 벽 세 개를 허물고 그림 진열실을 만들 수도 있었다. 어쩌면 아래층에 터키 목욕탕을 만드는 방법도 있었다. 당브뢰즈 씨의 사무실은 불쾌한 방이니, 무엇으로 사용하면 좋을까?

사제가 코를 풀거나 수녀가 불을 조절하는 바람에 갑작스레 그러한 공상이 중단되곤 했다. 그러나 현실이 그 공상을 확실한 것으로 만들어 주었다. 시체가 여전히 거기에 있었던 것이다. 눈꺼풀이 다시 열려있고 동공은 끈적끈적한 어둠 속에 잠겨 있었는데도, 뭔가 알 수 없는 참을 수 없는 표정이 드러나 있었다. 프레데릭은 그 표정이 자신을 비난하는 것 같아, 다소 양심의 가책을 느꼈다. 그는 이 사람에 대해 불평할 만한 것이 전혀 없었기 때문이다. 하지만 반대로 이 사람은… '에이! 불쌍한 늙은이!' 프레데릭은 마음을 다잡기 위해 더 가까이에서 그를 바라보며 마음속으로 소리쳤다.

'그래서 뭐야? 내가 너를 죽였어?'

그러는 동안 사제는 기도서를 읽고 수녀는 움직이지도 않은 채 졸고 있었다. 세 개의 촛불 심지가 길게 타고 있었다.

중앙시장을 향해 줄지어 가는 짐마차의 육중한 소리가 두 시간 동안 들렸다. 유리창이 훤해지고 삯마차에 이어 한 떼의 당나귀가 포석 위에서 종종걸음 치며 지나갔다. 그리고 망치 소리, 행상인들의 고함 소리, 커다란 나팔 소리가 들려왔다. 잠이 깨고 있는 파리의 거대한 소음 속에 벌써 모든 것이 뒤섞이고 있었다.

프레데릭은 일을 보러 나갔다. 그는 먼저 사망신고를 하러 구청에 갔다. 그리고 검시 의사가 사망진단서를 주자, 유족이 선택한 묘지를 신고하고 장례 담당자와 의논하기 위해 다시 구청에 갔다.

담당자는 도면과 계획표를 보여주었다. 하나에는 여러 등급의 매장이, 다른 하나에는 장식에 관한 세세한 항목이 표시되어 있었다. 쇠시리 장식이 달린 영구차로 할 것인가 아니면 깃털 장식이 달린 영구차로 할 것인가, 말에 장식 줄을 달 것인가, 하인들 모자에 깃털 장식을 달 것인가, 머리글자로 하겠는가 문장(紋章)으로 하겠는가, 장례용 램프가 필요한가, 훈장을 들고 갈 사람이 필요한가, 마차는 몇 대로 하겠는가? 프레데릭은 인심이 후했다. 당브뢰즈 부인이 무엇이든 아끼지 않는 편이었기 때문이다.

그리고 그는 성당으로 갔다.

장례 담당 보좌신부는 장례식의 폭리를 비난하기 시작했다. 사실

훈장을 들고 가는 관리는 필요 없고, 초를 더 많이 켜는 것이 낫다고 했다! 음악을 곁들인 독송 미사로 합의를 보았다. 프레데릭은 결정된 사항에 서명하고, 모든 비용에 대한 연대책임을 지기로 했다.

다음에는 묘지 매입을 위해 시청으로 갔다. 세로 2미터, 가로 1미터의 묘지 사용료가 5백 프랑이었다. 사용기간은 50년으로 하겠는가, 무기한으로 하겠는가?

"물론 무기한이지요!" 프레데릭이 말했다.

그는 일을 진지하게 처리하며 여러모로 애를 썼다. 당브뢰즈 저택의 마당에서, 대리석 상인이 그리스식, 이집트식, 무어식 묘비의 견적서와 설계도를 보여주려고 그를 기다리고 있었다. 그러나 집에 드나드는 건축가가 그 점에 대해 이미 안주인과 의논을 했다. 현관 테이블 위에는 매트리스 세탁, 방 소독, 시체 방부보존의 다양한 방법에 관한 온갖 종류의 안내서가 놓여 있었다.

저녁식사 후, 그는 하인들의 상복을 맞추기 위해 양복점에 갔다. 그리고 마지막으로 한 가지 볼일을 더 봐야 했다. 그는 비버 모피 장갑을 주문했는데, 장례식에 적당한 것은 면장갑이었기 때문이다.

다음 날 10시에 당브뢰즈 집에 가보니, 커다란 거실은 손님으로 가득했고 거의 모두들 슬픈 표정으로 서로 이야기하고 있었다.

"저는 한 달 전에도 그분을 만났는데요! 아! 그게 우리 모두의 운명이지요!"

"그렇지요. 하지만 가능한 한 그 운명을 뒤로 미루도록 해야지요!"

그리고 사람들은 약간 만족스러운 웃음소리를 내거나 심지어 그 상황과 전혀 어울리지 않는 대화를 나누기도 했다. 드디어 프랑스식 검은 상복과 짧은 바지에다가 망토에 넓은 소매를 걸치고 옆구리에는 장검을 차고 팔 밑에 삼각모를 낀 장례위원장이 인사를 하며 관례적인 말을 했다. "여러분, 괜찮으시다면." 사람들은 출발했다.

마들렌 광장은 꽃 시장 장날이었다. 날씨는 맑고 따뜻했다. 미풍에 천막 가건물이 살짝 흔들리고 정면에 매달린 커다란 검은 장막의 가장자리가 부풀어 올랐다. 네모난 벨벳을 사용한 당브뢰즈 씨의 가문(家紋)이 그 위에 세 개나 붙어있었다. 그것은 흑색 방패무늬로 백작의 관(冠)과 함께 은색 장갑을 낀 주먹을 꽉 쥔 금색 왼팔이 그려져 있었는데, '모든 길을 통하여'라는 좌우명이 쓰여 있었다.

운구하는 사람들이 무거운 관을 층계 위까지 들어 올리고 안으로 들어갔다.

여섯 개의 제단과 반원형 좌석과 의자에는 검은 천이 쳐져 있었다. 성가대석 밑의 영구대는 커다란 초들이 켜져 있어 노란 빛의 화덕처럼 보였다. 양쪽 구석에는 나뭇가지 모양의 큰 촛대 위에서 알코올 불꽃이 타오르고 있었다.

가장 중요한 사람들은 중앙 제단 주위에 자리를 잡고, 다른 사람들은 중앙홀에 앉았다. 예식이 시작되었다.

몇몇 사람을 제외하고는 모두들 종교의식을 모르는 까닭에, 장례 위원장은 이따금 일어서라든가 무릎을 꿇으라든가 다시 앉으라는 손짓을 했다. 오르간과 두 개의 콘트라베이스가 사람들의 목소리와 뒤섞이고, 그 소리가 때때로 멎을 때는 제단에서 사제가 중얼거리는 소리가 들렸다. 이어서 음악과 노랫소리가 다시 시작되었다.

희미한 햇빛이 세 개의 둥근 천장에서 쏟아져 내려왔다. 그러나 열린 문으로는 하얀 광선이 강물처럼 수평으로 밀려들어와 모자를 벗은 모든 사람들의 머리에 부딪쳤다. 공중에는 내부 공간의 중간 높이에 그림자 하나가 떠 있었는데, 삼각홍예의 궁륭 부분에 장식된 금박의 반사 빛과 기둥머리의 나뭇잎 장식이 거기에 스며들어 있었다.

프레데릭은 기분전환을 하려고 〈디에스 이레〉[41]에 귀를 기울였다. 그는 참석자들을 바라보고, 아주 높은 곳의 마들렌 생애가 그려진 그

41) 죽은 자의 미사에서 불리는 라틴어 성가의 머리말.

림을 보려고 애썼다. 다행히 펠르랭이 그의 곁에 와서 앉아, 곧 벽화에 대한 장광설을 늘어놓기 시작했다. 종이 울렸다. 모두들 성당에서 나왔다.

늘어뜨린 휘장과 기다란 깃털로 장식된 영구차가 네 마리 검은 말에 이끌려 페르라셰즈 묘지로 향했다. 말의 갈기에는 장식끈이, 머리에는 깃 장식이 있었고, 은빛으로 가장자리가 장식된 커다란 마의가 말굽까지 덮여 있었다. 승마화를 신은 마부는 기다란 상장(喪章)을 늘어뜨린 삼각모를 쓰고 있었다. 하원의 재무관, 오브 지역의 평의회 의원, 석탄회사 대표자, 그리고 친구 자격으로 퓌미숑, 이 네 사람이 관의 끈을 잡고 있었다. 고인의 칼레슈 마차와 열두 대의 장례 마차가 그 뒤를 따랐다. 그 뒤로는 조문객들이 대로 한복판을 가득 메우고 있었다.

이 광경을 보려고 행인들이 발을 멈추었다. 아기를 팔에 안은 여자들은 의자 위로 올라섰고, 카페에서 맥주를 마시던 사람들은 손에 당구 큐대를 든 채 창가에 나타났다.

길이 멀었다. 처음에는 조심하고 있다가 나중에는 감정을 드러내게 되는 연회에서처럼, 곧 사람들의 태도가 해이해졌다. 그들의 화제는 의회가 대통령에게 수당을 거절한 이야기에 온통 쏠려있었다. 피스카토리 씨는 너무 신랄하고, 몽타랑베르는 '평소처럼 호쾌하고', 샹볼, 피두, 크르통 등 모든 위원들이 어쩌면 캉탱보샤르 씨와 뒤푸르 씨의 의견에 따를 수밖에 없을 것이라고들 했다.

그런 이야기들이 라 로케트 거리에서도 계속되었다. 길 양쪽에 늘어선 상점에는 색유리 사슬과 그림이나 금문자로 덮인 까만 고리밖에 보이지 않았다. 그래서 마치 종유석으로 가득 찬 동굴이나 도자기 상점처럼 보였다. 그러나 묘지의 철책 앞에 이르자, 모두들 순식간에 입을 다물었다.

숲 가운데 무덤들이 세워져 있었다. 깨진 원기둥 모양, 피라미드 모양, 사원 모양, 고인돌 모양, 오벨리스크 모양, 청동 문이 달린 에트루리아식 지하묘소 들이었다. 그 중에는 시골풍 안락의자와 접이의자가 놓여있는 묘지의 규방과 같은 곳도 눈에 띄었다. 유골 단지의 쇠사슬에는 거미줄이 누더기처럼 매달려 있었고, 새틴 리본이 달린 꽃다발과 십자가에는 먼지가 쌓여 있었다. 난간 사이나 묘석 위에는 도처에 보릿대국화 화환과 촛대, 꽃병, 꽃, 금문자가 부각된 검은 원판, 자그만 석고상이 놓여 있었다. 소년, 소녀, 또는 천사의 모습을 한 석고상은 놋쇠 줄로 공중에 걸려 있었다. 몇몇 석고상은 머리 위에 함석지붕이 있는 것도 있었다. 검은색, 흰색, 청색의 길게 늘인 커다란 유리 사슬이 비석 위에서부터 평석 발치까지 큰 뱀처럼 길게 굽이치며 내려뜨려져 있었다. 그것은 내리비치는 햇빛을 받아 검은 나무 십자가 사이에서 반짝였다. 영구차는 시가지 도로처럼 포석이 깔린 큰길을 지나갔다. 이따금 차축이 삐걱거렸다. 무릎을 꿇은 여자들이 풀밭 위에 옷자락을 끌며 망자들에게 조용히 이야기하고 있었다. 희끄무레한 연기의 소용돌이가 주목(朱木)의 푸른 덤불 사이에서 새어나왔다. 버려진 제물과 찌꺼기를 태우는 연기였다.

당브뢰즈 씨의 묘혈은 마뉘엘과 뱅자맹 콩스탕의 옆에 있었다. 그곳의 대지는 급경사를 이루고 있었다. 발밑에 푸른 나무 꼭대기가 보였다. 더 멀리에는 화력 펌프의 굴뚝과 대도시의 전경이 보였다.

조사가 낭독되는 동안, 프레데릭은 그 경치에 감탄했다.

첫 조사는 하원의 이름으로, 두 번째는 오브 지역 평의회, 세 번째는 손에루아르 지역의 석탄 회사, 네 번째는 이욘 지방 농업조합의 이름으로 낭독되었다. 그리고 박애협회의 이름으로 된 조사도 있었다. 드디어 사람들이 흩어지려고 할 때, 한 낯선 사람이 아미엥 골동품상 협회의 이름으로 여섯 번째 조사를 읽기 시작했다.

모두들 그 기회를 이용하여 사회주의를 비난하고, 당브뢰즈 씨도 사회주의에 희생되어 죽었다고 했다. 무정부상태를 목격하고 질서

회복에 헌신하는 바람에 그의 수명이 단축되었다는 것이다. 사람들은 그의 지식, 성실함, 관대함, 심지어 국민의 대표로서 침묵을 지킨 것까지 칭찬했다. 그는 웅변가는 아니었지만, 그 대신 훨씬 더 훌륭하고 확실한 장점을 가지고 있었다는 등의 이야기를 했다. 그와 함께, “요절 — 영원한 애석 — 저 세상 — 안녕, 아니 다시 만납시다!” 라는 상투적인 말을 했다.

자갈 섞인 흙이 관 위로 쏟아졌다. 그는 이제 이 세상에서 더 이상 문제 삼지 않는 존재가 된 것이다.

사람들은 묘지에서 내려오면서 또다시 당브뢰즈에 대한 이야기를 하고, 거리낌 없이 그를 평가했다. 장례식 모습을 신문에 보도해야 하는 위소네는 모든 조사(弔詞)를 농담조로 다루었다. 결국 당브뢰즈라는 사람은 최근 가장 뛰어나게 뇌물을 요구하는 사람 중의 하나였기 때문이다. 장례 마차가 사람들을 각자의 일터로 데려다주었다. 장례식은 그다지 오래 걸리지 않았고, 사람들은 이를 기뻐했다.

프레데릭은 지쳐서 집으로 돌아갔다.

다음 날 당브뢰즈 저택에 가자, 부인이 아래층 사무실에서 일하고 있다고 했다. 서류함과 서랍이 뒤죽박죽으로 열려있었고, 장부가 어지러이 던져져 있었으며, ‘회수 불능’이라는 제목의 서류 뭉치가 바닥에 나뒹굴고 있었다. 프레데릭은 그 위에 넘어질 뻔했다. 그는 그것을 주워 들었다. 당브뢰즈 부인은 커다란 안락의자에 파묻혀 보이지 않았다.

“아니? 대체 어디 있는 거예요? 무슨 일입니까?”

그녀가 벌떡 일어섰다.

“무슨 일이냐구요? 난 망했어요, 망했어! 알겠어요?”

공증인 아돌프 랑글루아 씨가 그녀를 사무실로 불러, 남편이 결혼 전에 쓴 유서를 건네주었다는 것이다. 모든 유산을 세실에게 물려준다는 내용이었고, 다른 유서는 분실되고 없었다. 프레데릭은 매우 창백해졌다. 혹시 그녀가 잘못 찾은 것이 아닐까?

"하지만 이 꼴을 좀 봐요!" 당브뢰즈 부인은 방 안을 가리키며 말했다.

두 개의 금고가 도끼로 부서져 입을 벌리고 있었다. 그녀는 책상을 뒤엎고 벽장을 뒤지고 신바닥 흙 털개를 흔들다가 갑자기 날카로운 비명을 지르며 한쪽 구석으로 뛰어갔다. 구리 자물쇠가 달린 작은 상자 하나가 눈에 띄었던 것이다. 그것을 열어보았으나, 아무것도 없었다!

"아! 비열한 인간! 내가 그토록 헌신적으로 시중을 들었는데!"

그녀는 오열을 터뜨렸다.

"어쩌면 다른 데에 있지 않을까요?" 프레데릭이 말했다.

"아니에요! 저기, 저 금고에 있었어요! 지난번에 봤어요. 태워버린 거예요! 틀림없어요!"

어느 날, 병이 나기 시작할 무렵 당브뢰즈 씨가 서명을 하려고 이 방으로 내려온 적이 있었다고 했다.

"그때 처리했을 거예요!"

그녀는 기진맥진하여 의자에 주저앉았다. 아이가 죽어 빈 요람 옆에서 슬퍼하는 어머니의 모습도 입을 벌리고 있는 금고 앞의 당브뢰즈 부인보다 더 처량하지 않을 것이다. 이제야 그녀의 슬픔(그 동기는 비열한 것이었지만)은 비통해 보였다. 그래서 프레데릭은 그녀를 위로하려고 애쓰며, 어쨌든 비참한 처지가 된 것은 아니라고 말했다.

"비참하죠. 당신한테 큰 재산을 줄 수 없으니까요!"

1만 8천 프랑에서 2만 프랑 정도의 값어치가 나가는 저택을 제외하면, 이제 그녀에게는 3만 리브르의 연금밖에 없었다.

그것도 프레데릭에게는 호사스러운 것이었으나, 그래도 그는 실망을 느꼈다. 그의 꿈과 그가 누릴 뻔한 대단한 생활은 영원히 사라진 것이다. 그러나 체면상 당브뢰즈 부인과 결혼하지 않으면 안 되었다.

그는 잠시 생각하다가 부드러운 어조로 말했다.

"나는 영원히 당신을 버리지 않을 겁니다!"

그녀는 그의 품으로 뛰어들었다. 그는 자기 자신에 대한 감탄도 약간 섞인 감동적인 태도로 그녀를 꽉 끌어안았다. 당브뢰즈 부인은 벌써 눈물을 거두고 행복에 빛나는 얼굴을 들어 올리며 그의 손을 잡았다.

"아! 당신을 결코 의심한 적이 없었어요! 그럴 줄 알았어요!"

그가 내심 훌륭한 행동이라고 생각하는 것을 그녀가 미리 확신했다고 하니까, 젊은이는 불쾌했다.

그녀는 그를 자기 방으로 데리고 갔다. 그리고 그들은 장래의 계획을 세웠다. 프레데릭은 이제 출세할 생각을 해야 했다. 그녀는 입후보에 대해 훌륭한 충고를 해주기까지 했다.

첫째, 정치 경제에 관해 두세 문장을 알아둘 필요가 있었다. 이를테면 종마사육장에 대한 것도 좋으니까 전문지식을 갖추고, 지역의 이해(利害) 문제에 대한 의견서를 몇 개 쓰고, 항상 우체국이나 담배 전매청을 마음대로 주무르고, 수많은 자질구레한 봉사를 해야 한다고 했다. 그 점에 있어서 당브뢰즈 씨는 참다운 본보기를 보여주었다. 예를 들면 한번은 시골에서 친구들을 가득 태운 유람마차를 구두 노점 앞에 세우고, 손님들을 위해 열두 켤레의 구두를 골라주고 자기는 아주 형편없는 장화를 골라 그것을 보름이나 신고 다니는 영웅적인 행위를 했다는 것이다. 그런 일화를 이야기하다 보니 그들은 쾌활해졌다. 그녀는 우아함과 젊음과 재치를 되찾으며 또 다른 일화들을 이야기해 주었다.

그녀는 노장으로 즉시 떠나겠다는 그의 생각에 찬성했다. 그들의 이별에는 애정이 넘쳤고, 그녀는 문턱에서 다시 한 번 중얼거렸다.

"나를 사랑하지요?"

"영원히!" 그가 대답했다.

로자네트가 곧 출산한다고 연필로 쓴 쪽지를 가지고 한 심부름꾼이 그의 집에서 기다리고 있었다. 그는 며칠 전부터 너무 바빴기 때문에 그 일을 잊고 있었다. 로자네트는 샤이요의 분만원에 들어가 있었다.

프레데릭은 삯마차를 타고 출발했다.

마르뵈프 거리 모퉁이에서, 그는 판자에 '알렉상드리 부인이 운영하는 요양원 겸 산실, 일류 산파, 산과학교 졸업, 각종 저서 있음'이라고 큰 글씨로 쓰여 있는 것을 보았다. 그리고 거리 한가운데 중간 크기의 문 위 간판에, 그 모든 타이틀과 함께 '알렉상드리 부인의 요양원'(산실이라는 글자는 없이)이라고 되풀이되어 있었다.

프레데릭은 문에 달린 고리쇠를 두드렸다.

하녀로 보이는 한 여자가 그를 거실로 안내했다. 거실에는 마호가니 탁자, 석류색의 벨벳 안락의자, 둥그런 유리가 덮인 추시계가 있었다.

거의 동시에 부인이 나타났다. 갈색머리의 키가 큰 40세 여자로, 날씬하고 눈이 아름다우며 상류사회의 예절을 갖추고 있었다. 그녀는 산모가 순산했다고 프레데릭에게 알려주고, 그를 산모의 방으로 데리고 갔다.

로자네트는 이루 형언할 수 없을 만큼 미소를 짓기 시작했다. 그리고 마치 애정의 물결에 잠겨 숨이 막히는 것처럼 나지막한 소리로 말했다.

"아들이에요, 저기, 저기!" 그녀는 침대 옆의 작은 요람을 가리켰다.

그는 커튼을 젖혔다. 강보에 싸인 주름투성이의 노르스름하고 붉은 것이 역겨운 냄새를 풍기며 울고 있는 것이 보였다.

"안아 봐요!"

그는 불쾌감을 감추기 위해 대답했다.

"아이를 아프게 할까 봐 겁이 나는걸!"

"아니에요! 괜찮아요!"

그래서 그는 입술 끝으로 아이에게 키스를 했다.

"당신을 많이 닮았어요!"

그녀는 그가 여태껏 보지 못한 애정을 표현하며, 연약한 두 팔로 그의 목에 매달렸다.

그는 당브뢰즈 부인이 생각났다. 천성적으로 아주 솔직하게 사랑과 고통을 표현하는 이 불쌍한 여자를 배반한다는 것이 잔인한 일로 생각되어 자책이 되었다. 며칠 동안 그는 저녁때까지 그녀 곁에 머물렀다.

그녀는 남의 눈에 띄지 않는 그 산실에서 행복을 느꼈다. 정면의 덧문은 언제나 닫혀있었고, 밝은 색의 인도 사라사를 친 그녀의 방은 넓은 정원에 면해 있었다. 알렉상드리 부인은 세심하게 돌봐주었다. 유명한 의사들을 가까운 친구인 양 말하는 것이 그녀의 유일한 결점이었다. 함께 있는 산모들은 거의 모두 시골 여자들인 까닭에 찾아오는 사람이 없어 많이 지루해했다. 로자네트는 자기가 부러움을 사고 있다는 것을 알고, 이를 자랑스럽게 프레데릭에게 말했다. 그러나 작은 소리로 말해야 했다. 피아노 소리가 계속 들리기는 했지만, 칸막이가 얇아서 모두들 귀를 기울이고 있었기 때문이다.

드디어 그가 노장으로 출발하려고 할 때, 델로리에에게서 편지가 왔다.

새로운 후보자가 두 명 나타났다는 것이다. 한 사람은 보수주의자였고, 다른 한 사람은 과격파였다. 세 번째 후보자는 누구든 간에 가망이 없다고 했다. 프레데릭의 잘못이었다. 그는 좋은 기회를 놓쳐버린 것이다. 좀더 빨리 가서 뛰어다녔어야 했다는 것이다. 〈너는 농사 공진회에도 모습을 보이지 않았어!〉 변호사는 신문에 전혀 관심을 갖지 않았다고 그를 비난했다. 〈아! 네가 예전에 내 충고를 따랐더라면! 우리의 공공 지면이 있다면 좋았을 텐데!〉 그는 그 점을 집요하게 물고 늘어졌다. 게다가 당브뢰즈 씨를 생각하여 그에게 투표할 많은 사람들이 이제는 그를 버릴 터였다! 델로리에도 그 중 한 사람이었다. 그는 더 이상 자본가에게서 기대할 것이 아무것도 없자, 자본가의 보호를 받던 프레데릭을 버린 것이다.

프레데릭은 당브뢰즈 부인에게 그 편지를 가져갔다.

"당신은 노장에 안 갔지요?" 그녀가 말했다.

"왜요?"

"사흘 전에 델로리에를 만났거든요."

당브뢰즈 씨의 사망 소식을 들은 변호사는 석탄회사 서류를 그녀에게 돌려주고 사업가로서 그녀를 돕겠다는 제안을 하려고 왔던 것이다. 그것이 프레데릭에게는 이상하게 여겨졌다. 그의 친구는 여기서 뭘 했을까?

당브뢰즈 부인은 그들이 헤어진 후 그가 뭘 했는지 알고 싶어 했다.

"아팠어요." 그가 대답했다.

"적어도 나한테 알려줬어야죠."

"아! 그럴 필요는 없었지요." 게다가 그는 여러 가지 귀찮은 일들, 사람을 만나거나 방문하는 일들이 있었다고 했다.

그때부터 그는 밤에는 착실하게 로자네트에게 가서 자고, 오후에는 당브뢰즈 부인 집에서 지내는 이중생활을 시작했다. 그래서 낮 동안에 거의 한 시간도 자유 시간이 없었다.

아이는 앙딜리라는 시골에 있었다. 그리하여 매주 아이를 보러 갔다.

유모 집은 마을 고지대에 우물처럼 어두운 작은 마당 안쪽에 있었다. 땅바닥에는 밀짚이 흩어져 있었고, 여기저기에 암탉이 있었으며, 헛간 밑에는 야채 수레가 있었다. 로자네트는 먼저 갓난애에게 미친 듯이 키스한 후, 일종의 흥분에 사로잡혀 왔다 갔다 하면서 염소의 젖을 짜 보고, 커다란 빵을 먹고, 퇴비 냄새를 들이마시고, 손수건에 퇴비를 조금 담아 가고 싶어 했다.

이어서 그들은 오래도록 산책을 했다. 그녀는 종묘업자의 집에 들어가거나 담벼락 밖으로 늘어진 라일락 가지를 꺾거나 짐수레를 끄는 당나귀에게 "이랴, 나귀야!"라고 소리치거나 살울타리 사이로 아름다운 정원을 보느라 발길을 멈추거나 했다. 혹은 유모가 아이를 안고 와서 호두나무 그늘에 눕혀놓고, 두 여자가 여러 시간 동안 지루하고 어리석은 이야기를 떠들어대기도 했다.

프레데릭은 그 여자들 옆에서 경사진 대지 위의 네모난 포도밭, 군데군데의 나무 덤불, 회색 리본과 흡사한 먼지 나는 오솔길, 푸른 벌판에 흰 점과 빨간 점을 펼쳐놓은 집들을 바라보았다. 초목이 우거진 언덕 발치에서 이따금 기관차의 연기가 수평으로 뻗어나갔다. 마치 가벼운 끝자락이 바람에 날리는 커다란 타조 깃털 같았다.

그는 아들을 내려다보며 청년이 된 모습을 그려보았다. 아들을 친구처럼 대하리라. 그런데 아들은 어쩌면 바보거나 틀림없이 불행한 사람이 될지도 모른다. 합법적이지 않은 출생이 언제나 아들을 괴롭힐 테니까. 차라리 태어나지 않는 것이 더 나았을 것이다. 프레데릭은 알 수 없는 슬픔으로 가슴이 터질 듯하여 "불쌍한 녀석!"이라고 중얼거렸다.

종종 그들은 마지막 차를 놓치기도 했다. 그러면 당브뢰즈 부인이 정확하지 못하다고 그를 꾸짖었다. 그는 이야기를 꾸며냈다.

로자네트에게도 이야기를 꾸며내야 했다. 그녀는 그가 매일 저녁 무엇을 하는지 이해할 수 없었다. 그의 집으로 사람을 보내도 그는 결코 집에 있지 않았다! 어느 날 그가 집에 있을 때, 두 여자가 거의 동시에 나타났다. 그는 어머니가 도착할 거라고 말하면서 로자네트를 밖으로 내보내고 당브뢰즈 부인을 숨겼다.

그는 곧 그런 거짓말에 재미를 붙였다. 방금 한 여자에게 한 맹세를 다른 여자에게 되풀이하거나 두 여자에게 비슷한 꽃다발을 보내거나 동시에 편지를 쓰면서 두 여자를 비교했다. 그러나 그의 머릿속에는 언제나 제3의 여자가 존재하고 있었다. 그 여자를 소유할 수 없다는 사실이 그의 불성실을 정당화시켜 주었고, 두 여자를 번갈아 속이면서 점점 재미를 느꼈다. 그리고 두 여자 중 누구든 속이면 속일수록 그 여자는 그를 더욱 사랑했다. 마치 양쪽의 사랑이 서로를 자극하고, 일종의 경쟁심에서 각자 그에게 상대방을 잊게 하려고 하는 것 같았다.

"내 믿음이 정말 대단하지요!" 어느 날 당브뢰즈 부인이 한 장의 종이를 펼치면서 그에게 말했다. 모로 씨가 로즈 브롱이라는 여자와 동거하고 있다고 알려주는 쪽지라고 했다.

"혹시 경마장의 그 여자 아니에요?"

"무슨 당치 않은 소리! 이리 줘 봐요." 그가 대답했다.

로마 글씨로 쓴 편지에는 서명이 없었다. 당브뢰즈 부인은 처음에는 남몰래 불륜을 맺고 있는 그 정부를 관대하게 여겼다. 그러나 정열이 점점 강해지자, 그녀는 그 여자와 헤어질 것을 요구했다. 프레데릭은 오래전에 끝난 일이라고 했다. 그 맹세가 끝나자마자, 그녀는 흡사 모슬린 천 밑에 감추어둔 날카로운 단검과 같은 시선을 반짝이며 깜빡이는 눈으로 말했다.

"그럼 또 다른 여자는요?"

"다른 여자라니?"

"도자기 장수 부인!"

그는 비웃듯이 어깨를 으쓱했다. 그녀는 더 이상 추궁하지 않았다.

그러나 한 달 후, 명예와 성실성에 대한 이야기가 나왔을 때 그가 자신의 성실성을 자화자찬하자(조심하느라 부수적으로 한 말인데) 그녀가 말했다.

"그럼요, 당신은 성실한 사람이에요. 두 번 다시 거기로 가지 않으니까."

프레데릭은 로자네트를 생각하면서 더듬거리며 말했다.

"어디로 말이오?"

"아르누 부인한테."

그는 어디서 그런 정보를 얻는지 말해달라고 부탁했다. 그녀는 이따금 재봉 일을 해주는 르쟁바르 부인한테서 들었다고 했다.

그리하여 그녀는 그의 생활을 알고 있었지만, 그는 그녀의 생활을 전혀 모르고 있었다!

그런데 그는 그녀의 화장실에서 수염이 기다란 한 신사의 세밀화를 보았다. 언젠가 자살한 남자에 대한 막연한 이야기를 들은 적이 있는데, 그 남자일까? 하지만 그 이상은 알 방법이 없었다! 하기야 안다고 해서 무슨 소용이 있겠는가? 여자의 마음이란 서로 겹쳐 끼워놓은 서랍이 가득한 비밀상자 같은 것이다. 손톱을 부러뜨리며 애써 열어보면, 그 속에서 시든 꽃이나 먼지 덮인 나뭇가지를 발견하게 되거나 텅 비어있기도 하다! 그리고 어쩌면 그는 너무 많이 알게 되는 것이 두려웠을지도 모른다.

그녀는 그에게 자기가 동행할 수 없는 초대는 거절하게 했고, 그를 옆에 붙잡아 두며 그를 잃을까 봐 두려워하고 있었다. 그 관계가 날마다 깊어감에도 불구하고, 어떤 사람이나 예술품에 대한 평가와 같은 하찮은 일로 그들 사이에 갑자기 심연이 드러나기도 했다.

그녀의 피아노 연주는 정확하기는 했지만 딱딱했다. 또한 유심론자이면서도(당브뢰즈 부인은 영혼이 별 속으로 윤회한다는 것을 믿고 있었다) 금고를 놀랄 만큼 잘 지켰다. 하인들에게는 거만했고, 가난한 사람들의 남루한 옷을 대해도 그녀의 시선은 냉담했다. "그게 나와 무슨 상관이람? 그렇게 해 주면 참 좋겠는데! 내겐 필요 없어!"라고 평소 하는 말에서 이기주의가 숨김없이 드러났다. 그리고 수많은 사소한 행동에도 꼬집어 말할 수는 없지만 불쾌한 데가 있었다. 그녀는 문 뒤에서 엿듣거나 고해를 듣는 신부에게도 거짓말을 할 수 있는 여자였다. 지배욕 때문에, 그녀는 일요일마다 프레데릭을 성당에 데려가고 싶어 했다. 그는 복종하고 성경책을 들었다.

유산을 놓친 바람에 그녀는 사람이 아주 달라졌다. 사람들은 그런 슬픈 모습이 당브뢰즈 씨의 죽음 때문이라고 생각하여 그녀에게 관심을 보였고, 그녀는 예전처럼 많은 손님을 맞이하고 있었다. 프레데릭이 선거에 실패한 이후, 그녀는 자기들 둘을 위해 독일 주재의 외교관직을 바라고 있었다. 따라서 첫째로 해야 할 일은 지배적인 사상에 순응하는 것이었다.

어떤 사람들은 제정을, 또 어떤 사람들은 오를레앙 가문의 즉위를, 또 다른 사람들은 샹보르 백작의 추대를 바라고 있었다. 그러나 지방분권의 시급함에 대해서는 모두들 의견이 일치했다. 파리를 몇 개의 큰 거리로 구분하여 마을을 만들라, 정부 소재지를 베르사유로 이전하라, 부르주에 여러 학교를 세우라, 도서관을 폐지하라, 모든 것을 사단장에게 맡기라는 등의 여러 가지 방법이 제시되었다. 그리고 무식한 사람이 천성적으로 다른 사람들보다 더 분별력이 있다고 하면서 시골을 찬미하였다! 갖가지 반발이 많이 있었다. 초등학교 교사, 술장수, 철학 강의, 역사 강의, 소설, 빨간 조끼, 긴 수염, 모든 독립과 개인적인 선언에 대한 반발이었다. '권력의 원칙을 재수립'해야 하기 때문이었다. 그것이 힘이고 권력이기만 하다면, 누구의 이름으로 행사되건 어디로부터 유래하건 상관없었다! 이제는 보수주의자들이 세네칼처럼 말하고 있었다. 프레데릭은 더 이상 이해할 수가 없었다. 그런데 옛 정부의 집으로 가보니, 여전히 똑같은 사람들이 똑같은 이야기를 하고 있었다!

창녀들의 거실(이때부터 이런 것이 중요하게 된다)은 온갖 반동파가 모이는 중립 지대였다. 동 시대의 영광(질서 회복을 위해서는 좋은 것이지만)을 열렬히 비난하는 위소네는 로자네트에게 다른 여자처럼 야회를 열라고 부추기고, 그것을 보도해 주겠다고 했다. 그리고 그는 우선 진지한 사람, 퓌미숑을 데려왔다. 이어 노낭쿠르, 드 그레몽빌 씨, 전 지사인 라르질루아 각하, 그리고 시지가 나타났다. 시지는 이제 농학자로서 바스브르타뉴에 살고 있으며, 그 어느 때보다 독실한 기독교 신자가 되어 있었다.

그리고 드 코맹 남작과 드 쥐미약 백작 같은 로자네트의 옛 애인들과 그 밖에 다른 사람들도 몇 왔다. 프레데릭은 그들의 자유분방한 태도에 기분이 상했다.

주인 행세를 하기 위해, 그는 생활비를 올려주었다. 그러자 급사를 고용하고, 주택의 모습을 바꾸고, 새 가구를 사들였다. 그러한 지출은 그의 결혼이 그의 재산과 어울리는 것으로 보이게 하는 데는 도움이 되었지만, 그 때문에 그의 재산은 엄청나게 줄어들었다. 로자네트는 그 모든 것에 대해 아무것도 모르고 있었다!

낙오한 중산층인 로자네트는 가정생활과 평화롭고 조그만 가정을 좋아했다. 그러나 '손님을 맞는 특별한 날'을 갖게 된 것에 만족해서, 자기와 같은 부류의 여자들을 "저 여자들!"이라고 부르고 '상류층의 부인'이 되고 싶어 하며 스스로 그런 부인이 된 것으로 믿고 있었다. 그녀는 예의 바른 일이라 생각하여 프레데릭에게 거실에서 담배를 피우지 말라고 부탁하고, 고기 없는 식사를 하게 하려고 애썼다.

결국 그녀는 자기 역할에 위배되는 행동을 하게 되었다. 진지해져서 심지어 잠자기 전에는 다소 우울한 모습을 보였는데, 그것은 술집 문 앞에 애도의 상징인 실편백 나무가 있는 것이나 마찬가지였기 때문이다.

그는 그 원인을 알았다. 그녀는 결혼을 생각하고 있었던 것이다. 그녀도! 프레데릭은 화가 났다. 게다가 그는 그녀가 아르누 부인 집에 나타났던 일을 기억하고 있었고, 오랫동안 자기를 거절했던 것에 대해 여전히 앙심을 품고 있었다.

그래도 그는 어떤 사람들이 그녀의 애인이었는지 따져 묻지 않을 수 없었다. 그녀는 그들 모두를 부정했다. 그는 일종의 질투에 사로잡혀, 그녀가 예전에 받은 선물과 지금도 받고 있는 선물에 대해 화를 냈다. 그녀의 인간적인 됨됨이에 대해 화를 내면 낼수록, 격렬하고 동물적인 관능적 욕구가 그를 그녀에게로 이끌었다. 그것은 결국 증오로 귀착되는 순간적인 환상일 뿐이었다.

그녀의 말, 목소리, 미소, 모든 것이 그의 마음에 들지 않게 되었다. 특히 그녀의 눈, 한없이 맑고 무기력한 여성적인 그 눈이 싫었다. 이따금 그녀가 죽어간다 해도 아무 감정 없이 바라볼 수 있을 정도로 그녀에 대해 참을 수 없어지는 때도 있었다. 그러나 비길 데 없이 부드러운 태도를 보이는 그녀에게 어떻게 화를 내겠는가?

델로리에가 다시 나타났다. 그는 노장에서 소송대리인 사무실을 사려고 한다고 말하면서 거기 머무른 이유를 설명했다. 프레데릭은 그를 다시 만나 반가웠다. 델로리에는 대단한 인물이었다! 프레데릭은 둘 사이에 제 3자로서 그를 동석시켰다.

변호사는 때때로 그들의 집에서 저녁을 먹었는데, 작은 언쟁이 벌어질 때면 언제나 로자네트 편을 들었다. 그래서 한번은 프레데릭이 그에게 말했다.

"이봐! 마음에 들면 그 여자와 자지 그래!" 그만큼 그는 그녀에게서 벗어날 요행을 바라고 있었다.

6월 중순경, 그녀는 집행관 아타나즈 고트로 씨로부터 지불명령을 한 통 받았다. 클레망스 바트나 양에게 빚진 4천 프랑을 청산할 것을 명령하고, 만약 지불하지 않으면 다음 날 차압하러 오겠다는 내용이었다. 사실 로자네트는 예전에 서명한 네 장의 어음 중 하나만 지불하고, 그 후 들어온 돈은 다른 데에 써버렸던 것이다.

그녀는 아르누에게 뛰어갔다. 그는 생제르맹 교외에 살고 있었는데, 문지기는 거리 이름도 모르고 있었다. 그녀는 몇몇 친구 집에 찾아갔으나, 아무도 만나지 못하고 낙담하여 돌아왔다. 프레데릭에게는 말하고 싶지 않았다. 그 새로운 이야기가 결혼을 망칠까 봐 두려웠던 것이다.

다음 날 아침, 아타나즈 고트로 씨가 부하 두 명을 거느리고 나타났다. 한 사람은 창백하고 험상궂은 얼굴에 욕심이 많은 듯한 태도였고, 다른 한 사람은 떼었다 붙였다 하는 칼라를 달고 발밑 끈을 길게 늘어뜨렸으며 집게손가락에 검은 호박단 골무를 끼고 있었다. 두 사람 다 아주 더럽고, 목이 굵으며, 프록코트의 소매가 매우 짧았다.

이에 반해 아주 잘생긴 두목은 먼저 괴로운 자기 임무에 대해 양해를 구하고, 방 안을 돌아보며 "정말이지, 좋은 물건들이 많군요!"라고 말했다. 그리고 "차압할 수 없는 것들 말고도 말입니다!"라고 덧붙였다. 손짓을 하자, 두 부하가 사라졌다.

그러자 그의 찬사가 배가되었다. 이렇게 … 매혹적인 여자에게 착실한 남자 친구가 없다는 것을 믿을 수 있겠는가, 재판소의 권한으로 매각되는 것은 정말 불행한 일이다, 그것을 결코 되찾지 못한다, 라는 이야기를 했다. 그는 그녀에게 겁을 주려고 애썼다. 그리고 그녀가 흔들리는 것을 보자, 갑자기 아버지 같은 어조로 말했다. 그는 사교계를 알고 있고, 그런 부인들을 상대로 일도 했다고 했다. 그리고 그 부인들의 이름을 열거하며 벽에 걸린 액자들을 살펴보았다. 그것은 선량한 아르누가 가지고 있던 그림으로, 송바의 소묘, 뷔리외의 수채화, 디트메르의 풍경화 석 장이었다. 물론 로자네트는 그 그림들의 값어치를 모르고 있었다. 고트로 씨가 그녀에게 몸을 돌리며 말했다.

"자! 제가 좋은 사람이라는 걸 보여드리기 위해 이렇게 합시다. 저 디트메르의 그림들을 제게 양도하세요! 그럼 제가 돈을 전부 지불하지요. 어떻습니까?"

바로 그때, 응접실에서 델핀으로부터 이야기를 듣고 방금 전에 집행관의 두 조수를 만난 프레데릭이 모자도 벗지 않은 채 사나운 태도로 들어왔다. 고트로 씨는 위엄 있는 태도를 다시 취하고, 열려있는 문을 향해 말했다.

"자, 여보게들, 기입하게! 두 번째 방에는 말이지, 보조판이 두 개 있는 떡갈나무 탁자 하나, 찬장 두 개 …"

프레데릭이 그의 말을 가로막고, 차압을 못하게 하는 방법이 없는지 물었다.

“아! 물론 있지요! 누가 이 가구 값을 치렀습니까?”

“접니다.”

“그럼 소유권 회복 청구서를 작성하세요. 아직 시간이 있으니까.”

고트로 씨는 재빨리 기입을 끝내고, 급속심리에 브룽 양을 소환한다는 조서를 쓰고 물러갔다.

프레데릭은 한마디도 비난하지 않았다. 그는 집행관 조수들의 구두가 양탄자 위에 남기고 간 진흙 자국을 바라보며 혼잣말로 중얼거렸다.

“돈을 구해야겠는데!”

“아! 맙소사, 난 어쩜 이렇게 바보람!” 로자네트가 말했다.

그녀는 서랍을 뒤져 편지를 한 장 꺼내더니, 재빨리 랑그독 조명 회사로 갔다. 주식의 명의 변경을 하기 위해서였다.

그녀는 1시간 후에 돌아왔다. 주권은 이미 다른 사람에게 매도되어 있었다! 사원은 아르누가 쓴 약속 서류를 살펴보면서, “이런 증서로는 결코 주주가 될 수 없습니다. 회사에서는 이런 건 몰라요”라고 대답했다는 것이다. 결국 그녀는 쫓겨났고, 기가 막혀 했다. 프레데릭은 사실을 밝히기 위해 그 즉시 아르누의 집에 가지 않으면 안 되었다.

그러나 어쩌면 아르누는 회수할 가망이 없는 1만 5천 프랑의 저당을 간접적으로 찾으러 온 것으로 생각할지도 몰랐다. 그리고 정부의 애인이었던 남자에게 그런 청구를 한다는 것이 치욕스럽게 여겨졌다. 절충안을 택하여, 그는 당브뢰즈 집으로 가서 르쟁바르 부인의 주소를 얻어낸 후, 심부름꾼을 보내 요즘 르쟁바르가 자주 드나드는 카페를 알아냈다.

바스티유 광장에 있는 작은 카페였다. 거기서 르쟁바르는 하루 종일 안쪽의 오른쪽 구석을 차지하고 마치 건물의 일부이기라도 한 양 꼼짝 않고 있었다.

그는 그로그주, 레몬을 넣은 달콤한 포도주, 따뜻한 포도주, 포도주를 약간 탄 물을 차례로 반잔씩 마신 후, 다시 맥주를 마셨다. 그리고 30분마다 꼭 필요한 말만 하면서 "한 잔!"이라는 말을 내뱉고 있었다. 프레데릭은 그에게 이따금 아르누를 만나는지 물어보았다.

"아뇨."

"아니, 왜요?"

"바보 같은 놈이니까!"

그들은 어쩌면 정치적인 문제로 절교했을지도 몰랐다. 프레데릭은 콩팽에 대해 묻는 것이 좋겠다고 생각했다.

"사람 같잖은 놈!" 르쟁바르가 말했다.

"어째서요?"

"송아지 대가리잖아요!"

"아! 송아지 대가리가 무슨 말인지 가르쳐 주세요!"

르쟁바르는 불쌍하다는 듯 미소를 지었다.

"어리석다는 말이지요!"

프레데릭은 한참 입을 다물고 있다가 다시 말했다.

"그런데 그 사람은 이사했나요?"

"누구 말이오?"

"아르누요!"

"이사했지. 플뢰뤼 거리예요!"

"몇 번지입니까?"

"내가 예수회 교도들과 교제할 것 같소!"

"뭐라구요, 예수회 교도라구요?"

르쟁바르는 화를 내며 대답했다.

"내가 소개한 민주주의자의 돈을 가지고, 그놈은 묵주 장사를 시작했단 말이오!"

"그럴 리가!"

"가 보면 알 거요!"

사실이었다. 타격을 받아 마음이 약해진 아르누는 종교로 돌아섰던 것이다. 게다가 '그는 늘 종교적인 심성을 가지고 있었고,' (타고난 순진성과 상업적 기질이 결합하여) 구원과 재산을 얻기 위해 종교물품 장사를 시작했다.

프레데릭은 어렵지 않게 가게를 찾아냈다. 간판에는 '고딕 예술을 위하여 — 예배의 부흥 — 성당 장식품 — 채색 조각품 — 동방박사의 향료 등등'이라고 쓰여 있었다.

진열창 양쪽 구석에 금색, 주색, 청색으로 얼룩덜룩하게 칠한 목상(木像)이 두 개 세워져 있었다. 하나는 양가죽을 걸친 세례 요한이고, 다른 하나는 장미꽃이 그려진 앞치마에 팔 밑에 물레 토리개를 끼고 있는 성녀 주느비에브였다. 그리고 어린 소녀를 가르치는 수녀, 아기 침대 옆에서 무릎을 꿇고 있는 어머니, 성서 테이블 앞에 있는 세 명의 학생과 같은 석고 군상이 있었다. 제일 예쁜 것은 그리스도 탄생의 외양간 내부를 나타내는 오두막 같은 것이었다. 거기에는 진짜 밀짚 위에 당나귀, 소, 아기 예수가 놓여 있었다. 진열 선반에는 위에서부터 아래까지 열두 개씩 짝지어 놓은 성패(聖牌), 온갖 종류의 묵주, 조개 모양의 성수반, 영광스런 성직자의 초상화 들이 보였다. 초상화들 중에 아프르 대주교와 교황 성하가 미소 짓고 있는 모습이 두드러지게 눈에 띄었다.

아르누는 카운터에서 고개를 숙이고 졸고 있었다. 그는 놀랄 만큼 늙었고, 관자놀이 주위에는 화환 모양의 장미색 부스럼까지 나 있었다. 햇빛을 받은 금 십자가의 반사광이 그 위로 쏟아지고 있었다.

그 노쇠한 모습을 보자, 프레데릭은 서글픈 생각이 들었다. 그러나 로자네트를 위해 헌신하는 마음으로, 체념하고 발을 내디뎠다. 가게 안쪽에서 아르누 부인이 나타났다. 그러자 그는 발길을 돌려버렸다.

"아르누를 찾지 못했어." 그는 돌아가서 말했다.

그리고 르 아브르의 공증인에게 돈을 보내달라는 편지를 곧 쓰겠다고 다시 말해도 소용이 없었다. 로자네트는 화를 냈다. 그렇게 약하고 무기력한 남자는 본 적이 없으며, 자기가 온갖 고초를 겪고 있는 동안 다른 사람들은 마음 편하게 지내고 있다고 말했다.

프레데릭은 불쌍한 아르누 부인을 생각하며, 그 집안의 말할 수 없이 가난한 모습을 그려보았다. 그가 책상에 앉아 있는데, 로자네트의 날카로운 목소리가 계속되었다.

"아! 제발 조용히 해!"

"혹시 당신은 그 사람을 편드는 거예요?"

"아냐! 왜 이렇게 바가지를 긁는 거야?" 그가 소리쳤다.

"그럼 왜 그들이 돈을 지불하도록 하지 않는 거예요? 옛 애인을 괴롭힐까 봐 그러는군요, 말해 봐요!"

그는 추시계로 그녀를 때려죽이고 싶었다. 말이 나오지 않았다. 그는 입을 다물었다. 로자네트가 방 안을 돌아다니며 덧붙였다.

"소송을 걸겠어요. 당신의 아르누한테. 아! 당신은 더 이상 필요 없어요!" 그리고 입술을 꼭 다물며 말했다. "변호사와 상의할 거예요."

사흘 후, 델핀이 황급히 들어왔다.

"부인, 부인, 무섭게 보이는 사람이 풀 그릇을 가지고 저기 있어요."

로자네트가 부엌으로 가니, 깡패 같은 사람이 보였다. 천연두 자국투성이의 얼굴에 한쪽 팔이 마비된 그는 잔뜩 술에 취해 알아듣기 힘든 말을 중얼거렸다.

고트로 씨가 보낸 딱지 붙이는 사람이었다. 차압에 대한 이의 신청이 기각되어, 그 결과 당연히 경매에 붙이게 되었다는 것이다.

층계를 올라온 수고에 대해 그는 우선 술 한잔을 요구했다. 그리고 다른 호의도 부탁했다. 여기 안주인을 여배우로 생각한 까닭에 극장

입장권을 달라고 한 것이다. 이어 그는 잠시 무슨 뜻인지 알 수 없는 눈짓을 여러 번 하더니, 40수를 주면 이미 아래층 문에 붙여놓은 딱지의 끝부분을 찢어버리겠다고 말했다. 거기에 로자네트의 이름이 밝혀져 있었던 것이다. 그것은 바트나의 증오가 완전히 드러난, 이례적인 가혹한 처사였다.

바트나는 예전에는 다감한 여자였다. 마음이 괴로울 때는 베랑제에게 편지를 써서 충고를 구하기도 했다. 그러나 피아노 레슨을 하고, 정식 요리의 책임을 맡기도 하고, 패션 잡지에 기고도 하고, 아파트 일부를 전세내기도 하고, 경박한 여자들의 세계에서 레이스를 팔기도 하면서 생활이라는 거친 파도가 그녀를 모질게 만들었다. 경박한 여자들과의 교제를 통해 많은 사람들, 특히 아르누를 알게 되었다. 그 전에는 어떤 상점에서 일했다.

그녀는 거기서 여직공들에게 월급 주는 일을 맡고 있었다. 여직공들에게는 각자 두 권의 장부가 있었는데, 그 중 한 권은 언제나 바트나의 수중에 있었다. 친절한 마음에서 오르탕스 바슬랭이라는 여자의 장부를 가지고 있던 뒤사르디에가 어느 날 경리과에 갔을 때, 마침 바트나 양이 그 여자의 월급 계산서를 제출하고 있었다. 현금출납계원이 그 여자에게 지불한 돈은 1,682프랑이었다. 그런데 바로 전날 밤, 뒤사르디에는 바슬랭의 장부에 1,082프랑만 기입했던 것이다. 그는 핑계를 만들어 그 장부를 돌려받고, 절도의 내용을 은폐하기 위해 장부를 분실했다고 말했다. 여직공은 순진하게도 그 거짓말을 바트나 양에게 다시 말했다. 바트나는 그 점에 대해 확실히 해두고 싶어, 선량한 점원에게 가서 무심한 태도로 그 이야기를 했다. 그는 "태워버렸다"고 대답할 뿐, 그것으로 끝이었다. 그녀는 얼마 후 상점을 그만두었지만, 장부를 없앴다는 것을 믿지 않고 뒤사르디에가 가지고 있다고 생각하고 있었다.

그가 부상당했다는 소식을 듣고, 그녀는 장부를 되찾을 생각으로 그의 집으로 달려갔다. 집안을 샅샅이 뒤져보았지만 아무것도 발견하지 못하자, 그녀는 그토록 성실하고 친절하며 용감하고 강인한 청년을 존경하게 되었고 곧 사랑에 빠졌다! 그녀의 나이에 그런 행운은 기대하지도 않았던 것이다. 그녀는 흡혈귀 같은 욕망을 가지고 그 행운에 몸을 던졌다. 그리하여 문학도, 사회주의도, '마음에 위안을 주는 교리와 관대한 유토피아'도, 여성의 탈종속화를 주장하던 강의도, 델마르까지도 모두 포기해버렸다. 드디어 그녀는 결혼하여 하나가 되자고 뒤사르디에에게 제안했다.

그녀가 자기의 정부이기는 했지만, 뒤사르디에는 그녀에게 전혀 사랑을 느끼지 않았다. 게다가 그는 절도 사건을 잊지 않고 있었다. 그리고 그녀는 너무 부자였다. 그는 그녀의 청혼을 거절했다. 그러자 그녀는 울면서 자기가 머릿속에 그린 꿈을 이야기했다. 그것은 두 사람의 기성복 상점을 갖는 것이었다. 그녀는 필요한 자본을 가지고 있었고, 다음 주에는 4천 프랑이 더 생긴다고 했다. 그리고 로자네트에 대한 소송을 이야기했다.

뒤사르디에는 프레데릭 때문에 마음이 괴로웠다. 그는 유치장에서 받은 궐련 케이스, 나폴레옹 강가에서 보낸 저녁 시간, 수많은 즐거운 이야기들, 빌려준 책들, 프레데릭의 여러 가지 친절을 떠올렸다. 그는 바트나에게 소송을 취하해 달라고 부탁했다.

그녀는 그의 착한 마음을 비웃으며, 로자네트에 대해 이해할 수 없는 증오를 드러냈다. 그녀가 재산을 바라는 것도 오직 나중에 호화로운 카로스 마차로 로자네트의 코를 납작하게 해주기 위해서일 뿐이었다.

그 시커먼 마음의 심연에 뒤사르디에는 겁이 났다. 그는 경매 날짜를 분명히 알게 되자, 밖으로 나갔다. 다음 날 아침이 되자마자, 그는 거북한 태도로 프레데릭의 집으로 들어갔다.

"사과할 일이 있습니다."

"대체 무슨 일로?"

"당신은 저를 배은망덕한 놈이라고 생각하실 겁니다. 저는 그 여자…" 그는 더듬거렸다. "오! 저는 그 여자를 더 이상 만나지 않겠어요. 그 여자의 공모자가 되지는 않을 거예요!" 그리고 상대방이 놀라서 바라보자, 다시 말했다. "사흘 후에 당신 애인의 가구가 경매에 붙여진다면서요?"

"누가 그런 소리를 하던가?"

"바트나가 직접이요! 하지만 저는 당신이 화낼까 봐 두렵습니다…"

"그럴 리가 있나!"

"아! 정말입니까, 당신은 정말 좋은 사람이군요!"

그리고 그는 조심스러운 손짓으로 프리데릭에게 작은 양가죽 지갑을 내밀었다.

그의 저금 전액 4천 프랑이었다.

"아니! 아! 안 돼! 안 돼!…"

"기분 나빠하실 줄 알았어요." 뒤사르디에가 눈가에 눈물을 보이며 말했다.

프레데릭은 그의 손을 꽉 잡았다. 선량한 청년은 처량한 목소리로 다시 말했다.

"받아주세요! 저를 기쁘게 해 주세요! 저는 정말 절망스러워요! 모든 게 다 끝나버리지 않았습니까? 혁명이 일어났을 때, 앞으로는 행복해지리라고 믿었어요. 얼마나 좋았는지 생각해 보세요! 얼마나 맘껏 숨을 쉬었습니까! 하지만 이제 우리는 예전보다 더 나쁜 상태로 추락했어요."

그는 바닥에 시선을 고정시키고 계속 말했다.

"이제 그들은 우리 공화국을 말살하고 있어요. 또 다른 공화국, 로마 공화국을 말살했던 것처럼! 불쌍한 베네치아, 폴란드, 헝가리도 마찬가지구요! 정말 가증스러운 일입니다! 우선 자유의 나무를 쓰러뜨리더니 선거권을 제한하고, 정치클럽의 문을 닫고, 검열을 부활하고, 교육을 사제들에게 맡겨버렸어요. 곧 종교재판소도 생길 거예요. 왜 안 그렇겠어요? 보수주의자들은 우리 때문에 코사크 군을 부르고 싶어 하지요! 사형을 반대하는 신문은 폐간되어 버립니다. 파리에는 총검이 가득하고, 16개의 구가 모두 계엄령 하에 있습니다. 그리고 특사(特赦)도 또 거부되었어요!"

그는 두 손으로 이마를 짚더니, 깊은 슬픔에 잠긴 것처럼 두 팔을 벌렸다.

"하지만 만약 노력한다면! 성실하다면 서로 이해할 수 있을 텐데요! 그러나 안 됩니다! 노동자들은 부르주아들보다 더 나을 것도 없어요! 최근 엘뵈프에서 화재가 났을 때, 그들은 도움을 주는 것을 거절했어요. 바르베스를 귀족으로 다루는 형편없는 놈들도 있구요! 국민을 우롱하기 위해, 석공 나도를 대통령직에 임명하려고 합니다. 도대체 어찌된 일이란 말입니까! 방법이 없어요! 구제할 길이 없습니다! 모두들 우리에게 반대하고 있어요! 저는 나쁜 짓이라고는 하지 않았지만, 마치 무거운 돌덩이가 가슴을 짓누르는 것 같습니다. 앞으로도 계속 그렇다면 미쳐버릴 거예요. 저는 죽고 싶습니다. 그러니까 돈 같은 건 필요 없어요! 나중에 돌려주세요, 그럼요! 빌려드리는 걸로 하지요."

당장 필요한 까닭에 프레데릭은 그의 4천 프랑을 받고 말았다. 따라서 바트나에 대해서는 이제 걱정이 없어졌다.

그러나 로자네트는 곧 아르누에 대한 소송에 졌고, 상소하겠다고 고집을 부렸다.

델로리에는 아르누의 약속 같은 것은 증여도 합법적인 양도도 되지 않는다는 것을 그녀에게 이해시키느라 진땀을 뺐다. 그녀는 법이 불공평하다면서 들으려고도 하지 않았다. 자기가 여자라서 남자들이 자기네끼리 서로 지지한다는 것이었다! 그러나 결국 그녀는 그의 충고에 따랐다.

델로리에는 여러 번 세네칼을 저녁식사에 데려올 정도로, 조금도 거북해하지 않고 자기 집처럼 여겼다. 그에게 돈을 주고 자기 양복점에서 옷까지 맞춰주고 있는 프레데릭은 그런 무람없는 태도가 불쾌했다. 변호사는 어떤 방법으로 생활하고 있는지 알 수 없는 사회주의자에게 자기의 헌 프록코트를 주었다.

어쨌든 그는 로자네트에게 도움이 되고 싶어 했다. 어느 날 그녀가 고령토 회사(아르누에게 3만 프랑의 부채를 지게 한 사업)의 주식 12주를 보여주자, 그가 말했다.

"그런데 이건 수상한데요! 이건 좋아요!"

아르누에게 채권 상환을 요구할 권리가 그녀에게 있다고 했다. 아르누는 개인 빚을 단체 빚이라고 주장하며 회사에서 몇 장의 어음을 횡령하고 있으니까, 우선 회사의 모든 부채를 지불할 연대 책임이 그에게 있음을 증명하기만 하면 되었다.

"이 모든 것으로 볼 때, 상법 586조와 587조에 의해 그는 사기 파산죄에 해당됩니다. 우리 그자를 감옥에 넣어버립시다. 안심하세요."

로자네트는 그의 목으로 뛰어들었다. 다음 날 그는 노장에 볼일이 있어 이 소송을 직접 맡을 수 없다고 하면서 그녀에게 옛 은사를 추천했다. 급한 일이 있을 때는 세네칼이 편지를 쓰기로 했다.

델로리에가 사무실 매입을 위한 협상을 한다는 것은 핑계였다. 그는 로크 씨 집에서 시간을 보내며, 친구에 대해 칭찬할 뿐만 아니라 되도록 그의 태도나 어조를 흉내 내기까지 했다. 그리하여 루이즈의 신임을 얻는 한편, 르드뤼롤랭에 대해 격분함으로써 그녀 아버지의 신임도 얻었다.

델로리에는 프레데릭이 돌아오지 않는 것은 사교계를 드나들기 때문이라고 말했다. 그리고 그가 누군가를 사랑하고 있고, 아이가 하나 생겼으며, 한 여자를 부양하고 있다는 사실을 차츰차츰 그들에게 알렸다.

루이즈의 절망은 대단했고, 모로 부인의 분노도 그에 못지않게 대단했다. 부인은 아들이 어슴푸레한 심연 속으로 소용돌이치며 전락하는 모습을 상상하고, 체면을 중시하는 마음에 괴로워하며 이를 개인적인 불명예로 느끼고 있었다. 그런데 갑자기 그녀의 표정이 달라졌다. 사람들이 프레데릭에 대해 질문하면, 그녀는 비웃는 듯한 태도로 대답했다.

"아주 잘 지내요."

아들이 당브뢰즈 부인과 결혼한다는 것을 알게 된 것이다.

그 날짜도 정해졌다. 프레데릭은 어떻게 로자네트에게 그 일을 받아들이게 할 것인가 궁리하고 있었다.

가을도 반이 지나갈 무렵, 로자네트는 고령토 회사 주식에 관한 소송에서 이겼다. 프레데릭은 법정에서 돌아오는 세네칼을 문 앞에서 만나 그 사실을 들었다.

아르누 씨가 모든 사기의 공범으로 인정된 것이다. 전직 복습교사가 이 사실을 매우 즐거워하자, 프레데릭은 그가 더 떠들지 못하게 가로막고 로자네트에게 책임지고 대신 전해주겠다고 약속했다. 그는 화난 표정으로 로자네트 집으로 들어갔다.

"자, 이제 만족하겠군!"

그러나 그녀는 그 말에는 아랑곳하지 않았다.

"좀 봐요!"

그녀는 난로 옆 요람에서 자고 있는 아이를 가리켰다. 아침에 유모 집에서 아이가 많이 아픈 것을 발견하고 파리로 데려온 것이다.

사지가 극도로 마른 아이는 입술이 하얀 반점으로 덮여있었고, 입 속까지 우유가 응고된 것처럼 되어 있었다.

"의사는 뭐래?"

"아! 의사! 의사는 아기를 데려온 것 때문에 더 심해졌대요. 병명이 … 잊어버렸네. 무슨 염이라던가 … 말하자면 아구창이래요. 그게 뭔지 알아요?"

프레데릭은 주저 없이 "물론이지"라고 대답하며, 별것 아니라고 덧붙였다.

그러나 저녁때가 되어, 그는 아기의 허약한 모습과 곰팡이 같은 하얀 반점이 번져가는 것을 보고 겁이 났다. 마치 생명이 이미 그 가엾은 작은 육체를 버리고 미생물이 번식하는 물체만 남겨놓은 것 같았다. 손도 싸늘했고, 이제는 더 이상 젖도 먹지 못했다. 문지기가 소개소에서 데려온 다른 유모가 연거푸 말했다.

"너무 쇠약한 것 같아요, 너무 쇠약해요!"

로자네트는 밤새도록 서 있었다.

아침에 그녀는 프레데릭을 데리러 갔다.

"좀 와 보세요. 아기가 움직이지 않아요."

사실 아기는 죽어 있었다. 그녀는 죽은 아기를 끌어안고 흔들거나 다정한 이름으로 부르며 껴안거나 눈물과 키스를 마구 쏟아 붓거나 하다가 얼이 나가 뱅뱅 돌면서 자기 머리카락을 잡아 뜯으며 비명을 질렀다. 그리고 긴 의자 끝에 주저앉아 입을 벌리고 있었다. 시선이 고정된 그녀의 두 눈에서 폭포 같은 눈물이 흘러내렸다. 이어서 그녀는 허탈 상태에 빠졌고, 방 안의 모든 것이 고요해졌다. 가구가 뒤엎어져 있었고, 냅킨이 두세 장 흩어져 있었다. 6시가 되자, 가스등이 꺼졌다.

프레데릭은 그 모든 광경을 바라보며 흡사 꿈을 꾸고 있는 것 같았다. 가슴이 괴로움으로 죄어들었다. 이 죽음은 시작에 지나지 않고, 앞으로 닥쳐올 더 심한 불행이 뒤에 도사리고 있는 것처럼 생각되었다.

갑자기 로자네트가 부드러운 목소리로 말했다.

"우리 아기를 보관해 둘까요?"

그녀는 아기를 방부처리하고 싶어 했다. 여기에는 많은 반대 이유가 제기되었다. 프레데릭이 반대하는 제일 큰 이유는 그렇게 어린 아기는 방부처리를 할 수 없다는 것이었다. 그는 초상화가 더 낫다고 했다. 그녀는 그 의견을 택했다. 그는 펠르랭에게 쪽지를 썼고, 델핀이 편지를 가지고 뛰어갔다.

펠르랭은 즉시 달려왔다. 그러한 열성으로 자신의 행동에 대한 모든 기억을 지워버리고 싶었던 것이다. 그는 우선 이렇게 말했다.

"불쌍한 어린 천사! 아! 세상에, 이런 불행한 일이!"

그러나 점차 (예술가적인 태도를 취하며) 그는 이런 거무죽죽한 눈과 납빛 얼굴을 가지고는 아무것도 할 수 없고, 그야말로 정물이며 많은 재능이 필요하다고 선언했다. 그리고 중얼거렸다.

"아! 간단치가 않아, 간단치가 않아!"

"비슷하기만 하면 돼요." 로자네트가 반박했다.

"아니! 비슷한 건 아랑곳하지 않아요! 사실주의는 필요 없거든요! 정신을 그려야지요! 내게 맡겨 주시오! 어떻게 그려야 할지 좀 생각해 보겠소."

그는 왼손으로는 이마를, 오른손으로는 팔꿈치를 받치고 생각에 잠겨 있다가 갑자기 말했다.

"아! 생각났어요! 파스텔화가 좋겠어요! 중간색으로 거의 평평하게 칠하면, 가장자리 선만으로도 아름다운 모사(模寫)를 만들어낼 수 있을 거요."

그는 물감 상자를 가지러 하녀를 보냈다. 그리고 의자 하나를 발치에 두고 다른 의자 하나는 옆에 두고서, 마치 모형을 옆에 놓고 그림을 그리듯 태연하게 대강의 윤곽을 그리기 시작했다. 그는 코레조의 어린 성 요한, 벨라스케스의 왕녀 로즈, 레이놀즈의 우윳빛 육체, 로렌스의 품위, 특히 글로워 여사의 무릎 위에 있는 장발의 아이를 칭찬했다.

"하기야 그런 꼬마들만큼 매력적인 것은 없지요! 숭고의 전형은(라파엘로가 마돈나의 모습으로 입증했듯이) 아기를 안고 있는 어머니의 모습 아니겠어요?"

로자네트가 흐느껴 울며 나가버렸다. 그러자 펠르랭은 곧바로 말했다.

"그런데 아르누 말야! … 어떤 일이 생겼는지 아는가?"

"아뇨. 무슨 일인데요?"

"어쨌든 그 사람은 그걸로 끝났어!"

"대체 무슨 일인데요?"

"그는 아마 지금… 잠깐만!"

예술가는 어린 시체의 머리를 높이기 위해 일어섰다.

"방금 한 말은…?" 프레데릭이 다시 말했다.

펠르랭은 측정을 좀더 잘 하기 위해 눈을 깜박이면서 말했다.

"내 말은 우리의 친구 아르누가 아마 지금쯤 감옥에 갇혀있을 거란 얘기네!"

그리고 만족한 어조로 다시 말했다.

"보게나! 이거 어떤가?"

"그래요, 아주 좋아요! 그런데 아르누는?"

펠르랭은 연필을 내려놓았다.

"내가 아는 바로는 그가 미뇨라는 사람에게 고소당했다는 거야. 르쟁바르의 친구 말일세. 그 르쟁바르라는 자는 신뢰할 만한 사람인가, 엉? 정말 바보지! 생각나는가, 어느 날인가…"

"아! 르쟁바르가 문제가 아니에요!"

"맞아. 그런데 아르누는 어젯밤 중으로 1만 2천 프랑을 마련하지 못했다면 파멸이야."

"아! 아마도 과장된 얘기겠죠." 프레데릭이 말했다.

"천만에! 아주 대단히 심각해 보이던걸!"

그때 로자네트가 연지를 바른 것처럼 눈꺼풀 밑이 빨갛게 되어 다시 나타났다. 그녀는 밑그림 옆에 자리를 잡고 앉아 그림을 바라보았다. 펠르랭은 그녀 때문에 이야기를 그만둔다는 눈짓을 했다. 그러나 프레데릭은 이에 개의치 않고 말했다.

"하지만 난 믿을 수가 없는데…"

"다시 말하지만, 내가 어제 저녁 7시에 자콥 거리에서 그를 만났네.

그는 만일의 경우를 대비해 여권까지 가지고 있더라고. 가족을 전부 데리고 르 아브르에서 배를 타겠다고 말하던걸." 예술가가 말했다.

"뭐라구! 부인도요?"

"물론! 그는 가정에서는 좋은 아버지니까 혼자 살 수는 없지."

"확실해요? …"

"그럼! 그가 1만 2천 프랑을 어디서 구했겠어?"

프레데릭은 방 안을 두세 번 돌았다. 그는 숨을 헐떡거리며 입술을 깨물고 있다가 모자를 집어 들었다.

"어디 가요?" 로자네트가 말했다.

그는 대답도 하지 않고 사라졌다.

V

1만 2천 프랑이 필요했다. 그렇지 않으면 그는 이제 두 번 다시 아르누 부인을 보지 못할 터였다. 지워버릴 수 없는 희망이 그에게 지금까지 남아있었던 것이다. 그녀는 그의 마음의 본질이며 생활의 기조와 같은 것이 아니었을까? 그는 잠시 동안 보도 위에서 비틀거리며 고뇌에 시달리면서도 로자네트 집에서 나온 것을 다행스럽게 여겼다.

어디에서 돈을 구할 것인가? 금액이 얼마든 돈을 곧 손에 넣는다는 것이 얼마나 어려운 일인지는 프레데릭 자신이 잘 알고 있었다. 그를 도와줄 수 있는 사람은 당브뢰즈 부인 오직 한 사람뿐이었다. 그녀는 언제나 사무용 책상 안에 은행 지폐를 몇 장 가지고 있었다. 그는 그녀에게 가서 대담한 어조로 말했다.

"1만 2천 프랑을 가지고 있으면 좀 꾸어주시겠습니까?"

"뭐하려고요?"

그것은 다른 사람의 비밀이라고 했다. 그녀는 이를 알고 싶어 했다. 그는 굴복하지 않았다. 두 사람은 서로 고집을 부렸다. 드디어 그녀는 어디에 쓰는지 알기 전에는 한 푼도 줄 수 없다고 선언했다. 프레데릭은 얼굴이 새빨개졌다. 친구 한 사람이 도둑질을 했는데, 오늘 중으로 돌려주어야 한다고 했다.

"어떤 친구예요? 이름은요? 어서요, 이름이 뭐예요?"

"뒤사르디에!"

그리고 그는 그녀의 무릎에 몸을 던지고, 아무한테도 말하지 말아 달라고 간청했다.

"당신은 나를 어떻게 생각하는 거예요? 마치 당신이 죄인 같군요. 슬픈 모습은 이제 하지 말아요! 자, 여기 있어요. 일이 잘 해결되길 빌어요!" 당브뢰즈 부인이 말했다.

그는 아르누에게 뛰어갔다. 상인은 상점에 없었다. 그러나 그는 집을 두 개 가지고 있는 까닭에 여전히 파라디 거리에 살고 있었다.

파라디 거리의 문지기는 아르누 씨가 어젯밤부터 집에 없다고 말했다. 부인에 대해서는 아무 말도 하지 않았다. 프레데릭은 쏜살같이 층계를 올라가 자물쇠 구멍에 귀를 갖다 댔다. 드디어 문이 열렸다. 부인은 남편과 함께 떠났다고 했다. 하녀는 그들이 언제 돌아올지 모르고 있었다. 급료도 지불되어서, 그녀도 가려는 참이었다.

갑자기 문이 삐걱거리는 소리가 들렸다.

"그런데 누가 있지 않소?"

"아! 아니에요! 바람 소리예요!"

그는 돌아왔다. 어찌 되었든, 그렇게 빨리 사라진다는 것은 납득이 가지 않는 일이었다.

르쟁바르는 미뇨의 친구니까 어쩌면 실상을 밝혀줄 수 있지 않을까? 프레데릭은 몽마르트르 랑프뢰르 거리의 르쟁바르 집으로 갔다.

그의 집 옆에는 철판으로 막힌 울타리로 둘러싸인 정원이 붙어있었다. 3단짜리 층계 위로 하얀 정면이 있었고, 보도를 지나가다 보면 1

층의 방 두 개가 보였다. 그 중 첫 번째 방은 가구 위 온 사방에 여자들의 옷이 있는 거실이고, 두 번째 방은 르쟁바르 부인의 여직공들이 있는 작업실이었다.

여직공들은 모두 집주인이 대단한 일을 하고, 아주 높은 사람들과 교제하고 있으며, 매우 뛰어난 사람이라고 생각하고 있었다. 테두리가 위로 올라간 모자를 쓰고 녹색 프록코트를 입은 그가 진지하고 기다란 얼굴로 복도를 지나갈 때면, 그녀들은 하던 일을 멈추었다. 게다가 그는 언제나 격려의 말을 건네고 격언과 같은 인사말을 던지는 것을 잊지 않았다. 그녀들은 그를 이상적인 남자로 생각했기 때문에, 나중에 가정을 가졌을 때 자신을 불행하다고 여길 정도였다.

그러나 르쟁바르 부인만큼 그를 사랑하는 여자는 없었다. 키가 작고 똑똑한 그 여자는 혼자 일하여 그를 먹여 살리고 있었다.

모로 씨가 이름을 말하자마자, 하인들을 통해 그와 당브뢰즈 부인과의 관계를 알고 있던 그녀는 신속히 나와 맞이했다. 남편은 "방금 들어왔다"고 했다. 프레데릭은 그녀의 뒤를 따라가며, 잘 정리된 집 안과 광내는 헝겊이 많은 것을 보고 감탄했다. 그는 르쟁바르가 틀어박혀 사색을 하는 사무실 비슷한 곳에서 잠시 기다렸다.

르쟁바르의 대접은 여느 때처럼 무뚝뚝하지 않았다.

그는 아르누의 이야기를 해 주었다. 옛 도자기 장수는 〈르 시에클〉지의 주식을 백 주 가지고 있는 미뇨라는 애국자를 유혹하여, 민주주의적인 관점에서 신문의 관리와 편집을 바꿔야 한다고 설득했다. 그리고 다음 주주총회에서 그의 의견을 관철시킨다는 구실로, 미뇨에게 50주를 요구했다. 확실한 친구들에게 그 주식을 건네주어, 투표에서 그를 지지하게 하겠다는 것이었다. 미뇨는 아무 책임도 지지 않고, 누구하고도 다투는 일이 없을 것이며, 성공하면 적어도 5천 내지 6천 프랑 정도의 좋은 자리를 관리과에서 얻게 될 거라고 했다. 그리하여 주식이 넘겨졌다. 그러나 아르누는 곧 주식을 팔아버리고, 그 돈으로 종교물품 장수와 결탁했다. 미뇨가 주식 반환을 요구했지만, 아르누는 꾸물거렸다. 드디어 애국자는 주식을 돌려주든가 그에 해당하는 금액 5만 프랑을 지불하지 않으면 사기죄로 고소하겠다고 협박했다는 것이다.

프레데릭은 절망하는 태도를 보였다.

"그게 다가 아니오. 미뇨는 사람이 좋아서 4분의 1로 깎아주었거든. 아르누는 다시 약속을 해놓고, 당연히 새로운 수작을 부렸지요. 결국 그저께 아침에, 미뇨는 우수리는 내버려두고 1만 2천 프랑을 24시간 내에 돌려달라고 독촉한 것이오." 르쟁바르가 말했다.

"제게 그 돈이 있어요." 프레데릭이 말했다.

르쟁바르는 천천히 몸을 돌렸다.

"농담이겠지!"

"아닙니다! 호주머니에 있어요. 가지고 왔습니다."

"대단한 일이군! 놀라워! 하지만 이미 때는 늦었어요. 소송이 제기되었고, 아르누는 도망가 버렸으니까."

"혼자서요?"

"아니! 부인과 함께. 르 아브르 역에서 그들을 만난 사람이 있소."

프레데릭은 새파랗게 질렸다. 르쟁바르 부인은 그가 기절을 하는 줄 알았다. 그는 마음을 가다듬고, 기운을 내어 그 사건에 대해 두세 가지 질문을 했다. 르쟁바르는 그 모든 일이 결국은 민주주의를 해치는 일이라고 하면서 슬퍼했다. 아르누는 언제나 품행도 나쁘고 규율도 없는 사람이었다는 것이다.

"정말 경솔한 사람이에요! 돈도 물 쓰듯 하고! 여자가 그를 망쳤지! 내가 불쌍하게 생각하는 것은 그 사람이 아니라 가엾은 그의 아내요! 그 부인이 정말 고생하고 있을 거요!" 르쟁바르는 정숙한 여자들을 소중히 여기고 있었기 때문에 아르누 부인을 매우 존중하고 있었다.

프레데릭은 그러한 동정이 고마웠다. 그리고 마치 도움을 받은 것처럼 감격하여 르쟁바르의 손을 꽉 쥐었다.

"필요한 볼일을 다 보고 왔군요?" 그를 다시 보자, 로자네트가 말했다.

그는 그럴 힘은 없었고, 기분전환을 하려고 거리를 정처 없이 걸어다녔다고 대답했다.

그들은 8시에 식당으로 갔는데, 서로 마주 앉아 아무 말도 하지 않고 이따금 긴 한숨을 내쉬다가 접시를 돌려보냈다. 프레데릭은 브랜디를 마셨다. 그러자 몹시 기진맥진하고 의기소침해져 무력감을 느끼며 극도의 피로 이외에는 아무 의식이 없었다.

그녀는 초상화를 찾으러 갔다. 붉은색, 노란색, 초록색, 남색이 서로 어울리지 않게 얼룩덜룩 마구 칠해져 있어 보기 흉하고 거의 익살스럽게 보였다.

게다가 어린 시체도 이제는 알아볼 수 없을 만큼 변해 있었다. 입술의 보랏빛 색조 때문에 피부는 더 하얗게 보였고, 콧구멍은 훨씬 더 작아졌으며, 눈은 더 움푹 들어가 있었다. 머리는 파란 호박단 베개에 놓여 있고, 그 주위에는 동백꽃, 가을 장미, 오랑캐꽃의 꽃잎이 흩어져 있었다. 그것은 하녀의 아이디어였다. 두 여자가 경건하게 아기 시체를 그렇게 꾸며놓은 것이다. 두꺼운 레이스 커버로 덮인 난로 위에는 도금한 은촛대들 사이사이에 회양목 가지가 세워져 있었다. 방의 구석에서는 두 개의 향로에서 터키 향이 타고 있었다. 그런 것들 때문에 요람이 마치 임시 제단처럼 보였다. 프레데릭은 당브뢰즈 씨 옆에서 밤샘하던 것을 회상했다.

거의 15분마다 로자네트는 침대 커튼을 열고 아기를 바라보았다. 그녀는 아기가 지금부터 몇 달 후 걷기 시작하는 모습, 학교에 가서 운동장 한복판에서 사람잡기놀이를 하는 모습, 그리고 스무 살 청년의 모습을 그려보았다. 그녀가 만들어낸 그러한 모습들로 인해 그만큼 많은 아들을 잃어버린 것 같았고, 과도한 슬픔이 그녀의 모성을 증가시켰다.

프레데릭은 안락의자에서 꼼짝도 하지 않은 채 아르누 부인을 생각하고 있었다.

그녀는 아마 기차를 타고 차창에 얼굴을 기댄 채 시골 풍경이 파리를 향해 뒤로 사라지는 것을 바라보고 있겠지. 아니면 그가 처음 만났을 때처럼 배의 갑판 위에 있겠지. 그러나 그 배는 그녀가 다시 돌아오지 않을 곳으로 한없이 가고 있을 터였다. 그는 시골 여관방에 있는 그녀의 모습을 그려보았다. 바닥에 뒹구는 여행 가방, 찢어진 벽지, 바람에 흔들리는 문. 그 다음에는? 그녀는 어떻게 될까? 어쩌면 선생님이나 간병인이나 하녀가 될지도 모른다. 그녀는 온갖 가난의 위험에 처하게 될 것이다. 그는 그녀의 운명을 모른다는 것이 괴로웠다. 그들의 도주를 막거나 그녀의 뒤를 쫓아갔어야 했으리라. 자기야말로 그녀의 진짜 남편이 아니었을까? 그녀를 두 번 다시 보지 못한다는 것, 모두 끝났다는 것, 그녀를 영원히 잃어버렸다는 것을 생각하자 온몸이 찢어지는 것 같았다. 아침부터 참았던 눈물이 한꺼번에 쏟아졌다.

로자네트가 이를 보았다.

"아! 당신도 나처럼 울고 있군요! 슬픈가요?"

"응! 그래! 슬퍼! …"

그는 그녀를 가슴에 안았다. 그리고 둘은 서로 껴안은 채 흐느껴 울었다.

당브뢰즈 부인도 침대 위에 엎드려 두 손에 머리를 파묻고 울고 있었다.

그날 저녁, 올랭프 르쟁바르가 당브뢰즈 부인이 상을 당한 후 처음으로 입을 색깔 옷을 가봉하러 왔다가 프레데릭이 찾아온 일과 아르누 씨에게 줄 1만 2천 프랑을 준비하고 있었다는 사실까지 얘기했던 것이다.

그러니까 그 돈, 그녀의 돈은 다른 여자를 떠나지 못하게 하기 위한 것, 애인을 잡아두기 위한 것이었다!

처음에 당브뢰즈 부인은 극도의 분노에 휩싸였다. 그리고 하인처럼 내쫓아버리기로 결심했다. 실컷 울고 나니, 마음이 진정되었다. 그리하여 모든 것을 마음속에 감추어두고 아무 말도 하지 않는 것이 낫겠다고 생각했다.

다음 날, 프레데릭은 1만 2천 프랑을 다시 가지고 왔다.

그녀는 친구에게 필요한 경우를 대비해서 보관해 두라고 했다. 그리고 그 친구에 대해 많은 것을 물어보았다. 도대체 왜 그런 배임죄를 저질렀는지? 틀림없이 여자 때문이겠지! 여자들이란 남자를 온갖 죄로 끌어들이는 법이니까.

그렇게 빈정거리는 어투에 프레데릭은 당황했다. 그는 친구를 중상한 것에 대해 매우 양심의 가책을 느꼈다. 그러나 당브뢰즈 부인이 진실을 알 수 없다는 사실에 안심이 되었다.

그러나 그녀는 집요했다. 다음다음 날도 또 그 친구에 대해 물었기 때문이다. 그리고 다른 친구, 델로리에에 대해서도 물었다.

"믿을 수 있고 똑똑한 사람인가요?"

프레데릭은 그를 칭찬했다.

"그에게 조만간 오전 중으로 집에 들르라고 부탁해 줘요. 의논하고 싶은 일이 있어요."

그녀는 서류 묶음을 발견했는데, 거기에 아르누 부인이 서명하고 완전히 지불을 거절한 아르누의 어음이 몇 장 들어있었다. 언젠가 그 어음 때문에 당브뢰즈 씨가 점심식사를 할 때 프레데릭이 방문한 적이 있었다. 자본가는 소송을 하여 그것을 회수할 생각은 없었으나, 그럼에도 불구하고 상사재판소로 하여금 아르누뿐만 아니라 아르누 부인에 대해서도 유죄선고를 시켜놓았다. 그런데 아르누는 아내에게 이 일을 알리지 않는 게 좋겠다고 생각하여, 부인은 그 사실을 모르고 있었다.

그것은 하나의 무기였다! 당브뢰즈 부인은 이를 의심치 않았다. 그러나 그녀의 공증인은 그런 것은 단념하라고 충고할지도 모르는 일이었다. 그녀는 잘 알려지지 않은 사람이 더 좋겠다고 생각했다. 그래서 언젠가 자기를 도와주겠다고 제안했던 뻔뻔스러운 용모의 키 큰 친구를 생각해낸 것이다.

프레데릭은 순진하게 그 심부름을 했다.

변호사는 그런 지체 높은 부인과 관계를 맺게 된 것에 몹시 기뻐했다.

그는 달려왔다.

그녀는 상속재산이 조카딸의 것이라고 미리 알리고, 자기가 상환할 수 있는 채권을 청산해 마르티농 부부에게 최대한 좋은 조치를 취해주고 싶기 때문이라고 했다.

델로리에는 그 이면에 비밀이 있음을 간파하고, 어음을 조사하며 생각해 보았다. 아르누 부인이 직접 쓴 이름을 보자, 그녀의 전신과 그녀에게 받은 모욕이 눈앞에 다시 나타났다. 복수의 기회가 주어졌는데, 왜 이를 놓치겠는가?

그래서 그는 상속유산에 속해있는 회수 불가능한 채권을 경매에 부치라고 당브뢰즈 부인에게 권했다. 그러면 대리인을 내세워 남몰래 그것을 다시 사서, 소송을 제기하게 한다는 것이었다. 델로리에는 그런 사람을 찾아보는 책임을 맡았다.

11월 말경, 프레데릭은 아르누 부인이 살던 거리를 지나다가 창문을 향해 눈을 들었다. 문에 벽보가 붙어있는 것이 보였고, 거기에 커다란 글씨로 다음과 같이 쓰여 있었다.

〈멋있는 집기 판매 — 부엌 용구, 속옷과 테이블보, 셔츠, 레이스, 치마, 바지, 프랑스제 및 인도제 캐시미어, 에라르[42] 피아노, 르네

42) Érard, 1752~1831. 프랑스의 피아노 제조업자.

상스식 떡갈나무 궤 두 개, 베네치아 거울, 중국 및 일본 도기들.〉

'그들의 집기로군' 하고 프레데릭은 생각했다. 문지기에게 물어보니 그렇다고 했다.

파는 사람에 대해서는, 문지기는 모르고 있었다. 그러나 경매인 베르틀모 씨는 사정을 알려줄지도 모른다고 했다.

재판소 관리는 처음에는 어떤 채권자가 경매를 신청했는지 말하지 않으려고 했다. 프레데릭은 물러서지 않았다. 세네칼이라는 사람이 대리인이라고 했다. 베르틀모 씨는 친절하게도 〈프티트 아피슈〉라는 광고신문까지 빌려주었다.

프레데릭은 로자네트 집으로 가서, 그것을 활짝 펴 탁자 위에 던졌다.

"읽어 봐!"

"뭔데요?" 그녀가 말했다. 그 표정이 너무 평온했기 때문에 그는 화가 났다.

"아! 어디 잡아떼 봐!"

"무슨 말인지 모르겠어요."

"아르누 부인 것을 팔게 한 사람이 당신이지?"

그녀는 광고를 다시 읽었다.

"부인 이름이 어디에 있어요?"

"에이! 그녀의 집기라니까! 당신이 나보다 더 잘 알잖아!"

"그게 나와 무슨 상관이에요?" 로자네트가 어깨를 으쓱하며 말했다.

"무슨 상관이냐구? 당신은 복수를 한 거야, 단지 그뿐이야! 계속해서 괴롭히는 거지! 당신은 그 부인 집에까지 나타나서 모욕했잖아! 당신같이 아무 가치도 없는 여자가 말이야. 가장 성스럽고 매력적이고 훌륭한 부인인데! 왜 그렇게 악착같이 그녀를 파멸시키는 거지?"

"당신이 잘못 안 거예요, 정말이에요!"

"저런! 당신이 세네칼을 앞세웠잖아!"

"무슨 말도 안 되는 소리예요!"

그러자 그는 분노를 터뜨렸다.

"거짓말! 거짓말 마, 비열하게! 넌 부인을 질투하고 있어! 그 남편에 대해서는 판결권을 쥐고 있고! 세네칼은 이미 네 문제에 개입하고 있었잖아! 그놈은 아르누를 미워하니까, 너희 둘의 증오가 서로 맞아떨어졌겠지. 네가 고령토에 대한 소송에 이겼을 때, 그놈이 기뻐하는 걸 봤어. 그것도 부정할 거야?"

"맹세코…"

"아! 알지, 너의 그 맹세라는 거!"

그리고 프레데릭은 한 사람 한 사람 그녀의 애인 이름을 들먹이며 극히 자세한 일까지 연상시켰다. 로자네트는 파랗게 질려 뒤로 물러섰다.

"놀랐지! 내가 눈감아 주니까 너는 나를 장님으로 생각했지! 오늘은 더 못 참아! 너 같은 여자에게 배신당한다고 죽지는 않아. 너무 끔찍해지면 헤어지면 되는 거야. 배신에 대한 벌을 주는 건 품위만 떨어뜨릴 뿐이니까!"

그녀는 팔을 비틀고 있었다.

"맙소사, 대체 이 사람이 왜 이렇게 변했을까?"

"바로 너 때문이지!"

"이 모든 일이 다 아르누 부인 때문이군요!…" 로자네트는 울면서 소리쳤다.

그는 쌀쌀하게 계속했다.

"내가 사랑한 건 오직 그녀뿐이야!"

이 모욕에, 로자네트의 눈물이 말랐다.

"정말 좋은 취미군요! 나이 많고 감초 같은 안색에, 허리가 뚱뚱하고, 지하실 환기창처럼 눈이 커다랗고 멍한 여자가 좋다니! 그렇게 좋으면 뒤따라가지 그랬어요!"

"안 그래도 그러려고 했어! 고마워!"

로자네트는 그 믿을 수 없는 태도에 아연실색하여 꼼짝도 하지 않고 있었다. 그녀는 문이 다시 닫혀도 그대로 있었다. 그러더니 뛰어나가 응접실에서 그를 붙잡고 두 팔로 껴안았다.

"당신 미쳤어요! 미쳤어! 이건 말도 안 돼! 당신을 사랑해요! 제발 우리 아기를 생각해서라도!" 그녀는 애원했다.

"그런 짓을 한 게 너라고 실토해!" 프레데릭이 말했다.

그녀는 다시 무죄를 주장했다.

"실토하기 싫다고?"

"네!"

"그럼 안녕! 영원히!"

"내 말 좀 들어봐요!"

프레데릭이 돌아섰다.

"나를 더 잘 안다면, 내 결심을 돌이킬 수 없다는 걸 알 텐데."

"아! 아! 당신은 내게 돌아올 거예요!"

"천만에!"

그는 문을 거칠게 쾅 닫았다.

로자네트는 델로리에에게 즉시 만나고 싶다고 편지를 썼다.

그는 닷새 후 저녁에 찾아왔다. 그녀가 헤어진 이야기를 하자, 그가 말했다.

"겨우 그 얘깁니까! 대단한 불행이군요!"

그녀는 처음에 그가 프레데릭을 다시 데려다줄 수 있으리라고 생각했다. 그러나 이제는 모든 것을 잃어버렸다. 그녀는 문지기를 통해 프레데릭이 당브뢰즈 부인과 곧 결혼한다는 사실도 알게 되었다.

델로리에는 그녀에게 일장 설교를 했는데, 그 태도가 이상하리만치 쾌활하고 익살스러워 보였다. 그리고 그는 시간이 너무 늦었으니까 안락의자에서 하룻밤을 보내게 해 달라고 부탁했다. 다음 날 아침, 그는 언제 다시 만날지 모른다고 말하며 노장으로 다시 떠났다.

머지않아 어쩌면 그의 생활에 큰 변화가 있을 거라고 했다.

델로리에가 돌아오고 두 시간 후, 소도시 노장은 야단법석이 났다. 프레데릭 씨가 당브뢰즈 부인과 결혼한다는 소문이 퍼진 것이다. 드디어 오제 가문의 세 자매는 참을 수가 없어 모로 부인에게 갔으나, 부인은 자랑스럽게 그 소문을 긍정했다. 로크 영감은 그 때문에 병이 났고, 루이즈는 방에 틀어박혔다. 그녀가 미쳤다는 소문까지 나돌았다.

그러는 동안 프레데릭은 슬픔을 감추지 못하고 있었다. 당브뢰즈 부인은 그의 기분을 전환시켜주기 위해서인지 한층 신경을 써 주었다. 매일 오후 그녀는 그를 마차에 태우고 산책했다. 한번은 증권거래소 광장을 지날 때, 그녀가 재미삼아 경매장에 들어가 보자고 했다.

그날은 12월 1일, 마침 아르누 부인의 경매가 있는 날이었다. 날짜를 기억하고 있던 그는 그곳은 사람이 많고 시끄러워서 싫다고 말하면서 불쾌함을 드러냈다. 그녀는 단지 한번 보기만 하면 된다고 했다. 마차가 멈추었다. 그녀를 따라가지 않을 수 없었다.

안마당에 양푼 없는 세면대, 안락의자의 나무 골격, 낡은 바구니, 도자기 파편, 빈 병, 매트리스 따위가 보였다. 그리고 먼지로 온통 잿빛인 더러운 프록코트나 작업복을 입은 상스러운 얼굴의 남자들이 여기저기 모여 이야기를 나누거나 시끄럽게 서로 소리쳐 부르고 있었다. 그 중에는 어깨에 삼베 포대를 짊어진 사람들도 있었다.

프레데릭은 그 이상 더 들어가는 것은 나쁘다고 반대했다.

"괜찮아요!"

그리하여 그들은 층계를 올라갔다.

오른쪽 첫 번째 방에는 손에 목록을 든 신사들이 그림을 살펴보고 있었다. 다른 방에서는 중국 무기 수집품을 팔고 있었다. 당브뢰즈 부인은 아래층으로 내려가고 싶어 했다. 그녀는 문 위의 번호를 쳐다보더니, 사람들이 가득찬 방을 향해 복도 끝까지 그를 데리고 갔다.

그는 '공예사'의 진열대 두 개, 작업용 책상, 모든 가구들을 즉시 알아보았다! 그것들은 안쪽에 크기순으로 쌓여 바닥에서부터 창문 높이까지 커다란 비탈을 이루고 있었다. 방의 다른 쪽 면에는 융단과 커튼이 벽을 따라 똑바로 걸려 있었다. 밑에는 계단식 좌석이 있었는데, 노인들이 앉아 졸고 있었다. 왼쪽에는 계산대 같은 것이 세워져 있었고, 흰 넥타이를 맨 경매평가인이 작은 망치를 가볍게 휘두르고 있었다. 그 옆에서 한 젊은이가 장부에 기입을 하고 있었고, 더 아래쪽에는 외무사원 혹은 극장에서 관객의 외출표를 파는 사람처럼 보이는 건장한 노인이 팔려는 가구의 이름을 부르며 서 있었다. 세 소년이 가구들을 탁자 위에 올려놓았다. 탁자 둘레에는 골동품상인과 고물상 여자들이 일렬로 앉아있었고, 그들 뒤로 군중이 지나다녔다.

프레데릭이 들어갔을 때, 치마, 숄, 손수건과 셔츠까지 손에서 손으로 전해지며 뒤집어지고 있었다. 이따금 사람들이 그것을 멀리 던지면, 갑자기 하얀 것이 공중을 가로질러 갔다. 다음에는 그녀의 옷, 깃 장식이 꺾이어 늘어진 모자 하나, 모피, 반장화 세 켤레가 팔렸다. 아직 그녀의 손발의 형태가 희미하게 남아있는 귀중한 추억의 물건들이 여러 사람에게 나누어지는 것을 보자, 그는 마치 까마귀들이 그녀의 시체를 찢어먹고 있는 것을 본 듯 끔찍하게 생각되었다. 사람들의 숨결로 가득 찬 방의 공기가 역겨웠다. 그러자 당브뢰즈 부인이 그에게 작은 향수병을 내밀었다. 그녀는 아주 재미있다고 했다.

침실의 가구가 진열되었다.

베르틀모 씨가 값을 불렀다. 경매인이 곧 큰 소리로 되풀이했다. 세 명의 진행위원들이 조용히 망치 소리를 기다리고 있다가 물건을 옆방으로 가져갔다. 그리하여 그녀의 귀여운 발이 그를 향해 걸어오며 스치고 지나갔던 동백꽃 무늬가 점점이 흩어진 커다란 파란 양탄자, 단둘이 있을 때 언제나 그가 그녀와 마주 보며 앉아있던 장식 융단이 깔린 작은 안락의자, 그녀의 손이 닿아 상아가 한층 반들반들해진 난로의 차폐막 두 개, 아직도 바늘이 꽂혀있는 벨벳 실 뭉치가 차례로 사라졌다. 그 물건들과 함께 그의 심장이 조금씩 사라지는 것 같았다. 그는 단조로운 똑같은 목소리와 똑같은 동작에 정신을 차릴 수 없이 피로해져 끔찍한 마비상태에 빠지고 온몸이 녹아내리는 것 같았다.

명주 스치는 소리가 그의 귓전에서 났다. 로자네트가 그를 가볍게 쳤다.

그녀는 프레데릭 때문에 그 경매 소식을 알게 되었다. 슬픔이 가라앉자, 그녀는 그것을 이용해야겠다는 생각이 들었다. 그리하여 진주 단추가 달린 하얀 새틴 조끼와 주름장식이 붙은 옷을 입고 꼭 끼는 장갑을 끼고서 승리자와 같은 태도로 경매를 구경하러 온 것이다.

프레데릭은 화가 나서 얼굴이 파래졌다. 로자네트는 그와 함께 온 여자를 바라보았다.

당브뢰즈 부인도 그녀를 알아보았다. 잠시 동안 두 여자는 결점이나 흠을 찾기 위해 머리부터 발끝까지 세심하게 서로를 바라보았다. 어쩌면 한 여자는 상대방의 젊음을 부러워하고, 다른 한 여자는 라이벌의 지극히 우아한 거동과 귀족적인 단순함에 화가 났을지도 모른다.

드디어 당브뢰즈 부인이 형용할 수 없을 만큼 도도한 미소를 띠며 고개를 돌렸다.

경매인이 피아노 뚜껑을 열었다. 그녀의 피아노였다! 경매인은 계속 선 채로 오른손으로 건반을 두드리며 1천2백 프랑이라고 말했다가 천 프랑, 8백 프랑, 7백 프랑으로 값을 내렸다.

당브뢰즈 부인은 익살스러운 어조로 엉터리 피아노를 비웃었다.

타원형 장식 초상화가 붙어있고 모서리에 은이 박혔으며 은 걸쇠가 달린 작은 상자가 골동품상인들 앞에 놓였다. 그가 슈아죌 거리에서 처음 식사할 때 본 것으로, 로자네트 집으로 갔다가 다시 아르누 부인 집으로 돌아간 바로 그 상자였다. 그녀와 이야기하는 동안, 그는 종종 그 상자를 바라보곤 했었다. 따라서 그것은 그의 가장 소중한 추억과 결부되어 있는 것이었다. 감상에 젖어 그의 마음이 뭉클해져 있을 때, 당브뢰즈 부인이 갑자기 말했다.

"어머! 제가 그걸 사겠어요."

"진귀한 물건도 아닌데요." 그가 대꾸했다.

하지만 그녀는 그 상자가 아주 예쁘다고 했다. 그러자 경매인은 물건의 세련됨을 격찬했다.

"르네상스 시대의 보석입니다! 8백 프랑입니다, 여러분! 거의 전부 은으로 되어 있어요! 스페인 백분으로 약간만 닦으면 번쩍번쩍할 거예요!"

그녀가 사람들을 헤치고 나가려고 하자, 프레데릭이 말했다.

"정말 이상한 생각이군!"

"그래서 화가 나요?"

"아니오! 하지만 그 하찮은 것을 사서 뭘 하려는 거지요?"

"누가 알아요? 거기에 연애편지라도 넣어뒀는지!"

그녀는 분명한 암시의 시선을 던졌다.

"더군다나 죽은 이들의 비밀을 캐내는 일은 당연히 하지 말아야죠."

"나는 그녀가 죽었다고 생각하지 않아요."

그리고 당브뢰즈 부인은 분명하게 덧붙였다. "880프랑!"

"당신이 하는 행동은 좋지 않은 짓이오." 프레데릭이 중얼거렸다.

그녀가 웃었다.

"내가 처음으로 부탁하는 일이잖아요."

"그래서는 좋은 남편이 될 수 없어요, 아시겠어요?"

누군가가 더 비싼 값을 불렀다. 그녀가 손을 들었다.

"9백 프랑!"

"9백 프랑!" 베르틀모 씨가 되풀이했다.

"910 … 15 … 20 … 30!" 경매인이 머리를 급하게 끄덕이면서 청중을 쭉 훑어보며 날카롭게 외쳤다.

"내 아내가 분별 있는 여자라는 걸 보여주시오." 프레데릭이 말했다.

그는 그녀를 조용히 문 쪽으로 데리고 갔다.

경매평가인이 계속 외쳤다.

"자, 자, 여러분, 930프랑입니다! 930에 살 사람 있습니까?"

문턱에 이른 당브뢰즈 부인이 멈춰서더니, 큰 소리로 외쳤다.

"천 프랑!"

장내가 술렁이다가 조용해졌다.

"천 프랑, 여러분 천 프랑입니다! 이의 없습니까? 좋습니까? 천 프랑! 낙찰!"

상아 망치가 내려쳐졌다.

그녀가 명함을 건네고, 상자가 그녀에게 보내졌다. 그녀는 그것을 토시 속에 집어넣었다.

프레데릭은 아주 차가운 냉기가 가슴을 뚫고 지나가는 것을 느꼈다.

당브뢰즈 부인은 그의 팔을 놓지 않고 있었다. 그리고 마차가 기다리고 있는 거리에 이를 때까지 그의 얼굴을 마주 바라보지 않았다.

그녀는 도망치는 도둑처럼 마차 속으로 몸을 던지고 자리에 앉은 후, 프레데릭을 향해 몸을 돌렸다. 그는 손에 모자를 들고 있었다.

"안 타요?"

"네, 부인!"

그는 쌀쌀하게 인사하며 문을 닫고, 마부에게 출발 신호를 했다.

처음에 그는 자유를 되찾았다는 느낌과 함께 기쁨을 느꼈다. 큰 행운을 희생하여 아르누 부인의 복수를 해준 것이 자랑스러웠다. 그리고는 자신의 행동에 놀랐다. 한없는 피로가 엄습해왔다.

다음 날 아침, 하인이 여러 가지 소식을 알려주었다. 계엄령이 선포되고, 의회가 해산되었으며, 하원의원 일부가 마자스 감옥에 갇혔다는 것이다![43] 그는 세상일에는 관심이 없었다. 그만큼 그는 자기

일에 골몰하고 있었다.

그는 단골 상인들에게 편지를 써서, 결혼에 관련된 여러 가지 주문을 취소했다. 이제 생각해보니, 그 결혼은 다소 비열한 투기처럼 보였다. 그리고 당브뢰즈 부인 때문에 저속한 짓을 저지를 뻔했으므로 그녀를 미워했다. 그는 로자네트의 일을 잊고 아르누 부인도 걱정하지 않은 채 오직 자기 자신만 생각하며, 고통과 실의에 가득 차서 상처 입은 마음으로 허물어진 꿈속에서 방황했다. 그토록 자신을 괴롭힌 인위적인 환경에 대해 증오가 치밀자, 신선한 초목, 시골의 휴식, 고향의 지붕 밑에서 순박한 사람들과 함께 지내는 단조로운 생활이 그리워졌다. 수요일 저녁에야 그는 드디어 밖으로 나갔다.

수많은 사람들이 대로에 모여 있었다. 이따금 순찰대가 사람들을 쫓아버리면, 사람들은 순찰대가 지나간 뒤에 다시 모여들었다. 사람들은 자유롭게 이야기를 하고, 군대에 대해 농담이나 욕설을 퍼부었다. 그러나 그 이상 다른 일은 없었다.

"아니! 전투를 하지 않는 겁니까?" 프레데릭이 한 노동자에게 말했다.

작업복 차림의 그 남자가 대답했다.

"우리는 부르주아들을 위해 목숨을 버릴 만큼 어리석지 않아요! 그들이 잘해 나가겠죠!"

그러자 한 신사가 그 변두리 주민을 곁눈질하며 투덜거렸다.

"나쁜 사회주의자 놈들! 이번에 그놈들을 다 없애버리면 좋을 텐데!"

프레데릭은 그토록 미워하고 욕을 퍼붓는 것을 전혀 이해할 수 없었다. 더욱더 파리가 싫어졌다. 그래서 그는 다음다음 날 첫 기차로 노장으로 떠났다.

곧 집들이 사라지고 들판이 넓어졌다. 그는 객차를 혼자 차지하고

---

43) 1851년 12월 2일, 루이 나폴레옹 보나파르트의 쿠데타를 말한다. 이 쿠데타를 일으킨 후, 1852년에 헌법을 제정하여 나폴레옹 3세로 등극함으로써 제2제정이 시작된다.

의자 위에 발을 올려놓은 채, 지나간 사건들, 과거의 모든 일들을 회상했다. 문득 루이즈 생각이 났다.

'그 여자는 나를 사랑했지! 그 행복을 놓쳐버린 건 잘못이었어… 제기랄! 그 생각은 하지 말자!'

그리고 5분 후에 다시 생각했다.

'하지만 누가 알아? … 나중에, 안 될 것도 없잖아?'

그의 몽상은 그의 두 눈과 마찬가지로 희미한 지평선 속으로 잠겨들었다.

'그녀는 순진한 시골 여자이고 거의 야만적이었지. 하지만 아주 좋은 여자야!'

그가 노장을 향해 다가감에 따라 그녀는 그에게 가까워지고 있었다. 수르될 목장을 가로질러 갈 때는 옛날처럼 포플러나무 밑의 물웅덩이 가장자리에서 등심초를 꺾고 있는 그녀의 모습이 보였다. 기차가 도착하자, 그는 내렸다.

그는 다리 난간에 팔꿈치를 괴고, 어느 화창한 날 그녀와 함께 산책하던 섬과 정원을 바라보았다. 그러자 여행과 신선한 공기로 인한 현기증과 최근의 마음의 동요에서 생긴 쇠약 때문에 일종의 흥분을 느꼈다. 그는 생각했다.

'어쩌면 그녀는 외출했을지도 모르지. 만나러 가보자!'

생로랑 성당의 종이 울렸다. 성당 앞 광장에는 가난한 사람들이 모여 있었고, 그 지방의 하나뿐인 칼레슈 마차(결혼식 때 사용하는 것)가 있었다. 그때 성당 정면 현관에, 흰 넥타이를 맨 부르주아들의 물결 속에서 신혼부부가 갑자기 나타났다.

그는 환각을 본 거라고 생각했다. 그러나 아니었다! 틀림없는 그녀, 루이즈였다! 빨간 머리카락부터 발꿈치까지 하얀 베일에 싸여있었다. 그리고 그, 바로 델로리에였다! 은빛으로 수놓은 푸른 예복, 도지사 복장을 하고 있었다. 대체 어찌 된 일인가?

프레데릭은 행렬이 지나가도록 어떤 집 모퉁이에 몸을 숨겼다.

그는 수치와 패배감과 피로를 느끼며 기차역으로 다시 가서 파리로 돌아왔다.

삯마차 마부는 샤토 도에서부터 짐나즈까지 바리케이드가 세워졌다고 말하며 생마르탱 교외로 접어들었다. 프로방스 거리 모퉁이에서, 프레데릭은 대로로 나가려고 마차에서 내렸다.

5시였고, 가랑비가 내리고 있었다. 부르주아들이 오페라 극장 쪽의 보도를 차지하고 있었다. 맞은편 집들은 문이 닫혀있고, 창가에는 아무도 보이지 않았다. 용기병들이 말 위에서 몸을 굽힌 채 검을 빼들고 온통 넓은 대로를 전속력으로 달려갔다. 철모의 장식용 깃털과 뒤로 쳐들린 커다란 흰 외투가 안개 속에서 바람에 흔들리고 있는 가스등의 빛을 받으며 지나갔다. 군중은 겁에 질려 말없이 그들을 바라보았다.

기병대의 돌격 사이사이에, 경찰 분대가 나타나 거리의 군중을 물러가게 했다.

그런데 토르토니 계단 위에 한 남자가 기둥처럼 꼼짝 않고 서 있었다. 키가 커서 멀리서도 뒤사르디에라는 것을 알 수 있었다.

선두에서 걸어가던 한 순경이 사각모를 눈 위로 깊숙이 눌러쓴 채 검으로 그를 위협했다.

그러자 뒤사르디에는 한 걸음 앞으로 내디디며 소리치기 시작했다.

"공화국 만세!"

그는 두 팔을 벌리고 뒤로 쓰러졌다.

군중 속에서 무서운 울부짖음이 일었다. 순경은 주위를 쭉 둘러보았다. 프레데릭은 그가 세네칼이라는 것을 알고 아연실색했다.

VI

그는 여행을 했다.

여객선의 우울함, 천막 밑에서 잠이 깰 때의 냉기, 풍경과 폐허가 주는 현기증, 공감이 단절된 데서 오는 씁쓸함을 경험했다.

그는 돌아왔다.

사교계를 드나들며 다시 몇 번의 사랑을 했다. 그러나 끊임없이 첫사랑이 생각나 그 사랑들을 무미건조하게 만들었고, 이어 격렬한 욕정도 사라지고 관능의 꽃마저 시들어버렸다. 마찬가지로 지적인 야망도 줄어들었다. 세월이 흘렀다. 그는 나태한 지능과 무기력한 가슴을 견디고 있었다.

1867년 3월 말경 어둠이 내릴 무렵, 그가 서재에 혼자 있을 때 한 여자가 들어왔다.

"아르누 부인!"

"프레데릭!"

그녀는 그의 손을 잡고, 조용히 창가로 끌고 갔다. 그리고 그를 바라보며 되풀이했다.

"그 사람이구나! 정말 그 사람이구나!"

희미한 황혼 빛 속에서, 그녀의 얼굴을 가리고 있는 검은 레이스 베일 밑의 두 눈밖에 보이지 않았다.

그녀는 벽난로 가장자리에 석류색의 조그만 벨벳 지갑을 얹어놓고 앉았다. 두 사람은 말을 할 수가 없어 서로 미소를 지으며 그대로 있었다.

드디어 그가 그녀와 그녀의 남편에 대한 여러 가지 질문을 했다.

그들은 검소한 생활을 하고 빚을 갚기 위해 브르타뉴 시골에 살고 있었다. 아르누는 거의 매일같이 앓고 있고, 이제는 노인처럼 보인다고 했다. 딸은 결혼해서 보르도에 살고 있고, 아들은 모스타가넴[44]의 수비대에 있었다. 이윽고 그녀는 머리를 들었다.

"하지만 다시 뵙게 되는군요! 정말 반가워요!"

그는 그들 부부의 불행한 소식을 듣고 그들의 집으로 달려갔다는 말을 하지 않을 수 없었다.

"알고 있었어요!"

"어떻게요?"

그녀는 마당에서 그를 보고 숨었다고 했다.

"왜요?"

그러자 그녀는 떨리는 목소리로 오랜 간격을 두며 말했다.

"두려웠어요! 그래요 … 당신이 … 제가 두려웠어요!"

그 뜻밖의 사실에 그는 급격한 관능적 쾌감을 느꼈다. 그의 가슴이 세차게 고동쳤다. 그녀가 다시 말했다.

"더 일찍 찾아오지 못해서 죄송해요. (그리고 황금빛 종려나무 무늬로 덮인 석류색의 작은 지갑을 가리키며) 저건 당신을 위해 특별히 수놓은 거예요. 그 안에 벨빌 토지에 해당하는 금액이 들어있어요."

프레데릭은 선물에 대해 감사하고, 그 때문에 수고를 한 것에 대해 나무랐다.

"아니에요! 제가 온 것은 그것 때문이 아니에요! 꼭 이렇게 찾아뵙고 싶었어요, 그리고 돌아가려구요 … 저기로."

그녀는 자기가 살고 있는 장소에 대해 이야기했다.

그것은 야트막한 단층집으로, 정원에는 커다란 회양목이 가득 심어져있고 바다가 보이는 언덕 꼭대기까지 밤나무 가로수길이 두 개나 있다고 했다.

"저는 거기 벤치에 앉아 있곤 하는데, 그 벤치에 프레데릭 벤치라

44) 알제리 북서부 모스타가넴 주(州)의 주도(州都).

는 이름을 붙였어요."

그리고 그녀는 마치 기억 속에 담아가려는 듯 가구와 골동품과 액자를 열심히 바라보기 시작했다. 로자네트의 초상화가 커튼에 반쯤 가려져 있었다. 그러나 금색과 흰색이 어둠 속에 두드러지게 보여 그녀의 눈길을 끌었다.

"제가 아는 여자인 것 같은데요?"

"그럴 리 없습니다! 그건 이탈리아의 오래된 그림인걸요." 프레데릭이 말했다.

그녀는 그의 팔을 잡고 거리를 한 바퀴 돌고 싶다고 했다.

그들은 밖으로 나왔다.

상점 불빛이 간간이 그녀의 창백한 옆얼굴을 비추다가 다시 어둠이 감쌌다. 마치 들판이나 낙엽이 쌓인 곳을 함께 걷는 사람들처럼, 그들은 그들 자신 이외에는 전혀 아랑곳하지 않고 아무 소리에도 귀 기울이지 않으며 마차와 군중과 소음 속에서 걸었다.

그들은 지나간 과거의 일들을 서로 이야기했다. '공예사' 시절의 만찬, 뗐다 붙였다 하는 깃 끝을 잡아당기거나 화장품으로 콧수염을 짓누르는 아르누의 버릇, 그 밖에 보다 더 마음 깊은 곳에 남몰래 간직한 이야기들을 주고받았다. 처음으로 그녀의 노래를 들었을 때 얼마나 황홀했던가! 그녀의 축일에 생클루에서 그녀는 얼마나 아름다웠던가! 그는 오퇴유의 작은 정원, 극장에서 보낸 밤들, 대로에서 만난 일, 옛 하인들, 흑인 하녀를 그녀에게 상기시켰다.

그녀는 그의 기억력에 놀라면서 말했다.

"때때로 당신의 말소리가 머나먼 메아리처럼, 바람에 실려 오는 종소리처럼 되살아나요. 책에서 사랑의 구절을 읽을 때면 당신이 옆에 있는 것 같아요."

"책 속에 과장되어 있다고 비난하는 그 모든 감정을 당신은 제게 느끼게 해 주셨어요. 저는 샤를로테의 수다를 싫어하지 않는 베르테르의 마음을 잘 압니다." 프레데릭이 말했다.

"불쌍한 분!"

그녀는 한숨을 쉬더니, 오랜 침묵 끝에 말했다.

"어쨌든 우린 정말 서로 사랑했을 거예요."

"하지만 한 몸이 되지는 못했지요!"

"어쩌면 그게 더 나았는지도 몰라요!" 그녀가 다시 말했다.

"아뇨! 아닙니다! 그랬다면 정말 행복했을 거예요!"

"아! 저도 그렇게 생각해요. 당신의 사랑과 같은 사랑이라면!"

그토록 오래 헤어져 있었는데도 여전히 사라지지 않은 것을 보면, 그것은 틀림없이 대단히 강한 사랑이었다!

프레데릭은 어떻게 자신의 사랑을 알아차렸냐고 물었다.

"당신이 제 손목에, 장갑과 소매 사이에 키스하던 어느 날 저녁에요. 저는 '이분이 나를 사랑하는구나 … 나를 사랑하는구나!' 하고 생각했어요. 하지만 그 사실을 확인하기가 두려웠어요. 당신의 신중한 태도가 너무 좋아서, 저는 무의식적으로 계속되는 찬사처럼 그걸 즐겼지요."

그는 아무것도 후회하지 않았다. 과거의 괴로움은 이제 보상이 되었다.

집으로 돌아오자, 아르누 부인은 모자를 벗었다. 콘솔테이블 위에 놓인 램프가 그녀의 하얀 머리카락을 비추었다. 그는 가슴 한복판에 충격을 받은 것 같았다.

그 실망을 감추기 위해, 그는 바닥에 무릎을 꿇고 그녀의 손을 잡으며 다정한 말을 하기 시작했다.

"당신의 몸과 하찮은 동작들이 제게는 이 세상에서 초인적인 중요성을 지니고 있는 것 같았어요. 제 마음은 먼지처럼 당신의 발걸음 뒤에서 일어나곤 했지요. 당신은 모든 것이 향기와 부드러운 그림자와 창백함과 무한함으로 가득한 여름밤의 달빛과도 같은 감명을 제게 주었어요. 제게는 육체와 영혼의 환희가 바로 당신 이름 속에 들어있는 까닭에, 당신 이름에 입술을 갖다 대고 입 맞추려고 하면서 몇 번이고 당신 이름을 불렀지요. 그 이상은 아무것도 상상하지 않았답니다. 당신은 두 아이가 있고, 상냥하고, 진지하고, 눈부시게 아름답고, 너무 선량한 있는 그대로의 아르누 부인이었어요! 그 모습 앞에서 다른 모습들은 모두 사라졌지요. 저는 오로지 그 모습만 생각하고 있었습니다! 언제나 제 마음속에 당신의 아름다운 목소리와 찬란한 두 눈을 간직하고 있었으니까요!"

그녀는 이제는 더 이상 자신의 모습이 아닌, 과거의 자신에 대한 그 찬사를 황홀하게 받아들이고 있었다. 프레데릭은 자기 이야기에 취해, 자기가 하는 말을 그대로 믿고 있었다. 아르누 부인이 빛을 등지고 그에게로 몸을 굽혔다. 그는 이마를 스치는 그녀의 숨결과 옷 너머로 슬며시 닿는 그녀의 온몸을 느꼈다. 둘의 손이 꽉 쥐어졌다. 그녀의 구두 끝이 옷 밑에서 약간 앞으로 나와 있었다. 그는 거의 정신없이 말했다.

"당신의 발을 보면 저는 견딜 수가 없습니다."

부끄러운 생각에 그녀는 일어섰다. 그리고 움직이지 않은 채, 몽유병 환자처럼 이상한 억양으로 말했다.

"제 나이에! 아, 프레데릭! … 저만큼 사랑을 받은 여자는 결코 없었어요! 정말 없었지요. 젊다는 게 무슨 소용이 있겠어요? 그런 건 상관하지 않아요! 저는 이 방에 오는 모든 여자들을 경멸해요."

"아! 그런 여자는 없습니다!" 그가 흔쾌히 말했다.

그녀의 얼굴이 환해졌다. 그녀는 그가 결혼할 것인지 알고 싶어 했다.

그는 결혼하지 않는다고 단언했다.

"정말이에요? 왜요?"

"당신 때문이지요." 프레데릭은 두 팔로 그녀를 껴안으며 말했다.

그녀는 몸을 뒤로 젖히고 입을 살며시 벌린 채, 눈을 위로 들고 가만히 있었다. 갑자기 그녀가 절망적인 태도로 그를 떠밀었다. 그가 대답해 달라고 애원하자, 그녀는 머리를 숙이며 말했다.

"저는 당신을 행복하게 해주고 싶었어요."

프레데릭은 아르누 부인이 몸을 맡기러 온 것이 아닌가 의심했다. 그는 그 어느 때보다도 강하고 격렬하며 미친 듯한 욕망에 다시 사로잡혔다. 그러나 그는 뭐라 표현할 수 없는 어떤 것, 혐오감이랄까, 근친상간의 공포와 같은 것을 느꼈다. 그리고 나중에 불쾌감을 갖게 될지도 모른다는 또 다른 두려움이 그를 제지했다. 게다가 얼마나 거북할 것인가! 신중한 마음과 동시에 이상을 망가뜨리고 싶지 않다는 생각에, 그는 발꿈치를 돌리고 궐련을 피우기 시작했다.

그녀는 아주 경탄하여 그를 바라보았다.

"당신은 정말 배려가 깊은 분이에요! 당신밖에 없어요! 당신뿐이에요!"

시계가 11시를 쳤다.

"벌써 시간이 이렇게 됐군요! 15분 후에, 저는 갈 거예요." 그녀가 말했다.

그녀는 다시 앉았다. 그러나 그녀는 시계를 바라보고 있었고, 그는 담배를 피우며 계속 걸어 다녔다. 두 사람 다 더 이상 할 이야기가 없었다. 이별을 하는 데 있어서, 사랑하는 사람이 이미 우리와 함께 있지 않는 순간이 있는 법이다.

드디어 시계 바늘이 25분을 지나자, 그녀는 천천히 모자 끈을 잡았다.

"안녕히 계세요. 이제 결코 다시 뵙지 못할 거예요! 이것이 여자로서 마지막 행동이었습니다. 제 마음만은 당신을 떠나지 않을 거예요. 부디 하늘의 축복이 있으시길!"

그리고 그녀는 어머니처럼 그의 이마에 키스를 했다.

그녀는 뭔가를 찾는 것 같더니 가위를 달라고 했다.

그녀가 빗을 빼내자, 하얀 머리카락이 쏟아져 내렸다.

그녀는 기다란 머리카락 한 줌을 뿌리로부터 거침없이 잘랐다.

"간직해 두세요! 그럼 안녕!"

그녀가 나가자, 프레데릭은 창문을 열었다. 아르누 부인은 보도 위에서 지나가는 삯마차를 불렀다. 그녀는 마차에 올라탔다. 마차가 사라졌다.

그것이 마지막이었다.

VII

그해 초겨울, 프레데릭과 델로리에는 난롯가에서 이야기를 하고 있었다. 언제나 다시 만나고 서로 사랑하게 하는 천성적인 숙명에 의해 그들은 또 한 번 화해한 것이다.

프레데릭은 당브뢰즈 부인과 사이가 틀어지게 된 경위를 대강 설명했다. 그녀는 영국 사람과 재혼했다.

델로리에는 어떻게 로크 양과 결혼하게 되었는지는 말하지 않고, 어느 날 아내가 가수와 도망가 버렸다고 이야기했다. 사람들의 조소를 다소나마 씻기 위해, 그는 지나친 열의를 가지고 정부를 지지하며 지사직을 수행한 까닭에 인심을 잃었다. 그리하여 파면되고 말았다. 그 다음에는 알제리의 식민지 건설단장, 터키 고관의 비서, 신문 편집장, 광고 중개인 등의 일을 하다가 결국 어떤 공업회사의 소송 담당 직원이 되어 있었다.

프레데릭은 재산의 3분의 2를 까먹고 소시민으로 살아가고 있었다.

이어서 그들은 서로 친구들의 소식을 물었다.

마르티농은 지금 원로원 의원이 되어 있었다.

위소네는 높은 자리에 앉아, 모든 극장과 신문을 손아귀에 넣고 있었다.

시지는 종교에 빠졌고, 여덟 아이의 아버지가 되어 조상 대대의 저택에서 살고 있었다.

펠르랭은 푸리에주의, 유사요법, 회전탁자,[45] 고딕예술, 인도주의적 그림에 손을 댄 후 사진사가 돼 있었다. 파리의 모든 벽에는 몸이 자그마하고 머리가 커다란 그가 검은 예복을 입은 모습이 붙어 있었다.

"자네 친구 세네칼은?" 프레데릭이 물었다.

"행방불명이야! 나도 모르네! 그런데 자네가 여간 좋아하지 않던 아르누 부인은!"

"경기병 중위인 아들과 함께 로마에 있을 거야."

"그녀의 남편은?"

"작년에 죽었어."

"저런!" 변호사가 말했다.

그리고 그는 이마를 쳤다.

"아 참, 요전 날 어떤 상점에서 로자네트를 만났는데, 양자라고 하는 어린 소년의 손을 잡고 있었지. 우드리 씨라는 사람의 과부가 되었다는데, 이젠 살이 쪄서 아주 뚱뚱하더군. 정말 보기 싫게 됐어! 옛날에는 그리 날씬하던 여자가 말이야."

델로리에는 그녀의 절망을 이용하여 그녀를 손에 넣었던 사실을 숨기지 않았다.

"어쨌든 자네가 허락한 것이었으니까."

그 고백은 그가 아르누 부인에게 시도했던 사실을 숨기고 있는 것과 상쇄되는 것이었다. 하긴 그 시도가 성공하지 못했으니, 아마 프레데릭은 용서했을지도 모른다.

그런 일이 있었다는 것을 알자, 프레데릭은 다소 기분이 상했으나 일소에 부치는 체했다. 그는 로자네트에 대한 생각을 하자, 바트나가

---

45) 신령의 힘으로 테이블을 움직이는 영기술(靈氣術).

생각났다.

델로리에는 바트나를 한 번도 만난 적이 없고, 아르누 집에 드나들던 사람들도 마찬가지로 만나지 못했다고 했다. 그러나 르쟁바르는 분명히 기억하고 있었다.

"그 사람 아직 살아있어?"

"그럭저럭! 매일 저녁 꼬박꼬박 그라몽 거리에서 몽마르트르 거리까지 카페 앞을 맥없이 걸어 다니고 있지. 아주 쇠약하고 허리가 꼬부라져 기운이 없어. 마치 유령 같아!"

"그럼 콩팽은?"

프레데릭은 기쁨의 탄성을 지르며, 임시정부의 옛 대표에게 송아지 머리가 무엇인지 가르쳐달라고 했다.

"그건 영국에서 수입된 거야. 왕당파들이 1월 30일을 기념하는 의식을 모방하여 독립파가 매년 연회를 열었는데, 거기서 송아지 머리를 먹거나 스튜어트 왕가의 근절을 위해 축배를 들면서 송아지 두개골에 적포도주를 마셨거든. 테르미도르[46] 이후 폭력분자들이 아주 비슷한 단체를 조직했는데, 말하자면 세상에는 어리석은 일이 너무 많다는 것을 입증하는 셈이지."

"자네, 정치에 대한 열이 식었나보군?"

"나이 탓이야." 변호사가 말했다.

그리고 그들은 자기들의 삶을 요약해 보았다.

사랑을 꿈꿨던 자나 권력을 꿈꿨던 자나 그들은 둘 다 삶에 실패했다. 그 이유는 어디에 있었을까?

"어쩌면 직선적인 점이 부족했기 때문인지도 모르지." 프레데릭이 말했다.

"자네의 경우는 그럴 거야. 하지만 난 반대로 너무 직선적이어서

46) 프랑스혁명력 11월. 7월 20일에서 8월 18일에 해당된다. 제 3부 주 9번 참조.

무엇보다 중요한 수많은 부차적인 것들을 고려하지 않는 바람에 잘못을 저질렀어. 나는 너무 논리적이었고, 자네는 너무 감상적이었어."

그들은 우연과 정세와 그들이 태어난 시대를 원망했다.

프레데릭이 다시 말했다.

"옛날 상스 중등학교에 다닐 때 우리가 이렇게 되리라고는 생각하지 않았는데. 그때 자네는 비판적인 철학사를 쓰려고 했고, 나는 프루아사르[47]에게서 주제를 얻어 노장을 배경으로 중세풍의 대하소설을 쓰고 싶었지. 브로카르 드 페네스트랑주 각하와 트루아의 주교가 외스타슈 당브르시쿠르 각하를 어떻게 습격했는가 하는 것 말이야. 기억해?"

그들은 시시콜콜 젊은 시절을 회상하면서, 한 문장 한 문장 끝날 때마다 서로 이렇게 말했다.

"기억해?"

그들은 중등학교 교정, 예배당, 면회실, 층계 밑의 검술장, 자습 감독과 학생들의 모습, 헌 장화로 발밑끈을 만들어 붙이고 있던 베르사유 출신의 앙젤마르라는 사람, 미르발 씨와 그의 붉은 볼수염, 늘 싸우면서 도안과 소묘를 가르치던 두 선생 바로와 쉬리레, 마분지로 만든 태양계를 들고 다니며 강의의 대가로 구내식당에서 식사를 얻어먹던 방랑적인 천문학자이며 코페르니쿠스와 동향인 폴란드 사람을 다시 떠올려 보았다. 그리고 산책 나가서 끔찍하게 취했던 일, 처음 피우던 파이프 담배, 종업식, 방학 때의 기쁨 등을 회상했다.

그들이 터키 여자의 집에 간 것은 1837년 방학 때였다.

진짜 이름은 조라이드 튀르크였는데 그렇게 불렸다. 많은 사람들이 그녀를 회교도이며 진짜 터키 여자라고 믿었고, 그 때문에 성벽 뒤 강가에 있는 그녀의 집은 한층 더 시적으로 생각되었다. 한여름에

47) 제1부 주 11번 참조.

도 그녀의 집 주위는 어두웠는데, 창가에 물푸레나무 화분과 나란히 놓인 금붕어 어항으로 그녀의 집을 알아볼 수 있었다. 하얀 캐미솔을 입은 아가씨들이 볼을 빨갛게 칠하고 기다란 귀걸이를 달고서 사람들이 지나갈 때면 유리창을 두드리곤 했다. 그리고 밤이 되면 문지방에서 쉰 목소리로 조용히 노래를 불렀다.

이 퇴폐적인 장소는 그 지역 일대에 환상적인 빛을 던지고 있었다. 사람들은 그곳을 "아시는 장소—어떤 거리—다리 밑"과 같은 완곡한 표현으로 지칭했다. 근처의 농장 아낙들은 남편 때문에 그곳을 두려워하고, 부르주아 여자들은 하녀 때문에 무서워하고 있었다. 군수집의 요리하는 하녀가 뜻밖에도 그곳으로 들어갔기 때문이다. 물론 모든 청소년들이 남모르게 집착하는 곳이기도 했다.

그런데 어느 일요일, 사람들이 저녁 기도에 갔을 때, 프레데릭과 델로리에는 먼저 머리에 컬을 한 다음 모로 부인의 정원에서 꽃을 꺾었다. 그리고 밭으로 통하는 문으로 나가 포도밭을 멀리 우회한 후, 어장을 거쳐 되돌아와서 커다란 꽃다발을 들고 터키 여자의 집으로 슬그머니 들어갔다.

프레데릭은 마치 연인이 약혼녀에게 바치듯 꽃다발을 내밀었다. 그러나 그날의 더위, 미지의 것에 대한 두려움, 일종의 후회, 그리고 마음대로 다룰 수 있는 많은 여자들을 한꺼번에 본 기쁨까지 겹쳐 너무 흥분하는 바람에 아주 창백해져 앞으로 나가지도 못하고 아무 말도 못한 채 그대로 있었다. 그가 거북해하는 모습을 보고 여자들이 모두 신나서 웃어댔다. 그러자 그는 놀리는 줄 알고 도망쳐버렸다. 프레데릭이 돈을 가지고 있었기 때문에, 델로리에는 그를 따라 나오지 않을 수 없었다.

그들이 나오는 것을 사람들이 보았다. 그리하여 그 이야기는 그 후 3년간이나 화젯거리가 되었다.

그들은 서로 상대방의 기억을 보충하며 장황하게 그 이야기를 했다. 그리고 그 이야기가 끝에 이르렀다.

"그때가 제일 좋았어!" 프레데릭이 말했다.

"그래, 그럴지도 모르지. 그때가 제일 좋았어!" 델로리에가 말했다.

파리를 무대로 펼쳐지는 사랑과 혁명을 다룬 소설 《감정교육》은 프랑스의 소도시를 배경으로 한 《마담 보바리》보다 등장인물이나 스케일 면에서 훨씬 방대한 면모를 드러낼 뿐만 아니라 보다 더 풍요롭고 어려운 작품이다. 그러나 《감정교육》은 당시에는 그 진가를 인정받지 못하다가 프루스트(Proust)와 바레스(Barrès)의 세대에 이르러 19세기 프랑스 문학작품의 걸작의 대열에 오르고 《마담 보바리》보다 더 높이 평가되었다.

《감정교육》은 두 개의 판본이 존재하는데, 플로베르는 초판을 완성한 1845년으로부터 20년이 흐른 1864년에 다시 작품에 손을 대어 1869년 5월에야 완성할 정도로 오랫동안 이 작품에 몰두했다. 이 두 개의 판본은 사실 제목만 같을 뿐, 내용은 전혀 다른 별개의 것으로 플로베르가 24세의 나이에 완성한 초판은 그의 최초의 장편소설인 셈이다. 본 번역 작품은 1869년의 결정고를 대상으로 한다.

《감정교육》은 그 제목이 시사하는 것처럼 18세가 된 청년 프레데릭이 연상의 여인 아르누 부인에게 전격적인 사랑을 느끼는 것을 시작으로 29세가 되기까지 겪은 여러 사랑의 양상을 담고 있다. 그러나 《감정교육》은 단지 프레데릭의 연애를 그린 소설만은 아니다. 이 소설은 한 젊은이의 이야기인 동시에 파리의 풍속소설이며, 스탕달의 《적과 흑》이 1830년대 연대기이듯이 1840년대의 연대기라고 할 수 있을 만큼 한 세대의 역사를 세밀하게 다루고 있기 때문이다. 소설의 1부와 2부는 1840년에서 48년까지, 3부 1장에서 5장은 1848년에서 51년까지, 그리고 3부 6장과 7장은 16년이 지난 1867년의 이야기인데, 소설의 시대적 배경이 된 이 시기는 프랑스 사회에서 아주 중요한 역사적 사건들이 일어났을 뿐만 아니라 왕정, 공화정, 제정이라는 온갖 형태의 정치체제가 난립했던 시기이다. 우선 소설이 시작되는 1840년의 프랑스 사회는 7월왕정 시대였고, 1848년에 2월혁명의 발발로 제 2공화정이 수립되었다가 1851년 루이 나폴레옹의 쿠데타에 의해 제 2제정이 탄생한 것이다. 《감정교육》은 바로 이 혼탁한 시기의 역사적 사건, 즉 1848년 2월혁명과 6월의 소요 및 1851년의 쿠데타를 직접 다루면서 역사학도의 필독서라고 평가될 만큼 당대 사람들의 심리와 행동을 정확하고 치밀하게 파헤치고 있다. 요컨대 《감정교육》을 지탱하는 커다란 두 줄기는 열정과 정치 또는 사랑과 혁명이라고 할 수 있는데, 그 중 어느 한 줄기를 제외시키고 읽는다면 작품의 진면목을 발견할 수 없을 것이다.

1. 사랑 읽기

《감정교육》에는 주인공 프레데릭이 사랑하는 네 여자가 등장한다. 프레데릭의 영원한 우상이며 이상적 여인인 아르누 부인, 관능적 여인 로자네트, 은행가이며 사업가의 아내 당브뢰즈 부인, 그리고 프레데릭의 고향 노장쉬르센의 아가씨 루이즈가 그들이다. 이 여자들 중에서 평생 프레데릭의 마음을 차지하고 그의 행동에 큰 영향을 미치는 핵심적인 인물은 아르누 부인이다. 소설의 처음부터 끝까지 프레데릭의 모든 행동의 구심점에는 아르누 부인이 자리 잡고 있다고 해도 과언이 아니다. 1부 1장에서, 18세의 프레데릭은 배 안에서 우연히 만난 아르누 부인에게 강렬한 인상을 받고 평생 그녀를 사랑하게 된다.[1] 하지만 이 사랑은 현실적인 이성간의 사랑으로 발전하지 못한 채 관념적인 사랑에 머물고, 아르누 부인은 이상적인 여자, 즉 하나의 우상으로 변모된다. 프레데릭이 아르누 부인을 알게 되면 될수록, 그녀를 사랑하면 할수록, 우연에 의해서든 여러 가지 일상적 사건에 의해서든 그녀는 점점 더 가까이 닿을 수 없는 존재가 되는 것이다. 아르누 부인의 이름은 마리인데, 마리라는 이름에서 연상되는 것은 예수의 어머니 마리아이다. 마치 이름이 암시하기라도 하듯, 아르누 부인은 단순한 여자가 아니라 프레데릭이 자신의 전 존재를 바칠 만한 경배의 대상이 된다. 그리하여 프레데릭은 아르누 부인을 한 번이라도 더 보기 위해 그녀의 집에 찾아갈 온갖 핑계를 찾고, 그녀의 남편과 가까워지고, 단지 그녀를 못 보게 될까 봐 두려워서 아르누의 파산을 막으려고 공증인에게서 받은 유산까지 아르누에게 건네준다.

---

1) 소설 속에서 프레데릭과 아르누 부인이 만나는 장면은 플로베르가 15세인 1836년에 25세인 슐레쟁제 부인을 트루빌 해변에서 만난 에피소드를 연상시킨다. 실제로 이 작품에서 아르누 부인의 모델이 된 인물은 슐레쟁제 부인이고, 아르누 부인에 대한 프레데릭의 사랑의 감정에도 많은 부분 플로베르 자신의 감정이 담겨 있다. 따라서 이 작품을 자서전적인 소설로 평가하는 비평가들도 있다.

마리 아르누가 프레데릭의 경배를 받는 이상적인 여자로서 추상적인 사랑을 구현한다면, 로자네트는 육체적 소유를 통해 관능을 구현하고 사랑을 속화시키는 인물이다. 아르누 부인은 프레데릭의 순수함과 이상을 자라게 한 반면, 로자네트는 본능과 쾌락을 일깨우고 발전시키는 것이다. 이와 같이 두 여자는 프레데릭의 삶에 있어서 대조적인 역할을 하지만, 모르는 사이에 서로 섞여들어 프레데릭의 감정을 고조시킨다.

> 이 두 여자와의 교제는 그의 삶에 있어서 두 가지 음악과 같은 것이었다. 하나는 쾌활하고 열정적이며 즐거운 음악이고, 다른 하나는 장엄하고 거의 종교적인 음악이었다. 그 두 음악은 동시에 선율을 울리면서 언제나 고조에 달하고, 점점 서로 뒤섞였다. 그리하여 아르누 부인의 손가락이 그의 몸에 스치기라도 하면, 곧 다른 여자의 모습이 그의 정욕 앞에 나타났다. 그것은 그만큼 그 여자에게 가까워질 수 있는 기회가 생겼기 때문이다. 그리고 로자네트와 함께 있다가 마음이 감동하는 일이 생기면, 즉시 그의 소중한 사랑이 생각나곤 했다. (2부 2장)

마치 아르누 부인과 로자네트는 '한 존재의 두 얼굴'처럼 프레데릭의 마음속에서 서로를 연상시키며 떼려야 뗄 수 없는 관계를 이루는 것이다. 아르누 부인에게서 결코 채워질 수 없었던 프레데릭의 욕망은 로자네트를 대체물로 하여 충족된다. 아르누 부인을 위해 정성껏 꾸며둔 호텔에서 아르누 부인 대신 로자네트와 동침하는 2부 6장의 에피소드가 단적으로 그녀들의 상호관계를 드러내주는 셈이다. 프레데릭이 아르누 부인에 대한 사랑에 절망할 때마다 로자네트는 프레데릭을 유혹하고 위안을 준다. 그리고 프레데릭은 로자네트의 품안에서 아르누 부인을 생각하며 눈물을 흘린다. 결국 로자네트는 아르누 부인과의 관계에서만 중요성을 갖는 인물이며, 프레데릭을 관능적 사랑에 눈뜨도록 이끄는 동시에 아르누 부인에 대한 사랑을 순수하고 관념적인 열정으로 유지하게 해주는 역할을 한다.

프레데릭의 세 번째 여인 당브뢰즈 부인은 위선과 탐욕과 복수심을 구현하는 인물인데, 그녀에 대한 프레데릭의 마음에는 사랑의 욕망보다는 사회적 야망이 더 크게 작용한다. 그는 그녀에게 "아르누 부인에게 끌린 전신의 황홀함도, 처음에 로자네트가 안겨준 방탕한 쾌감도 느끼지 못했"(3부 3장)지만, 그녀가 귀족이고 부자이기 때문에 그녀에게 접근한다. 그는 그녀를 유혹하기 위해 지나간 과거의 사랑의 경험을 이용하여 "예전에 아르누 부인에게서 느꼈던 모든 것, 그 우울함, 불안, 꿈 따위를 마치 그녀에 의해 느끼게 된 것처럼 이야기했다."(3부 3장) 하지만 느끼지도 않는 정열을 격렬한 척 위장하기 위해서는 "로자네트나 아르누 부인의 모습을 떠올려야 했다."(3부 4장) 이를테면 당브뢰즈 부인에 대한 프레데릭의 사랑은 세속적인 높은 지위를 동경하는 현실적인 사랑인데, 당브뢰즈가 죽은 후 막대한 재산을 물려받으리라는 그들의 예상과 달리 그 재산은 사생아 딸에게로 넘어간다. 그 결과 프레데릭의 현실적 사랑은 어긋나기 시작하는데, 여기에 최후의 일격을 가한 것은 역시 아르누 부인을 잊지 못한 프레데릭의 감정이었다. 아르누 부인을 두 번 다시 못 보게 될까 봐 아르누의 최종 파산을 막기 위해 프레데릭은 당브뢰즈 부인에게 거짓말을 하고 돈을 빌리지만, 그의 거짓을 알게 된 당브뢰즈 부인이 그에 대한 복수를 감행하여 그들의 관계는 결국 파국을 맞는다.

술책과 간계에 능한 파리 사교계의 여인 당브뢰즈 부인과 달리 루이즈는 다소 당돌하나 자연스러우며 매우 솔직한 아가씨로서, 사춘기 시절부터 프레데릭에게 순수한 연모의 마음을 품는다. 또한 루이즈의 사랑은 파리가 아니라 노장쉬르센의 자연 속에서 펼쳐지므로 다분히 전원적이고 목가적인 색채를 띤다. 그러나 루이즈의 사랑 역시 아르누 부인을 향해 달려가는 프레데릭의 마음을 막지는 못한다. 그는 루이즈의 청혼에 쾌히 승낙했지만, 파리에서 온 세 통의 편지를 받자마자 다시 파리로 달려가 아르누 부인을 찾고 로자네트와 당브뢰즈 부인과의 연애 행각으로 루이즈를 잊어버린다. 그러다가 세 여인과 모두 헤어지게 되자, 다시 루이즈를 기억해내고 시골로 가지만 친구인 델로리에와 루이즈의 결혼식을 목격하게 될 뿐이다.

요컨대 프레데릭은 네 여자 사이를 부단히 오가지만 결국 어느 여자와도 사랑을 이루지 못한다. 아르누 부인은 관념적인 사랑의 대상으로 처음부터 손댈 수 없는 추상적이고 이상적인 모습으로 설정되어 있다. 그리고 나머지 세 여자는 각각 프레데릭을 둘러싸고 그 중심에 위치한 프레데릭의 마음을 차지하려고 유혹한다. 하지만 이들은 아르누 부인의 이미지와 추억에 사로잡혀 있는 프레데릭에게서 결코 아르누 부인을 지우지 못한다. 프레데릭은 아르누 부인에 대한 불가능한 정열에 절망하고, 그녀를 잊지 못하는 바람에 다른 여자들의 질투와 복수심을 유발하거나 그녀에 대한 미련 때문에 지체하다가 결국 다른 여자들과의 관계가 한결같이 실패로 끝나버리는 것이다. 따라서 《감정교육》은 어리석은 감정의 굴곡만 지리하게 연속될 뿐, 실현된 것은 아무것도 없는 "무(無)의 소설"이라고 할 수 있다.

2. 정치 읽기

플로베르는 1848년 2월혁명이 발발했을 때 친구 루이 부이예와 함께 파리에 있었으나 혁명의 대열에 참가하지는 않았고 부분적인 증인에 불과했다. 그는 곧 루앙으로 돌아갔고 6월의 소요 때는 루앙에 있었다. 그가 청년기에 겪은 2월혁명에 대한 감정은 불확실하고, 그의 방대한 서간문에도 별로 언급되어 있지 않다. 그러나 그 이후 《감정교육》을 쓰면서 자료와 증거를 수집하고 그 사건을 되새긴다. 그는 작품을 위해 1848년 2월혁명 당시의 신문과 문헌을 뒤지고, 프루동, 푸리에, 생시몽 등의 이론서를 탐독했다. 그리하여 조르주 소렐(Georges Sorel)은 "1851년 루이 나폴레옹 쿠데타 이전의 사회를 알려면 《감정교육》을 반드시 읽어야 한다"고 말했을 정도이다. 플로베르는 비록 서간문에서는 당시의 역사적 사건들에 대해 심도 깊게 언급한 바가 없지만, 작품에서 드러나는 풍자와 야유를 통해 그에 대한 개인적인 판단을 보여준다.

《감정교육》에는 다양한 계층의 수많은 인물들이 등장하는데, 그들은 눈앞의 이익만 생각하고 자신의 안위를 추구하는 가치에 따라 행동할 뿐이다. 우선 구체제의 특권층에 속하는 당브뢰즈를 비롯하여 그의 집에 모이는 사람들의 면면을 살펴보면, 보수주의자들로서 "재산을 지키고 불안과 곤경을 피하기 위해서는, 아니 단지 권력을 본능적으로 숭배하는 저속한 속성에 의해서라도 프랑스나 전 인류를 팔 수도 있" (2부 4장) 는 인물들이다. "그들은 모두 정치범은 용서할 수 없다고 선언"(2부 4장) 하며 프랑스에서 혁명은 불가능하다고 단언하고 공화제에 반대했지만, 막상 2월혁명이 일어나자 두려움에 떨며 노동자에 대한 공감을 표명한다. "결국 우리들도 모두 다소간은 노동자니까요!"(3부 1장) 라고 말하는 당브뢰즈의 모습은 기회주의자의 전형을 보여주는 셈이다.

그러나 2월혁명의 결과는 참으로 아이러니컬하게 나타난다. 1848년에는 아직 민주주의라는 개념의 발달이 제대로 이루어지지 않았으나, 한 가지만은 뚜렷했다. 즉, 보통선거 없이는 민주주의도 있을 수 없다는 것이었다. 그리하여 2월혁명 이후 과도정부의 첫 행보는 보통선거의 채택이었고,[2] 이에 따라 투표권자가 25만에서 950만으로 늘어나게 된다. 그러나 당시 시골에서는 여전히 전통이 중시되고 권위에 복종하는 것이 미덕으로 여겨지고 있었는데, 이런 시골 대중에게 투표권을 부여한 결과 보수적인 귀족이 대다수 의석을 차지하는 이율배반적인 결과를 낳게 된다. 이와 같은 상황에 대해 토크빌(Tocqueville) 과 같은 학자는 1848년의 혁명가들보다 더 고약한 혁명가들은 있을 수 있지만, 그보다 더 어리석은 혁명가는 없을 것이라고 꼬집어 말한다. 플로베르는 《감정교육》에서 보수적인 특권층의 대표적 인물인 당브뢰즈를 국회의원에 당선시킴으로써 이와 같은 역사적 상황을 풍자하고 있다. 국회의원에 당선된 당브뢰즈는 알아볼 수 없을 만큼 변한 모습으로 "공화국 만세!"를 외치며 오를레앙 가문의 추방에 찬성투표를 던지기까지 한다.

하지만 다시 정세가 변하기 시작하자 차츰차츰 사람들의 대화 내용이 바뀌어가고, 공화주의자에 대한 반감과 혐오를 드러내기 시작한다.

---

2) 여기서 말하는 보통선거는 여자들은 제외한 것이다. 1789년 프랑스 대혁명 이후의 선거는 제한선거로서 일정한 재산을 지닌 사람들에게만 투표권이 부여된 것에 반해, 1848년에는 성인 남자 모두에게 부여된 것이다.

그리고 혁명이 일어났을 때의 보수주의자들과 마찬가지로, 공화주의자나 사회주의자를 자처하던 인물들도 기회주의적인 태도를 드러낸다. 예를 들어 1848년 혁명을 전후하여 누구보다도 열렬한 혁명론자이고 사회주의 투사였던 세네칼은 1850년 이후에는 국가권력의 편을 들고 독재정치를 옹호하며 급기야 혁명에 같이 가담했던 옛 동료 뒤사르디에를 죽이는 일도 서슴지 않는다. 혁명을 주도하며 개혁을 부르짖던 공화주의자 델로리에도 혁명이 실패하자 보수주의로 기울어지고, 친구인 프레데릭을 배신하고, 제국의 지사가 되고, 프레데릭에게 구혼했던 루이즈와 정략결혼을 한다. 옛 사회주의자들이 새로운 질서에 부합하기 위해 자신의 신념과 요구를 가차 없이 내버리는 상황이 된 것이다. 결국 그들은 입신출세를 위해 온갖 수단을 동원하는 출세제일주의자에 불과하며, 그들의 논리는 당브뢰즈의 논리와 표현만 다를 뿐 대동소이한 것이다. 이와 같이 플로베르는《감정교육》에서 보수주의자와 개혁가들을 다 같이 조롱하며 정치의 어리석음을 풍자하고 있다.

정치클럽인 '인텔리 클럽'은 3부 1장에 단 한 번밖에 나오지 않지만, 정치적 어리석음이 집중되어 있으므로 매우 중요한 의미를 지닌다. 플로베르는 8쪽에 걸쳐 인텔리 클럽에 대한 묘사를 하면서 대중의 어리석음을 요약해 보여준다. 인텔리 클럽은 민중의 대표를 뽑는 선거를 위한 회합인 만큼 단연 공화파와 혁명파의 공간으로서 보수주의자들의 공간과는 대척적인 위치에 있는 셈이다. 하지만 이 공간에서의 정치적 언술은 그 이름과는 반대로 어리석음과 부합될 뿐이다. 개인의 모든 생각과 정신의 자유가 유린되며 비판적 감각이 사라져버리는 생각의 제로 상태를 보여주기 때문이다. 걸상에 앉아 있는 늙은 엉터리 화가, 자습감독, 엉터리 작가 따위의 사람들이나 방 안쪽을 가득 메운 노동자들은 애초부터 진지한 청중의 자세와는 거리가 멀었다. 사람들은 모두 말을 하고 싶은 얼빠진 욕망에 사로잡혀 덮어놓고 자기 의견만을 표현하는 데 급급한 나머지 처음부터 의사소통이 이루어지지 않는다.

> 그리하여 두 사람이 토론을 시작했고, 다른 사람들도 끼어들었다. 모두들 상대방을 현혹시키려고 한마디씩 했기 때문에, 곧 그 토론도 지루해져 많은 사람들이 돌아가 버렸다. (3부 1장)

그러는 중에도 모두들 정치적 토론에 참여하지만, 거기에서 남는 건 조잡한 개인적 야망과 보잘것없는 사회적 코미디뿐이다. 사람마다 각자의 이익이 다른데, 누구도 공통된 이익을 생각하지 않고 지엽적으로 떠들어대며 다른 사람의 말에 끼어들어 조리를 잃게 만드는 것이다. 각자 자신의 언어와 스타일로 마치 말을 하고 싶은 미친 듯한 욕망에 사로잡힌 듯 일방적으로 말을 하기 때문이다. 그리하여 사람들의 말은 서로 어긋나서 무의미하게 허공을 맴돌 뿐이다. 독단적인 태도로 서로를 공격하고 극단적으로 과장하며 어느 누구도 옆 사람과 똑같은 언어로 말하지 않으므로 사람들의 말은 불합리하고 무질서하게 부딪친다. 이러한 기호의 과잉과 무의미가 대조적으로 부각되면서 결국 인텔리 클럽은 여러 가지 이질적인 것들이 서로 뒤섞이고 교차되는 우스꽝스러운 장소임을 드러내며, "정치라는 것에서 이해할 수 있는 것은 오직 하나, 소동뿐"[3] 이라고 말하는 플로베르의

3) 1846년 8월 6일 또는 7일에 루이즈 콜레(Louise Colet)에게 보낸 편지.

생각을 상징적으로 보여준다. 요컨대 인텔리 클럽은 정치회합의 희화적인 장소로서, 저속하고 불합리한 대중의 어리석음이 폭발적으로 묘사되는 곳이다.

《감정교육》 3부에는 혁명을 일으킨 군중들이 흥분하여 튈르리 궁전으로 쳐들어가서 저지르는 온갖 무절제한 행동, 그리고 6월의 노동자 폭동 이후 폭도들에게 가하는 무자비하고 잔인한 만행 등이 매우 상세하게 묘사되어 있는데, 이러한 집단적인 어리석음은 결국 나폴레옹 3세의 제 2제정을 탄생시킴으로써 2월혁명의 실패를 초래하고 만다. 시대적인 조류에 따라 부화뇌동하던 보수주의자와 혁명론자와 대중들, 이들은 모두 혁명을 단지 혼잡한 사건의 움직임으로 만들어 버리면서 정치적 무의미를 생산하는 것이다. 이를테면 《감정교육》은 정치의 측면에서도 "무(無)의 소설"임이 드러나는 셈이다.

3. 통합의 글쓰기

한마디로 《감정교육》은 프레데릭의 개인적인 삶에 있어서는 모든 사랑이 실패로 돌아가고 19세기 중반의 시대적인 흐름에 있어서는 혁명이 무화(無化)되는 것을 보여주는 소설이다. 사랑에 있어서나 혁명에 있어서나 결과적으로 아무것도 실현되지 않았으므로 루카치의 표현대로 "텅 빈 것을 가지고 가득 채운" 소설이라고 할 수 있는데, 바로 이러한 작가의 글쓰기에 《감정교육》을 읽는 묘미가 있다. 플로베르는 사랑과 정치라는 두 이야기를 단지 병치시킨 것이 아니라, 교묘한 글쓰기를 통해 통합시키고 있기 때문이다. 당대의 정치적 사건들은 단지 소설의 시대적 배경을 이루는 것이 아니라 등장인물들의 삶과 밀접하게 결합되어 인물들의 움직임에 직접적인 영향을 미친다.

그리하여 《감정교육》에서 프레데릭의 사랑 이야기는 정치적 사건의 리듬을 따르고, 또한 정치적 사건은 프레데릭의 사랑 이야기를 통해 그 의미가 상징적으로 부각된다. 즉, 프레데릭과 아르누 부인의 관계는 정치사회적 동요와 그 흐름을 같이하는 것이다. 뒤케트(Duquette)라는 비평가는 이와 같이 사랑과 정치가 나란히 진행되면서 유사한 양상을 보여주는 경우를 8가지로 도식화하여 제시하고 있다. 예를 들면, 우선 1부 1장의 프레데릭과 아르누 부인의 만남은 1부 2장에서 델로리에가 새로운 89(혁명)를 예고하는 것에 대응된다. 사랑과 정치라는 두 이야기가 동시에 시작되며 상승곡선을 그리기 시작하는 것이다. 그리고 1부 4장에서는 프레데릭이 아르누 집에 초대되어 아르누 부인과 첫 만찬을 함께하는 장면과 학생들의 첫 시위 장면이 등장하는데, 이것은 사랑과 정치에 있어서 동일하게 하나의 충격과도 같은 효과를 주며 서로 대응 관계를 이루고 있다. 또한 2부 3장에서 프레데릭이 희망에 부풀어 크레유에 있는 아르누 부인을 방문했으나 비관적인 결과를 얻은 것과 2부 4장의 세네칼의 투옥 사건을 대응시켜 볼 수 있다. 사랑과 혁명의 측면에서 두 사건이 동일하게 실패로 끝나며 하강곡선을 그리기 때문이다. 이 하강곡선은 2부 6장에 이르러, 오퇴이유에서 프레데릭이 아르누 부인과 목가적인 가을을 보내고 세네칼이 석방되어 축하파티를 열게 됨으로써 동일하게 다시 상승곡선으로 이어진다. 이런 식으로 소설 속에서 사랑이 그리는 곡선과 정치가 그리는 곡선이 거울에 서로 반사되듯 동일한 양상을 보여준다.

특히 2부 6장에서 프레데릭이 아르누 부인을 기다리다가 오지 않자 절망하여 대신 로자네트와 동침하는 사건은 사랑과 정치의 양쪽 측면에서 가장 중요한 의미를 지닌다. 진정으로 사랑하는 여자 대신 창녀와 잠을 잠으로써 이상적인 사랑을 타락시킨 이 사건이 1848년 2월혁명이 발발하는 바로 그날 동시에 일어난다는 사실은 매우 의미심장하다. 2월혁명이 발발하는 그 시각에 아르누 부인을 위해 준비해놓은 침대에서 아르누 부인을 대신한 로자네트는 2월혁명이 정치적 이상을 실현하는 진정한 혁명이 아니라 더럽혀진 혁명임을 미리 암시해주기 때문이다. 로자네트의 팔에 안겨 절망의 눈물을 흘리면서 기뻐서 우는 것이라고 말하는 프레데릭의 거짓말에서 우리는 실패하게 될 2월혁명의 운명을 예측할 수 있다. 결국 2월혁명은 3부 1장에서 튈르리 궁의 약탈과 파리의 폭동으로 이어져 공화국의 이상을 상실함으로써 이상적인 사랑에 대한 프레데릭의 절망을 그대로 반사하며 동일한 리듬을 보여준다. 정치적 이상은 사랑의 이상과 마찬가지로 타락되었음을 드러내며 동시에 하강곡선으로 곤두박질하는 것이다.

마지막으로 3부 5장에서 파산한 아르누가 부인과 함께 떠나버림으로써 아르누 부인을 다시 볼 수 없게 되는 사건은 쿠데타가 일어나 공화국이 완전히 사라지는 정치적 사건과 맥을 같이한다. 즉, 사랑의 이상과 정치의 이상이 완전히 소멸되는 것으로 하강곡선이 끝나는 것이다.

플로베르의 글쓰기는 이와 같이 사랑의 이야기를 역사적 문맥에 통합시키는 방식으로 이루어짐으로써 역사와 예술의 긴밀한 결합과 완벽한 조화를 보여준다. 더구나 정치와 사랑의 곡선 사이에는 단순히 극적인 동시성만 있는 것이 아니라, 보다 긴밀하고 내적인 상징으로 얽혀있다. 바로 이와 같은 통합의 글쓰기에 작품의 묘미가 담겨 있다.
《감정교육》에는 네 여자에 대한 사랑과 혁명을 둘러싼 혼잡한 사건들이 펼쳐지지만, 흐르는 시간 속에서 모든 것이 지나가 버리고 영속하는 것은 아무것도 존재하지 않는다. 그리하여 소설의 마지막 장면에서, 프레데릭과 델로리에는 지나간 세월을 되돌아보고 학창시절 창녀집을 찾아갔던 풋풋한 시절을 회상하며 "그때가 제일 좋았어!"(3부 7장) 라고 세월의 무상함을 토로한다. "사랑을 꿈꿨던 자나 권력을 꿈꿨던 자나 그들은 둘 다 삶에 실패"(3부 7장) 한 것이다. 요컨대 사랑의 무상함과 정치의 무상함, 나아가 인생의 허무와 시대의 허무를 동시에 그리고 있지만 이 '무(無) 의 공간'을 치밀한 글쓰기로 빽빽하게 엮어낸 소설, 그것이 바로 《감정교육》이다.

귀스타브 플로베르(Gustave Flaubert)

1821~1880. 프랑스 사실주의 문학의 창시자로 일컬어지는 19세기 프랑스 소설가. 노르망디 루앙 시립병원에서 외과 의사인 아버지 아실 클레오파 플로베르와 어머니 쥐스틴 카롤린 사이의 차남으로 태어났다. 대학에서 법률을 공부했지만, 문학에 대한 소양과 관심을 잃지 않고 1836년까지 낭만적인 성향이 강한 여러 소품들을 썼다. 1844년 신경성 발작을 일으킨 후, 적성에 맞지 않는 법학 공부를 그만두고 본격적인 창작 활동에 매진했다. 그를 단번에 유명작가로, 또한 사실주의 문학의 선구자로 만들어준 작품은 《마담 보바리》로서 '보바리즘'이라는 신조어를 만들어낼 정도로 대중적인 인기를 얻는다. 그는 늘 본질적인 아름다움을 추구하면서 하나의 작품을 완성하는 데 세심한 주의를 기울여 수없이 고쳐 쓰기를 거듭함으로써 최상의 문장을 만들어내고자 노력했다. 또한 작품 속에서 자기 자신을 배제하여 '비개인성의 원칙'을 실현시킨 작가로도 유명하다. 그러나 신화적인 성격, 우화적인 성격, 낭만적인 성격 등 다양한 면모를 보여주는 그의 작품세계는 사실주의라는 하나의 잣대로만 평가할 수 없으며, 매번 작품의 주제와 사상에 가장 부합하는 문체를 찾아내고자 고뇌를 거듭한 플로베르는 "현대 소설의 아버지"라고 불릴 만큼 후세에 많은 영향을 끼친 작가이다. 주요 작품으로는 《마담 보바리》, 《감정교육》, 《성 앙투안의 유혹》, 《살람보》, 《세 가지 짧은 이야기》, 그리고 미완의 마지막 작품 《부바르와 페퀴셰》 등이 있다.

진인혜

연세대학교 불문학과를 졸업하고 동 대학원에서 플로베르 연구로 석사, 박사 학위를 받았으며 파리 4대학에서 D. E. A. 를 취득했다. 연세대학교, 충남대학교, 배재대학교에서 강의를 했으며, 현재 배재대학교 학술연구교수로 재직 중이다. 저서로는 《프랑스 리얼리즘》(단독 저서) 및 《축제와 문화적 본질》, 《축제정책과 지역현황》(공저) 등이 있다. 역서로는 《부바르와 페퀴셰》, 《통상 관념 사전》, 《플로베르》, 《티아니 이야기》, 《말로센 말로센》, 《해바라기 소녀》, 《미소》, 《잉카》 등 다수가 있다.